中外名家经典文丛

高尔基文集

高尔基◎著　李玉祥◎译

北京联合出版公司
Beijing United Publishing Co.,Ltd.

图书在版编目（CIP）数据

高尔基文集 /（苏）高尔基著；李玉祥 译.
—北京：北京联合出版公司，2007.3（2007.10 重印）
ISBN 978-7-80724-198-0

Ⅰ．高… Ⅱ．①高…②李… Ⅲ．①中篇小说—作品集—苏联
②短篇小说—作品集—苏联 Ⅳ．I512.45

中国版本图书馆 CIP 数据核字（2007）第 030446 号

高尔基文集

著 者□高尔基 著 李玉祥 译
出版发行□北京联合出版公司
　　　　　（北京市朝阳区安华西里一区 13 楼 2 层 100011）
　　　　　（010）64243832　84241642（发行部）　64258473（传真）
　　　　　（010）64255036（邮购、零售）
　　　　　（010）64251790　64258472　64255606（编辑部）
　　　　　E－mail：jinghuafaxing@sina.com
印　　刷□天津冠豪恒胜业印刷有限公司
开　　本□710mm×1000mm　1/16
字　　数□400 千字
印 张 数□24.5 印张
印　　数□0001—5000
版　　次□2007 年 10 月第 2 版
印　　次□2019 年 7 月第 2 次印刷
书　　号□ISBN 978-7-80724-198-0
定　　价□68.00 元

京华版图书，若有质量问题，请与本社联系

导　读

　　高尔基（1868—1936年），俄罗斯作家。生于下诺夫哥罗德城，出身于中下层阶级，青少年时代在贫困中度过。在列宁、斯大林时代被称为伟大的无产阶级作家。他是惟一全面反映十月革命前后两个时期的苏联作家，也是当时最重要的作家。

　　高尔基的处女作是1892年写的小说《马卡尔·梦德拉》。作者以浓郁豪放的浪漫主义笔触，通过讲故事的形式刻画了两个性格坚强的人物形象——左巴尔和拉达。对他们来说，世界上最宝贵的就是自由。他们彼此相爱，但他们更爱自由。在爱情、生命、自由三者之中，他们选择了自由而抛弃了爱情乃至生命。

　　高尔基这篇作品反映了十九世纪末俄国革命前夜人民精神的觉醒，人民对沙皇黑暗统治的反抗。作者号召人民起来打破奴隶的枷锁，争取做自由人。

　　本文集所选的《童年》、《我的大学》可以当做高尔基的自传。童年的悲惨遭遇，稍大一点流落他乡，复杂纷乱、五光十色的社会就是高尔基最好的课堂，就是他的大学。社会这个大课堂教他认清了反动统治者的暴虐和荒淫，体会到劳动者的苦难和艰辛。社会底层人民的生活成了他创作中永不枯竭的源泉。

　　高尔基早期现实主义作品的基本主题是：一方面无情地揭露沙皇俄国的罪恶，批判剥削者和市侩的卑劣灵魂；另一方面又以真挚的同情，传达出底层人民反抗的呼声。这些作品的主人公大多是失业工人、农民、流浪者以至乞丐、小偷和妓女等处于最下层的人们。

高尔基揭露资本主义制度罪恶的作品有一种独特的格调，比起同时代的批判现实主义作家的作品来，有明显的新特点。如果说托尔斯泰的作品有"撕下一切假面具"的批判深度，契诃夫具有不动声色、冷酷而忧伤的风格，那么高尔基则是用仇恨的熊熊烈火，力图把整个旧世界烧个精光。青年高尔基对资本主义制度的认识，对它的憎恨，无疑要比同时代的俄罗斯作家们深刻、强烈得多。

《二十六个和一个》里的二十六个面包工人，他们尽管过着囚徒一样的生活，身上披着破衣衫，头上长着脓疮，但他们却真挚地爱着少女塔涅。这是一种纯洁、神圣的爱。而那些衣冠楚楚的老板及其看家狗们却是灵魂卑鄙的家伙。在高尔基看来，一个人，不管他处境多么糟，社会地位多么低，只要他的心灵仍然保持着劳动者的高尚品德，他在精神上就比"富人"富得多，高大得多。这就是高尔基肯定和赞美面包工人的善举的基本出发点。

《一个人的诞生》里那个在旅途中为产妇接生的青年，就是作者本人。这就是高尔基的人道主义精神。

《伊则吉尔老婆婆》和《鹰之歌》的发表，标志着高尔基革命浪漫主义创作进入新的阶段。在这两篇作品中，作者从前期比较单纯地突出生活中的自由与爱情的主题转到了对生活意义的具体探讨，并且直接号召行动。在《伊则吉尔老婆婆》中，作者树立了两个对立的人物形象：腊拉和丹柯。腊拉是一个"贪得无厌，又强壮又残酷的"极端个人主义者、暴徒。自视为天下第一人，除自己之外，"什么人都不放在眼里"。他的生活哲学是："保持一个完整的自己，不愿意分一点给别人。"同暴徒腊拉成鲜明对照的是丹柯的光辉形象。丹柯是一个勇敢正直的青年，他为了大家的利益，不惜牺牲自己，并且"不要一点报酬"。在大家需要的时候，他毫不犹豫地掏出自己燃烧的心来照亮道路，引导人们摆脱困境。

在《鹰之歌》中，作者同样刻画了两类截然不同的形象：革命者的英雄形象（鹰的形象）和自私保守的市侩形象（黄颔蛇的形象）。他们代表了两种人生哲学：黄颔蛇只求享乐，卑微庸俗；鹰却是积极向上，渴望变革现状的革命者。

1901年，高尔基写出了革命的檄文《海燕之歌》，这时俄国工人运动进入新的高潮时期。在这里，高尔基的作品直接同革命联系了起来，庄严宣告：革命的暴风雨就要来临了！

1928年3月29日，高尔基六十寿辰，此时的高尔基在欧洲文化界威望极高，如日中天。其实，早在1902年，高尔基的《二十六个和一个》发表，广受称赞，被认为是他最优秀的短篇小说。由于这些作品的巨大成功，高尔基的声誉与日俱增，几乎与托尔斯泰、契诃夫齐名。此后高尔基创作了一系列剧本和长篇小说。作为艺术作品，它们不比早期最优秀的短篇小说逊色。在他的剧本中，《底层》(1902年)最为著名。1913—1923年发表的自传三部曲《童年》、《在人间》、《我的大学》是俄罗斯最优秀的自传体文学作品之一。1925年创作的长篇小说《阿尔达莫诺夫家的事业》是他最优秀的小说之一，表现了革命前俄国资本主义的兴衰。他的卷帙浩繁的作品《克里姆·萨姆金的一生》(1927—1936年)是试图描写1870—1924年间俄国知识分子的四部曲。他的关于俄国作家的回忆录广受赞誉，其中关于托尔斯泰回忆写得十分生动，是他的杰作之一。

高尔基在意大利的索伦托寓居多年之后，于1933年回国，成为苏联作家无可争议的领袖。1934年担任苏联作家协会主席，帮助斯大林创立了社会主义现实主义的文学创作方法。高尔基虽然不能同俄罗斯的托尔斯泰、契诃夫等一流作家相提并论，但他审察生活的能力、塑造人物性格的才能以及对俄罗斯"底层"社会无与伦比的知识，都是使他赢得巨大声誉的重要因素。

目 录
CONTENTS

我们在一起的二十六个人,是被锁在阴冷、潮湿的地窖里的二十六架活机器。我们从早忙到晚,在地窖里揉面团,制作"S"形面包和干面包圈……

在苍茫的一望无际的大海上,狂风席卷着乌云,海燕在乌云和大海之间昂然地飞掠而过,像一道黑色的闪电……

……那如烟的往事,在我心力交瘁的时刻,便会浮现在我的记忆中,使我不禁心灰意冷,我的思想也被琐碎无聊的俗事纠缠着,混乱不堪,挣脱不开……

七个工匠正在城对面的河上,忙碌地修补破冰用的三棱墩。寒冬来临时,城郊小镇上的居民把它拆去当柴烧了……

风儿飞驰在草原上,高加索群山的悬崖峭壁被风吹打着;山脊如庞大的风帆,大地咆哮着,仿佛在蔚蓝色无底的深渊疾驰,将风儿撕碎的云絮抛在身后,云絮的阴影沿地面滑动,想拽住大地不放,无奈力不从心,于是便哭泣、呻吟起来……

在公园里,有一座古老的小别墅,在它的院墙边有一堆垃圾,是从这屋里清理出来的,我在这堆垃圾里发现一本破旧的书……

这事发生在饥饿的一八九二年,故事的地点是在苏呼米和奥查姆奇列之间的科多尔河畔……

童　年

一

在一间狭小而又阴暗的房间里，我的父亲穿着一身白色衣服，瘦长的身子直挺挺地躺在窗下的地板上。

他光着脚，脚趾头都张开着，手指也无力地弯着，温顺地搭在胸前。他快乐的眼睛就像两个黑洞紧紧地闭住了；安详的脸黝黑，龇着牙咧着嘴，仿佛在吓唬我。

母亲赤裸着上身，系着一条红色的围裙跪在他身边，用那把我常常用来锯西瓜皮的梳子，为父亲梳理着头发。

母亲用低沉、嘶哑的声音自言自语着，眼泪从她那肿大了的眼睛里不停地流出来，仿佛融化了的冰水滴簌簌地向下掉。

外婆紧紧拉着我的手，她的体形胖胖的，大脑袋上有一对大眼睛，鼻子上的肌肉松弛得令人可笑。她也在哭，浑身颤抖，弄得我的手也抖起来。

这种阵势我从没见过，我的心里有一种莫名奇妙的恐惧。

外婆使劲地想把我推到父亲身边，我感到又害怕，又别扭。

我弄不懂外婆反复对我说的话是什么意思：

"快，孩子，和爸爸告别吧，他还不到年纪，可是他要死了，你再也不能见到他了，亲爱的……"

我一向相信外婆说的每一句话。尽管她现在穿一身黑衣服，显得脑袋和眼睛都特别的大，看起来挺奇怪，也挺好玩。

小时候，我得过一场大病，父亲看护着我，可是后来，我外婆来了，改由她来照顾我了。

"你是哪里的呀？"我问道。

她回答："尼日尼，坐船来的，不能走，水面上是没法走的，小鬼！"

坐船！在水上不能走！啊，真是太可笑了，真有意思！

我家的楼上住着几个染了头发长着大胡子的波斯人。地下室住着贩羊皮的卡尔麦克老头儿。顺着楼梯，可以滑下去，如果摔倒了，可以就势翻个跟头，向下栽下去。

所有的这一切都是我十分熟悉的，可我却从来没有听说过从水上来的人。

"那我为什么是小鬼呢？"

"因为你多嘴多舌！"她笑着说道。

她讲起话来亲切又舒畅，从那一时起，我就喜欢上这个和气的老人了，我希望她带着我立即离开这间屋子。

因为我在这里实在太难受了。

母亲的哭号让我心神不安，她从来也没有这么软弱过，她一向是严厉的。

母亲身体很强壮，人高马大，手劲儿非常大，她总是打扮得干干净净的。

但是现在衣服歪斜凌乱，乱七八糟的。以前的头发梳得光光的，贴在头上，像个亮亮的大帽子，现在都垂在赤裸的肩上，把脸部也遮没了，她跪在那儿，有些头发碰到了睡不醒的爸爸的脸。

我站在屋子里好半天了，可她看也不看我一眼，只是一个劲儿地为父亲梳着头，眼泪使她泣不成声。

门外头站着些人，有穿黑衣服的乡下人，也有警察。

警察不耐烦地吼道："好啦，快点收拾吧！"

一阵风吹来，将挡窗户用的黑披肩给吹了起来，抖抖有声。

这声音让我想起了一次父亲带我去划船的事。忽然天上一阵雷响，吓得我大叫。

父亲大笑起来，用膝盖挡住我，大声说道："别怕，'葱头儿'，没事儿！"

想到这儿，我忽然看见母亲正吃力地从地板上站起来，可却没站稳，仰面倒了下去，头发散在了地板上。

她紧闭双眼，脸苍白得发青，也如父亲似地龇露出牙齿，厉声说道："滚出去，阿列克塞！关上门。"

外婆一下子跑到了角落里的一只箱子后面，母亲在地上打着滚儿，痛苦地叫着，把牙咬得咯咯地响。

外婆看着她在地上爬着，听着她快乐地说道："噢，圣母保佑！"

"以圣父圣子的名义，瓦莉娅，要挺住！"

我被吓坏了，她们在父亲的身边爬来爬去，来回碰着他，但他一动不动，似乎还在笑！

在地板上她们折腾了很久，母亲有好几次站了起来，但是又倒下了；外婆则像一个黑皮球，推着母亲滚来滚去。

在黑暗中，我忽然听见一个孩子的哭声！

"噢，是个男孩，感谢我主！"

点起了蜡烛。

以后的事儿我记不清了，也许是我在角落里不知不觉地睡着了。

可以连下去留在我记忆中的其他的印象，像是在墓地荒凉的一角。

天上下着雨，我站在泥巴粘脚的小土丘上，看着他们把父亲的棺材放进墓穴里。穴里都是水，还有几只青蛙，有两只已经跳到了黑色的棺材盖上。

在墓边站着的有我、外婆和警察，还有两个拿着铁锹脸色阴沉的乡下人。

雨点不住地打在大家伙儿的身上。

"埋吧，埋吧！"

警察命令道。外婆又哭了起来，用一角头巾遮着鼻子。

乡下人立刻弯下腰，向穴里填土。土打在水里，哗哗作响。那两只青蛙从棺材盖上跳了下来，沿着墓穴的壁往上爬，可是很快土块就又把它们埋了下去。

"走吧，廖尼亚！"

外婆拍拍我的肩膀，我挣脱了，我不愿走。

"唉，真是的，我的上帝！"

我不知道她是在埋怨我，还是在埋怨上帝。她默默地站在那儿，墓穴已经填平了，她还站在那儿，一动也不动。

风刮起来了，将雨刮走了。

两个乡下人用铁锹拍着地，发出啪叽啪叽的声音。

外婆领着我，走在许多发黑的十字架中间，向远处的教堂走去。

"你怎么不哭？应该大哭一场才对！"走出坟场的围墙的时候，她说。

"我不想哭。"

"噢，不想，那就算了，其实不哭也好！"

我很少哭，只是因为受了气才哭，而不是因为疼什么的。

我只要一哭，父亲就会笑话我，而母亲则会严厉地斥责我道："不准哭！"

后来我们乘着一辆小马车，行驶在肮脏的街道上。街道很宽阔，两边都是深红色的房子。

"那两只青蛙还能够出来吗？"

"大概出不来了，可你知道上帝一定会保佑它们的。"

不论是父亲，还是母亲，从来没有这么经常亲切地念叨过上帝。

过了几天，外婆、母亲与我一起上了一艘轮船，坐在一间小船舱里。

刚生下来的小弟弟死了，裹着白布，外面系着红色的带子，静静地放在舱角的一张小桌子上。

我坐在包袱上，从小小的窗户向外看，泛着泡沫的浊水永无止境地往后退着，溅起的水花不时地敲在窗户上。

我身不由己地跳起来。

"噢，不要怕！"

外婆用她那双温暖的大手轻轻地将我抱了起来，又把我放到了包袱上。

河面上灰蒙蒙的，远方偶尔现出黑黝黝的土地来，即刻就又消失在浓浓的雾色之中了。

四周所有的东西都在晃动，只有母亲，双手枕在脑袋后面，靠船壁立着，一动也不动。

她脸色铁青，嘴巴紧紧地闭着，一声不吭。

她连衣服都变了，成了另外的一个人，我对她感觉越来越陌生。

外婆经常对她说："瓦留莎，吃点东西吧，少吃一点儿，好不好？"

母亲好像没听见，默不作声，一动不动。

外婆总是轻声慢语地跟我说话，但同母亲说话声音就大了许多，但却很小心，几乎还有点胆怯一般。

她似乎是有些害怕母亲，这使我在和外婆的感觉上更亲近了。

"萨拉托夫，那个水手呢？"

母亲忽然愤怒地吼道。

什么？萨拉托夫？水手？真奇怪。

一个白头发的人走过来，他身穿黑蓝衣服，手里拿着个木匣子。

外婆接过木匣，把小弟弟的尸体装了进去。

她伸直了胳膊抱着木匣走向门口，可是她身体过于肥胖，只有侧着身子才能挤过小小的舱门。

她有些不知所措。

"妈妈，瞧瞧你！"母亲叫了一声，抢过外婆手中的棺材，她们俩走了。我还留在船舱里，打量着穿黑蓝衣服的那个人。

“啊，小弟弟死了，是不是？”他俯身对我说。

“你是哪个？”

“我是个水手。”

“那萨拉托夫呢？”

“是个城市。你看，窗外头就是萨拉托夫！”

窗外的雾气里时而显现出移动着的黑土地，像是刚从大面包上切下来的圆圆的一片儿。

“外婆呢？”

“去埋你那小弟弟去了。”

“埋在地下吗？”

“不埋在地下又埋在哪儿呢？”

我跟他讲了几天前埋葬父亲时埋进去了两只活青蛙的事。他把我抱起来，紧紧贴在他身上亲了亲。

“啊，小孩子，有些事你还不懂！”他说道，“用不着去可怜那些青蛙，上帝会保佑它们的。可怜可怜你的妈妈吧，你看她被折磨成什么样子了啊！”

突然汽笛呜呜地响起来，还长啸了一声。

我知道这是船在叫，因此并不害怕。那个水手赶紧把我放下，跑了出去，边跑边说：“快点跑，快点跑！”

我不由自主地也跟着他跑了起来。

门外，昏暗的过道里没有一个人。离门不远的楼梯上镶的铜皮反着光。我向上一看，一些人背着包袱，提着提包在来回走动。显然，他们要下船了，我也该下船了。

但是当我同大家一起走到甲板旁的踏板前时，有人对我嚷了起来：“这是谁的孩子啊？你是谁的孩子？”

“我是谁的孩子我也不知道。”

人们摸着我、拍着我，弄得我有些不知所措。最后那个白头发的水手跑了过来，将我抱起来说：“噢，他是从舱里跑出来的，从阿斯特拉罕来……”

他将我送回到舱里，扔在行李上，临走前还吓唬着我：“再乱跑我要打你了！”

头顶上的脚步声、人声慢慢静下来，轮船也不响了，更停止了颤动。我呆呆地坐着。舱里的窗户外头立着一堵湿漉漉的墙，舱里黑乎乎的，行李好像都大了一圈儿，压得我喘不过气来。

我就这么永远地被扔在了空船上？

我去开门，打不开，铜门把手根本就无法开动。

我一把抓起装牛奶的瓶子，狠命往门把手砸过去，瓶子碎了，牛奶沿着我的腿流进了靴子里。

我趴在包袱上，非常伤心，悄悄地哭了起来。最终，我含着泪睡着了。轮船的噗噗的颤动将我惊醒，舱里的窗户明晃晃的，像是小太阳似的光亮。

外婆坐在我身边，皱着眉梳着头，她不停地自言自语。

她的头发非常多，密密麻麻地盖住了双肩、胸脯和膝盖，一直垂到地上。她将头发用一只手从地上抓起来，费力地把那把显得很小的木梳梳进厚厚的头发里。她不自觉地将嘴唇紧闭着，黑黑的眼睛气呼呼地盯着前面的头发。她的脸在大堆的头发里显得很小很小，小得十分滑稽可笑。

似乎她今天不怎么高兴，不过当我问她为什么头发会这么长时，她的语调还像昨天一样的温柔："这似乎是上帝给我的惩罚，是他在让我不停地梳这该死的头发！"

"年轻时，它可是供我炫耀的宝贝，现在我却想诅咒它了！"

"我的宝贝，睡吧，天还早着呢，太阳才刚露头！"

"我睡不着了！"

"好，睡不着就不睡了。"外婆马上就同意了，她一边编着辫子，一边看了看在沙发上睡着的母亲，母亲躺在那儿，像绷紧的弦一动不动，活像块木头。"好了，你说说，你昨天为什么将牛奶瓶给打碎了？小声跟我说！"

外婆说得既温和又甜蜜，每个字都是那么有耐心，我也听清了每个字。她笑的时候，乌黑的眼珠亮亮的，闪出一种难以言表的快乐，她牙齿雪白，虽然面孔有点黑，却依然显得很年轻有光泽。

大约最煞风景的就是那个松软的大鼻子、红鼻头了。她一下子从黑暗中把我带了出来，带进了光明，还为我周围的东西披上了美丽的光环！她是我永远的朋友，是最了解我的人，我与她最相知！她无私的爱引导着我，使我无论在任何艰苦的环境中都绝不丧失生的勇气！充满坚强的力量！

四十年前的这些日子，轮船就这样缓缓地前进着。我们坐了好些天才到尼日尼，我至今还能清晰地回忆当初那美好的日子。

天气渐渐转晴，一整天我和外婆坐在甲板上。

静静地流淌着的是伏尔加河，天空清澈，秋高气爽，两岸的秋色很浓，一片收获前的景象。桔红色的轮船逆流而上，轮桨慢慢地拍打着蓝色的水面，轰隆作响。

一只驳船拖在轮船后面。驳船是灰色的，好似一只土鳖。

船随景走，两岸的景色随时都在变化着，城市、乡村、山川、大地，还有飘浮在水面上的那些金黄色的树叶。

"瞧啊，这好美啊！"

外婆在甲板上踱来踱去，容光焕发，兴奋地睁大了双眼。

她偶尔停住，立在那儿，看着河岸发呆，她双手交叉放在前胸，略带微笑，眼含泪水。

我扯了扯她的黑色印花布的裙子。

"噢，怎么啦？我大概睡着了！"她一惊。

"你为什么哭呢？"

"亲爱的宝贝，我哭是因为我太快活了！"她微笑着说，"我年纪大了，你知道吗？我已经活了六十个年头了！"

她闻了闻鼻烟后，开始对我讲一些稀奇古怪的故事，有善良的强盗，有妖魔鬼怪，还有虔诚、圣洁的贤士。

讲故事的时候，她的声音非常小，脸紧紧贴着我的脸，神秘地盯着我的眼睛，就像从那里往我的眼睛里灌进了让人兴奋的力量。

她讲得流畅自然，十分动听，她每次讲完了，我总会说："再讲一个吧！"

"好，好，就再讲一个！"

"讲以前讲过的那个故事吧：有一个灶神爷，坐在炉灶里边的空地方，面条儿一下子扎进了他的脚心，他哎哟哎哟地直叫唤：'哎哟，疼啊，我受不了啦，小老鼠！'"

讲着，外婆抬起一只脚，晃动着，装成非常痛苦的样子，好像她就是那个被面条儿扎进了脚心的灶神爷。

还有船上的水手们同我一起听故事，都是些留着胡子脾气好的男人。

他们夸赞外婆讲得好，都要求："再讲一个吧，老太太！"

还说："走，同我们一起去吃晚饭吧！"

在餐桌上，他们请外婆喝伏特加酒，给我吃西瓜，还有香瓜。

不过，这一切都是瞒着人进行的，因为船上有一个人，禁止所有的人吃水果，要是让他看见了，就会毫不犹豫地抢过水果来扔到河里去的。

这个人的衣服有点像警察的制服，制服的上面钉着铜扣子，整天喝得醉醺醺的，船上的人都躲着他。

母亲一直躲着我们，她很少上甲板上来。

母亲身材挺拔而高大，面孔铁青，辫子又粗又长，盘在头顶上，像戴着一顶又大又重的皇冠似的。

她永远沉默，好像有一层浓雾笼罩着她，一点也看不透。她那双和外婆一模一样的灰色的大眼睛，仿佛长久地在遥远的地方冷漠地打量着人世间。

她曾经讥讽地说：

"妈妈，别人都笑话您呢！"

"只管笑话吧，我不在乎，让他们笑个痛快！"

在我头脑中还清晰地记得，外婆一看见尼日尼，就快活得像个小孩子似的。

她拉着我兴奋地来到船边，大声地说：

"你看看，啊，多美呀！那就是尼日尼，天哪，就像神仙住的地方！你看，那是教堂，好像是在天空中飞翔！"

她兴奋地快要流出泪来，劝说着我母亲：

"瓦留莎，你快来看看啊？你大概已经忘了这地方吧，那是茶林，快看看呀，你会高兴的！"

母亲皱着眉头苦着脸，很勉强地笑了一下。

轮船停泊在这美丽城市的河中央。

河上塞满了船只，成百根桅杆直伸向天空。

一只挤满了人的船靠上了轮船，人们从船上搭好梯子，爬到了轮船上。

走在最前头的是一个矮胖的老头儿，他穿一身黑衣服，胡子是金黄色的，鼻子是勾着的，两只眼睛是绿色的。

"爸爸！"

母亲响亮而深沉地大叫了一声，猛地扑向了他的怀里。

他抱住母亲，亲吻着她的脸，用很尖的声音叫着：

"哟，傻孩子，你怎么啦？"

"唉，你们这些人啊……"

与此同时，外婆就好像是个旋转的陀螺，眨眼间就和所有的人拥抱、亲吻过了。

她将我推到大家面前，急匆匆地说："噢，快快，这是米哈伊尔舅舅，这是雅可夫舅舅，这个是娜塔利娅舅妈，这两个表哥都叫萨沙，而表姐叫卡捷琳娜！咱们都是一家人，怎么样，是不是很多？"

外公转身向外婆问道：

"你身子怎么样，孩子他妈？"

他们相互吻了三下。

外公把我从人群中拽了出来，摸着我的头问道："你是什么人啊？"

"我从阿斯特拉罕上来，从船舱里跑出来的……"

"噢，老天，他说的是什么呀！"外公问我母亲，没等我回答，他就一下推开了我：

"啊，瞧瞧，颧骨和他父亲长得一模一样！好了，下船吧！"

我们上了岸，沿着斜坡往上走，斜坡上铺着大个儿的鹅卵石，路两旁长满了野草。

走在整个队伍最前面的是外公与我母亲。他的个儿很矮，刚好到母亲的肩膀，他走得极快，而母亲则像在空中似的，俯着看她的父亲。

在他们后面紧跟着的是两个舅舅：米哈伊尔舅舅的黑头发梳理得十分整齐，他像外公一样精瘦精瘦的；雅可夫舅舅的头发则是浅色的，打着细小的卷儿。

此外还有几个胖胖的女人，打扮得十分光艳；六个孩子跟在最后面，默不作声。

跟我在一起走的是外婆和小个子舅妈娜塔利娅。

舅妈脸色灰白，绿眼睛、大肚子，走起路来十分吃力，常常停下来歇着，喘着粗气：

"哎哟，我可是走不动了！"

"唉，真蠢！他们干吗也让你来啊？"外婆骂道。

在这群人之中，无论大人和小孩我都不喜欢，我感到十分孤独，觉得自己是个陌生人，就连外婆也变了，同我疏远了很多。

我最不喜欢外公，在他身上我感觉到了敌意。我有些怕他，但也有些好奇。

上了坡，就是大街。

一座低低的平房大院耸立在面前。粉红色的油漆已经十分肮脏了，房檐极低，窗户是凸出在墙外的。

从外观看，你会感觉里面地方很大，可是里面分成了许多间小屋子，特别拥挤。

像轮船的码头一样，到处都是人，大家好似都在发脾气，怒气冲冲地冲来冲去，孩子们就像一群偷食的麻雀窜来跳去，空气中散发着一股异常难闻的气味。

我来到院子里，院子中挂满了湿漉漉的布，地上到处都放着水桶，里面的水混混的、五颜六色，也泡着布。

墙角的一个矮得几乎贴了地的房间里，炉火烧得正旺，锅里什么东西煮沸了，在咕嘟嘟地响着，一个看不见影子的人嘴里叫着些稀奇古怪的词儿：

"紫檀——品红——硫酸盐……"

二

从此，一种沉重的、难以形容的奇异生活开始了，并以惊人的速度奔流向前。如今回忆那段时间，我自己都不敢相信，我努力想或许是我记错了，不是真的，可是事实终究是事实。那是一段由一个天才用娓娓动听的语言讲述的悲惨故事，离奇而且黑暗的生活中充满的残酷的事情太多了，

我仅仅不是在讲自己，我讲的那个狭小的令人透不过气来的恐怖景象，是一般的俄国人曾经有过，直到现在还没有消失的真实生活。

外公家中充满了恨，大人之间的一切全是用仇恨联系起来的，就连孩子们也争先恐后地加入了这个行列。

后来从外婆那儿我才知道，母亲来时，她的两个弟弟正强烈要求外公分家。

母亲带着我突然加入到这个大家庭里，这使他们分家的愿望更加强烈、矛盾更激化了。

他们很怕母亲向外公讨回她本应得到的那份嫁妆。因为母亲不遵父命而结婚，所以那份嫁妆被扣下了。两个舅舅一致认为那份嫁妆应当归他们两人所有。

除此之外，当然还有些别的事情，例如由谁在城里开染坊，又由谁到奥卡河对岸纳维诺村去开染坊等等，他们打翻了天。

我们来后没几天，在厨房里吃饭的时候就引发了一场争吵。

忽然之间，两个舅舅都站了起来，俯身向前，指着桌子对面的外公大喊，狗叫般地龇出了牙、抖着毛哀号。

外公则用饭勺敲打着桌子，满脸涨得通红，公鸡打鸣似地大叫道：

"全给我滚出去讨饭！"

外婆痛苦地说道：

"行啦，老爷子，都分给他们吧，分光拿净，省得他们再闹！"

"你给我闭嘴，全是你惯坏的！"外公个头虽小，叫喊的声音却出奇地高，震耳欲聋的。

我的母亲站起来，慢慢走到窗前。背对着大家，一声不响。

这时，米哈伊尔舅舅突然抡圆了胳膊给了他弟弟重重的清脆的一个耳光。

弟弟上前捉住他，两个人在地上打成了一团，喘息着、叫骂着、呻吟着。

孩子们都吓得大哭起来。

挺着大肚子的娜塔利娅舅妈拼命地喊着、劝着，我母亲愣是用两臂拥着把她给拉到外面去了。

永远乐呵呵的麻子脸保姆叶芙格妮娅将孩子们赶出了厨房。

现在舅舅们都给制服了：伊凡，一个年青力壮的学徒工，大家都叫他茨冈，他骑在了米哈伊尔舅舅的背上，而格里高里·伊凡诺维奇，一个秃顶的大胡子，心平气和地拿手巾捆住他的两只手。

舅舅伸长脖子呼呼地喘着气，给紧紧地压在地板上，胡子都扎进了地板缝里。

外公捶胸顿足围着桌子跑来跑去，哭号道：

"你们可都是亲兄弟啊！天地不容的东西！"

战争一开始，我就跳到了炕炉顶上，我既好奇又害怕，目睹着眼前发生的一切。

外婆用铜盆里的水帮雅可夫舅舅洗净脸上的血迹，她哭着，气得直跺脚。外婆痛心地说道：

"野种们，也该清醒清醒了！"

外公将撕破的衬衫搭到肩膀上，冲着外婆大叫：

"看看你养的这群畜生！老太婆。"

雅可夫舅舅走了以后，外婆躲进了角落中，令人惊心动魄地号啕大哭起来：

"圣母啊，求求你让我的孩子们懂点人性吧！"

外公立在她跟前发着呆，看看一屋的狼藉，低声说：

"孩子他妈，你可小心点，当心他们欺负瓦尔瓦拉……"

"啊，上帝保佑，快点把衬衫给我，我给你缝缝……"

她的个头比外公高，拥抱外公时，外公的脑袋靠到了她的肩上。

"哎，看样子，咱们分家吧，他妈……"

"那就分吧，他爸！"

他俩轻声细语地说了许久，但到最后，外公则又像公鸡打鸣似地尖声尖气地吼了起来。

他指着外婆喊道：

"得啦，你比我疼他们行了吧！"

"可你养的都是些什么儿子，米希加是个没心没肺的小滑头，雅希加则是个共济会员！他们只会大手大脚、糟踏钱财，把我的家产败光！"

熨斗被我一转身碰掉了，掉进了脏水盆里。外公一个箭步冲过来，将我提了起来，紧紧地盯住我的脸瞧，好像第一次见到我一样：

"谁让你在这里的？是你妈妈吗？"

"不，我自己爬上去的。"

"胡说八道。"

"不是胡说，是我自己爬上去的。"

他用手掌敲了一下我的额头，将我扔在了地上：

"跟你爸爸一个样！快点滚！"

我拼命般地跑出厨房。

不知道因为什么，外公那双尖利的绿眼珠儿总是盯着我不放，我很怕他。

我想尽办法躲开他。他的脾气实在太坏了，他从不与人为友，那个"嗨"拉得长长的，令人生厌。

休息或是吃晚茶的时候，外公和舅舅们，还有那些伙伴们都从作坊里回来，每个人都疲惫不堪，两手让紫檀给染得通红，硫酸盐灼伤了皮肤。

他们的头发都用带子扎着，活像厨房角落那被熏黑了的圣像。

外公坐在我的对面与我说话，这让他的孙子们非常羡慕。

外公身材消瘦，线条分明，圆领绸背心上布满小洞，印花布的衬衫也皱巴巴的，裤子上还有补丁。

就算他这么一身，比起他那两个穿着护胸、围着三角绸巾的儿子，仍觉得他穿得干净漂亮。

我们来了几天之后，他就开始让我学着祈祷。

其他的孩子都比我大，都在乌斯科尼耶教堂的一个助祭学校识字，从家里的窗口可以看见教堂的金色尖顶。

文静的娜塔利娅舅妈教我怎么念祷词，她的脸圆圆的，像个孩子，眼睛清澈见底，穿过她的这双眼睛，几乎可以看透她的脑袋，看到她脑后的一切东西。

我非常喜欢她的眼睛，经常目不转睛地盯着看。

她眯起了双眼，低着头，低声地说：

"啊，你跟着我念：'我们的在天之父……'快念啊？"

我不明白为什么会越念越糟糕，就故意念错："'雅科，热'，'雅，夫科热'……"

可是柔弱的舅妈总是耐心地纠正我的发音，一点也不生气。

这反倒让我很着急，怎么也记不住祷词。

有一天，外公问我：

"阿廖什卡，今天你都干什么啦？只是来玩吧！我看你头上有一块青，一看就明白你怎么弄的。弄块儿青出来可不算什么大本领！我问问你，'主祷经'念熟了吗？"

舅妈悄声地为我开脱：

"他的记性不很好。"

外公冷笑一声，快乐地将红眉毛向上一挑：

"要真是这样，那至少得挨打了！"

他又问我：

"你那个爸爸揍过你吗？"

我不明白是什么意思，因而没有回答他。

我母亲却说：

"马克辛从没打过他，而且让我也别打他。"

"为什么？"

"他觉得用拳头是教育不出好孩子来的。"

"真是个十足的傻瓜！上帝原谅我，不该说死人的坏话！"外公气呼呼地骂着。

他说这些话使我很难受，我觉得受了莫大的污辱。

"啊哈，你干吗噘嘴！"

他拍了拍我的头，又接着说：

"星期六，我得抽阿廖什卡一顿！"

"什么叫'抽'啊？"我问。

大家都笑了起来。

外公回答说：

"过一阵子你就明白了！"

我心中开始琢磨"抽"和"打"的差别，我知道"打"是什么意思，打猫打狗，还有阿斯特拉罕的警察揍波斯人。

但我还从来没见过"抽"。

惩罚孩子时，舅舅们总是用手指头弹他们的额头或者后脑勺。孩子们对此，几乎习以为常，摸摸给弹得起包的地方，又去接着玩。

我问道："疼不疼？"

他们则勇敢地回答："一丁点也不疼！"他们总是勇敢地回答道。

为了顶针那件事，他们就受了弹。

有一天晚上，吃过晚茶，刚要开始吃晚饭，两个舅舅和格里高里一起儿把染好了的料子缝成一捆一捆的布，然后再在上面贴个厚纸签儿。

米哈伊尔舅舅要同那个快瞎了眼睛的格里高里开个大玩笑，他叫九岁的侄子把他的顶针在蜡烛上烧热了。

萨沙十分听话，拿镊子夹着顶针烧了起来，烧得快红了之后，悄悄地放在格里高里旁边，然后就躲到炉子后面去了。

可正在这时，外公来了，他想帮忙做点事，于是就坐下来，不紧不慢地戴上了顶针。

当我听见叫喊声跑进厨房时，外公正用烫伤了的手指头捏着耳朵，他一边跳，一边怒吼着：

"是谁干的？你们这群混蛋！"

米哈伊尔舅舅则趴在床上，用嘴不住地吹着顶针儿。格里高里依旧缝他的布料，不动声色，巨大的影子跟着他的秃头摇来摇去。

雅可夫舅舅跑了进来，躲在炕炉后掩嘴而笑。

外婆正用擦子擦着土豆儿。

米哈伊尔舅舅抬头看了一眼，忽然说：

"这是雅可夫的萨沙干的！"

"撒谎！"

雅可夫大叫一声窜了起来。

他儿子哭了，叫着："爸爸，别信他，是他叫我干的！"

两个舅舅开始对骂了起来。

外公此时已消了气儿，用土豆泥儿糊到手指头上，领着我走了。

大伙儿都认为是米哈伊尔舅舅的错。

我在喝茶时曾经问道：

"是不是要抽他一顿？"

"要！"外公斜着眼看了我一下。

米哈伊尔舅舅却生气了，向着我母亲吼道：

"瓦尔瓦拉，注意点你的狗崽子，小心我将他的脑袋揪下来！"

母亲丝毫不示弱："你敢！"

一时间大伙儿谁都不吭声了。

母亲说话常常是这么简短而有力，一下子就能将别人推到千里以外。

我知道，别人都有点敬畏母亲，外公和她说话时也总是小心翼翼的。

对这一点我觉得很自豪，曾经对表哥们说：

"我妈妈最厉害！"

他们没有一个人表示反对。

可星期六的事儿却使我改变了对母亲的这个看法。

然而星期六之前，我也犯了个错误。

我对大人们巧妙地给布料染色的技术非常感兴趣，黄布遇到黑水就成了宝石蓝的颜色；灰布遇到红褐色的水就变成了樱桃红。

这简直太奇妙了，我怎么也弄不明白。

我很想亲自动手也试一试。

我把这个想法告诉了雅可夫家的萨沙。

萨沙是个十分乖巧的孩子，他老是围着大人转，对谁都亲热，谁叫他干什么，他都会服从。

几乎所有的人都称赞他是个聪明伶俐的好孩子，只有外公不这么认为，斜着眼瞟一下萨沙说：

"他只会卖乖讨巧！"

萨沙两眼前凸，又黑又瘦，说起话来上气不接下气，就像喉咙被话噎住一样。

他老是东张西望地，似乎在等待什么时机。

我很讨厌他的。

相反，我倒很喜欢米哈伊尔家的萨沙，他的样子总是不大爱动，悄然无声的，从不引人注目。

他眼睛中的忧郁倒很像他母亲，性格也温和。

他的牙很有特色，嘴皮子包不住它们，都露在了外面。他常常用手敲打自己的牙找乐，假如别人想敲一下，也没什么问题。

他总是一个人孤零零地坐在昏暗的角落里，或是在傍晚时分坐在窗前。

同他一起坐着很有趣，我俩经常是一言不发地一坐就是一个小时。

我俩肩并肩地坐在窗户前，遥望西天的晚霞，看一群黑色的乌鸦在乌斯科尼耶教堂的金顶上打着转转。

飞来飞去的乌鸦们，一会儿遮住了暗红的落日，一会儿又不知飞到什么地方去了，只剩下一片空旷的天空。

看着这一切，我一句话也不想说，一种愉快、一种甜丝丝的惆怅充满了我陶醉的心。

雅可夫家的萨沙像个成年人一样，不论讲什么都头头是道。他知道我有染布的念头之后，就建议我用柜子里过节时才用的白桌布试试，看看能否把它染成蓝色的。

他非常认真地说：

"我知道，白的最容易染！"

我十分费劲地才把桌布拉进了院子里，刚刚把桌布的一角放入装蓝靛的桶里，小茨冈就不知道打哪儿跑了出来。

他一把将布夺过去使劲儿地拧着，向在一边盯着我工作的萨沙喊道：

"去，把你奶奶叫过来！"

他知道事情不妙，就摇着头对我说：

"完了，你要挨揍了！"

外婆飞奔而至，大叫一声，几乎要哭出声儿来，大骂：

"你这个别尔米人，大耳朵鬼！怎么不摔死你！"

但她马上又劝茨冈：

"瓦尼亚，千万别和老头子说！把这事儿尽量瞒过去吧！"

瓦尼亚往自己五颜六色的围裙上擦擦手，说：

"只怕萨沙告诉他！"

"那，那我给他两个戈比！"

外婆将我领回了屋子里。

星期六，晚祷之前有人将我带到厨房里。

窗外下着绵绵的秋雨，厨房里很黑。昏暗的影子里，有一把高大的椅子，上面坐着阴森着脸的小茨冈。外公在一旁摆弄着一些在水里浸湿了的树条儿，时不时抽出一条来，嗖嗖地响。

外婆站在稍远一点儿的地方，吸着鼻烟，唠唠叨叨地说：

"唉，还在装模作样呢，这捣蛋鬼！"

雅可夫的萨沙坐在厨房当间的一个小凳上，不停地揉着眼睛，连说话的声音都变了，活像个老叫花子：

"饶了我吧，看在上帝的面上。"

米哈伊尔舅舅的两个孩子站在旁边，我的表哥和表姐，他们也呆若木鸡，都吓傻了。

外公发话了：

"好，饶了你，不过，得先揍你一顿！"

他接着说：

"快点，快脱掉裤子！"

说着就抽出一根树条子。

房子里静得吓人，虽然有外公的说话声，有萨沙的屁股在凳子上的挪动声，有外婆的脚在地板上的磨擦声，但是，无论什么声音，也掩盖不住这昏暗的厨房里让人永远也忘不掉的寂静。

萨沙站起身，慢慢地脱掉裤子，两手提着，摇摇晃晃地趴在了长凳上。

看他做着一系列的动作，我的腿忍不住抖动了起来。

外公拿树条的手往下一挥，萨沙的嚎叫声突然响起。

"装蒜，让你叫唤，再尝尝这一下！"

每一下都是一条红红的肿线，表哥杀猪般的叫声简直震耳欲聋。外公却丝毫不为其所动：

"哎，明白了吧，这一下正是为了顶针儿！"

我的心跟着外公的手一起一落。

表哥开始将我咬了出来：

"哎呀，我再也不敢这样做了，我也告发了染桌布的事啊！"

外公不慌不忙地说：

"告密，哈，这一下就是因为你的告密！"

外婆一下子扑过来，将我抱住："不行，你这个魔鬼，我才不让你抽阿列克塞！"

她用脚踢着门，叫我的母亲：

"瓦尔瓦拉！"

外公箭步冲上来，撞翻了外婆，把我拖了过去。

我开始死命地挣扎着，扯着他的红胡子，咬着他的胳膊。

他嗷地狂叫一声，猛地将我往凳子上一扔，摔破了我的脸。

"给我把他捆起来，打死他！"

母亲瞪着充满了血的眼睛，面色苍白：

"爸爸，不要打他！交给我吧！"

外公的痛打使我昏迷了过去。

醒来之后又是一场大病，趴在床上，静养了好些天。

我呆的小屋子只在墙角上有个小窗户，屋子中有几个玻璃匣子是装圣像用的，匣子的前头点着一个暗红色的长明灯。

这次生病，深深地铭刻于我记忆中。

因为在病倒的这几天里，我突然长大了。我有一种十分特殊的体会，那就是自尊。

外婆同母亲吵了架；在堆满杂物的房间里，全身黝黑，身材庞大的外婆把母亲推到了角落里，愤愤地说：

"你说，你为什么不把他夺过来？"

"我，我当时吓呆了！"

"不害臊！瓦尔瓦拉，你空长了这么大个子了。我这个老太婆都不怕，你倒给吓傻了！"

"妈妈，你别说了！"

"不，我得说，他可是个可怜的孤儿哟！"

母亲也痛苦地高声叫道：

"可我自己也是孤儿啊！"

她们坐在墙角里，哭了很久，母亲说：

"假如没有阿列克塞，我早就离开这个可恶的地狱了！"

"妈妈，我早就受不了了……"

外婆柔声地劝慰着：

"唉，我的心肝儿，我可怜的宝贝儿！"

我忽然感到，母亲并不是强有力的，她也和别人一样，怕外公。是我妨碍了她，让她离不开这该死的家庭。

但不久以后，就找不到母亲了，也不知道她上哪儿去了。

这一天，外公忽然来了。

他坐在床上，摸摸我的头，他的手冰凉。

"小少爷，怎么样？说话啊，怎么不吭声儿？"

我看也不看他一眼，真想一脚把他踹出去，可是，一动就疼。

"啊，你瞧瞧，我给你带来了什么好东西？"

我扫了他一下。

他坐在那儿，摇头晃脑，头发胡子比来时显得更红了，双眼闪着光，手里捧着一堆东西：一块糖饼、两个糖角儿、一个苹果和一包葡萄干儿。

他吻了吻我的额头，又摸了摸我的脑袋。

他的手不但冰凉而且焦黄，比鸟嘴还黄，那是染布染的。

"噢，朋友，我当时是有点过分了！你这家伙又抓又咬，因此就不得不多挨了几下，你活该，自己的亲人打你，是为你好，只要你接受教训！外人打了你，可以说是耻辱，自己人打了就没什么关系！噢，阿廖沙，我也挨过打，打得那个惨啊！别人欺负我，连上帝都会掉泪！可现在怎样，我是一个孤儿，一个乞丐母亲的儿子，当上了行会的头儿，手下有好多人呢！"

他开始讲述他小时候的故事，瘦瘦的身体轻轻地晃着，讲得非常流利。

他绿色的眼睛放着兴奋的光芒，红头发抖动着，嗓音渐渐粗重起来：

"啊，我说，你可是坐轮船来的，坐蒸汽船来的。我年轻时得用肩膀拉纤，拽着船往前走。船在水里，我在岸上，脚下是扎人的石子儿！没日没夜地朝前拉啊拉，腰弯成了弓，骨头嘎嘎地响，头发都晒着了火，汗水和泪水一起往下流！亲爱的阿廖沙，那可是有苦没处说啊！我经常脸向下栽倒在地上，心想就这样死了算了，万事皆无！但我坚持住了，我没有死去，我沿着伏尔加河我们的母亲河走了三趟，上万里路！终于，我在第四个年头儿上，作上了纤夫头儿！"

我忽然觉着这个干瘦干瘦的老头儿变得异常高大了，他就像童话里的巨人，一个人拖着大货船逆流而上！

他边说边比划，有时还跳到床上表演一下怎样拉纤、怎样将船里的积水排掉。

他一边讲一边表演，又纵身跃回到了床上：

"啊，阿廖沙，亲爱的，当然我们也有快乐的时刻！那就是吃饭休息的时候。夏天的傍晚，在山脚下，点起一堆篝火，煮上粥，苦命的纤夫们一起唱歌！啊，那歌声，太妙了，叫人浑身起鸡皮疙瘩，仿佛伏尔加河的水都流得越来越快了！"

"多美妙啊，所有忧愁都随着歌声而去！"

"煮粥的人有时只顾唱歌而让粥溢了出来，那他的头上就得挨顿勺把儿了！"

讲述过程中，有好几个人来找他，但我拉住他，就是不放他走。

他笑笑，向喊他的人一挥手：

"等一会儿……"

就这样一直讲到天黑，才亲热地同我告了别。

其实，外公并不是个凶狠的坏蛋，也并不可怕。不过，他残忍地毒打我的事儿，我是永远也不会忘记的。

大家纷纷模仿外公的做法，都来陪我说话，想尽办法让我高兴起来。

当然，来的最多的还是外婆，晚上她还陪我在一起睡觉。

小伙子茨冈是给我印象最深的。

他卷头发，肩宽背阔，在一天黄昏时来到了我的床前。他穿着金黄色的衬衫、新皮鞋，像过节似的。尤其是他小黑胡下洁白的牙齿，在黑暗中显得特别引人注目。

"啊，你来瞧瞧我的胳膊！"他一边说一边卷起了袖子，"你看肿得多厉害，现在好多了呢！那时你外公简直是发疯了，我用这条胳膊去挡，想挡断那树条子，这样趁你外公去拿另一条时，就可以把你抱走了。"

"柳条子太软了，我也狠狠地挨了几下！"

"算你有福气！小家伙。"

他笑了起来，样子十分温和：

"唉，你真可怜，你外公那家伙真是没命地抽你！"

就像马似的，他使劲吹了一下鼻子。

我觉得他很单纯，也很可爱。

我将这种想法告诉了他，他说：

"啊，我也喜欢你啊，正因为这个，我才忍痛去救你的！为了别人，我可不会这么干的。"

然后，他东张西望了一阵子，悄悄对我说：

"我告诉你，下次再挨打的时候，千万不要绷紧身子，要放松、舒展开，要深呼吸，喊起来要像杀猪，明白吗？"

我问道："难道还要再打我吗？"

"你以为这就完了？当然还会再打你。"他说得十分认真。

"为什么？"

"为什么？反正他会不停地找理由打你！"

停了停，他又接着说：

"你就记着，要是他从上往下打，就是树条只是从上面直打到你身上，你就一动也不动，要舒展开躺着！"

"假如他把树条子打下来之后，再顺着往回抽，那就是要抽掉你的皮，你一定要顺着他转动身子，记住了没？"

他向我挤了挤眼睛：

"没问题，我是过来人了，小家伙，我全身的皮都被打硬了！结实得简直可以拿去缝手套。"

我看着他好像是在享受别人痛苦时的快乐，不禁想起了外婆给我讲的伊凡王子和伊凡傻子的故事。

三

我身上的伤好了之后，慢慢地感觉出来，茨冈的地位在我们这个大家庭中十分特殊。

外公骂他不如骂那两个舅舅多，而且在私底下，外公还经常夸赞他：

"伊凡是个好样的，这小子会有出息！"

两个舅舅对他也很和气，从来不像对格里高里那样，也从来不搞什么恶作剧。对格里高里的恶作剧每天都要弄一次。有时是用火把他的剪子烧红，有时则是在他的椅子上装一个头儿朝上的钉子，或者把两种颜色完全不同的布料放在这个几乎成了瞎子的老工匠的手旁，等他将不同颜色的布料缝好，就会遭到外公的训斥。

有一天，他在厨房的吊床上睡午觉，不知是哪个捣蛋鬼，在他脸上涂满了红颜料。

这种颜料很难洗掉，很长一段时间里，格里高里就有了这么一张好笑又可怕的红色的脸。

这帮人折腾他的花样从不重复，格里高里几乎一点也不当回事儿，什么话也不说。

他在拿剪子、顶针儿、钳子、熨斗之类的东西之前，总会先在手上吐上点唾沫，试探着拿。

似乎这已成了习惯。在拿刀叉吃饭以前，他也会用唾沫先把指头弄湿，孩子们看见了被逗得大笑不止。

挨了烫，他的脸就会立即扭曲出很多皱纹来，眉毛高高扬起，直至消失于光秃秃的头顶之上。

我记不清外公对他儿子们的恶作剧的态度了，每次，外婆则都会挥起拳头骂他们：

"臭不要脸的东西！魔鬼！"

舅舅们还是常常在私下里咒骂茨冈，说他这儿不好、那儿也不好，是个小偷，是个懒汉。

我问外婆，这是怎么一回事儿。

她耐心地向我解释：

"这你就不懂了，他们将来是要分家自己开自己的染坊，都想要小帮工茨冈，所以嘛，他俩就都在对方面前辱骂他！说他不会干活！还是个笨蛋。他们怕他跟你外公一起开另一家染坊，那就会对你的舅舅们十分不利。他们的那点阴谋诡计早让你外公看出来了。他故意对他俩说：'啊，我要给伊凡买一个免役证，我太需要他了，他不要去当兵！'这下子可气坏了你的舅舅们！"

说到这儿，外婆无声地笑起来了。

现在我又与外婆坐在一起了，像坐轮船来的时候一模一样，每天临睡以前她都过来给我讲故事，讲她自己所经历过的就像童话故事般的生活。

十分有趣，提到分家之类的事情时，外婆完全是以一个局外人的语气说的，仿佛她离这一切十分遥远。

在她讲茨冈时，我才知道他是个被遗弃的孩子。

有一年的春天，在一个阴雨连绵的夜里，在家门口捡到的。

"唉，他都冻僵了，快不行了，仅用一块黄围裙裹着！"

"是谁扔的？干吗要扔了他？"

"他妈妈没有奶水，听说哪一家刚生了孩子夭折了，她就把自己的孩子放到这儿来了。"

一阵沉默。外婆叹了一口气，眼睛望望天花板，接着说：

"唉，亲爱的阿廖沙，都是太穷啊！当然，社会上还有一种风俗，没出嫁的女子是不能养孩子的！你外公想把伊凡送到警察局去，但我拦住了他，说自己养吧，这是上帝的恩赐。我生了十八个孩子，如果都活着的话就能站满一条街！我十四岁结婚，十五岁开始生孩子，可上帝都看中了我的孩子，都要去当天使了！我又心疼又高兴！"

她低声笑了起来，而眼里却闪着泪光。

她坐在床沿上，黑发披在身上，身高体大，头发蓬松，很像一个大胡子前一阵子牵到院子里的一只大熊。

"好孩子都让上帝拿走了，留下的都是坏的！我喜欢小孩子，就这样伊凡留下了，洗礼之后，他越长越水灵！我开头叫他'甲壳虫'，因为他满屋子爬的那个样子简直像个甲壳虫！你可以放心地去爱他，他是个很纯真的人！"

我越来越喜欢伊凡了，他常常有惊人之举。

每到周六，外公都要惩罚一下本周内犯过错误的孩子，然后他就去做晚祷了！

厨房立刻成了我们的天地。

不知茨冈从哪里弄来几只黑色的蟑螂。接着，他又用纸做了一驾马车，剪了一个雪橇，啊，真是太好了！

四匹"黑马"拉着雪橇在黄色的桌子上狂奔起来，伊凡用一根小棍赶着它们，大叫："哈，赶着车去请大主教喽！"

他又剪了一张纸贴在了一只蟑螂身上，赶着它去追雪橇：

"它们忘了带口袋，这是个修道士，还在追呢！"

他又用一根线捆住了一只蟑螂的腿，这只蟑螂一边爬，一边不断地点头，伊凡大笑："助祭从酒馆里出来要去做晚祷喽！"

他有一只小老鼠，将它藏在怀里，嘴对嘴地喂它糖、接吻，他十分自信地说：

"老鼠是很聪明的动物，家神非常喜欢它！谁养了小老鼠，家神爷爷就会喜欢谁！"

伊凡还会用纸片或者铜钱变戏法，而变戏法时，他比哪个孩子都嚷得凶，和我们没什么区别。

有一次打扑克，把他气坏了，他一连当了几次"大傻瓜"，事后他向我发牢骚说，你们肯定在桌子底下换牌了！

"哼，有谁不会做气人的把戏！"

那年他十九岁，比我们四个人的年龄加起来还要大得多。

每到节日之夜，茨冈更是个活跃分子。

一般来说，这时外公和米哈伊尔舅舅都会出门去做客。雅可夫舅舅拿着六弦琴走进厨房。

外婆刚摆好了一桌子丰盛的菜点和一瓶伏特加。酒瓶子是绿色的，瓶子底上雕刻着精美的红花儿。

茨冈穿着节日的盛装，也忙乎得团团转。

格里高里轻轻地走进来，眼镜发着光。

保姆叶芙格妮娅的麻子脸也更红了，她胖得像个存水缸，眼睛很奇怪，嗓音则像喇叭。

有时候，乌斯科尼耶教堂的长发助祭，还有些梭鱼般狡猾的人也来。人们大吃海喝，孩子们人人手里都有糖果，而且还有一杯甜酒！

欢乐的场面越来越热闹了！

雅可夫舅舅小心地调好了他的六弦琴，照惯例先要问一句：

"怎么样，各位，我就要开始了！"

随后，一甩他的卷发，好像鹅一样地伸长脖子，眯着朦朦胧胧的眼睛，轻轻地拨着琴弦，弹起了让人每一块肌肉都禁不住要跳起来的曲子。

这曲子正像一条奔流的小河，自远方的高山而来，从墙缝里挤进来，冲激着人们，让人顿感忧伤，然而又不无激越！

这曲子让你产生了对世界的怜悯，也加深了对自己的悔悟，大人变成了孩子，孩子变成了大人，大家端坐倾听，沉思无语，仿佛空气都凝结不动了。

米哈伊尔家的萨沙张着嘴巴，他的身子一直向舅舅那边探过去，口水不停地往下流！

有时他听入了神，手脚都不听使唤了，打椅子上滑到了地板上。他用手撑着地，就那样听下去，再也不起来了。

所有的人都听入了迷，偶尔有茶炊的低叫，更加深了这意境的哀伤。

两个黑洞洞的小窗户瞪着外面的夜空，摇曳的阴影让它们改变着眼神。

雅可夫舅舅全身都僵住了，只有两只手，几乎是在别人的安排下弹动：右手指在黑色的琴弦上面用肉眼难以看清的速度抖动着，犹如一只快乐的小鸟在飞速地扇动翅膀；左手指则飞快地在弦上跑，快得令人难以置信。

他喝了酒以后，常常用一种从牙缝里发出的声音边弹边唱：

> 雅可夫假如是条狗，
> 他就要自早到晚叫不停。
> 哦，我苦闷！
> 哦，我忧愁！
> 一个修女顺着大街走；
> 一只老鸦在墙上站。
> 哦，我苦闷！
> 蛐蛐儿在墙缝中叫，
> 蟑螂嫌它闹。
> 哦，我苦闷！
> 一个乞丐在晒着裹脚布，
> 又有一个乞丐跑来偷走！
> 哦哦，我苦闷！
> 哦哦，我苦愁！

我从来听不完这支歌，不知道为什么，他一唱到乞丐，我就会悲痛的大哭。

和大家一样，茨冈也听舅舅唱歌，他将手插进自己的黑头发里，低着头，喘着粗气。

他会忽然叹息道：

"唉，要是我能有副好嗓子就好了，我一定会唱个痛快的！"

外婆说道：

"好啦，雅沙，别再折磨人了！来吧，让凡纽希加给大家跳个舞吧！"

她的请求大家并不是每次都立即同意，不过雅可夫舅舅常常用手按着琴，紧握拳头，一挥手，好像自身上甩掉了一种什么东西，猛喊一声：

"好啦，让一切忧愁烦恼都走吧！"

"伊凡，该你上场！"

茨冈抻抻衣服，理理头发，小心翼翼地走到厨房当间，脸膛红红的，微微一笑：

"弹得要快一点，雅可夫·瓦西里奇！"

疯狂的吉他声响了起来，随着这暴风骤雨般的节奏，茨冈的靴子跳着细碎的步子，震得桌子上的碟儿碗儿叮当乱颤。

茨冈像一团火在燃烧；他一会儿两臂张开，像鹞鹰般挥动着，脚步快得让人分别不出来！

一会儿他突然尖叫一声，朝地上一蹲，像大雨来临之前的一只金色的燕子飞来飞去，颤动着的衬衫，好像在燃烧，发出亮丽的光芒。

茨冈纵情地跳着，假如打开门，他就能跳到大街上去，跳遍整个城市！

"起劲儿跳吧！"雅可夫舅舅用脚在地板上击着拍子，叫道。

茨冈高声怪叫出一段俏皮的顺口溜：

哎嗨！
真舍不得这破草鞋呀，
不然我就远走高飞喽，
抛下我的爱人。
真舍不得这破草鞋呀，
不然我就远走高飞喽，
抛下我的爱人。
抛下我的孩子。

在桌边的人们不由地跟着他抖动着，脚下好像有火，还不时地随着他吼上几声。

格里高里拍打着自己的光秃秃的头，高兴地叨唠着什么，他俯下身和我说话，柔软的大胡子盖住了我的肩头：

"噢，阿列克塞·马克辛莫维奇，如果你父亲还活着的话，他会跳得更像一团火！"

"他可是个讨人喜欢的快乐人啊！"

"你还能记得他吗？"

"我不记得了。"

"噢，你不记得了！"

"从前，外婆和他跳起舞来，嘿，你等一下！"

说着他站了起来。他个子极高，人又瘦，好像是一幅圣像。

他朝外婆鞠了个躬，用一种平常很难听到的粗嗓音说道：

"请赏个脸，阿库琳娜·伊凡诺夫娜，出场来和我跳上一圈儿吧！"

"像以前和马克辛·伊凡内奇那样，怎么样？"

"让我跳舞，这不是在开玩笑吧？"

外婆身子朝后退着。

但是大家一致让她出来跳。

突然，外婆迅速地站了起来，她下定了决心。整理一下衣裙，挺直身子，昂起头，兴高采烈地舞了起来，她叫着："你们只管笑吧，尽情地笑吧！"

"雅沙，换支曲子！"

舅舅应声而止，身子稍稍向前挺，马上弹起了一支舒缓的曲子。

茨冈停了一下，跑到外婆身前，蹲了下来，围着她跳开了。

外婆眉毛上挑，双眼遥视，两手展开，好似在空中一般在地板上滑行。

我觉得非常有趣，笑出了声儿，格里高里伸出一个指头点了我额头一下，所有的人都责怪地看了我一下。

"伊凡，你别闹了！"

茨冈听从了格里高里的指挥，坐到了门槛上，保姆叶芙格妮提起了嗓门，唱道：

> 自周一至周六，
> 姑娘绣花边儿。
> 能累得死人哟，
> 不剩半口气儿。

外婆根本不是在跳舞，而是在讲故事。

她若有所思，遥望着前方，两只显得很小的脚撑着巨大的身躯，摸索前进。

她忽然停止了前进，前面有什么东西，令她颤抖！

立刻，她又焕发了容光，脸上现出慈祥的微笑。

她向一边一闪，垂头丧气，谛听着，满面笑容！

忽然，她转了起来，她好像高大了许多，力量和青春一下子重新回到了她身上，将所有人的目光都吸住了，她露出了鲜花般的美丽。

保姆叶芙格妮娅又唱起来了：

周日的午祷结束，
直跳到夜半时分。
最后才回到家门，
可叹良宵苦短又到周一。

外婆跳完了，坐回了她原来的位置。

大伙儿起劲儿地夸奖她，她理着头发，说：

"好啦！你们或许还没有见过真正的舞蹈吧。"

"从前，我们巴拉赫纳有位女孩，我记不清她的名字了，可我却永远也忘不了她的舞姿！真是快活得让你想流泪！"

"你只须将她看上一眼，就会幸福得昏过去，我太羡慕她了！"

"世界上第一流的人物是歌手和舞蹈家！"叶芙格妮娅很认真地说，她又开始唱国王达维德。

雅可夫舅舅拥住茨冈说：

"你太该去酒馆跳舞了，把人们都跳得发狂！"

"唉，我只是希望有一副好嗓子，只要能让我唱上十年，以后哪怕让我做修士也行！"

人们开始喝起了伏特加，格里高里喝了许多。许多人向他敬酒。外婆说了话：

"小心点儿，格里沙，不能这样喝下去，否则你会彻底成为瞎子！"

格里高里十分镇静地说：

"瞎就瞎吧，我要眼睛有什么用，我啥都见过了！"

他越喝越多，虽然还没醉，但是话多了起来，见了我总要说起我的父亲：

"他可有一颗伟大的仁慈的心啊，我的小老弟，马克辛萨瓦杰依奇……"

外婆轻声叹了一口气，说：

"是啊，他就是我们上帝的儿子。"

每一句话，每一件事，人们每个表情，每个动作都吸引着我，一种甜蜜的忧愁之感盈满了我的心头。

欢乐和忧愁永远都是相依相伴的，它们不可分割地纠缠在一起。

可能醉得并不十分厉害的雅可夫，撕扯着上衣，揪着自己的头发和浅色的胡须：

"唉，这算是什么生活呀，为什么要这样活呢？"

他捶首顿足，泪流满面：

"我是流氓，下流坏子，丧家犬！"

格里高里突然叫道：

"没错，你就是！"

外婆也醉了，抓着儿子的手：

"得了，雅沙，你是什么样子的人，只有上帝最清楚！"

外婆现在显得十分漂亮，一双黑眼睛满含着笑意向每个人撒播着暖暖的爱意。

她用头巾扇着红红的脸儿，唱歌似地说：

"主啊，主啊，所有的东西都是这么美好！真是太美好了！"

这是她发自内心深处的感慨，是她一生常挂在口边的话。

雅可夫舅舅的表现令我非常吃惊，因他一向都是无忧无虑的。我问外婆，他干吗要哭？还打自己骂自己？

"你并不是立刻就要知道这世界上发生的一切！早晚你会明白的。"外婆一反常态，并没有回答我的问题。

这样的回答使我的好奇心更加得不到满足了。我去染房问伊凡，他也只是笑，并不回答，斜着眼看格里高里。

最后他急了，一把将我推了出去：

"滚！你要是再缠着我，我就把你扔进染锅里，给你也上个色儿！"

此时的格里高里正站在炉子前，炉台又宽又矮，上面摆着三口大锅，他用一根长木棍在锅里搅和着，不停地将棍子提出来，看一看沿着棍子往下滴的染料汤。

火烧得十分猛烈，他那五颜六色的皮围裙的下摆反射着火光。

锅里的水咕嘟咕嘟地响，蒸汽向门口涌去，院子里腾起一阵阵干雪。

他将充血的眼睛抬起，自眼镜下边儿看了看我，粗声粗气地对伊凡说：

"快点，拿劈柴去，眼睛长着干什么用的？"

茨冈就出去拿劈柴去了。

格里高里坐到了装满颜料的口袋上，叫我过去：

"过来！"

他把我抱到他的膝盖上，大胡子盖住了我的半边脸："你舅舅犯浑，将他老婆打死了！现在，他的良心受到了谴责，你明白了吧？"

"你可得小心点哟，什么都想知道，那是十分危险的！"

同格里高里在一起，跟与外婆在一起时的感觉一样，非常自然，所不同的是，他总让我感到有点怕，尤其是他从眼镜底下看人时，好像能洞穿一切。

"那么，是怎么打的？"

"晚上睡觉时，他用被子把她连头带脚裹住，然后打死的。"

"为什么要打？大概连他自己也说不清楚吧？"

伊凡这时抱了劈柴回来，在炉子前蹲着烤着手。

格里高里没注意，继续说：

"大概因为她比他好，他嫉妒她！"

"他们这一家子人，都不喜欢好人，也容不下好人！"

"他们是怎样想弄死你的父亲的！你去问一下你外婆，就会知道。你外婆都会告诉你的，她不说谎。虽然她也喜欢喝酒，闻鼻烟，可她却实在是个圣人。"

"她还有点傻，你可要靠紧她啊！"

说完，他推了我一下，我就到了院子中。

我的心情沉重异常。

伊凡追过来，摸着我的脑袋，悄声说：

"并不需要怕他，其实他是个好人啊！"

"你往后要直盯着他的眼睛看，他喜欢那种感觉！"

这所有的一切都叫人感到不平静。

我记得我父母的生活不是这样的。他们做一切事情都是在一起的，肩并肩地依偎着。

夜里，他们经常谈笑很久，坐在窗子旁边大声地歌唱，弄得街上的行人都来围观。

那些抬起头来往上看的许多面孔，让我想起了饭后的脏碟子。

可是在这儿人们少有笑容，偶然有人笑，你却弄不清他在笑什么。

大吵大闹、恐吓、窃窃私语是这儿说话的常用方式。

孩子们没人理睬，无人照顾，就像灰尘一般微不足道，他们谁也不敢大声地嬉戏。

我觉得自己在这儿是个外人，总感到如坐针毡。

每一件事情的发生和发展都使我疑虑重重。外婆整天忙忙碌碌，很多时候根本顾不上我。于是我就整天跟在茨冈的屁股后头转，我们的友谊也因此而越来越深。

外公每次打我，他就会用胳膊去挡，然后再把那打肿了的地方伸给我看：

"唉，没多少用！你照样还是挨那么多的打，而我给打得一点也不比你轻，算了，以后我再也不想管了！"

可下次他还是会管的。

"你不是不再管了吗？"

"唉，谁知道一到那时候，我的手就会不由自主地伸了过去……"

此后，我又知道了他一个秘密，这使我对他的好感和友谊越发深厚。

每到星期五，茨冈都会把那匹红马沙拉普套到雪橇上，去赶集买东西。

沙拉普是外婆的宝贝，它脾气特别坏，只吃精饲料。

茨冈穿上长到膝盖的皮大衣，戴上大帽子，系上一条绿色的腰带就驾着雪撬出发了。

有时他很晚还没有回来。家里人就都焦急万分，都跑到窗户前，用哈气融掉玻璃上的冰花儿，向外张望。

"还没回来吗？"

"没呢！"

外婆比每个人都急，她对舅舅和外公说：

"这下可好了，连人带马全让你给毁了！"

"不要脸的东西！上帝要惩罚你的！"

外公脸色阴沉地嘀咕说：

"好啦，好啦！这是最后一次了。"

终于，茨冈回来了！

外公同舅舅们赶紧跑到院子里，外婆拼命地吸着鼻烟，像只大狗熊似地跟在后面，一到这种时候，她立即变得很笨。

孩子们也跑出去了，大家欢天喜地地从雪橇上往下搬东西。

鸡鸭鱼肉真是应有尽有。

"让你买的都已经买了？"

外公锐利的眼睛看了看雪橇上的东西，问。

"全买了。"

茨冈在院子里跳着取暖，啪啪地拍打着手套。

外公厉声训斥说：

"别将手套拍坏了，那可是用钱买的！"

"找回零钱了没有？"外公严厉地问。

"没有。"

外公围着雪橇转了一圈儿：

"我看，你弄回来的东西又多出来了，好像有的不是用钱买的吧？"

"这种事情我可不喜欢发生。"

他眉头一皱，走了。

两个舅舅兴致勃勃地往雪橇跑去，拿下来鱼、鹅肝、小牛腿、大肉块，他们吹着口哨，掂着重量：

"好小伙子，买的可都是好东西！"

米哈伊尔舅舅身上好像装了弹簧，跳来跳去，闻闻这儿，嗅嗅那儿，眯缝着眼睛，咋着舌头。

他的样子极像外公，很瘦，个子稍高一点儿，黑头发。

他抄着手问茨冈道：

"我应该给你多少钱？"

"要十个卢布。"

"这些东西我看值十五个卢布！你到底花了多少？"

"花了九卢布零十戈比。"

"好啊，九十戈比又进了你自己的荷包。"

"雅可夫，你瞧这小子多会挣钱。"

雅可夫在寒冷的空气中打着颤，眨了眨眼睛，一笑：

"瓦尼加，请我们喝点儿伏特加行吧。"

外婆卸了马套，和马说着些什么：

"哎呀，我的小乖乖，怎么啦？小猫儿，又调皮啦？"

高大健壮的沙拉普抖了抖鬃毛，用雪白的牙齿磨蹭着外婆的肩头，兴奋地盯着外婆的衣服，低声地叫着。

"吃些面包吧？"

外婆把一大块面包给它塞进嘴里，又兜起围裙立在马头下面接着掉下来的面包渣儿。

看着它吃东西，外婆几乎又陷入了沉思。

茨冈走过来：

"这马可真聪明啊！"

"滚，别在这里摇尾巴！"

后来外婆对我解释，说茨冈偷的东西比买的东西多。

"你外公给他五个卢布，他只买了三个卢布的东西，其余那十多个卢布的东西全是他偷来的！"

"他就是爱偷东西。就像闹着玩似的，大家都夸他能干，他就尝到了这个甜头，谁知道就此养成了偷东西的习惯！"

"还有你外公，打小就爱钱，现在就非常贪心，钱比什么都重要，看见东西白白地送到自己家来，当然是乐不可支。"

"还有米哈伊尔跟雅可夫……"

她说到这里，挥了一下手，闻了闻鼻烟儿，又接着絮絮叨叨：

"阿廖沙，人世间的事儿啊，就像花边儿。而织花边儿的又是个瞎老妈子，你就可想而知织出来的是什么了！"

"人家抓住小偷儿，可是会往死里打的！"

一阵沉默之后她又说道：

"唉，真是天理何在啊！"

第二天我找到了茨冈：

"人家是不是会打死你啊？"

"抓住我？可没那么简单！"

"我眼疾手快，马也跑得飞快！"

说完之后他一笑。可立刻又皱起了眉头：

"我知道偷东西不好，而且很危险，可我只是想玩一下啊！"

"我也不想攒什么钱，用不了几天你的舅舅们就会把我手里的钱都要走了。"

"拿走就拿走吧，反正我也吃饱了，对我来说钱也派不上什么大用处。"

他握住我的手，说：

"啊，你很瘦，骨头硬，长大以后力气肯定特别大！"

"你听我的话，学学吉他吧，让雅可夫舅舅教你，你还小，学起来一定很容易！你人虽然小，倒有挺大的脾气。你不喜欢你外公是吗？"

"我也不清楚。"

"除了老太太，他们一家子我哪个也不喜欢，魔鬼才喜欢他们呢！"

"那么，你喜欢我吗？"

"你不姓卡什林，你姓彼什柯夫，你是另外一个家族的人！"

他忽然抱住我，低低地说：

"唉，假如我有一副好嗓子，我就能把人们的心都点燃起来，那会多好啊！"

"好啦，你走吧，小弟弟，我要去干活儿了！"

他将我放到地板上，往嘴里塞上一小钉子，把一块湿湿的红布绷得紧紧的，钉在了一块大个儿的四方形木板上。

想不到这是我最后一次同他谈话。过了不久，他就死去了。

事情的发生是这样的。院子中有一个橡木的大个儿十字架，靠着围墙，已经放了很久了。我刚来的时候，它就放在那儿了。那时它还挺新的，黄黄的。可过了秋天，雨水把它淋黑了。散发着一股像橡木的苦味儿，在拥挤、肮脏的院子里，显得更添乱了。

这个十字架是雅可夫舅舅买回来的，他许下愿，要在妻子死去一周年的祭日时，亲自把它背到坟上。

那是才入冬的一天，天气极为寒冷。

一大早外婆外公就带着三个孙子到坟地去了，我犯了错误，被关在了家里。

两个舅舅穿着黑色的皮大衣，将十字架从墙上拔了出来。

格里高里跟另外一个人把十字架放到了茨冈的肩膀上。

茨冈跟跄了一下，叉开腿站稳了。

"怎么样，撑得住吗？"

格里高里问道。

"说不清，特别重！"

米哈伊尔舅舅大喊道：

"快点开门，瞎鬼！"

雅可夫舅舅说道：

"瓦尼卡，你不嫌害臊，咱俩加起来也不如你有力气！"

格里高里打开门，叮咛伊凡：

"小心着点儿，千万别累着了！"

"秃驴！"

米哈伊尔舅舅在街上喊了一句。

大家都乐了，几乎都为把这个十字架弄走而高兴。

格里高里背着我到了染房，将我抱到一堆准备染色的羊毛上面，把羊毛围到了我的肩膀上，又闻了闻锅中冒出来的蒸气，他说：

"今天你外公也许不会打你了，我看他眼神挺和气的！"

"唉，小家伙，我跟你外公在一起三十七年了，他的事儿我最了解。"

"起先，我们是朋友，一起做买卖。后来他当上了老板，因为他比我聪明，我不行。"

"可是上帝是最聪明的，人间的聪明，他都是不在乎的。尽管你还弄不清别人为什么那么做，那么说，但是慢慢地你都会了解的。"

"孤儿，真苦啊！"

"你的爸爸，马克辛·萨瓦杰依奇，他可是个珍宝啊！也许就是因为他什么都懂，你外公才不喜欢他的！"

听格里高里这样不停地讲，我心里十分高兴。

金红的炉火映红了我的脸，屋子里弥漫着雾水和蒸气，它们升到房顶的木板上，变成了灰色的霜，打房顶上的缝隙里向上看，可以看到一线蓝蓝的天空。

风小了，雨也停了，阳光灿烂，雪橇走在大街上，发出刺耳的尖叫。炊烟突然升起，轻淡的影子自雪地滑过，好像也在讲述着什么。

大胡子格里高里身高体瘦，支着一对大耳朵又没戴帽子，简直像个善良的巫师了。

他搅动着颜料，继续他的话题：

"得用正直的眼光看待每一个人，即使是一条狗，你也要一样看待……"

我抬起头看着他，感觉非常神圣。

看上去很沉的眼镜架在他的鼻梁上，跟外婆一样，鼻尖儿上有许多发红的血丝。

"啊，等一等，有什么事啦！"

他忽然用脚关上了炉门，先竖着耳朵听了一下，然后一个箭步冲进了院子里。

我跟着跑了出去。

茨冈被人抬进了厨房。

他躺在地板上，自窗外射进来的光线被窗格分成了一道一道的，一道儿落在他脸上、胸上，一道则落在了腿上。

他的眉毛挑了起来，额头放射着一种奇怪的光。眼睛动也不动地盯着天花板，只有暗紫的嘴唇在动，吐出些发红的血沫儿来。鲜红的血打嘴里流到脸上又流到脖子上，最后流向地板，很快他就被血完全泡住了。

他的两腿痛苦地扭曲着，血把它们粘在了地板上。

鲜红的血像一条小溪在擦得十分干净的地板上流淌，横穿过一道道光线，向门口流去。

茨冈就这样直直地躺着，只有手指头还在微微抓动，指头上的血迹在阳光下发着光。

保姆叶芙格妮娅把一支细蜡烛塞向伊凡手里，可他根本抓不住，蜡烛倒了，栽进了血泊之中。

叶芙格妮娅捡起蜡烛来，用裙子角把它擦干净，又向伊凡的手里塞。

人们纷纷议论起来，我有点站不稳，赶忙扶住了门环。

雅可夫舅舅战战兢兢地来回走着，低声道：

"他摔倒了！被压住了！砸在背上！"

"一看不行，我们就急忙扔掉了十字架，要不也会被砸死的。"

他面如死灰，两眼无光，而且疲惫不堪。

格里高里愤怒地喊道：

"就是你们砸死了他！"

"是的，那又怎么样？"

"你，你们！"

渐渐发黑的血在门槛边上聚成一堆儿，好像鼓了起来。茨冈在不停地吐着血沫，低声地呻吟着，声音越来越小，人也瘦了下去，贴在了地板上，几乎要陷进去。

雅可夫舅舅低声说道：

"米哈伊尔去找爸爸了！"

"是我雇了一辆马车将他拉了回来！唉，幸亏不是我亲自背着，否则……"

叶芙格妮娅还在将蜡烛往茨冈手里塞，烛泪滴进了他的手掌心里。

格里高里怒吼了：

"行啦，你让蜡烛立在地板上就行了，蠢货！"

"哎！"

"摘下他的帽子来。"

保姆把伊凡的帽子取了下来，他的后脑勺落在地板上，沉沉地响了一声。

他把头歪向一边，血沿着嘴角往外淌，流得更多了。我等了很久，希望茨冈休息好了站起来，坐在地板上，吐一口唾沫说：

"呸，真热啊……"

但是没有。

到了第三天，他照旧那样躺着，直瘦了下去。

他的脸黑了下来，指头也不能动弹了，嘴角上也流不出血沫了。

他的天灵盖跟两个耳朵旁，插着三支蜡烛，黄色的烛火摇曳不定，照亮了他蓬乱的头发。

叶芙格妮娅跪在地上哭道：

"我的小鸽子，我那小宝贝……"

我觉得特别冷，十分害怕。爬到桌子底下躲了起来。

外公穿着貉绒大衣，步履沉重地走进来。

穿带毛尾巴领子皮大衣的外婆、米哈伊尔舅舅、孩子们，还有很多陌生人，也都挤了进来。

外公将皮大衣往地上一摔，怒吼道：

"混蛋！你们将一个多么能干的小伙子给毁了！再过几年，他就是无价之宝啊！"

我的视线被地板上的衣服遮住了，我向外爬，碰到了外公的脚。

他踹了我一脚，举起拳头朝舅舅们挥舞着：

"你们这些狼崽子！"

他一屁股坐到了凳子上，哽咽了几下，却没有流泪："他是你们的眼中钉，这个我知道！"

"唉，伊凡，你怎么会不知道呢？傻瓜！"

"我说，怎么办？嗯，怎么办？上帝为什么这么不帮助我们，嗯？老太婆？"

外婆趴在了地板上，两只手不停地摸着伊凡的脸和身子，搓着他的手，盯着他的眼看，把蜡烛都给碰倒了。

她慢慢地站了起来，脸色发黑，身上也是黑衣服，双目圆睁，可怕地低吼着：

"滚！都滚出去！你们这群天地不容的畜生！"

除了外公，其他人都出去了。

茨冈就这么死了。

悄无声息地被埋掉了。

人们渐渐地淡忘了他。

四

晚上睡觉时，我躺在一张大床上，裹了几层大被子，倾听着外婆作祷告的声音。

外婆跪在地板上，一只手按在胸口，另一只手在不停地画着十字。

外面的天气寒冷刺骨，冻得发青的月光透过窗玻璃上的冰花儿，照在外婆那有着善良的大鼻子的面孔上，她的乌黑双眼像磷火似地闪闪发光。

绸子头巾在月光之下几乎是钢打铁铸的一样，从她头上抖落下来，铺到了地板上。

作完祷告，外婆脱下衣服，叠好，走到我床前，我连忙装着睡着了。

"小调皮鬼，又装蒜呢，没睡着吧？别这样了，好孩子！"

她一这样讲，我就知道下一步她会怎么做了，于是噗哧一声笑了，她也大笑：

"好啊，竟敢和我老太婆开玩笑！"

她说着抓住被子的边儿，用力一拉，我的身子被抛到空中打了个转儿，落回到鸭绒褥面上。

"小调皮鬼，怎么样，吃亏了吧？"

我们一起笑了很久。

有时，她祈祷的时间很长，我也就真的睡熟了，不知道她是怎么躺下的。

哪一天有了吵架斗殴之类的事发生，哪一天的祈祷就会更长一些。

她会把家务事儿点滴不漏地全告诉上帝，十分有趣。

她跪在地上，就像一座小山似的，开始还比较含混，后来干脆就成了家常话：

"主啊，您知道，所有人都想过好日子！米哈伊尔是老大，他该住在城里，但让他搬到河对岸去住，他认为太不公平，说那是没有住过的新地方。但他父亲有点偏心眼儿！比较喜欢雅可夫。主啊，开导开导这个倔老头子吧！主啊，您给他托个梦，让他明白应当怎么给孩子们分这个家！"

她看着那发暗的圣像，画十字儿、磕头，大脑袋磕得地板直响，然后她又开了口：

"请带给瓦尔瓦拉一些快乐吧！她哪个地方让您生了气？她有什么罪过？为什么她落到了这步田地：每天都深埋在悲哀之中。主啊，请您不要忘了格里高里！如果他瞎了，那就只能去要饭了！他可是为我们老头子把心血都耗尽了啊！

您大概以为我们老头子能帮他一下吧！唉，主啊！这是不可能的啊！"

她陷入了沉思，低头垂手，就像睡着了似的。

"还有些什么呢？噢，对了，救救所有正教徒，给他们施以怜悯吧！原谅我，我的过错，只是因为我的愚昧，而不是出自我的内心啊！"

她叹息了一声，好像满足地说：

"我万能的主啊，您无所不知，无所不能！"

对于外婆的这个上帝我非常喜欢，他总是跟外婆那么亲近，我央求外婆：

"求求你，给我讲一讲关于上帝的故事吧！"

讲关于上帝的故事她显得十分庄重，先坐直身子，又闭上眼睛，拉长了声儿，而且声音很低：

"在群山之间，天堂的草地上，银白的椴树下，蓝宝石的宝位上坐着我们的上帝。椴树无论冬天和秋天，永远是枝叶繁茂的。天堂的花儿永远不会凋零，为了让上帝的信徒们快乐。成群结队的天使飞在上帝身边，像蜜蜂，又像雪片儿！它们降临到人间，又回到天堂，将人世间的一切事情向上帝作报告！在这些天使中，有你的，也有我的，还有你外公的，每个人都有一个天使专门负责，上帝对待每个人都是平等的。例如，你的天使向上帝报告说：'阿列克塞对着他的外祖父伸舌头作鬼脸！'上帝就会说：'好吧，让老头子打他一顿。'天使就是这么向上帝作报告，又下达上帝的命令的，上帝下达给每个人的旨意都是不同的，有快乐，也有不幸。"

停了一下，外婆继续讲道：

"上帝住的天堂里，一切都是美好的，天使们快乐地做游戏，不停地歌唱：'光荣属于您，主啊，光荣属于您！'而上帝只是朝他们微笑。"

"你看见过这些吗？"我轻声问道。

"没有，但是我知道。"她稍一沉思，对我说。

每次提到上帝、天堂、天使，她都非常和蔼、可亲，好像人也变小了，容光焕发。

我将她的辫子缠到自己的脖子上，聚精会神地听她那永远也听不烦的故事。

"常人是看不见上帝的，假如你一定要看到，就会成为瞎子。只有圣人才可以见到上帝。天使嘛，我是见过的；只要你心清气爽，她们就能出现。有一回我在教堂里头做晨祷，祭坛上就有两个清清亮亮的天使，翅膀尖儿挨着地板，好像花边儿。她们绕着宝座飞来飞去，帮助衰老的伊里亚老神父：他举起手祈祷，她们就扶着他的胳膊。他太老了，瞎了，没多久就死了。我看见了那两个天使，我太高兴了，不住地流出眼泪，噢，美丽极了！阿列克塞，我亲爱的宝贝，不论天上还是人间，只要是上帝的，一切都是美好的……"

"我们这里的一切也都是美好的吗？"

外婆又画了个十字：

"感谢神圣的圣母，一切都好！"

这就使我纳闷了，这儿也好？可我们的日子却过得越来越坏了。

有一次，我从米哈伊尔舅舅的房门前经过，看见穿了一身白的娜塔利娅舅妈双手按在胸口上，在屋里乱喊乱叫着：

"上帝啊，带我走吧……"

我清楚她为什么喊了，也明白了为什么格里高里总是说：

"瞎了眼去要饭，都比呆在这儿强！"

我期盼着他赶紧瞎了，那样我就可以给他引路了，我们一起离开这儿，到外面去讨饭。

我把这个想法告诉他时，他笑了：

"那太好了，咱们一起去要饭！"

"我就到处大声喊叫：这是染坊行会头子瓦西里·卡什的外孙，大家行行好吧！"

"那太有趣了！"我注意到娜塔利娅舅妈的眼睛底下有几块青紫色的淤血，嘴唇也红肿着，我就问外婆：

"是舅舅打的？"

外婆叹了口气：

"唉，是他偷偷打的，该死的东西！你外公不让他打，但是他晚上打！这小子狠着呢，他媳妇儿却又那么软弱可欺……"

外婆看样子讲上了瘾儿，这些都是她想说的：

"现在已经没有以前打的那么厉害了！打打脸，揪揪辫子，也就算了。以前一打可就是几个小时呀！你外公打我打得时间最长的一次，是一个复活节的前一天，从午祷一直打到晚上，他打一会儿歇一会儿，用木板，用绳子，什么都用上了。"

"他为什么打你？"

"记不清楚了。"

"有一次，他将我打得差点死掉，一连五天没吃没喝，唉，这条命是捡回来的哟！"

这着实使我感到有些惊讶，外婆庞大的身躯几乎是外公的两倍，难道她打不过他？

"他有什么绝招吗？老是打得过你！"

"他没有绝招儿，但是他岁数比我大，又是我的丈夫！他是承袭了上帝的旨意的，我是命该如此……"

她将圣像上的灰尘擦干净，双手捧起来，望着上面富丽堂皇的珍珠和宝石，激动地说：

"啊，多可爱！"她画着十字，亲吻着圣像。

"万能的圣母啊，你是我生命中永恒的快乐！"

然后又对我说到："阿廖沙，好孩子，你瞧瞧，这画得有多细致，花儿细小而清楚。这是'十二祭日'，中间是尽善尽美的圣母费奥多罗芙斯卡娅。"

"这里写着：'圣母，如果看见我进棺材，请不要落泪。'"

外婆在摆弄圣像时，总是这样唠唠叨叨的，就好像受了气的卡杰琳娜表姐摆弄洋娃娃一样。

外婆还常常看见鬼，有的时候见着一个，有的时候则看见一大群：

"一个大斋的深夜，我打鲁道里夫家门前经过。那是个明月皎洁的晚上，一切都亮堂堂的。我突然发现，房顶儿的烟囱旁边，坐着一个黑鬼！他头长着角，在闻着烟囱上的气味儿呢，还打着响鼻儿！那家伙很大，毛绒绒的，尾巴在房顶上扫来扫去。哗哗作响！我急忙在胸前画十字儿：'基督复活，小鬼遭殃。那鬼尖叫一声，打房顶儿上一下子掉了下去！那天鲁道里夫正在家里煮肉，我想那个鬼是去闻肉味儿的！"

我想象着鬼打房顶上掉下来的样子，笑了。外婆也笑了：

"鬼好像小孩子，很玩皮。有一回我在浴室里洗衣服，一直洗到半夜，炉子门突然开了，它们打炉子里跑了出来！这些小东西，一个比一个小，有红有绿，有黑有白！我快步跑向门口，可是它们却拦住了道路，占满了浴室的每一个角落，它们到处乱跑，对我拉拉扯扯，使我没有办法伸出手画十字儿了！这些小东西毛茸茸的，既软和又温暖，像小猫似的，角刚冒出尖儿，尾巴像猪一样……我晕了过去！醒过来看时，蜡烛燃尽了，澡盆里的水也凉了，洗的东西扔得到处都是！真的是活见鬼了！我一闭上眼睛，就能看见那些红红绿绿，满身是毛的小家伙们从炉门跑出来，满地都是，挤得屋子里暖乎乎的。它们伸出粉红色的舌头，吹灭蜡烛，样子很可爱，又很可怕。"

外婆沉思了一会儿，又来了劲儿："还有一回，我看见了被诅咒的人。那也是在夜里，刮着风下着大雪，我走在拇可夫的山谷里。你还记得吗？我给你讲过，米哈伊尔和雅可夫想把你的父亲淹死在那儿的冰窟窿里。我就是走到那儿时，突然听见了尖叫声！我猛一抬头，看见三匹黑马拉着雪橇向我奔驰而来！一个大个子鬼赶着车，它头戴红帽子，直直地坐在车上活像个木桩子。这个三套马的雪橇，冲了过来，即刻消失在风雪之中了，车上的鬼们打着口哨，挥动着帽子！七辆这样的雪橇跟在后面，依次而来，立刻又消失了。马都是黑色的。你知道为什么吗？马都是让父母咒过的人，鬼驱赶着它们取乐，到了晚上让它们拉着去出席宴会！那回我看见的，大概是鬼在娶媳妇儿……"

外婆的话非常真实，让你不得不信。

我不大喜欢听外婆念诗。

有一首诗，讲的是圣母到苦难人间视察的事儿，她斥责了女强盗安雷柴娃公爵夫人，让她们不要抢劫、毒打俄罗斯人。有的诗讲的则是天之骄子阿列克塞，有的说的是斗士伊凡或者关于英明的华西莉莎。

还有公羊神甫和上帝的教子、女大公马尔法、乌斯达老太婆同强盗大王、有罪的埃及女人马丽亚、强盗母亲的痛苦等等。她嘴里的诗歌、童话以及故事，数不胜数。

外婆什么都不怕，她不怕鬼，也不怕外公或者是什么邪恶的人，可就是特别怕黑蟑螂。

蟑螂离她非常远，她就能听见它们爬的声音。

她常常在半夜里把我叫醒，说：

"亲爱的阿廖沙，一只蟑螂在爬，看在上帝的份儿上，赶快去把它踩死吧！"

我迷迷糊糊地点上蜡烛，趴在地板上爬来爬去地寻找蟑螂。可不是每次都能找得到：

"没有啊！"

外婆蒙头躲在被窝里，迷迷糊糊地说：

"肯定有的，我求你再找一下！它又来了，在爬呢……"

外婆的听力实在太灵敏了，我果然在离床很远的地方找到了那只蟑螂。

"踩死了。"

"噢，感谢上帝！也谢谢你，我的宝贝儿！"

她掀开被子露出头来，又笑了。

假使我找不到那只小虫子，她就睡不着了。

她的耳朵在死寂寂的深夜之中显得异常灵敏，稍有一点儿动静，她便会颤抖着说：

"它又在爬了，在箱子下面呢……"

"你为什么这么怕蟑螂？"

她就会讲出一套她自己的理论来：

"上帝给每一种小虫子以特定的使命：土鳖出现，说明屋子里潮了；臭气出来是因为墙脏了；跳蚤咬谁，那谁就会得病……只有这些黑乎乎的小东西，爬来爬去的，谁知道有什么用处？上帝派它们来做什么？"

这一天，她正跪在那里虔诚地向上帝做着祷告，外公冲了进来，吼道：

"上帝来了！他妈的，外头着火了！"

"什么？啊！"

外婆"腾"地一下从地板上跃了起来，飞奔出去。

"叶芙格妮娅，将圣像拿下来！"

"娜塔利娅，快给孩子们穿上衣服！"

外婆大声地指挥道。

外公却只是在那里痛哭。

我则跑进厨房里。

院子的厨房被照得光闪闪的，地板上流动着闪闪烁烁的红光。

雅可夫舅舅一边穿靴子，一边乱跳，好像地上的红光烫了他的脚似的。他大叫：

"是米希加（米哈伊尔的昵称）放的火！他逃啦！"

"混蛋，你胡说！"

外婆大声训斥着他，伸手用力一推，他几乎跌倒。

染坊的房顶上，火舌乱卷着，舔着门和窗。

寂静的黑夜中，没烟的火苗，如红色的花朵，跳跃着盛开了！

黑夜在高处升腾，但却挡不住天上银白色的天河。

白雪变成了红雪，墙壁几乎在抖动，红光流泻，金色的带子缠绕着染坊。

突突、嘎吧、沙沙、哗啦，各式各样奇异的声音一起奏响，大火把染坊装饰成教堂的房顶，吸引着你不由自主地想走过去，与它拥抱。

我抓了一件笨重的短皮大衣，将脚伸进了不知道是谁的鞋子里，踢踏踢踏地走上了台阶。

门外的场面实在太让人害怕了：火舌乱窜，啪啪的爆裂声还有外公、舅舅、格里高里的叫喊声闹成了一片，震得我耳聋，外婆更把我吓坏了。

外婆头上顶一只空口袋，身披棉被，飞也似地冲进了火海，她大喊着：

"混蛋们，硫酸盐要炸了……"

"啊，格里高里，快点拉住她，快点！"

"哎，这下子她算完蛋啦……"

外公狂叫着。

外婆又钻了出来，躬身快步，两只手端着一大桶浓硫酸盐，浑身上下都冒着烟。

"老头子，赶快把马都牵走！"

外婆扯着嗓子喊着：

"还不快帮我把肩上的东西拿下来，你们难道没看见，我都快烧着了！"

格里高里用铁锹铲起大块大块的雪向染坊里扔着。

舅舅们拿着斧头在他旁边乱蹦乱跳。

外公在忙着朝外婆身上扔雪。

外婆将那个桶塞进雪堆里之后，将大门打开，向跑进来的人们哀号着："各位街坊四邻，快进来救救这大火吧！马上就要烧到仓库了，我们家就要被烧光了，你们也要遭殃的！来吧，将仓库的顶子推开，把干草都扔出去！格里高里，快点！雅可夫，别乱跑，拿过斧头来，铁锹也拿来！诸位，行行好吧，愿上帝保佑你们！"

外婆的表现正像这场大火本身一样十分好奇。

大火好像捉住了她这个一身黑衣服的人，无论她走到哪儿都被火照得雪亮。

她东奔西跑，指挥着所有人。

突然沙拉普跑进院子里来，唰地一下站了起来，将外公腾空掀起。

这匹大马的双眼被火光映得分外明亮，它不停地嘶叫，不安地躁动着。

"老婆子，拉住它！"

外婆赶忙跑过去，张开双臂站到它的前面。

大马如怨如诉地长鸣了一声，斜眼看着火焰，终于顺从地向她外婆靠过去。

"别怕，别怕！不会让你受到伤害的，亲爱的，小老鼠……"她轻轻拍打着它的脖子，对它说着。这个比她大三倍的"小老鼠"乖乖地跟着她朝大门口走去，一边走一边不停地打着响鼻。

叶芙格妮娅将吓得哇哇大哭的孩子们一个接一个地抱了出来，她大声喊：

"华西里·华西里奇阿列克塞找不着了……"

我躲在台阶底下，怕她将我弄走。

"好啦，走吧走吧！"外公一挥手。

染坊的顶儿塌了，烟从几根梁柱上窜出来，直冲向天空。里头噼啪作响，红色的、绿色的、蓝色的旋风将一团团的火扔到了院子里，威胁着人们。

大家正用铁锹铲了雪往里扔，几口大染锅疯狂地沸腾着，院子中充斥着一股难闻的气味儿，熏得大家直流眼泪。

我只好从台阶底下爬了出来，正好碰着外婆的脚。

"滚开，踩死你！"外婆大吼一声。

突然，一个人骑着马冲进了院子。

他头戴铜盔，高高地扬着鞭子：

"快点让开！"

红马吐着白沫，脖子下的小铃铛的响声骤然停住了。

外婆将我往台阶上面拉：

"快走，快点儿！"

我跑到厨房里把脸贴在窗玻璃上朝外看。但是人群挡住了火场。

惟一有些意思的是铜盔的反光。

火给压下去了，熄灭了。

警察赶走了人们，外婆走进了厨房。

"谁啊？是你啊！别怕，没事儿了！"

她坐在我身边，身子微微地晃动着，再也不作声了。

几乎一切又回到了跟以前一样的夜晚，只是由于火熄灭了，没什么意思了。

外公走进来，一脚门里一脚门外：

"是他妈吗？"

"嗯。"

"烧着没有？"

"没事！"

他划了根火柴，点着蜡烛，他那烟灰的似鼠狼般的脸顿时被照亮了。

蜡烛被点燃了，他挨着外婆坐了下来。

"你去洗洗脸吧！"

外婆这么说，实际上她自己的脸上也是黑乎乎的。

外公忽然叹了一口气：

"上帝大发慈悲，赐给你以智慧和力量，否则……"

他摸了摸她的肩膀，笑了一下：

"上帝保佑！"

外婆也笑了一笑。外公的脸突然一变：

"哼，都是格里高里这个混蛋，粗心大意的，他大概干够了，简直是活得不耐烦了！"

"雅希加正在门口哭呢，这个傻小子，你去看看他吧！"

外婆一边吹着手指头，站起来走了出去。

外公并没有看我，而轻声地对我说：

"看见起火了吗？"

"你看外婆怎么样？她岁数大了，吃了一辈子的苦，又有病，可她还是这么能干！"

"唉，你们这些人哪……"

过了好久没有说话，他俯下身捏灭了烛花，又问：

"害怕了吗？"

"没有。"

"是没什么可害怕的。"

他将衬衫脱掉，洗了脸，一跺脚，喊道：

"是哪个混蛋？应该把他牵到广场上用鞭子狠抽一顿！"

"你为什么还不去睡觉，坐在这儿想干什么？"

于是我去睡觉了。

这一夜无论如何也没有睡着。刚刚躺到床上，一阵凄惨的叫声又把我从床上拽起来。

我又跑进厨房，外公手中拿着蜡烛站在地板中间，他双脚在地上来回蹭着问：

"老婆子，雅可夫，这是怎么了？到底出了什么事儿？"

我爬到炕炉上，躲进角落里，静看屋子里的一片忙乱。

惨叫声有节奏地持续着，有如波浪般地拍打着天花板和墙壁。

外公和舅舅活像没头苍蝇似地乱跑乱撞，外婆吆喝他们，让他们让开。

格里高里抱着柴火填进火炉，朝铁罐里倒上了水，他晃着大脑袋来回踱步，好似阿特拉罕的大骆驼。

"你赶紧先灭火！"

外婆指挥道。

他急忙去找松明，一下子捉住了我的脚，吓得惊叫起来：

"啊，谁呀？吓死我啦，原来是你这小鬼头！"

"这是在干什么啊？"

"你的娜塔利娅舅妈要生孩子！"他面无表情地对我说。

在我的记忆里，我妈妈生孩子也并没有这么叫喊过啊。

格里高里将铁罐子放到了火上，又走回到了我身边。

他从口袋里摸出一个隆起的烟袋：

"我要抽烟了，为了我的眼睛！"

蜡烛光照在他的脸上，他脸的一边沾满了烟渣儿，他的衬衫被撕破了，能够看见他的很多肋骨。

他的一边眼镜片儿中间掉了一小块，从那个参差不齐的破洞里，可以看见他那个伤口似的眼睛。

他在烟锅里塞进烟叶，听着产妇的惨叫，前言不搭后语地说：

"看看，你外婆都烧成什么样儿了，她还能接生吗？听听你舅妈叫的，别人可是忘不掉她了！你瞧瞧吧，生孩子有多费劲，就是这样，人们却是还不尊重妇女！"

"你可得尊重女人，尊重女人也就是尊重母亲！"

我实在熬不住了，打起瞌睡来了。

杂乱无章的人声、关门的声音、喝醉了的米哈伊尔舅舅的叫声不断地把我吵醒，我时断时续地听见了几句很奇怪的话：

"打开上帝之门……"

"来来来，半杯油，半杯甜酒，再一勺烟渣子……"

"让我看看……"那是米哈伊尔舅舅无力的叫声。

他瘫在地板上，两只手无力地拍打着。

我从炕上跳了下来。炕烧得真是太热了。

但米哈伊尔舅舅突然捉住了我的脚脖子，一使劲，我仰头朝天地躺了下去，脑袋砸在了地板上。

"混蛋！"我大骂道。

他突然一跃而起，拉起我来重新扔到了地上：

"摔死你这个小王八蛋……"

当我醒来时，发觉自己正躺在外公的膝盖上。

他抬着头，摇晃着我，说："我们都是上帝的不孝子孙，谁也得不到饶恕，谁也不会得到……"

桌子的蜡烛还在燃烧，窗外的曙色却已经很浓了。

外公低头向我问道：

"怎样了？哪里疼？"

整个身体都在疼痛，头也昏沉，但我不愿对他说。

周围的一切很奇怪：大厅里的椅子上坐满了陌生人，有神父，有几个穿军装的老头子，还有一些说不上是做什么的人。

他们一动不动，似乎在谛听从天外传来的声音。

雅可夫站在门边上。

外公跟他说：

"你，带他睡觉去吧！"

他作了个手势，让我跟着他走。

进了外婆的房间，我爬上了床，他才低声说：

"你娜塔利娅舅妈死了！"

这个消息对我来说并不感到十分吃惊，因为她很久没有露面了。既不到厨房里吃饭，也从不出门。

"那外婆呢？"

"在里面呢！"

他手一抬，走了。

我只好躺在床上，东瞧西望无所事事。

外婆的衣服在墙角上挂着，那后面就像藏着个人似的；而窗户上好像有一张人的脸，他们的头发都特别长，全是瞎子。

我躲到了枕头下，用一只眼窥视着门口：

天气太热了，空气令人窒息，这时我突然想起了茨冈死时的样子，地板上的血迹在慢慢地流淌。

我身上好像碾过了一个载重的卡车，把一切都碾碎了……门，缓缓地打开了。

外婆几乎是爬着进来的，她是拿肩膀开的门。

她朝着长明灯伸出两只手，孩子般地哭喊：

"疼啊，我的手很疼……"

五

寒冬终于过去，春天来了，舅舅们也终于分家了。

雅可夫舅舅给留在了城里，米哈伊尔搬到了河对岸。

外公在波列沃伊大街上买到了一所十分有趣的大宅子：楼下是酒馆，上面是阁楼，后花园外是一个山谷，四周都是柳树。

"看见了没，这可都是好鞭子！"

外公一边走一边说，踩着融化的雪，指着树条子，他狡猾地眨了眨眼睛：

"不久就要教你认字了，到那个时候，鞭子就更有用了。"

这个宅子里到处都住满房客，外公只给自己在楼上留了一间，外婆和我则住在顶楼上。

顶楼的窗户朝向大街，每逢节日或平常日子的夜晚，探出身子去，就可以看见一群群的醉汉们从酒馆里走出去，东倒西歪，乱喊乱叫的。

他们有时是让人家从酒馆里扔出来的，他们在地上打个滚儿，就又爬起来挤进酒馆里。

哗啦、吱扭、嘎吧吧、哎哟等一阵乱七八糟的响声突然而至，他们开始打架了！

站在楼上的窗户前看这些，是那么的有趣！

每天一大早，外公就到两个儿子的染坊去看看，帮个忙。晚上回到家，他总是又累又气的样子。

外婆留在家做饭、缝衣服，在花园里种种地，每天都忙得团团转。

她吸着鼻烟儿，津津有味儿地打上几个喷嚏，再擦擦脸上的汗水，说：

"噢，感谢仁慈的圣母，一切都变得如此美好了！"

"阿廖沙，我亲爱的宝贝，这下咱们过得多么平静啊！"

可我一丁点也没感觉到有什么安宁！

一天到晚，那些房客们在院子里乱哄哄地走来走去，邻居的女人们经常跑过来，说这个说那个的，不知道在忙些什么，老有人喊：

"阿库琳娜·伊凡诺芙娜！"

阿库琳娜·伊凡诺芙娜无论对谁都是那么和蔼可亲，她几乎无微不至地关心着每个人。

她用大拇指把烟丝塞进鼻孔，小心地用红方格手绢擦一下鼻子和手指，然后开了口：

"我的太太，要想预防长虱子，就要经常洗澡，洗薄荷蒸面浴！长了癣疥也没什么要紧，一勺干净的鹅油、三两滴水银，放在碟子里，用一片洋磁研七下，涂到身上就管用啦！千万不能用木头或骨头来研，那样水银就失效了；也别用铜或银的器皿，那样会伤皮肤。"

有时候，她略一沉吟，然后说：

"大娘啊，您去彼卓瑞找阿萨夫吧，我可回答不了您的这些疑问。"

她替人家接生，调解家庭纠纷，给孩子们看病，给人背讲妇女们念熟了就能得到幸福的《圣母的梦》，介绍一些日常生活中的常识：

"黄瓜什么时候该腌了，它自己就会告诉你，那就会没了土腥子气，就行了。格瓦斯要发酵以后才够味，只是千万别做得太甜了，放一点葡萄干就行了。如果要放糖的话，一桶最多只要放上半两糖。酸牛奶的做法也有许多种：有西班牙风味儿的，有多瑙河风味儿的，还有高加索风味儿的……"

我整天围着她在院子里跑来跑去，跟她串门，有时候她在别人家里一坐就是好几个小时，喝着茶，讲各式各样的事情。

我老跟着她，活像她的小尾巴。

在这一段生活的记忆当中，除了这位整天忙个不停的老太太，我的脑子里就是空白了。

有一次我问外婆：

"你会用巫术吗？"她一笑，想了一下回答：

"巫术可是一门学问啊，很难的，我可不行，我不认得字儿！你看你外公，他有多聪明，他认字儿，圣母可没让我有智慧！随后，她谈到了她自己的事情：我从小就是孤儿，我母亲很穷还是个残废！她还是闺女时让地主给吓的，她晚上跳窗户，就摔残了半边身子！从此，她的右手萎缩了。这对于一个以做花边为生的女佣来说，可是要命的打击！地主将她赶走了。她只好到处流浪，以乞讨为生。那时，人们比现在富有，巴拉罕纳的木匠和织花边儿的人们，都特别善良。每年一到秋天，我跟母亲就留在城里讨饭，等到天使加富里洛把宝剑一挥，赶走了冬天，我们就继续向前走，随便走到哪儿就是哪儿。我们去过穆罗姆，曾经到过尤列维茨，沿着伏尔加河向上游走过，也沿着静静的奥卡河走过。春夏之后，在大地上四处流浪，真是一个美事儿啊！青草绒绒、鲜花盛开，自由自在地呼吸着甜而且温暖的空气！有时，母亲将蓝色的眼睛闭上，唱起歌儿来，花草树木都竖起了耳朵听着，风也停了，大地在听她的歌唱！流浪的生活实在十分新奇儿，可我逐渐长大了，母亲感到再领着我四处讨饭，实在有点不好意思了。因此，我们就在巴拉罕纳城住了下来，她每天都会到街上去，挨门挨户地去乞讨，逢到什么节日，就到教堂门口去等着人们施舍。我呢，则坐在家里学习织花边儿，我没命地学，想尽快学会了，好能帮帮母亲。只用两年多的时间，我就全部学会了，也出了名儿，大家都会来找我做手工了：'喂，阿库莉娅。给我织一件吧！'我非常高兴，就像过年一样！当然这都是妈妈教得好，虽然她只有一只手，没法操作，但她很会指教，你要懂得，一个好老师比什么都重要！我不由自主地就有点怕她。我说：'妈妈，请你不要再去要饭了，我已经可以养活你啦！'她说：'给我闭上你的嘴，你要知道，这是给你攒的买嫁妆钱！'后来，你外公就出现了，他可是个十分出色的小伙子，才二十二岁，就在一艘大船做上工长了！她母亲仔细地审视了我一番，她觉着我手挺巧，又是讨饭人的女儿，很老实。她是卖面包的，十分凶……唉，不要想这个了，干吗要回忆坏人呢？心里最明白的是上帝。"

说到这，她笑了。鼻子十分有趣地抖动着，眼睛里闪闪放光，这使我感到十分和蔼、亲切。

我还记得在一个寂静的夜晚，外婆和我在外公的屋子里喝茶。

外公身体不好，斜坐在床上，没穿衬衫，手巾搭在肩膀上，隔一会儿就要擦一次汗。

他声音嘶哑，呼吸短促，眼睛又暗又绿，而脸孔紫涨紫涨的，耳朵却又通红得可怕！

当他拿茶杯时，手却不住地哆嗦。

这个时候他人也变得老实了。

"怎么没有给我放糖啊？"

听他口气简直像个撒娇的孩子，外婆温和却又坚决地对他说：

"你应该喝蜜！"

他喘气，就吸溜吸溜地喝着热茶：

"好好照顾我啊，千万不要叫我死了！"

"得啦，我小心着呢！"

"唉，要是现在就死，我的感觉就好像从来还没有活过呢！"

"好啦，好好躺着吧，别再胡思乱想了。"

他闭目沉思了许久。突然像针扎了一下："米哈伊尔和雅可夫应该快点娶个媳妇。也许等新媳妇生了孩子，母子俩就能拴住他们，可以让他们老实点，你说呢？"

于是，他就开始一个一个地回忆数落城里哪家的姑娘最合适。

外婆没吭声儿，坐在那儿一杯一杯地喝着红茶。

我坐在窗边，仰头望着天空的彩霞——那时候，我好像是犯了什么错误，外公不准我到屋子外头去玩儿。

花园里，甲壳虫在白桦树间嗡嗡地飞。

隔壁院子里桶匠正忙着工作，弄得咣咣地响。

还有嚯嚯的磨刀声音。

花园外边的山谷中，孩子们在灌木丛中乱跑乱跳，吵闹声不断地传过来。

外面的情形强烈的吸引着我，一种黄昏的惆怅涌上心头，我很想到外面去玩。

外公忽然拍了拍我，兴致勃勃地要教我识字。他手里有一本小小的新书，不知是从哪儿来的。

"来来来，小捣蛋，坐下，你这个高颧骨的家伙，你看看这是个什么字？"

我回答了。

"啊，对了！那这个呢？"

我又回答了。

"错了，混蛋！"

他的咆哮声在屋子里不住地响起：

"对了，那这个呢？"

"不对，这混家伙！"

"对了，那这个呢？"

"对了，那这个呢？"

"不对，小混蛋！"

外婆插嘴说道：

"老头子，你老实躺一下吧。"

"你别管我！我教他识字才觉着舒服，否则总是胡思乱想！"

"好了，接着念，阿列克塞！"

外公用滚烫的胳膊勾住我的脖子，书就摆在我的面前，他越过我的肩头，用指头点着字母。

他身上的酸味儿、汗味儿和烤葱味儿把我熏得喘不过气来。

但他却毫无顾忌地一个接一个地吼着那些字母！"зeMJIЯ"像一只虫子，就像驼背的格里高里。

"Я"则像外婆和我，而外公则有字母表中所有字母共有的性质。

他把字母表颠过来倒过去地念，顺着问、倒着问、打乱了问。

我也来了劲儿，头上流着汗，扯着嗓子喊。

他或许觉着可以了，拍着胸脯咳嗽着，揉皱了书，哑着嗓子说：

"老太婆，你听听这小子的嗓门有多么高！"

"喂，喂，你这个阿斯特拉罕打耙子的家伙，你叫什么？嗯，喊什么？"

"不是您让喊的吗……"我看着他和外婆说。

他也看看外婆，觉得很高兴。

外婆用胳膊肘支撑着桌子，用拳头托着腮帮子，含着笑说：

"好啦，你们都别叫了！"

外公和气地说：

"我喊是因为我身体不好，而你呢？又为什么？"

他并没等我回答他，摇着头对外婆说：

"死了的娜塔利娅说他记性不好，这可说错了！你瞧瞧，他像马似的记路！"

"得啦，翘鼻子，接着念！"

我就又大声地念了下去。

最后他一笑就将我从床上扔了下来。

"好，把这本书拿走！明天，你必须把所有的字母读给我听，如果全读对了我给你五个硬币！"

我伸手要去接书。他却顺便把我拉进了他的怀里，郁郁地说：

"唉，你母亲将你丢在人世上受罪，小鬼啊！"

外婆全身一抖：

"老头子，你说这个干吗？"

"其实我不想说，只是心里很难过！多好的姑娘啊，走上了那样的路……"

他忽然推开我，说：

"玩去吧，不要上街，只能呆在院子里，花园里……"我飞快地跑进花园里，爬到小山丘上。

野孩子们从山谷里向我扔石头子儿，我兴奋地回击他们。

"噢，那小子来啦，剥他的皮！"他们远远看见我来了就喊了起来。

单枪匹马的我要抵挡这么一大群人，尤其还要战胜他们，这倒使我感到愉快，我投出去的石子儿百发百中，揍得他们跑进了灌木丛，这可太让人高兴了。

这种战争大家都不怀恶意，更不会留下什么仇隙。

我认字认得很快，外公对我也越来越关心，也很少打我了。

如果按照以前的标准，他应该更勤地打我：因为我一天天长大，开始越来越多地破坏外公制定的行为准则，但他经常只是骂两句而已。

我想，他以前打我一定是打错了，打得毫无道理。

我将这个想法告诉了他。

他将我的下巴一托，托起了我的头，眼睛眨着，拖着长声问道：

"什——么？"之后就笑了：

"你这个异教徒！你怎么知道我打了你多少次？快滚开！"

但他又握住了我的肩膀，盯着我的眼睛：

"唉，我说你到底是精还是傻啊？"

"我，我不知道……"

"不知道？好，我告诉你。你要学精一点儿，傻可就是蠢，要聪明！绵羊傻乎乎的，可猴子就很精明！好啦，要记住！玩去吧……"

没过多久我就能看着音读诗了，通常都是在吃过晚茶以后，我来读圣歌。

我用一根小棒子指在书上，翻动着，念着，十分乏味。

"圣人就是雅可夫舅舅吗？"

"给你个耳光，让你明白哪个是圣人！"外公气呼呼地吹着胡子。

我已经习惯他这种生气的样子了，觉着有点装模做样的。

看，我没有猜错吧，过了一小会儿，他就把刚才生气的事给忘了，唠唠叨叨地说：

"唱歌时他简直是大卫王，可干起事儿来，却像个恶毒的押沙龙！啊，能唱会跳，花言巧语地，跳啊跳啊，能跳多久？"

我不再读诗，认真地听着，看着他阴郁的面孔。

他眼睛眯着，打我头顶望过去，看看窗外，他的两眼忧郁的抖动着。

"外公！"

"啊？"

"讲个故事吧！"

"懒鬼，你念吧！"他揉揉眼睛，好像刚刚醒过来似的。

在我的印象中他更喜欢的是笑话，而不是什么诗词。不过，几乎所有的诗词他都记得，他发誓每天晚上睡觉以前大声念上几节，就像教堂里的助祭念祷词一样。

我不断地央求他，他终于让步了。

"好吧好吧！诗词永远都在身上，我快要到上帝那儿接受审讯了……"

说着，他朝那把古老的安乐椅的镶花靠背上一搭，望着天花板，讲起了陈年旧事：

"很久很久以前，来了一伙土匪。我的爸爸去报警，土匪追上了他，用马刀把他砍死了，把他扔在了大钟的底下。那时候，我还是很小的小孩子。我是在一八一二年记事儿的，那时候我才十二岁。三十多个法国俘虏来到巴拉赫纳。他们都十分矮小，衣服穿得各式各样，连乞讨的都不如，全都冻坏了，立都立不稳。"

停了一会，他接着说：

"老百姓围上去，要打死他们，押送的士兵不让，把老百姓都赶回了家。后来，人们和这些法国人都熟了，他们是些快乐的人，经常唱歌。后来，从尼日尼来了一大群老爷，他们都是坐着三套马车来的。他们之中，有些人打骂法国人，态度很不好，有些人则和蔼地用法国话同他们交谈，送给他们衣服，还给他们钱。有个上了年纪的法国人哭了：'拿破仑可害惨了法国人！'你看看，俄国人心眼多好，连老爷们都可怜我们……"

沉默了一会儿。他拿手摸了一下头，努力追忆着流逝的岁月：

"冬天里肆虐的暴风雪横扫过城市，酷冷严寒，真是能冻死人！每到这时法国俘虏们就会跑到我们家的窗户下面跳啊、闹啊，敲玻璃，向我母亲讨热面包。我母亲是卖面包的。她将面包从窗口递过去，法国人一把抓过来就揣进怀里，那可是刚出炉的东西啊！他们竟然一下子就贴到了肉上！很多法国人就这样冻死了，他们不习惯这么冷的天气。我们菜园中有间浴室，那里面住着两个法国人，一个军官和一个勤务兵，勤务兵叫米朗。军官非常消瘦，皮包着骨头，穿了一件只到他膝盖的女式外套。他为人十分和气，可嗜酒如命。我母亲偷着酿酒卖，他总是买了去大喝一通，喝完了就唱歌。他学了点俄国话，总是说：'啊，你们这儿不是白的，是黑的、凶恶的！'他这种话我们能听得懂。是啊，咱们这个地方不是伏尔加河下游，那里暖和多了，过了里海，一年四季见不到雪。《福音》、《使徒行传》里都没有提过雪和冬天，耶稣就生活在那里……好了，读完诗，咱们就来读《福音》！"

他仿佛是睡着了，不再出声，斜着眼瞪着窗外，更显得他瘦小了。

"讲啊！"我小心地对他说道。"啊，好！"他一抖，又说：

"法国人！他们也是人啊，不比我们缺少什么。他们管我母亲叫'马达姆'，马达姆的意思就是'太太'，啊，太太，太太，但我们这位太太能一次扛上五普特重的面粉回家。她那全身使不完的劲儿简直有点吓人，我二十岁的时候，她还能揪住我的头发毫不费力地摇晃几下。勤务兵米郎特别喜欢马，他常常去各家各户的院子里，打着手要给人家洗马！大家起初还担心他有什么坏主意，可后来老百姓们都主动去接近他：米郎，洗马！这时，他就会一笑，低着头跟着别人走了。他是个红头发、大鼻子的家伙，厚厚的嘴唇。管马是他的拿手活儿，给马治病也是一绝。后来，他在尼日尼做了个马医，没多久他疯了，最后被人活活打死。第二年春天，那个军官也生病了，在春神尼古拉纪念日那天，他心事重重地在浴室窗子前头坐着，把头伸到了外面，就死了。为此，我偷偷地大哭了一场，因为他对我很好。他老揪着我的两只耳朵亲切地说些我听不懂的法国话。钱是买不到人跟人之间的亲近的。我想跟他学法国话，可惜母亲不让。她把我领到神父那儿，神父叫人打了我一顿，还控告了那个军官。唉，宝贝儿，那时候的日子太难了，你没有赶上，我就受了那份儿罪……"

天完全黑了下来。

外公在黑暗中几乎突然变大了，两只眼睛放着猫似的光亮，语气激烈而狂热，说话的速度也快了很多。

他讲到自己的事儿时总是这样，一反他平常那种小心翼翼、若有所思的状态。

我很不喜欢他这个样子。不想记住，却怎么也抹不去地印在了我的记忆里。

他一味地回忆过去，脑子中没有神话，也没有故事，只有过去了的事情，他不喜欢别人问他、提问题，但我却非要问他：

"啊，那你说谁好，是法国人还是俄国人？"

"那谁知道啊？我又没有见过法国人在自己家里是怎么过的！"

"那，那俄国人坏吗？"

"有好的，也有坏的。"

"大概奴隶时代的人不好过点，那时候人们都让绳子绑着。现在可好，大家自由了，但却穷得连面包和盐也没有了。老爷们自然不太和气，但他们都很精明，当然也有傻瓜，脑袋跟口袋似的，随便你往里边装点什么，他都拿着走。"

"俄国人很有劲儿吗？"

"有很多大力士，但只有力气没用，还要有智慧，因为你力气再大也大不过马去！"

"法国人为什么对我们进攻？"

"那可是皇帝们的事儿，我们不知道。"

"拿破仑是干什么的？"

"他是个有野心的人，想征服全世界，然后让所有的人过上一样的生活，没有老爷也没有下人，没有等级，大家都平等，只是名字不同罢了。信仰当然也只有一个。这可就是胡闹了！就说这海里的东西吧，只有龙虾长得一模一样，没法区别，鱼可就有各种各样的了：鳟鱼和鲶鱼无法相处，鲟鱼和青鱼也不能做朋友。我们俄国也曾出过拿破仑派，什么拉辛·斯杰潘、提摩奇，什么布加奇、叶米里扬、伊凡诺夫……”

他久久且默默地看着我，眼睛睁得大大的，似乎是第一次见到我。这叫我感到很自在。

他从没有同我说起过我的父亲和母亲。

我们说话的时候，外婆常常走过来。

她坐在角落里，长久地不出一声，好像没有她一样。

但是她会突然柔和地插上一两句：

“老爷子，你记不记得了，咱们去木罗姆朝山，多好啊？那是什么时候来着？”

外公想了想，就认真地回答：

“是，是在霍乱病大流行之前了，就是在树林里捉拿奥郎涅茨人那一年吧？”

“对了，对了！没错！”

我又问道：

“奥郎涅茨人是干什么的？为什么他们要逃到树林里去呢？”

外公有点不大耐烦地回答：

“他们都是普通老百姓，从工厂乡村中逃出来的。”

“怎么抓他们啊？”

“就和小孩儿捉迷藏似的，有人跑、有人追，抓住了，就用树条子抽、用鞭子打，打破鼻子，额头上烙上印，作为惩罚的标记。”

“这是为什么？”

“这就说不清了，不是咱们能弄清的事儿。”

外婆又说道：

“老头子，你还记得吗？大火之后……”

外公非常严肃地问：

“是哪一场大火？”

他们开始一块儿追忆过去，把我给忘了。

他们用不高的声音一句一句地回想着，好像是在唱歌，都是些不怎么快乐的音符：疾病、暴死、失火、打架、乞丐，还有老爷……

“你倒是都看见了啊！”外公念叨着。

“什么也忘不了！”

"你还记得生瓦莉娅之后的那年夏天吧？"

"噢，那是一八四八年，远征匈牙利的那一年，圣诞节的第二天将教父吉洪抓了壮丁送到战场上……"

"打那以后就毫无音讯……"外婆叹了一口气。

"是的！不过，从那年起，上帝的恩泽就不停地光临到咱们家了。唉，我的瓦尔瓦拉……"

"得啦，老头子！"

外公沉了脸：

"得什么得啦？白费了我们那么多的心血，这些孩子们，没有一个有出息的！"

他有点不能自制地乱喊乱叫起来，大骂自己的儿女，朝外婆挥舞着他那瘦小的拳头：

"都是你！把他们惯坏了，臭老婆子！"

他吼了起来，跑到圣像跟前，敲打着自己的胸膛：

"上帝啊，我的罪就如此深重吗？这是为什么？"

他泪如雨下，却目露凶光。外婆画着十字，低声地安慰着他：

"你别这样了！上帝清楚这是为什么！你看看比咱们的儿女强的人家没有几家！老头子，谁家都是这样，吵吵闹闹，一团糟，所有做父母的都在承受一样的痛苦，不是就你一个人啊……"

这些话似乎稳定了他的情绪，他朝床上一躺，好像睡着了。

假如同往常一样，我和外婆一起回到顶楼上去睡觉也就不会有什么事儿了，可这一次外婆想多安慰他两句，于是就走到了床边。

外公猛地一翻身，抡起拳头啪地一声正揍在了外婆的头上。

外婆一个趔趄，差点跌倒，她拿手按住了嘴唇上流血的伤口，轻轻地说：

"你这大傻瓜！"

然后往他的脚前吐了一口。

他叫了一声，举起了手：

"我揍死你！"

"你这大傻瓜！"

外婆又说了一句，然后才不慌不忙地向门口踱去。

外公朝她冲过去，她随手一带门，门扇差点撞在他的脸上。

"你这臭老婆子！"

外公用手扶住门框，使劲地拉着。

我简直有点难以置信眼前的一切，这是他第一次当着我的面打我外婆，我感到莫大的耻辱！

他还在那儿挠着门框，许久许久才痛苦地回过身来，慢慢地走到屋子中间，跪下，往前一趴，又直起身子，捶着胸：

"上帝啊，我的上帝啊……"

我立刻冲了出去。

外婆正在顶楼上小心地漱着口。

"你疼吗？"

她把水吐到了脏水桶里，平静地说：

"没事儿，就是嘴唇破了而已！"

"他干吗要这样做？"

她看了看窗外头，说：

"他总是觉得事事不如意，老喜欢发脾气……"

"你快睡吧，别想这些啦……"

"怎么不听话，快点睡觉！"

她在窗户旁边坐下，吸溜着嘴唇，不停地往手绢里吐着什么。

我上了床，一边脱衣服，一边望着她。

在她那黑色头影上面的窗外，星光在蓝蓝的天空中闪烁。

街上很静，屋子又很黑。

她走了过来，摸了摸我的头：

"睡吧。我得去看看他……"

"你不要太向着我，或许我也有不是……睡吧！"

她亲了亲我，就走了。

我心里异常难过。下了床，走到窗前，望着外面清冷的街道，满腔惆怅，呆呆地站着。

六

又一场恶梦开始了。

有一天晚上，喝过茶之后，外公和我坐下来开始念诗，外婆正在洗盘子和碗，雅可夫舅舅突然闯了进来，他的一头乱发倒跟平常没什么两样儿。

但是脸色不大对。他既不问好，也不看谁一眼，把帽子一扔，挥着两手念叨起来：

"爸爸，米希加发疯了！

"他在我那儿吃饭，大概是多喝了两盅儿，又砸桌子又砸碗，把一件染好的毛料子撕成了条条儿，窗户也让他卸了，没完没了欺负我和格里高里！他现在已经朝这儿来了，说是要杀了您！您可要留神啊……"

外公将自己慢慢地撑了起来，脸皱在一起活像一把斧头，眼睛几乎瞪了出来：

"听见了没，老太婆？好啊，居然想杀父亲来了，是亲生儿子呀！到时候了，是时候了！孩子们……"

他端着肩膀在屋子里来回踱着，忽然他一伸手把门关上了，挂上了沉重的门钩，转身向着雅可夫："你是不是没把瓦尔瓦拉的嫁妆拿到手就不甘心？是不是？拿去吧！"

他在食指和中指间露出大拇指，伸到雅可夫的鼻尖底下——这是轻蔑的表示！

雅可夫装出副极其委屈的样子跳到一边：

"爸爸，这可不关我什么事啊！"

"关不关你的事你自己最清楚，你是什么东西！"

外婆什么也不说，她在忙着将茶杯往柜子里收。

"我是想来保护你的……"

"好啊，保护我！真是好极了，感谢我的儿子！"

"老太婆，快给这只狐狸一件武器，雅可夫·华西里耶夫，你哥哥一冲进来，你就对准他的头打死他！"

舅舅两手插进衣袋，缩到角落里去了。

"既然不相信我，那我就……"

"叫我相信你？"

外公跺着脚狂叫：

"告诉你，不论什么鸡猫狗兔我都相信，但是你，我还要看看！"

"我明白，一定是你把他灌醉了，是你叫他这么干的！很好，你可以动手，打他或者打我都行！"

外婆悄声对我说：

"快，跑到上面的那个小窗户那儿去，一看见米哈伊尔舅舅，你就赶快告诉我！"

接受如此重任，我觉得自豪万分。

我目不转睛地盯着街道。

尘土飞扬的街道上，鹅卵石像一个个肿疱，近处的肿疱大一些，越远则越小，一直伸向到了山谷那一边的奥斯特罗日那雅广场，广场上铺着粘土，粘土上面有一座监狱。

监狱是灰色的，四个角上各有一个岗楼，非常雄伟，形状忧郁。

那边辛那亚广场一头是黄色的拘留所和铅灰色的消防瞭望塔。

一个值班的救火员，就像拴着铁链子的狗，不停地来回踱着。

还有一个叫久可夫的臭水坑，那就是外婆跟我讲过的，有一年冬天，舅舅们曾经把我父亲扔进去的那个水坑。

收回目光来，一条小巷正对着窗户，巷子的尽头是臃肿低矮的三圣教堂。

被秋雨冲洗过的一幢矮矮的房屋，早就又蒙上了厚厚的一层灰尘，挤挤挨挨的，就像教堂门口的叫花子，所有的窗户都张大着眼睛，也许和我一样，在等待着即将发生的什么事情。

街上的行人不多，像炉口平台上的蟑螂似地爬动着。

一阵浓烈的气味儿涌上来，叫我感到十分惆怅，这是一股大葱胡萝卜包子的味儿。

我感到一种从未有过的压抑感，心压了下来，墙壁在挤我！身体里好像也有东西在向外撑，就要撑起肋骨和胸腔！

瞧，是他，是米哈伊尔舅舅！

他东瞧西望地在巷子口出现了，帽子盖住了他的耳朵，遮住了他大半个脸。

他身穿一件棕黄色的上衣，靴子长到膝盖，一只手插进裤兜里，另一只手正在摸胡子。

看他那阵势，杀气腾腾的！我该立刻跑下去报告，但无论如何都挪不动脚步！

我看见他慢手慢脚地走向酒馆，唏哩哗啦地，他在开酒馆的房门！

我飞也似的冲下去，去敲外公的门。

"是谁？"

"是我！"

"干什么，他进了酒馆？"

"好吧，你走吧！"

"我一个人在那里害怕……"

"好啦，去那呆一会儿吧！"

我只得又爬上去，趴在窗子上。

天黑了，窗户们都睁开了淡黄色的眼睛，不知道谁在那里弹琴，传出一阵阵悠扬而又忧郁的音乐来。

酒馆里头的人们正在唱歌，门一开，疲惫而又嘶哑的歌声就涌到了街上。

那是独眼乞丐尼吉图什加在唱歌，这个大胡子老头的右眼是绿色的，左眼则是永远也睁不开。

门一关，他的歌声也好像被切断了似的，戛然而止。

外婆对这个独眼儿乞丐非常羡慕，听着他唱歌，她叹口气道："会唱歌，真是幸福！"

有时，外婆望着坐在台阶上又唱又讲的他，会走过去，坐在他的身旁：

"我问你，就是在梁赞也有圣母吗？"

乞丐低声地回答说：

"在哪个省都有，到处都有……"

我常有一种梦境般的劳累感，希望能有个人在我身边，最好是外婆，外公也行！

另外，我父亲究竟是个怎么样的人？为什么外公和舅舅们都那么不喜欢他？而外婆、格里高里和叶格妮娅说起他来却总是那么怀念？

我的母亲到底去哪里了呢？

我越来越多地想到了母亲，渐渐地把她作为外婆所讲的童话中的主人公。

母亲离家出走了，这就使我觉得她更有传奇色彩了，我觉着她现在已经做了绿林好汉，住在路边森林里，劫富济贫。

或许她像安加雷柴娃公爵夫人或圣母似的，打算周游天下。

圣母也会像对公爵夫人那样对我母亲说：

贪得无厌的奴婢啊，
不要再拣地上的财富。
不知满足的灵魂啊，
任何财富，也掩不住你赤裸的身体……

母亲也用这样的诗句来答复：

宽恕我，我的最神圣的圣母！

原谅我这有罪的灵魂。
我搜寻财宝不是为了自己，
只是为我那孤独的儿子……

于是，像外婆那样慈祥的圣母，就原谅了她：

唉，你这个鞑靼人的子孙，
基督不肖的后代！走你自己的路吧，
摔倒了可别怨别人！
到森林里追击莫尔达瓦人，
到草原里抓捕卡尔梅克人，
只是不要去惹俄罗斯人……
那就像是一场恶梦！

下面的吼叫声跟杂乱无章的脚步声把我惊醒了。

我急忙向窗下看去，外公、雅可夫和酒馆的伙什麦瑞昂正在把米哈伊尔舅舅朝外拖。

米哈伊尔死死地抓住门框，就是不走。人们打他、踢他、砸他，最终还是把他扔到了大街上。

酒馆哗啦一声上了锁，米哈伊尔那被压皱了的帽子隔着墙给扔了出来。

一切又恢复了原来的宁静。

米哈伊尔舅舅躺了一会儿，从地上慢慢地爬了起来。身上的衣服已经撕成了碎布条儿，头发乱蓬蓬得活像个鸡窝。

他抓起一块鹅卵石，猛地朝酒馆的大门砸去，一声响过后，大街上又恢复了刚才的无声无息的情形。

外婆坐在门槛上，弯着腰，一动也不动。

我走过去抚摸她的脸。

她，好像丝毫没有注意到我的存在似的：

"上帝啊，请赐给我的孩子一点智慧吧！上帝啊，宽恕我们的孩子吧……"

外公在这所宅子里住了总共也就是一年：从第一个春天到第二个春天。

但是，我们却声名大振，每星期都会有一群孩子跑到门口来，大喊着：

"卡什林家又要打架了！"

　　每天天一黑，米哈伊尔舅舅就会到宅子旁边，等时机下手，大家为此都提心吊胆。

　　他有时还会找几个帮凶，不是醉鬼就是小流氓。

　　他们将花园里的花草树木拔掉了，捣毁了浴室，将蒸面浴的架子、长凳子、水锅全都打碎了，连门也没能逃过，都砸烂了。

　　外公站在窗子前，阴沉着脸，任由人家破坏他的东西。

　　外婆则在院子里跑来跑去，不住地喊着：

　　"米沙，米沙，你在干什么啊？"

　　回答她的则是不堪入耳的俄罗斯式的谩骂。

　　我不可能满院子跟着外婆跑了，因为那样实在太危险了，可是我又害怕，只好来到楼下外公房间。

　　"滚开，小混蛋！"

　　他怒气冲冲地大声喊。

　　我飞也似的逃回顶楼，从窗口向外望着外婆。

　　我非常害怕她让人给杀了！

　　我叫她，让她回来，她却不。

　　米哈伊尔舅舅听见了，开始破口大骂我母亲。

　　有一回，也是这么一个让人心神不安的夜晚，外公生病了，躺在床上，一条毛巾裹在头上，在床上翻过来调过去，大声喊着：

　　"辛苦一生，攒了一辈子的钱，到最后落得这么个下场！如果不是怕丢脸，早就把警察叫来了！唉，丢人现眼啊，让警察来管自己的孩子，无能的父母啊！"他突然站了起来，摇晃着走到窗子前。

　　外婆抓住了他：

　　"干什么？"

　　"点灯！"

　　于是外婆将蜡烛点起。

　　他就像拿枪一样，端着烛台，冲着窗外大吼：

　　"米希加，你这小偷儿、癞皮狗！"

　　话声未落，就看见一块砖头哗地一声破窗而入！

　　"没打着！"

　　外公哈哈大笑，可笑声好似哭一样难听。

　　外婆一把将他抱回床上，就像抱我一样。

"上帝保佑，你千万别这样！这样你会把他送到西伯利亚去充军的，他只不过是一时糊涂罢了。"

外公踢着腿，嘶哑着嗓子干叫：

"叫他打死我吧！"窗外一阵狂叫。

我抓起那块砖头，往窗口跑去。

外婆一把拉住了我，使劲地把我扯到屋角，低声说："混小子，你要做什么！"

记得有一次，米哈伊尔拿一根大木棒子打着门。

门里头，外公、两个房客和高个子的酒馆老板娘，各自拿着武器，等着他冲进来。

外婆在后头哀求着：

"让我出去见见他，让我和他谈谈……"

外公前腿弯曲，后腿紧绷，就像《猎熊图》上的猎人似的，外婆去哀求他时，他无声无息地用肘、脚朝外拱她。

墙上有一盏灯笼，影影绰绰地照在他们的脸上，我在上面看着这一切，很想把外婆叫上来。

舅舅对门的进攻非常奏效，门已经摇摇欲坠了。

战斗一触即发。

外公突然说道：

"不要打脑袋，打胳膊还有腿……"

门旁的墙上有一个小窗户，米哈伊尔舅舅已把窗上的玻璃都打碎了，像一只被挖掉眼珠的眼睛。

外婆不顾一切地冲向窗口，伸出一只胳膊，朝外面挥着手，大喊：

"米沙，看在上帝的份儿上，快走吧！他们想打死你啊，快跑！"

舅舅在外面，对着她的胳膊就是一棍子，外婆一下子就瘫在了地上，嘴里还叨咕着：

"米、沙、快、跑……"

"老太婆，你怎么啦？"

外公大叫一声。

门呼地一下子开了，舅舅冲了进来，几个人一起动手，把他一下子又扔了出去。

酒馆的老板娘把外婆扶回到外公房间里。外公跟在后面：

"有没有伤到骨头？"

"肯定是骨头断了！"

"唉，你们说这可拿他怎么办啊？"

外婆闭着眼睛念叨：

"好啦！"

"他已经被捆起来了，好凶啊！你说他到底像谁？"

外婆开始难过地呻吟起来了。

"忍一忍吧，我叫人去找正骨医生了！

"老太婆，他们想让我们马上就死啊！"

"把我们的财产都给他们吧……"

"那么瓦尔瓦拉呢？"

他们说了很长时间。

外婆的声音低沉无力，外公的声音却是大嚷大叫。

一会儿，进来了个小老太婆。

嘴巴大得像鱼一样地张着，她好像没有长眼睛，用拐杖探着路，一步一步地往前挪。

我以为外婆的死期已到，刷地一下子冲到了那个老太婆眼前：

"快滚出去！"

外公不顾我的挣扎，蛮横地把我拉上了顶楼。

七

很久以前，我就知道，外公有一个上帝，外婆则另外有一个上帝。每天外婆醒来，都会长时间地坐在床上梳着她令人羡慕的长发，每次都吃力地梳掉几根头发，她怕吵醒我，小声地骂着：

"该死的头发，这些可恶的东西……"

梳顺了头发，编上辫子，随便地洗两下脸，擤擤鼻子，脸上还布满了怒色，就站到了圣像前，开始祷告。

真正能够让她恢复生命活力的只有祷告。

她伸直脊梁，抬起头来，安详地注视着圣母的脸，画着十字，低声地说着：

"万人赞誉的圣母，您是快乐的源头，您就是盛开花朵的苹果树！"

每天她都会找到新的语句来赞美圣母，每次我都会聚精会神地听她做祷告。

"最纯洁的心灵啊,我的保佑者,我的恩人,我亲爱的圣母!您是金色的太阳,扫尽大地上的毒瘤吧,别让任何人受到欺侮,当然也不要让我无缘无故地遭受厄运。"

她的双眼含笑炯炯有神,似乎一下子年轻了许多,她将沉重的手抬起,在胸前缓缓地画着十字。

"耶稣基督,上帝的儿子,看在圣母的份儿上,请施给我们恩泽吧……"

因为要烧茶,她早晨的祈祷时间一般不是太长,如果到时候她还没把茶准备好,外公就会骂个不休的。

有的时候,外公比外婆起得早,他来到顶楼,如果遇上她在祷告,他就会轻蔑地把嘴一撇,过一会儿喝茶时,他就会说:

"我教过你多少次了,你这个榆木脑袋,怎么老是照你自己那一套来,简直是个异教徒,上帝能容得下你吗?"

"上帝最了解我,无论我说什么,怎么说,他都会清楚的。"

"好啊,你这个该死的楚瓦什人……"

外婆的上帝像是永远跟她在一起似的,她甚至会向牲畜提起上帝。

无论是人,还是狗、鸟、蜂、草木都会听从于她的上帝;上帝对人世间的一切都是一样的慈祥,一样亲切。

酒馆的老板娘养了一只又馋又懒的猫,特别能巴结人,长着一双金黄色的眼睛和一身烟似的毛,大伙都非常喜欢它。

记得有一次,这只猫从花园里捉走了一只八哥儿,外婆硬是从它嘴里把那只快被折磨死了的鸟儿给夺了下来:

"难道你不怕上帝惩罚你吗,恶棍!"

别人听了讽笑她,她训斥那些人:

"你们不要以为畜牲不知道上帝!无论什么畜牲都知道上帝,一点不比你们差,你们这些没心肝的东西……"

她同老马沙拉谈起话:

"不要老是没精打采的,你是我们上帝的劳力!"

老马只是摇摇头。

外婆提到上帝的名字,并不如外公讲到的要多。

我觉得外婆的上帝我懂得,也并不可怕,但是在他面前你不能说一点谎。

因为你不好意思那么干,上帝在我心中唤起了一种羞耻的感觉,正因为如此,我对外婆从来也不说谎,哪怕半句谎话。

有一次，酒馆的老板娘和我外公打架，我的外婆也被一起儿骂上了，还朝她扔胡萝卜。

外婆十分平静地说：

"你真是糊涂得可以！"

可这件事把我气坏了。对这个胖女人我得想办法报复一下！据我观察，邻居们互相报复的方式主要是：切掉猫尾巴、毒死狗、打死鸡或者把煤油偷偷地倒进腌菜的木桶中，甚至倒掉格瓦斯桶里的酒……

我想用一个更厉害的方法。

那天，我看准了一个机会，酒馆老板娘下了地窖。我盖上地窖的盖子，上了锁，在上面跳了一通复仇者之舞，把钥匙扔到了屋顶上，一溜烟地跑回厨房。外婆正在做饭。

她没有立刻明白我为什么会那么高兴，但她明白之后，立刻朝我的屁股上踢了一脚，让我立刻把钥匙给找回来。

我只好照办了。

我躲在角落里默默地看着她同刚刚被放出来的胖女人随和地说着话，还一通大笑，

"好你个小子！"

酒馆老板娘朝我扬了扬手，脸上却盈满了笑意。

外婆将我拉回厨房里，问：

"你为什么这么干？"

"谁让她用胡萝卜投向你呀……"

"噢，原来为了我！看我不把你塞到炉子下面喂老鼠！要是告诉你外公，他非把你的一层皮扒掉不可！快，快念书去……"

她整整一天没理我，做完晚祷之后，她在我身边坐下，教育了几句我永远也难以忘怀的话：

"你要记住，亲爱的，不要介入大人之间的事情！大人正在接受上帝的考验，他们都已经学坏了，你可没有，你应该按照一个孩子的想法去生活。等着上帝来为你开窍，走上他为你安排好的生活之路，明白吗？至于谁犯了什么错误，这种事是特别复杂的，有时候连上帝也弄不明白。"

"上帝不是什么都知道吗？"

我十分诧异地问。

她长叹一声道：

"假如他什么都知道，那么有好多事就没人敢去做了！他自天上俯视大地，看了又看，有的时候就会失声痛哭起来，边哭边说：'我的子民们啊，亲爱的人们，我又是多么地可怜你们啊！'"

说到这里，她自己也哭了，去做祷告了。

打那之后，她的上帝跟我更亲近了，我也更理解她的上帝了。

外公也说过，上帝是无所不能、无所不在、无所不见的，无论任何事他都会给人们施以善意的帮助的。

可是，他的祷告却同外婆截然不同。

每天早晨，他总是洗了又洗，穿戴整齐，梳好棕色的头发，刮了胡子，照照镜子，然后小心翼翼地站到圣像前。

他总是在那块有马眼大木疤的地板上站定，一声不吭地站上一会儿，低着头，像个士兵似的。

然后，他开始了庄严地祷告：

"以圣父及圣子及圣神的名义！"

屋子里立刻庄严起来，苍蝇都十分小心地飞了。

他扬眉昂首，撅起了金黄色的胡子，把祷词念得一字一句的：

"审判者何必到来，每个人的行为都罪有应得……"

他轻轻摸着前胸，坚定地请求：

"我只对您一个人忏悔，不要过问我的罪孽吧……"

他的右腿有节奏地抖着，好像在给祷告打拍子。

"您就像亲爱的医生，医治我多年苦楚的灵魂，我打内心呼唤着您，仁慈的圣母！"

他的眼睛满含了泪水：

"上帝啊，看在我信仰的份儿上，别管我所做的任何事情的罪过，也别为我辩护！"

他不停地画着十字儿，抽筋似的点着头，发出些很尖刻的声音来。

后来我去犹太教会，才发现外公的祷告是和犹太人一样的。

茶炊在桌子上乒乒地响着，奶渣煎黑饼的热气味飘满整个屋子。

这刺激了我的食欲。

外婆沉着脸，低垂着眼皮，叹着气。

欢快的阳光从花园照进窗户，珍珠般的露水在树枝上闪烁着五彩的光，早晨的空气中发散着茴香、酸栗、熟苹果的香味。

外公仍在祷告：

"把我痛苦的火熄灭吧，因为我又坏又穷！"

早祷跟晚祷的词儿我都记熟了，每次我都认真地听着外公念祷词，听他是不是念错了！

虽然这种事情极少，可一旦有，我依旧忍不住地兴奋起来。

外公做完了祷告，转头向着我们：

"你们都好啊！"

我们立即鞠躬，大家这才围着桌子坐稳。

我马上对他说：

"今天您忘了讲'补偿'这两个字！"

"胡说！"可他一点也不自信，因此口气并不怎么硬。

"真的忘了！"

"应该是'但是我的信仰就可补偿一切！'可是您没讲'补偿'。"

"真的吗？"

他非常窘迫。

他之后总会找些别的事报复我的，但就此时此刻而言，我实在是太高兴了。

有一次，外婆说道：

"老头子，大约上帝也有点腻烦了，你的祷告永远是那一套。"

"啊？你竟敢这么说我！"

他凶狠地怒吼着。

"你自己的心里话从来都没有说出来！"

他脸涨的通红，颤抖着，抓起一个盘子向外婆头上扔去：

"你这王八蛋！"

他在给我讲上帝的无限力量时，总是强调上帝这种力量的残忍无比。

他说，假如人犯了罪就会被淹死，再犯罪就烧死，而且他们的城市一定被毁灭。

"上帝用饥饿和瘟疫惩罚人类，用宝剑和皮鞭管理世界。与上帝作对必会灭亡！"他敲着桌子说。

我不信上帝会如此残暴。

在我看来，这一切都是外公的想象，目的是要吓住我，让我怕他而不会去怕上帝。

我直截了当地说道："你这样说，是想叫我听你的话吧？"

他也同样直率地回答：

"当然！你竟敢不听？"

"那，外婆为什么不说这些？"

"她是个老糊涂！"他严厉地说道，"她不识字，没脑筋，我再也不准她跟你谈这些大事儿！"

"现在你回答我，天使有几个官衔？"

我回答完后，又问他：

"这些官儿全都是干什么的？"

"瞎说！"他咧嘴一笑，躲避着我的目光，咬着嘴唇说：

"上帝不做官，做官只是人间才有的事。"

"当官是吃法律的，他们已经将法律都吃了。"

"法律？"

"法律，就是习惯！"说到此他来了精神，眼睛放着光，"人们在一起生活，大家都同意了就说：'就这个样子最好。'这就是习惯，因此就由此定成了法律！这就好像小孩子们做游戏，先得说好怎么个玩法，定个规矩。这个规矩就是法律。"

"那当官是干什么的呢？"

"官儿吗，就像是最淘气的孩子，把所有的孩子，和所有的法律都破坏了！"

"为什么？"

"你弄不清楚！"他眉头一皱，又说：

"上帝管着人世间的一切事！人间的事儿大都靠不住。他只须吹口气儿，人间的一切都会化为尘土的！"

我对官儿的兴致非常大，又问：

"但是雅可夫舅舅这么唱过：

上帝的官儿，正是光明的代表。

人间的官儿，却是撒旦的仆人！"

外公将眼睛闭上，胡子送进嘴里，咬住，腮帮子颤动着，我晓得他在笑。

"将你和雅希加捆到一起扔到河里去！这歌儿不该他唱也不应该你听，这是异教徒的讥笑！"

他忽然说话了，若有所思的模样：

"唉，人啊……"

尽管他把上帝当做高不可攀的，可同样像外婆一样，请上帝来参与他的事儿。

他不仅请了上帝，还请了很多圣徒。

这些圣人对外婆来说是一无所知的，她只知道尼可拉、尤里、福洛尔和拉甫尔，他们对人也很和气。走遍了乡村与城市，走遍了千家万户，过问人们的生活，具有人的一切特点。

外公的圣徒都是受苦的人，因为他们踢倒了神像，和罗马教皇吵翻了，因此他们受刑，被剥了皮烧死！

外公时而这么讲：

"上帝啊，请您帮我卖掉这所房子吧，哪怕只卖500卢布，我情愿为尼可拉圣人做一次谢恩的祈祷！"

外婆用嘲讽的口气对我说：

"尼可拉连房子都要卖了，好像尼可拉再没有什么好事儿可以干了！"

外公教我识字的一个本子我曾经保留了很久，上面有他写下的各种各样的字句。

例如这一句：

"恩人啊，救我于灾难！""灾难"是指外公为了帮不争气的儿子们开始放高利贷，偷偷地开始典当。

有人告发了，一天晚上，警察冲了进来。搜查了一阵，却一无所获。

外公一直祷告到太阳升起来，早晨当着我的面，把这句话写在了本子上。

晚饭之前我和外公一起念诗、念祷词、念耶福列姆·西林的圣书。

晚饭之后，他又开始做晚祷，忏悔的声音充盈在屋子里：

"我如何供奉您，如何报答您啊，我不朽的上帝……保佑我不受诱惑吧，伟大的上帝……保佑我不被别人欺负吧，精明的上帝……让我流泪吧，要我死后别人记住我吧，无所不在的上帝……"

不过，外婆却经常说：

"今天我累坏了，做不了祷告了，我得睡觉了。"

外公常常领我去教堂，每逢周末去做晚祷，否则去做晚弥撒。

在教堂里，我也将人们对上帝的祈祷加以区别：神父和助祭所念的一切，是对外公的上帝祈祷，而唱诗班所赞颂的则是外婆的上帝。

我指的是孩子眼中对两个上帝的区别，这种区别在当时曾经痛苦地撕裂着我的心灵。

外公的上帝让我恐惧，产生敌意，因为他谁也不爱，永远严厉地注视着一切，一刻不停地寻找着人类罪恶的一面。

他不相信人类，却只相信惩罚。

外婆的上帝则是热爱一切的，我在他的爱的光辉之中陶醉。

在那段时间中，上帝成了我生活中最重要的精神内容，是我生活中最美好的东西，如果我头脑中还有任何一点别的印象的话，那就剩下残暴污浊和丑陋至极的东西了。

有一个问题始终让我弄不太明白，为什么外公就看不见那个慈祥的上帝呢？

家里的人不让我到街上去玩，因为街上的事太污浊、太刺激人了，好像是喝醉了酒的感觉袭击得我心情沉重。

我没什么朋友，街上的孩子们很仇视我；我不愿意让他们用给我起的绰号卡什林喊我，他们就越发故意地喊道：

"嗨，瘦鬼卡什林家那外孙子出来了！"

"打他！"一场混战。

我的岁数比他们小不了多少，力气还可以，可他们几乎是整条街上所有的孩子啊，寡不敌众，每次回家时，我都是鼻青脸肿的。

外婆见了我，总是大惊小怪而又怜悯地叫道：

"哎呀，这是怎么啦，小萝卜头儿？打架啦？看看你这个惨模样儿……"

她给我洗脸，还在青肿的地方贴上湿海绵，并劝慰我：

"不要总打架了！你在家挺老实的，怎么到了街上就不一样了？我去告诉你外公，他非把你关起来不可……"

外公看见鼻青脸肿的我，从来都不骂，只是说：

"又戴上奖章了？你这个阿尼克武士，不准你到街上了，听见了没有？"

我对静寂的大街是不感兴趣的，只是孩子们在外面一闹，我就控制不住地要往外面跑去。

我不怎么在乎打架，我特别反感的是他们搞的那些恶作剧：让狗去咬鸡、虐待猫、追打犹太人的羊、凌辱醉了的乞丐和外号叫做"兜坚装死鬼"的傻子伊高沙。

伊高沙皮包骨头的瘦长身材，一件破旧而又沉重的牛皮大衣穿在身上，走起来躬腰驼背，摇来晃去，两眼总死盯脚前面的地面。

让我产生敬畏的，是他一点也不在乎似的，任凭石头打在他身上，只是继续向前走。

他会突然站住，伸直身子，仰起头，用不断颤抖的手整理一下帽子，刚刚醒来似地东张西望。

"伊高沙，去哪里啊？小心点儿，一个死鬼装在你兜里！"

孩子们大喊大叫。

他撅着屁股，用颤抖的手笨拙地捡起地上的石子儿不断回击，嘴里骂的脏话永远都不会变样儿。

孩子们回击他的词汇，要比他的丰富多了。

有时，他瘸着腿去追，黄袍子把他绊倒了，双膝跪地，两只干树枝似的手支在了地上。

孩子们趁这个机会，变本加厉地对他扔石头。胆大的抓一把土撒进他的头上去，又飞也似地跑走。

最叫人难过的是格里高里·伊凡诺维奇。

他瞎了，沿街乞讨。一个矮小的老太婆拉着他的手，他木然地挪着步子，高大的身躯笔直地挺着，不吭一声。

那老太婆带着他，走到人家门口或者窗前：

"行行好吧，可怜可怜我这瞎子吧，看在上帝的份儿上！"

格里高里·伊凡诺维奇一声不吭，两个黑眼镜片儿直看着前面的一切。染透了颜料的手摸着自己大把的胡子。

这副惨相我经常见到，可从来没听格里高里说过一句话。我觉得胸口压抑得难受极了！

我没有跑到他面前去，相反，每一次我都躲得远远的，跑回家去告诉外婆。

"格里高里正在街上讨饭呢！"

"啊！"她会惊叫一声。"拿着，快给他送去！"

我立即拒绝了她。

于是，外婆亲自到街上，跟格里高里聊了很长时间。

他的脸上带着微笑，像个散步的老者摸着胡须，但都是三言两语的，没有太多的话可说。

有时，外婆把他领回家里来吃点儿东西。

我不愿意走到他跟前，因为那样太尴尬了，我知道，外婆也很难为情。

对格里高里我们都避而不谈。只有一次，她把他送走之后，慢慢地踱回来，低着头边走边想。

我来到她的身边，握住她的手。

她看了看我说：

"他是个好人，也喜欢你，你为什么每次总是躲着他？"

"外公为什么要把他赶出去？"

她没有回答我的问题。

"噢，你那外公……"

她停住了脚步，拥住我，几乎耳语一样地说：

"记住我的话，上帝不会饶恕我们的！他肯定会惩罚我们的……"

果然，十年之后，惩罚终于到了。

那时外婆已经永远地安息了，外公疯疯癫癫地沿街乞讨，低声哀求着：

"给个包子吧，行行好吧，请给个包子吧！唉，你们这群人啊……"

从前的那个他，如今只剩下这么辛酸却又激动人心的一句话：

"唉，你们这些人哪……"

除了伊高沙和格里高里叫我感到压抑之外，还有一个我一看见就急于躲开的人，那就是放荡的浪女人沃萝妮哈。

每逢过节的时候，她就会出现在街头乡间。她身材高大，头发蓬乱，老唱着浪荡的歌儿。所有的人都躲着她，躲到大门后面或是墙角中。打她大早上一出现，就好像大风把街都给扫净了，人都不见了踪影。

她有时用可怕的长声不停地喊着：

"我的孩子们啊，你们在哪里啊？"

我问外婆，这是怎么一回事？

"这不是你应该了解的！"

她阴沉着脸回答。

但是，外婆还是把她的事简单地告诉了我。

这个女人从前的丈夫叫沃罗诺夫，是个当官的。他想往上爬，于是就把自己的妻子当做礼物送给自己的上司，这个上司把她领走了。

两年半以后，她回来时，一儿一女都已经死了，丈夫输光了公款，坐了牢。

她伤心万分，就开始酗酒……经常被警察带走。

总之，家里还是比街上好。尤其是午饭以后，外公去雅可夫的染坊了，外婆坐在窗户旁边给我讲有趣的童话，讲关于我父亲的事儿。

啊，那是一段多么美妙的时光啊！

外婆曾从猫嘴里救下了一只八哥儿，替它治好了伤，还教它学说话。

外婆常一个小时一个小时地站在八哥儿前面，没完没了地重复着：

"喂，你快说：给我小八哥儿——饭！"

八哥儿幽默地眨巴着眼睛，它会学黄鹂叫，松鸦和布谷鸟甚至小猫的叫声都模仿得惟妙惟肖。可是它学人话却好像困难重重。

"别淘气，快说：给我小八哥儿——饭！"

外婆不断地教着。

八哥儿忽然大声地嚷了一句，好像就是那句话，外婆大笑起来，用指头递给八哥儿饭，说：

"我说你行，你就什么都能学会！"

八哥儿被她教会了说话，它能相当清楚地要饭吃，远远地看见外婆，就扯着嗓子喊："你——好——哇……"

原来将它挂在外公房间里，可没多久，外公就把它扔到顶楼上来了，因为它老是学外公说话。

外公做祈祷，八哥儿就把灯蜡似的鼻尖儿从笼子缝儿里伸出来。叫道：

"啾、啾、啾……"

"突、突、突……"

外公觉得是在侮辱他，他中断了祈祷，脚一跺，大骂：

"滚，快把这小魔鬼拿走，不然我要吃了它！"

家里的事情还有许多值得回忆，十分有趣。可一种无法排除的压抑感压得我几乎喘不过气来，我好像从来都是住在一个暗无天日的深坑里，我看不见、听不见，像瞎子、聋子……

八

外公突然卖掉了房子，卖给了酒馆的老板。

另外在卡那特街上又买了一所房子，宅子前长满了草，宅子外的街道却十分安静、整洁，一直通向远方的田野。

新房子比原来的房子更可爱，涂得正好是让人感觉温暖的深红色。

有个天蓝色的窗户和一扇带栅栏的百叶窗，左侧的屋顶上遮着榆树和菩提树的浓荫，显得十分美丽。

院子里，花园里有许多平静的角落，特别适合捉迷藏了。

花园不很大，可是花草杂乱无章，这太让人高兴了。花园的一角是个矮小的池塘，另一个角上是个杂草丛生的大坑，里面有几根又粗又黑的木头，这是以前的澡堂烧毁以后的痕迹。

花园紧挨着奥甫先尼可夫上校马厩的围墙，前面是卖牛奶的彼德萝芙娜的房子。

彼德萝芙娜是个胖胖的女人，说起话来就像爆豆，吵吵嚷嚷的。她的小屋在地平线之下，矮小而废旧，上面长着一层青苔，两个小窗户，注视着远方覆盖着森林的田野。

每天都会有士兵在田野上走动，刺刀在阳光下闪着白色的亮光。

宅子里的房客都是陌生人，我一个都没见过。

前院是个鞑靼军人，他妻子又矮又胖，这个女人从早到晚嘻嘻哈哈的，弹着吉它唱歌，歌声响亮。

爱情完全不够，
还要设法找到别的理想。
顺着正确道路走啊，
自有收获在前方。

那个军人胖得活像个皮球，抽着烟斗在窗户边儿上坐着，鼓脸瞪眼地咳嗽着，声音很奇怪，像狗叫。

一个地窖和马厩的上面，还住着两个车夫：小个子的是白发彼德还有他的乡巴佬侄子斯杰巴。

还有一个瘦长的鞑靼勤务兵叫瓦列依。

最让我感到有兴趣的是一个叫"好事情"的包伙食的房客。他租的房子就在厨房的隔壁。

他背有些驼，留着两络黑胡子，眼镜后面的露出友善的目光。

他不太爱说话，又不太被人注意到，每次让他吃饭或者喝茶，他总是说：

"好事情。"

外婆也这样叫他，不论是不是当着他的面：

"廖尼卡，去叫'好事情'来喝茶！"

或者是：

"'好事情'，您怎么吃得这么少呀？"

各种各样的箱子塞满了他的房间，还有很多用非教会的世俗字体写成的书，一个字我也不认识。

还有很多盛着各种颜色的液体的瓶子、铜块、铁块和铅条。每天他都在小屋子里转来转去，身上沾满各种各样的颜色，散发着一股难闻的气味。

他不停地熔化着什么，在小天平上称着什么，有时候还烫着了手指，他就会像牛似地低吼着去吹，摇摇晃晃地走到挂图前，然后擦擦眼镜。

他有时候会在窗口或屋子中随便的什么地方站住，长久地立着，抬着头闭着眼，动也不动，好似一根木头。我爬到房顶上，隔着院子从窗口看着他。

桌子上面酒精的黄色火光映出他黑黑的影子，他不时地在破本子上记着什么。

他的两片眼镜就像两块冰片，反射着寒冷的青光，他在干什么？这实在太让我着迷了。

有时候他背着手站在窗前，对着我这边发呆，然而好像根本就没看见我似的，这让我很生气。

他会突然三步两步地跳回桌子前，弯下腰好像是在急着寻找什么东西。

假如他是个有钱人，穿得好的话，或许我会望而生畏，可他穷，破衣烂衫的，这让我很放心。

穷人不可怕，也不会有什么威胁，外婆对他们的怜悯以及外公对他们的轻视，都在不知不觉中地让我认识到了这一点。

大家都不大喜欢"好事情"，谈起他都是一副讥讽的口吻。

那个成天兴高采烈的军人妻子，叫他"石灰鼻子"，彼德大伯叫他"药剂师"、"巫师"，外公则叫他"巫术师"、"危险分子"。

"他在干什么呢？"

我问。

外婆尖声地叫道：

"别多嘴多舌的，和你无关……"

有一天，我终于鼓足了勇气走到他窗前，抑制着自己的心跳，问：

"你在干什么呢？"

他像被吓了一跳，从眼镜上方看了我半天，向我伸出一只手来，那是只满是烫伤的手：

"爬进来吧！"

他让我从窗户爬了进去，啊，就为这点，我觉得他可真了不起！

他抱起了我，问道：

"你从哪里来？"

每天吃饭喝茶都会见面，他竟然不知道我！

"我是房东的外孙……"

"啊，对了！"

他一副突然醒悟的样子，随即又不出声了。

我觉着非常有必要给他说明一下：

"我是别什可夫，不是卡什林……"

"啊，别什可夫，是好事情！"

他放下了我，站了起来：

"好好地坐着，可别动啊……"

我坐了很久。看着他锉那块用钳子夹着的铜片，铜末儿落到了钳子下面的一张马粪纸上。

他把铜末儿放到一个杯子里，然后又放了点像是食盐似的东西，接着，又从一个黑瓶子里倒了点别的东西出来。

杯子里立刻就咝咝地响了起来，一阵呛人的烟冒了出来，熏得我一个劲儿地咳嗽，可是他却有点欣然地说：

"怎么样，特别难闻吧？"

"是呀。"

"这太好了，真是棒极了！"

"既然难闻，那还有什么好的呢！"

"啊？也不见得。你没有见过羊趾骨吗？"

"羊拐？"

"是的，羊拐！"

"过去见过的。"

"来，我送你一个灌了铅的羊拐。"

"好！"

"那你就快拿个羊拐来吧！"

他走了过来，眼睛一直盯着冒烟的杯子：

"我给你一个铅羊拐，你以后别再来了，好不好？"

这确实让人生气："你不给我铅羊拐，我也不会再来了！"我撇着嘴走进花园，外公正忙着把粪肥施到苹果树根儿上，秋天来了。

"过来，帮把手！"

我问："'好事情'在干什么呢？""他？他在破坏我的房子！地板烧坏了，墙纸也被弄脏了！我要把他轰走！"

"的确应该！"我十分解气地吼道。

要是外公不在家，外婆就会在厨房里举行非常有意思的茶话会。

秋雨绵绵，大家无所事事，于是都来到这里：车夫、勤务兵、彼德萝芙娜，还有那个快乐的女房客。

"好事情"总是坐在墙角的炉子边上，一声不吭，动也不动。

哑巴斯杰巴和鞑靼勤务兵瓦列依在一起玩牌，瓦列依常常用纸牌拍期杰巴的鼻子，一边拍一边说着：

"鬼家伙！"

彼德大伯带来一块白面包，一罐果酱，他把抹上果酱的面包分给大家吃，每送给一个人便要鞠一个躬："请赏光吃一块吧！"

别人接过去之后，他要看看自己的手，如果上面有那么一滴两滴的果酱，他就会把它舔干净。

此外，彼德萝芙娜常常带一些樱桃来，这个快乐女人有时还带些糖果。

于是，外婆，她最喜欢的娱乐——宴会——自此开始了。

秋雨绵绵，秋风瑟瑟，树枝摇曳，屋外又冷又湿，可里面却是温暖如春，大家紧挨着坐在一起，气氛和谐。

外婆兴奋异常，一个接一个地讲神话故事，一个比一个精彩。

她在炕沿上坐着，俯身面对着被烛光照亮的人们的脸。

她高兴的时候便会坐上去，而且还会说：

"行啦，我要开始讲了，不过得坐在高处！"

我坐在她的身边，脚下坐的是"好事情"。

外婆讲了一个伊凡勇士和米朗那隐士的故事，故事非常美妙：

很久以前，有一个督军高尔康非常凶残，

蛇蝎也比不上他心狠手辣；

脑子里装的全是坏主意，

欺弱压残谬误真理。

他最恨的是谁呢？

那是隐士米朗那。

米朗那捍卫真理，

扶弱助残好心肠。
督军叫来勇士伊凡：
"伊凡，杀掉那个老家伙。
骄傲的隐士米朗那！
砍下他的头，
割掉他的耳朵。
拿肉喂我的狗我才解恨！"
伊凡遵令动身了，
一路上苦思冥想沉重：
"是不得已才去杀人，
上帝让我命该如此！"
快刀利刃身上带，
伊凡来到老人面前。
鞠躬行礼，连声问好：
"老人家身体还好吗？"
"上帝保佑您安康。"
未卜先知的老人笑了笑，
双唇轻启开了言：
"算了，小伊凡，
不必笑里藏刀了！
上帝他无所不知，
善恶都在他的心中！
你来的目的我心中知道！"
伊凡一听脸便红，
主人命令又不能违抗，
不得已抽刀出鞘在手里，
"米朗那，这刀原想不和你见面，
背后结果了你。
马上祷告吧，
最后行个贿给上帝。
为你为我也为全人类，
我都必须杀了你！"

米朗那用双膝跪着，
向着小橡树行了礼。
小橡树摇头似乎在笑。
老人便开口说：
"伊凡，伊凡，你可别急！
为全人类祷告可真是大事情！
等不及的话你就杀了我，
任务完不成主人就会责罚你！"
伊凡听罢脸便通红，
夸夸海口气如牛：
"说到做到，
祷告百年也需等。"
米朗那祷告到傍晚，
傍晚转而到黎明，
从春到夏夏到秋，
一年一年不到头儿。
小橡树长成了大橡树，
橡树籽儿全变成了橡树林，
米朗那的祈祷还在继续。
直到今天他还在祷告，
哭诉人世间之事，
请上帝给人们以鼓舞，
求圣母施人们以愉悦的心情。
勇士伊凡站在身边，
宝刀成泥变成了尘土。
盔甲衣衫全变成了灰，
赤裸身体站在原野中。
夏天烈日晒，
冬天寒风吹，
蚊虫吸血吸不完，
有狼熊，惊吓他，
可他一动也不动！

他已不能动，也不能再说话，
上帝给他的惩罚太可怕。
不该听从坏人的话，
忠于职守也要能区分善恶。
罚他不应去做替罪羊。
米朗那还在祷告，
泪水流成江河湖海，
奔向海洋不回头。

外婆讲这个故事的时候，不知为什么，"好事情"好像有一点心不在焉。

一会儿摘下眼镜，一会儿又戴上，两只手摆来摆去，不停地点头、摸脸、擦额头，仿佛是有满头大汗似的。

假如听众中有谁乱动而打扰了外婆讲故事的思路，他就会竖起一根指头：

"嘘……"

提醒人家应该注意。

外婆讲完了，他忽地一下站了起来，来回地走着，激动地打着手势：

"太好了，记下来，应该记下来，真是好极……"

他在哭！泪水顺着两颊流下来。

他笨手笨脚地奔走在厨房里，磕磕绊绊的，很滑稽，也很可怜。

大伙儿有些不知所措，于是外婆说：

"可以，您写吧，我还有许多类似的故事呢……"

"就要这个，地道的俄罗斯风味！"

他立在厨房中间，双手在空中挥舞着，大讲特讲起来，其中有一句反复地说：

"不要让别人牵着鼻子走，是的，是的！"

他的话突然停了下来。

他朝大家看了看，十分不好意思地低下头。

大家轰地一声笑出了声，外婆叹息着。

彼德萝芙娜不觉问：

"他生气了吗？"

"没有，他总是这样的。"

彼德大伯回答。

他又说道：

"这些先生们啊，喜怒无常难以预测……"

"这恐怕是单身汉的怪脾气！"瓦列依说。

大家都笑了起来。

我认为"好事情"让人很吃惊，还有点可怜。

第二天下午他才回来，十分狼狈的样子，非常谦逊地说：

"实在太抱歉了，昨天没生我的气吧？"

"生什么气？"外婆特别惊异。

"唉，我有点控制不住自己，别乱插嘴……"

外婆似乎有点害怕他，躲避着他的目光。

但他又凑近了些说：

"我一个亲人都没有，非常孤独，跟谁都想聊聊……"

"那您为什么不结婚呢？"

"唉！"他叹了口气走了。

外婆闻了闻鼻烟，神情异常严肃地对我说：

"小心点，别老跟着他，谁知道他是个怎样的人……"

可是我起初觉得他特别有吸引力。

他说"很孤独"的时候的那种神情将我深深地打动了，那是一种我能够理解的东西，是触及过我的心灵的东西。

我不自觉地又去找他了。

他的房间里凌乱不堪，所有东西都毫无章法地堆放着。

我发现他坐在花园的坑里，手枕着头，靠在那段烧黑了的木头上。

他目视前方，出神地凝视着天边，许久才自言自语地说：

"找我吗？"

"不是。"

"干什么呢？"

"不干什么！"

他擦了擦眼镜，说道：

"那你过来吧。"

我过去，紧挨着他坐下了。

"好，坐着，别说话好吗？你的脾气怎么样？固执吗？"

"固执。"

"好事情。"

沉默。

秋天的黄昏，五彩缤纷的草木在凉风中瑟瑟地抖动；明净的天空中，偶尔还有寒鸦飞过。

寂静充满了整个空间，忧郁的心中也无声地凉了下来，人也变得有气无力。只剩下了思绪在飘荡。

飘浮的思绪裹着令人心伤的衣裳，在无垠的天际中行走，翻山越岭，越海跨江……

我依偎在他温暖的身子里，穿过苹果树的黑树枝遥望泛着红光的天空，凝望着在空中飞翔的朱顶雀。

我看到几只金翅雀撕碎了干枯的牛蒡花的果实，在里面寻找花籽吃，看见蓝色的云彩下，老鸦正猛地向坟地里的鸟巢飞去……

多么美好的大自然呀……

他深吸了口气，问道：

"好看吗？冷吗？湿吗？啊，多么美好啊！"

天渐渐地黑了下来。他说：

"走吧……"

走到花园的门边儿上，他又说道：

"你外婆真是太好了！"

他闭上眼睛，陶醉地念道：

上帝给予他的惩罚太可怕，
他不该听从坏人的话。
忠于职守要能区分善恶，
罚他不应去做替罪羊。

"喂，你一定要记住这些话，记住！"

他拉着我，问：

"你会写字吗？"

"现在不会。"

"要赶快学，把你外婆说的记下来，很有用处的……"

于是我们成了朋友。

从那天起，我随时都可以去他那里了。

我坐在他的破箱子上，毫无阻挡地看他熔铅、烧铜，工具在他手里不停地变换着：木锉、锉刀、砂布和细线形的锯……

他朝杯子里倒各种颜色的液体，看着它们冒烟。

满屋子弥散着呛人的气味儿，他咬着嘴不时地看着书本，不时地唱上那么一句：

　　沙朗的玫瑰哟……

“你在干什么呢？”

“在做一种东西。”

“什么东西？”

“不好说，你不会懂的……”

“我外公说你是在做假币……”

“你外公？他瞎说。我怎么会呢……”

“那么，你用什么买面包？”

“买面包？啊，那需要用钱！”

“还有，买牛肉也要！”

他轻轻地笑了，扯住了我的耳朵：

“你把我给问住了！咱们还是不要出声吧……”

有时，他不工作了，我们肩并肩地遥望窗外，看秋雨在房顶上、草地上、苹果树枝上慢慢地飘洒。

不是非常必要，他一般不说话。如果想让我注意一下什么，他常常只是看我一下，朝我挤挤眼睛。

他的眼睛就这么一眨一眨，使我感觉好像所见到的东西就特别有趣了，一下子就记到了心里。

例如，一只猫跑到一潭水前突然停住了，它瞅着自己在水中的影子，举起爪子要去抓！

“好事情”说：

“猫总是很多疑……”

大公鸡想飞上篱笆，差一点就摔下去了，显然是生了气，引颈大叫！

“噢，好大的架子，只可惜它不够聪明……”

笨手笨脚的瓦列依踩着满地的泥泞走过去，他仰头看天，两个颧骨突起老高。秋天的阳光照在他们上衣的铜扣子上，闪闪发光，瓦列依不自觉地抚摸着扣子。

"他正在欣赏自己的奖章呢……"

"好事情"在我生活中成了不可缺少的一部分，无论是在伤心不快的日子，还是欢乐高兴的时刻，我都离不开他了。

他虽然说话很少，但从不阻止我讲出我所想到的一切的东西。这和外公不一样，外公总是说：

"闭嘴，总是没完没了的！"

外婆现在则变得心事重重，很少注意别人讲话，也不过问别人的事了。

只有"好事情"经常专心致志地听我说话，笑着说：

"这不大对吧，你胡编的吧……"

他的评价虽然只有三言两语，但每句话总会恰到好处。

我有时是故意编一些不着边际的事，好像有意地讲给他听，可是没讲几句，他就识破了：

"噢，又瞎说了……"

"你怎么能知道的？"

"我可以看出来……"

外婆常常带我去先娜文挑水，有一回，我们看见五六个小市民正在打一个乡下人。

他们把乡下人按倒在地上，没命地往死里打。

外婆扔掉了水桶，大步向他们跑去，同时向我喊了一声：

"赶快躲开！"

可是我弄不清是怎么回事儿，一个劲儿跟着她跑，捡起石子儿向那些小市民投去。

外婆毫不畏惧地用扁担打他们，又来了一些人，小市民们全都跑了。

乡下人被那伙人打得遍体鳞伤，他用血流不止的手指按住撕开的鼻孔，哀嚎着、咳嗽着。

血溅了外婆一身，她浑身都在抖。

我回到家，便把这件事告诉了"好事情"，他呆立着，目光苛刻地盯着我，突然说：

"太好了，就该这么办！"

　　我刚才看到的一切深深地震慑了我，我顾不上对他说的这句话进行的反应，继续说着。

　　他却抱住我，在屋子里激动地走来走去：

　　"好了，好了，你已经讲得很具体了，真是太好了！"

　　我有些委屈。

　　可我立刻就明白了，我总是在不停地重复！

　　"噢，你不能总是重复！这不是最好的记忆方法！"

　　有时，他猛然间对我说一句话，那句话一生都留在我的记忆中。

　　我跟他讲了我的"敌人"克留会尼可夫，那是个脑袋很大的孩子，是个打架能手。我打不过他，谁也打不过他。

　　"好事情"听了，说道：

　　"这是小事儿，都是些笨力气，真正的功夫在于动作的灵敏，懂吗？"

　　从此我便更重视"好事情"的话了。

　　"任何事物都应该掌握它，这可是件非常不容易的事啊！"

　　我一点都不明白，可其中的神秘感让我永生不忘。

　　家里人越来越讨厌"好事情"，连猫也不往他膝盖上爬了，可其他所有人的膝盖它都愿意上。

　　我因此打过这只猫，为了让它别害怕"好事情"，我几乎气哭了。

　　"或许是我身上有酸味儿吧，它不喜欢！"

　　外公知道我常常去"好事情"那儿，于是狠狠地揍了我一顿。

　　这事儿我没有再告诉"好事情"，可是我告诉他别人对他的看法：

　　"外婆说你在搞'歪道邪门'！外公也说你是上帝的敌人。"

　　他淡淡地一笑：

　　"这个我早就知道了！"

　　"真的吗？"

　　"是啊……"

　　他最终还是被赶走了。

　　有一天，一大早我跑到他那儿，看见他正在唱《沙朗的玫瑰》，手正在往箱子里整理东西。

　　"我就要走了……"

　　"为什么呢？"

　　他看了看我：

"你不知道吗？这房子要腾给你母亲住……"

"谁说的呢？"

"你外公。"

"他胡说八道！"

"好事情"把我拉到一边儿坐下，悄声地说：

"不要生气！我还以为你已经知道而瞒着我呢，我错怪你了……"

我感到特别惆怅。

"你还记得我不让你到这儿来的事吗？"

我点了点头。

"你当时生我的气吗？"

我又点了点头。

"我知道，假如咱俩成了好朋友，你家里人一定会骂你的！你明白我为什么给你讲这些吗？"

"我早就明白了。"

"噢，那可好了，正应该如此……"

我心里十分难过。

"他们为什么不喜欢你呢？"

"我是个局外人……"

我不知道应该说些什么好，我只是拽着他的袖子不愿意松手。

"不要生气，也不要哭……"

他几乎是在对我耳语。可是他自己的眼泪却滚了下来。

沉默地坐了许久。

晚上，他便走了。

我走出了门，看他上了车，震动的车轮摇摇晃晃地走在泥泞的路上。

他一走，外婆就开始冲洗那间房屋，我在屋子里走来走去故意干扰她。

"快点走开！"

"你们为什么要赶走他呢？"

"这不该你问！"

"你们全是些混蛋！"

"你是不是疯了？"

她抡起了拖把，想要吓唬我说。

"我没说你！除了你，全都是混蛋！"

到吃晚饭的时候，外公说：

"谢天谢地，看不见他了！这家伙让我心口窝堵得慌！"

我恨恨地弄断了勺子，又挨了一顿揍。

我和我们祖国中的无数优秀人物的第一次的友谊，就这样结束了。

九

回忆过去，我想自己那时好像是个蜂窝。各种各样的知识和思想，都尽可能地被我吸了进来，其中自然不乏龌龊的东西，可是我认为只要是知识就是蜜！

"好事情"走了以后，我跟彼德大伯关系挺要好。

他也像外公那样，干瘦干瘦的，个子矮小得多，就像个小孩扮成的老头儿。

他脸上布满皱纹，眼睛却十分灵活，这就显得非常好笑了。

他长着浅灰色的头发，烟斗里冒出来的烟跟他头发的颜色一样。

他讲起话来嗡嗡地响，满口的俏皮话，就像在嘲弄所有的人。

"开始那几年，伯爵小姐——尊敬的达尼幽·列克塞芙娜对我命令道：'你去当铁匠吧。'可过了一些时候，她又说：'你去给园丁帮忙吧。'行啊，干什么都可以，我只是一个大老粗嘛！可又过了一些时候，她又对我说：'你应该去捕鱼！'行啊，去捕鱼！我刚刚爱上这一行，又去赶马车，收租子……再后来，小姐还没来得及再让我改行，农奴便被解放了，我身边就剩了这匹马，它现在就是我的公爵小姐！"

这是一匹衰老的白马，全身的灰土使它变成了一匹杂色马。

它皮包着骨头，两眼昏花，脚步缓慢。

彼德向来对它恭恭敬敬，不打它，也不骂它，叫它丹尼加。

外公问他：

"唤一匹牲口为什么要用基督教的名字呢？"

"尊敬的华西里·华西里耶夫，不是的，基督教里可并不是只有一个达吉阳娜啊！"彼德大伯识字儿，把《圣经》读得滚瓜烂熟，他经常和外公讨论圣人里谁更神圣。

他们批评那些有罪的古人，尤其是对大卫王的儿子阿萨龙，经常对他破口大骂，有时候，他们的争论则完全是语法方面的。

彼德十分喜爱干净，他总是将院子里的碎砖烂石踢开，一边踢一边骂：

"碍事儿的东西！"

他是个非常喜欢说话的人，似乎很快乐。可有时他会坐在角落里，半天不吭一声：

"你怎么啦，彼德大伯？"

"滚！"他非常粗暴地喊道。

随后一个老爷搬到了我们那条街上。头上还长着个瘤子。

他有个习惯很奇怪，每逢周日或假日，他就喜欢坐在窗口上用鸟枪打鸡、猫、狗和乌鸦，有时候还对着他讨厌的行人开枪。

记得有一次，他打中了"好事情"的腰，幸亏"好事情"穿着皮衣才没有受伤。他拿着发着蓝光的子弹看了很久。

外公劝他去告状，他却将子弹一扔：

"不值得！"

有一次，外公的腿被他打中了。

外公告了状，可那个老爷却突然无影无踪了。

每次听到枪声，彼德大伯总是急急忙忙地将破帽子往头上一戴，冲出门去。

他昂首挺胸，在街上来回逛，生怕打不中他似的。

那个老爷显然对他不感兴趣，众目睽睽之下，彼德大伯常常一无所获地回来。

有时候，他兴奋地跑到了我们面前：

"啊，打着下襟了！"

有一回，打中了他的肩膀和脖子。外婆一边用针给他取子弹，一边说：

"你为什么放纵那个野蛮的混蛋？小心把你的眼打瞎！"

"不会的！他算哪门子射手呀？"

"那么你在干什么呀？"

"只是跟他逗着玩儿！"

他取出来的小子弹放在手心，仔细看了看说：

"算哪门子枪手啊！伯爵小姐有位丈夫叫马蒙德·伊里奇——她的丈夫很多，经常换！——是一位军人，咻，那枪法，简直无人能比！他只用那种单个儿的大子弹，不用像这样的一大把小东西！他叫傻子伊格纳什加站在很远的地方，在他腰上系一个小牌子，牌子还悬在他的两腿之间。'啪'的一声，牌子碎了！伊格纳什加傻笑着，十分高兴。只有那么一次，他不知被什么小东西咬了一口，一动，子弹打中了他的腿！马上把大夫叫了来，他的腿被砍掉，埋了，完了。"

"傻子呢？"

"他，没事儿！他不需要什么手啊，脚啊的，看他那副傻相就有饭吃了。个个都喜欢傻瓜，因为傻子不会得罪人。俗话说，只要是当官的就能管别人，只要是傻子就不欺负人……"

外婆对这类故事一点儿也不感到吃惊、好奇，因为她知道很多这类的事。

我可不行，有些害怕：

"老爷这样打枪会不会打死人？"

"当然。他们自己还在互相打呢，有一次一个枪骑兵和马蒙德吵了起来，马蒙德被枪骑兵一枪给打到坟地里去了。他自己也被流放到了高加索。这是因为他们打死了自己人，打死农民则又是一回事儿。因为农奴在没解放之前，农民还是他们的私人财产，现在乱了，随便打！"

"那时候也随便打！"外婆说。

彼德大伯认为也是这样：

"是的，私人财产，可真不值钱啊……"

他和我非常好，比和大人说话的声音要低得多，可在他身上有一种我讨厌的东西。

他给我的面包儿抹的果酱总是比别人的厚，说话的时候也总是一本正经的。

"小爷儿！将来想干什么？"

"当兵。"

"好！"

"可是现在当兵也不容易啊，神父多好，说几句'上帝保佑'就应付了差事，当神父比当兵好得多！当然，伙夫是最容易的，什么也用不着学，习惯了便行了。"

他模仿着鲈鱼、鲤鱼、石斑鱼上钩以后挣扎的样子，样子很滑稽。

"你外公打你，你生气吗？"

"生气！"

"小爷儿，这是你的不对了。他可是在管教孩子啊，他是为了你好！"

"我的那位伯爵小姐，那才叫打人呢！她专门养了一个打人的家伙，叫赫里斯托福尔，那个家伙，十分凶狠，远近闻名。附近的地主都向伯爵小姐借他，借他去打农奴！"

他细心地描述着这样一幅图画：

穿着白细纱的衣裳，戴着天蓝色的头巾的伯爵小姐，坐在房檐下的红椅子里，赫里斯托福尔在她前面鞭打那些农夫和农妇。

"小爷儿，这个赫里斯托福尔虽然是个梁赞人，但他长得很像茨冈人或是乌克兰人，他嘴唇上的胡子一直连到耳根儿，下巴刮得青黢黢的。也不知道他是真傻，还是怕别人找他帮忙而装傻，反正他经常坐在厨房里，手里还拿着一杯水，然后把捉的苍蝇、蟑螂、甲壳虫就往里放，淹死为止。有时候，他将从自己的领子上抓到的虱子也放到杯子里淹死。"

我知道他的故事非常多，都是外婆外公讲给我听的。

故事千奇百怪，可是总有同样的内容：折磨人、欺负人、压制人！

我央求他：

"讲点其他的吧！"

"好，那就讲点别的。"

"我们那儿有这么一个厨子……"

"哪里呀？"

"伯爵小姐那儿！"

"伯爵小姐长得漂亮吗？"

"漂亮，可是她还有小胡子呢。黑黑的！黑皮肤的德国人是她的祖先，非常像阿拉伯人……好了，好了，咱们还是回来讲那个厨子吧，这是个非常逗人的故事！"

故事是这样的：厨子把一个大馅饼做坏了，主人就逼着他把馅饼一下子全都吃完，后来他就一病不起了。

我特别生气：

"一点都不可笑！"

"那你说什么才算可笑呢？"

"我也不知道……"

"那就不要说了！"

过节时，两个萨沙表哥都到这里来了。

我们在屋顶上跑来跑去，看到贝德连院子里有个穿绿黄色礼服的老爷，他正坐在墙边逗着几只小狗。

一个萨沙表哥建议去偷他的一只狗。我们已经设计了一个巧妙的偷窃计划。

跑到贝德连的大门前，我在这里吓唬他，把他吓跑以后，两个表哥就跑进去偷狗。

"你怎么吓唬他呢？"

一个表哥不解地问。

"对着他的头吐唾沫!"

吐唾沫算得了什么呢,最残酷的事儿我都听多了,我毫不犹豫地执行了我的计划。

结果闹了一场轩然大波。

贝德连领来了一大群人,在他们的面前,外公狠狠地打了我。

在我执行任务时,两个表哥正在大街上玩儿,因此没有他们什么事。

彼德大伯穿着过节时的衣服来看望我:

"好啊,小爷儿,对他就该这样,就该用石头砸他!"

我脑子里浮现出那个老爷的脸:圆乎乎的,没有胡须,就像个孩子,他好像狗崽子似地吼了起来,一面用手绢拼命地擦着脑袋。

想到这里,我注意到了彼德大伯那张满是皱纹的脸,说话时肌肉的哆嗦,和外公真是一模一样。

"滚开!"

我大吼了一声。

自此我再也不想跟他聊天了,同时开始期待着会发生什么别的事情。

在此事以后,又发生了一件事。

贝德连家一向过着吵吵闹闹的日子,家里有许多美貌的小姐,军官们和大学生们经常来找她们。

他们家的玻璃窗是亮堂堂的,快乐的歌声和喊叫声永远从那里飘出来。

外公特别讨厌他们家的一切。

"哼,异教徒,不信神的人们!"

他还用特别下流的字眼儿骂这家的人,彼德大伯解释给我听,让人非常恶心、不舒服。

奥甫先尼可夫家和他们家形成鲜明的对照。

在我印象中他们家有神话色彩:院子里有草,中间是口井,井上有一个用柱子支起来的顶棚。

窗户特别高,玻璃是模糊的,阳光下反射出云彩的光。

大门边上有个仓库,还有三个高高的窗户,却是假的,是画上去的。

虽说院子有点破旧,但是却特别安静,甚至还有点傲气。偶尔,院子里有一个瘸腿老头儿走动,雪白的胡子,偶尔,又有一个络腮胡子的老头出来,从马厩里牵出一匹马来。那是一匹瘦瘦的、总是点着头的灰马,就像个谦恭的修女。

我的感觉里,这个老头要离开这个院子,可魔法把他镇住了,走不出去。

好像总有三个孩子在院子里玩，他们灰衣灰帽灰眼睛，只能从个头儿的高矮区分开来。

我从墙缝里看他们，他们却看不见我。

我非常希望他们能看见我！

他们是那么巧妙而快乐地玩着我所不知道的游戏，相互之间还有一种善意的关怀，尤其是两个哥哥对他们矮胖的弟弟很好。

假如他跌倒了，他们也像平常人那样笑，都不是恶意的，幸灾乐祸的。他们会立即扶起他来，看看是不是摔坏了，关爱地说着：

"看你笨的……"

他们从来不打架，也不骂街，既团结友爱又很快乐。

有一次我爬到树上冲他们吹口哨。

他们一下子便都站住了，望着我，好像在商量着什么，我急忙爬下了树。

我想他们马上就会向我扔石子儿了，因此把所有的衣服口袋里都塞满了石头子儿。

但是当我又爬到树上去以后，才发现他们都到院子的另一个角落里去玩了。

忽然，我感到有些伤感，因为我是不愿意挑起战争的。

一会儿，有人叫他们：

"孩子们，回家啦！"

大概有好几次，我坐在树杈上，非常希望他们叫我跟他们一起玩，可他们从来没叫我。

不过，我早就在心中跟他们一起玩了，有时入了神，就情不自禁地跟他们一起纵声大笑。他们看看我，又商量着什么，我有点不好意思，就从树上爬下来了。

有一回，他们在玩捉迷藏，轮到老二找了，他诚实地闭着眼睛。

哥哥迅速地爬进了仓库里的雪橇后面，小弟弟却慌手忙脚地围着井跑，不知道该藏到哪里好。

最后他翻过井栏，抓住井绳，将脚放进了空桶里，水桶一下子就顺着井壁落下去了，立刻就不见了。

我稍一愣神，果断地跳进了他们的院子。

"快，掉到井里去了……"

我和老二同时跑到井栏边，抓住了井绳，拼命地向上拉！

大哥也跑了来，边拉边对我说：

“请您轻点儿！”

不一会儿小弟弟被拉了上来，他手上有血，身子全湿了，脸上也蹭脏了。

他努力向我们微笑着：

“我——是——怎么——掉进井里——去了……”

“你真是发疯了！”

他二哥将他抱起，帮他擦着脸上的血迹。

大哥皱着眉说道：

“回家吧，只怕瞒不住了……”

“你们要挨打了吧？”我问他。

他点了点头，朝我伸出手来说：

“你可跑得真快！”

我非常高兴，可还没等把手伸过去，他就对二哥说：

“走吧，他别着凉了！就说他摔倒了，别说掉到井里了！”

“对，不要提！就说我是摔到水洼里了！”小弟弟说。他们走了。

所有的事情都一晃而过，我转过头来，看看跳进来时扒着的那根树枝，还在摇晃，一片树叶正从上面掉下来。有一个星期没有见过三兄弟。

后来，他们终于出来了，比以前玩得还热闹，见我还在树上，便说：

“来玩吧！”

我们坐在仓库里的雪橇里，谈了很久。

“你们挨打了吗？”我说。

“是的。”

他们原来也和我一样也会挨打。

“你为什么要捉鸟？”小弟弟问。

“它们会叫，而且叫得十分动听。”

“不要捉了，应该让它们飞走……”

“好吧，再不捉了。”

“不过，请你再捉一只送给我吧！”

“你想要一只什么样的呢？”

“好玩的，最好能装进笼子里玩的。”

“那可就是黄雀了。”

“猫一定会把它吃掉的，爸爸不让我玩……”

二哥说。

"你们有没有亲生妈妈？"

"没有。"

老大说。老二赶紧更正说。

"另外有一个，不过不是亲的，亲的已经死了。"

"那是后妈。"我说。

大的点了点头。

三兄弟有些黯然伤神。

从外婆讲的童话里，我懂得了什么是后妈，因此我非常了解他们突然的沉默。

他们互相依偎着就像小鸡似的，我想起了童话里的后娘怎么狡猾地占据了亲娘的位置，便说：

"等着看吧，亲娘还会回来的。"

大哥耸了耸肩：

"死了，还能回来吗？"

为什么不会呢？人死而复生的事简直太多了，被砍成碎块的人洒点活水就活了！

死了，可不是真的死，不是上帝的意志，而是坏人的魔法！

我十分兴奋地跟他们讲起了外婆讲的童话，大哥笑了笑，说：

"这是童话！"

他的两个弟弟一言不发地听着，脸色平静。二哥用肘支膝，小弟弟则勾着他的脖子。

天色渐渐黑了，红色的晚霞在天空上面散步过来。

一个白胡子老头儿来了，他穿着一身神父式的肉色的长衫，戴着破帽子。

"这是谁呀？"他指着我问。

大哥朝我外公的房子摆了一下头说：

"从那边儿来的。"

"是谁让他来的？"

他们都一声不响地回家去了，就像三只鹅。

老头儿抓住我的肩，向大门口走去。

我很恐惧，哭都哭不出来了，他朝前迈着大步，在我哭出来之前又回到了大街上。

他站住了，吓唬我说：

"不许上这儿来了！"

我确实十分生气：

"我又没有来找你，老鬼！"

他又把我拎起来，边走边问道：

"你外公在家吗？"

算我倒霉，外公正好在家，外公站在那个凶恶的老头面前，看着他毫无表情的眼睛，惊慌万分地说：

"唉，他母亲不在家里，我又很忙，没人管他！上校，请原谅！"

上校转身就走了。

我被扔进了彼德大伯的马车里。

"为什么要挨打啊？"彼德大伯问我。

我讲了，他立刻发起火来：

"你为什么要跟他们一块玩？他们可是像毒蛇一样的少爷！瞧你，为他们无缘无故地挨了揍，还不去打他们一顿！"

我显出非常厌恶他的样子。

"为什么要打他们，他们都是好人！"

他看了看我，怒吼道：

"滚，滚下来！"

"你真是个大混蛋！"

我大喊一声。

他围着院子追我，一边追打一边喊：

"我混蛋？我要让你知道知道我的厉害……"

我一下子跑到了刚刚走到院子里的外婆身上，他便向外婆诉起苦来：

"这孩子让我已经没法活了！"

"我比他大五倍啊，他竟然骂我母亲，骂我是个小子，什么都骂啊……"

我被震惊了，他竟然当着我的面撒弥天大谎！

外婆强硬地回答他：

"彼德，你撒谎！他不会骂那些话的！"

如果是外公，就会相信这个笨蛋了。

从此，我们之间便发生了无言的、恶毒的争斗。

他故意碰我、蹭我，将我的鸟儿放走、喂猫，还添油加醋地向外公告我的恶状。

我认为他越来越像个装成老头儿的孩子。

我偷偷拆散他的草鞋，把草鞋带儿不露痕迹地弄松，他穿上以后就会断开。

有一次，我在他的帽子里撒了一大把胡椒，让他打了一个小时的喷嚏。

我充分地运用了体力和智力来报复他，他则一刻不停地监督着我，假如抓住我任何一个犯禁的事儿他都会马上向外公报告。

我仍旧和那三个兄弟来往，我们玩得非常愉快。

在一个平静的角落里，在两个院子的围墙之间，有许多树，榆树、菩提树和接骨木。

在树下面，我们凿了一个大洞，三兄弟在那边儿，我在这边儿，我们互相悄悄地说着话。

他们之中的一个，总是十分小心地站岗放哨，生怕被上校发现。

他们对我讲了他们苦闷的生活，我为他们感到悲伤。

他们说了我给他们捉的小鸟，说了许多童年的事，可从来没有提及他们的后妈及父亲。

他们常常让我讲童话，我一丝不苟地把外婆讲过的童话又给他们讲了一遍。如果其中有什么地方忘了，我就让他们等一会儿，我跑过去问外婆。

这让外婆非常快乐。

我跟他们讲了许多关于外婆的事，大哥叹了一口气，说：

"或许外婆都是很好的人，从前，我们也有一个非常好的外婆……"

他特别伤感地说起"从前"、"过去"、"曾经"这类词，仿佛他是个老人，而不是个仅有十一岁的孩子。

我还曾记得，他的手很窄，身体很瘦弱，眼睛明亮，像教堂里的长明灯。

两个弟弟也十分可爱，让人觉得他们非常可信，经常想替他们做点高兴的事。当然，我更喜欢他们的大哥。

我们讲得正起劲儿的时候，经常没有留心彼德大伯出现在我们背后，他阴沉地说：

"又——到一起啦——？"

彼德大伯每天回来时的心情我都能提前知道，一般情况下，他开门是不慌不忙的，门钮慢慢地响；但如果他心情不好的话，开门就会很快，吱扭一声，好像疼痛一般。

他的乡巴佬儿到乡下结婚去了，彼德大伯一个人住，房间里总是弥漫着一股子臭皮子、烂油、臭汗和烟草的混合味道。

他不灭灯睡觉，外公特别不高兴。

"小心把我的房子烧了，彼德！"

"放心吧，我把灯已经放在水盆里面了。"

他眼睛看着一边，回答道。

他现在常常这样，既不参加外婆的晚会，也不再请人吃果子酱了。

脸上失去了光泽的他，连走路也东倒西歪的，就像个病人。

这一天，早晨起来，外公在院子里扫雪，门咣哨一声开了，一个警察破门而入，只用手指头一勾，便让外公过去了。

外公赶快跑了过去，他们聊了几句。

"在这里！什么时候？"

他有些可笑地一跳：

"上帝保佑，真有这样的事吗？"

"不要喊叫！"

警察命令。

外公只好停住。一回头便看见了我：

"滚回去！"

那口气，跟那个警察一样。

我藏了起来，远远地看着他们。

他们走向彼德大伯的住处，警察说：

"他已经把马扔掉了，自己也藏了起来……"

我跑去问外婆。她摇了摇满是面粉的头，一边和着面，一边说：

"大概是他偷了东西吧……好啦，去玩吧！"

我又回到院子里。

外公仰头向天，画着十字。看到了我，怒不可遏地大吼道：

"滚回去！"

一会儿他也回来了。

"过来，老婆子！"他叫着。

他们到另一个房间里耳语了好久。

我明白一定发生了可怕的事。

"外婆，你怎么了？"我问。

"闭嘴！"她低声回答。

整整一天，他们俩总是时不时地对望一眼，三言两语地小声说上几句。

惊恐的气氛已笼罩了所有的东西。

"老婆子，把长明灯都得点上！"

午饭吃得非常潦草，似乎在等待着什么。

外公小声嘀咕着：

"魔鬼比人有力量！信教的人就应该诚实，可是你看看！"

外婆叹了口气。

压抑的空气让人感觉窒息。

黄昏时分来了一个红头发的胖警察。

他坐在厨房的凳子上打着盹，外婆问道：

"是怎么查出来的？"

"我们什么都能查出来。"

沉闷的空气让人感到喘不过气来。

门洞里突然响起了彼德萝芙娜的喊声：

"快去看看，后院是什么东西啊！"

她一看见警察，马上返身向外跑，警察一把揪住了她的裙子。

"你是什么人？来看什么？"

她十分惊慌地说：

"我去挤牛奶，看到花园里有个像靴子似的东西。"

外公跺着脚大骂：

"胡说八道！那么高的围墙，你能看见什么呢？"

"哎哟，我胡说，老天爷啊！我走着走着忽然发现有脚印一直通到你们的围墙下，那儿的雪地被踩过了，我朝里头一看，发现他躺在那儿……"

"谁，是谁躺着？"

好像大家都发了疯，一起向后花园冲去。

彼德大伯仰面躺在后花园的地上，耷拉着头，右耳下有一条深深的伤口，红红的，就像另外一张嘴。

他赤裸的胸脯上，挂着一个铜十字架，已经浸在血里。

一片混乱。

外公大喊：

"保护现场，千万不要毁了脚印儿。"

可是他忽然把头转过去，对警察严肃地说：

"老总，这儿不关你们的事，知道吗？这是上帝的事儿，有上帝的裁决……"

大家都不吭声了，凝视着死者，在胸前画着十字。

后面有脚步声，外公绝望地大喊：

"你们为什么糟踏我的树苗？看看都糟踏成什么样子了，为什么？"

外婆呜咽着，拉着我的手便回家去了。

"他干了什么？"我问。

"你看见了……"她答道。

直到深夜，外面挤满了陌生的人群。

警察指挥着，大家不停地忙着。

外婆在厨房里请所有的人喝茶，一个麻脸儿的大胡子说道：

"他是耶拉吉马的人，真实姓名还没有查出来。哑巴一点儿不哑，他招了。另外一个家伙也招供了。他们早就开始抢劫教堂了……"

"天哪！"

彼德萝芙娜叹息一声，泪水便流了出来。

我躺在床上，从上向下看，我觉得在厨房里的所有的人都变得那么渺小，那么可怕……

＋

那是一个星期六清晨，我又到彼德萝芙娜的菜园子里去捉鸟儿。

很长时间都没捉着，大模大样的小鸟儿们在挂了霜的树枝间不停地跳跃，片片霜花落在地上，阳光下闪烁着耀眼的光辉。

我更热爱打猎的过程，对最后的结果其实并不怎么在意，我喜欢小鸟儿，喜欢看它们蹦来跳去的样子。

多好啊，坐在雪地边儿上，在寒冷而透明的空气中听小鸟鸣叫，远处黄雀忧郁的歌声不断地飞过来……

等到我无法再忍耐寒冷的时候，便收起了网子和鸟笼，翻过围墙回家去了。

宅院朝街的大门开着，进来了一辆马车，马车上附着浓浓的水气，马车夫吹着快乐的口哨。

我心里一颤，问：

"是谁来了？"

他看了看我，说道：

"是老神父。"

神父，跟我没关系，一定是来找哪个房客的。

马车夫吹着口哨，赶起马车，头也不回地走了。

我走进厨房，忽然，从隔壁传来一句非常清晰的话：

"怎么办呢？想杀了我吗？"

是母亲！

我猛地蹿出门去，迎面撞上了我外公。

他抓住我的肩膀，瞪着眼嘶哑着嗓子说：

"去吧，你母亲来了！"

"等等！"他又把我抓住，看了我一下，又说：

"去吧，去吧！"

我的手有些不听使唤了，不知道是因为冻了，还是激动的，老半天我才敲开门走了进去：

"噢，来了！"母亲喊道。

"我的天啊，都长这么高了！还记得我吗？看给你穿的是什么衣服呀……他的耳朵都冻坏了，快，妈妈，拿一些鹅油来……"

母亲俯下身来给我脱了衣服，转来转去，把我转得像一个皮球似的。

她穿着红色的长袍子，一排黑色的大扣子，从肩膀斜着一直钉到下襟。

我们以前从来没有见过这类衣裳。

她的眼睛越发大了，头发也更加光亮了：

"你怎么不说话？不高兴？看看，多脏的衣服……"

她用鹅油擦了我的耳朵，我觉得有点疼。她身上有股香味儿，挺好闻，这种香味减轻了点我的疼痛。

我依偎着她，好长时间说不出话来。

外婆有些不高兴地说：

"他可野啦，谁都不怕，就连他外公也不怕了，唉，瓦莉娅……"

"妈妈，一切都会好的，一定会好的！"

母亲仍然那么高大，周围的一切都显得矮小了。她抚摸着我的头发：

"应该上学了。你想不想念书？"

"我都已经念会了。"

"是吗？还是要多念点儿才行！瞧瞧，你长得多么壮啊！"

她笑了，笑得十分温柔。

外公没精打采地走进来。

母亲将我推开，对外公说：

"爸爸，你想让我走吗？"

他没有出声，只是站在那儿用指甲划着窗户上的冰花儿。

这种沉默让人难以忍受，我胸膛几乎都要爆裂了。

"阿列克塞，滚！"他突然叫道。

"你干什么！"母亲一把把我抱住了。

"我不让你走！"

母亲站起来，就像一朵红色的云彩：

"爸爸，您听着……"

"你给我闭嘴！"

外公高喊着。

"请你不要乱喊乱叫！"

母亲轻轻地对外公说。

外婆站了起来：

"瓦尔瓦拉！"

外公坐下来：

"你哪能这么着急呢？啊？"

可是他突然又叫了起来：

"你给我丢了脸，瓦莉娅！……"

"你出去！"

外婆命令我。

我非常不情愿地去了厨房，爬到炕上，听隔壁时而激烈时而又出奇地缓和的谈话声。

他们在谈母亲生的孩子，不知为什么，外公很生气。

或许是因为母亲没跟家里打招呼就把小孩送人了吧。

他们来到了厨房里。

外公一脸的疲倦，外婆擦着眼泪。

外婆跪到了外公面前：

"看在上帝的份儿上，饶了她吧！就是那些老爷家里不也有这种事发生吗？她孤身一人，又长得那么漂亮……你就饶了她吧……"

外公靠在墙上，冷笑着说：

"你没有饶过谁啊？你都饶了，饶吧……"

他突然抓住了她的肩膀，叫道：

"可是上帝是不会饶恕有罪过的人的！就快死啦，还是不能过太平日子，我们会有什么好下场啊，饿死算了！"

外婆轻轻一笑：

"老头子，也没什么了不起的，大不了就是去讨饭嘛，你在家里，我去要！我们是不会挨饿的，你什么也别想，你什么也别想啦。"

外公忽然笑了，他紧紧地搂住外婆，然后又哭了：

"我的傻瓜，我惟一的亲人！咱们为他们辛苦了一辈子，到头来却……"

我也哭了，从炕上跳下来扑进他们的怀里。

我哭，是因为我高兴，他们从未谈得这么亲密而又和谐过。

我哭，是因为我同时也感到十分哀伤。

我哭，还因为母亲的突然到来。

他们将我紧紧地搂住，我们哭作一团。

外公低声说：

"你妈来了，你就跟她走吧！你外公这个老鬼太凶恶了，你不要他了，啊？你外婆又只知道溺爱你，也不要她了，啊？唉……"

突然，他把我和外婆推开，刷地一下站起来：

"全都走吧，走吧，七零八落的，都想去别的地方，哎，什么都不顺心，……快，你叫她回来，快点啊！"

外婆便立即出去了。

外公低着头，哀号着：

"主啊，仁慈的主啊，你全都看见了没有？"

他跟上帝说话的这种方法我特别不喜欢，捶胸顿足还在其次，主要是那种语气！

母亲来了，坐在桌旁，红色的衣服把房间里映得亮堂堂的。

外婆和外公分别坐在她的两侧，他们在认真地交谈着。

母亲声音非常低，外婆和外公都不出声，好像她成了母亲似的。

我实在太激动了，也太累了，不知不觉中进入了梦乡。

夜里，外婆、外公去做晚祷。外公穿上了行会会长的皮服，外婆快活地眨眨眼睛，对我母亲说：

"看啊，你爸爸打扮成一只白白净净的小羊羔了！"

母亲笑了。

屋子里只剩下了她和我。她招了招手，指了指她身边的地方：

"来，过来，告诉我，你过得怎么样呢？"

谁会知道我过得怎么样啊！

"我也不知道。"

"外公经常打你吗？"

"现在不常打了！"

"是吗？好了，随便说点什么吧！"

我说起了从前那个特别好的人，可外公却将他赶走了。

母亲似乎对这个故事并不怎么感兴趣。她问：

"其他的呢？"

我又讲了三兄弟的事，还讲了上校把我轰出来的事。

她抱着我，说：

"全是些没用的事儿……"

她好长时间不说话，眼盯着地板，摇着头。

"外公为什么生你的气？"我问她。

"我对不起他！"

"你应该把小孩带回来是吗？"

她的身子一颤，咬着嘴唇，异样地看着我，然后又哈哈大笑起来：

"嗨，这可不是你能说的，知道吗？"

她严肃地讲了很多，我不大能听明白。

桌子上蜡烛的火影不停地跳动，长明灯发出微微的光，而窗户上雪白的月光则照着母亲来回走着，她抬头朝天花板望去，似乎在找什么东西。她问：

"你什么时候去睡觉？"

"再过一会儿。"

"对，你白天已睡过了。"

"你要走吗？"我问。

"去哪儿呀？"

她吃惊地捧着我的脸仔细端详着。

她的眼泪流了下来。

"怎么啦？"

我问。

"我脖子有点疼。"

我知道是她的心在疼，她在这个家里呆不住了，她肯定要走。

"长大以后你肯定跟你爸爸一样！"她说，"你外婆和你讲过他吗？"

"讲过。"

"你外婆非常喜欢马克辛，他也喜欢外婆……"

"我知道。"

母亲把蜡烛吹灭了，说：

"这样很好。"

阴影不再摇动，月光清楚地印在地板上，显得凄凉而又祥和。

"你住在哪儿？"我问。

她努力说了几个城市的名字。

"你的衣服是哪儿的？"

"我自己做的。"

和她说话太让人高兴了。遗憾的是我不问，她就不说，问了她才说。

我们互相依偎着坐着，一直坐到两位老人回来。

他们一身的蜡香儿，神情肃穆，态度和蔼。

晚饭非常丰盛，可大家都小心谨慎地端坐不语，仿佛害怕吓着谁似的。

后来，母亲开始教我认字、读书、背诗。我们之间不久便开始产生矛盾了。

有一首诗是这样写的：

宽广而又笔直的大道，
你的宽广是上帝所赋予。
斧头和铁锹怎能奈何你，
只有马蹄激越、灰尘起又落。

我无论怎样努力，那些音我也发不好。

母亲气愤地说我无用。我感到，我在心里念的时候一点儿错也没有，一出口就变了形。

我恨这些莫明其妙的诗句，一生气，就故意把字念错，把音节相似的词胡乱排列在一起，我非常喜欢这种施了魔法的诗句。

记得有一天，母亲让我背诗，我脱口而出，念念有词的咕哝起来：

路、便宜、特角、奶渣，

马蹄、水槽、神父……

等我明白我在说什么的时候，已经晚了。

母亲刷地一下站了起来，一字一顿地问道：

"这到底是什么？"

"我不知道。"我吓傻了，说道。

"你一定知道的，告诉我，这到底是什么？"

"就是这个。"

"什么叫就是这个。"

"……开玩笑……"

"快站到墙角那边去！"

"干什么？"我明知故问。

"快站到墙角那边去！"

"哪个墙角？"

她没有理我，直瞪着我，我有点开始发慌了。

可确实没有墙角可去：圣像下的墙角放着张桌子，桌子上有些枯萎了的花草；另一个墙角放着箱子；还有一个墙角放床；而第四个墙角是不存在的，因为门框紧挨着侧墙。

"我不明白这是怎么回事。"我小声说。

她没出声，许久，问：

"你外公让你站墙角吗？"

"什么时候？"

她一拍桌子，喊道：

"平时！"

"我不记得了。"

"你知道这是一种惩罚的方式吗？"

"不知道。可为什么要惩罚我？"

她叹了口气：

"过来吧！"

我走了过去问：

"怎么啦？"

"你为什么故意把诗念成那个样子呢？"

我解释了很久，说这些诗在我心里是什么样的，可是念出口就走了样儿。

"你装模作样吗？"

"不不，不过，或许是……"

我不慌不忙地把那首诗又念了一遍，居然一点儿也没错！

我自己都感到非常吃惊，可是也让自己无地自容。

我不好意思地站在那里，泪水流了下来。

"这到底是怎么回事？"

母亲大喊着。

"我也弄不明白……"

"你人不大可是倒挺能对付的，你走吧！"

她低下了头，不再说话。

她让我背的诗越来越多，我一直在试图改写这些无聊的诗句，很多的字眼儿蜂拥而至，弄得我怎么也记不住原来的诗句是什么样了。

有一首写得凄凉的诗：

不论清晨，还是黄昏，
那么多的孤儿和乞丐，
以基督的名义哀求施舍，

而第三行：

提着饭篮挨户行乞。

可我怎么也记不住，准备放弃。

母亲气愤地将这事儿告诉了外公：

"他这是故意的！这小子记性特别好呢，祈祷词记得比我还牢！你狠狠地揍他一顿，他就不闹了！"

外婆也说：

"童话能背下来，歌也能背下来，那诗和童话还有歌难道不一样吗？"

我自己也觉着十分奇怪，一念诗就有那么多不相干的词句跳出来，就像是一群蟑螂，不知从何处爬起也排成了行：

在我们的大门口，有许多老头儿，

号叫着乞讨着，

讨来的全给了彼德萝芙娜，

她换了钱去买一头牛，

在山沟沟里喝着烧酒。

夜里，我和外婆在吊床上躺着，我把我"编"成的诗一首首地念给她听，她偶尔哈哈大笑，但是更多的时候是在责怪我。

"你呀，你全都会嘛！千万不要嘲弄乞丐，上帝会保佑他们！耶稣当过乞丐，圣人全都当过乞丐……"

我嘀咕着：

乞丐我不爱，

我也不爱外公，

这又有什么办法呢？

饶了我吧，主！

外公找我碴儿，

抽了一顿又一顿……

"纯粹胡编乱造，把你的舌头烂掉！"

外婆生气地说："要是你外公听见了，那可有你好看的！"

"那么就让他过来听！"

"捣蛋鬼，不要再惹你妈生气了，她已经够难受了！"

外婆和蔼地说。

"她为什么难过呢？"

"不许你问，听见了没有？"

"我知道，因为外公对她……"

"闭嘴！"

我有一种失落的感觉，可是不知因为什么，我想掩饰住这一点，于是装作什么也不在乎，还搞恶作剧。

母亲教我的功课已经越来越多，也越来越难了。

我学算术非常快，但我不愿写字，也不懂文法。

母亲在外公家的境地让我心里感到很不舒服。

她总是愁眉苦脸的样子，经常一个人站在窗前发呆。

刚回来的时候，她行动灵敏，充满了朝气。可是不久便眼圈发黑，头发蓬乱，好些天不梳不洗了。

这些都使我感到很难受，她应该是永远年轻，永远漂亮，望之俨然，比谁都好！

就连给我上课时也变得没精打采了，用特别疲倦的声音问我话，也不管我回答与否。

她越来越爱生气，动不动就发火，大吼大叫。

做母亲的应该是公正的，就像童话中讲的母亲一样，都很公正。可是她……

有时我问她：

"你跟我们在一起感到很难受吗？"

她非常生气地说：

"只管做你自己的事情去！"

我隐隐约约地觉得，外公在安排一件使外婆和母亲都十分害怕的事情。

他经常到母亲的屋子里去，大喊大叫，叹息不止。

有一次，我听见母亲在里面大吼了一声：

"不，这可办不到！"

"砰"地一声门被关上了。

当时外婆正坐在桌子边儿上缝衣服，她听见门响，便自言自语地说：

"天啊，她又到房客家去了！"

外公猛地冲了进来，扑向外婆，挥手便是一巴掌，而且甩着打疼的手叫喊：

"臭老婆子，不该说的不准说。"

"老混蛋！"外婆反驳地说，"我不说，我不说别的，你的想法，只要我知道的，我都说给她听！"

他向她扑了过去，抡起拳头开始没命地打。

外婆躲也不躲，喊着：

"打吧！打吧！打吧！"

我从炕上捡起枕头，从炉子上拿起皮靴，拼命地向外公砸去。

外公却没注意到我扔东西，正忙着踢跌倒在地上的外婆。

外公被水桶绊倒了，他跳起来破口大骂，最后恶狠狠地向周围看了几眼，回他住的顶楼去了。

外婆很吃力地站起来，哼哼唧唧地坐回长凳子上，慢慢地梳理凌乱的头发。

我从床上跳下来，她气呼呼地说：

"把东西捡起来！好主意啊，开始扔枕头！记住，不关你的事，那个老鬼发一阵疯也就没事了！"

她说着说着，突然"哎哟哎哟"地叫了起来：

"快，快，过来看一看！"

我分开头发，发现一根发针深深地扎进了她的头皮，我使劲把它拔了出来，可是又发现了一根。

"最好去叫我妈，我很害怕！"

她摆了摆手，说：

"你敢？她没看见就谢天谢地了，现在你还去叫，真是没办法！"

她伸手自己去拔，我不得不又鼓起勇气，拔出了两根戳弯了的发针。

"疼不疼？"

"没事儿，明天洗个澡就会好的。"

她非常温和地央求我：

"乖孩子，千万别告诉你妈妈，听见了没有？"

"没有这事儿，他们爷俩的仇恨已经够深的了。"

"好吧，我不说！"

"你千万可要说话算数啊！"

"来，咱们得把东西收拾好吧。"

"我的脸没破吧？"

"没破。"

"那太好了，这样就神不知鬼不觉了。"

我非常感动。

"你简直就像个圣徒，别人让你受罪，你却什么都不在乎！"

"你怎么净说蠢话！圣人，圣人，你可真会说话！"

她唠唠叨叨地说了半天，在地上爬来爬去，用力擦着地板。我坐在炕炉台儿上，心里想着怎么才能替外婆报仇雪恨。

我这是第一次亲眼看到外公这么丑陋地殴打外婆。

昏暗的屋子里，他红着脸，拼命地挥拳踢脚，金黄色的头发在空中飘扬……

我感到忍无可忍，我恨自己找不出一个好方法来报复外公！

两天之后，我为了一件什么事，到上楼去找外公。

他正坐在地板上整理一个箱子里边的文件，他的宝贝圣像放在椅子上，十二张灰色的厚纸，每张纸上按照一个月的日子的多少分成方格，每一个方格里是那个日子所有的圣像。

外公拿这些像当做宝贝，只是特别高兴时才拿给我看。

每次我看见这些紧紧地排列在一起的灰色小人时，总会产生一种奇怪的感觉。

我对一些圣人是有所了解的：基利克、乌里德、瓦尔瓦拉、庞杰莱芒等等。

我特别喜欢神人阿列克赛的带有悲伤味儿的传记，我还有那些歌颂他的美妙诗篇。

人们往往有这种感觉，当你有好几百个苦命的人的时候，心中都会感到一些安慰：世上的受苦人原来早就有这么多！

现在我要把这些圣像破坏掉！

趁外公走到窗户跟前，去看一张印有老鹰的蓝颜色文件的时候，我便抓了几张圣像，飞跑下楼。

我拿起剪子毫不犹豫地剪掉了一排人头，可是又突然可惜起这些圣像来了，于是沿着分成方格的线条来剪。

正在此时，外公追下来：

"是谁让你拿走我的圣徒像的？你到底在干什么？"

他抓起地上的纸片，贴到鼻子尖儿上看。他的下巴一下子变弯曲了，胡子在颤抖，呼吸加快，将一块块的纸片吹落到地上。

"这是你干的好事儿！"

他大吼着，抓住我的脚，把我腾空扔了出去。

外婆接住了我，外公打她、打我，并且狂叫：

"打死你们！"

母亲立刻跑来了。

她挺身挡住我们，推开了外公：

"清醒点儿吧！闹什么呀？"

外公一下子躺到地板上，哀号不止：

"你们，你们打死我吧！……"

"你就不害臊？像孩子似的！"

母亲的声音非常深沉。

外公撒着气，两条腿在地上乱踢，胡子可笑地翘向天，紧闭着双眼。

母亲看了看那些被我剪下来的纸片儿，说道：

"我把它们贴在细布上，比原来会更结实些！您看，都揉坏了……"

她说话时的语气，就像上课时对我说话一样。

外公站了起来，一本正经地理了理衬衣和背心，还哼哼唧唧地叨咕：

"那你现在就得贴！我把那几张也拿来……"

他走到门口，又回过身来，冲着我说：

"不过还得打他一顿才行！"

"真的该打！你为什么要剪？"母亲答应着问我。

"我就是故意的！看他还敢不敢打我外婆！不然的话我连他的胡子也剪掉！"

外婆正脱撕破的上衣，嗔怪地看了我一眼说：

"你不是答应不说了吗？"

母亲说道：

"不说我也知道！什么时候打的？"

"瓦尔瓦拉，你怎么好意思问这个呢？"外婆生气了说。

母亲搂住她说：

"妈妈，你真是我的好妈妈……"

"好妈妈，所谓的好妈妈，给我走开……"

她们分开了，因为外公正站在门口跺着脚看着她们吼呢。

母亲刚来不久就和那个军人的妻子成了好朋友，她几乎每天晚上到她屋里去，贝连德家的漂亮小姐和军官也去。

对这一点外公很不满意，在厨房吃饭的时候，不止一次地举起汤匙发狠，气呼呼地咕哝：

"该死的东西，他们又聚到一起了！一直要闹到天亮，你就别想睡觉了。"

时间不长，那几家房客便被他都赶走了。

房客们走后，不知他从哪儿运来了两车各式各样的家具,于是他把门一锁：

"不需要房客，我以后要自己请客！"

果然，每到节日便有许多的客人来。

外婆的妹妹马特辽娜·伊凡诺芙娜，她是个非常吵闹、一点也不安静的大鼻子洗衣妇，穿着带花边儿的绸衣服，戴着金黄色的帽子。

她的两个儿子是跟她一块儿来的：华西里和维克多。华西里是个快乐的绘图员，穿灰衣留长发，人非常和气。维克多则长得像驴头马面，一进门，就一边脱鞋一边唱：

安德烈——爸爸，

安德烈——爸爸……

这让我感到特别惊讶，而且有点害怕。

雅可夫舅舅带着吉它也常来了，而且还带着一个只有一只眼的秃顶钟表匠。

钟表匠穿着黑色的长袍子，态度祥和，就像个神父。

他喜欢坐在角落里，笑眯眯的，很古怪地歪着头，用一个指头支着他的双重下巴颏。

他说话特别少，而且总是重复着这样的一句话：

"不要劳驾了，啊，都一样，您……"

第一次见到他，让我突然想起很久以前发生的一件事。

那个时候我们还没搬过来。

有一天，我听见外面有人敲鼓，声音低沉，给人一种烦躁不安的感觉。

一辆又高又大的马车从街上驶过来，周围满是土兵。

一个身材不高，戴着圆毡帽，戴着镣铐的人坐在上面，胸前还挂着一块写着白字的黑牌子。

那个人低着头，就像在读黑板上的字。

我刚好想到这儿时，突然听到母亲在向钟表匠介绍我：

"这是我的儿子。"

我吃惊地向后退着，想要躲开他，并且把两只手藏了起来。

"不难为你了！"

他的嘴向右可怕地歪了过去，捉住我的腰带将我一把拽了过去，轻快地拎着我转了一个圈儿，然后又放下：

"好，这孩子还比较结实的……"

我爬到角落里的破圈椅上坐着，这个椅子特别大，外公常说它是格鲁吉亚王公的宝座。

我爬了上去，看大人们怎么开始无聊地欢闹，那个钟表匠的面孔怎么古怪而且可疑地变化着。

他脸上的鼻子、耳朵、嘴巴，好像随时都能变换位置似的，包括他的舌头，偶尔也伸出来画个圈儿，舔舔他的厚嘴唇，显得非常灵活。

我感到非常害怕。

他们喝着掺上甜品的茶，喝外婆酿的各种颜色的果子酒，喝酸牛奶，吃带罂粟籽儿的奶油蜜糖饼……

大家酒足饭饱后，一个个胀红着脸，腆着肚子懒洋洋地靠在椅子里，懒洋洋地请雅可夫舅舅来个曲子。

他低下了头，开始边弹边唱，歌词使人很不愉快：

> 哎，痛痛快快地生活，
> 弄得满城风雨——
> 赶快把这全部，
> 对喀山的姑娘诉说……

我觉得这首歌非常忧伤，外婆说：

"雅沙，弹个其他的曲子，好吗？"

"马特丽奇，还记得从前唱的歌儿吗？"

洗衣妇整了整衣裳，特别神气十足地说：

"现在不时兴了，我的太太……"

舅舅眯着眼看着外婆，好像外婆在非常遥远的天边。他还在唱那支令人生厌的老歌。

外公低声地跟钟表匠谈论着什么，比划着，钟表匠抬起头看看母亲，点了点头，脸上的表情变幻莫测。

谢尔盖也夫兄弟中间坐着我的母亲，正跟华西里谈着什么话，华西里吸了口气说：

"是啊，这事需要认真对待……"

维克多满脸的兴奋，脚在地板上不停地搓着，突然又尖声尖气地唱了起来：

> 安德烈——爸爸，
> 安德烈——爸爸……

大家吃惊地看着他，屋内一下子便安静了下来。洗衣妇得意洋洋地解释着：

"这是他从戏院里学来的……"

这种无聊的晚会搞过几回以后，在一个星期日的下午，刚刚做完第二次午祷，那个钟表匠突然来了。

我和母亲正在屋子里修补刚刚开了线的刺绣，门突然开了一道缝，外公说：

"瓦尔瓦拉，赶快换换衣服，我们走！"

母亲没抬头：

"干什么？"

"上帝保佑，他人非常好,在他那一行是个非常能干的人,阿列克塞会有一个好父亲的……"

外公说话时，一直不停地用手拍着肋骨。

母亲照旧声色不动：

"我跟你说，这办不到！"

外公将两只手伸出，像个瞎子似的躬身向前说道：

"不去也得去，要不然的话我拉着你的辫子拖走……"

母亲脸色发白，刷地一下站了起来，三把两把脱掉了外衣和裙子，径直走到外公面前：

"我们走吧！"

外公大喊：

"瓦尔瓦拉，快穿上衣服！"

母亲撞开他，说道：

"走吧！"

"我诅咒你！"

外公万般无奈地叫着。

"我什么都不怕！"

她迈步出门，外公在后面拉着她央求着：

"瓦尔瓦拉，我这魔鬼，你这可是要毁掉你自己啊……"

他又对外婆说：

"老婆子，老婆子……"

外婆拦住了母亲的去路，把她拉回来：

"瓦莉娅，傻姑娘，别丢脸！"

进了屋，她指点着外公说：

"唉！你这个不懂事理儿的老头儿！"

然后又转过头朝母亲大喊：

"还不赶快把衣服穿上！"

母亲捡起了地板上的衣服，说：

"我不去，听见了没有？"

外婆把我从炕上抱下来说：

"快去舀点水来！"

我跑了出去，听到母亲大喊：

"我明天就走！"

跑进厨房，坐在窗户边上，感觉好像在做一场梦。

一阵吵闹之后，外面静了下来，静得令人害怕。我发了会儿呆，我突然想起来我是来舀水的。

我端着水回来，恰好碰见那个钟表匠向外走，他低着头，用手扶起帽子。

外婆将两手贴在肚子上，对着他的背影鞠着躬：

"这您也很清楚，感情是不能勉强的……"

他在台阶上绊了一下，一个趔趄便蹦到了院子中。外婆赶忙在胸前画着十字，不知她是在默默地哭，还是在偷偷地笑。

"你到底怎么啦？"

我跑到她面前问道。

她猛一回头，一把把水夺过去，大声斥责道：

"你跑什么地方去舀水了？关门去！"

我又回到了厨房里。

我听见外婆和母亲嘀嘀咕咕地说了很长时间。

在冬天一个十分晴朗的日子里。

斜斜的阳光射进来，刚好照在桌子上，盛着格瓦斯科和伏特加的两个长颈瓶，发出暗绿的光。

外面的雪亮得刺眼。我的小鸟在笼子里嬉戏，黄雀、灰雀、金翅雀在唱歌。

可家里却没有丝毫欢乐的气氛，我拿下鸟笼,想把鸟都放了。

外婆跑进来，边走边骂道：

"该死的东西，阿库琳娜，这个老糊涂啊……"

她从炕里将一个烧焦了的包子掏出来，恶狠狠地说着：

"好啊，都已经烤焦了，真糟糕，这帮魔鬼们……为什么像猫头魔似地瞪大眼睛看着我？你们这群混蛋！我真想把你们全都撕碎……"

她气得痛哭起来，泪水滴在那个已经烤焦了的包子上面。

外公和母亲来到厨房里。

外婆气愤愤地把包子朝桌子上一摔，碟子、碗被震得跳了起来。

"看吧，都是因为你们，烤成了这样，让你们倒一辈子霉！"

母亲走上前抱住了她，微笑着劝说着。

外公疲惫地坐在桌子边儿上，在脖子上围上餐巾，眯着浮肿的眼睛，唠叨着：

"好啦，好啦！这有什么了不起的，又不是没吃过好包子。上帝是吝啬，他用几分钟的时间就算清了几年的账……可他不承认什么是利息！你坐下，瓦莉娅……凑合着吃吧"

外公就像个疯子似的不停地嘀咕，在吃饭的时候总是要讲到上帝，讲不信神的阿哈夫，讲作为一个父亲的不容易。

外婆气呼呼地打断了他：

"行啦，吃你的饭吧！听见了吗？"

母亲的眼睛闪着亮光，微笑着问我：

"怎么样，刚才把你吓坏了吧？"

"没有，刚才我并不怕，只是现在觉得有些不舒服。"

他们吃饭的时间特别长，吃得特别多，好像他们与刚才那些互相吵骂、号啕不止的人们没有关系似的。

他们所有激烈的言词和动作，再也不能将我感动了。

很多年以后，我逐渐明白，因为生活的贫困和生活内容的贫乏，俄罗斯人几乎都喜欢与忧伤做伴，平时又力求遗忘，而不是以自己的不幸而感到羞愧。

漫漫的岁月中，忧伤就是节日，火灾就是狂欢；在一无所有的面孔上，脸上的伤痕也变成了点缀……

十一

从那件事发生之后，母亲变得越来越坚强，理直气壮地在家里踱来踱去。而外公好像萎缩了，成天心事重重，不言不语，跟平常大不一样。

他几乎不再出门去了，通常是一个人呆在顶楼上读书。

他读的是一本神秘的书：《我父亲的笔记》。

这本书放在一个上了锁的箱子里，每次取出来以前，外公都要先洗洗手。

这本书非常厚，封面是棕黄色的，扉页上有一行花体题词：

献给尊敬的华西里·卡什林

衷心地感激您

下面的签名字体特别奇怪，最后一个字母就像一只飞鸟。

外公小心万分地把书翻开，戴上眼镜，端看着题词。

我问过他好几次：

"这是什么书呢？"

他总是十分严肃地说道：

"你不需要知道！

"等我死了后，会把它赠给你的，还有我的貂绒皮衣。"

他和母亲说话时，态度变得温和多了，话也少了。他总是专注地听她说完话以后，然后一挥手，说：

"好吧，你爱怎么着就怎么着吧……"

外公把一个箱子搬到了母亲屋子里，把里面各式各样的衣服手饰全都摆到桌椅上。

有绣着花的裙子、缎子背心、绸子长衫、头饰、宝石、项链……

外公说：

"我们年轻的时候，穿的衣服比现在多！生活虽没现在这么讲究，但互相之间却非常和睦！唉，但是好时光一去不返！来，你穿上试一试吧……"母亲拿了几件衣服去了另一个房间，回来时则穿上了青色的袍子，戴着珍珠小帽，对着外公鞠了个躬，问：

"这样好看吗，爸爸？"

不知怎么回事儿，外公精神几乎为之一振，张着手围着她转了个圈儿，做梦似地说：

"啊，瓦尔瓦拉，假如你有了大钱，如果在你身边的都是些好人……"

母亲现在住在前屋，时常有客人出入，常来的人中有马克西莫夫兄弟。

一个叫彼德，是个身材高大的军官，那次我吐了老贵族一口而挨揍时，他就在场。

另一个叫耶甫盖尼，个子也长得很高，眼睛非常大，像两个大李子。他习惯的动作是一甩长发，面带微笑地用低沉的声音讲话。

他永远是这样的开场白：

"您知道我的观点……"

母亲总是冷笑着打断了他的话：

"你还只是个小孩子呀，甫耶盖尼·华西里耶维奇……"

军官拍着自己的膝盖争论：

"我可不是孩子了……"

圣诞节过得特别热闹,在母亲那里一天到晚高朋满座,他们都穿着非常华丽的服装。

母亲也打扮了起来,时常和客人们一起出去。

她一走,家里立刻安静了下来,有一种令人寂寞的感觉。

外婆在各个屋子里转来转去,不停地收拾东西。外公靠着炉子,自言自语地说:

"好啊,好……咱们看看吧,咱们走着瞧吧……"

圣诞节过后,母亲送我和米哈伊尔舅舅的萨沙进学校。

舅舅又结了婚,继母把萨沙赶出了家门。在外婆的坚持下,外公不得不让他进了我们这个家。

上学似乎很没意思。第一个月,只教了两条:第一,别人问你姓什么,你不能这样说:

"别什可夫!"

而应该说:

"我姓别什可夫!"

还有,就是不能够对老师说:

"小子,我可不害怕你……"

我们已经烦透极了。

有一天,刚走到半路,萨沙蹲下身子,细心地把书包埋进了雪里,然后就走了。

可我还是一个人走到了学校,我不想惹我的母亲生气。

三天以后,萨沙逃学的事被家里知道了。

外公审讯他道:

"为什么逃学?"

萨沙不慌不忙地回答:

"忘记学校在哪儿了!"

"啊,忘了学校在哪儿?"

"是的,我找了好长时间……"

"那为什么你不跟着阿列克塞走啊!"

"我把他给丢了。"

"什么,把他丢下了?"

"是的。"

"怎么丢下的？"

萨沙停了停，说道：

"风雪太大，什么也看不清楚。"

大家全都笑了，萨沙也小心地跟着笑了笑。

外公讽刺地问：

"那你为什么不拉着他的手？"

"我是拉着的，可被风给吹开了！"

在劫难逃，我们俩挨了一顿揍，外公又给我们雇了一个专门护送上学的小老头。

可是这也没用，第二天，走到半路，萨沙突然把鞋脱掉，一只扔向一个方向，然后穿着袜子跑了。

小老头大声叫着，忙着去捡鞋，然后无奈地领着我回家了。

全家人一起出动，到晚上才在一个酒馆里找到了正忙着跳舞的萨沙。

大家都保持沉默，仍然没有打他。他悄悄地对我说：

"父亲、后妈、爷爷，没有人心疼我，跟他们在一起实在无法活下去了！我找奶奶问问强盗在哪里，咱们投奔他们去吧，你说怎么样？"

我不愿意和他一起跑，我那时的理想是做一个留着浅色大胡子的军官，然而要实现这个理想，就需要我现在必须去上学。

萨沙说：

"也好，将来，你是军官，我是强盗头子，咱们俩就得打起来，谁胜谁负还没准呢！"

"可是，我是绝不会杀死你的！"

我们就这么说定了。

外婆进来，看了看我们说道：

"唉，怎么样啊？我的小可怜们，一对碎砖烂瓦！"

然后，她开始大骂萨沙的后妈，又顺便讲了个故事：一个聪明的隐士名叫约那，在他年轻的时候，和他的继母请求神来审理他们的官司。约那的父亲是乌格里奇人，白湖上的渔夫——

妻子要杀丈夫，
灌酒又要灌药。

昏睡的傻丈夫呀，

被扔进了木船，

似乎掉进了棺材。

妻子拿起了桨，

划到了湖的中央。

漆黑深渊的地方，

她干着伤天害理的事。

她弯下身用力按船帮，

小船便翻身底向上。

丈夫沉入了水底，

她匆忙地游回岸上。

疲惫地躺在岸上，

她哀号，她哭泣，

装作无以复加的悲伤。

善良的人们都信任了她，

和她一起悲伤：

"唉，可怜的寡妇！

不幸为什么降临在你的头上；

命运是上帝的安排，

死亡也是命定的，是不可更改的。"

只有继子约努什柯，

不相信这眼泪。

他把手轻轻放在她的心口上，

说起话来非常镇静：

"啊，我的灾星，我的后妈，

卑鄙的黑夜鸟呀，

眼泪可瞒不了聪明的我：

你的心因快乐而在猛跳！

问问上帝，

问问神灵，

谁愿拿出锋利的宝刀，

投向圣洁的天空，

　　　　如果真理属于我，宝刀便杀死你，

　　　　如果真理属于你，宝刀便落在我身上！"

后妈怒目而视，

发出恶毒的目光，

直起了身，她呵斥约那声朗朗：

　　　　"你这畜生，失去了理智，

　　　　你这不足月的小东西，

　　　　怎么会有这种想法？"

　　　　大家听听看，

　　　　感觉其中必有文章。

人人暗自思忖，

交头接耳一个劲儿地商量。

最终，一个老渔夫跨出了人群，

鞠了个躬，

宣布了大家的共同的决定：

　　　　"请把钢刀，

　　　　放在我的右手上，

　　　　我将抛刀上天，

　　　　它一定会落在某个人的身上！"

他握刀在手，

一下抛向了天空！

左等右等，

可刀怎么也没落在地上。

大家不吭一声，

脱帽向空遥望。

早霞红艳艳，

还是不见那刀光！

后妈冷冷地笑，

刀影恰巧在此时直落地面，

穿透了她的心脏！

　　　　善良的人们全都下跪，

　　　　祷告灵验的上帝：

"伟大的主，感谢您主持公道！"

老渔夫拉起了约努什柯的手，

带他去了远方的穷乡僻壤，

远方的修道院在凯尔仁查河畔，

紧挨着看不见的基杰查城……

第二天清晨醒来时，我在自己身上发现全是红点，原来是出天花了。

大家将我绑在顶楼上，我做了很多奇怪的梦，其中有个恶梦差点要了我的命。

只有外婆常来给我喂饭，就像喂一个小孩一样。她给我讲了很多新的童话。

在我就快好了的时侯，就不被捆在床上了。只有手上还缠着绷带，这是为了防止我把脸抓破。

但有一天晚上，外婆不知为什么，该来时还没来，这使我有点惊慌。

过了一会儿，我好像突然发现她躺在台阶上，脸上、脖子上还在淌血，有一只绿眼睛的猫正一步步逼近她。

我从床上跳下来，用脚把窗框踢掉，撞开窗户，跳了下去，躺在雪地上，很长时间没有人发现我。

我的两条腿失去了知觉，因此在床上足足躺了三个月。

很多个风雪之夜，忧郁的风声吹得烟囱呜呜咽咽，乌鸦长鸣，夜半狼嚎，在这种声音的伴奏下，我的身心全都在成长。

胆怯的春天，终于小心翼翼地从窗外来到了我身边，猫儿便开始歌唱，冰柱断裂，雪融成水，嘀嗒有声，马车铃声也比冬天多了。

外婆还是常常来，但越到后来越感到她身上的气味儿很重，再到后来她总是带一只大白壶来并将它藏到我的床底下。

"亲爱的，别告诉那个老家伙，哦，我是指你外公！"

"你为什么喝酒？"

"这个你不用多问，长大了你就会明白了……"

她吸了一口酒，用袖子擦干了嘴角，甜蜜地说：

"噢，我的小宝贝儿，昨天咱们讲什么来着？"

"讲我的父亲。"

"哦，让我想想，讲到什么地方了？"

就这样我们又开始了一天的话题。

关于我父亲,是她主动讲的。那一天,她并没有喝酒,疲惫地说:

"我梦见了你的父亲,就像看见他走在旷野里,吹着口哨,手拿一根核桃木的棍子,后面还跟着一条花狗……不知道为什么我总梦见他,也许他的灵魂还在到处流浪……"

关于父亲的故事她讲了好几个晚上。

我爷爷是个军官,因为虐待部下而被流放西伯利亚。

我的父亲就是在西伯利亚出生的,从小就过着苦日子,经常从家里跑出来,爷爷抓住他,经常揍他……

"小孩总要挨打吗?"

我非常迷惑。

"当然了。"

我奶奶死得很早,在父亲刚九岁时,爷爷也跟着去了。

父亲从此开始了流浪,在集市上给瞎子带路,十六岁那年到了尼日尼。二十岁上成为一个好木匠。

他做工的作坊在柯瓦里赫,正好紧挨着外公的房子。

"围墙不高人胆大,"外婆笑着说,"有一回,我和瓦莉娅在花园里采红果,你父亲从墙外跳了进来,他是来求婚的!我问:'年轻人,你为什么跳墙?'他跪下说道:'阿库琳娜·伊凡诺芙娜,现在我的身体与灵魂都在你面前,瓦莉娅也在这儿,请帮帮我们吧,在上帝名义下,我们要结婚!'我被一下子惊呆了。回头一看你母亲,面红耳赤,躲到了苹果树后面,正在给他打手势呢!'好啊,你们想得倒好!瓦尔瓦拉,你疯了?年轻人,难道你认为你配摘这枝花吗?'那时候,你外公还是个阔佬,他的儿子们没有分家,声名显赫,极为骄傲。你父亲说:'我知道华西里·华西里耶维奇不会那么痛快地答应把瓦莉娅嫁给我的,因此,我要偷偷地娶她,现在就求你帮助了!'我打了他一巴掌,他却闪都不闪,说:'就算你用石头砸,我也要求求你帮忙!'这个时候,瓦尔瓦拉走了过去,将手搭在他的肩膀上,说:'我们早在五月时就结婚了,我们现在只是补一个婚礼而已。'我的老天,我一听,差点晕了过去!"

外婆笑了起来,又闻了闻鼻烟,擦了擦情不自禁溢出的眼泪,叹了口气接着说:

"你虽然不懂什么是结婚,什么是婚礼,但你可一定要明白,一个姑娘在没举行婚礼前就怀上了孩子可是一件骇人听闻的事!你长大了,可千万不要造这种孽啊！你要善待女人，要可怜女人，要诚心实意地爱她们，不要只图一时的快乐，这是我的金玉良言！"

她在椅子里陷入沉思，突然猛地一震，随后又接着讲了起来：

"没办法，我问他：'你有钱吗？'他说：'有，我还给瓦莉娅买了戒指。我有一百卢布！'你母亲说：'我把戒指藏在了地板下面，你可以把它拿出来卖掉！'傻孩子们啊！最后商量决定，再过一星期就举行婚礼。我心惊胆颤的，就怕你外公知道了。但真正坏事的却是你外公的一个仇人，那家伙暗中监视，早把一切都弄清楚了。婚礼那天，这个家伙便说：'给我五十卢布，万事大吉！'当时我被气坏了，告诉他我没有钱，他一转身就向你外公报告了！"

她闭上眼睛微笑着，说：

"你外公当时就像一头发了疯的蛮牛！他以前可是常说要把瓦尔瓦拉嫁给贵族，嫁给老爷！他把你两个舅舅叫了出来，带上火枪，骑马去追！就在这万分危急之际，瓦尔瓦拉的守护神及时提醒了我，我便拿来一把刀把车辕的皮带割开了一个口。在路上，一场意外的车祸，差点把他们送去见了上帝！等他们赶到教堂时，婚礼已结束，瓦莉娅和马克辛站在教堂门口，上帝万岁！他们一拥而上要揍马克辛，可是马克辛力大无比，把米哈伊尔扔出去好远，摔断了胳膊，别人就都不敢再动了。他说：'把你们手中的家伙扔掉吧，我可是个老实人，所有一切都是上帝赐予我的，无论什么人都别想从我手里把它们夺走！我也不会多要我份外的任何一点东西！'你外公临走时说：'瓦尔瓦拉，永别了，你不是我的女儿，我再也不愿见到你！'回家以后，他不停地打我，我连一句话也不说，反正生米已经煮成熟饭！他也没办法了，叫我不许再认女儿，我想，怨恨是冰，见热就化！"

这同外公所讲的有很大出入，他说母亲的婚礼是公开的，他也参加了。

究竟哪个更是实情，我不想追究，只觉得外婆讲得很美，更使我觉得喜欢。

她讲故事时，就像坐在船上，身子晃来晃去。讲到什么可悲可怕的事时，她会伸出一只手去，好像要在空中挡住什么东西似的。

她有一种盲人似的、对一切都能容忍的善良，这一点深深地将我打动了。

"开始我还不知道他们住在哪儿，后来有人偷偷地给我送信来。我去看他们时，他们住在一个大杂院里，就像一对快乐的小猫！我给他们带了茶、糖、杂粮、果酱、面粉、干蘑菇和钱，钱是从你外公那儿偷来的。我总觉得如果不是为了自己，偷是可以原谅的！开始他们坚持不要，我把他们数落了一顿：'一对儿大傻瓜，我是什么人呀？亲娘、丈母娘！亲娘在地上受气，圣母就在天上痛哭。'这次他们接受了。那天是圣日，就是大斋祭的最后一个礼拜日。你父亲站在你外公的对面，比他高一头，'看在上帝的份儿上，华西里·华西里耶维奇，不要认为我是来向你要嫁妆的，在这里，我郑重地告诉你，我是来给我妻子的父亲请安的。'老头子非常高兴，执意要他们搬回来住，他们就搬到了花园里的一间小屋里，你就是在那儿出生的！唉，我特别喜欢你父亲，他也很爱我，有时候他把我抱起来满屋子转，说：'你是我的亲生母亲，我爱你胜过爱瓦尔瓦拉！'瓦尔瓦拉可不愿意了，追打着闹了起来……"

停了一会，外婆继续说："你的两个舅舅却不喜欢他，他也不喜欢他们。报复他们的方式非常特别：那是一个特别冷的冬天，旷野里的狼向城里跑，吃人吃牲口，闹得人心惶惶的！你父亲每天夜里都会拿着枪出去，每次都拖回一两只强健的狼来。剥掉狼皮，装上玻璃眼珠，和活狼一样！有一天，米哈伊尔去解手，忽然他毛发悚然跑了回来，裤子也掉了，还摔了一跤，轻声哆嗦说：'狼！'大家冲了出去，果然看见一只狼，大家紧接着一阵乱打乱射，可是那狼不躲不闪，毫不在乎！仔细一看，假的！当时你外公可恨透了马克辛了！你的两个舅舅于是制定了一个恶毒的复仇计划，那是刚入冬的一天，他们拉着马克辛去滑冰，一下子便把他推了下去……"

"舅舅们为什么这么狠心？"

"他们不仅狠心，而且愚蠢！他们将马克辛推进冰窟里，又砸又踩，但是没坚持多久，就走了。如果时间一拖长，你父亲就死定了。你父亲爬了出来，被警察发现了，送回了家，你父亲说是因为自己喝醉了掉了进去，人家不信，说你父亲身上一点酒味也没有！不过，还好，那警察是个好好先生，警察叫我们看好米哈伊尔和雅可夫就走了。等到最后只剩下我们娘儿仨的时候，马克辛哭了，我也哭了，你母亲却坐在那儿怔怔地发呆……你父亲一病就是两个多月，最后他们走了，去了阿斯特拉罕，你父亲承造了凯旋门，准备迎接皇帝。他们上轮船的时候，我就像是在和自己的灵魂作最后的告别……好了，我已经讲完了……"

她又喝了一口酒，若有所思地抬头望着灰蓝色的天空：

"你父亲虽不是我生的，可是我们的心是相通的！"

她正讲故事时，外公进来了，东闻西嗅，看看这儿，看看那儿，然后说道：

"胡说，简直是一派胡言……"

然后，死死地盯住我，突然问：

"阿列克塞，你刚才喝酒了吗？"

"没喝。"

"胡说，你在撒谎！"

他犹豫了一下，走下去了，外婆朝我挤了挤眼，笑了。

记得有一次，他站在屋子中间，突然说道：

"老太婆？"

"什么？"

"怎么就又到了这个地步？"

"谁知道。"

"你又怎么看呢？"

"这就是命里注定吧。"

"也许。"

外公走了。

"怎么回事呀？你们在说什么？"

我十分好奇。

"噢，你这个小精灵，从小你就什么都要问，老了可没的问了……"

她哈哈大笑起来：

"你外公想要发脾气，可在上帝眼里他只是一粒灰尘，如今他倾家荡产了，向他借钱的那个老爷如今破产了！"

她含着笑，突然沉思了起来。

"你在想什么呀？"

"我很想给你讲个故事，讲讲叶甫斯奇格涅好吗？"

有个书记官叫叶甫斯奇格涅，

自认为是世界上最聪明的人，

神父和贵族大臣当然都不行，

就连最老的狗也比不上他！

走起路来高高昂头，妄自尊大，

教训遍了左邻右舍，

看看教堂——太矮！

瞧瞧街道——太窄！

苹果熟了，他说不红！

太阳升起，他说不高！

你向他请教，

他却总说：这玩意儿我早就会了，

只不过没工夫搭理你而已。

深夜一群小鬼来到他身边：

书记官书记官，

和我们一道去地狱吧，

那儿太舒服啦！

聪明的书记官还没来得及戴帽子，

小鬼们便拎起了他，

一边走一边胳肢他，

于是把他推到了地狱的火头上！

怎么样，火旺不旺？

他双手叉腰，四下张望着，

目空一切地撇了撇嘴：

你们地狱里的煤气味可真大！

她用懒洋洋的语调讲完了故事，顿了一下，说：

"这个叶甫斯奇格涅，和咱们家的老头子一样，是一个顽固不化地死守着旧规矩不放的人……"

我心中总有一种疑惑，一种说不清将会发生什么的预感，使我对外婆的故事和童话的兴趣大减，总是心不在焉的。

"为什么说父亲的灵魂不得安宁？"

"这就是上帝的事了，凡人无法知晓。"

这样的回答绝不能够让我感到满意。

每当夜深人静，透过窗户仰望天空，心中就涌现出好多让我黯然神伤的凄惨故事，故事的主人公都是父亲，他一个人孤零零地拄着棍子朝前走，后面跟着一条长毛狗……

十二

有一天黄昏我睡着了，当我醒来时，我十分欣喜地发现我的两条腿也跟着苏醒了！

我高兴地大喊起来，一下子把浑身的力量都压在了腿上，于是一下子我瘫倒了。

我顺便朝门口爬去。

记不清是怎么来到母亲的房间的，我当时坐在了外婆的膝盖上，几个陌生人在说话，一个干瘦的绿颜色的老太婆正在凶狠地说道：

"包上他的头，再灌红莓汤……"

这个老太婆穿绿衣服、头戴绿帽子，脸上一块黑痣正中间的一根毛也是绿的。她死死地盯住我。

"她是谁呀？"

我问道。

"你奶奶……"

外公不快地答道。

母亲又指了指耶甫盖尼·马克西莫夫，说：

"这就是你父亲……"

马克西莫夫笑了一下，俯下身来，说：

"我给你画画的颜料，好不好？"

屋里亮堂堂的，五根蜡烛中间正摆着外公心爱的圣像。窗户外挤着几个陌生的脑袋，压扁了的鼻子全贴在了窗户上。

那个绿色的老太婆用冰凉的手指将我的耳朵摸了一下，说：

"那肯定，那肯定……"

"他晕过去了。"

外婆说着，便将我抱向了门口。

我只是闭上了眼睛而已，她吃力地抱我上楼的时候，我问：

"你为什么不告诉我呢？"

"住嘴！"

"你们这群骗子，为什么不告诉我……"

外婆把我放在床上以后，就扎在被子里，大声哭起来。她浑身颤抖，呜咽道：

"你想哭就哭吧，千万别闷在心里……"

我没有哭。

在阴冷灰暗的顶楼里，她哭了很长时间，我假装睡着了，她才走。

日子过得很无聊，订婚以后，母亲出了一趟门，家里冷冷清清，毫无生气。

一个早晨，外婆和外公正在擦窗户。

外公问：

"怎么样，老太婆？"

"什么怎么样呀？"

"这下你高兴了吧？"

"你给我闭嘴！"

这些简单的词句后隐藏着一件重大的，令人忧愁的，不需要说出来，但每个人都心知肚明的事。

外婆将窗户打开，小鸟的欢叫声一下子涌了进来，大地上冰雪消融，一种醉人的气息扑鼻而来。

我从床上爬起来。

"穿上鞋！"

外婆命令着。

"不要到花园里去！"

"那儿的雪还没有干，过几天再说吧！"

我没有听她的。

花园中，小草露了尖，苹果树已发了芽儿，彼德萝芙娜房顶上的青苔也在愉快地闪着绿光。

各式各样的鸟儿正在使人心醉的空气中不停地欢叫。

在彼德大伯抹脖子的那个坑里，胡乱堆着些杂草，一点儿春意生机也没有。

我非常气愤地想消灭这一切杂乱的、肮脏的东西，想把这儿整理得一尘不染，然后赶走所有的大人，我一个人住在这儿。

我立即就动起手来，这使我在很长的一段时期内，自我封闭起来，我对家里所发生的一切不闻不问。

"你怎么老噘着嘴呢？"

外婆和母亲都这样问我。

我有些不好意思，我其实并不是生她们的气，而只是有点厌恶家里发生的事。

那个绿老太婆还是常来常往，吃午饭、吃晚饭、喝晚茶，一副一切尽收眼底的神态，有点咄咄逼人的意思。

谈起上帝，她的眼便翻向天花板；聊起家常话，她的眼睛就像垂到腮帮子上。

她的眉毛特别像剪纸，她的光板牙无声无息地嚼着填到嘴里的一切，还把小手指可笑地翘着。

她全身都像她儿子似的不洁净，碰着任何一块皮肤都让人恶心。

开始那几天，有一次她把她那死人般的手送到我的面前，想让我吻她的手。

我扭开头，就跑了。

她转脸对她儿子说：

"你得好好教育教育这个孩子了！"

她儿子低头无语。

我特别憎恶这个绿色的老太婆和她的儿子。就是这种无法摆脱的憎恶，使我没少挨打。

一次吃饭时，她瞪着眼说：

"喂，阿廖什卡，你怎么总是狼吞虎咽的，那样大块的东西，会噎死你的，亲爱的！"

我从嘴里掏出来一块，递给了她：

"好，您拿去吃了吧……"

母亲把我赶到顶楼上，外婆来了，她闭着嘴偷偷大笑起来，说：

"老天爷，上帝保佑，你为什么这么调皮……"

我非常讨厌她闭住嘴的样子，就一个人爬到了屋顶，在烟囱后头坐了很久。

是的，我总想使点坏，发泄一下自己心中的怨恨，和谁也不再好言好语地说话。

有一次，我在继父和他妈妈的椅子上涂上了桃树的胶，结果把他们俩全都粘上了！

外公狠狠地揍了我一顿。

母亲把我拉了过去，用膝盖夹住我，说：

"亲爱的，你这是怎么了？为什么老发脾气？你这样，我会难受死的！"

她的泪水滴落在了我的头上，唉，还不如打我一顿好受呢！

我发誓，以后再也不得罪马克西莫夫家的人了，只要她不再哭！

"啊，那好极了。我们很快就结婚，然后去莫斯科，等我们回来以后，你就和我们住在一起。耶甫盖尼·瓦西里耶维奇特别善良，也很聪明，你会和他相处得很好的。你上了中学以后就上大学，跟他现在一样，然后当医生，或者……随便你愿意干些什么吧，只要有了学问……好了，去吧！"

她一连串的话并没使我高兴，我只想说：

"不要结婚好吗，我真想永远和你在一起！"

然而，我什么也没说。母亲总是唤起我很多很多的思念，可临到说时，我却说不出来了。

我继续在花园里的工作：那个坑被我用砖头平整齐了，并用彩色玻璃渣儿抹到砖缝里，阳光照耀下，五光十色的。

"啊，真是个好主意！可是杂草还是会长出来的，你没有除根儿！"

外公一边说一边挥动铁锹：

"把草根除掉，再种上向日葵，那才好看呢……"

突然，他一动不动地僵在了那里，泪水便滚落了下来。

"你这是怎么啦？"

他擦擦眼睛说：

"噢，没什么，我出汗了。"

他马上又开始挖土，挖了几下却又停住了：

"唉，你这些劲全都白费了……我要把这栋房子卖掉了！等秋天到了再说吧，给你母亲作嫁妆，但愿她从此能有好日子过……"

他把铁锹扔了，一边想一边走开了。

我继续干，可是没多久铁锹就砸伤了我的脚。

这妨碍了我参加母亲的婚礼。

我倚在大门口，看着她幸福地拉着马克西莫夫的手，远去了……

从外面回来，大家都默不作声。

母亲立即换了衣服，收拾东西去了。马克西莫夫坐在我身边，对我说：

"在这儿买不到好的，我自己倒真是有一套，但不能送给你，等我从莫斯科回来时，一定带盒好的给你……"

"什么？"

"颜料。"

"我要颜料干什么？"

"画画啊！"

"可我不会！"

"那就给你带其他的东西吧！"

母亲来了：

"不久我们就会回来的，只要你父亲完成了学业……"

他们谈的话真让我特别愉快，但是一个长了胡子的人还在上学，这的确有点让人难以接受。我问他：

"你学的是什么？"

"测量学。"

我并没有具体问这是什么学问，只是觉得心里异常烦恼，可能是因为母亲要走的缘故。

第二天，很早很早，他们就一起动身了。

母亲抱着我，用一种为我所不熟悉的眼光看着我，吻了吻我的脸，说道：

"再见了……"

"你对他说让他一定要听我的话！"

外公抬头望着天空说。

"乖，要听你外公的话！"

她在胸前画了个十字，说道。

我原本期望着母亲再说点别的什么的，却被外公打断了，真讨厌。

他们坐上了敞篷马车，不知马车的什么地方勾住了母亲长衫的下摆，她拽了几下，但没能拽开。

"赶快去帮你母亲一把！"

外公命令我。我没有动，我太忧伤了。

在另一辆车上坐着的是绿色老太婆和她的大儿子，她那个儿子用军刀柄绕着胡子，打着呵欠。

"啊，您真的要去打仗吗？"

外公问他。

"当然去！"

"那好，土耳其人的确该打……"

他们就这样走了。

母亲好几次回过头来，挥着手绢，外婆扶着墙痛哭，这时外公的泪也流了下来，哽咽地说道：

"不，不会有，什么，好结果的……"

我看着马车拐了弯儿，心中的天窗就像被人强行关上了一般，非常难以忍受。

街道上一个人影儿都没有，荒凉，寂寞。

"走吧，我们去喝早茶，"外公拉着我说："你命中注定跟我在一起啊！"

一整天我们都在花园里忙碌，整地、修整篱笆，把杂树枝绑起来，碾死青草，而且还把一个装着鸟儿的鸟笼装在了里面。

"非常好，从现在开始你要学着尽量自己安排自己的一切！"外公说。

我特别喜欢他的这句话。他躺在草地上，不慌不忙地教导我：

"现在你从你母亲身上切下来了，懂吗？她如果再生了孩子，就会比对你还亲！看没看见你外婆又喝酒了吗？"

他停了停，沉默了好长时间，似乎在留心听什么，然后才又接着说道：

"她这是第二次酗酒了，第一次是米哈尔伊尔舅舅要被征兵役时……她这个老糊涂，硬是让我给那个混账儿子买了个免役证。也许他当了兵会变成了好人呢！唉，我就要死了，我死了，就剩下你一个人了，　自己的日子还得自己想办法，不要听人摆布，懂吗？一定要独立，不能听任别人的摆布！生活中要为人老实，可也不能叫人任意欺负！别人的话不是不可以听，怎么做，却一定要自己拿主意，因为命运总是掌握在自己手中的！"

整整一夏天的大部分时间我都是在花园里度过的，外婆也经常跟我在一起，我们躺在干草上，仰望天空，她长时间地给我讲着什么，在她讲的过程中，常常打断自己的话头，时不时地还插上这样的几句：

"看，又落下一颗流星！也不知是谁纯洁的灵魂，奔向了大地母亲的怀抱！又有一个地方降生下一个好人！"

有时她又指着天上的星星轻声说道：

"看，又升起来一颗星星，真亮啊！美丽的天空啊，你就是上帝灿烂的袈裟……"

外公在旁边一个劲地嘟囔着：

"好啦，快去睡觉吧，会感冒的，会中风的，小偷进来会掐死你们两个的……"

夕阳西下，天空中仿佛有几条火红的河在泄火，桔红橙黄之色染在鹅绒缎的绿草坪上，渐渐地，一切全都暗了下去，一切都像膨胀了一样，扩大了。

在温暖的昏暗中，吸饱了阳光的树叶低垂了下来，青草也垂下了头，香甜的气息弥漫开来。

夜幕合上了，一种就像是慈母般体贴的东西注入了我的胸怀，使我忘掉了一切……

仰望天空，时间一久，你自己就好像也升上了天，天地人融合，慢慢地你就进入了沉沉的梦中。

偶尔有人声、鸟语或是刺猬之类的东西的走动声，全都被寂静的夜放大了好几倍。

琴声时而飘进来一个段落，女人们的笑声，军刀碰撞的声音，狗叫声……

外婆总是入睡的特别迟，以手做枕头，自言自语地讲啊讲啊，丝毫不在乎我是不是在听。

一觉醒来，光明和鸟鸣一起到来。空气在流动，露水将衣衫打湿，草坪上升起了一层薄雾似的水气。

天越来越蓝了，黄雀飞上高高的天空，有一种愉悦从心底里流淌出来，使人想马上就跳起来，赶紧去干点什么，或是关照一下周围的草木，引发我们和周围一切有生命的东西友爱地相处的愿望！

这是我一生中对自然和人生感悟最多的时期，就在这样一个令人难以忘怀的夏天里，我的自信和朦胧的人生观念形成了。

我变了，不愿再和别人来往，奥甫先尼可夫家孩子们的叫喊声再也吸引不了我了，两个萨沙的到来，也不能引起我任何的兴奋，我不愿意和他们呆在一起。

我越来越厌烦外公没完没了地唉声叹气。他常常和外婆吵架，有时还把她赶出去。

一连几天，外婆都在雅可夫或米哈伊尔家里。外公只好自己做饭，烫了手，破口大骂起来，丑态百出。

偶尔他也到花园里来，在草坪上坐下来，默默注视我一阵子，然后问我："你怎么不说话？"

"没什么可说的。"

于是他又开始了那些自以为是金玉良言的训导：

"生在咱们这样的小人家，无论什么事都要靠自己，没人伺候，也没人教！书是让人家读的，学校也是为人家盖的，咱们生来注定了没那份儿……"

他突然不作声了。长时间的沉默让人害怕。

秋天，外公把房子卖了。

卖房前的一个早晨，他阴沉着脸宣布道：

"老太婆，我养活过你，可是现在养够了！你可以自己去挣饭了！"

外婆不慌不忙地闻了闻鼻烟儿，说道：

"那好吧。"

外公租了两间黑暗窄小的地下室。

然后，外婆把一只草鞋扔进炉子里，她蹲下身去，开始呼唤家神：

"家神家神，你是一家之主，送给你一辆雪橇，请你坐上它，跟我们一起到新家去吧，保佑我们找到新的幸福……"

外公看见了，大叫：

"你敢！异教徒，你有什么资格请他去？"

"做孽啊，小心天报应！"

外婆这时也急了。

家里东西全都卖给了收破烂儿的鞑靼人，他们拼命地讨价还价，相互咒骂着。

外婆看着，一会儿哭一会儿笑，嘴里还不停地念叨着：

"都拉走吧，全都拉走吧……"

花园也完了，我欲哭无泪。

我坐在搬家的车上，车摇晃得挺厉害，妈妈就好像第一次看见她父亲、母亲和她儿子。

"天啊，你都长这么高了！"

母亲用滚烫的手抚摸着我的腮帮子，她的肚子难看地挺着。

继父伸出了手来，对我说：

"您这里空气非常潮湿！"

他们俩都显得很疲惫，真需要躺下来睡觉。

大家默默地坐着，外面下着雨。外公喝了一口茶，说道：

"这么说，全都烧光了？"

"我们俩能逃出来已经是不幸中的万幸了，这可真得感谢老天爷。"

"唉，水火无情嘛……"

母亲满面倦容地将头靠在外婆身上，低声地说着什么。

"但是，"外公的嗓门突然提高了，"我也听到了风声，其实根本就没有闹过什么火灾，是你赌博输光了……"

一阵子，死一般的寂静，滚茶的沸腾声和雨打窗户的声音显得非常大。

"爸爸……"母亲叫了一声。

"行啦，我跟你说过，三十岁的人嫁一个二十岁的人，是绝对行不通的！

"现在好啦，你看看怎么样。"

后来他们全都亮开了嗓门，大吵大闹了起来。继父声音最大、最可怕。我被吓坏了，赶紧跑了出去。

以后有些事我记不太清了，不知怎么着，我们全搬进索尔莫夫村的一所破房子里，我和外婆住厨房，母亲和继父住在西间有临街的窗的房子里。

房子的对面是一扇黑洞洞的工厂大门，早晨吹着狼嚎般的汽笛声，人们涌进去。中午，大门洞开，黑水一样的工人们又被吐了出来，他们被狂风赶回了各自的家中。

深夜，工厂的上空还不时地升腾起狼烟似的火光，让人感到恐惧和厌恶。

天空永远是铅灰色的，单调的铅灰色还覆盖了屋顶、街道和一个人目力所及的一切地方。

外婆成了佣人，年纪大了，还得打水洗衣做饭，每天都累得要死要活的，不停地叹气。

有时候忙完了一天的活儿，她穿上短棉袄，到城里去。

"看看老头子现在过得怎么样了？"

"我也跟你去！"

"冻死你！"

她自己得在雪地里跋涉七俄里。

母亲变得越来越丑了，脸黄了，肚子更大了，那条破围巾好像一直围在头上，没取下来过似的。

她常常站在窗口发呆，好几个钟头动也不动。

"咱们为什么要住在这种鬼地方？"我问。

"闭嘴"！

她跟我说话一向如此，非常简练，比如：

"去，给我拿来！"

她不让我上街，因为每次上街，我都打架，每次回来我都带着伤。打架成了我的惟一的娱乐。

这样的时候，母亲会用皮带抽我，每次挨完打以后，我就会更加频繁地跑出去打架，一次她把我打急了，我说再打我就跑出去冻死！

她一愣，一把将我推开，气喘吁吁地说：

"简直是畜牲！"

于是愤怒和怨恨占据了我心中爱的位置，我有点歇斯底里了。

继父整天绷着脸，从不搭理我们母子俩。他总是和母亲吵架，而且还总是用那个让我厌恶之极的词——"您"。

"都是因为您这混蛋的大肚子，弄得我不能邀请客人，您可真是头愚蠢的老水牛！"

我被怒火烧红了脸，猛地从吊床上跳下来，脑袋碰上了天花板，自己的舌头都咬破了。

黑暗的日子并没有持续很长时间，在母亲生孩子前，他们把我送回了外公那儿。

"噢，小鬼头又回来了，看样子这老不死的外公比你亲娘还要亲呢！"

他尖声笑着。

不久，母亲外婆就带着小孩子回来了。继父因为克扣工资被赶出了工厂，他又混上了车站售票员的位子。

再后来母亲送我进了学校。

上学时，我穿的是母亲的皮鞋，大衣是用外婆的外套改做的。这一切尴尬的打扮时常会引起同学们对我的讥笑。

可是我和孩子们很快就融洽了，可就是无法让老师和神父喜欢我。

老师是个秃子，鼻子里老是流血，棉花塞住鼻孔，他还不时地拔出来检查检查。

他有一对非常令人生厌的灰眼睛，没事儿便盯着我，我不得不总是擦脸，好像他只注意我一个人：

"彼什柯夫（高尔基的姓），啊，你，你的脚为什么老动呢！从你鞋里又有一些水流出来！"

我狠狠地对他进行了一次报复：我把西瓜放在门上，他进来时，便一下子扣到了他的秃头上。

我为此挨了顿好揍。

还有一次，我把鼻烟撒到他的抽屉里，上课时他打开抽屉，便不住地打起喷嚏来。

他的女婿来代课。他是个军官，命令大家一起唱《上帝，保佑沙皇！》和《噢，自由啊自由！》

如果谁唱得不对，他就用尺子敲脑袋瓜儿，敲得很响，并不疼，却让人忍不住想笑。

神父并不喜欢我，是因为我没有《新旧约全书》，还因为我常跟他学舌，取笑他。

"彼什柯夫，你把书带来了吗？

"没有，是吧？"

"什么'是吧'？"

"没有对吗？"

"好了，回去吧！我可不愿意教你这样的学生，你说对吗？"

我漫无目的地走到村子里，东张西望地等到放学为止。

就这样，尽管我的学习成绩还不错，可还是通知我让我退学。

我十分懊丧，一场灾难就要来临了，因为母亲的脾气越来越坏了，总打我。

可是就在这时终于来了个救星，他就是驼背的赫里山夫主教。

他在桌子后面坐下，说：

"孩子们，咱们好好谈谈吧！"

教室里瞬时充满了温暖愉快的气氛。

叫了几个人之后，他叫到了我。

"小朋友，你多大了？长得这么高了！你在下雨天也从不打伞吧？"

他一只手摸着稀疏的胡子，用慈善的目光看着我，又说：

"好吧，你给我讲讲《圣经》中你最喜欢的故事，好吗？"

"我没有书，也没学过《圣经》。"

"那可不行啊，《圣经》是非学不可的！你听说过里面的故事吗？会唱圣歌吗？太棒了！还会念祷词？啊，《新旧约全书》也会？看来你听到的故事还真不少，真是个不错的孩子！"

我们的神父赶来了，他要介绍一下我，主教一扬手，说：

"好，现在你给我讲讲敬神的阿列克基……"

我忘了某一句诗，稍一停顿，他便立刻打断了我：

"啊，你还会什么？会讲大卫王的故事吗？我非常想听！"

我看出他不是在应付我，他的确在听，认真地听。

"你学过圣歌？是谁教的？慈爱的外祖父？啊，凶狠的？是真的？你很淘气，是吧？"

我稍一犹豫，还是回答说：

"是。"

"那你为什么淘气呢？"

"我觉得上学非常无聊。"

"什么？无聊！不对吧，倘若你觉得无聊，你的学习成绩就不会这么好了。"

"这说明一定还有其他的原因。"

他从怀里掏出一本小书，在上面题了字，说：

"小朋友，彼什柯夫·阿列克塞，从现在开始你要学会忍耐，不能太淘气！"

"有那么一点点淘气是可以的，可是太淘气了就会让人感到不高兴，别人就不会再喜欢你了。"

"对吧？小朋友们？"

"对。"

大家一起回答。

"你们不是非常淘气，对吧？"

"不，太淘气，太淘气！"

大家一边笑，一边回答着。

主教朝椅子上一靠，将我紧紧地拥在怀里，他说：

"真是奇怪，我在你们这么大的时候，其实也非常淘气，也是个淘气鬼！"

"这是怎么回事呢？小朋友们。"

大家全都笑了，神父也跟着笑了。

他很快就和大家融在了一起，快乐的空气也越来越浓厚。

最后，他站了起来：

"好了，淘气鬼们，现在我应该走了！"

他在胸前画了个十字，祝福道：

"以圣父及圣子及圣神之名，祝愿你们都有一个美好的未来！再见了！"

大家纷纷地嚷道：

"再见，大主教，您一定再来呀！"

他戴着高筒帽子愉快地点了点头：

"一定，我还要给你们带些书来，你们一定会很喜欢的。"

他又转过身去对老师说道：

"让他们回家吧！"

他拉着我的手，悄声地说：

"啊，你需要学会克制自己，好吧？我理解你为什么要淘气！好了，再见，小朋友！"

我心里非常激动，久久不能平静。老师让别人都走了，只将我一个单独留了下来。

我非常注意地听他讲话，发现他是那么和蔼：

"以后你可以上我的课了，是吗？不过，别再淘气了，老实坐着，好吗？"

这样，我在学校算是搞好了关系。可是在家里却闹了一次事儿：我偷了母亲一个卢布。

一天晚上，他们全出去了，留下我照看孩子。我特意地翻看着继父的一本书，猛然发现里面夹着两张钞票，一张是十卢布的，一张是一卢布的。

我脑子里突然一闪，一个卢布可以买二本《新旧约全书》，还可以买一本讲鲁滨逊的书。这本书我是在学校里知道的，有一回，我给同学们讲童话，一个同学嚷道：

"还讲什么童话呢，狗屁，鲁滨逊的故事那才叫好呢！"

后来我才发现，有好几个人都读过鲁滨逊的故事。他们都说这本书如何好，外婆的童话故事他们竟然不喜欢，这使我非常恼火。我也得读这本书了，到时候就能说他们"胡说八道!"

第二天我上学时,带着一本崭新的《新旧约全书》和两本破烂的《安徒生童话》,三斤面包和一斤灌肠。

鲁滨逊是在一个小铺里发现的,那是一本崭新的小书,上面还画着一个戴皮帽子,披着兽皮的大胡子,这多少让我觉着有点不太愉快。相反,童话书就是再破烂,也比它可爱。

课间休息时,我和同学们将面包和灌肠分着吃了,随后开始读一个特别吸引人的童话《夜莺》。

"在一个遥远的地方,有个国家叫中国,所有的人都是中国人,连皇帝也是中国人。"

这句话让我们惊奇、欢喜,大家迫不及待地读了下去。

在学校没把《夜莺》读完,因为天太晚了,于是大家四散回家。

母亲正在炉台边上做饭,她看了看我,压低了嗓子问:"你是不是拿了一个卢布?"

"对,我买了书。这不……"

没等我说完,她就用煎锅柄劈头盖脸地打了我一顿,还没收了我的书,不知藏到哪儿去了,我再也没找到,这比打我更让我难受。

好几天都没去上学,再到学校时,很多人都喊我"小偷!"

这一切是继父传给他的同事,他同事的孩子又传到了学校。

其实,他们这样喊我,太不正确了,我一点儿也没有隐瞒那一个卢布是我拿的,我给人家解释,人家不相信我。

我对母亲说,我再也不想去上学了。

她无神地看着窗外,喂着小弟弟萨沙:

"你胡说,别人怎么会知道你拿了一个卢布呢?这是家里发生的事,人家也不住在我们这儿,他们是怎么知道的?"

"你去问问啊!"

"那肯定是你自己乱说的!"

于是我说出了那个传话的学生的名字。

她哭了,十分可怜地哭了。

我离开母亲回到厨房里,还听见母亲的啜泣声:

"天啊……"

沾满油污的抹布散发出一阵阵难闻的气味,熏得我再也躺不住了,于是我站了起来，走到院子里，可却被母亲叫住了：

"去哪儿？回来！快到我这儿来！"

我们一同坐在地板上，萨沙摸着母亲的扣子叫道：

"扣扣，扣扣！"

母亲搂住我，伤心地低声地说：

"咱们都是穷人，咱们的每个戈比，每个戈比……"

她那滚热的胳膊紧紧地抱住我，哽咽着再也说不下去了。

顿了顿，她咬牙切齿地说道：

"他是个坏蛋，坏蛋！"

她冷不防地说出这句话，以前我曾听她说过一次。

"蛋，蛋！"

萨沙学着。

萨沙是个大头娃娃，总瞪着眼，眨也不眨地注视周围的一切。很早他就开始学说话了，很少哭，见了我便高兴地让我抱他，用他软软的小手指头摸我的耳朵。

他没闹什么病便突然死了，上午还好好的，晚祷的钟声敲响时，身体却已经僵了。

那是在第二个孩子尼可拉出生后不久的事。

在母亲的协助下，我在学校的处境又恢复到了从前，可是他们又要把我送回外公那儿了。

一天傍晚，我在院子里听见母亲声嘶力竭地喊道：

"耶甫盖尼，你，我求求你了……"

"混蛋！"

"我知道你是要去她那儿！"

"是又怎么样？"

接下来一阵沉默。

母亲吃力地喊叫着：

"你，你是个不折不扣的混蛋……"

随后就是鞭打的声音。

我冲了进去，看见继父正衣着整齐地在用力踢着瘫倒在地上的母亲的胸口！

母亲无神的眼睛仰望着天花板，嘴里呼呼地喘着粗气……

我抄起了桌子上的面包刀——这是父亲给我母亲留下的惟一的东西——没命

地刺向继父的后腰。

母亲看见了，忙一把推开了继父，刀从腰间划过，把他的衣服划破了。

继父大喊一声，便跑了出去。

母亲拼命将我摔倒在地，将刀子夺下。

继父走了。

母亲搂住我，吻我，哭着说：

"原谅你可怜的母亲吧，亲爱的，可你怎么能动刀子呢？"

我告诉她，我要杀了继父，然后再自杀。

我说得信誓旦旦，一丝不苟，这是丝毫不容置疑的！

一直到今天，我还能看见那只沿着裤筒有一条鲜明的花饰的令人厌恶的腿，看见它凶狠恶毒地踢向一个女人的胸脯！

每当我回忆旧日俄罗斯生活中这些铅一样沉重的生活片断，我常常自问：值得吗！

其实丑恶也是一种现实，从过去直到现在都没有灭绝踪迹，将来会不会有，谁都不得而知！要想将它们从我们的生活中彻底除掉，那就必须了解它们。

即使它们是那么沉重，那么令人窒息，令人作呕，而俄罗斯人的灵魂却勇敢地闯了过来，克服了、战胜了它们！丑陋、卑鄙和健康、善良一同生长在这块广阔而又肥沃的土地上，后者点燃了我们的希望，幸福对我们来说不会永远遥不可及！

十三

我后来又搬回外公那里去了。

"怎么啦，小鬼，你怎么啦？

"让你外婆养你吧！"

"让我养就我养，你以为这是十分困难的事呀！"

"那你就养吧！"

外公大吼了一声。

屋子里突然沉寂了下来。外公突然对我说道：

"我和她现在分开过了，什么都分开了……"

外婆坐在窗户下，飞快地织着花边，线轴快乐地击打着，铜针上下穿梭，闪着耀眼的光。

外婆没有变，外公则更加干瘦了，棕红色的头发变成了灰白颜色，一双绿眼睛总在疑神疑鬼地东瞧西望。

外婆用极为嘲笑的口吻讲起她和外公分家的事。

他把所有的破盆碎碗、破坛子料罐子全都"极为慷慨"地给了她，还说：

"这全是你的，以后不要再向我要任何东西了！"

她差不多所有的旧东西都被他拿走了——旧衣服、各种各样的物品、狐皮大衣，卖了七百卢布。

他把这笔钱都给了他的教子——一个卖水果的犹太人，等着吃利息去了。

后来他丧失了最后一点儿廉耻心，吝啬到了疯狂的程度。

他几乎寻遍了以前的每一个老朋友，逐一向他们诉苦、哀求，说孩子弄得他一文不名，行行好吧！给点钱！

他利用人家原来对他的尊敬，弄到了一把钞票，他拿着这一把大票子，像逗小孩似的在外婆鼻子尖儿前晃悠：

"笨蛋，看见了吗，这是什么？我就是我，人家尊敬我，愿意给我钱，可你就不同了，人家一个子儿都不会给你！"

他把所有这些钱全给了一个毛皮匠和这个毛皮匠的作小酒店老板的妹妹，他要吃利息。

家里花钱上是一清二楚的，今天外婆买菜做饭，明天就轮到外公。

轮到外公做饭的时候，吃得就特别不好。而外婆却总是买到最好的肉。

茶叶和糖也分开了，可是煮茶却是在一个茶壶里，到这时候外公就会惊慌地说：

"等一下，让我看看，你放多少茶叶？"

他仔细地数着茶叶，然后十分"精明"地说道：

"你的茶叶比我的要碎点儿，我的叶子大，因此我要少放点儿！"

他还特别注意倒在两个碗里的茶的茶色和浓度，份量当然更在详细考察之列。

"最后一杯给你吧？"

外婆把茶倒干净以前总是说。

外公说道：

"好吧！"

圣像前的长明灯的灯油也是各买各的。

真想不到在共同生活了五十年以后，他们竟然走到了这一步！

看着外公的所作所为，我感到既好笑又令人生厌，有时似乎还有点儿可怜，但外婆只是觉得可笑。

"人真是越老越糊涂！"

"八十岁的人了，就会倒退八十年，让他这么干下去吧，看看谁倒霉！我来赚咱俩的面包！别怕啊。"

那时我也开始挣钱了。

每逢节假日就走街串巷去捡牛骨头、破布儿、烂纸和钉子。

把一普特破布烂纸卖给旧货商可得到二十个戈比，料铁也是这个价钱，一普特骨头值十戈比或者八个戈比。

平时放了学我也去捡，等到星期天拿去卖，一下子能得三十到五十个戈比，运气好的时候还要多。

每次外婆接过我的钱，都会匆匆忙忙塞到裙子的口袋里，夸奖着说：

"好孩子，真能干！"

"好了，这样咱们俩完全可以养活好自己！"

记得有一次，我看见她拿着我的五十个戈比哭了，一滴混浊的泪水挂在她那大鼻尖儿上。

到奥卡河岸的木材栈或是到彼斯基岛去偷劈柴和木板比卖破烂更能赚钱。

每逢集市，人们在岛上搭许多棚屋，集市以后拆下来的木板被码成堆，一直放到春水泛滥的时候。

一块好木板，小市民业主有时出十个戈比，我一天就可以弄两三块儿！

可干这种事必须是坏天气，有大风雪或大雨把看守人给逼得躲了起来，才能顺利得手。

和我一起去偷的伙伴有个名叫珊卡·维亚赫尔的，他总是乐呵呵的，人十分温和。他是女叫化子莫尔多瓦的儿子。

还有卷毛儿柯斯特罗马。到后来，他十三岁被送进了少年罪犯教养院，再后来他在那儿上吊死了。

还有哈比，是个鞑靼人，十二岁，但力大无比。

还有看坟人的儿子扁鼻子雅兹，他是个有羊癫疯的九岁孩子，寡言少语。

我们之中，岁数最大的是寡妇裁缝的儿子格里沙·楚尔卡，他一向很讲道理，但拳头也非常厉害。

在我们那儿，偷窃形成了风气，差不多成了饥寒交迫的人们惟一的谋生手段，这样似乎就算不上犯罪了。

大人们的目标是货船，在伏尔加河和奥卡河上寻找机会。

每当休息的时候，他们都要讲自己的经历，夸耀自己的收获，孩子们则在一边，边听边学，吸取经验和教训。

在春天的每天傍晚，因为集市即将开始，人们都忙碌了起来，村子的每条街上都是喝得醉醺醺的，各行各业的人们，这些醉汉们的钱包，小孩子们可以公开地搜，谁也不干涉。他们偷木匠的工具，偷货车的备用轴，有时还偷车夫的鞭子……

我们不干这样的事。

"妈妈不让我偷东西，可我不干！"

说话的是楚尔卡。

哈比则说：

"我害怕干这种事！"

柯斯特罗马则特别厌恶小偷这个字眼儿，只要是看到别的小孩偷醉汉时，他会把他们赶散。

他自认为是个大人，走路时，也刻意学着搬运工的样子，故意一歪一歪的，声音压得又低又粗，一举一动都在装腔作势。

然而维亚赫尔相信，偷窃是在做坏事，是一种罪恶。

不过，从彼斯基岛上拿木板可算不上什么罪恶，我们都特别愿意干这件事。

趁着天气不好或晚上的时候，维亚赫尔和雅兹从下面大摇大摆地向彼斯基岛进发，尽力引开看守人的注意力。

我们四个人从侧面分头摸了过去，趁着看守人追赶维亚赫尔和雅兹的时机，拖上木板往回跑！

看守人从未发现过我们，即使发现了他也追不上。

我们把弄来的东西卖掉以后，钱票分成六份，每个人可以得五戈比甚至是七戈比。

有了这点钱，吃一天饱饭也就没什么问题了。但是，每个人都有每个人的用途。

维亚赫尔每天必须给他母亲买四两半伏特加，否则就会挨母亲一顿揍。

柯特斯罗马想要攒钱买鸽子。

楚尔卡挣钱是为了给母亲看病。

哈比攒钱，是为了回家乡。他舅舅把他从家乡带到这儿来以后便死了，哈比其实并不知道家乡的地名，只知道是在卡马河岸边，离伏尔加河不远。

不知为什么，那座城让我们非常想笑，我们一起编了个歌，逗这个斜眼的鞑靼孩子：

卡马河上一城堡。
到底在哪儿不清楚！
用脚走不到，
用手摸不着！

开始哈比非常生气，但有一次，维亚赫尔却说：

"不要这样！好兄弟之间还生气吗？"

哈比有点不好意思了，后来，他自己也跟着我们唱了起来。

和偷木板相比，我们更喜欢去捡破烂儿。春雪消融或是大雨滂沱之后捡破烂儿，就更有趣了。

在集市的沟沟渠渠中，我们总能找到钉子、破铜、烂铁，有时还能够捡到钱！

可是我们得给看货摊的两个戈比，有时央求半天才会得到他的允许。

虽然挣钱不容易，可我们几个之间却非常好，时而也有小的争吵，但是却从没打过架。

维亚赫尔在别人吵架时，经常会说：

"有吵架的必要吗？"

我们想一想，确实没有必要干这种事。

他称他的母亲为"我那莫尔多瓦女人"，但是我们倒没有觉着可笑。

"昨天，我那莫尔多瓦女人回家的时候，又喝得烂醉如泥了！她啪地一下将门推开，往门槛上一坐，就像只公鸡似的唱起来了！"

干什么事都认真的楚尔卡问：

"唱的什么？"维亚赫尔于是学着他母亲尖声尖气地唱了起来：

放羊的小伙沿着街走，
手拿皮鞭吼叫一声；
挨家挨户用皮鞭，
抽出的孩子们满街溜。
哟哟嗨，你看那晚霞就红似火，
放羊的小伙儿笛声响，
全村老小入梦甜。

他能唱很多这样热烈欢快的歌儿。他接着说：

"后来，她坐在门槛上睡着了，屋子里特别冷，我拽不动她，差点没把我们冻死……今天早晨，我说：'你醉得太厉害了！'她说：'没关系，我故意的。你再等一等，我很快就会死的！'"

楚尔卡认真地说：

"是的，她真的快死了，全身都肿了！"

"你还可怜她，是吗？"我问。

"怎么不可怜？她是我的好妈妈……"维亚赫尔说。

我们虽然知道他母亲常常打他，可是我们又都相信她是个好人！

有不走运的时候，楚尔卡也会提议：

"来，咱们每个人给维亚赫尔的母亲凑一戈比买酒吧，不然他又会挨揍的！"

维亚赫尔特别羡慕我和楚尔卡，因为我们两个识字。

他有时会揪住自己的尖耳朵，细声细气地对我们说道：

"埋了我那莫尔多瓦女人之后，我也去上学，我要跪在地上央求老师，让他收下我。"

"学成之后，我会去找主教，请他收留我作园丁，要不，就直接去找沙皇……"

春天，莫尔多瓦的女人就死了。

楚尔卡对维亚赫尔说：

"到我们家吧，我妈妈会教你认字……"

没过多久，维亚赫尔就高昂着头，念起店铺上的字了：

"货杂店……"

"杂货店，你这个笨蛋！"楚尔卡说。

"嗨，我只是把字母念颠倒了！"

"那样就错了！"

"噢，你看，字母活蹦乱跳的，它们喜欢别人念它们！"

维亚赫尔对山川树木、花鸟草木的热爱让我们感到好笑，同时也感到吃惊。

倘若我们之中的谁坐在了小草上，维亚赫尔就会气愤地说：

"不要糟踏草啊，沙地上不也一样坐吗？"

有他在身旁，谁也不敢当着他的面去折一枝白柳，如果让他看见了，他会耸耸肩膀：

"真见鬼，你们在干什么？"

每逢星期天，我们便会玩一种游戏：每到黄昏的时分，一群鞑靼搬运工总是很准时地拖着疲惫的身躯从西伯得亚码头回家，路过我们的十字路口，我们就会向他们扔草鞋。

开始他们对我们又追又骂，可是后来他们也觉着有意思，事先也准备些草鞋，有时还将我们准备好的草鞋偷走，弄得我们束手无策，大声埋怨着：

"这还算什么游戏呀？"

最后他们把草鞋分给我们一半，于是战斗就开始了。

一般是他们守，我们攻。我们高声叫喊着围着他们转，向他们扔草鞋，如果我们谁被草鞋绊倒了，他们也像我们一样叫喊，欢笑声震耳欲聋。

这个游戏持续的时间非常长，周围围满了小市民，他们为了维护他们的体面，照例要嘟囔一阵子。

战斗结束后，鞑靼小伙子们常常请我们去吃马肉，还就着奶油核桃点心喝浓茶。

这些身高体壮的人的身上有一种很容易让儿童理解的东西，他们没有丝毫恶意的诚实和他们相互之间无私的帮助，都深深地打动着我们、吸引着我们。

他们之中有一个歪鼻子叫卡西莫夫的，有着无人可及的神话般的力量！有一回，他把一个二十七普特重的大钟从货船上搬到了岸上很远的地方，他大声喊着：

"噢，噢！"

"扯谈——不值钱的！"

"扯谈——是草包啊！"

还有一回，他将维亚赫尔放在他的手上，轻松地举了起来，说：

"看，你在哪儿了，上天喽！"

假如天气很坏，我们就聚在雅兹家，那是他父亲用来看坟的小屋。

雅兹的父亲全身骨架都像是变形了，他那很小的脑袋上，毛发脏乱不堪，身上也脏得让人无法接近。

他却总是快活地眯着眼，像说绕口令似地很快地咕哝说：

"上帝保佑，不要让我失眠！"

我们带来三钱茶、四两糖、几块面包，还给雅兹的父亲带去四两伏特加，这是不可少的。

"听说了吗，后天特鲁索夫家为死人办祭日，有盛大的宴会，咱们去那儿肯定能吃上一顿美食，这个主意不错吧！"

"他们家的厨娘都会收起来的。"

无所不知的楚尔卡提醒道。

维亚赫尔看着窗外的墓地，说：

"我们不久就可以到森林里去了，这真是太好了！"

雅兹沉默地把他自己从垃圾堆里捡来的木马、碎铜片、扣子、缺腿马拿了出来，给我们看。

大家喝茶，雅兹的父亲喝了他那一份酒以后，就爬到了炕炉上，用猫头鹰似的眼神盯着我们每一个人说：

"噢，你们怎么不死呢？你们这些小偷儿们，似乎早就不再是孩子了！上帝保佑，不要让我失眠！"

维亚赫尔反驳着：

"我们不是小偷儿！"

"不是小偷儿？那么，就是贼娃儿……"

他哆嗦得让我们厌烦时，楚尔卡就会涨红了脸，憋足了劲，骂上他一句：

"好了，你这糟糕透顶的男人！"

因为他的话题总是围绕着谁家有病人，镇上哪个病人要死了之类的事，有些时候他还故意逗弄我们：

"噢，小子们，害怕了吗？"

"告诉你们，有个胖子就快要死了！"

"噢，要好长时间才能烂掉呢！"

让他住嘴，可是他还是令人讨厌地喋喋不休：

"你们也都得死……"

"死就死，死后就可以做天使……"

维亚赫尔说。

"你们？哈哈，你们，还想要去当天使？！"

他大笑不止，又深深不断地讲起死人的事来。

"啊，三天前这里埋了一个女人，我知道她的经历，孩子们，听着，我告诉你们……"

他喜欢讲女人，但总是讲得前言不搭后语，而且还常常被自己的问话打乱，然而，他的口气中有一种让人思索的味道，因此我们听得还挺着迷。

"别人问她：'到底是谁放的火？'她说：'我放的！'"

他顿了顿，又说：

"唉，她为什么要这么说呀！上帝保佑，别让我失眠……"

差不多每一个躺在坟里的人的历史，他都一清二楚。他好像在我们面前打开了通向各家各户的大门，让我们看看他们都是怎么生活的。

他一直从白天讲到黑夜，再从天黑讲到天明。

黄昏刚刚来临，楚尔卡就要走了。

"我要回家了，要不妈妈会害怕的。有谁跟我一起走呀？"

大家要走了。

雅兹把我们送到栅栏边，关上门，把他忧郁的脸贴在栅栏格之间，用低沉的声音说：

"再见了！"

"再见了！"

我们也对他说，留他在墓地里总会让我们感到有点心神不安。

柯斯特罗马说：

"也许明天咱们再来时，他或许就已经死了。"

"我觉得雅兹比我们还苦呀！"

"我们不苦，一点儿也不苦！"

维亚赫尔反驳着楚尔卡。

的确，流浪街头，自由自在，何苦之有？相反，我心中经常涌动着一种伟大的感情，我太爱我的伙伴们了，总想替他们做点好事。

然而，像这样每天放学后流浪街头，还是给我在学校的生活带来了很多的麻烦。他们叫我"捡破烂的"、"臭要饭的"，还告到老师那里，说我身上有垃圾味儿！

我觉得受到极大的污辱，这让我感到上学多么地为难。他们这是恶意的编造出来的诬告。因为每次去学校前我都会拼命地洗干净，换上洗得非常干净的衣服，捡破烂时穿的衣服，我从不穿它上学校。

上完了三年级，学校奖给我一本福音书、一本克雷洛夫的寓言诗、一本《法达·莫尔加那》，还有一张奖状。

外公看到这些奖状，表现出异乎寻常的兴奋，说他要把这些书锁到他自己的箱子里。

当时，外婆已病倒好几天了，她没有钱，几乎也没怎么吃东西了，可外公还在无休止地埋怨：

"你们将我喝光吃净了，一点儿也不给我剩……"

于是我把书卖了，得了五十五个戈比，全部都交给了外婆。

我在奖状上胡乱写了些字以后才给了外公，他没有打开看就珍藏了起来，因此没有发现我搞的鬼。

学校生活结束了，我又开始了在街头的流浪生活，春回大地，野外的森林便成了我们最好的去处，每天都会很晚才回来。

然而这样快活的日子没持续多久。

不久继父被解雇了，人也失踪了，不知道去向。母亲和小弟搬回外公家，我成了保姆。

外婆则在城里一个富商家里给人家绣棺材上罩的圣像。

母亲干瘦干瘦的，都快脱人形了；小弟弟也饿成了皮包骨头，他被一种不知名的疾病折磨着，使他像一只奄奄一息的小狗。

外公摸了摸他的头：

"他是吃不上啊，可是我的饲料已经不够你们都来吃啊……"

母亲倚着墙，叹着气说道：

"他吃不了很多……"

"是没有多少，可你们几个没多少全加起来就太可怕了……"

外公让我去背沙子，把小弟弟埋在里面晒晒太阳。

小弟弟非常高兴，居然还甜甜地笑。

我立刻就爱上了他，好像我的想法他都知道似的。

"死，非常容易！你想的应该是怎样活下去才行！"

外公的吼叫声从窗口飞了起来。

母亲不停地咳嗽了很长时间……

我和小弟弟呆在那儿，他只要一看见远处的猫或狗就会扭过头来向我微笑。

噢，这个小东西，他是不是已经感觉出我和他呆着有点无聊，想跑到街上去看看了？

吃午饭时，外公亲自喂小孩。小孩吃了几口后，他就按了按他的肚子，自言自语地说：

"饱了吗？"

黑暗的角落里传来了母亲虚弱的声音：

"您不是看见他还在伸手要吗？"

"小孩子，不懂事儿！总会吃饱了还要！"

外公让我把孩子递给了母亲。母亲迎着我缓缓地、吃力地站了起来，费力地伸出了那枯树枝一般的胳膊。

后来母亲成了哑巴，一天一天地躺在床上，慢慢地死去了。

最令我心烦的是外公在每天天黑以后都要说到死。他躺在黑暗中，嘴里咕咕哝哝：

"死期到了！有什么脸去见上帝？唉，忙了一辈子，却落了个这样的下场……"

母亲是在八月份的一个星期天的中午时分去世的。

那时候，继父刚从外地回来，他又在什么地方找到事了。外婆和小弟弟已经搬到他那儿去了，母亲不久便要搬过去了。

早晨，母亲低声悄悄对我说道：

"去找耶甫盖尼·瓦西里耶维奇！对他说，我请他来！"

她一只手强撑着身子坐了起来，接着又补充了一句：

"快跑！"

我感觉她的眼中闪过一种异样的从不曾见过的神情。

继父正做弥撒，外婆让我去买烟，这样就耽误了时间。

我回到外公家的时候，惊讶地看到母亲正梳妆整齐地坐在桌子边儿上，与从前一样仪态万方。

"你好些了吗？"我心里有点怕怕地问。

她只看了我一眼，冰凉透骨，又说：

"过来！你又去哪儿荡了？"

我还没有开口，她就把我抓了过去，用刀子背轻拍了我一下，可刀子马上就从她手里滑掉了。

"捡起来，给我……"

我被惊呆了，一动不动，只是愣愣地看着她，母亲推开我躺下，虚弱地说：

"给我水……"

我赶紧从桶里舀了碗凉水，但她却只喝了一点点儿。

推开了我的手，她嘴唇动了动，好像苦笑了一下，脸上浮起了一片暗影，这暗影迅速占据了她整个儿脸，她似乎有点吃惊地张开了嘴，听不见她的呼吸了……

我端着水一直站在她旁边，不知道站了多长时间。

外婆进来了。

我说：

"母亲死了……！"

她漠然地向床上瞟了一眼：

"胡说八道！"

她到炕炉里拿包子，弄得一阵叮当乱响。

这时继父走进来了，他不声不响地毫不知情地搬了把椅子坐到母亲身边。

突然，他从椅子上蹦起来，大喊了一声：

"她死了！"

当大家向母亲的棺材撒土的时候，外婆就像个瞎子似地在坟地里乱跑乱撞，她一下子撞到十字架上，碰破了头。

雅兹的父亲把外婆领到他的小屋里，在她洗脸时，他低声安慰我说：

"唉，生而为人，必定都会有这么一回……不论贫富，早晚都得进棺材……"

他从小屋里跑出去，但立即又和维亚赫尔一起回来了。

"看，这是什么？"他递给我一个坏了的马刺。"这是我和维亚赫尔一起送给你的，我是从他手里买下来的，我给了他两戈比，你喜欢吗？"

"胡说八道！"

维亚赫尔生气地嚷。

"啊，好好，不是我，是他，是他送给你的！"

维亚赫尔想尽一切办法逗我笑：他把马刺挂在自己的脖子上，用舌头舔上面的小轮，雅兹的父亲夸张地哈哈大笑。

见我还是没有什么反应，他严肃地说：

"你脑子清醒清醒吧，只要是人，早晚都是要死的，就像小鸟一样，谁也躲不过这一关，小鸟不是也要死吗？走，咱们现在就到墓地去给你母亲的坟铺上草坪，好吗？"

这倒让我很高兴，于是我们大家便出发去墓地了。

埋葬母亲几天后，外公说：

"阿列克塞，你可不是什么奖章，总把你挂在脖子上我可受不了！去，去，到人间去挣钱糊口吧……"

于是，我去了人间，开始了新的生活。

我的大学

我就要去喀山大学读书了。我下定决心，无论如何都要圆我上大学的梦！

使我产生上大学这个念头的是一个名叫尼古拉·叶甫里诺夫的中学生激发的。他有着一双女人般妩媚的眼睛，生着副漂亮脸蛋儿，是个惹人喜欢的年轻人，当时他就住我们那栋房子的阁楼上，他常常看见我读书，对我非常留心，因此我们很快就相识了。没认识多久，叶甫里诺夫就断定说我"具有从事服务科学的非凡才能"。

"您就是为科学而生的！"他帅气地甩动着好看的浓密长发对我说。

那时我根本就弄不懂，即使是一只小家兔，都可以为科学研究做出贡献呢。但叶甫里诺夫煞费苦心地向我说，大学里面正需要的是我这样的年轻人。自然地，也必不可少地叙述了哈伊尔·罗蒙诺索夫的故事。叶甫里诺夫还说，到了喀山可以住在他家，用一个秋天和冬天的时间完成中学的课程，之后，就可"随随便便"去参加场考试（他说的是"随随便便"！），我就可以申请助学金上大学，再过大概五年的时间，我就可以成为一位"学者"了。听他讲一切似乎都很简单，这也难怪，毕竟他还是个未经世事的十九岁的少年，而且有着一份善良心肠。

学校终考以后，他就走了。又过了两个星期左右，我随后也动身了，临行前，外祖母一再叮嘱道：

"你以后别老跟人家发脾气了！老是生气发脾气，就会变得 严厉、自私、傲慢！这都是跟你外祖父学的！难道你还没看见他的下场吗？苦命的老头儿，活来活去，到老成了傻子！你一定不要忘记：上帝不会惩罚人，只有魔鬼才得意洋洋地干这个呢！你走吧！再见……"

她一面抹掉皱纹密布的褐色面颊上的几滴泪水，一面又接着说：

"我们以后恐怕再也见不着了，我活不长了，你自己为什么一定要去！你这个不安分的孩子，非要跑到海角天涯去，我将不久于人世了……"

近来一段时期，我经常离开这个好心肠的外祖母，几乎不怎么跟她见面，但是当我一想到这个血脉相通、真心爱我的亲人，真的要舍她而去时，不免在心中生出一丝悲哀。

我一直站在船尾朝外祖母张望着，她就在码头紧靠水边处站着，一只手在胸前画着十字，一只手用破旧的披肩角擦拭她的眼，那是双永远对世人充满爱意的黑眼睛。

从那以后，我就来到这座有一半鞑靼人的城市了，寂寞地住在一条长街尽头岗上的破平房里。房子对面是一片被火烧之后的荒地，长满了密密麻麻的野草，一大堆倒塌的建筑废品在杂草和林木中突兀而出，废品下有一个大地洞，那些无处安身的野狗经常躲到这里，有时它们也就命丧于此了。这是我永生难忘的地方，它是我的第一所大学。

叶莆里诺夫的家是由妈妈和两个儿子组成，仅仅依靠一份少得可怜的抚恤金维持生计。我刚到他们家那几天，常看见这个面无血色的寡妇，每次从市场买回东西放到厨房里，就眉头紧皱，愁苦万分，她在思考如何解决面临的难题：就算把自己排除在外，用什么方法才能用一块肉做一顿满足三个体格健壮男孩儿的美餐呢？

她一向就是个沉默寡言的女人，灰色的眼睛中蕴含着温顺而坚强的精神，她恰似一匹精疲力尽的母马，明明知道已无法驾驭生活这辆沉重的车，仍旧勉强拼命地朝前拉着！

来到她家的第四天早上，她的两个儿子还在熟睡，我到厨房帮她洗菜时，她小心翼翼地轻声问我：

"您来这里打算干什么？"

"读书上大学。"

猛然只见她眉毛一挑，额头一皱，原来她的一个手指不小心被菜刀划破了，她一边吮着手指，一边跌到椅子里，随即又蹦起来，喊道：

"哎呀！简直是见了鬼……"

她拿手帕包扎好伤口后，就对我赞许地说道：

"您的土豆削得倒是挺有水平的！"

"这算什么呢！雕虫小技而已！"我将我在轮船上那段帮厨的历史顺嘴儿告诉了她。她继续问我：

"那凭您这点儿本事就能上大学吗？"

我把她的话当真了，由于当时我还不懂幽默与嘲讽的区别。我非常认真地向她介绍了我的行动计划，并强调指出，这样一来，上大学就不是问题了。

她无可奈何地叹了口气，然后叫嚷着：

"唉！尼古拉！这个尼古拉……"

这时尼古拉恰好跑进厨房洗脸，他睡得迷迷乎乎的，头发看上去乱蓬蓬的，但还和平常一样快快活活的。

"我说妈妈！要是能有一顿肉馅饺子吃该多好哇！"

"是的，那好吧。"妈妈同意了。

这正是我显露一下烹调技艺的好机会，我连忙接过话来说，要包饺子这点儿瘦肉实在太少了。

我这下子可彻底闯了祸了，娃尔娃拉·伊凡诺夫娜顿时火冒三丈，气愤至极，她把我数落得满面通红、无地自容，接着又把手中的胡萝卜摔到了桌子上，转身离去了。尼古拉向我递着眼色解释说：

"生气啦……"

他在凳子上坐下接着对我说道："女人其实比男人爱玩，这是她们的天性。对于这一论断有关人士包括瑞士的大学者和英国的约翰·穆勒都曾经做过探讨。"

尼古拉很喜欢教育我，只要遇到适当时机，便对我谆谆教导。而我呢，每次都是如饥似渴地听训诫，到后来，听来听去，我竟然把弗克、拉劳士弗构和拉劳士查克里混为一谈了，还有我怎么也弄不清楚是拉法杰砍了杜莫利的头，还是杜莫利砍了拉法杰的头。尼古拉一门心思要教育我"成材"，他对我做了许多许多诺言，然而，他根本不具备认真教我的条件。他是个浮华、轻佻、自私的都市青年，他甚至对妈妈的含辛茹苦熟视无睹。他弟弟是个抑郁呆板的中学生，对于母亲的艰辛更不会有什么体会。

倒是我很快就发觉了这位可怜的妈妈的厨房哲学，她的厨房技艺令人折服：她是数着米粒做饭的，每天只用一点点东西变戏法般做出丰富的菜肴，养活自己的两个孩子，还有我这个其貌不扬、不懂礼貌的小流浪儿。她分给我的每一片面包，在我心中都像巨石般沉重。我决定出去找份活儿干，我要自个儿养活自个儿。

为避免在他家吃饭，我很早就起床，然后便迅速地逃了出去。要是不幸碰上刮风下雨，就到那个大地洞里躲一躲，听着洞外的倾盆大雨和狂风怒吼，闻着死猫死狗尸体的腐烂味儿，我顿时醒悟：上大学——美梦而已！要是我当初去的是波斯，一定比这儿强。于是我开始充分地发挥我的想象力，幻想自己变成了一个白胡子法师，能使一粒谷子长成苹果那么大，一个土豆有一普特重，我在为所有受苦受难的人民寻求出路，我想拯救他们。

当时的我正处于爱幻想的年龄，总幻想一些伟大的冒险事业，因为乏味的、苦难的生活需要有幻想来调剂。苦难的日子是多么的漫长啊！我的幻想已成癖了。苦难的日子使我变得更加坚强了，我并不奢望他人的救济，也不渴望好运降临，越是艰苦的生活环境，就越能磨练人的意志，增加人的智慧，关于这个道理从我很小的时候就懂得了。

为了不让肚皮挨饿，我常常到伏尔加河码头上做工，在那儿挣到十五至二十个戈比容易些。因此，我就加入到那些搬运工、流浪汉和无赖的队列中了，我觉得自己仿佛是一块生铁被投进了熊熊燃烧的炉火里，每天他们都给我留下深刻的印象。那些举止粗野、坦率鲁莽的人群，走马灯似地在我眼前转来转去，我因为有过去的一些经历，所以很容易和他们步调一致，再加上我读过的波莱特·哈特的作品以及其他通俗小说，更激发了我对他们敢爱敢恨天不怕地不怕的潇洒人生态度的欣赏，我迫不及待地要融入到这个热情的奔放的群体中，想成为其中的一员。

这时我认识了一个专门以偷盗为生的叫做贝什金的人，他读过师范院校，受过极其良好的教育，现在已是饱经风霜而且肺病缠身了，他常常理直气壮地劝说我：

"你为什么总像女孩儿似的那么畏畏缩缩的？难道是怕别人骂你不老实？坏了名声！名声对女孩儿的确是资本，但对你来说只是一条锁链。公牛也能老实，那它是被干草填饱肚子的时候！"

贝什金长得貌不惊人，一头棕发，脸总是刮得光光亮亮，使人觉得是准备上台演戏了，像猫一样轻盈灵活的短小身材。他待我极好，总是以老师和保护人的身份自居，看得出来他是真心实意地希望我有所成就，得到幸福。他书读得很多，人又很聪明。他最喜欢看的一本书是《蒙特·克利斯托伯爵》。

"这部书主题鲜明，感情丰富。"他这样说道。

他很喜爱女人。一说到女人他就眉飞色舞，情绪激昂，从他那被打得残疾的躯体里发出一种令人作呕的痉挛。即便如此，我依然全神贯注听他讲话，因为我知道他的语言很美。

"女人啊，女人！"他唱歌似地说道，这时他的脸颊上立刻生出了红晕，一双黑眼睛闪烁着光芒，表现出赞赏的神情。"只要是为女人，我什么事情都愿干，什么事情都能干。女人就像魔鬼一样亲切，她们根本就不知道什么是罪孽！

世界上最美妙的事就是和女人恋爱！"

他很擅于编故事，往往不费吹灰之力就编出一些妓女们红颜薄命、优美哀怨的小曲。他所编的小曲唱遍了伏尔加河两岸的所有城市。下面这首曾流行一时的小曲就是出自他的手笔：

你生在贫寒之家

脸蛋儿不够漂亮

破衣烂衫身上穿

就是为这个，姑娘呀！

没人会娶你……

我还认识一个叫特鲁索夫的人，他行踪诡秘，但对我却很好。他注重衣着，仪表不凡，打扮得很阔气，有一双音乐家般纤细修长的手。他在海军村开了一间钟表店，事实上他借着这个招牌来买卖偷来的赃货。他对我说道：

"你，彼什柯夫，可不能学做扒手！"他十分正经地摸了一下他的花白胡子，然后眯起那双狡黠、傲视世俗的双眼，"我看得出来，你能另谋出路，因为你是个品德高尚的人。"

"什么是品德高尚呢？"

"嗯，怎么说呢，就是有好奇心，但却没有丝毫的嫉妒之心，你懂了吗？……"

这样说我，我的确是受之有愧的，因为我对许多人和事都产生过嫉妒心，举个例子说吧：贝什金说话的艺术和语言的优美，就曾引发我的嫉妒。我还记得他在讲述一个爱情故事时是这样开始的：

"在一个暗无星辰漆黑的夜色中，我像一只躲在树洞里的猫头鹰一样，呆坐在斯维亚什斯克这个偏僻小城的客店里。"

"这时正值十月天气，外面阴雨连绵，秋风瑟瑟，就像为爱受委屈的鞑靼人拉长了声哀嚎似的呜呜个没完。"

"……就在这时候，她！来了，那么轻盈、靓丽，宛如初升的朝霞。她的眼神里充满了装出来的天真纯洁，她用极其诚恳亲切的语气说：'我亲爱的，我没有对不起你的地方吧！'虽然我知道她在撒谎，但是我还是不可救药地相信她！理智令我清醒，爱情却让我迷惑了！"

在他讲故事的时候，身体富于节奏地抖动着，微微闭着眼睛，不时地用手轻拍一下自己的胸脯，一副非常投入的样子。

他的声音并不十分美妙动听，还略带沙哑，不过语言却十分动人，好似夜莺在娓娓啼唱。

我也嫉妒过特鲁索夫，他最擅长讲关于西伯利亚、西哈拉等地的故事，他讲故事的技巧十分娴熟，有声有色，引人入胜。他敢对大主教肆意嘲讽，有一次他竟然还偷偷讲到了沙皇亚历山大三世：

"他是一个地地道道的专制魔王！"

特鲁索夫这个人给我的感觉非常像小说中描写的"小人物"摇身变成的宽宏大量的英雄人物。

每到炎热的夜晚，大家就渡到喀山河对岸去，坐在灌木林里，一面吃吃喝喝，一面倾诉心事。常谈的话题大多是困苦的生活，奇闻怪事，最热门的话题自然是女人。十分奇怪，每当他们谈论到女人，就充满了愤恨和忧伤，就像闯入一个毛骨悚然的洞穴。

在这儿我和他们住了两三夜，我们躺在小柳树的洼地里休息，由于这里临近伏尔加河，空气是湿润的，黑暗中船只的盏盏桅灯看上去像是萤火虫在夜色里移动，还有富裕的乌斯龙村的酒店招牌和住宅窗口里透出的点点光亮，在漆黑的河岸上变成一串串火球、火网。轮船蹼轮拍击着河水，发出隆隆的轰响。排列成队的水手们在船上"狼嚎鬼叫"，一些人用锤子敲着船板拉长声唱着凄厉的歌，他们在用歌声唱出心中的忧伤，排解生活的苦闷。这歌声在无形中使人平添了一份凄凉与淡淡的哀愁。

最令人忧伤的还是听他们诉说心事，如何应付艰辛的生活，他们只顾向别人诉说衷肠，谁也顾不上听别人的，他们或坐或躺，抽着烟，间或喝点伏特加或其他什么的，随后便想起了许许多多使人难忘的往事。

"嗯，我曾遇见过这样一件事……"夜色中趴在地上的一个人突然说道。

故事结束之后，大家就异口同声地说：

"这样的事是常有的，早就见过了……"

"曾经有过""见过""见得不愿见了"这些话让人听上去非常丧气，仿佛就在今夜他们已走到了人生的终点，由于人世间的一切他们都经历过了，再没什么新鲜的事能引起他们的兴趣了。

我的这种感觉使我和贝什金及特鲁索夫有些疏远。当然，我还是喜欢他俩儿的。依我当时的生活历程看，我如果走他们的生活之路，步他们的后尘是顺理成章的。特别是在我的追求和上大学的理想成为泡影的时候，令我与他们更加接近了。有时我因为饥肠辘辘、心中愤愤不平，也曾想去干点触犯"神圣"私有制及其他一些犯罪行为。但我当时的崇高理想不允许我背离光明大道，这和我读了很多书有着密不可分的关系。

我除了读哈特的作品和通俗小说外，还看了不少好书，书中所描写的某种虽还不太明确、但很美好的前程告诉我，我应追求比现在更具有重大意义的事物。

这段时间我又结识了一些新人，他们给我的印象是全新的。叶甫里诺夫家住宅旁边的那片空地，经常引来一群中学生做一种近似戈罗德基的游戏，我被他们中有一个名叫古利·普列特涅夫的青年深深地迷住了。

他相貌平平，皮肤略黑，黑头发，有点儿像日本人，满脸长着细小的黑点，匀匀实实真像火药末涂进皮肤里了。他总是快快乐乐的，看起来很机智，讲话也幽默滑稽。普列特涅夫和很多有天赋的俄罗斯人一样，并不是努力发展自己的能力，而是躺在生来的天才里坐享其成。他有艺术天赋，听力十分敏锐，擅于鉴赏音乐，他自己会弹竖琴、俄罗斯三弦琴、拉手风琴，可惜他却不去尝试掌握更高雅的乐器，不再深入研究了。他很穷，一身挂着补钉的衣服配上漏洞皮靴，这身装束真是和他的豪放不羁、动作敏捷十分相称。

他看上去如同长期患有重病，刚刚康复起来的人，又像昨天才被释放出狱的囚犯，他对一切都感兴趣，世界对他来说总是那么新鲜、惬意，他当时就像一只快乐的小鸟似地跳来跳去。

当他知道了我生活的艰难，无依无靠，就让我搬去同他一起住，还建议我报考小学教师。于是我到了"玛鲁索夫加"这个怪异而有趣的贫民窟——雷伯内利亚德大街上一幢破旧不堪的房子，这儿装满了饥渴的大学生、妓女和失去常态的穷鬼。普列特涅夫住在走廊中通往阁楼的楼梯下面，那里放着一张木板床，走廊尽端的窗户旁摆放着一张桌子和一把椅子，这就是他的全部家具了。走廊通向三个房间，其中有两间住着妓女，另外一间住着得肺病的数学家，他从前是教会学校的学生，又瘦又高，头上脸上长着红色的头发和硬毛，破烂的衣服勉强遮住身子，从衣服的残破处可以一清二楚地看到他发青的皮肤和一根根瘦削如柴的肋骨，总而言之，他的样子十分吓人。

他好像靠吃指甲过日子，手指头都被咬破了。他没日没夜地算呀算呀写呀写呀，常常传出低声沉重的咳嗽声。妓女们又怕他又怜悯他，她们常常悄悄地放一块面包、茶、砂糖在他的门前，他见了就把它们一古脑儿地搬进自己的房间里，还一面呼哧呼哧地喘着粗气，就像一匹累坏了的老马。如果妓女们没给他送吃的，就会听到他沙哑的声音不时地在走廊里叫喊：

"给点面包！"

靠别人的怜悯度日并没有丝毫改变他深陷的眼睛中闪烁的高傲神气，有时还有一个小驼子来找他，这个人样子怪怪的，拐着一条腿，肥笨的鼻子上架着一副深度近视眼镜，头发花白，清教徒般冷漠的黄脸上带着狡猾的笑容。他每次来后，就紧闭房门一连呆上几个小时，一动不动。但是有一次深夜时分，我被数学家嘶哑、愤怒的吼叫声惊醒了：

"听我说，这明显是监狱！监狱！是牢笼！嗯，是老鼠洞，是监狱！"

之后传来小驼子嘿嘿的尖笑声，他在不断重复着一句相当难懂的话，这时数学家突然愤怒地大声吼叫起来：

"混账王八蛋！你给我滚出去！"

可怜的客人气鼓鼓地被赶出房门，嘴里还在不停地咒骂，无可奈何地站在门口，手指插入蓬乱的头发，沙哑的喉咙里喊道：

"欧几里得（古希腊的数学家）是个傻瓜！是个大傻瓜，……我敢断定，希腊人绝不像上帝那样聪明！"

然后，他用力关上房门，屋里有什么东西被震掉了，发出哐啷一声巨响。

没过多久，我听说数学家是打算用数据来证明上帝的存在，只可惜未来得及做到这点，他就死了。

普列特涅夫的工作是给印刷了的报纸做夜班校对，工资为十一戈比。我由于要参加考试，没有多少时间出去干活挣钱，我俩一天就仅仅有四俄磅面包、两戈比的茶和三戈比的糖吃了。我不得不硬着头皮学习各类科目，最最让我苦恼是那些古老呆板的语法，生动、活泼、俏皮的口语与古老生硬的语法简直相差太远。

幸好我很快就明白了，现在学习这些还为之过早，就算我通过了担任教师资格考试，因为我太小，所以也得不到那个位置。

我和普列特涅夫睡在同一张床上，他白天睡，我晚上睡。每天早晨他干完一整夜的工作，乌黑着脸，睁着红肿的眼睛回来时，我就赶紧跑到小饭馆去打开水，我们自己是没有茶喝的。然后我们开始吃早餐——啃面包喝茶。他把从报纸中挑出来的新闻说给我听，通常是那个红的发紫的多米诺作家的打油诗。

我一直十分奇怪普列特涅夫游戏人生的生活态度，他的人生观在我看来，和那个倒卖女人旧衣服、为女人拉皮条的胖婆娘佳尔金娜没有什么两样。

这个胖婆娘就是房东，普列特涅夫开始租下这个小屋角的时候没钱付房租，他就给胖婆娘说笑话、拉手风琴、唱动听的歌，每当歌唱时，眼睛里就会闪动着冷冷的光，胖婆娘佳尔金娜早年曾做过歌剧班的合唱歌手，她能领会歌声中的涵义，有时候她竟会被感动得热泪盈眶，厚颜无耻的眼睛里流出一串泪水冲洗着胖得发肿的脸庞，她先用胖手指抹掉泪水，再用一条十分肮脏的手帕慢慢悠悠、仔仔细细地擦着手指。

"天啊！好样的古利，"她惊叹着，"您是个真正艺术家！倘若您再漂亮些——我一定会让你交上好运的！"

"我已给独守空房的女人们介绍过许多小伙子排遣寂寞了！"

我们头顶上的阁楼里就住着这样一个小伙子，他是大学生，毛皮匠的儿子，中等身材，胸宽背阔，臀部奇窄，看上去像个倒三角形，只是下边的角儿不太完善。他的一双小脚，就像女人的一样，小小的脑袋夹在肩膀里，一头马鬃似的红头发，毫无生气的苍白的脸上忧郁地嵌着一双鼓鼓的绿眼睛。

这个大学生很有点反叛精神，他那时就是因为违背父命进了普通中学，落得衣食无着饥寒交迫的境地，后来好容易考上大学，他又发觉自己有一副好嗓子：浑润的男低音，因此他又想唱歌了。

正因如此，佳尔金娜才找上他，将他介绍给一个大富商的太太，她大概四十几岁，有个上大学三年级的儿子，女儿也快中学毕业了，商人太太是个干瘪瘦弱的女人，一点女性魅力也没有，平板的胸脯，直挺挺的身子倒像个士兵，脸上没一点活人味，像个绝欲的老修女。两只灰色的大眼睛深陷在黑眼窝里。她穿着一件黑色的外衣，头戴旧式丝绸头巾，两只翠绿的宝石耳环垂在耳边。

一般情况下，她在深夜或清早来找她的这个大学生，我见过她好多次，她动作十分敏捷，一纵身就跳进大门，随后飞快地冲上阁楼，她脸色十分吓人，嘴唇往里抿得几乎看不见，眼珠倒是全瞪了出来，她慌慌张张向前张望，她的样子看上去如同残废人，虽然她的的确确四肢健全，但总有一点让人看着就不舒服的劲。

"唉！"普列特涅夫叫道，"真是个疯女人！"

其实大学生也十分讨厌、憎恶她，因此老是躲着不见她，可是躲了初一躲不过十五，商人太太像个不留情面的讨债人或者更形象地说她像一个歹毒密探时刻盯着他。

"我真无耻！"大学生带些醉意地说道，"我是怎么搞的？突然想起来要学唱歌？就凭我这嘴脸和身材，谁会让我登台呢，这绝不行！"他开始后悔了。

"你还不赶快和那个女人一刀两断！"普列特涅夫对他说。"你说得是，我又恨她又可怜她！我真难以忍受她！唉！如果你们知道她是怎么样……唉！……"

这我们早就知道了，因为有一个晚上，我们听到这个女人站在楼梯上怎样地哀求大学生：

"求求你了！看在上帝的份上……我的心肝儿宝贝儿！求你了——请你看在上帝的份上吧！"

她拥有万贯家产，却像乞丐似地向一个穷大学生乞讨爱情，据说她是某个大厂的股东，有很多房产，也做慈善事业——给产科学校捐了一笔巨款。

普列特涅夫吃完早饭后就躺下睡觉，我也去外面找点事做，天一黑我就回来，古利去印刷厂干活。倘若运气好，我能挣回点吃的：面包、灌肠或牛杂碎，就分给他一半。

等到就剩下我一个人没事时，我就要在贫民窟的走廊里来回巡视，我想了解我的邻居们是怎样生活的。这儿的人们就像住在蚂蚁窝一样拥挤。各色人等，应有尽有。刺鼻的酸腐味在各个角落里散发着，在这儿从早到晚从没有过一刻的安宁：缝纫机嗒嗒个不停，歌女们的吊嗓儿声，大学生的男低音，疯疯癫癫喝醉了酒的男戏子的大声朗读声，微醉妓女们的大呼小叫的狂喊声，凡此种种，我的心中禁不住疑惑：

"人们这样活着究竟是为了什么？"

有个秃顶，他只有头顶周围长着红头发、高颧骨、大肚子、两条细腿的人，由于厚重的笨嘴唇里包着一口大马牙而得名"红毛马"。他在饥一顿饱一顿的年轻人中活动。据他说他已经和他的西姆比尔斯克的商人亲戚打了三年官司，他逢人就说：

"我豁出命去也要把他们弄得倾家荡产！让他们过上三年叫花子生活，以后，我就把赢得的家产归还他们，并对他们说：'狗奴才们，知道我的厉害了吧！感觉怎样？'"

"红毛马！这就是你的全部生活目标吗？"有人这样问他"对！我这辈子就一心一意盘算着干这事，没别的事可以干了！"

他整天匆匆忙忙穿行在地方法院、高级法院和律师事务所之间，他常常在夜里坐着马车带回许多吃的喝的来。接着把凡是想吃一顿饱饭、喝两口甜品的大学生们、女裁缝们，请到他那间天花板陷落、地板下陷的脏屋子里，举行晚宴。红毛马只喝甜品，这种酒不管溅到哪儿，就再也甭想洗掉，甚至地板上都会留下紫色的污迹。他要是喝多以后，就会喊叫：

"你们这群可爱的小鸟！我喜欢你们，你们都是老实人！而我却是一个恶棍，是吃人的鳄鱼，我要把他们吃掉——我的那些亲戚！无论如何我一定要将他们毁掉……"

他一边叫喊一边落下泪来，像是受了委屈似的，泪水在他难看的高颧骨上滑下来，他用手掌擦去眼泪胡乱往膝盖上蹭，这是他的习惯动作，因此他那肥大的裤腿上经常满是油污。

"你们过的是什么样的日子呀？"他大声说道，"忍饥挨饿受冻，破衣烂衫——人就应该这样活吗？这种生活里人能有什么出息？唉！假如沙皇知道你们这样生活着……"

然后，他从衣兜里抓出一把五颜六色的钞票，冲大家嚷着：

"喂！兄弟们！需要钱的人都拿去吧！"

歌女和女裁缝们蜂拥而上，想从他长满毛的手中抢到钱，他却高声笑道：

"这些钱是给大学生的，不是给你们的！"

大学生却不要这些钱。

"让你的钱去见鬼吧！"毛皮匠的儿子生气叫着。

一天，"红毛马"一个人喝醉了，手里抓着一把揉皱的十卢布面钞来到古利这儿，把钱往桌上一扔，说：

"这些钱我不要了，你要吗？"

说完这话一斜身就躺在我们的木板床上，开始大吼大叫，号啕痛哭起来，我们赶紧用冷水给他醒神：从头上浇水，往嘴里灌水。等他睡着了，古利想把他的钱展开，但是这钱抓得太狠了，得先用水润湿才能一张张揭开。

这个大贫民窟的窗口正对着隔壁房子的石墙，屋子里乌烟瘴气、脏乱不堪，人们挤在一处大声吵闹，使人心烦。"红毛马"是人群中叫得最响的一个。

"你为什么不住大旅馆，却在这儿挤呢？"

"我的好兄弟！就图个心里痛快呀！和你们在一起我能体会到人间的温情……"

毛皮匠的儿子立刻赞同地说：

"他说的没错！我也有同感。假如我到别处去住，恐怕早就无法生活了……"

"红毛马"请求普列特涅夫说：

"弹奏你的琴！来唱首歌吧……"

古利坐下把琴放在膝盖上，他边弹边唱道：

鲜红的太阳啊，
你快升起来吧！快快升起来吧……

他的歌声婉转悠扬，扣人心弦。

屋子里渐渐静下来了，大家全都沉浸在这哀怨的歌声和如泣如诉的琴声中了。

"弹得真是太棒了！小家伙！"同商人太太斩不断"情思"的可怜的大学生大声赞叹着。

在这个怪异人群聚集的贫民窟里，古利·普列特涅夫是最会营造快乐氛围的人，他恰似是神话故事里的快乐之神。他多才多艺、才华出众、生气勃勃，充满了青春的热情，他会讲最幽默、最滑稽的笑话，也会唱最动听的歌，他辛辣地讽刺嘲笑社会上的遗风陋俗，甚至揭露社会的不平现象，就像烟火一样使人们黯淡的生活闪进一线亮光。

古利只有二十岁，外表看上去还是个孩子，但是在这个大家庭中，人们热爱他、拥戴他、信任他。不管谁遇到困难都喜欢求助于他。好人喜欢他，坏人害怕他，就连那个叫做尼基弗勒奇的老警察见到他也装出一副狡猾的笑脸来。

玛鲁索夫加贫民窟，是上山去的要道，它是雷伯内良斯卡奇和老戈尔内奇两条街的交汇处。尼基弗勒奇所在的派出所孤零零地守在老戈尔舍内街上一个幽静宜人的角落里，距贫民窟的大门不远。

他是个胸前挂奖章的瘦高老头儿，在这条街上做了很多年了，看上去还算精明，笑起来倒也亲切，但是眼神中还是掩饰不住他的狡猾。

他对我们这个人员复杂的贫民窟非常重视，每天都会全副武装地到这里巡视几回，巡视时不慌不忙，就像动物园里饲养员查看铁笼里的野兽似的，看完一个窗口，再看一个窗口。他的战果相当可观，今年冬天他逮捕了只有一只手臂的斯密尔诺夫军官和穆拉托夫兵士，他们都曾经得过乔治勋章，参加过中比列夫将军指挥的俄哈尔杰克远征军，还逮捕了佐伯字、奥夫希金、葛利高里耶夫、克勒洛夫等人。听人说他们被逮捕的原因是想建立一个"地下"印刷厂，穆拉托夫和斯密尔诺夫就是因为星期日白天，偷走了城里克留科尼夫印刷所的铅字而被捕的。不久之后的一个晚上，宪兵们还在贫民窟里又抓走了一个终日紧锁眉头的被称做"流动钟楼"的人。第二天早上，古利知道这事之后，愤怒地抓着头发对我说：

"马克西美奇老弟！真他妈耽误！你赶快去……"

他告诉我要到哪儿去，又叮咛道：

"千万要小心！那儿也许有密探……"

这个秘密行动使我兴奋不已，我像只小燕子飞快地来到海军村。我走进一家昏暗的铜匠铺，看见一个卷发蓝眼的年轻人正拿着一口带耳平底锅，看上去不是工人，屋角的老虎钳边有一个小老头，白头发用一根小细带扎着，正在忙着打磨一个活塞。

我问他：

"你们这儿有活儿干吗？"

小老头怒气冲冲地回答道：

"我们自己人有活儿干，可没有你的活儿干！"

那个年轻人看了我一眼，又低头瞧他的锅。我用脚轻轻地碰了一下他的脚，他又惊又怒地瞪着我，手中握着平底锅把手，好像要朝我砸过来似的。见我一个劲儿朝他使眼色，才平静地说：

"走吧！走吧……"

我又向他使了一个眼色，才走出店铺，站在大街上，卷发青年也跟了出来，不声不响地看着我，点燃了一根纸烟抽了起来。我问他：

"你是吉虹，对吗？"

"是！"

"彼得被逮捕了。"

他恼火了，用眼光上上下下打量着我。

"你指的是哪个彼得？"

"高高的个子像教堂里的助祭……"

"嗯？"

"没有别的事情了吗？"

"什么彼得，助祭，跟我有什么相干？"他越这样说，我就越发肯定他的确不是铜匠铺里的工人。当我返回贫民窟时高兴极了，我的第一次"秘密"活动就这样圆满完成了。

古利·普列特涅夫和一些进步人士接触很多，我曾经请他把我介绍到他们当中去，可他总是说：

"老弟呀，你还小！应当好好念书学习……"

有一回，叶甫里诺夫引见我和一个做秘密工作的人认识。这次会面安排得十分周密，气氛异常沉重、紧张。尼古拉带我来到城外的阿尔斯科波尔平原，一路上他提醒我千万要谨慎小心，并请求我为这次会面保守秘密。然后，他指着从很远的地方慢慢悠悠走来的一个灰蒙蒙的小人影，环顾一下四周轻声对我说："就是他！你跟着他走！等他停下来的时候，你就走上前对他说'我是新来的'。"

秘密的行动意味着新鲜、刺激，是十分有趣的，可是这次却觉得有点可笑：头顶是火辣辣的太阳，一个人在草地上深一脚浅一脚地走，真像是一棵小草，就这些，再也没别的。我一直随他到了坟场入口处才追上他，闹了半天他也是年轻人，面孔瘦削，两只小鸟似的眼很警觉。他穿一件学生穿的灰大衣，原来的浅色钮扣已脱落，又重钉了几枚黑钮扣，那顶学生帽上还可以看到帽徽。整体上看，他还是个孩子，但他急于使自己显得像个成熟的人。

我们坐在坟墓中间有树荫儿的地方，他讲话枯燥、乏味而冷漠，那神态我可是一点都不喜欢。他很严肃地问我读过哪些书，还希望我能参加他创建的一个小组，我答应了，就这样我们的会面结束了。他紧张地先向前走了几步，脑袋左右看了看，对空旷无人的野草地进行了一番严密侦察。

在这个小组还有三四个成员，我是其中年龄最小的一个。小组会在一所师范学院的大学生罗夫斯基家进行，主要学习约翰·穆勒的著作和车尔尼雪夫斯基给这本书做的注释，对于我来说，这完全是一个陌生的领域。这个大学生后来用叶洛恩斯基为笔名发表了一些短篇小说，写了五本书后，就自杀了。——这种任意轻生的事已经不足为奇了，我常遇见。

他十分内向，沉默寡言，思想守旧，讲话却十分注意分寸，住在一间房子下面的地下室里。他为了"脑体结合"，每天都做点木工活儿。和他在一起一点儿意思都没有，穆勒的书对我也没兴趣，由于没过多久我就发现他的经济学理论我早就很熟悉，而且是印象极其深刻，这没什么难的，单凭我个人的生活经历就可以领会了。我认为这些理论，凡那些曾为别人的幸福和快乐出过力的人都十分清楚了，根本不用花费很大心思用深奥的词语编成一本大厚书。我在这间满是木胶水臭味儿的地下室里，一坐就是两三个小时，眼睛看着小虫子在肮脏的墙上爬来爬去，真是太难为我了。

记得有一次，我们这位热心的老师迟到了。我们还以为他不来了呢，就跑出去看。裤腿从地下室的窗口处一闪，我们吓得赶紧把酒藏起来，这时候老师走进来讲车尔尼雪夫斯基的伟大论断。我们坐在那儿纹丝不动，惟恐谁一伸腿把酒瓶弄翻了。

唉，没想到酒却让老师踢个正着，我们吓坏了，个个面红耳赤，以为老师准会大发雷霆，结果却是风平浪静。他那种沉默不语的眼神，让人看上去真难受，还不如狠狠地训斥我们一顿呢。我十分难过，虽然买酒不是我提出的，但是对老师我总是抱有歉意。

他讲课一直很没劲儿，我人在这儿心早跑到鞑靼区了，那些人们过着"清贫"生活，他们善良又勤劳，讲一口不够纯正的俄罗斯话。每到晚上，清真寺的塔尖上就有执事僧用奇特的声音召唤大家去做晚祷。我琢磨着鞑靼人的生活一定相当奇怪，肯定不会像我以前过的那种令人闷闷不乐的生活。

一直以来我都十分向往伏尔加河上那种集体劳动的热闹场面，直到现在那种狂热依旧让我痴迷。我还清晰地记得我第一次感受到劳动所包含的意境的那一天。

我们的工作是在码头搬运卸货，那是一艘满载货物的大拖船，它在喀山附近触礁，船底破了个洞。当时正是九月，人们披着草席或帆布蹲在甲板上，一艘小轮船拖着空驳船向前走，小轮船喘着粗气，在雨中不时喷射出一团团的火花。

夜深了。喀山河上乌云密布，搬运工们又是叫又是喊，骂完天又接着骂地，骂自己的生活处境，他们在甲板上懒懒散散地躲来躲去，企图避避风雨。看着他们晕晕乎乎的样子一点不像能干活的，我看不太可能去打捞出就要沉下去的货船。

近午夜时分，终于到了那艘船触礁的地方，大家把空驳船和出事的船甲板对甲板连在一起，这时候搬运组长第一个出现了，他是个面带凶相的老头儿，一脸麻子，生性狡猾，爱说下流话，长着一双鹰眼和一只鹰勾鼻子。他摘下秃顶上湿透的帽子，用女人般的声音喊道：

"伙计们！开始祈祷吧！"

工人们在甲板上聚成一个黑团，像一群狗熊，他们狂叫起来："伙计们，看你们的了！小伙子们出点力！上帝保佑我们，快开始干吧！"

刚才还是一愁莫展、散兵败将、浑身湿透的人们一个个变得生龙活虎一般，他们像是去战斗一样，纵身跃到触礁船上，一面呐喊，一面狂叫，说着笑话干起活儿来。我的前后、左右有一袋袋大米、一包包葡萄干、一捆捆皮革在移动，短小的人影在穿梭，刚刚还是怨声载道的人们，这会儿竟然兴高采烈地投入了战斗。

雨越下越大，天也变得越来越冷。风刮得更猛烈了，它把人们的衬衫吹卷起来，露出了肚皮，湿漉漉的夜色中，六盏昏暗的灯笼发出微弱的光，五十多个人影跳来跳去，踩得甲板嗵嗵直响。他们干活儿的样子就像几百年没干过活儿般，拖着四普特重的米袋和把货包扛在背上飞快地跑来跑去，似乎他们早就想享受享受了。用个恰当的比喻：他们干活就如孩子在游戏一样，看他们那个幸福劲儿，仿佛除了和女人拥抱，再没什么事儿能和它相比了。

一个满脸胡须的大个子，身穿哥萨克式紧身外衣，他浑身湿透了，看上去他是货船的主人或者代理人，他鼓动着大家说道：

"好小伙子们！——我奖你们一桶酒！我的小土匪们！——两桶也行！快加油干吧！"

夜色里，从四面八方立刻传来好几个人沙哑的叫喊声：

"再来三桶吧！"

"三桶就三桶！加油吧！瞧你们的了。"

劳动场面这会儿越发热烈了。

我跑去抱米袋，搬、抛、抱，一遍又一遍地重复，我感觉我们不是在劳动，而是在狂欢，仿佛这些人可以永生永世这样不知疲倦、快快乐乐地干下去，那劲头儿真像随时都能抓到城里的钟楼或者尖塔，整个喀山城也能握在他们手里，随心所欲地搬动。

这一天晚上，我过得前所未有的愉快。真想就这样一辈子疯疯癫癫、痛痛快快地劳动。豆大的雨点儿在甲板哗哗落着，狂风还在呼啸。天已快亮了，在黎明的薄雾中，落汤鸡似的赤裸的搬运工们，不停地跑着，一边笑着、叫着，显示着自己的力气和劳动成果。这时来了阵风吹开了沉重的乌云，从一小块明亮的蔚蓝的天空中闪现出玫瑰色的阳光，这群快乐的疯子抖动着湿乎乎的胡须，一面朝着太阳大叫。我这时真想跑上去和这群两条腿的动物们拥抱，亲吻他们，他们干活时那么机智灵活，简直使我万分激动！

似乎没有什么可以阻止他们由衷地快乐地迸发出来的力量。这种神奇的力量可以创造出奇迹，它可以实现神话故事里所讲述的那样，只要一夜之间就可以建起美丽的宫殿和城市。阳光极其吝啬地照了一两分钟劳动了一夜的人们，就被厚重的乌云遮住了，就像一个小孩掉进了大海，完全被乌云吞没了。倾盆大雨还在下着。

"收工吧！"不知是谁喊了一声，立刻惹来了许多愤怒的声音：

"看谁敢歇！"

这场战斗一直持续至下午两点。搬运货物的时候，这群半赤裸的人们顶着狂风暴雨，不知疲倦拼命地劳动。我被他们身上爆发出来的强大力量震慑住了。等大家返回到小轮船上的时候，一个个东倒西歪像醉鬼似地睡着了。小轮船一到码头，他们就如一条灰色的污浊水流涌上岸，直奔小酒馆喝那三桶伏特加去了。

我在小酒馆见到了贝什金。他朝我走来，仔细地打量了一下问道：

"他们让你干什么去了？"

我抑制不住喜悦地告诉他这次劳动的情况。谁知他听完便露出一脸的不屑说道：

"傻瓜！傻瓜都没你傻，你真是——一个白痴！"

他吹着口哨，就像一条在水中游来游去的鱼似地摇摆着身体，从一排排的酒桌间走掉了，这会儿，搬运工们刚坐在酒桌旁热火朝天地大吃大喝起来。突然角落里一个人用男高音唱起了下流猥亵小曲。

> 嗳唷，三更半夜时分老爷的太太呀，
> 去后花园寻欢作乐。嗳唷！

这时候又有十几个人的声音加入其中，他们一起发出震耳欲聋的吼叫声，同时用手在桌子上打着节拍。

> 打更人巡视至这里看见呀，太太躺在地上……

一时间小酒馆里人声鼎沸、嘈杂不安，有放声大笑的，有吹口哨的，还有在一起乱说些厚颜无耻的下流话。

我经人介绍了解了杂货铺老板安德烈·捷里柯夫。他的小铺在一条简陋、荒凉的小街的尽头、垃圾占领的道路附近。

他是个患麻病的独臂人，相貌温和，留着银灰色的胡须，眼睛里透出精明。他有全城最好的图书室，收藏了许多禁书和珍贵的书，喀山许多学校的大学生包括那些抱有进步思想的人们，全都到他这儿来借书看。

安德烈的小杂货铺是一幢低矮的平房，一个放高利贷的清教徒的住所紧挨着它，从铺子中进去，有一面门通向一个大房间，这间房子采光不好，只靠一扇向天井开的窗子透入微弱的光线。和大房间相连的是厨房，从厨房走过去，在通向清教徒住所的阴暗走廊的拐弯处，隐藏着一间仓库，对了！这就是那间秘密图书室。其中一些书籍是手抄的，例如拉甫洛夫的《历史信件》，车尔尼雪夫斯基的《怎么办？》，彼消列夫的论文集《饥饿沙皇》、《狡猾的圈套》——这些都是用钢笔抄写的，现在这些手抄本翻破了，书页也都卷边了。

我第一次来小杂货铺时，捷里柯夫正在接待客人，他指着通向大房间的门向我示意，我进去一看：在昏暗的房间角落里，跪着一个像是萨洛夫修道院的圣徒塞勒菲姆的画像般的小老头，他虔诚地祈祷着。看着他，我感觉不太舒服，也不协调。

我听说捷里柯夫是民粹派，在我的印象里民粹派该是革命家，既然是革命家就不应该信上帝了，因此我认为这个在房间里祈祷的老头是做作的。

他做完祷告之后，用手很认真很仔细地梳一梳白头发和胡子，极其重视地端祥我说：

"我是安德烈的父亲。你是谁呢？噢，原来是你，我还以为是化了装的大学生呢。"

"大学生为什么非要化装呀？"我问他。

"是啊！"小老头轻声说道，"就算他们装扮得再好，上帝也会认出他们的！"

他走到厨房去了。我坐在窗子旁想事，突然听到有人叫喊声：

"噢，原来他长的是这样子啊！"

厨房边上靠着一个白衣女孩儿，短短的金黄色头发，脸色苍白有点儿臃肿，两只漂亮的蓝眼睛在盈盈微笑，她如同街上廉价石印画上面的那个小天使。

"您用得着那么惊讶吗？难道我的样子真的这么可怕吗？"

她说话的声音尖细颤抖。她十分小心地向我缓缓地靠近，走路时手紧紧扶着墙壁，仿佛脚下不是牢固的地板，而是摇摆不定的绳子似的。她浑身颤抖着，好像有千万支针扎进了她的脚掌，又像是墙壁上有火烫伤了她婴儿般胖乎乎的手，看她不方便走路的样子更不像凡人了。她的手指直直的非常僵硬。我默默地站在她面前，有一种从未有过的狼狈和凄凉的感觉。这间昏暗的房子里一切都是那么不平常啊！

女孩儿在椅子上坐下，还在抖动，就像椅子会忽然从她屁股底下飞走似的。她十分坦率地对我说，她是最近四五天才开始走动的，因为她手脚麻痹，所以已经躺在床上三个多月了。

"这是一种神经麻痹的疾病。"她微笑着告诉我说。

我当时好像很希望还有什么其他的原因可以分析她的病症：神经麻痹！这样一个女孩儿，住在这个怪异的房间里得了麻痹症。听起来实在太简单了。这房子里的每一种东西都十分小心地依偎着墙壁，屋角圣像前面的小神像显得分外明亮，神像上链子的黑影在饭桌的白桌布上不停地晃动着。

"我听好多人说起你，早就想知道你长什么样了。"她说话的声音就像小孩子般细弱。

这个女孩儿丝毫不加掩饰地打量着我，我感到很不自在，她那双蓝眼睛好像可以穿透一切。而对这么一个女孩儿，我不能也不会说什么，因此只好默默的、一言不发地看着墙上挂的赫尔岑、达尔文、加里波得等人的画像。

一个年龄和我差不多的小伙子从杂货铺闯进来，淡黄色头发，长着一双缺少教养的眼睛，马上钻进了厨房，然后用沙哑的声音大叫着说：

"你干吗爬出来？玛丽亚！"

"他是我的弟弟，阿列克塞！"女孩儿和我说，"我开始在产科学校上学，后来病了！您为何一句话也不说？你是不是感到难为情？"

捷里柯夫走了进来，那只残手插在胸前，另外一只手抚摸着他妹妹柔软的头发，她的头发被揉得乱蓬蓬的，他问我要找什么活儿。

不一会儿，又进来了个红褐色鬈发、身材苗条的女孩儿，她用那双带些绿色的眼睛过分严肃地看了我一眼，扶起了白衣女孩儿，一面走一面说：

"玛丽亚！坐的时间已不短了。"

玛丽亚！白衣女孩儿为什么会起这样一个成年人的名字，这名字听起来显得粗鲁刺耳，极不和谐。

我也从小杂货铺出来了，心中非常烦燥不安。但这并不会妨碍我第二天晚上又坐到那间怪房子里，我非常想了解：他们如何生活？我觉得其中肯定有奇异之处。

那个小老头斯科潘·伊凡诺维奇苍白又有些透明，他坐在屋角面带笑容朝四周环视，嘴唇微微翕动，好像是祈求：

"谁也别来打扰我！"

他整日像只兔子似的惊恐不安，总是提心吊胆怕有什么大祸突然降临。他的内心世界我看得一清二楚。

一只手残疾了的安德烈身穿一件灰色短衫。胸前的油污和其他东西硬得结成痂了。他的样子就像一个刚刚做错了事被原谅了的淘气孩子，有些羞愧地微笑着，在房间里横着膀子摇来晃去。他弟弟阿列克塞在小杂货铺给他帮忙，是个既懒又馋又笨拙的小伙子。另一个弟弟伊凡在师范学院上学，平时住在学校宿舍，只有节假日才回家。伊凡个子矮小，打扮得很精致，头发总是梳理得很光亮，那样子倒好像是个衙门里的旧官吏。得病的妹妹住在阁楼上，她不怎么下来。她要是下来我就不自在，感觉全身被无形的绳索束缚住一般难受。

捷里柯夫的家务事由和清教徒房东同居的女人料理，这女人又瘦又高，脸像木偶，长着一双修女特有的冷酷眼睛。她的红头发女儿叫娜斯佳，她经常到这儿来转悠，她每次盯住一个男人时，尖鼻子的鼻孔就会习惯性地翕动不停。

然而捷里柯夫家的真正客人还是喀山大学、神学院等各院校的大学生们，他们将这里作为聚会点。这群人时时刻刻为国家为人民忧虑，每当有什么新消息：报纸上的一篇文章、书本里的某些观点、城里或是大学里发生的不幸事件等等，他们就会从喀山城的各个角落蜂拥而至，挤到捷里柯夫家的小杂货铺，慷慨激昂地狂热争论，有的聚在一起大声辩论，有的躲到屋角窃窃私语。常常随身携带一本大厚书，然后手指头戳到某一页上互不相让地大声争辩，各自说着自己认为正确的观点。

我是不太弄得懂他们在争辩什么，不过我倒以为真理已被他们汹涌的空话冲淡了，正如穷人家菜汤里的油星一样非常少了。我甚至认为有几个大学生，就像伏尔加河沿岸反对正教的分裂派教徒，那些抱着圣经不放的老家伙们一样迂腐。当然，我十分清楚大学生们的初衷是好的，他们希望生活更美好，即使真理被他们空洞的评说淡化了，但是毕竟没有全部淹没。他们希望改变旧状况，我也明白，我有同样的想法。听他们讲话，常常可以发现我在脑中思考的东西。接触到这些人，心中怀着兴奋的激情对待他们，好像是即将被开禁的犯人。

在他们眼里，我就像木匠手中的一块好木材，他们非常希望用它打凿出一件不同凡想的木匠活儿来。

"这是一个天才！"他们相互之间在见面时从来都是这样把我推销出去，还带着一股明显的骄傲自豪之气，就像街上到处跑的孩子居然遇到了一枚五戈比硬币，然后不能自己地朝别人炫耀。我不喜欢被人们称做什么"天才"、"人民的儿子"之类的，但我的的确确是被人遗弃的孤儿。有时候指导我学习的那些大学生会令我感到压抑，有一回，我在书店的橱窗里看见一本题为《警世箴言》的书，我读不懂书名的含义，但是我很想看这本书，于是就到一个神学院的大学生那里去借。

"您瞧您！老弟！你这不是瞎胡闹吗！让你读什么就读什么，不要硬往对你不合适的地方闯！"这个未来的大主教先生嘲讽地告诉我说。他长着卷发、厚嘴唇、白牙齿，非常像黑种人。

他粗鲁的训斥伤害了我。后来，我还是把书弄到手，这些钱，有些是我在码头做工挣的，有的是从捷里柯夫那里借的。这是我买的第一本内容严肃的书，我十分珍惜，至今依然保存着。

总的来说，大学生们对我要求很严格，例如有一次我读《社会科学入门》一书，我以为作者一是过分夸大了游牧民族对人们文化生活的影响；二是忽视了富于创造才能的流浪人和猎人的功绩。这一想法，我告诉了一个从事语言学研究的大学生，听了我的疑问，他那张充满女性美的脸上立刻庄重严肃了起来，和我大谈起了"批评权力"问题，絮絮叨叨，足足说了一个小时。

"你要先信仰一种真理，才能去批评，才有批评的权力，那么你的信仰是什么呢？"他问我。

这是个在街上走路都要读书的大学生，他因为经常将书放在脸上而和别人碰撞。他患麻疹伤寒病时躺在床上都在不停地这样说道：

"道德必须是自由因素和强迫因素的统一，统一……"

可怜这位文弱书生，由于忍饥挨饿而弄得病病歪歪，再加上他拼命苦读寻求永恒的真理，这令他看上去更加虚弱和疲惫不堪。

读书是他惟一的兴趣所在，除此之外他别无所求。当他认为内心的两个矛盾达到了统一和谐时，那双温柔的黑眼睛就会像孩子般闪烁出喜悦的光芒。那是我离开喀山十年后，我在海尔科夫城见过他，他当时被流放了五年后又返校学习了。他总是生活在不可调和的思想矛盾之中，就是到了他被肺结核折磨的快死时，他还在调和尼采思想和马克思思想呢。印在我脑海里最深的一次是他用冰冷的手指捏住我的手，他在咯血，嗓子里咕噜咕噜直响地说道：

"矛盾不统一起来，就活不成了！"

后来，他就死在上学去的电车车厢里了。

我曾经见过许多这样为探索真理殉职的人，每当想起他们来，在心中就会油然而生出许多敬意来。

常常来小杂货铺聚会的大约有二十个人，他们之中也有不少神学院的学生，有一个日本人叫佐腾·潘捷拉蒙。另外还有一个大个子有时也来，他的长相很奇怪，宽阔的胸膛，密密麻麻的络绶胡子，鞑靼式光头，身穿一件哥萨克短大衣，扣子一直扣到嘴巴下。他总是不言不语，喜欢坐在角落里，吸着一个短烟斗，两只沉稳的灰眼睛不停地看着大家。看得出来，他对我非常留意，目光不时地落在我身上，不知为什么，被他这么一看，我心里就直发虚，甚至有点害怕。在人人争辩的大房间里，只有他始终保持沉默，他激起了我的好奇心。人们都在高谈阔论，不加掩饰的大胆地讲着自己的想法，他们争论得越热烈，我越快活，我始终没有觉察到他们这样唇枪舌剑地辩论中隐藏着浅薄的虚伪的思想。但这个大络腮胡子正在想什么呢？

大家都管他叫"霍霍尔"，这里除了安德烈再没有人知道他的真实姓名。不久之后我听说他是个流放犯，在雅库梯省流放十年，刚刚回来没多久。这使得我想了解他的欲望越发强烈了，但是我还没有勇气走上前同他认识、谈话。我不害羞，也不怕见陌生人，我这人从来都是被好奇心驱使着，我渴望探知一切未知的东西，正是由于这个坏习惯让我一生也没有认认真真地研究过什么。

他们谈到了人民，我奇怪自己的想法怎么和他们的如此不同呢？他们的主张是：人民是智慧、优美的化身，是一个神圣的群体，是高尚品德的发源地，我为什么没见过这种人民呢？我见的有木匠、装卸工、水泥匠，我还见过亚可夫、奥西布、葛利高里。我说的是具体的实实在在的人，而他们说的是抽象的人的整体。他们把人民看得高贵，并且乐意以人民的意志为自己的意志。而我认为真正的美好思想的拥有者是这些人，这些谈论人民的人们，博爱、自由的美好品德只有在他们身上才真正体现出。

我以前从没经历过这种博爱精神，但是现在，他们的每一句话，甚至每一个眼神里都散发着博爱的光芒。这段时间，我的思想也发生了巨大变化，像春雨似地滋润着我的心田的是人民伟大、神圣的理论，那些给我以新的启示的是描写农村生活的朴素的现实主义文学作品。我觉得只有对人类充满了最强烈的爱，才会激发出人们追求生活真正意义的力量，从那时起我再不是只考虑自己，而是开始更关心他人了。

安德烈告诉我，他开杂货铺所赚的钱，都是用来帮助这些信奉"人民利益才是最高利益"思想的人们了。他就像一个虔诚的助祭侍奉大主教做弥撒似的，在这些人群中不停地转来转去，不时地为他们的聪慧机智而欣喜。他时常情不自禁地满面带笑地将残手插入怀中，另一只手将一将软软的胡须对我说道：

"您听！多好的思想啊！"

这群人里面有一个叫拉甫洛夫的兽医，他说话的声音就像鹅在叫，他独树一帜地发表与大学生们相反的言论，每当这个时候，捷里柯夫就惊恐地把眼睛向下一垂，嘟嘟囔囔地说道：

"瞎捣乱！"

安德烈和我一样欣赏这些大学生，但是大学生对待他却像老爷对待奴仆或酒店的小二儿似的随便的吆五喝六，他本人并没有发觉这一点。客人们逐渐散去以后，他经常把我留下来过夜，我们以地为席铺一块毛毯在地上睡。夜里在神像前的那盏灯的照耀下，我们畅所欲言，彻夜长谈。他带着教徒所特有的虔诚和喜悦告诉我：

"今后能发展出百八十号他们这类出众的人才，占据国家的各个重要职位，就能使生活发生翻天覆地的变化！"

安德烈比我大十来岁，他很喜欢红发姑娘娜斯佳，但在人前他故意对她不屑一顾，甚至和她说话的语气十分冷漠，爱慕的眼光倒是时时刻刻追随其后。当只剩下他俩儿在一起时，他就唯唯诺诺，惟命是从，而且露出祈求谅解的笑容，一只手还不能忘记捋着稀软的胡须。

他的妹妹玛丽亚常常站在角落里听人们辩论。她听得极其认真，神情严肃，紧绷着脸，瞪着大眼睛，当听到辩论高潮时，她会发出一声尖锐的喊声，好像有人把冷水倒在了她的脖子里。总是有一个红头发的医学大学生在她身边转来转去，他故弄玄虚地伏在她耳边轻声说话，并挤弄一下眉头。这一切令人感到十分有趣。

秋天到了，我必须有一个固定工作了。周围所发生的新鲜事将我迷住了，活儿干得越来越少，简直是靠别人养活，这样的面包吃起来是困难的。我为自己找了一份活计——到瓦西利·塞米诺夫面包坊打工。

这段时期的生活是艰辛的，也是十分有意义的，在我后来写的短篇小说：《老板》、《柯诺娃洛夫》、《二十六个和一个》等中，曾描述过这段生活的艰难。

肉体的痛苦是肤浅的，只有精神的痛苦才是真正的痛苦。

自从进了那家面包作坊的地下室后，就和我从前天天见面天天谈话的人隔绝了，我和他们之间好像竖起了一道"忘却的墙"。没人来看我，而我也因为每天十四个小时的工作，没有闲暇再到安德烈那儿去。一遇到假日就睡觉或是和作坊里的工人瞎闹。刚开始，我被同伴当成了开心丸，还有一个和小孩似的人，就喜欢听有趣的故事。谁知道我都给他们讲了些什么呀，总之，反响不错，居然引发出他们对某种不是很清晰，但轻松和美好的生活的向往。有些时候，我的故事讲得很出色，他们或悲或怨或恨的情绪暴露无遗。我为自己高兴，我私下以为我在做群众的思想工作，我在"启发群众"呢。

不过我也有自卑的时候，我觉得自己是那么弱小、那么无知，甚至有时连基本的生活常识都弄不懂。每当这时，我就感觉自己好像被遗弃在一个昏暗的地洞里，地洞里的人就像大虫子一样蠕动，他们不敢正视现实，整日钻酒馆逛妓院，到妓女们温柔的怀抱中去寻求暂时的解脱。

每到月底领薪水时，他们就会去光顾妓院，在这个美妙日子到来之前的一个星期里，他们就开始想入非非了。等他们嫖娼回来，很久还没有从那份甜蜜中醒来，他们厚颜无耻地炫耀自己的床上功夫，以及怎样地蹂躏妓女。但在谈到妓女时，他们一脸的不屑，甚至吐唾沫以显示自己的"清高"。

不知为什么，当我听到他们这样谈论时，心中感到一阵悲伤、难过。我看到，在烟花巷里花一个卢布一晚上的妓女，我的同伴们有点拘谨，或有点惶惶不安，我认为虽然可耻但是尚可理解，可是其中一些人的肆无忌惮、好色、放纵，却令人发指。当然，这里并不排除他们故意炫耀的虚荣心的满足。对于性我有些恐惧地感到好奇，所以对这种事就比较敏感，我还没有品尝过女人是什么滋味儿，为此我觉得心中不快：不论是妓女还是同伴都无情地讥讽我。没多久，他们再去逛妓院，就不再邀我同去，他们直接了当地说：

"老弟！你就不要去了！"

"为什么不让我去呢？"

"跟你在一起不自在！"

我记住了这句话，觉得其中大有含义，可我还是没有弄得太明白。

"你看看你！跟你说别去了！你去令人感到没意思……"

只有阿尔及姆比较明朗地带着冷笑说：

"你不仅像个神父，还像个不通情理的老爸！"

开始妓女们还笑话我放不开手脚，后来她们就愤怒了：

"你是不是嫌弃我们呀？"

那个漂亮丰满的四十岁的波兰"姑娘"捷罗莎·布鲁塔，她是这里的"掌班妈妈"，她用那良种母狗一般温顺的眼神望了我一下，说："我说姑娘们，别逗他了！他一定是有情人了，是不是？这么健壮的小伙子，他一定是被情人迷住了，肯定是这样！"

她是个酒鬼，喝醉了就丑态百出，清醒时则判若两人，她沉稳、冷静、体贴人的性格叫我佩服。

"最让人感到奇怪的就是那些神学院的大学生了。"她说，"他们跟姑娘干这事时：先让姑娘在地板上打肥皂，再把赤条条的姑娘手脚向下放在四个瓷盘上，然后对着姑娘的屁股使劲一推，看看她在地板上滑得的距离。一个完了，再来一个，你们说说，这叫什么事呀？"

"你瞎说！"我说道。

"哟，我凭什么撒谎呀！"她叫道，依然心境平和地说，但在平和之中带着一种说服人的意思。

"这可是你们自己胡编乱造的！"

"一个姑娘怎么可能编这种事呢？我又不是个疯子！"她眼睛瞪了起来说。

大家洗耳恭听着我们的争论，捷罗莎继续用冷静平淡的话语述说着看客们的古怪行为，她非常想弄明白：人为什么要这样做呢？

在场的人们都厌恶地朝地上吐唾沫，他们骂着粗话。我认为这是捷罗莎故意诽谤我所喜爱的大学生，就告诉他们说大学生是热爱人民，希望人民幸福生活的。

"你说的是伏斯克罗森卡亚街上那所学校的学生，我说的却是从城外阿尔斯克波尔神学院来的大学生！他们是教会里的，都是孤儿。这些孤儿们长大了肯定是小偷、流氓、坏蛋！他们对什么都无情无义！”

"对于掌班妈妈"所讲述的故事和妓女们对大学生、有身份有地位的上层人物所说的怨恨话，我的同伴们不仅是厌恶和气愤，还充满了惊喜，因为他们发现：

"这么说，这些受过教育的人还比不上我们呢！"

他们这么说，我非常难过。望着他们，感觉那些高谈阔论的大学生就像城市的灰尘，本应到垃圾堆里去。现在却是到了这间昏暗的小房间里，在这里乌七八糟地折腾一通，又带着满肚子的怨恨分散到喀山的各个角落去了。因为情欲和生活的忧郁、苦闷使他们从四面八方躲到这个肮脏的洞穴里，非常荒谬地唱着动人的情歌，并且谈论那些受过教育的人们的轶文趣事，这是他们的一贯作风：讥讽、嘲笑、敌视他们不理解的东西。我甚至认为这"烟花柳巷"就是一所大学，我的同伴们在这所大学里吸取的是浸透着剧毒的知识。

在肮脏的地板上走来走去的可怜的卖笑的姑娘们，一个个像霜打了似的，拖着脚走路。在手风琴的哀音和一架钢琴无可奈何的颤音里，摆动着柔弱的腰肢。望着眼前的一切，心中升起一阵朦胧的忧思，周围的一切都是如此不尽人意，"赶快离开这儿！"我的心情极坏。

在面包坊里，只要我说还有人毫不为己地为他人寻求自由和快乐时，就会有人提出质疑：

"但是姑娘们并不这么认为！"

然后他们开始对我进行猛烈攻击。我当时很自信，我觉得自己就像一条不驯服的小狗，但比大狗还要聪明和勇敢，因此我对他们毫不客气，甚至大发脾气。这使我认识到思考生活和实际生活同样不容易。我有时会对同伴们的忍耐性感到愤怒，我真不理解他会甘心情愿地忍受酒鬼老板的污辱，我终于被他们的顺从和毫无休止的忍耐精神激怒了。

我的精神处于十分痛苦时期，就在这时，命运发生了转机。我又接触到一种新的思想，虽然它是和我敌对的，但是它仍然从心灵深处深深触动了我。

一个风雪交加的夜里，狂风呼啸，仿佛是要把天空撕碎似的，大地上覆盖着厚厚的白雪，仿佛世界末日已经来临，太阳从此沉没不再升起了。这正是个忏悔节之夜，我从捷里柯夫那儿出来返回面包坊，我闭上眼睛，迎着风雪前行，我的脚下忽然被什么东西一绊，一下子跌倒在一个横躺在路上的人的身上，我们互相咒骂着，我讲俄语，他讲的是法语：

"啊，魔鬼……"

这引起了我的好奇心，我把他搀扶起来，让他站好。他个子比较矮小，比较瘦弱。他一下把我推开，吼道：

"我的帽子！他妈的！快给我帽子，我快被冻死了！"

我帮他找到了帽子，抖了抖雪给他戴在那蓬乱倒竖的头发上，然而他却不通情理地把帽子摘下来对我摇晃着，用俄法两国话咒骂我：

"滚！滚！"

然后突然向前狂奔，消失在雪夜中了。走着走着，我鬼使神差地一回头，看见他站在电线杆子旁，双手抱着没有路灯的电线杆子，并郑重其事地对电线杆子说道：

"琳娜！我快要死了……唉，我的琳娜……"

看得出来，他喝醉了，要是我把他扔下不管，他肯定会冻死街头的，我走过去问他住哪儿。

"这儿是哪条街呀？"他带着哭腔说，"我也不知道该往哪儿走！"

我拽住他的腰，拉着他向前走，一边不断地询问他的住址。

"在布莱克街……那儿有好几个浴池……那就是家了……"他用冻得发抖的声音回答道。

他一溜歪斜地向前走，弄得我走路非常费力，我听到他的上牙在打下牙的声音：

"要是你知道，"他一边靠着我，一边嘟嘟囔囔地说道。

"你说什么？"

他停下来，举起一只手，吐字清晰甚至有点得意地说："要是你知道，我要带你去哪里……"他将手指头含在嘴里，身子摇晃得快站不住了。我伏下身子，背着他走，他用下巴顶在我的脑袋上不停地埋怨道："要是你知道……我快要冻死了！哎呀，我的上帝呀……"在布莱克街上找了半天才算弄清他的住所。我们最后爬到一个小配房门前，院内的雪几乎将它淹没了。我们在黑暗中摸索前行，到了房门口，小心翼翼地敲了一下门，他对我轻声喝斥道："嘘，小点声……"一个身穿拖地红衣的女人开了门，她手中拿着烛台，把我们让进屋之后，她悄无声息地走到一旁去，也不知从哪儿找出一副长柄眼镜，开始仔仔细细地观察我。我向她说，这个人的双手已冻僵了，应该让他脱掉衣裳，上床睡觉。

"是吗？"她说话声音像女孩儿般清爽。

"你得把他的手浸在冷水里面……"

她好像没听懂我的话，只是用眼镜朝屋角的画架指了指，那儿有一幅风景画，上面画着树木，还有一条小河。我十分奇怪地看了看那女人毫无表情的面孔，她竟然转身走到桌子旁坐下，在桌子上点着一盏带粉红色面罩的台灯，她若无其事地玩着一张"红桃J"纸牌。

"您家有伏特加吗？"我高声问道。她仍无动于衷，继续玩她的纸牌。我费了很大劲背回来的那个人坐在椅子上，脑袋低垂着，冻得通红的双手垂在身旁。不知道什么给了我力量，我把他抱到躺椅上，给他脱掉衣服。躺椅后面的墙上挂着许多照片，其中好像有一个系白丝绸蝴蝶结的金色花圈，在白丝绸上面赫然写着这样的话：

献给无与伦比的吉尔塔。

"真见鬼，你轻点！"我给他搓手时候，他疼痛地叫着。

那个莫名其妙的女人，手中还在玩弄着纸牌，一副心事重重的样子。她有一只鸟嘴一般尖的鼻子和一双大眼睛。她终于举起少女般的双手，抚摸自己如假发般浓密蓬松的灰头发，用少女般的声音发话了：

"乔治！刚才你找到米莎了吗？"

这个叫做乔治的男人推开我，立刻坐起来答道：

"难道他没去基辅吗？"

"是的，他是去基辅了。"那个女人又重复了一遍，目光却始终没离开纸牌。我感觉她说话简单明了，但十分冷漠无情。

"他就要回来了……"

"真的吗？"

"嗯，是真的！"

"真的吗？"她又喃喃自语道。

几乎赤裸的乔治跳下躺椅，跪在女人脚前用法语说了好几句话。

"我很平静。"她用俄文回答道。

"你知道吗？我在这冰天雪地和狂风中迷了路，我差点冻死。"乔治紧张地对女人说，一边还轻轻地揉着女人的手。乔治大概有四十来岁，脸上一副卑躬屈膝的神情，他用手狠劲儿地抓着马鬃似的灰发，此时他咬字说话已很清楚了。

"我们明天去基辅。"那女人像是问话，又像是下决心似的宣布。

"好吧，那就是明天去！但是现在该休息了，你快上床睡觉吧，都快半夜了……"

"米莎他今晚上不回来吗？"

"不会的！这么大的风雪……走……我们还是去睡吧……"

他手持灯盏扶着女人进了书橱后的小门，我一个人在外屋呆了许久，内心平静地听着乔治沙哑的低语。暴风雪如同长了毛的爪子，不时地抓着窗玻璃，地板上化了的雪水羞涩地反射出烛影的光辉，挤满了家具的房间，暖洋洋的，使人心情十分轻松。

乔治终于摇摇晃晃走了出来，手中的台灯罩不停地撞击着灯泡。

"她睡下了。"

他将灯放到了原处，站在屋子中央，仿佛在思考着什么，看也不看我，说道：

"让我说什么好呢？今晚要是没你，我大概早就冻死了……谢谢你！你是干什么的？小伙子。"

他把头一歪，倾听着里屋细微的动静，身体不停地抖动着。

"她是您妻子？"我轻声问。

"是妻子，是我的一切，我的生命！"

他看着地板，声音虽不响亮但是十分清晰，并用手狠狠地抓着自己的头发。

"噢，你喝茶吗？"

他心不在焉地走向门口，却又猛地站住，他想起因为鱼中毒，女佣人已经住院了。

我说我自己来烧茶，他表示赞同。他肯定是忘了自己几乎赤裸着身子，只顾光着脚啪嗒啪嗒在地板上走，他带我到一间极小的厨房里，背向炉火说：

"要不是你，我也许早冻死了！小伙子太感谢你了！"

他浑身猛地抖动了一下，恐惧地瞪大了双眼说：

"万一我死了，她该怎么办？天啊……"

他望着漆黑的卧室门口，飞快地小声说：

"她是个有病的人，她有个儿子是音乐家，后来在莫斯科自杀了，她仍然在盼他归来，这事已经发生有两年了，几乎……"

我们一起喝茶时，他语无伦次地讲了许多稀奇古怪的话。

他对我说这个女人原来是个地主，他是历史老师，曾经做过她儿子的家庭补习教师。这个女人爱上了他，就离开了自己的丈夫（德国人，是个男爵），到歌剧院谋生。她的丈夫虽然用尽浑身解数，仍然于事无补，他们始终过着快乐的同居生活。

他一边讲，一边微闭着的眼睛始终盯着厨房里的某个角落的什么东西和火炉旁已经破烂的地板。他端起杯子喝了一口热茶，茶烫得他紧皱眉头，直眨巴眼睛。

"你是干什么的？"他问我，"噢，烤面包的工人。怎么一点也不像？这是怎么回事？"

他显然有些不知所措，就像只落入网中的小鸟似的惊慌地看着我。我简单地讲述了我的历史。

"噢！是这样！"他轻声嚷着，"是这样……"

不知怎么回事，他忽然变得活泼起来了，他问我：

"你听过丑小鸭的童话故事吗？肯定读过吧？"

他的脸马上变得七扭八歪，嗓子里发出令人惊讶的沙哑而又尖尖的声音，愤怒地讲了起来：

"多么美丽动人的故事！我在你这么大时也有过幻想，我会不会变成一只白天鹅呢？你看看我吧……我本该去神学院，却上了大学。我父亲是神父，为此他和我断绝了父子关系。我在巴黎学习和研究人类的悲剧——进化论。是啊。我也发表了文章。可是！这究竟是怎么搞的……"

他猛然吓人地跳起来，又坐到椅子上。认真地听听房间里的动静，继续说道：

"进化，它是多么动听的字眼！这是人们发明出来安慰自己的！人类现有的生活根本就没有任何意义，是不合理的。倘若没有奴隶制就不会有所谓的进化，同样，没有少数统治者，社会就会止步不前。

"我们越是想改善生活环境，减轻劳动强度，就越会让生活困难重重，劳动也会更加沉重。工厂、机器，此后再造机器，还有什么比这更愚蠢的事呢？工人越来越多，生产粮食的农民就越来越少，我们需要的就是通过劳动向自然界求取粮食，我们别无他求。希望越小，幸福越大；希望越多，自由越少。"

当时他或许是口不择言，但他确实是这样说的，他的思想是多么不可思议！这种邪说怪论我还是头一次听说。他又发神经了，激动地尖叫一声，又立刻惭愧地望一下卧室的门，静听了一会儿，然后激愤地说：

"人是很容易满足的，我们需要的不多：只要一块面包和一个女人而已……"

他用一种神秘的和我从未听说过的语言和诗句讲起了女人，他的样子就像小偷贝什金。

看得出来他是个爱情崇拜者，从他的嘴里一下子迸出一连串我感到很陌生的名字：贝尔雅德、非亚米塔、劳拉、妮依……他对我讲述了诗人甚至国王和上述美女们之间的爱情故事，朗诵了几段法国抒情诗，朗诵过程中还不忘记用他纤弱、赤裸的手臂和着节拍。

"爱情和饥饿统治着世界。"听他讲完之后，我猛然想起这段炽热的语言，在一本革命小册子《饥饿沙皇》的标题下出现过，于是此时我更觉得他的话意义深远。

"人类追求的是忘记与享乐，却不追求探索知识！"

他的思想强烈地震撼了我。

早上六点刚过，我离开乔治家。一边在风雪晨雾中跋涉，一边回想起昨晚的奇遇，乔治的思想深深地触动了我，他的话好像鱼刺卡在喉咙里似的，让我感到窒息和痛苦。我不想回面包坊，也不想看见任何人，就由着自己游逛在鞑靼区的街道上，一直逛到天际放亮，满天的风雪中不时出现当地居民身影的时候。

从此之后我再没见过乔治，我也不想再见到他了。以后的日子里我不只一次地听到其他人说出同样的观点，他们当中形形色色的人真是一应俱全：大字不识的游方僧、四海为家的流浪儿、托尔斯泰主义者以及诸如此类受过高等教育的人、教堂中的教职人员、造炸药的科学家、主张新生力论的生物学家等等，可无论如何，当我再听到这类想法时已经不像第一次那样感到大为震惊、不可理喻了。

就在两年以前，也就是我第一次听说乔治观点后又过了三十多年的时间，出乎意料，我又从一个熟悉的老工人嘴里听到了几乎同样的说法，甚至表达的语言都是这样相近。

那是我同老工人的一次随便的聊天，他自嘲为政治老油条，并以俄国人特有的坦率对我说道："亲爱的阿列克塞·马克西美奇，我能告诉你我需要什么，研究院、飞机、科学这些跟我毫不相干，我要的是一间寂静的房子和一个女人，当我高兴时就和她亲吻，她的心灵和肉体都属于我，这就足够了！您和我们不是一路人，您喜欢用知识分子的思维方式思考问题，理论和思想被看得高于一切，我甚至感觉您是不是跟犹太人一样：人活着就是为了礼拜六呢？"

"犹太人不是这样的……"

"鬼才知道他们的想法，这是个无法理喻的民族！"

他一边说一边将烟蒂扔入河水中，并且一直目送它被水吞没了。

在那个月色皎洁的秋夜，我们坐在涅瓦河畔的花岗岩石凳上，尽力地考虑着怎样做点有意义的事情，然而却是毫无结果，再加上白天一整天的紧张工作，我们现在已经是身心疲惫不堪了。

"我们人在一起，心却不同，您和我们不是同一类人，这就是我要说的话，"他一边思考一边接着说，"知识分子们都不安分守己，他们就爱组织党团来参加暴动，就像耶稣一样，为了大家都上天堂，他就开始胡闹。有些知识分子也都是打着乌托邦的旗号瞎折腾的。要是有一个疯狂的幻想家闹腾起来，那群流氓、无赖等乌合之众就一哄而起同他们结党。这些人对政府心怀不满，就是因为他们知道生活中没有他们的位置。至于工人暴动就是为革命，他们要尽力争取生产工具和生产权利的合理分配权。假如他们夺取了政权，您是否认为他们会建立新国家呢？才不会呢！到那个时候，人们都做鸟兽状各走各的路，自顾自地找个安乐的地方过日子了……"

"您说机器到底好在哪儿？它只会把我们脖子上的绳索勒得更紧，把我们的手脚束缚得更牢。我们根本就不需要机器，我们要的是减轻劳动强度，过安乐日子，但是工厂和科学不会给人安静。我们的要求再简单不过了，假如我只需要一间小房子，那又何必劳民伤财建一座城市呢？大家聚集到城市里，异常的拥挤不堪，还有自来水、下水道、电灯等麻烦事。您想想看，如果没有它们，那么生活将是多么轻松！嗯！我们这儿有许多多余的东西，都是知识分子们折腾出来的。所以我认为知识分子就是有害的一类人。"

听着这番话，我的心中很不是滋味。我敢断言，世界上再没有哪个国家的人民敢像俄国人这样全盘否定生活的意义了。

老工人笑一笑继续说："俄国人的思想是绝对自由的，但是请您别生气，我的想法是绝对正确的。成千上万的人们的想法都是这样的，只是他们不善于言谈、不善于表达……生活就应这样简简单单，才最舒服、轻松……"

我非常清楚这个人的思想发展史，他可不是"托尔斯泰主义者"，也没有无政府主义倾向。

话谈完之后我禁不住想到：难道千百万的俄国人民历尽千辛万苦参加革命，就是为了减轻劳动，追求安乐吗？付出最小的努力，获得最大的享受，这话听上去和各种空想主义和形形色色的乌托邦传说一样美丽，充满了迷人的诱惑力。

我不由想到了易卜生的一段诗：

我是保守主义者吗？噢，不是！

我还是原来的我，没有一点变化；

我不愿一个个将棋子摆弄，

我要把这整个棋盘推翻。

曾有过一次彻底的革命，

它是世上最最明智的革命，

就是世纪初的那场洪水，

大洪水应该把所有一切毁灭。

但是，魔鬼又一次上当受骗了，

您知道，诺亚又一次变成了大独裁者！

噢！假如革命是正大光明的，

我可以助您一臂之力，

您快去引起冲击一切的洪水，

心甘情愿在方舟下埋下水雷！

捷里柯夫的小杂货铺收入甚微，而需要救济的人越来越多。

"必须想个办法了。"

安德烈忧虑地捻着胡须说，他带着少许歉意地笑笑，深深地长叹了一口气。

捷里柯夫总是太苦着自己，他就像把自己判了无期徒刑，服服贴贴地给人们做苦工，尽管他心甘情愿地这样做，但仍免不了痛苦的侵袭。

我曾多次变着法地问他：

"您到底为什么要这样做呢？"

他并没弄懂我问话的意图，每每都是在急匆匆回答"为什么"时，他总是文质彬彬地、让人费解地阐述着人民生活在水深火热的苦难之中，必须让他们接受教育、获取知识等原因。

"你的意思是说人们都在渴望和寻求知识吗？"

"那是当然！您不是也这样想吗？"

是的，这也是我希望的，可乔治的话此时又在我耳边响了起来：

"人类寻求的是忘记和享乐，却不是知识！"

对于十七岁的年轻人来说这种思想是十分有害的，年轻人听多了这话后会变得迟钝，并且丝毫没有益处。

我有这样一种感受：人们往往为了逃避现实的苦难，十分喜欢听有趣的故事。并且故事越离奇，大家就越爱听，他们认为那些充满奇异情节的书才是最有趣的书。我就像在雾中行走似的有些不知所措了。

捷里柯夫经过周密筹划，决定开一个小面包坊，初步计算开这样一间面包坊一卢布能赚不低于三十五戈比的利润。我提升为面包师的助手，并以"自己人"的身份，随时监视面包坊里可能发生的偷盗事件：偷面粉、鸡蛋、牛油和烤好的食品。

于是我也就从肮脏的大地下室升到了这个小而干净、整洁的地下室了，打扫店铺。使其整洁，也是由我来负责的，眼下，原来四十人的大作坊，现在只剩下一个人了。他两鬓斑白，脸色蜡黄，长着一撮小胡子，有一双阴沉而忧郁的眼睛，他的嘴巴长得很小而且稀奇古怪的，丰厚的嘴唇总是聚拢着，好像要和什么人接吻似的。但是他的眼睛深处却闪烁着一种嘲弄人的目光。

他自然也会偷东西，也就在工作的头一天晚上，他就迫不及待地施展才能了，他暗地里把十个鸡蛋、三斤酒、一大块牛油放在了别的地方。

"你要把这些东西搬到什么地方去？"

"这是给一个小姑娘的，"他十分和气地回答我，然后皱起鼻子又加上了一句："一个挺好看的姑娘！"

我试图劝说他，偷人家东西是在犯罪。但看来我的话是白费了，也许是我不善言词，或许是我自己都不能完全相信自己，又怎么能说服别人呢？

面包师躺在装生面团的柜子上，望着窗子外面天上的星星，惊讶地咕哝着说：

"你竟然训斥起我来！第一次见面就要教训人！我的岁数比你大三倍了，真是笑话……"

他望着星星说道：

"我似乎在什么地方见过你，你从前在谁那儿干过？是塞米诺夫家吗？要不就是搞暴动的那一家？都不对？这就是说，我们是梦中相见了……"

几天以后，我发现这个人睡觉的功夫相当深，无论在什么情况下，甚至站着烤面包时也能睡着。

他的睡相依旧怪异，眉毛微挑，一副嘲讽人的模样，他喜欢讲发财梦的故事。他若有其事地说道：

"我算看透了这个世界，它就像一张巨大的馅饼，里面装满了财宝：一罐罐的钱，一箱箱的钱，到处都是钱。我还梦到我曾经去过的地方，有一次梦见了澡堂，澡堂的墙角下面埋着一箱金银器皿。梦醒以后，我信以为真连夜去挖，挖了一尺半，挖出了煤渣和狗骨头！你瞧瞧，这就是我挖出的破东西！……这时哗啦一声响，窗玻璃被撞碎了，随着一声女人的尖叫：'来人啊，抓贼呀！'当然，幸好我逃得快，要不非得遭一顿毒打。真是好笑！"

他说这话时自个儿却不笑，只是和颜悦色地眨巴眨巴眼睛，耸耸鼻子，张大一下鼻孔而已。

他的梦没什么稀奇，和现实生活一样的乏味和枯燥。我真不明白他怎么会那么津津乐道讲述自己的梦，但现实生活中的人和事，他却视若无睹，从不轻易提起。

一件轰动性新闻：富茶商之女因为不满婚姻，出嫁当天就开枪自杀。几千名青年人成群结队的为她送葬。大学生们在她墓前发表演说，警察出动驱散了他们。这时在面包坊不远的房间里，所有的人正在为这个悲剧事件争论不休呢。当店铺后面的大房间里挤满了大学生，我们在地下室都可以听到他们愤怒的叫喊声和狂热的辩论声。

"这个姑娘是小时候管教不够，打骂得太少了！"布托宁发表了他的看法，紧跟着又说起了他的梦：

"我好像正在池子里捉鲫鱼，一个警察猛然大喊：'站住！别动！你好大的胆子！'我没地方可逃，心一急就往水里扎，于是就醒了……"

虽然布托宁不太注意周围的现实生活，但是，很快他还是觉察出了面包坊的不大正常。小店里的服务员是两个常常读书但是不懂行的姑娘，一个是老板的妹妹，另一个是他妹妹的好朋友，高高的个子，粉红色的脸颊，一双温柔可爱的眼睛。大学生们经常来这家店铺的，他们每次到店铺后面的房间里，就不住地争辩，或高谈阔论，或小声低语，一坐就是很久。店老板不大管事，而我却像一个管家一般，管理着面包坊。

"你是老板的亲戚吧？"布托宁问我，"或许是想招你为妹夫，对不对？真是笑话！那帮大学生干吗老来这儿闲逛？看姑娘？……嗯，或许是的……尽管那两个姑娘并不那么漂亮，说不定……在我看来，这群大学生吃面包的劲头超过了看姑娘……"

几乎每天早晨五六点钟时，就会有一个短腿姑娘准时出现在面包坊窗外的街上，她很胖，像是由一个个小球体构成的大球体，又像是一个装满了西瓜的口袋。她光着脚走到窗子前的水洼里时，就边打呵欠边叫道：

"瓦西尼亚！"

她长着一头浅色的卷发，像一串串小圆环挂在那圆鼓鼓、红通通的脸上和她那扁平的前额上，刺着她睡意朦胧的双眼直发痒。她懒洋洋地用那双小手撩开脸上的头发，那样子可真有趣！面对这样一个姑娘你该怎么办？我叫醒布托宁，他睁开眼说：

"来了吗？"

"你不是看见了吗？"

"睡着了吗？"

"当然睡着了！"

"梦见什么了？"

"我不记得了……"

此时，整个城市都是静悄悄的。只有远处不知从什么地方传来清道夫挥动扫把的声音，刚睡醒的小麻雀唧唧喳喳欢快地叫着，地下室的窗子也在享受阳光的抚慰，我很喜欢这样宁静的清晨。面包师贪婪地把毛茸茸的手从窗子伸出去抚摸姑娘的一双脚，姑娘满不在乎任他抚摸，一双温柔顺从的眼睛甜甜地眨巴着。

"彼什柯夫！面包熟了，快取出来！"

我把铁篦子抽了出来，面包师从上面抓了十几个小甜饼、面包圈和白面包，把它们抛进了姑娘的裙子里。她把热甜饼从这只手移到那只手，张开嘴用黄色的绵羊般的牙齿咬了起来，烫得她边吃边哼哼。

布托宁着迷的看着她说：

"快把裙襟放下来，你这不害臊的小妮子！"

当她转身离开后，他又夸耀着说：

"看到了吧？多像一只绵羊，全身都是卷毛。老弟，我还是个童男子呢，我从来不和女人们鬼混在一起，只和小姑娘要好。这已是我的第十三个姑娘了，她是尼基弗勒奇的教女。"

听到他得意洋洋的话，我私下里琢磨：

"难道我也应该这样生活吗？"

我赶快从炉子里取出烤好的白面包，挑出十来块，放进一个长托盘里，给捷里柯夫的杂货铺送去。赶回来又紧着把白面包和奶油面包装两普特，提着篮子赶往神学院给学生们送早点。我站在一个饭厅门口，把面包卖给大学生，"记账"或收"现金"。神学院里有个叫古色夫的教授，是列夫·托尔斯泰的政敌。这时我还可以听听他们对于托尔斯泰的争论。我有时候还从事一些"地下"工作，在面包下面放几本小册子，偷偷地送到大学生手中，他们有时也把书籍或者纸条悄悄地塞进我的篮子里来。

每星期我得有一次远行，去疯人院，在那儿精神病学家别赫捷罗夫用病人给大学生们上实例教学课。我还记得他讲一个患夸大妄想症的病人，病人当时已经站到了教室门口，他样子挺奇怪的，身上穿着白色病号服，个子很高，脑袋上戴着一个尖顶帽子，看见他那样儿，我不由地笑了出来。他经过我的时候特意停留片刻，然后冲着我瞪了一眼。可把我吓坏了，我一个劲儿往后缩着，仿佛他那黑眼睛放射的光芒要刺进了我的心脏似的。精神病学家捻着胡子讲课时，我一直用手护着像是被热灰烫着了的脸。

病人声音低沉，白色病号服里伸出他可怕的细长的手，手指也很长，那样子像是在要什么东西。也许是我的幻觉，但我觉得他的整个身体都在拉长延伸。他的那只黑手好像随时都可以卡住我的喉咙，特别是瘦脸上，黑眼窝里的眼睛，闪现出威严、凶狠的锐利光芒。

听课的二十几个学生望着这个头戴怪帽的疯子，有几个学生微微而笑，但其他的大多数学生都在凝神思索。他们平淡无奇的眼睛根本就没法和疯子可怕的眼睛较量。疯子的样子非常可怕，他身上有种说不出的威严，的的确确存在，他真是太傲慢了！

大学生们一个个默默不语，教室里鸦雀无声，只有教授那清脆的声音在教室回荡，教授每提一个问题，疯子就会低声喝斥，他的声音像是从地板下，或墙后面发出来的。疯子的言行举止很高贵，如教堂里的大主教一样给人以平缓、庄重和威严的感觉。

当天夜里，我就写下一首关于这个疯子的诗，在我心中留下了疯子那难以磨灭的形象，扰得我寝食不得安宁，在我的诗里，我称这位疯子是"主宰中的主宰，上帝的朋友和贵客"。

我的工作十分紧张、忙碌。晚上六点开始工作，一直到第二天中午，午后我还得休息。所以看书的时间就得在工作的间隙里，只有当已经揉好一团面，另一团还没发酵好，面包也已进炉时，我才能读点书。面包师见我已经差不多入门了，就干得越来越少了。他还用亲切而惊讶的口气教导我：

"你还是挺能干的，再干上一两年，你就可以成为一个年轻的面包师了，真是可笑。你这么年轻，人们不会听你的，也没人会尊重你的……"

他极其反对我埋在书堆里说：

"我看你还是别读书了，而是去睡它一觉！"他常常这样关切地对我说，但他从来没问过我读些什么书。

他的最大癖好就是做各种各样的梦，梦想着地下埋藏的金银财宝，迷恋那个圆球般的短腿姑娘。短腿姑娘常常夜里来，她一来他就把她带到堆面粉的门斗里去，要是天太冷的话，他就皱着鼻子对我说道：

"你出去半个钟头吧！"

我一边向外走，一边心里想："他们的恋爱方式和书本里描写的那么不一样……"

面包坊后面的小房间住着老板的妹妹，我经常给她烧茶炊，但尽量不和她见面，因为一见到她，我就会感觉到局促不安，但是她总是用使人无法忍受的目光看着我，就像我们最初几次见面时一样，我总觉得在她的眼神中有一种嘲弄、讥讽我的笑容。

我好像有用不完的劲儿，但是看上去显得笨拙、迟钝。面包师见我居然能够挪动五普特重的面粉袋，就有些遗憾地说道：

"你劲儿大得能顶三个人，可是一点都不灵活，看你长得又瘦又高，但是还是一头大笨牛……"

虽然这时候的我读了不少书，也爱读诗，而且自己也开始写诗了，用"我自己的话"来写。我知道这些话听上去非常粗野、尖锐，可我总觉得只有用这些词语才可以表达出我纷乱的思绪。有些时候，为了反抗那些无法容忍的事情时，我就故意把话说得很粗鲁很野蛮。

一个曾当过我老师的数学系大学生曾经这样责备过我：

"魔鬼才知道你在说什么，你说出的哪里是话，简直就是一个个秤砣……"

其实，我对自己的感觉也不太好，这或许也是十五六岁青春少年的通病，我总觉得自己又丑陋又可笑，就像卡尔美克人般的，长着一副高颧骨，说话自己也把握不了自己。

我们来看看老板的妹妹玛丽亚吧，她的样子就像一只腾空的燕子，飞来飞去，轻盈、灵活，但在我看来她的动作和她胖乎乎的体态十分不相称。从她的举止上，我看得出她有些爱慕虚荣。每次我听到她快乐的声调，就想：她是不是想让我忘记我们初次见面时她的那副模样呢？可我忘不了，我对一切不同寻常的事物都很关心，我渴望了解、认识可能发生或已发生的非常事情。

她有时问我：

"您在读什么书呢？"

我简单地做了答复，真想反问她一句：

"您问这干什么？"

有一天晚上，面包师和短腿姑娘幽会，他用十分肉麻的语气对我说：

"喂！你去玛丽亚那里吧，干吗还傻乎乎地错过好机会？你知道吗，那些大学生们……"

我让他住嘴，要不我就用秤砣砸烂他的脑袋。说完我就去了堆面粉的门斗里去了。我从没有关严的门缝里听到布托宁的声音：

"我才不跟他动气呢！他就知道读书，像个疯子似地过日子……"

门斗里一点儿也没法呆，老鼠在吱吱乱叫，到处乱跑，面包坊里传来了短腿姑娘哼哼唧唧的呻吟声。我只好躲到院子里，外面正无声无息地飘着毛毛细雨，我的心情十分烦恼，院子里还有一股焦烟味，可能是哪儿着火了吧。

时间已经是后半夜了，面包店对面的房子里还有几间房子闪着昏暗的灯光，里面的人在哼歌：

圣秆对瓦拉米呵，

头上闪耀着金环，

面带笑容，

他们在天空望着你……

我试着想象玛丽亚会像短腿姑娘躺在面包师膝盖上一样躺在我的膝盖上，可我整个身心都感到这是不可能的，甚至还有些可怕。

从黑夜到天明，

他欢歌畅饮，

而且他呀——哎呀呀！

还干了那桩事情……

在这个"哎呀呀"上，他们唱得极其用心和意味深长，我双手扶着膝盖探出身子望着一个窗口，我看到一间方方正正的地下室。蓝色灯罩的小台灯照亮了灰色的墙壁，老板的妹妹正对着窗子写信，这时她把头抬起来，用红笔杆把一绺头发挑上去，她眼睛微微眯着，笑容满面，像是在想一件快乐的事，并缓缓地折好那封信塞入信封，用舌尖舔着封口的胶沾好信封，往桌子上一扔。接着伸出比我的小指还小的食指用力压了几下，又重新拾起封好的信封，皱紧眉头，把信取出来又看了一遍，另装了一个信封，写好地址。为使封口快点干，她举起信封在空中摇来摆去如挥着一面白色旗帜。她拍着手走向床边，等回来时已脱去了短衫，露出了面包似的丰腴肩头，她端着台灯消失到角落了。当你观察某一个人独处时的举动时，简直觉得她就是个神经病，我在院子里边走边想：这个姑娘独自生活时，看起来可真有点古怪。

我说的这个姑娘是玛丽亚，每次那个红头发大学生来看她，我就会不高兴，我不喜欢这个大学生，他压低嗓子和她说话，她呢，好像是羞涩的样子，缩着身子一只手放到身后或放到桌下边。短腿姑娘紧紧裹着头巾摇摇晃晃地走了出来，她对我咕哝着说："你进面包坊去吧！"

布托宁一面从柜子里掏面团，一面朝我炫耀他的情人多么善解人意，多么让人百看不厌，可我暗自在思量：

"这样下去，我以后可怎么办呢？"

我有种感觉：在我身边随时随地都有可能从那么一个角落里飞来一场横祸。

面包坊算得上生意兴隆，捷里柯夫在物色另一间大点儿的作坊，还决定再雇一个助手。这是个好的消息，我现在的活儿实在太多了，我每天都被累得精疲力尽、头昏眼花。

"去了新作坊，你当大助手。"面包师自我许愿说，"我和老板说说，把你的薪水提到每个月十卢布。"

我当大助手对面包师是有百利而无一害的，他不愿意干活，而我愿意干，身体的疲倦能消除我的愁闷和不安，控制我的本能的情欲，但就是没法再读书了。

"太好了，你不啃书了，让老鼠啃吧！"布托宁说道，"你难道没做过梦？当然了，只是你不说出来而已！简直是笑话。说梦是最没有害处的事了，你用不着担惊受怕的……"

面包师和我说话十分亲热，似乎还有点尊重。大概是他认为我是老板的心腹，当然这并不妨碍他天天小心谨慎偷面包吃。

我外祖母死了，她入葬后的第七个星期我从表兄的信里得知她的死讯，在这封简短、无序的信中写道：当外祖母在教堂门口乞讨时不小心从门口摔了下来，跌断了一条腿。到第八天就死去了。我后来才知道，我的外祖母靠乞讨养活着表兄、表弟、表姐及她的孩子，在外祖母生病时，他们竟然没有请过医生。信中还说道：外祖母葬在彼得列巴甫洛夫斯克坟地，送葬人除了他们还有一群乞丐，外祖父也参加了送葬，他把他们全部赶走，自己在坟前哭得死去活来，他也快要死了。

我得知此事时没有哭，只记得当时好像有一股冰冷的寒风向我袭来，夜里我坐在劈柴堆上，心中忧郁烦闷，想找个人讲讲我的外祖母，她是多么善良和慈祥，就像全世界所有人的母亲。这个想找人倾诉的愿望在我心中埋了很久，始终没有机会，就这样它将永远记在我的心底里，慢慢消失了。

许多年以后，我又找回了那个时期的这份心情，那是我读契诃夫的一个描写一个马车夫的短篇小说时找回那份心情的，小说中讲到，马车夫是那么的孤独，只好对自己心爱的马诉说了儿子死去时的悲惨情景。我的处境更加凄凉，我既没有马，也没有狗，现在身边只有一群老鼠，可是我并不想跟它们诉说自己的痛苦，尽管当时面包作坊里的老鼠同我相处得非常和睦。

我引起了老警察尼基弗勒奇的注意，他就像一只老鹰在我的周围转来转去，尼基弗勒奇身体健壮硬朗、身材匀称，一头银灰色的硬头发和修整得整整齐齐又浓又密的大胡子。他嘴里津津有味地咂巴着，看起来仿佛看圣诞节待宰的鹅一样一个劲儿的盯着我看。

"听说你非常喜欢读书，是不是？"

"你喜欢哪类书？比如说是圣徒传还是圣经？"他穷追不舍地追问我。

两本书我都读过，看来我的回答使他大为惊讶，他大吃一惊，以致他看上去糊里糊涂的。

"真的？当然，读这些书非常好，是合法的！我想托尔斯泰的作品你也读吧？"

我的确看过托尔斯泰的书，看来这不是警察们敏感的书。

"托尔斯泰的书和其他作家的书写的一样普普通通，不过，倒是听说他曾写过几本反对神父的书，哎，这几本书你倒值得看看！"

还有一些书我已经读过了，十分的枯燥乏味，我知道在这个问题上不必和警察费力地去讨论这些书。

我和他在大街上边走边聊有好几回了，他请我去他那儿坐客：

"到我的小哨所来吧，来喝点茶怎么样！"

我心中很清楚他的用意，可我还是想去他那儿看看。经过和几个聪明的人商量之后，他们决定我应该去，否则等于不打自招，可能会加深他对面包坊的怀疑。

就这样，我成了尼基弗勒奇的座上客。在他的哨所里，俄式壁炉就占去了三分之一的地方，还有一张挂花布帐子的双人床，余下的空间里放着一个碗柜、一张桌子、两把椅子，窗子被他挡得严严实实的。他妻子坐我旁边，她是个胸脯丰满的二十几岁的小姑娘，凶恶、狡诈的灰蓝色眼睛镶在粉红色脸颊上，她讲话时任性地翘起两片鲜红的唇，说话总是怨声怨气的：

"听说，我的教女谢克利杰娅经常往你们那儿跑，这个下贱、放荡的姑娘。"

"世界上的女人还不都是一个样儿，都是下流的贱货！"

老警察的话显然激怒了他的太太，她问道：

"所有的女人都是吗？"

"没一个不是！"尼基弗勒奇坚定地答道，他胸前的奖章哗哗直响就如马儿摇响身上的鞍辔一样。他喝口茶又津津有味地重复说道：

"从最下等的妓女到至高无上的女皇，没有一个不放荡下贱的。氏巴女王为向所罗门诉说衷情不惜跨越两千里沙漠，就是叶卡捷琳娜女王，虽然号称大帝，但她也是同样……"

他以有力的证据证明了女皇的风流艳事，他详细地讲述了一个宫廷烧茶炉的工人因为和女皇一夜风流而飞黄腾达的故事，工人现在已经升到将军。他的妻子听得入了迷，垂涎欲滴，还用桌下的腿碰我的腿。老警察讲得很有条理，爱用逗人的语言。我还没觉察到呢，他的话题就突然转到另一个问题了：

"就拿那个大学生普列特涅夫来说吧。"

他太太非常遗憾地叹了一口气，就站起来说：

"可惜他不怎么漂亮，但是人倒挺好的！"

"你说哪个好？"

"普列特涅夫先生。"

"你叫他先生恐怕还为时过早吧。这要等到他毕业以后呀，他现在只是成千上万普通大学生中的一员罢了。对了，你说他非常好，这是什么意思？"

"他年轻，快活。"

"马戏团里的小丑也同样快快活活……"

"那不，小丑们快活只是为了挣钱，而他不是！"

"闭嘴！你记住，老狗也曾有做小狗的时候……"

"小丑们就像是猴子……"

"我说让你闭嘴！你听见了吗？"

"嗯，听见了！"

"那不就得了……"

制服了妻子，老警察转过脸劝我说：

"我说！你该认识一下普列特涅夫，他为人挺有趣的。"

我猜想他在试探我，我断定他在街上见我们一起走过。

我只得说："我认识他。"

"噢……原来你们早就认识？"

他的话音里好像有些失望，身子突然地抖动着，摇得胸前的奖章又响了起来。我警觉起来了，因为我最清楚普列特涅夫正做什么：印传单。

他太太则继续在桌子底下用她的腿碰我的腿。她故意激怒她的老丈夫，老警察如孔雀开屏似的滔滔不绝地炫耀他的花言巧语。他太太弄得我一点也没法专心听他说话，一不留神，我发现他讲话的声音更深沉动听了：

"这就像一张看不见的网，你懂吗？沙皇就是织网的大蜘蛛……"他不无忧虑地瞪着两只圆眼睛对我说。

"哎呀！你看你都在说些什么呀，恐怕连你自己也不清楚吧！"

他太太大惊小怪地叫喊道。

"你给我闭嘴！蠢婆娘儿！我这样说最最形象生动，并不是诽谤。你这匹母马，去把茶具收拾走吧……"

老警察眉头紧皱，眯起眼，继续他那生动的讲话：

"这是一张看不见的网，网从沙皇的中心出发，通过各种环节：各部大臣、各县长、各级官吏，直到我，有时甚至到最下层的士兵头上。这条条线，密密实实地包裹着，坚不可摧，正是它维持着沙皇帝国千秋万代的统治。但是那些被狡猾的英国女王收买的波兰人、犹太人、俄罗斯人公然在破坏这张网，仿佛是为了人民似的！"

他隔着桌子探身过来，压低声音略带点严厉的口吻说道："你应该明白，我今天为什么和你说这些话。你的面包师傅对你很满意，他夸奖你诚实、聪明、单身一个人过日子。但是你的面包店里总会聚集一大群大学生，他们在捷里柯夫的房间里整夜鬼混。如果是独自一个人，那倒可以理解，但总有很多学生成群结队往那跑，这是怎么回事呢？我可不敢说大学生什么，他们今天是个普通大学生，明天就能当上检察官。大学生们是好人，就是太爱出风头了，再加上沙皇的政敌私下里怂恿他们，你懂了吗？我还有好多话想要告诉你……"

他还没来得及说下去，他家的房门突然被一个红鼻子小老头打开了，老头儿的卷发用小细带扎住，手中提着瓶伏特加，他好像已经喝醉了。

"咱们下盘棋吧？"他借着酒劲兴冲冲地说，他看上去是个挺有意思的人。

"哦，这是我丈人，妻子的父亲。"老警察愁眉地朝我介绍说。

几分钟之后，我便告辞了。尼基弗勒奇的淘气太太送我出来，关门时，拧了我一把，有点献媚地说：

"您看云彩多红呀，像团火似的！"

天空晴朗，那金黄色的云彩逐渐消散了。

我不得不给老警察一个公正的评价，我也不是想得罪我的老师们，但我还要说：警察对当时国情的分析更加透彻，浅显易懂。一只大蜘蛛，通过一条看不见的线，编织成一张的网，把全部生活紧紧地捆绑、联系起来。我不久就发现了许多许多类似于这样那样的网了。

晚上关了店，玛丽亚把我叫到房间里，她认真地告诉我：她受人委派来了解我跟那个老警察的全部会谈情况。

我详细地对她讲述了整个过程，她听完后不安地惊叫了一声："天啊！我的上帝！"然后她就像只老鼠似地，到处乱转，不时地晃着头，"面包师没向你打听过别的什么吗？原来他的情人是老警察的教女啊！我们得赶快把他赶走！"

我站起来靠着门框，她的话彻底将我激怒了。她说"情人"这个字眼说得太随便又太不负责了，还有就是她为什么要赶走那个面包师呢？

"您以后要十分小心！"她的说话方式和平时一样，我的感觉也没有改变。此时玛丽亚背着手站在我面前说：

"您为什么总是愁眉苦脸？"

"我外祖母刚刚去世了。"

似乎这件事使她发生了兴趣，于是她面带微笑说：

"您很爱她吗？"

"当然，您还需要了解什么吗？"

"没什么了。"

我离开了老板的妹妹。当晚写了首诗，其中有一句到现在依然记忆犹新：

别看你装腔作势，但实质您并非如此！

从那之后就决定让大学生们尽可能的少到面包店来，见不到大学生，我读书中的问题就没人解答了，只能把感兴趣的问题记在笔记本上，有机会再一块儿问清楚。可是有一次，我累极了，写着写着就伏在笔记本上睡着了。面包师偷看了我的笔记，他叫醒了我：

"喂！你这是写的什么呀？加里波得为什么没赶走国王，加里波得是谁？难道他能赶走国王吗？"

他生气地把笔记本扔到面粉柜上，就钻到炉坑里烤面包去了，他在那里还唠唠叨叨地说：

"你说他要赶走国王，简直是笑话！最好打消这个念头，你这个读书人！我记得五年前在萨拉托夫，宪兵们抓了许多你们这种读书人！就像抓老鼠似的，哎！你还不知道吧，其实尼基弗勒奇早就开始盯上你了。你以为赶走国王像赶走只鸽子那样轻而易举吗？"

他善意地劝了我半天，我却不能正面回答他，因为店里有人不准我跟面包师谈禁区以内的"危险话题"。

当时有一本小册子正在全城流传，读过小册子的人们纷纷议论着什么。我让拉甫洛夫给我也搞一本看看，只可惜他没有找到。

"唉！我说老弟，别抱希望了，找不到，不过，我倒是听说有个地方近日内可能要宣读这本小册子，也许我可以带着你去听听……"

那是圣母升天那一夜，我和拉甫洛夫前后相隔大约两米远走在阿尔斯克波尔昏暗的大地上。尽管旷野里空无一人，我仍旧按拉甫洛夫说的那样去做，我时刻采取预防措施，一边走一边吹口哨，唱着小曲，装成一副醉酒工人的样子。这时候旷野上昏暗而寂静，黑色的云朵缓缓地移动。云彩遮盖了大地，金色的月亮隐藏在其间，水洼地闪动着银灰色亮光，不断发出低沉吼声的喀山城就这样被我甩在身后了。

拉甫洛夫就停在神学院后边果树园的围墙边，我急忙赶上去，越过围墙，穿过杂草丛生的果园。树枝上有露水，碰落下来打湿了我们的衣服。我们停在一幢房子的墙脚，轻轻敲响关得严严的窗板，一个络腮胡子打开窗户，他身边一片黑暗和沉寂。

"谁？"

"从亚柯夫那里来的。"

"爬进来吧。"

屋子里黑洞洞的，伸手不见五指，里面挤满了人，可以听到衣服的摩擦声，还有轻轻的咳嗽声和议论声，就跟地狱差不多，这时有人划了一根火柴照了照我的脸，我看见墙旁的地板上一下子有很多黑的人影。

"人都到了吗？"

"都到了。"

"把窗帘挂好，千万不要让灯光从窗缝里漏出去。"

突然一个愤怒的声音突然响了起来：

"哪个笨蛋出的主意，居然把我们带到这种鬼地方来开会，看样子，这儿好像有几万年都没人来过了！"

"小声点儿！"

随后屋角亮起一盏小灯，房间里什么也没有，只有一条木板架在两个箱子上，上面坐了五个人，就像栖息在树枝上的乌鸦一般，小灯被放在一个倒置的木箱子上，靠墙处的地上还坐了三个人，窗台上也坐着一个青年人，这人长发，脸色苍白而瘦弱，除他和那会儿打开窗板的络腮胡子，其余的人我都是认识的。

络腮胡子轻声说，他下面即给大家读一本小册子，它是已脱离民意党的普列汉诺夫撰写的文章，名为《我们的意见分歧》。

地板上有人大声地叫喊道：

"这我们早已知道了！"

我喜欢这种秘密的场面，它令我兴奋不已，诗一旦带上神秘色彩，感觉就大不一样了。我感觉自己几乎成了做祈祷的教徒，还不禁想起了古罗马时代教徒们在地下室里秘密祈祷的场面。屋子里到处都是人们嗡嗡的低语声，但是声音听得还很清楚。

"胡说八道！"屋子里不知道是谁又愤怒地吼了一声。

在黑暗的房间里，朦朦胧胧地有什么东西在闪光，可能是件铜制的东西，或许是古罗马时代骑士们戴的盔甲，我猜想可能是炉子的通气孔。

房间里纷乱的嘈杂声中夹杂着一些激烈的言词，也听不清人们在说起什么，突然从我头上的窗台上响起一个嘲讽般的声音：

"咱们还读不读了？"

这是那个长发、面色苍白的青年在说话。这句话效果不错，人们立刻安静下来，听到朗读声了。屋子里有许多红红的火光在跳动，后面一张张深沉思虑的面孔，有人睁大着眼，有人用力眯着眼，屋子里一片乌烟瘴气。

文章太长了，就连我这个喜欢语言通俗、文词流畅、观点鲜明的人都听得很累了。

朗读声猛然停下来，屋子里马上响起了一片愤怒的叫喊：

"叛徒！"

"纯粹是一堆空话……"

"这显然是在亵渎英雄们所流的鲜血！"

"这文章是在喀涅拉罗夫和乌里扬诺夫被判死刑之后……"

那个坐在窗台上的青年又开始说话了：

"先生们，我们能不能用正当的言词反驳而不用谩骂呢！"

我向来讨厌人们争论不休，也不喜欢听，再说要想分出个所以然来也很不容易，再加上辩论者那自视清高的傲劲儿使我十分恼火。

长发青年从窗台上俯身对我说：

"您是面包师彼什柯夫吗？我是弗得塞也夫，我们彼此认识一下好吗？说老实话，在这儿呆下去没什么意思，我们离开这儿怎么样？"

我早就听见过这个人，他是个沉稳而庄重的青年组的负责人，我很喜欢他苍白而生动的脸和他那双充满激情的眼睛。

我们俩边走边谈，他问了我很多话：有没有熟悉的工人朋友？读些什么书？闲暇时间多不多？同时他还对我说道：

"我听说过你们那个面包店，可令我奇怪的是您怎么肯浪费大好时光去干那些毫无意义的事情呢？"

我跟他说我自己也认为自己这样做毫无意义，他听了十分满意。一面紧握我的手，一面微笑着。他对我说后天他要离开这儿到别处去两三个星期，等他回来后再设法通知我跟他见面。

面包店的生意越来越兴隆，我自己的事情却乱成了一团。新作坊不但没有减轻我的工作量，反而更多、更繁重了。我现在所有的事情都得做，除了作坊里的事，就是往外送面包：私人住宅、神学院、贵族女子寄宿学校。

那些女学生们经常借着挑面包的机会，将一些小纸条塞给我，在那些美丽的小纸上居然写着不知羞耻的字句，尽管字写得很幼稚，然而思想好像却已经"成熟"了。

每当那群快乐、洁净、俊秀的贵族小姐们娇喘微微，极尽媚态，伸着粉红色小爪子围着我的面包篮转时，我就想：到底是哪几位小姐写下这种无耻的纸条呢？她们真的不懂她们写的是什么吗？我不禁想起妓院来，暗自寻思：

"难道那条看不见的线从妓院延伸到这些贵族小姐身上了吗？"

有个女学生拦住我，她很紧张地轻声说：

"请你把这封信按上面的地址送去，我会给你十戈比。"看着她满眼含泪，紧咬嘴唇，脸和耳朵都羞得通红的样子。我大方地接过信封，没要她的十戈比，把信交给了高等法院里一位法官的儿子，他脸上的红晕一见就知道是害肺痨病的，这个身材高大的大学生接过信后，打算给我五十戈比的报酬。他细细地数着钱币，我告诉他我不要他的钱，他把钱币往兜里放的时候没塞进裤兜儿里，哗啦啦散落了一地。

他不知所措地看着五戈比、七戈比的铜币在地上到处乱滚，紧张地搓着双手，搓得指节啪啪直响，然后费力地嘟囔了一句：

"怎么办呀！那就这样吧！再见了！我必须好好考虑一下……"

我不知道他考虑出了什么办法，可我只是觉得那个女学生非常可怜。没多久她就从学校失踪了。直到十五年后，我又遇见了她，她在克里粘当中学老师，她患了肺结核，一谈起人世间就忍不住地悲愤和心酸。

　　我的工作排得非常满。白天送完面包后便睡觉，晚上到作坊帮着烤面包，半夜里把烤好的面包送到面包店里卖，我们的新面包店在一个剧院旁，散戏后，观众常常到店里吃热乎乎的面包圈。除此之外，我还必须揉按斤卖的面包和法式面包的面团，这些可是十五到二十普特重的大面团，这可是一件十分繁重的工作。晚上仅仅休息两三个小时以后，就必须起床去送面包了。

　　日子就这样一天天过去了。

　　好在这段时间我对社会工作充满了热情，我有一种强烈的愿望，并热切地向周围的人们传播一种永恒的、善良的、美好的东西。我天生具备优越条件，喜欢和别人交往，很会给人讲故事，特别擅长把自己的亲身经历和所读书本中获得的知识编撰起来，成为挺有趣的故事，自然我的故事里也暗藏着那许许多多"无形的线"。

　　我很快认识了许多克罗斯托捕尼柯夫和阿拉甫佐夫工厂的工人，还同织布老工人尼基塔·鲁伯佐夫交上了朋友，他几乎走遍了全俄罗斯的织布工厂，这是个很有心计，非常聪明的人。

　　"我在世上已混了五十七年了，阿列克塞·马克西美奇！我年轻的小流浪汉，我崭新的小梭子！"他说话声音却总是嘶哑的。

　　这个老头有一副黑眼镜，是他自己做的，他用铜丝把所有有关部位联结起来，因而鼻梁上和耳朵后都染上了铜锈斑点。他的胡子也很独特，并因此而落得一个雅号，他刮胡子时如德国人般的留下嘴唇上的和嘴唇下的一撮儿灰白胡须，因此人们称他是"德国佬"。他中等身材，胸脯宽阔，总是面带悲伤的神情。

　　"我最喜欢去看马戏。"他摇了一摇满头疙瘩的光脑袋说。

　　"那些马，还有牲口，你说它是怎么被训练的呢？真令人纳闷，由此可见，人也可以经过训练变得聪明起来，马戏团里的牲口是用糖驯教出来的，而人需要的糖是爱，而并不是从杂货铺里买来的糖。这个意思就是对人要有真心，我的小伙子，对人应当亲切和蔼，别动不动就想动手打人，你说对吗？"

　　其实他自己对人并不亲切，这些话纯粹是讲给别人听的。每当他和别人争论时，一旦遇上别人和自己稍有不同的意见，他就态度粗暴、蛮横无礼、盛气凌人，平时和人说话也是常带着蔑视和嘲讽。说起我们的相识，还有段故事：我走进一家酒店，看见他被一群人围打，我急忙冲过去劝开了他们，并把他带走了。

　　"您怎么样？"秋风悲凉的夜晚，我们在黑乎乎的路上走着。

　　"呸！这算得了什么？"他满不在乎，　"唉！你和我说话干吗总是您您的，为什么要这么客气呢？"

从这时起我们成了朋友。最初他还经常嘲讽和讥笑我，但是听了我对他讲的"看不见的网"，他便一改常态认真地说道：

"你真的不笨，一点儿也不笨，真有你的……"他对我还真有点像父亲似的，而且叫我的时候也毫不客气地加上父称。

"我的阿列克塞·马克西美奇！我的小梭子！你的想法是完全正确的，只是谁也不会相信你……"

"那您信不信呢？"

"我？我和别人不一样。我仿佛一条无家可归的秃尾巴狗，而却是带镣铐的狗。他们的尾巴好长好重：老婆孩子、手风琴、棉鞋等等鸡毛蒜皮琐琐碎碎的，看家狗痴迷着自己的狗窝，他们才不会信你呢。那一次我们在莫列佐夫工厂暴动时，出头的橼子先烂，脑袋瓜子可不是屁股，打破了可就让你吃不消了！"

后来他的这种观点有些变化。那是在他认识了克罗托甫尼柯夫工厂的钳工亚柯夫·沙哑什尼柯夫之后，他身患肺病，会弹吉它，读过《圣经》，强烈地否定上帝存在。亚柯夫谈话是狂热而激烈的，还不时地向地上吐着带血的痰。

"上帝原本就是不存在的，反正我这个人不是按上帝的形象造的。无论聪明才智还是自身体力，都一无所长，而且我一点儿也不仁慈；再说，上帝根本不知道我生活有多艰辛，要不就是他知道而无能为力或不肯帮忙；最后，上帝并不是全知全能，而且，根本就不仁慈，让我说，事实上根本就不存在！上帝压根就不存在！纯粹是人们自己臆造出来欺骗自己的。"

"我们的全部生活都是臆造的！这谁也骗不了我。"

鲁伯佐夫听得哑口无言，脸色铁青，以至于破口大骂，可是亚柯夫却不慌不忙，引经据典，说得条条是道，说得鲁伯佐夫低下头沉思，满面通红，不再咒骂。

亚柯夫的讲话风度简直无与伦比，那样子很怕人，尤其那气势汹汹、让人屈服的目光，就像狂躁病人，他的头发黑得如吉卜赛人似的，脸瘦而黑，猛一看过去，漆黑一片，青色的嘴里狼牙般闪动，说起话来咄咄逼人，死死地盯住对方的脸。

我们告别亚柯夫之后，鲁伯佐夫沉重地说：

"世界上所有的话我都听过，就是没听过这种话，竟在我面前诋毁上帝！这个人活不了多长时间了，真是个可怜人，他快把自己烧到白热化的程度了！……挺有趣，是不是？老弟！"

事情却发生了戏剧性的变化，没过几天，他便和亚柯夫打得火热，快活得像是燃烧了，一直用手擦他那双眼睛。他笑哈哈地说："喂！这就是说，上帝要被免职了！哈哈！我亲爱的小梭子，沙皇呢？他不碍事。依我看，问题不在沙皇而在老板身上。我才不管是哪个当沙皇，伊凡雷帝当也成，尽管坐下来统治吧！请便！只要允许我们去惩治老板的权力就行了！来来来，我要用一条最结实的金链子把你绑在皇帝的宝座上，我要像朝拜沙皇一样朝拜你……"

鲁伯佐夫看完《饥饿沙皇》之后激动地对我说：

"这书中写的全是对的！"

他是第一次看这种石印的小册书，对我说道：

"喂！这书是谁给你写的？写得真明白！麻烦你对他说一声，我谢谢他了！"

他对知识的渴求到了如饥似渴的地步，他很投入地听亚柯夫诬蔑上帝，一连几个小时听我讲关于书的故事，他经常被逗得前俯后仰，并且连声地赞美：

"嘿，人的头脑真有灵气呀！"

他因为有眼病，自己读书很困难，可这好像并不影响他见多识广，他的博学经常让我惊讶不已，记得一次他说道：

"前不久德国有一个绝顶聪明的木匠被国王任命为参议员了。"

我追问下去后才弄清他说的是倍倍尔。

"您是从哪儿弄清这件事的？"

"知道就是知道。"他随口说一句，手指头烦躁地摸着那个长有疙瘩的秃顶。

亚柯夫对周围的现实生活并不感兴趣，却跟上帝较上劲儿了，全部心思地要毁灭上帝，嘲笑宗教界，一副反叛者的形象。

他痛恨修士。

有一次鲁伯佐夫心平气和地对他说：

"喂！你难道就不能干点别的什么，莫非就只会反对上帝吗？"

他却凶狠地狂叫道：

"这个上帝！我恨他！他让我白白相信了二十年，我谨小慎微、战战兢兢、缩手缩脚地过日子，因为上帝说凡事不可辩驳，一切由上帝作主，到头来呢，我一无所获，我活得痛苦、压抑、没有自由。当我熟读了《圣经》，我才恍然大悟，这一切全是凭空捏造，骗人的！"

他气愤地挥动着一只胳膊，几乎要挣脱那条形的网，说话的声音差不多成了哭腔。

"正因为如此，我年纪轻轻就快要死了！"

这期间我还认识了好几个挺有趣的人，我想起来就跑回塞米诺夫面包坊看我的老伙伴。他们都欢迎我去，喜欢听我讲故事，只可惜鲁伯佐夫住船厂区，亚柯夫又住在很远的鞑靼区，相距五俄里之远，我们几乎不怎么见面，他们不来看我，我也不去看他们，关键是我没有能招待他们的地方。

另外一个重要原因就是新来的面包师是个退伍士兵，常和宪兵来往，再加上宪兵司令部的后院和面包店的院子只有一墙之隔，那些飞扬跋扈的"制服"人经常翻墙而过。或是为岗卡尔特上校买白面包，或为自己买个黑面包。

也有人警告我，别太"出头露面"，以免引起有关方面对面包坊的过分关注。

我的工作越来越失去意义了，面包店也快要经营不下去了。最近常常发生些令人气愤的事情，有些人很不自觉，常常拿走柜子里的钱，有时候竟会弄到没钱买面粉的份上。

捷里柯夫揪起可怜的小胡须无可奈何地说道：

"完了，我们真的快要破产了。"

他的私人生活也变得十分糟糕，红头发的娜斯佳怀孕了，脾气越来越坏，粗声大气地，如一头凶恶的猫撞来撞去，那双绿眼睛中充满了怨气。

她使劲往安德烈身上撞，仿佛没有他的存在，此时的安德烈忍气吞声地给她让开路，望着她摇一摇头。

捷里柯夫也曾向我诉苦：

"这些人真是有点太不像话！太随便了，他们没有什么东西不敢拿的。我买的半打袜子仅一天时间就全拿没了！"

他的家庭也遭遇了不幸，父亲由于怕死后入地狱得了精神抑郁症；小弟弟整日喝酒玩女人；妹妹变得冷若冰霜，看来她和红头发大学生的恋爱情况不妙。我常常看见她哭红了双眼。对那个大学生心中更增加了厌恶之感。

捷里柯夫的事业也难以支撑下去了，从袜子这件小事儿就可以看出，大家是多么不体谅这个善良人的义举呀！他一心想做一件有意义的事情，太艰难了，他身边那些得到救助的人们不仅不关心他的事业，反而去摧毁它。安德烈别无所求，他只希望大家能够友好地对待他和他的事业。这个如此可怜的人呀！

我觉得我喜欢上玛丽亚了，我觉得我还喜欢面包店女店员娜捷什塔·社尔巴托娃，她有着健康的肤色，鲜红的嘴角上带着温和的笑。

不管怎么说，我确实开始恋爱了。我这可不算早熟，无论年龄、个性还有我"丰富多彩"的生活都逼着我接近女人。

我非常需要异性的温情，哪怕只是友谊的关心也行。我渴望有人听我倾诉的心事，太需要有人帮我理清楚头脑中纷乱的思绪了。

有生以来，我还没有真正意义上的朋友。那些个把我看成"璞玉"的人们，不能触动我的心灵，我不会对他们倾诉衷肠。

假如我讲了令他们没有兴趣的话题，他们立刻就会阻止我：

"喂！算了，算了，别再讲这个了！"

最近得到了一个坏消息：古利·普列特涅夫被捕入狱，被押解到了彼得堡的克罗斯特监狱。

这个消息是从老警察尼基弗勒奇那儿得知的。有一天早晨，我们在街上不期而遇，他还是一副老样子，胸前挂满奖章，庄严的神情仿佛刚刚走出阅兵场，见了我敬个礼就走了。没走几步他不由地主动停下来对着我的后脑勺愤怒地向我吼道：

"昨晚古利·普列特涅夫被捕了……"

他摆摆手，转过头压低了嗓门又补充说：

"这个年轻人完了！"

我看他狡诈的眼睛里似乎闪动着点点泪花。

普列特涅夫早就知道自己会有这么一天，他还不让我和鲁伯佐夫去找他，他和鲁伯佐夫就像跟我一样很合得来。

尼基弗勒奇呆呆地望着自己的脚，忧郁地说：

"你为什么不到我这来看我……"

晚上我去看他时，他刚刚睡醒，靠在床上喝格瓦斯，他太太一个人弯着身子坐在窗口上，好像在忙着给他缝裤子。

老警察搔着胸前的长毛，沉思地看着我说：

"是这么回事，他被捕，是由于在他那里搜到了一口熬颜料的锅，你知道他是打算印反对沙皇传单用的。"

他朝地上吐了一口痰，生气地朝着妻子喊：

"快把裤子拿来！"

"就好。"她低着头答应着。

"她可怜他，还哭呢，连我都可怜他，但是，大学生干什么要去做反对沙皇的事呢？"

他一边穿衣服，一边吩咐妻子：

"我要出去一会儿……你烧茶，听到了没有？你！"

他年轻的妻子似乎对他的话无动于衷，雕塑似的望着窗外，当丈夫走出房门时，她迅速转身，紧握拳头向门打去，还在咬牙切齿地骂道：

"哼！人面兽心的老不死的东西！"

她抬起头我才看清：脸已经哭肿了，左眼有一大块青伤，差不多睁不开眼睛了。她走到火炉边，弯着身子烧茶炊。恶狠狠地咕哝着：

"我非得整惨了他不可，我要让他痛哭、大叫！你千万不要相信他！他嘴里一句实话没有！他想抓你。他就会假慈悲，他才不会可怜谁呢。他就像个捕鱼的，你的事他全部知道，他整天都是一个心思：抓人，他是靠这个吃饭的……"

她靠在我旁边用乞求的声音对我说：

"你亲亲我好吗？"

我根本就不喜欢，但是看着她那双凶狠、忧郁的眼睛，我不得不拥住了她，甚至摸了摸她油腻、硬硬的乱发。

"他近来是不是又发现了什么目标？"

"住在雷伯闪斯卡街旅馆的那些人。"

"你知道他们都是谁吗？"

她笑了起来：

"看看，要是我对他说你都问了我这些事，噢，天啊！他回来了……古洛奇卡就是他发现的……"

她立刻跑到壁炉前面。

老警察满载而归：一瓶伏特加、果酱和面包。我充分享受着贵宾待遇，玛琳娜和我坐在一起，殷勤地招待着我，不时地用那双眼睛望着我。她的丈夫又开始教训我了：

"这条看不见的线深入到人们的骨心里了，你要斩断它，是绝不可能的！沙皇就是人民的上帝！他主宰一切！"

他说着说着，出人意料地发问：

"喂！你读过很多书，《新约》前四章福音书读过吧，你觉得它上面写得对不对呢？"

"我读不懂，不知道。"

"要我说，那上面有好多废话。举个例子来说吧，书上全是写穷人幸福，简直是胡说八道，穷人怎么会幸福呢。有关穷人的话，实在令人无法理喻。在我看来，生来就穷和中途败落变穷的人不是一回事，生来就穷的人一定是坏人！中途败落变穷的人却是最不幸的。这样看待问题比较好。"

"为什么？"

他用他特有的警察眼睛望了我一下，接着就明确而有力地讲出他那个早已深思熟虑的想法：

"福音书上有很多怜悯穷人的话，我不这样想，我认为花费那么大的人力、物力去帮助穷人或残疾人真是浪费，为什么办养老院、监狱、精神病院，钱应用在帮助结实健康的人们身上，以使他们更有可能有所作为。穷人、病人并不因为帮助就变得健壮起来，倒是健康的人反而被拖垮了。这个问题值得探讨，很多问题都需要重新思考。福音书和我们的现实生活差得太远，生活有它自己的轨道。普列特涅夫为何会死？他就是死于怜悯，就是为了这怜悯，而葬送了大学生的性命。这还有没有天理？"

从这个老警察嘴里听到这样尖锐露骨的话，真是令人吃惊！以前我也听到过类似的话，但却没有尼基弗勒奇讲得那么鲜明生动。

七年后我读尼采的作品时，又想起了这一幕。有一点是我需要说明的：我在书里读到的各种思想，差不多都是我在现实生活中所听到过的。

这个以"逮人"为生的老头就这样喋喋不休地往下说着，还用手指敲击茶盘打出节拍，残酷无情的脸紧绷着，眼睛盯着能做镜子的铜茶炊。

"喂！几点钟了，你该走了！"年轻的妻子已经很不耐烦地催促他两回了，他根本就不理会，而是顺着自己的思路继续。不知不觉中，他的话题一转：

"小伙子！你不痴不傻，又识文断字，为什么非要当个面包师呢！若是你肯为沙皇效力，就能赚到更多钱……"

我一边听他讲话，一边心里却在琢磨怎么把信儿传递给雷伯内良斯卡大街上的人们，告诉他们，他们处在危险之中。

我知道在那儿住着一个刚从雅布托罗夫斯克流放回来的人，他叫谢尔盖伊，梭莫夫，我听说过很多关于他的有趣故事。

"聪明人应像蜂房里的蜜蜂一样团结一心，沙皇帝国……"

"你看看都九点了！"太太催促说道。

"真糟糕！"

老警察边站起来，边扣扣子。

"噢，没关系，我坐马车过去。我说老弟！再见了！欢迎你常来做客……"

我走出哨所就下定决心，从此之后再也不踏进这个门槛了，虽然这个老头儿挺有意思，对一些问题的看法也很有见地，但我还是从心底里讨厌他，也许就是因为他是个警察。

有关怜悯的问题是当时人们争论的焦点，有一个人的见解特别使我激动。

这是一个"托尔斯泰主义者",我是第一次见到这类人。

他身材高大、粗壮有力，紫红色脸膛，黑色山羊胡，长着黑人般的大厚嘴唇，尖锐的目光中充满了仇恨。

我们这次见面是在一个教授家里举办的小型聚会上，有很多年轻人参加，其中有一个举止斯文、身材瘦小的神学研究生，他黑色的法衣更映衬出脸庞的苍白俊俏，眼睛里闪动着冷漠无情的微笑。

"托尔斯泰主义者"开始发表他的长篇大论，主要是宣讲福音书中永不动摇的伟大真理，他极为注重演讲技巧，声音虽略带沙哑，但却铿锵有力，言简意赅，有一种威慑作用，尤其讲话过程中他那左挥右砍的手臂，更是极具感染力。

"真是太有个性了！"在我旁边角落里的人们议论纷纷。

"的确没错，真像是在演戏……"

我猛地觉得这个"托尔斯泰主义者"像一个什么人，我想起了德里波尔写的天主教如何反对科学的书中，那些相信用爱拯救人类的天主教教士。他们打着热爱人类的口号，却干着毁灭人类的勾当，而眼前这个正在讲话的"托尔斯泰主义者"，就好像是那些天主教教士。

"托尔斯泰主义者"的穿着与众不同；他穿着一件白衬衫，袖子肥大，外面却是件灰不溜秋的破旧的旧长衫。突然，他在结束时提高了声调：

"请问，你们赞成基督还是赞成达尔文？"

这话真像投石入水，激起了人们心中的波澜，年轻的姑娘和小伙子们热切地、惊喜地看着他，然后大家都低头沉思这个极其严肃的问题。

他又惊又喜地环顾四周，又严厉地继续说：

"没有人可以把这个对立统一起来，除非虚伪的法得塞人，这种人是无耻下流的，是用谎言毒害人们……"

小神父不慌不忙地挽起袖口，从座位上站起来，带着恶意的客气和故做宽容的冷笑，伶牙俐齿地开口了：

"这么说，诸位竟然同意他对法得塞的恶毒攻击了？我说他的看法不仅是粗暴的，简直是胡说八道……"

小神父的观点令我很震惊，按照他的说法只有法得塞人才是真正继承犹太人传统的一支，他同时指出犹太人站在法得塞人一边反对他们共同的敌人。

"你们最好是读读约瑟夫斯的书……"

"托尔斯泰主义者"早已气急败坏，跳起身像是要挥手砍断约瑟夫斯的头似的，大喊道：

"听听！人民一直受蒙蔽、受欺骗，直到今天人民仍在和自己的敌人反对自己的朋友，多么让人痛心呀！你对我提约瑟夫斯干什么？"

会场上一片混乱，小神父他们的观点早已被撕得零零碎碎，没有了争论的价值。

我被这种热烈的争论弄得头昏眼花，无论如何也抓不住真正的要点，我甚至觉得脚下土地都被他们争辩得好像摆晃起来了。大概我就是世界上最最愚蠢、无能的那个人了。

托尔斯泰主义者早就争论得脸红脖子粗了，汗水顺着脸颊流，他咆啸着：

"丢掉福音书吧！别再编造谎言！回去把基督再钉在十字架上吧！只有这样更加诚实！"

我的心中有些疑问，人怎样才能既生活下去又充满爱心呢？既然生活是为了幸福而斗争，而仁慈和爱心怎么会是斗争的结果呢？

我打听到"托尔斯泰主义者"的姓名和住址，第二天晚上就去那里拜访他。他叫克罗波斯基，寄住在本城一个地主家，我去时，他正同地主家的两位小姐坐在花园的一棵大菩提树下。他的模样和我脑海中的行脚僧、传道士形象完全吻合：白衣、白裤，衬衫扣子没有扣，露出大把大把的胸毛，身材高大瘦削，颧骨突出。

他吃东西的样子很不雅，一面用银勺子舀莓子和牛奶，一面翻动两片厚嘴唇品尝味道，还有一个坏毛病就是哪怕只是咽一口，也要吹落一次沾在他那撮稀疏胡子上的牛奶汁，一个小姐在桌边侍候他，另一个靠在菩提树上，双手抱在胸前，仰望着昏暗的天空，好像充满了某种美好的憧憬。两位小姐都穿紫丁香色的薄薄的外衣，长得极其相似，简直难以辨别。

他侃侃而谈，友好亲切地跟我谈论着理论，他说人该培养和发掘人类灵魂深处的高尚情操：世界精神和博爱精神结合在一起的崇高精神。

"只有这种神圣的情感才可把人心团结起来！没有爱，不会爱，就不懂得生活。那些人说生活就是斗争，简直是胡说，他们注定要灭亡，请记住，正如不能用火来灭火一样，同样道理，邪恶也不能靠邪恶的力量来战胜！"

我们谈得十分融洽，但是当姑娘们搂抱着返回房间去时，他好像有点儿不耐烦了，一边眯着眼睛看两位小姐背影，一边问：

"你是谁？"

听完我的回答之后，他用手指敲击着桌面，又开始了对我的训教："人无论走到哪儿还是人，无需拼命去改变自己在生活中的位置，应该把所有力量用在提高博爱的精神上。"

"人的社会地位越低，就越能接近现实生活的真理，越接近生活中的崇高的智慧……"

我甚至怀疑他自己都不知道在说什么，但我没说话，我感觉他讲话的兴致随着两位小姐的离去而一落千丈，眼中也呈现出了厌倦的神情，打了个呵欠，懒腰伸个不停，耷拉着眼皮做梦似的呓语着：

"我这是怎么了，有点累，对不起，请你原谅！"

说完他放下了眼皮，一脸的倦容，还龇牙咧嘴个不停，好像是浑身痛得难受。

从他那儿出来以后，我心里对他感到非常的厌恶，他整天宣扬爱的理论，我看他完全是说给别人听的，实际上他对人没有一点爱心。

几天之后我给一个单身教授送面包时，又遇见了克罗波斯基。他看上去非常疲惫，一脸的晦气，眼睛红肿，喝得醉醺醺的。

他和教授正在演出一幕闹剧：肥头大耳的教授喝酒喝得满脸是眼泪，衣冠不整，手中抱着六弦琴在地板上坐着，他身上只穿一件内衣。东倒西歪，家具、皮鞋、外衣满地扔着。他坐在那里摇摇晃晃大声嚷嚷着：

"仁……仁慈……"

克罗波斯基严厉地、气愤地说道：

"没有仁慈！我们的路只有一条：死不是因爱死去，就是在参与争夺爱的斗争死去……"

他抓住我的肩膀，把我拉进屋，对教授说：

"他需要什么你知道吗？你问问他需要仁慈吗？"

教授抬起泪水涟涟的眼睛望了我一下，笑着说：

"他是卖面包的！他需要的是面包钱！"

他转了身子，从衣服口袋中拿出钥匙递给我：

"哎！把所有的钱全拿走吧！"

我还没接到钥匙，就被克罗波斯基夺过去了，他摇摇手：

"你走吧！以后再拿钱！"

幸好他没有认出我，刚才他发表的言论：人因爱而死去，更加深了我对他的厌恶。

后来我听说，他在一天之内向地主家的两位小姐求了爱，当姐妹俩交流这一甜蜜的消息的时候，一下就把他揭穿，所以下了逐客令，这个人从此没有在喀山城露过面了。

关于爱存在的意义一直是困扰我的难题，最终我才算弄清我要问的问题是什么：

"爱的作用是什么？"

我从书本中看到的以及与周围的进步人士交流获得的，和真正的现实生活是如此的不同呀。

一方面是关于人类友好、仁爱的教育，另一方面却是为了一点点个人利益而头破血流的争斗，无论是友好仁爱教育，还是战争，在我面前展示的都是自私、凶残的人的本性。我只需要书，余下的一切都毫无意义。

在车夫、工人、官员等这些人中，大多数人遵循着另外一套生活准则，他们卑贱、贪婪、自私、狭隘，而我所尊敬的知识分子，在那些人中间，为生活不惜做出各种勾当，因为知识分子的力量显得太渺小，太不堪一击了！他们的努力只会是徒劳无功的。

现实生活窒息着我，都快累死了。什么博爱、仁慈，嘴上说的漂亮话而已！事实上，不知不觉中我自己也染上了一些社会恶习。

我感到生活是如此的艰难！

一天，兽医拉甫洛夫上气不接下气地对我说道：

"我看，应该放纵人残酷的一面，直到人人都感到疲倦，这样一来就形成了像这个该死的秋天一般，人见人厌。"

那年的秋天来得很早，秋雨绵绵，气温骤然下降，瘟疫闯入了这个城市。自杀的人越来越多。拉甫洛夫因患水肿病而自杀了。

兽医的房东美德尼柯夫裁缝在给他送葬时讲了一句意味深长的话：

"给牲口治了一辈子的病，自己却像牲口般的死了！"

这位房东是个性情极其平和的人，他面目清瘦，而且敬神，可以全文背诵圣母的赞美诗，还常常用系着三根皮条的鞭子打他才七岁的女儿和十一岁的儿子，用竹杆打妻子的腿肚子。他还不服气地念叨：

"民事法官非说我的这套家法是从中国人那儿学的，真是冤枉啊！我这辈子还没有见过一个中国人，除了在画上见过外。"

我们还是来听听他裁缝铺里的工人对他这个老板是怎样评价的吧：

"我最怕的就是我们老板这种慈善人！野蛮人一眼就能被人认出来，可以让人有点儿心理准备。但是表面上慈眉善目这类人，看上去不露声色，在你最无防备之时，就像一条藏在草地里的阴险狡猾的蛇，会突然咬你一口，实在太厉害了……"

说这话的人是个整日里愁眉不展的罗圈腿，外号叫"敦卡老公"，但他自己就很会来事，既温顺又狡猾，尤其善于拍马屁，很会讨老板喜欢。

他的话确实是很有道理的。

说实在的，我不大敢恭维这群识时务的人，他们适应性很强，就像生长在磐石上的苔藓一样，照样可以使石质疏松而开花结果。特别是他们墙头草一般的见风使舵的精神，让人望尘莫及，那滋味儿就如一匹病马陷入了牛虻的围攻之中，难受极了。

那次我从老警察那儿出来，就曾想过这个问题。

那是十月天，秋风吼叫着，一幅清风苦雨的街景，昏沉沉的天空似乎也在颤抖，我看到一个妓女拖着一个酒鬼在街上艰难地走着，妓女拉着他的胳膊，推着他往前走，醉汉的心境大概相当难过，他咕哝几句就哭起来了，那女人不耐烦地说道：

"哎！就是这样……"

我觉得我自己何尝不是这样：

就如被什么人拖到了一个令人讨厌的阴暗的角落，让我看些大千世界的假、恶、丑。我看够了！也看累了！

我当时想的就是这个意思，话可能不是很对。

正是那个伤心以后的夜晚，我的思想发生了巨大变化。我感觉身心疲乏，心情沮丧。也就是从这一天起，我开始轻视自己，看不起自己，对自己的事更加漠不关心了。

任何人都是一个矛盾结合体，不论语言、行动，尤其是感情上的矛盾，会使人陷入苦恼。我的苦恼于是更加沉重了，我身上特有的矛盾使我对许多事物充满了好奇，在好奇心的驱使下，我就像一只陀螺似的飞快地从女人、书籍、工人、快活的大学生之间转来转去，最终还是一无所获，一无所成。

亚柯夫病得很厉害，我去看他，但是晚了。医院里一个歪嘴胖护士，生着一对鲜红耳朵，毫无表情地告诉我：

"他已经死了！"

她见我傻愣愣地站着不动，她很生气，大声地吼道：

"喂！你还想干什么！"

我也被惹怒了，对她说：

"你是个傻瓜！"

"尼古拉！快把他赶走！"

叫尼古拉的那个人正在擦根铜棍子，他听到命令大叫一声，用铜棍子打在我的后背上，我一把抱住他，把他一直拖到了医院大门口的水坑里。他似乎一点儿也不在意，而且还一声不响在水坑里坐了片刻，站起来叫着：

"呸！你真是条疯狗！"

我不再搭理他，一直来到捷尔查文公园，坐在纪念诗人的铜像旁，一心想干件坏事，好让人们冲上来狠狠打我，我也可以好好打别人一顿。但是没有机会，尽管今天是节日，公园里仍然是空荡荡的，甚至连个人影都找不到，只有怒吼的狂风在扫着飘零的落叶，路灯杆上的海报沙沙作响。

黄昏时分，天空越来越昏暗，寒风袭人。我注视着诗人巨大的青铜像，心中暗想：亚柯夫死得多么可怜呀！一个无依无靠、无牵无挂的光棍汉，生前那么疯狂地反对上帝，死后跟普通人并没有什么两样，一样地无声无息，一样地飘然而逝。这件事使人难受，觉得非常委屈。

"尼古拉这个王八蛋，他本该和我好好地打一场架，或是他叫警察把我抓起来也好呀……"

当我精神沮丧地去找鲁伯佐夫时，他正在小桌旁对着一盏小灯缝补衣服。

"亚柯夫死了！"

老人举起拿针的那只手开始发牢骚：

"老弟呀！这就是咱们的命！我们大家都快要死了。亚柯夫死了，我们这儿还有一个孤单的铜匠也要死了，他被宪兵逮捕了！他还是古利给我介绍的呢。人很聪明，可就是和大学生们关系太密。喂！你听说大学生闹学潮的事了吗？是不是真的？你给我补一下衣服吧！我真是一点也看不清了……"

他把衣服递给我，背着手走来走去，不停地咳嗽着，嘴里念念叨叨：

"一会儿这儿，一会儿那儿，刚有点儿亮光，就被吹灭了，这个日子没法过下去了！这个可恶的城市！趁伏尔加河还没有结冰，我得赶紧离开这儿了。"

他停下来，搔着头皮自言自语道：

"往哪儿去呀？俄罗斯我差不多都走遍了，结果只是把自己累得要死而已！"

他吐口痰接着说道：

"唉！这算什么生活呀！活来活去也没活出点意思来……"

他在门口站了会儿，仿佛是在倾听着什么。然后毅然走向我，在桌边坐下：

"我的阿列克塞·马克西美奇，你听我说：亚柯夫耗费一生的精力去反对上帝，算是白干了。叫我说上帝也好、沙皇也好，都不是什么好东西。

"但是要反对上帝和沙皇，老百姓也得自己好好盘算一下，改变自己穷苦的生活，这是惟一的出路！可惜呀，我力不从心了，做什么事，也只有想的份，没有做的份了，又老又病，不行了！老弟！缝好了吗？谢谢……我们去小酒店喝杯茶好吗？……"

路上，他靠着我的肩，在黑暗中深一脚浅一脚地前行，他嘟囔着：

"记住，老弟！老百姓不会一直忍受下去的，总有一天会爆发的，把这个世界砸烂，彻底改变我们无聊的生活！忍耐已到了极限……"

走到半路，我们正遇上水兵在围攻妓院，阿拉甫佐夫工厂的纺织工人们守卫着妓院大门。

"一到放假，这儿就会有人打架！"鲁伯佐夫眉飞色舞地说道。他一看那些工人是他的老伙计们，就把眼镜摘掉，去参战了，一面鼓动性地叫喊着：

"我们要战斗到底！气死这些癞蛤蟆！打死这群小鳊鱼！哈哈哈！"

这个老头显示出了太多的激越与狂热！看上去有点儿滑稽。他冲入水兵队伍，用肩膀抵挡着雨点般的拳头，自己也战功赫赫，把水兵们撞得一个个四仰八翻。

这场战争与其说是一场战争倒不如说是一场快乐的游戏，工人们一点也不惧怕，他们信心十足，勇气百倍，他们有的是力气。工人们被蜂拥而至的人群挤压在大门上，门板里发出吱吱呀呀的声音，人们都乱哄哄地喊着：

"打死那个秃顶军官！"

还有两个人爬上屋顶快乐地唱起来：

我们不是小偷，
不是骗子，
更不是强盗，
我们是船上的小伙子，
是捕鱼的人！

警笛嘟嘟嘟地叫起来了，黑暗中到处闪动着警察制服上的铜扣，警察重重的皮鞋踩在泥泞的土地上。

我们把鱼网撒向岸上、
撒向商店、撒向货栈和撒向仓库……

"住手！俗话说，不要打倒下的人嘛……"

"老爷子！你要小心呀！"

我和鲁伯佐夫等五个人被抓住了，要带我们去警察局，深秋的夜色里俏皮的歌声在为我们送行：

哈哈，我们捕到四十条鱼，

刚够做件鱼皮袄！

鲁伯佐夫赞扬着伏尔加河上的水手们，他情绪激动万分，不停地擤鼻子、吐唾沫，并小声对我说：

"你赶快逃吧！一有机会就逃！"

我瞅准机会跳过一道围墙，甩掉了高个水兵逃走了，但是从那以后，我就再也没见过这个活泼、可爱、聪明的老头了。

朋友们一个个离我而去，我的生活更空虚、更无聊了。大学生们真的又开始闹学潮了，可是我既不明白学潮的动机，也不理解学潮的意义，只看到他们欢快地奔忙，并没意识到这场斗争带来的悲剧。

我最强烈的愿望就是像大学生一样享有读书的权利。

如果现在允许我读书，哪怕每周日必须在尼古拉也夫广场挨顿打作为代价，我想我也许能接受。

有一天我到塞米诺夫面包坊去，那里的工人竟然想到学校里去痛打学生。

"我们用秤砣打他们！"他们恶狠狠地说道。

我极力阻止他们的行动，最后连我们自己都要打起来了。但是我这样做并不是有意要维护大学生，我甚至找不出什么理由替他们辩护。

我垂头丧气、无精打采地从面包坊的地下室艰难地走出来，心情沮丧。

我苦闷到了极点，晚上来到卡班河岸，随手向流水中投着石子儿，投石问路，假如真能找出一条路来也好呀。脑海里反反复复充满着一个问题：

"我该怎么办？"

没有答案，因为苦闷，我开始学拉提琴。所以面包店里多了一个故事，每天夜里客人和老鼠就不再有安生的日子过了。我对音乐极其喜爱，因而学起来十分狂热，可是真的发生了不该发生的事。

有一天晚上，我的在戏院乐队供职的提琴老师趁我出去的当儿，私自打开了我忘记上锁的钱柜，把我的钱装满了他的口袋。这时，正好赶上我回来，他从容地把他刮得发青的脸伸给我，说：

"你打我吧！"

泪水顺着他呆滞的脸颊流下来，两片嘴唇颤抖着。

我真想狠狠揍他一顿，怎么可以做出这等下贱事来！我强压怒火，把握紧的拳头压在身子底下，命他把钱放回原处。这个蠢货临走时忽然叫人吃惊地说：

"给我十个卢布吧，求你了！行吗？"

琴师拿着钱走了，学琴的事就此告吹。

这年的十二月份我决定自杀。

为说明我自杀的原因，我专门写了一篇叫做《马卡生活中的奇遇》的文章。文章写得极不成功，内容缺乏真实性，不过也许正是这一点形成了文章的价值。里面描写的事件都是客观实在的，但是好像这一切又与我毫无干系。哎，不管怎么说，我对自己有一点还算满意：一定程度上我能控制自己了。

我的自杀竟然和我的文章一样拙劣，从那只旧手枪发射出来的子弹并没有穿透我的心脏，而是穿过了我的肺。

这样一来，只过了一个月的工夫，我就羞愧地返回面包坊的岗位上了。

可是，我干了没有多久。在三月底的一天夜里，我在女店员的房间看到了一个熟悉的人：霍霍尔。他在窗边坐着，嘴上吸着粗大的纸烟，眼睛看着面前的烟雾。

"您有空吗？"他说话单刀直入，连客套话都没有了。

"只有二十分钟吧。"

"请坐，我们谈一谈。"

他还跟以前一样，一副哥萨克人的打扮，浅黄色长胡须飘在宽阔的胸前，任性固执的脑门下浅黄的短发，脚下那双庄稼人的大靴子发出难闻的臭胶气味。

"哎！您想不想到我那儿去？我现在住克拉斯诺维多渥村，顺伏尔加河走大约四十五俄里，我开了一间小杂货店，您可以帮我做买卖，放心！您有足够的时间读我的好书，怎么样？"

"好吧。"

"真是爽快！那么请您星期五早上六点到库尔巴拖夫码头，我乘我们村来的船，船家是瓦西里·藩可夫。哎，你不必打听了，我会在那里等候您的。就这样！再见！"

他迅速结束了我们的谈话，一面伸出大手和我告别，一面拿出他那块蠢笨的银表说：

"我和你只谈了六分钟！对了！我叫米哈依·安东罗夫。姓洛马斯。"

他迈着坚定的步伐，甩着膀子，头也不回地走出去了。

两天后，我去赴约。

那时，伏尔加河刚解冻，混浊的河面上飘流着数不清的不堪一击的冰块儿。船穿行其间，冰块被撞得四分五裂，船上装着许多货物：木桶、袋子、箱子。掌舵的是个好打扮的年轻农民潘可夫，羊皮上面绣着美丽的花纹。他显得挺随和，眼神有点冷漠，不大爱说话，又不大像农民，他的雇工库尔什金倒是个地道的农民。

库尔什金衣冠不整，发如飞草蓬，破旧的大衣，腰里系一根绳子，头戴一顶揉绉了的神父帽，外加一脸的伤痕。他的撑船技艺不是很高明，一面用长篙拨着冰块，一面咒骂：

"滚一边去……向哪儿钻……"

我和洛马斯并肩坐在箱子上，他轻声说道：

"农民都不喜欢我，尤其是有钱的！你到那儿就会有亲身感受的。"

库尔什金放下长篙，扭过那张伤痕累累的脸说道：

"你说得一点也没错，神父也十分不喜欢你！"

"的确如此。"潘可夫肯定地补充道。

"神父那个狗杂种，他几乎把你当成了卡在他咽喉里的骨头了！"

"是有许多人不喜欢我，但是也有许多人喜欢我，我相信您也会交上好朋友。"洛马斯又这么说。

三月，天依旧很冷，虽然阳光明媚，天气却并不十分暖和。河面上浮动的冰块像牧场上一群群的白羊，树枝还没有发芽的迹象，有些沟坎、角落里仍旧有没溶化的积雪，就像梦一般的感觉。

库尔什金一面往烟斗装烟丝，一面发表自己独特的见解：

"就因为他是神父，尽管你不是他老婆，也必须按照主的旨意去爱他。"

"你的脸是怎么回事？"洛马斯有点故意嘲讽般地问他。

"噢，一群恶棍干的。"库尔什金满不在乎地回答道，他又骄傲地说：

"不，不是这么回事。有一次，是炮兵们打我，打得可厉害了！我都奇怪我怎么竟然活着。"

"他们为什么打你？"潘可夫问他道。

"你所指的是昨天，还是炮兵的事？"

"就问昨天吗？"

"我怎么知道为什么？我们那儿的人就这个脾气，为一点儿小事，就会像长角的山羊一样打起来！他们把打架当做是家常便饭。"

"我猜，你是因为多嘴多舌才打你的吧，你的嘴太碎了……"洛马斯说道。

"就算是吧！我这人就是一个毛病：好奇。总爱问这问那，一听到什么新闻，我打心眼快活。"

这时船猛地撞在了冰块上，几乎把他摔下去，他急忙抓住长篙。潘可夫训斥他几句：

"我说斯捷潘，你撑船当心点好吗？"

"那你不要和我说话了，我可不能一心二用，一边说话，还得一边干活……"库尔什金拨开冰块，咕哝着说。

两个人友好地争论着。

洛马斯回过头对我说：

"这儿的土地没乌克兰肥沃，人却比乌克兰强得多！"

我仔细地听他讲，他沉稳的作风和清晰的口齿，让我信服他，我觉得这个人学识渊博，对人也有自己的衡量标准。

使我对他有好感的是：他从未提及我自杀的事，要是换了别人，早就问了。我对这个问题十分讨厌，我根本无法去回答，连我自己也不明白我为什么要干那样的蠢事。要是洛马斯问我千万不要欺骗，让我怎么答复才好呢？别再提这件事吧，看！在伏尔加河我生活得多么美好，多么自由！

船靠右行驶，船左边的河面突然一下子宽阔起来，河水上了长草的岸边。春汛已开始了，看着河水的起伏，波浪的涌上翻下舒服极了。

晴朗的天空下，几只黄嘴鸦披着黝亮的羽毛正忙着筑巢，向阳的地方使人欣喜地看到长出了嫩嫩的绿草。空气微寒，心里却是暖融融的，仿佛春天的土地孕育着新的希望。春天真令人陶醉。

中午我们到达了目的地，这是一个美丽的村庄。从前我坐船经过这里，就贪婪地大饱过眼福。

克拉斯诺维多渥村的制高点是建在高山的一座蓝色圆顶教堂，从教堂向下是连绵不断的一幢幢造型别致、又很牢固的小木屋。房顶上的黄色木板就像如花似锦的草丛在阳光下熠熠生光，一派田园风光。

船靠岸后，我们开始卸货，洛马斯取货时对我说道：

"您力气可真大啊！"

然后，他似乎又不在意地问道：

"胸部还疼吗？"

"一点都不疼了。"

他这样细腻、体贴的关怀真令我感激万分，我不希望那些农民知道我辉煌的历史！

"你的劲儿大得过分呀！"库尔什金快言快语地插了一杠子，"年轻人，你是哪省的？错不了是尼日高洛德的！人们都笑你们是靠水吃饭的，有一句话说得好：'你看今天海鸥向哪儿飞。'这就是冲你们说的。"

一个瘦高个子农民从山上走来，他光着脚，一身衬衣、衬裤，卷胡子，一头帽盔般厚实浓密的红发。他踏着松软的土地，大踏步向我们走来。

当他快走到岸边时，亲切地高声说道：

"欢迎你们的到来！"

他向四下里望望，拾起两根木棍，让木棍的一头搭在船舷上，然后轻轻一跃身上船。他对我们说：

"踏牢木棍，不要让木棍滑下去，再接桶。喂！年轻人，快来帮个忙！"

他红脸膛，高鼻梁，海蓝色的双眸，很漂亮，力气也不小。

"伊佐尔特！当心不要感冒！"洛马斯关切地说。

"我吗！没关系！"

油桶滚上了岸，伊佐尔特上下打量我一番道：

"你是来当售货员的吗？"

"你们比试比试吧！"库尔什金建议他说。

"哈！你为什么被打伤了！"

"没办法啊！"

"是谁打你的？"

"打人的那些家伙呗……"

"唉，你这个人呀！"伊佐尔特叹了口气，向洛马斯说道：

"大车马上就到，我老远就看见你们了，你们的船划得棒极了，你先回去，我在这儿看着这些货物。"

伊佐尔特对洛马斯的关心是显而易见的，看上去他要小洛马斯十岁，但这好像并不妨碍他以洛马斯保护人的姿态出现。

半小时之后，我已经进入了一间干净、舒适的新木屋了，新房子里还散发着木屑的气味。洛马斯从提箱里拿了几本书，把书放到壁炉旁边的书架上了。

一个长得眉目清秀的女人，动作利落地为我们准备着午饭。

"您从阁楼上可以看到半个村的风景。"我住的这幢房子正对着一条山沟，在山沟中的林木中闪出一些浴池的屋顶。山沟里到处是果园和农耕地，它们错落有致，一望无际，和远处的一片森林连接在一起，极为壮观。

在那个浴池的屋顶上站着个穿蓝衣的农民，他一只手拿着斧头，另一只手靠在额头挡着阳光望着伏尔加河。农村的独特风景：牛车震天地响，牛累得喘着粗气，潺潺的小溪水在欢快地流淌。

我喜欢这一切。这时一个穿黑衣的老太婆走出小木屋，对着木房门发狠地说道：

"你们这群该死的人！"

原来是两个顽皮的孩子用石块和泥土给溪水筑堤，听见老太婆的叫喊，吓得一溜烟跑开了。

老太太从地上捡起一块木板，在上面吐口唾沫，抛到溪水里，然后她又用穿着男式靴子的脚踩坏了孩子们筑的堤，直直向伏尔加河走去。

"我将怎样应付在这里的生活呢？"

他们喊我下楼去吃饭。楼下伊佐尔特正伸着他紫红色的长腿，在桌边坐着说话，我一出现他立刻停住。

"你怎么了？"洛马斯眉头一皱对他说。

"既然大家没什么说的了，我看就这样吧。我们得提高警惕，你出门得带枪，要不就带根粗一些的木棒。和塔林诺夫说话要当心，他和库尔什金一个毛病：都是些婆婆嘴、长舌头。喂，我说小伙子，你喜不喜欢钓鱼？"

"不喜欢。"

接着，洛马斯说应该把渔夫、果农以及种地的农民联合起来，以摆脱收购商人的控制。伊佐尔特听完后说：

"如果这样，村里的土豪恶霸是不会让你有安稳日子过的！"

"我们走着瞧吧！"

"我敢肯定他们会这样做的，怎么样！"

我觉得：伊佐尔特就像卡洛宁和斯拉托夫斯基在小说里描写的一些庄稼人……

我有种预感：是不是从现在开始，我要参加某种重要活动了，我就要干大事业了？

饭后，伊佐尔特又叮嘱洛马斯：

"米哈依·安东罗夫，不要太心急，好事不会一下子就办成的，你得慢慢来！"

他走后，洛马斯若有所思地说道：

"他这人聪明、能干、可靠。可惜就是不怎么识字，上进心倒是满强的，希望你在这方面能给他帮助。"

他这人办事儿真是果断。当天晚上他就开始交待杂货店里各种物品的价格，一边告诉我价格，一边对我说：

"我们的货，价格低于另外两个店，这件事惹恼了他们，最近他们扬言要教训我一顿。我来这儿不是图舒服或赚钱，而是另有原因，就和你们在城里开面包店的情况一样……"

我说我已经猜到了。

"是啊……人民太需要获得知识了，他们简直愚昧透顶，你说呢？"

我们锁了门，在房里走来走去，忽然听到外面街上有啪哒啪哒的走路的声音，这个人一会儿踩着泥水，一会儿又蹦上店铺的石阶狠狠踏几下，发出沉重的脚步声。

"听到了吗？有人在走动！他是米贡，是个专爱干坏事的光棍儿，就像风流女儿爱卖弄风骚一样的。您以后和他说话可要小心！跟其他人说话也得这样……"

后来他走进自己的房间，我们开始了严肃的谈话，洛马斯背靠炕炉，吞云吐雾，渐渐进入主题，他知道我在白白地耗费青春。

"您是个极有才能的人，意志坚强，对未来满怀憧憬，您爱读书，这很好，但不要让书本成为你和周围人交往的障碍。我记得有个什么宗派信徒，他说的很对：'任何教训都是从人那里得来的。'人直接获得的经验虽比间接的痛苦、残忍，但是这样得来的东西可以让你永远不会忘记。"

下面又开始了我所熟悉的话语，我听腻了的一些理论，例如让农民觉醒是首要问题……但是在这些老话中，我听到了更深刻、更新的思想。

"大学生们嘴上总是挂着一句热爱人民的话，不过是一句空话罢了，我早就想对他们说：人民不能仅凭空话去爱……"

他目光犀利，面带笑容，在屋子里走来走去，坚定而又生动地说着：

"爱如果仅仅意味着宽容、同情、谅解、袒护，对女人可以这样！对人民却不行，莫非我们可以袒护人民愚昧无知吗？难道我们对他们糊涂思想可以宽容吗？我们怎么可以谅解他们野蛮的行为呢？叫我们对他们的粗野行径毫无原则地谅解吗？办不到！"

"当然不行！"

"你们城市人都好读涅克拉索夫的诗，我说单靠一个涅克拉索夫是远远不够的。我们该去唤醒农民，对他们说：农民兄弟们！尽管你们这些人不坏，但过着多么悲惨的生活呀！野兽都比你们会照料自己，会保护自己，为什么不努力改变现状，让生活变得更美好、更轻松呢？农民并不意味着一无所能，那些贵族、神父，甚至沙皇，追根溯源，都是农民出身，你们现在知道应该怎样做了吧？好了，热爱生活吧，谁也不能糟踏你们的原本应该有的美好生活……"

他去了厨房吩咐厨师准备茶炊，接着他让我看他的书，嚯！真不少呀！大都是学术类著作，例如：莱伊尔、哈特波尔·勒奇、拉波克、奇罗、穆宾塞、达尔文等人的作品。

还有本国人的许多作品：杜勃罗留波夫、车尔雪夫斯基、普希金、冈察洛夫、涅克拉索夫等的大家之作。他用宽宽的手轻轻抚摸着他心爱的书，怜惜地小声低语着：

"这全是好书！这本书极为珍贵，是禁书。你可以看看书中您能了解到什么是国家！"

这本书是霍布斯的《巨灵》。

"这儿还有一本，也是讲国家的，读起来也容易，心情会更舒服些！"

他递给了我一本马基阿维利的《国王》。

喝茶时，他简明扼要地讲了讲自己的过去的一些经历：

他是车尔尼郭夫省一个铁匠的儿子，他自己在基辅车站做过事，也就是在那里，他和革命者们有了接触，后来他因为组织工人学习小组被捕入狱。

他蹲了两年牢，出来后又被流放到亚库梯呆了十年。

"起初，我和亚库梯人住在一起，我都绝望了，那里的冬天真他妈的冷透了，连脑子都冻了，当然了，在那里有脑子也派不上用场。后来我惊喜地遇见了一个俄罗斯人，后来又遇到一个俄罗斯人，虽说不多，但是总算有了！好像上帝知道我太孤单寂寞，专门又派来一些人与我作伴似的。他们都是非常非常好的人。

"我认识了一个大学生叫乌拉苦米·柯罗年科，他现在也回来了，我和他曾经十分合得来，但因为有意见分歧，我们两个人就各奔东西了，没能结成深厚的友谊。这个人思想深刻，多才多艺，他还会画圣像，听说他现在混得不错，常常给书刊、杂志撰写文章。"

洛马斯和我谈了很久，一直到半夜，我明白他的心思，也感受到了他真诚的友情。这一切对我来说都是多么的恰到好处呀！自从我企图自杀以后，心境糟透了，虽说人活着，但生活得就像行尸走肉一样，我因为有过这段不光彩的历史，很羞愧，觉得没脸见人，失去了生活的航向。

洛马斯理解我，他细腻、体贴地引导我走出误区，给我打开了美好生活的大门，给我光明、希望和继续生活的勇气。

这是我永生难忘的日子。

星期天，小店铺一开门，做完弥撒的村民们就来小型聚会了，第一个是提马特维·巴里诺夫，这个人全身脏兮兮的，鸡窝似的头发，长臂猿一样的胳膊，长着一双漂亮的女人才有的眼睛。

他哼哼哈哈地打了招呼后，就顺嘴问了一句：

"进城有什么消息吗？"

然后并不等人回答，就朝向库尔什金大叫：

"斯捷潘！你那该死的猫又吃了我一只公鸡！"

他飞快地动着嘴，让谎话自动往外流，说什么省长去彼得堡朝拜沙皇去了，他此行的目的是把鞑靼人迁到高加索和土耳其斯坦去。省长受到沙皇的夸奖。

"我敢打赌，你说的没一句实话。"洛马斯平静地说道。

"你？我？为什么？"

"安东内奇！你怎么这么不信任人呀？"

"哎，我很为鞑靼人担心的，新环境他们肯定不适应！"巴里诺夫有点儿不乐意地反驳了洛马斯一句，又叹息地说道。

一个又矮又瘦的老头，轻手轻脚地走了进来，身上穿着一件似乎是捡的别人的哥萨克式破旧外衫，菜色脸、黑嘴唇，左眼好像特别犀利，白眉毛因为伤痕被斩成了两截，还不停地抖动着。

"哎呀，风光的米贡先生，昨晚上又偷了点什么？"巴里诺夫嘲笑地说道。

"偷了你的钱。"米贡满不在乎地高声说，同时向一边的洛马斯脱帽致意。

这时候我们的房东，潘可夫正走出院子，他还是那么衣冠楚楚。上身短西服，系着红领带，脚上一双胶皮鞋，胸前垂一条长长的银链，真有点儿像马的缰绳儿。他见了米贡十分生气地叫着：

"你这个老鬼！你敢再进我的菜园，看我不打断你的双腿！"

"不能来点儿新鲜的吗？还是老一套！"米贡脸不变色心不跳地答复着，然后叹了口气地说道：

"我看你可是不打人，就没办法活是不是！"

潘可夫被逼得破口大骂，米贡不紧不慢又加了句：

"你怎么能说我老呀！我只有四十六岁……"

"但是去年圣诞节你就五十三啦！"

巴里诺夫尖叫道："你自己说的，现在怎么又说谎了？"

下面出场的是一个神情严肃、络腮胡子的苏斯罗夫和平民伊佐尔特。至此，小店已聚集了十几个人。洛马斯低头吸着烟听农民谈天，农民们有的坐小店台阶上，有的坐小店门口的长凳上。

天气仍有些变化无常，但此时呈现出的村中小景已是十分迷人了。那曾经被严冬冻结了的天空解冻了，几片起浮的云彩在大地上的溪水和水洼上时隐时现，有时明媚照人，有时平滑、柔和，令人心情极为舒畅。

透过小店门口我看着街上流动的风景：打扮得美丽、动人的姑娘们，惹人注目地穿过这里奔向伏尔加河河岸，她们跨过水洼时候撩起衣裙的下摆，露出了她们笨重的皮靴；小孩们则扛着长长的鱼竿煞有介事地去河边垂钓，也从这里跑过去了；一群老实巴交的农民走过这儿时，斜眼往店面瞧瞧，默默无声地摘一下头上的小帽子或者大毡帽，以示敬意。

米贡和库尔什金友好地讨论着一个不大容易解答的问题：商人和地主究竟哪个心更狠毒？他们二人各执所见，库尔什金说是商人，米贡说是地主，两个人越争越发火儿，米贡洪亮的声音盖过了库尔什金不太利索的说话声：

"有一回，芬格洛夫先生的老爸抓住了拿破仑的胡子，芬格洛夫闻讯而到揪起两人的后脖领子，想把他们分开，谁知猛一用劲，两人脑门儿碰脑门儿，完事大吉，两人全一动不动了。"

"我相信你碰这么一下，也准得趴下！"库尔什金赞同地说道，接着又坚持自己的观点：

"还有一点，商人可是比地主的胃口大多了……"

仪表不凡的苏斯罗夫坐在台阶上抱怨地说：

"米哈依·安东罗夫！老百姓根本没法活了。从前给地主老爷们做活儿，事情排得满满的，根本没闲工夫……"

"我看你最好送上一份请愿书，要求恢复农奴制得了！"伊佐尔特说道。面对这所有一切，洛马斯只是默不作声，他看了一下伊佐尔特，然后在栏杆上磕了磕烟斗里的烟灰。

我一直在等待那个时机，我认为洛马斯到时候是会发言的，因此就认真地听着农民们闲谈。可我觉得洛马斯在故意放弃讲话的机会，他好像无动于衷的样子，一直冷漠地坐在那儿望着天空变幻的云彩和地上被风吹皱的水洼。

这时伏尔加河上的轮船发出震耳欲聋的吼声，河边飘着姑娘们尖细的歌声，还有手风琴伴奏。一个醉汉东倒西歪、晃晃悠悠地沿街而行，他打着嗝，手脚忙乱地总往水洼地里走。村民们的争论逐渐地平息了，大家都有点郁郁寡欢，我的情绪也随之低沉。云彩越积越厚，风雨来就要临，农村生活的沉闷使我不禁留恋起都市生活来了，我想念城市里永不休止的躁动、杂乱无章的声音，街上川流不息的人群和工人们的健谈与他们活泼的天性。

晚上喝茶时，我把自己的疑问说出来，并问他打算何时同农民们谈一谈？

"谈什么？"

他认真地听完我的话后说：

"嗯，要是我和他们在大街上讲这些事，准会再被流放的……"他认真听了我的想法之后对我说。

洛马斯装好烟斗，又把自己围绕在烟雾中了，他开始分析农民的处境和心态：

"农民胆小怕事，他们谁都怕，怕自己，怕邻里，最害怕的就是外地人了。农奴制废除还不到三十年，凡四十岁以上的农民一降生就是奴隶身份，他们铭记着奴隶生活，但他们对自由却一无所知。现在你简单地对他说，自由就是按自己的心思活着，但是他们会说，到处都是官老爷时时刻刻在干涉我们的生活，我们怎样按自己的心愿生活呢？沙皇把他们从地主手中解救出来，自然他们的惟一主人就是沙皇。自由是什么东西！沙皇会对你作出解释的！老百姓们信仰沙皇，依赖沙皇，他们想沙皇是全国土地和财富的惟一主人。他们甚至认为沙皇既然能帮他们从地主那儿解放出来，就可以帮他们从商人手中夺回商店和轮船。他们骨子里是拥戴沙皇的，他们否定所有地方长官，只肯定沙皇。他们等待有一天沙皇下一道自由的圣旨，人取所需。想拿什么就拿什么，想要什么要什么。为了这一天的到来，他们惶惶不可终日，胆战心惊地生活着，害怕错过了这个要紧的日子。他们还有一种顾虑：狼多肉少，该怎样去拿？话说回来，还有那些如狼似虎的地方官老爷呢，他们痛恨农民，甚至也仇视沙皇。但是没有地方长官也不行，因为到时候人们你争我夺，他们也会大打出手的。"

窗外已是春雨正浓，透过窗子望见满街的雨水和灰蒙蒙的水汽，我的心如天气般的抑郁，洛马斯继续他自言自语的谈话：

"我们要做的就是唤醒老百姓，用知识驱走他们的愚昧，让他们认识到必须从沙皇手中夺取政权，告诉他们选举出来的长官应该从民众里产生，这长官包括：县警察局长、省长和沙皇……"

"这太漫长了！还得用一百年才行！"

"难道您规划革命在圣神降灵节前成功吗？"他十分严肃地说。

晚上不知道他去哪儿了，大约十一点左右我听到有枪响，枪声很近。我急忙冲出大门，正看见洛马斯向店铺走来。他坦坦然然，不慌不忙地绕过街上的水洼朝门口走来。

"您为什么出来了？我开的一枪……"

"开枪打谁呀？"

"有些人提着棍子来打我，我警告他们，他们不听。我只能冲天鸣枪，吓唬他们的，我没有伤人……"

他在门廊下脱了外衣，擦去胡子上的雨水，马似的喘着粗气。

"我这双倒霉的靴子穿出洞来了！该换一双新的了。您会不会擦手枪？帮忙给擦擦，要不就生锈了，涂上一点煤油……"

我很佩服他那种神态自若、坚定沉着的风格。他走进卧室一边梳理胡须一边警告我说：

"您去村里可得小心点儿！尤其是节日或者是星期天，晚上更危险，他们肯定也打您！"

"但是，您出门别带棍子，这样一来会刺激那些爱打架的人，再有，可能他们会认为您是胆小鬼。也没那么可怕，您别怕！他们才是胆小如鼠的人呢……"

渐渐我适应并喜欢这儿的生活了，洛马斯天天都有新消息，我安下心来看那些自然知识方面的书籍，洛马斯经常在一旁加以指点：

"马克西美奇！我看最好您先弄懂这一点，这门科学蕴藏着人类绝顶的智慧。"

伊佐尔特每周有三个晚上到我这儿来，我教他识字。开始他对我抱以怀疑的态度，常常露出轻蔑的冷笑，我给他上过几次课后，改变了他最初对我的印象，他友好地、和蔼地说道：

"年轻人，你讲得真不错！你应该成为一个教师……"

他还突发奇想：

"看你的样子好像挺有劲，咱们比试一下拉棍好吗？"在侧房里找到一根棍子后，我们两人在地板上脚抵脚僵持了半天，谁也没有把谁拉起来。洛马斯在一旁兴奋地为我们呐喊：

"嗨！加油！加油！"

最后，我终于认输了，我和伊佐尔特的关系一下拉近许多。

"这没什么，你已经够棒了！"他抚慰我说，"哎，可惜你不爱钓鱼，要是你喜欢钓鱼，咱们就可以一起去伏尔加河了，那里的夜色比天堂还美！"

伊佐尔特学习非常勤奋，进步也很快，连他自个儿都有些吃惊。

有一回上课，他从书架上随便抽出一本书，用力扬着眉毛，费力地念了两三行，然后有些羞涩地红着脸，高兴地对我说：

"嘿！真他妈的奇怪！我能读书了！"

然后他又闭眼睛，背诵下面的诗句：

宛如慈母哽咽在亡儿的坟墓旁，

一只山鸡在悲凉的旷野上哀鸣……

"你看怎么样？"

他曾很小心谨慎地问过我好几回：

"老弟，你能给我解释一下这是怎么回事吗？这些简单的黑线，怎么就变成一句句的话了呢？我也能读懂他们，我知道它们是我常说的话！我怎么会懂呢？谁也没有小声提示我？要是一张画，看懂很容易，可是这些人们的心里想法就这样表现出来了，你说奇怪吗？"

我无法回答他，告诉他我也不知道，所以他就为此苦恼起来了。

"这就像变魔术！"他不解地惊叹道，把书页对着灯光看了又看。

他那令人感动的天真和纯洁，简直充满了孩子气，和许多小说中描写的可爱的农民形象很吻合。伊佐尔特身上有着农民的共同特点：富于想象，单纯，热爱伏尔加河，喜欢孤独，有所追求。

有一次他仰头望着天空，深情而天真地问道：

"洛马斯曾说过别的星球上可能有和我们的一样的人，你认为这是真的吗？我说应打个信号给他们，了解一下他们的生活情况。也许他们生活的比咱们好，也该比我们快活些……"

实际上他对现在的生活十分知足。他是个孤儿，没有土地，无依无靠，以捕鱼为生，他是那么热爱捕鱼！不知怎么回事儿，他对农民们不大友好，他曾提醒我：

"别看他们表面上随和老实，事实上全是狡猾、虚妄之徒！你别信任他们，他们刚才还和你要好，一会儿就变了样，他们很自私自利，就只顾自己，把公众事业看作是服苦役。

伊佐尔特也有他性格中的两面性，他原本是一个性情温和的人，可是当他说起乡村里的地主时他却厉声质问道：

"地主为什么就该比农民富有？是因为他们聪明吗？"

"农民要是聪明点儿，就该牢记住这句话：团结就是力量！但是你瞧瞧，整个村子给他们搞得四分五裂，像一盘散沙似的。没办法，他们就会瞎胡闹，到头来自己害自己。弄得洛马斯他们精疲力竭……"

伊佐尔特长得又漂亮又健壮，又会讨女人的欢心。但女人们常常也给他带来苦恼。

"确实，我这样都是让女人们宠坏了，"他虔诚地自责着，"对那些丈夫们的确不大恭敬，换了我也会生气的。但是女人们又让人怜惜。她们过的日子！没有欢乐、没有温情，过着牛马一般的生活。丈夫们没工夫疼爱她们，我又是一个自由的人。许多女人结婚当年就挨揍了，我承认我这样做是不对的，我和她们确实有点太乱来。我只请求一点，那就是：女人们呀，不要再彼此争风吃醋了，我会让你们都快乐！在我眼里，你们都使人怜惜的……"

他竟然有点不好意思地笑了笑继续说："有一次我差点和一个官太太勾搭上，她是从城里来的到乡下的别墅来度假。她长得真漂亮，脸蛋白嫩嫩的像牛奶一样，长着柔软的浅黄头发，浅蓝的小眼睛。她买我的鱼，我用眼睛凝视她，她就问我：'你为什么总看我？'我回答说：'您自己清楚！''那好吧，我晚上来你这儿。'她果真来赴约了！但是由于蚊子太多，咬得她受不了，我们什么也没做成，她带着哭腔说：'受不了了，蚊子实在太厉害！'第二天，她的法官丈夫就到了。这些官太太们太娇气了，一只蚊子就能搅乱她们的生活……"他用责备的口气把讲话告一段落。

伊佐尔特对库尔什金很赞赏：

"库尔什金真是热心肠呀！谁要是不爱他，才不合理呢！当然了，他时常爱饶舌，可是谁能没有缺点呀！"

库尔什金是没有田地的农民，他把仅有的房子租给了一个铁匠，自个儿却住进了澡堂，他的老妻子是个爱喝酒的女佣，人长得小巧玲珑，却很有力气而且泼辣。

白天库尔什金给潘可夫家做雇工，他的一大癖好是说新鲜事儿，实在没有的话，就自己编各种逸闻趣事，然后满有兴趣地一直讲下去。

"米哈依·安东罗夫！你听说没有？金可夫区警官决定辞职当修士。据说是他不愿意再干这种整天打骂老百姓的事了，不想再干这种缺德事了。"

洛马斯严肃地说道：

"他要真这样，那全国的长官们都应该辞官不干了。"

库尔什金一边用手摘头发上的麦秸、干草、鸡毛，一边考虑：

"我看不会是所有的长官，只有那些还有一点良知的人才会辞官走呢。做官儿还不是够受罪的。洛马斯！你是不是不信良心，假如有谁没了良心，那他就是有天大的本事也活不下去，好了，好了，我再讲一个故事吧……"

他讲的是一个"最聪明"的女地主的故事。

"以前有一个非常恶的女地主，连省长也不顾身份地屈尊到她府上，对她语重心长地说：'太太呀！你还是收敛一下吧！你的恶名都传至彼得堡了。'女地主用果子酒款待了省长大人，但对于他的话，她却不放在心上，她说：'上帝保佑您一路平安！你走吧！我改不了自己的习惯！'但是三年零一个月后，她突然对大家说：'我把我的全部土地分给你们，以饶恕我先前犯下的罪过，我……'"

"去修道院了。"洛马斯接茬儿说道。

库尔什金惊喜地看着洛马斯说：

"没错，她当了女修道院的院长！这样说，你也听过这个故事？"

"从未听说。"

"那你怎么知道的？"

"我就知道你要这样说。"

幻想先生不解地喃喃地说：

"你就是一点也不相信别人……"

库尔什金的故事，经常是这样：凡是那些坏事做绝的人们，一旦把坏事做尽，猛然间醒悟后，必然远走高飞，杳无音信，而且通常结局是：这群坏蛋进了修道院，就像一堆垃圾倒进了"垃圾场"。

他常常有一些奇怪想法，然后眉头一皱脱口而出：

"我们不应该镇压鞑靼人，他们比咱们还好呢！"

他猛然抛出这一句话以前，人家都对他的话感到莫名其妙。我们正在讲怎样建果农劳动组的事儿，根本就没提到鞑靼人。

洛马斯兴致勃勃地讲述西伯利亚和那儿的富农生活时，库尔什金又愁眉苦脸地念叨了几句：

"要是人们停止捕捉鲱鱼，两三年以后，鲱鱼就能多得把房子淹没了。鲱鱼的繁殖力极强！"

库尔什金被公认为是一个没头脑之人，但是他那个脑袋瓜里的奇思怪想却能打动村民的心，把大家逗得哈哈大笑。他们专心听他讲胡话，就像是要从他编造的故事里得到点什么意外收获似的。

村里那些老实持重的人们叫他"撒谎大王"，那个讲究打扮的雇主潘可夫对他有一个正确并且隐讳的评价：

"斯捷潘是个像迷一样琢磨不透的人……"

库尔什金也有他勤劳善良的农民本色，也算得上是个多面手了：箍桶、修炉、养蜂、木工、养鸟等等样样拿得起放得下，虽说他干起活来老是一副懒洋洋、磨磨蹭蹭的样子，但样样他都做得很好。

他喜欢猫，在他的澡堂里有十来只猫与他相伴，他把它们养得很凶猛，并喂它们吃乌鸦，训练它们捕食家禽，所以，不少人对他不满。

他的猫经常发生咬死母鸡和小鸡的事儿，那些家庭主妇们气急了就把猫打一顿。所以常常有满面愁容的女人在他的澡堂前叫骂，对此库尔什金并没什么感觉：

"这些蠢娘们儿！猫本来就有这种抓活食吃的天性，它捉东西比狗还强。等着瞧吧，我要把它们训练得可以捕鸟，之后再繁殖上几百只，把它们卖掉去赚一笔钱，到时候把钱都给你们还不行吗？哎，这些蠢娘们儿！"

库尔什金天生聪慧，早年读过一些书，可惜忘得差不多了，他也没有心思再学习了。于是就靠着那点儿小聪明过活，他对洛马斯的话反应很快，并能准确地抓住要点：

"是这样，是这样，么说，伊凡勒奇并不威胁平民百姓……"他很不情愿的样子就像是吞下一剂苦药似地说。

伊佐尔特、库尔什金、潘可夫，晚上常来杂货铺，他们一坐就是半夜时分才散去。他们听洛马斯讲国际形势、讲异域人的生活状况和其他国家人民的革命运动。

潘可夫最喜欢法国大革命。

"这才是天翻地覆，彻底地把生活倒了个个儿呢！"他称赞地说道。

潘可夫是富农的儿子，爸爸脖子上长了两个大瘤子，一双可怕的眼睛像金鱼眼一样。说起来，潘可夫还是有点反叛精神的。两年以前他以"自由恋爱"的方式娶了伊佐尔特的侄女——一个孤儿做老婆，于是就独立门户，同父亲分开住了。

虽然潘可夫管媳妇管得特别严，但是也让她穿得像个城市人。

富农爸爸对儿子很不满，每次路过他房子前总要吐口唾沫以解心头之恨。

潘可夫把自己的房子租给洛马斯，还建了一个小杂货铺，引起了全村富农们的仇恨。表面上，潘可夫对富农很不在乎，可一说起富农时，他就露出轻视的神色，对富农除了讥讽还是讥讽。

"要是我有一门手艺，也早去城市住了……"

潘可夫总是很注重修饰，永远是一尘不染，看上去很有气派。

他很有心计并且好猜疑。

"你干这种事是出于感情还是出于某种考虑呢？"他不止一次这样问洛马斯。

"你认为呢？"

"还是你自己说吧！"

"我不知道！依你看呢！"

两个人争来争去，最后潘可夫被逼无奈只有亮出自己的观点：

"当然是出于考虑最好。因为经过理智考虑的事就可以办好，但如果听从情感的支配就不同了。单凭感情用事，容易使我们走弯路。比如说我如果凭感情用事，就去放把火烧了神父的房子，让他别乱窜乱咬多管闲事！"

神父由于干预过潘可夫父子之间的矛盾，而使潘可夫对他怀恨在心。神父是一个长得如田鼠似的凶恶老头。在这方面，我对潘可夫也有点意见。记得我刚来这儿时，他对我极不友好，还像主人似的对我吆来喝去，虽然他马上改变了对我最初的态度，但我还是感觉他不信任我，而我对他也没什么好感。

我永生难忘那些日子。我们在一间整洁的小木屋里，放下窗板，点着一盏灯，灯下是那个大脑门、短发和络腮胡子的人在侃侃而谈：

"生活的主要意义就是叫人类离兽性越来越远……"

三个农民神情专注地听着，各自有着不同的形态，他们都俊秀聪慧。伊佐尔特像雕塑般坐在那儿，似乎倾听着从遥远的地方传来的声音。库尔什金却一刻不停地转动着，像是有蚊子在叮他的屁股。而潘可夫手捻他那淡黄的胡须，听得若有所思：

"就是人民也要有阶级之分的。"

潘可夫对库尔什金从没有主人对待雇工的居高临下态度，他很欣赏这个雇工各种各样滑稽可笑的故事。

我为此而感到欣慰。

谈话每次结束后，我就返回阁楼，打开窗子坐下来凝望沉寂的村庄与田野。

星星穿过重围发出微弱光亮。它们离地面越近的，看起来却离我越远。

我的心被大地无边的寂静压抑得不安，心灵的野马也开始驰骋了，我感觉在广大的土地上有着数不清的和我的村庄一样的村庄，甚至连它无边的寂静也都一样。

温暖的夜雾吞没了我，我的心情忽而悲壮，忽而忧伤，情绪波动很大，我的心好像有成千上万条水蛭在吮吸，我感到疲倦不堪，一种莫名的恐慌感觉掠过心头，我感觉自己是如此渺小……

对乡居的生活，我一点儿也不喜欢。在别人那儿和书本上得到的知识是：农村里的人诚实本分，身体健硕。但在我眼前呈现的却是另一番景象：他们总有干不完的活，有很多人累得一塌糊涂，身体状况极为不佳，劳动乐趣一点提不起来，快快乐乐的人几乎看不到。

城市里的手艺人或者工人，活儿也不轻，但过得比较快活，不像农村人终日愁眉不展地咒骂生活，其实农村生活也很复杂。他们既要干农活，又要处心积虑地处理邻里和同村人之间的人际关系，我甚至觉得他们是缺少诚实的人。

村里的人现在的生活就如盲人一样摸索着过，人们整日惴惴不安，提心吊胆，互相猜测，有些人身上还包含着某种"狼性"。

我难以理解的是，霍霍尔、潘可夫以及我们这群人，为什么招致了他们如此的厌恶呢？我们只是想理智的生活而已。

相比较而言，我清楚地看到城市人有很多优点，他们明白事理，追求理想，有远大前途或者目标，在这样的夜晚我经常想起两个城里人来，他们是：

弗·卡洛根和兹·涅不依
钟表工，兼修各类机械：缝纫机、外科医疗器具等。

这块招牌就挂在一家钟表铺窄小的门口，门旁有两扇落满灰尘的窗子，每个窗子下面都坐着一个工匠，就是招牌上所写着的那两个人。

弗·卡洛根脑袋上鼓着一个大肉包，工作时一只眼睛戴着放大镜，身体极好，圆脸上总挂着一丝笑意，手中捏着小镊子拨来拨去，高兴时就把藏在花白胡髭下的嘴张开唱起歌儿。

坐在他对面的兹·涅不依，黑脸、卷发，一只有点歪的大号弯鼻子，两只铜铃般的大眼睛和少得可怜的一撮胡须，他骨瘦如柴，像个魔鬼，他也正忙呢，也会出人意料地来一段男低音：

“特拉-达姆，达姆！”

他们俩背后杂乱无章地放满了收音机、机器、八音盒、地球仪等。货架上的东西也是各式各样的金属物品，房间里到处都挂着摆来摆去的钟。

我太喜欢这一切了，真想看一看他们一天是怎样工作的。只可惜我身材太高大了，遮住了他们的光，因此被他们很凶地驱逐了，但是在我离开时仍然羡慕地想：

什么事情都会做的人就是顶幸福的了！”

我就欣赏他们这种人，可以修理各种器具，没有什么他们不可以修的，这才是真正的人呢！

但是我不喜欢的乡村，就不是这样，我不喜欢这儿，也不理解村民们的生活：

女人们见了面，就抱怨自己的疾病和艰辛的生活，她们说什么“心口憋闷得发慌”，另加“小肚子钻心地痛”，逢年过节她们或者坐在自家门口或坐在伏尔加河河岸，最喜欢谈论的话题就是疾病和困苦。

她们极易生气，一点也不怕羞，没有温柔，常常彼此破口大骂。有时为了区区一个水壶就可以引起几家人的械斗，打断胳膊、打破头的斗殴事件经常发生。

一些农村小伙公然不要脸地对姑娘们动手动脚，毫无礼数，他们在田地里抓住几个风流的，解开她们的裙裾，让裙角包上她们的头顶，再用菩提树枝做绳扎紧，美名其曰“处女开花”。

这些裸露着下半身的姑娘，虽不停地叫骂，但是看得出来，她们并不反感，好像非常愉快。她们竟是如此不知耻，还故意磨蹭着不尽快解开裙子。

更有甚者，他们在教堂里也敢为所欲为，晚祷时年轻小伙子悄悄从后面用手去捏姑娘们的屁股，好像这才是他们到教堂的目的。

星期天，神父特意在讲道台上说：

“畜生！你们不能另选个地方做这种下贱事吗？”

“这儿的人对宗教不像乌克兰人那么富于诗意。”洛马斯说道。

“我看他们信奉上帝，不过是寻求一种依靠或保护，是最低级的教民，那种虔诚的教民所拥有的对上帝毫无保留的真挚的爱，和对上帝美德和权威的崇拜，在这些人心中根本就没真正存在过。但是，这也许是好事，因为这样一来他们就可以比较容易地走出宗教，请记住！宗教是种最有害的偏见！”

村里的小伙子们还爱说大话，但是那只是在嘴上，骨子里却是个窝囊废。我和他们在晚上已经在街上遭遇过三次了，他们想把我打一顿，都没得逞，不过有一次我不幸被他们用棍子打中了腿。我一点也没把它当回事，就没和洛马斯说。不过他发现我走路有点跛，就猜到是怎么回事了。

"哎！我早就提醒过您！您还是被他们打了！"

我没有听从洛马斯夜间不要散步的劝告，常常穿过房后的菜园溜达到伏尔加河边上的柳树下坐着，望着渐渐黑暗的夜幕笼罩下的河对岸的草原，太阳最后的一抹金黄色不遗余力地倾满伏尔加河。河水缓缓地流淌，苍白的月亮反射着已经隐没了的太阳的光辉。

我向来不喜欢月亮，它会引起我的无限哀思，我觉得它不是吉利的东西，看到它我就想哀号。以后我才明白月亮本身不发光，因为它上面根本没有生命存在，这使我特别高兴，从前我一直幻想月亮是有生命的星球，在月亮上的一切，包括动物、植物、人都是铜的。我设想他们的躯体是由三角形组成，都长着两条圆规般细长的腿，走起路来摇摇晃晃，响声如教堂钟声一般的轰鸣，它们对人类造成严重的威胁。原来月亮上空空如也，这真是太好了，但是我心中藏着一个秘密的心愿，就是使月亮生光发热，使它用自身的光芒照耀大地。

我望着在寂静的黑夜中的伏尔加河沉思冥想。河水缓缓地流动成一条蜿蜒曲折闪闪烁烁的亮带，它从黑暗里流来，又消失在黑影中。

我感到这时我的思想才真正变得活跃，白天脑子里纷乱的思绪都被放逐了，那些语言难以表达的想法纷纷涌现。伏尔加河毫无声息地流淌着。

一艘轮船在漆黑的河面上浮动着，船尾经常发出涓涓水流声，正像一只怪鸟在抖动沉重的翅膀。河对面野草丛生的岸边闪烁着一个灯火，在水面上反射出美丽的光芒，那是渔民点燃篝火在捕鱼，这景象就像一颗走错路的流星坠落河水中，溅起无数朵巨大的火花一样在水面上漂浮。

从书本上获得的知识此时演变成一幅幅精美绝伦的画卷，我的心乐此不疲，心灵正经历一场美妙无比的漫游，好像跟随流动的伏尔加河在夜空中飘浮。

伊佐尔特找到了我，夜色中他的身体显得更加高大魁梧了。

"你又来这儿了？"他轻轻地问了一句后，就坐在我旁边，很长时间地沉默着，目光凝视着伏尔加河和幽远的天空，手中轻轻抚摸着漂亮的金黄色胡子。

他最后发话了，对我讲他的幻想：

"等以后我学有所成，读许多许多书，然后沿着全国的江河游历，看清世上所有的一切！我还要去教育别人！老弟，你知道吗？能把心里话痛痛快快地说出来真好！有时和娘们儿说说，她们也能听明白。前不久，我碰到一个娘们儿，她坐在我的船上问我：'人死后会怎么样呢？我就不信什么天堂和地狱。'你看她们也是……"

他挖空心思的寻找一个合适的词，最后补充说：

"有思想的人呀……"

伊佐尔特是个夜猫子，对于美的东西他异常敏感，并擅长用轻快柔婉的语调用孩子说梦般谈论人间的美好。

他信上帝和其他人不同，不是由于害怕和恐怖，他把上帝想象成为高大文雅的老人，上帝是至高无上的，是世界的创世主。之所以世间依然有假、恶、丑，是由于：

"他太忙了，人世间每天都要有许多的新生命降生！铲除邪恶不过是早晚的事，你等着瞧吧！有一点我无法理解，干吗要弄出个什么耶稣来，我真想像不出他有多少用，一个上帝就足够了！上帝是永生的……"

更多的时候伊佐尔特在沉默着想心事，只是偶尔叹口气说：

"噢！原来是这样……"

"你说什么呢？"

"我没说什么……"

他又举目遥望朦胧的夜雾，叹息道：

"生活是多么美好呀！"

我赞同地附和着说：

"是的，是很美好！"

就这样我们肩并肩地静坐在伏尔加河旁，任时光流逝，从黑夜坐到黎明。

夜幕下的伏尔加河水如黑色丝带般奔流着，和天空上的一道银色的天河遥相呼应，几颗大星星发出了璀璨的光芒，于是，一些荒诞离奇的想法慢慢地充满了心头。

远处，草原上的底层呈现出粉红色旭日的光芒，接着红日喷薄而出，阳光灿烂，普照大地。

"太阳真美妙呵！"伊佐尔特幸福地含笑自语道。

正是苹果花开的季节，村里处处是一片片粉红色如雾如烟的景象和带苦味的香气，乡村的每一个角落里都充满了这种香气，这种香气把那股特有的油烟和大粪的臭味冲淡了许多。

一排接一排的苹果树披着节日的盛装，从村里一直延伸至田间，仿佛是在迎接什么盛大的节日。

春风往来，朗朗明日，躁动了人的心绪，微风掠过花海，花枝轻柔地摇曳出阵阵簌簌的声音，整个乡村被闪着金光的亮蓝色波涛淹没了。

美丽的夜色里少不了夜莺的鸣唱。

白天，鸟儿们疯狂的啼叫，高空的云雀一展美妙的歌喉，不断地传来它们婉转的歌声。

节日的夜里，姑娘和年轻女人们全都出来了，他们在大街上闲逛，像小鸟一样不停地歌唱，脸上露出开心的笑容。

我们的伊佐尔特也在醉意朦胧的微笑着，这些日子他瘦削了，眼睛深陷却更清秀俊美了。过惯了夜生活的他总是白天睡觉，傍晚时才神情恍惚地出现在街上。

对此，库尔什金多次用粗俗而友好的语言来取笑他。他不好意思地笑笑说：

"哎！别说了！有什么办法呢？"

然后又兴奋地说：

"总的来说，生活是多么地美好！你们不知道生活是多么地贴心可人啊！语言是多么地使人心醉！那些美妙的话，让你至死都无法忘怀。要是人能死而复生，最先记起的就是这些话！"

"你要当心啊！早晚有一天那些丈夫们会来揍你的！"霍霍尔也友善地警告着他。

"打吧，他们打我倒是有理由的。"伊佐尔特对此倒是早有心理准备。

几乎每天夜里，都有米贡那优美动人的嘹亮歌声，他的确是歌唱的天才！他的歌声伴着夜莺的歌唱，弥漫了整个村庄和伏尔加河的天空。

为他这点动人的歌声，村民们甚至饶恕了他白天的许多恶行。

每逢周末晚上我们的小店前就会有一群人聚集在这里，已成了个惯例了，他们是：苏斯罗夫、巴里诺夫、克洛托夫、米贡等人。他们坐下来一面谈论一面思考，不时地有人离开又有人加入进来，一般来说都要到半夜时分才罢休。

有时候也碰巧来几个醉汉在这儿吵闹一通，主要以退伍兵可斯金为代表，他吵得最欢，每次都是捋胳膊、挽袖子，像只好斗的公鸡。虽然他只有一只眼睛，而且左手还缺了两个指头，但这并不影响他嘎嘎地大喊大叫：

"霍霍尔！这个害人的民族！土耳其教！我必须问问你，为什么不去教堂？呵？为什么？你这个异教徒！捣乱分子！你究竟算哪种人？"

大家嘲弄地逗着他说：

"嗨！米什卡！你干吗开枪打掉自己的手指头？是不是被土耳其人吓坏了？"

他气极败坏要冲上来打架，大家一齐动手揪住他，笑着，把他推到山沟里去，他倒栽着从山坡上滚下去，嘴里还死命地尖声喊着：

"救命啊！快救救我……"

等他满身是泥的从沟里爬上来时，就要求霍霍尔送他一杯伏特加。

"为什么要送你酒？"

"因为我给你们带来了快乐！"退伍兵的答话引得农民们齐声哈哈大笑。

有一个星期日的早上，厨娘点好炉子后到院子里去了，我在店里看柜台，突然一声巨响，店里的货架都在颤抖，玻璃器皿和窗玻璃滚下来都摔碎了，盛糖的铁盒子也滚到地上，一时间唏哩哗啦、乒乒乓乓地连成一起。

我急忙奔向厨房，厨房的浓烟正冒得欢呢，浓烟下仿佛有什么东西在吱啦噼啪地爆响着，霍霍尔抓住我的肩膀说：

"站住……"

厨娘吓得放声大哭了起来。

"哎！蠢娘儿们……"

洛马斯一个人冲进厨房，噗咚一声像是撞倒了什么，他怒气冲冲地咒骂着朝门外喊：

"别哭了！快拿水来！"

厨房里的地板上摆了很多正在冒烟的劈柴，小块儿劈柴的上面还有火苗，炉砖有几块震掉了，炉膛里显然已清理过了，黑洞洞的什么也没有。

我在浓浓的烟雾中好不容易摸到水桶，把地板上的火泼灭了，然后捡起劈柴扔回炉膛了。

"当心！"霍霍尔嘱咐我。

他拉着厨娘向外面方向走去，并告诉她说：

"快把店门锁上！"

又转头提醒我：

"马克西美奇！小心点！还可能爆炸呢……"

他蹲了下来，仔细审视那些劈柴，把我扔进去的一块劈柴也拖了出来看。

"您在干吗？……"我不解地问道。

"来！您看呀！"

他把一块炸过的圆木柴递给我看，原来木柴里边已经被挖空，这一爆炸把口都烧焦了。

"您明白了吧？这些狗杂种们居然往木柴里装了炸药！蠢货！只可惜这一俄磅火药又有什么用！"

他把那块劈柴扔到旁边，一边洗手，一边说。

"幸亏阿克西尼奇没在厨房，要不就会伤着她了……"

硝烟渐渐散去，厨房里一片狼藉，一片惨败的残局。

霍霍尔仍然很平静，叫人不可理解，对这个险恶的勾当他似乎并不气愤。

看热闹的顽皮的小孩儿们在街上跑来跑去。

"霍霍尔家起火了！咱们村起火了！"

一个女人吓哭了。阿克西尼奇在房间里声嘶力竭地大喊道：

"米哈依·安东内奇！他们要冲进店里！"

"哎！小声点！"洛马斯说着用干毛巾擦了一下他的湿胡子。

房子那边的窗口挤满了一双双惊恐、怪异、表情复杂的脸，他们不顾呛人的烟气争着向店里张望，不知谁激昂地大声叫喊：

"把他们赶出我们的村子！他们总是出乱子！天啊，一群混蛋们！"

一个小个子的红发农民，在胸前划着十字，想从窗口爬进店里，但是他没成功，连同他右手上的斧子也一同滑落下去了。

洛马斯手持一根木柴，问他：

"你要往哪儿去？"

"大爷！我要救火……"

"可是没有着火呀……"

农民惊愕地张开了嘴巴，就溜了。

洛马斯走到小店门口，手中拿着根木柴对大家说：

"不知道你们中的哪一位把这根圆木柴塞满了炸药，插到我家的柴火堆里了？可是很可惜，火药太少了，什么也没炸着……"

我站在霍霍尔身后，看着门前的人群，其中那个手握斧子的农民胆怯地说道：

"你干吗冲我晃木柴啊……"

已经喝醉的可斯金又走来助兴：

"赶走他！这个异教徒！送到法院去……"

而大部分人一言不发，盯着洛马斯，半信半疑地听着他的话：

"想炸毁房子，这点火药可不够，大约得一普特才够呢！好了，好了，大家都回去吧……"

忽然有人问：

"村长在哪呢？"

"这事儿必须找村警！"

人们不慌不忙，似乎不想离去，好像有点遗憾似的。

我们坐下吃茶的时候，厨娘阿克西尼奇显得特别的周到和殷勤，她为每个人上茶，并同情地看着洛马斯说：

"您不去告他们，其实是纵容了他们，否则他们怎么敢这样胡闹呢？"

"您一点儿也不为这事生气？"我也困惑地问道。

"我没有那么多时间和精力跟他们生气！还不如做点别的事情。"

洛马斯这样镇定自若地干自己的事情，真让我暗暗佩服。

洛马斯说他最近可能要去一趟喀山，问我要带些什么书回来？

我觉得他就如一架机器，它有钟表的性能，只须上发条，它就会一辈子走下去。

我很喜欢他，欣赏他，可我私下里真希望：他对我或者什么人发脾气甚至跳着脚骂大街也行。我知道这不可能。每次遇到类似木柴事件中无耻卑鄙的行为时，他最多只是眯起那对灰色讥讽的眼睛，说上几句不客气的话。

举个例子谈吧，他说苏斯罗夫：

"您都上了这把年纪了，干吗还要昧着良心做事呢？"

把老头说得脸一下子涨红到额头，仿佛连他的白胡子的根都发红了。

"您知道这样做对您并没什么好处，而且会令您失去威信。"

苏斯罗夫点头表示赞同：

"是的，没任何好处！"

事后，苏斯罗夫跟伊佐尔特说起霍霍尔：

"他这个人心地纯正、待人诚恳，要是让这样的人做官就好了……"

洛马斯极为简单明了地告诉我，他去喀山后，我应该做些什么，看来他早就把火药事件忘得干干净净了，就像忘了被苍蝇叮咬过一样。

潘可夫跑来仔细地察看炉子，阴沉着脸问道：

"吓坏你们了吧？"

"哼，没什么值得怕的！"

"这是场斗争！"

"坐下来吃茶吧！"

"我妻子在家等我呢。"

"刚才你去哪里了？"

"战场，跟伊佐尔特在一起。"

他转身走了。走过厨房时却又重复了一句：

"这是一场斗争啊！"

潘可夫和洛马斯之间似乎有一种十分深的默契，所以他们说话很简短，其他的话不用说他们就相互心领神会了。

我记得，洛马斯讲完伊凡勒帝时代有关的历史故事后，伊佐尔特先说：

"这个沙皇真是无聊透顶！"

"纯粹是个刽子手！"库尔什金补充说。

但只有潘可夫非常坚定地声称：

"真看不出他有什么特别之处，他杀掉很多大地主，却让更多的小地主取而代之，而且别出心裁地招来一批外国人，这一点特别不聪明。从某种意义上讲，小地主比大地主更加可恶，犹如苍蝇和狼，狼还可用枪来对付，可苍蝇却不行，它到处乱窜，比狼更让人讨厌。"

库尔什金提了桶和好的泥，砌着坏了的炉口，一面说：

"这群鬼东西的主意简直太坏了，连自己身上的虱子都捉不干净，却想杀死人！"

"哼，咱们走着瞧吧！"

"你看，安尔内奇！你以后不要一下子进那么多货了，每次少进些，不然的话看看吧，再来上一把火！他们现在正在气头上，你又有特别任务，必须小心意外灾祸呀！"所谓"特别任务"，就是我们前面提过的果园合作社，这事可触怒了村里的富农。霍霍尔依靠潘可夫、苏斯罗夫和其他几个明白人的协助，已经快把这事办妥了。许多农民改变了对洛马斯的敌对态度，这从来杂货店里买东西的人数明显增加上就能看出来。

这次活动范围十分广，并得到了大多数村民的认可，就连巴里诺夫和米贡这类无赖之徒，也想方设法为霍霍尔办事了。

我越来越喜欢米贡了，尤其爱听他那优美哀婉的歌声，他唱歌时很陶醉和投入，往往闭着眼睛，痛楚的脸也不再抽搐。

每逢没有月亮的浓云密布的夜晚，我经常能听到他那迷人的歌喉。

一天晚上，他轻声邀请我：

"快去伏尔加河上吧！"

等我来到岸边时，见他独自一人坐在船尾，两条黑黑的小罗圈腿悠闲地垂在黑色的河水中，他一边修整已禁止使用的捕鲟鱼的刺网，一边小声嘟囔着：

"地主老爷们欺负我，我还能容忍，谁让人家比你有钱有势呢？但是咱们自己兄弟还来欺负我，我就接受不了。都是农民，还有什么高低贵贱之别呢？我看区别就在这儿：他们口袋装着几个卢布，我却只有几十个戈比！"

一不歌唱，米贡的脸就开始抽搐，眉毛也颤抖起来，他的手指灵活地使用锉子锉刺钩，而后生气地对我说道：

"人家说我是小偷，没错，我犯过罪！但是你看看，里外看看，又有哪个人不像强盗似地活着呀，他们互相吮吸、互相咀嚼。没有办法，我们这些可怜的人，上帝不喜欢，魔鬼又捉弄我们。"

黑的河水、黑的云彩、黑的夜色，就连对岸青草丛生的草原，也被淹没在一片黑暗之中了，只有波浪温柔地冲洗着河岸的沙子和我的一双赤脚，仿佛要带我进入那无边无际又似乎在某处浮动的黑暗里去。

"人总得活下去呀！"米贡叹息着说道。

山上传来狗凄凉地叫声，我像在梦中一般想着：

"难道你就甘心这样一种活法吗？"

伏尔加河一片寂静，给人的感觉不免阴森可怕，河面上那种湿润的夜色仿佛在无休无止地绵延，似乎没有尽头。

"他们定会打死霍霍尔的，你也会被打死的。"米贡喃喃地说着。突然他亮开歌喉，打破了夜的沉静：

> 记得当年妈妈多么爱我！
> 她曾温柔地这样说，
> 哎哟，亚沙，我的宝贝，我的亚沙啊！
> 你要平静地去生活……

一会儿他又闭上眼睛，这样一来似乎歌声也变得更优美、凄凉了，这时他手中活更加缓慢了。

> 可是我没听妈妈的话，
> 唉呀呀！我没听妈妈……

这时候有一种奇异的幻觉袭上心头，我感觉脚下的土地仿佛被滚滚的河水淹没了，我身不由己地滑落进暗无天日的深潭里。

米贡突然又停止唱歌，就像刚才他猛地亮开嗓子一般，他默默地乘船下水，坐上船很快就消失在沉沉夜色之中。望着他远去的背影，我突然想到：

"这种人活着是为了什么呢?"

我的朋友是三教九流什么样的都有,就连爱吹牛爱偷懒的巴里诺夫也成了我的好友。

他这个人有很多毛病,比如说办事草率、挑拨离间、整日游手好闲,总之是一个地地道道的流浪汉。

他曾经在莫斯科住过,一提起在莫斯科的那段日子,他就直啐唾沫,轻蔑地说:

"莫斯科简直是一座地狱,虽说教堂有一万四千零六座,但是那儿的人却是一些骗子!他们脏得像长了疥疮的马,不信你就去吧,从商人、军人到市民都是一路走一路抓痒痒,这就是莫斯科的城市特征。是的,当然,他们还有一个法宝——'大炮王',它是彼得大帝专门制造用来对付暴动的人们。甚至有个贵族夫人由于爱情也反对彼得大帝。她和彼得大帝同居七年之后,最后彼得大帝冷漠地抛弃了她和三个孩子。你知道吗?老弟!大炮响一下子就结束了六千三百零八条人命!就连彼得大帝都为这辉煌战绩震惊了。他告诉大主教费拉里特应该把这门魔鬼炮封起来,之后大炮就真的被封了……"

"你这全都是胡说八道。"

我给他的评价使他很生气。

"上帝啊!你这人怎么这样呀!这事我是从一个有学问的人那儿详详细细打听来的,可你……"

他曾去过基辅,到那朝拜。因此提起基辅,他又有一番权威之见:

"这个城市和我们村子一样,建在山区,也有一条河,我记不得叫什么名了,当然他们的河与我们的伏尔加河比起来,简直是条小水沟罢了。那儿的街道高低不平,弯弯曲曲,很不整齐。市民吗?大部分都是乌克兰人,和洛马斯可不同,是鞑靼人和乌克兰人的混血种。他们从没正经话,喜欢胡说八道,不注重清洁,蓬头垢面的,连头都不梳。他们喜欢吃青蛙,那儿的青蛙都很大,大概有十俄磅重;他们以牛代步,牛长得怪怪的,最小的牛也比我们这儿的大三倍。那里教堂很大,共有五万七千个修士,二百七十三个主教……你怎么能跟我争论呢?这全是我亲眼目睹的,你到那儿去过吗?没有吧,这就对了!我这人说话就喜欢准确……"

巴里诺夫是个不修边幅的人。他不讲卫生、头发乱蓬蓬的、衣衫褴褛。他的脸可是漂亮的,卷卷的可爱的小胡须,大海般碧蓝的双眸,看上去和库尔什金有某种相同的东西。

他喜欢数学，跟我学会了加法和乘法，但对除法就没耐心学了。他很喜欢做多位数的乘法，也不在乎常常出错，而且还用棍子在沙地上画出一长串数字，瞪着一双眼睛说道：

"这么长的数字谁能念出来啊！"

巴里诺夫还有过一个特别的经历：两次去里海捕鱼。他常常无限陶醉地念叨那段美妙无比的日子：

"老弟呀！没什么东西能和大海相比！人一到了海面前，你就渺小得像一只蚊子了！海上生活是别提多美呀！吸引了各种各样的人，有一个修道院的院长也跑到海上来了，他竟然会干活儿！还有一个厨娘，她以前是一个检察官的情妇，这运气别人想都不敢想呢！可是她因为对海一见钟情，竟也和检察官分手了。无论是谁只要看一次大海，就会对海念念不忘，总想到海上去。海、天都是一样广阔无边，任你自由飞翔，没有人会压制你，你能无拘无束！自由自在！我真想回到大海上，再也不和这些讨厌的人们相处了！我做个隐士多好，可我不知道哪儿是真的世外桃源。"

就如米贡用歌声取悦于人一样，他靠讲故事赢得了村民，听到高兴处，他们会说：

"他真会胡说！但是挺有意思的！"

他的故事常常被广为流传，他能把无中生有的故事编得跟真的似的，就连最讲实际的潘可夫也信以为真了。例如，有一回，这个从不轻信人言的农民对霍霍尔说：

"听巴里诺夫说，书本上对伊凡勒帝的描写不够完全，有许多事隐瞒掉了。伊凡勒帝本事可大着呢，他会七十二变，最爱变成老鹰的样子，因此后来人们把钱币铸了一只鹰，以示纪念他。"

多少次我发现越是虚构的、荒诞的故事越引人入胜，反倒是那些严肃的、带有生活哲理的故事备受冷落。

当我把这个想法告诉了霍霍尔，他笑着说道：

"这种情况会改变的！以后人们会慢慢认识到的，什么巴里诺夫、库尔什金呀，他们曾经都是这样的怪人，应归为艺术家或演说家，我想基督大概和他们的脾性极为相似。因此我说，虚构的东西同样有不错的……"

我接触这么多人，很少听到人们谈论上帝，似乎不乐意谈。

只有一个苏斯罗夫老头还算得上敬畏上帝：

"一切全是上帝的旨意！"

虽然这仅仅是短短的几个字，但我还是从中听出了万般无奈的含意。

多年的乡居生活开阔了我的眼界，我和一些村民关系处得很融洽，也从他们每晚的闲谈中学到了不少知识。

洛马斯所提出的每一个问题都是植根于现实生活中的，这些根深蒂固的问题一旦返还到现实生活中，就愈加茁壮丰硕了，结出了无数朵鲜丽夺目的花朵，我感觉我自己便是这沉甸甸的枝头成长起来的果实。也许正是靠了书本中的丰富营养的滋润成长，我说起来也满怀自信了。

霍霍尔曾不止一次地微笑着夸奖我了：

"马克西美奇！您进步很快啊！"

他对我的称赞和鼓励，我打心眼儿里感激！

除上述一些熟客常来常往我们的小店外，还有一些人造访。

潘可夫就带他的妻子一起来过，这个小个子的女人，温柔的脸上闪动着一对聪慧灵秀的蓝眼睛，和城里人的穿着一样时髦。

她静静地躲在房间的角落里，紧闭双唇，极其认真地听男人们谈话，可她有个毛病就是不停地张大嘴巴、瞪瞪眼睛。有时碰到什么话说到了她的心坎上，她就会手掩住脸不好意思地笑起来。

潘可夫一边使眼色，一边解释说：

"噢，她听懂了！"

时常有一些行动诡秘的不速之客来找霍霍尔。霍霍尔带他们上我住的阁楼，一谈就是几个小时，并且常常是留宿在阁楼上。

阿克西尼奇殷勤地伺候他们饭菜和吃茶，当然除了我们俩，再没有谁知道这事。这个厨娘对洛马斯像狗一样忠诚，几乎达到了疯狂崇拜的地步。

夜深人静时，这些人就神不知鬼不觉地由伊尔特和潘可夫划船送上过往的轮船，经常直接送到罗贝什卡码头。

我跑上阁楼，目送着小船离去，河面上有时是漆黑一片，有时则如银色波浪，这当然由月光决定了。他们为了引起轮船船长的注意，常常在小船上挂盏灯。呵！我的心怦怦直跳，仿佛自己也参与了这次秘密行动。

玛丽亚·捷里柯娃也从城里来了，她到了我们这儿来，可是在她的目光中再没有让我不好意思的神情了。

她的眼睛和别的小姑娘没什么不同，她长得的确很美，又有一位高个的大胡子男人的热烈追求，因而幸福的笑容始终挂在脸上。

高个大胡子男人对她说话和对别人略有些差别：手捋胡子次数增多；目光显

得更加温柔了。

捷里柯娃还是那么轻柔愉快地说话，她穿着一件天蓝色外衣，同头上的天蓝色丝带很适宜，小嘴不住地翕合，哼唱着小曲。两只婴儿般的小手总是动个不停，仿佛总要抓住点儿什么似的。

她身上的某些东西总能激起我对她的反感，我尽量的少见到她。我也不知道这是为什么。

大约是七月中旬，伊佐尔特失踪了，传说是落水淹死的。两天之后，这个传说得到了证实：人们从七里之外发现他的小船泊在河对面杂草丛生的岸上了，船底及船舷都已经碰碎了。

人们做着各种猜测，一般以为是伊佐尔特在船上睡着了，小船顺流而下和三只抛锚船相撞，才发生了这一悲剧的。

出事那天，洛马斯人还在喀山。

晚上库尔什金垂头丧气地跑到我们的铺子里来，他低垂着头，坐在包装麻袋上，望着自己的两只脚，沉默了好一会才又抽着烟，问我道：

"霍霍尔什么时候回来？"

"我不知道。"

他使劲用手掌搓他那张布满伤痕的脸，小声地用肮脏的语言骂街，喉咙里发出骨头卡住狗脖子般的怒吼声。

"你怎么了？"

他神情严肃，紧闭双唇。我发现他眼睛发红，下巴在不停抖动，他一时竟说不出话来。他这副样子真让我担心有什么悲惨的消息。最后他渐渐平静了下来，冲大街上看了看，断断续续地对我说：

"我和米贡去看了伊佐尔特的小船，船底明显是用斧子砍漏的，你明白吗？就是说，伊佐尔特是被人害死的！……"

他欲哭无泪，喉咙里不时发出哽咽的声音。他不停地当胸画着十字，浑身颤抖。库尔什金的痛苦样儿看了就让人受不了。后来他猛地跳起来，极其忧伤地摇着头走了。

次日夜里伊佐尔特事件真相大白。孩子们在河边洗澡的时候，突然在一只搁浅的破船底下发现了伊佐尔特的尸体。

船的一端被水冲上了岸，伊佐尔特就挂在船尾下的舢板上。

他脸向下，脑壳全空了，脑浆早就被水冲走了，显然他是被人在后面砍死的。伏尔加河河水晃动着迷人的双腿和双臂，好像竭力要送他上岸。

这一发现惊动了村民，河岸上有二十多个富农，一个个都阴沉着脸，呈现出若有所思的样子，贫苦的农民则在地里还没有回来呢。

面对这一惨境，人们表现出各种心态。胆小如鼠鬼崇狡猾的村长提着手杖，甩开两条罗圈腿颠过来跑过去，嘴里不停念叨着：

"作孽呵！简直是胆大妄为！完全没人性呵！"

也许是由于哀伤，他使劲儿吸溜鼻子，并用粉红色衬衣袖子抹鼻涕。

一个小杂货铺掌柜库兹冥也在这里抛撒着同情的泪，他跺着脚，挺着大肚子，一会儿看看我，一会儿又看看库尔什金，麻子脸上一副悲惨的神情。

村长的儿媳，一个粗壮的年轻妇女，坐在河岸的一块大石头上，毫无表情地凝望着河水发呆，颤抖的手不停地画着十字。下垂着的嘴唇长得像狗一样愚蠢，外加一口大黄牙。

小女孩儿和小男孩儿们嬉戏着从山坡上绣球般往下滚，浑身泥土的农民们也陆陆续续往这儿聚集。众人小心翼翼低声纷纷议论：

"他原本就是好招惹是非。"

"怎么会弄成这样？"

"哎！库尔什金，他本来是个好事之人……"

"没有什么原因就把人杀了……"

"伊佐尔特其实挺老实的……"

"老实？既然你们知道他十分老实，为什么还要打死他？你们这群混蛋！"库尔什金吼叫着恶狠狠地扑向人群。忽然，一个女人歇斯底里似的狂笑声响起，如同鞭子挥动起来重重地打痛了人们的心，农民们立刻大声喊叫着，不停地推挤，发狠，咒骂。

库尔什金趁火打劫地冲到那个杂货铺掌柜身边，照着他坑坑洼洼的脸使劲抽了一个耳光：

"畜牲！给你一巴掌！"

之后他挥动双拳，杀出一条生路，从纷乱的人群中冲出来，非常开心地大喊：

"你快走吧，他们要打架了！"

他还是被追上来的人群打了几拳，尽管他被打得嘴里出血，脸上却显出一种满足感……

"你看到没有？我打了库兹冥一记耳光！"

这时我们听到混乱的人群中传来村长尖细的喊叫声：

"呸！不行！你倒说说，我偏向过谁？你快说！"

巴里诺夫跑过来，回头胆怯地看着躁动的人群，咕哝了一句：

"我得离开这个是非之地。"

他朝山坡上走去。

这是个炎热的夏季，傍晚空气热到了极点，让人几乎喘不上气来。晚霞映射在丛林的叶子上，不知从什么地方传来了打雷声。

看着伊佐尔特的尸体和他那被水流冲得笔直的、看上去像怒发冲冠样子的头发，我不禁回想起他独有的低沉的音调和他非常动听的话语：

"其实每个人身上都或多或少保持着孩童般的天真，大家应该看重这种孩子般的东西，就说霍霍尔吧，看上去像一个硬汉人，但是有时他的心，却和孩子一样天真无邪！"

库尔什金在我身边不停的来回走动，他愤怒地说："他们会对咱们所有的人都下手的……妈的，这群混蛋！"

又过了两天，深更半夜霍霍尔终于返回来了，看上去他有什么高兴的事，对人特别友好亲切。我开门领他走进屋，他拍拍我的肩热情地说：

"马克西美奇！你睡得不好吧！"

"伊佐尔特被杀害了。"

"你说什么？"

这意外的坏消息把他的脸吓得变形了，颧骨高耸起来，胡子开始颤抖。他连帽子都忘取下了，站在房间里眯起眼睛直晃头。

"不知是谁干的？唔，肯定是……"

他慢慢地走到窗户旁坐下，伸开两条长腿。

"我早就要他注意点……地方长官来过吗？"

"昨天来了警官，是县里的。"

"有结果吗？哎，自然不会有结果的。"他自问自答道。

我简单地讲述了一下事情经过。县里的警官仍是例行公事，仍然住在库兹冥那儿，他们把库尔什金扣押了，因为他打了那个杂货铺老板一记耳光。

"这些还有什么好说的？"

我去厨房烧茶炊，我们喝茶的时候，洛马斯说道：

"这种人真可怜！也可恨！他们常常干这样的蠢事，杀死对自己好的人。实际上就是表明了，他们特别害怕那些好人。他们下这样的毒手，原因其实十分简单，就像这儿的农民们常说的一句口头禅：'不合他们的胃口。'记得我被流放到西伯利亚时遇到的一个犯人，他给我讲了这么一件事：他是个贼，他们一伙共五人。有一次，其中一个良心发现，提醒大家：'弟兄们！咱们干脆洗手别干了！这终究没什么好处呀！'就为了这句话，他们乘他醉倒之后把他掐死了。"

他对这个伙伴大夸特夸，似乎很欣赏。他继续说："后来我又杀了三个同伴，我一点也不觉得惋惜，惟独对头一个至今仍然很歉疚。他很善良，又灵活、又快乐，心地也很纯洁。"我问他杀人动机是什么，是否怕他告官？他居然动了情，说："他可不是那种人，为钱？为什么他也绝不会出卖我们的！原因很明了，就因为我们和他脾气不相投了，我们有罪，他倒像个好人，让人心里怪别扭的。"

霍霍尔背着手，在卧室里光着脚板走来走去，嘴上冒着烟，身上穿着一件拖到脚掌的鞑靼式白睡袍。他若有所思地低语道：

"不止一次地我发现人们害怕好人、正直的人，以致于消灭好人。他们一般有两样态度：一是巧言狡诈，最后不择手段残害他；二是顶礼膜拜，崇拜得五体投地。这第二种态度则是极其少见。学这些好人、正直人的先进思想、好的做法？不行，他们才不肯、不会、也不情愿学呢。"

这时，他端一杯已冷了的茶，继续说：

"我想他们是很不情愿改变自己的，你想想看：他们费尽心思才拥有现在的生活，他们已习惯了。这时突然蹦出一个什么人来告诉他们：你们的生活是不合理的、错误的。什么？我们的生活是错误的！但我们宝贵的精力都倾注到这种生活里了，见你的鬼吧！对我们不要横加干涉！愤怒的人们抡圆手臂给好人一记耳光。但是他们怎么不想想，好人才说出了生活的真谛。他们的行动在事实上推进了生活向好方向发展的历程。"

他挥挥手，指着书架说：

"特别是这些书！要是我会写书多好呵！可是我不适合干这事，我的思想太落后、反应也太迟钝。"

他在桌旁坐下，胳膊支在桌子上，抱着头陷入了深深的痛苦里。

"伊佐尔特死得太可惜了！"

沉默了好长时间，他好像想起什么似的说：

"唔，咱们去睡觉吧……"

我爬上阁楼挨窗子坐下。天空突然不断地出现闪光，照亮了广阔的田野。村里的狗狂吠着，幸亏有这叫声，否则我真以为自己生活在一个荒无人烟的孤岛上。

远处传来了隆隆的雷鸣，一股闷热的气流从窗口漫了进来。

就着闪电的光线，我吃惊地看见伊佐尔特睡在河岸的柳树下，他的脸色冷青。眼睛还像活着时一样明亮，吃惊的嘴巴隐藏在他金黄色的胡须里。

"马克西美奇！做人最重要的是仁慈和善良，因此我最喜欢的节日是复活节，就因为它是个最亲切的节日！"

伊佐尔特的声音在耳畔回荡。这个人的腿已经被伏尔加河的水冲洗得十分洁净，炙热的太阳晒干了他身上的蓝裤子，苍蝇围着他上下飞舞。

他的尸体此时散发出一股使人发晕作呕的臭味。

楼梯上响起咚咚咚的脚步声，洛马斯弯下身钻进阁楼，坐在我床上，一只手捻着胡须。

"您知道吗？我快要结婚了！"

"女人到这里来住，生活会很困难的……"

他一动不动地看着我，似乎期待着我继续说点儿什么，可我偏偏又不知道说什么才好。

这时闪电一照，照得满屋子都亮了。

"我要娶的是玛莎……"

我实在忍不住笑出了声，由于我未料到会有人叫她玛莎。太逗了！这么亲昵的称呼就连她父亲和几个兄弟也没叫过呢。

"您干吗笑？"

"噢，没什么。"

"您觉得我们年龄太过悬殊了，对吗？"

"噢，没有。"

"她和我说，您以前喜欢过她。"

"是的。好像有那么回事，但那已过去了，现在她就要成为你的妻子了。"

"我也是这样想的。"

他把手垂下来，轻声说：

"到我这个年纪就不像你们年轻人那样，潇洒地说声：好像是这样了，我的确是全身心地投入，根本就无法做其他的事！"

最终他禁不住内心的喜悦，带着讥讽意味地咧开嘴笑了：

"当初盖世英雄安东尼之所以败给凯撒，就是由于他迷恋的埃及女王克里奥佩特拉仓皇而逃，他无心指挥战舰，追随埃及女王去造成的。爱情的力量真是不可思议了！"洛马斯站起身，好像自己战胜自己似的，说道：

"不管怎样，我要结婚！"

"很快结婚吗？"

"秋天苹果摘完后结婚，那一定是个非常好的季节。"

洛马斯低头走出阁楼，我重又躺下，心里想，最好在秋天以前离开这儿。他为什么提安东尼的事儿呢？我一点都不喜欢。

今年是个丰收年，早熟的苹果几乎可以摘了，树枝被果实压弯了腰，果园里弥漫着浓郁的苹果香。对孩子们来说，这是段快乐的时光，他们能吃被虫咬过或风吹掉的苹果。

八月初，洛马斯从喀山运来一船货还有一船筐子篮子。

早上八点，霍霍尔洗完澡，换上衣服，准备吃茶，他愉快地说着：

"晚间行船一定别有一番风景……"

猛地他耸起鼻子闻了闻，有点担心什么似的问：

"怎么有股烧焦的味道！"

正在这时，从院子里传来了阿克西尼奇的哭喊声：

"着火了！"

我们冲出院子，见我们小店的库房还在燃烧，里面存放的都是易燃品：煤油、柏油还有食用油。

眼前的灾祸使我们惊惶失措，阳光照射下火舌正无情地吞噬着货物。阿克西尼奇提过一桶水来，霍霍尔把水泼在火苗四窜的墙上，然后把水桶一扔喊道：

"真见鬼！马克西美奇！您快把油桶推出来吧！阿克西尼奇回店里去！"

我迅速冲进去把柏油桶滚出院子滚到街上，返身回来转煤油桶，这才发现塞子是打开的，油已撒在地上不少了。我忙着找塞子，可是水火无情，库门已被烧穿了，火苗一个劲儿向里面扑。

有什么东西被烧裂了，我推着不满的油桶到了街上。此时街道已挤满了不少妇女和孩子，他们吓得乱哭乱喊。霍霍尔和阿克西尼奇正在搬运店铺里的货，将它们放进山沟里安全的地方。

一个白头发大黑脸的老头子在街上举着拳头尖声叫喊道：

"呀、呀、呀！你们这群恶鬼……"

我重又跑回库房时，火势更加凶猛了，从房顶上垂下来的火舌如同火帘洞，墙栅栏被烧得就剩个空架了，我被烟熏得透不过气来，眼睛也睁不开了。

我勉勉强强地把油桶推到了库房门口，但是桶被卡住了，怎么也推不出去，火燎了我的皮肤痛得我大呼救命，霍霍尔冲过来拖着我的胳膊，把我拉出院子。

"快跑！马上要爆炸了……"

他自个儿返身奔回卧室，我跟在他身后，爬上阁楼去抢救我的书，书被我从窗口扔出去了，当我想把一只放帽子的小箱子也丢下去时，轰隆一响，房子猛地震动了一下，我知道这是油桶爆炸了。

我头上的屋顶燃烧了，火舌从窗口闯进阁楼，我赶忙跑到楼梯口，这儿的烟更加浓重，这条路已经封死了。到处是火，是烟，我被包围了，木房子一个劲儿地燃烧着，火舌也跃跃欲试想吞噬我，这时我难受极了，一时竟然呆在那儿了。

过了几秒钟，却觉得有几年那么长了。我看见楼梯的天窗口突然出现了一张焦虑的扭曲的红胡子黄脸人，转眼又消失了。

房子仿佛已变成了火海，上万条火蛇穿房而入。

耳畔只有火在燃烧的声音，我知道我完了，两腿无法动弹，双手虽死命地捂着眼睛，但还是痛得要命。

求生的欲望驱使我急中生智：我抱着被子、枕头和一大捆菩提树叶，还用洛马斯的皮外衣护着脑袋，从窗口翻身跳了下去。

我在山沟上醒来时，见洛马斯伏在我身旁大声呼唤我：

"马克西美奇！您还好吧？"

看着飞舞的火花和快要烧成灰烬的房子，火舌、火花围着房子疯狂地舞蹈，从窗口一大股一大股地涌着黑烟，房顶上的火花随风摇动，如同飘扬的旗帜。我呆呆地站在那，脑袋里一片空白。

"哎！问您呢，好点儿吗？"

霍霍尔不停的关切地喊叫着。他那张被汗水、黑烟、泪水、焦虑覆盖的脸上，一对无限怜惜和担心的眼睛望着我，我被他深深的情谊感动了。

我感到一只脚疼得厉害，我躺下来告诉他：

"可能脚脱臼了！"

他轻柔地抚着我的脚，猛地用力一拉，我差点痛昏过去，可是几分钟后，奇迹出现了，我已可以乐呵呵地拐着脚把抢救出来的货物运到澡堂去了。

洛马斯又恢复了往昔的镇静，嘴上衔着烟斗愉快地开腔了："当时油桶爆炸，我看见火苗直冲楼顶，我想你肯定被烧死了，那是一条巨大的火龙，火光冲天，整所房子顿时间就成了火海，真没想到，您还是逃了出来！"

洛马斯有条不紊地把货物摆整齐，他又像平时那样镇定自若的对狼狈不堪、满脸黑乎乎的阿克西尼奇说：

"您在这儿看着！我去灭火……"

山沟附近的烟雾中飞动着许多白色的纸张，那是我们心爱的书……

已有四栋房屋在这场大火中毁了，火光仍然在蔓延，火舌开始笑脸似地静静地向左右张开嘴，慵懒地伸开红手臂轻轻抓过栅栏和屋顶，不慌不忙地向左向右掠夺和蚕食，幸亏今天没什么风，渐渐地，屋顶的茸草被吃光了，栅栏眨眼工夫也没了。

火光伴着木头的爆裂声欢快地歌舞，它如同一个无事妖魔闲来无聊，故意来人间淘气一回，手一扬火星儿飞落东家院、西家院，看着人们东奔西跑，为自家的财物忧虑。村里的农民，妇女老少都在不停地哭喊着：

"水！水！水！"

水源离这儿真太远了，在伏尔加河那儿。

洛马斯忙着发挥自己的组织能力，又推又拉地迅速将乱得无头苍蝇似的村民聚到一起来，组成两个小组，之后镇定而胸有成竹地命令他们拆除栅栏和离火场近的厨房、储藏室等杂房。

大家并没有反抗，反而很顺从听他的指挥，这样一来，他们就成了同心协力共同作战了，至少可以不必使整条街的房子被焚毁了。

他们这样做时，心中仍有顾虑，畏畏缩缩觉得这么做好像是在为别人干活，显得缺乏一定的自信心。

我情绪激昂地投入到这场异乎寻常的战斗之中，我这个人是非常喜欢集体劳动的那股热情澎湃的激情场面的。我比以前任何时候都强壮有力！

在街上我发现村长和库兹冥及一伙儿富农，在那里袖手旁观，咒骂着什么，只是挥舞手杖，大声叫喊。

农民们从田地里骑着马急驰而来，颠得实在太厉害了，手臂都要高过耳朵了，女人们大声哭诉着向他们跑去，小孩子们吓得到处乱跑。

火光仍然在蔓延，又一家的杂房起火了，这时只有拆掉猪圈的一边栅栏，才可以防止它的继续蔓延。其时，栅栏上已飞动着红色火焰了。

救火的农民砍倒木桩时，火花灰烬正好纷纷落到他们身上，他们顿时吓坏了，匆忙夺路而逃。

霍霍尔鼓励他们不要怕，但收效甚微。他果断地扯下一个农民的帽子往我头上一扣说：

"您去那儿，我在这边，大家一齐来！"

我挥动斧子，一根又一根的桩子被砍倒了，栅栏开始活动了，我立刻爬上去，攀到最高处，霍霍尔协助我，用力向下拉我的双腿，轰隆！栅栏倒下了，差点儿就砸了我的脑袋。农民挤上来一齐用力把栅栏抬到街上去了。

"你烧伤了没有？"洛马斯关切地询问我。

他的关切为我增加了无穷的力量和智慧。真想在他面前施展一下才智，因此无论什么事，我都尽心竭力去做，目的却极为简单：得到他的赞扬。

在浓浓的烟雾中，我们心爱的书，如鸽子似的在天空飞散。

右边的火势已经得到暂时的控制，左边的火却还在凶猛地吞噬着农家庄院，已光顾到第十户人家了。

洛马斯留下几个农民监视右边的火情，其余的人在他的率领下忙往左边跑去。当我们经过那群富农旁边时，一句恶毒的话传进耳朵：

"肯定是他们放的火！"

杂货店的老板接着说道：

"咱们去搜查一下他们的澡堂！"

洛马斯深厚的友谊和真挚的关心鼓舞激励着我，我拼命地干着，弄得自己筋疲力尽。我的衬衣一定是着火了，后背火辣辣的，洛马斯从后背往我身上浇凉水。农民们围着我，怀着敬佩之意低声说：

"这孩子力气真大！"

"他没问题，肯定可靠……"

我用头靠在洛马斯的腿上难为情地哭了起来，他爱怜地抚弄着我湿淋淋的头发说道：

"休息会儿吧，你太累了！"

库尔什金和巴里诺夫这两个人被烟熏的像个鬼似的，他们带着我到了山沟里，不住地安慰我道：

"兄弟！不用怕！已经没事了！"

"你受惊了！"

可我还没来得及躺下稍事休息，料想不到的事情发生了：村长竟率领一支富农队伍直奔澡堂，洛马斯在队伍后面被两个村警押架着。他脸色阴森可怕，帽子也没了，衬衫的袖子不知什么时候被扯了下来。

退伍兵可斯金挥动手杖疯狂地嚷着：

"把这个异教徒扔到火里去！"

"打开澡堂的门……"

"你们自己砸锁吧！"洛马斯说。我跳起来，拿根棍子站在洛马斯身边。两个架着他的村警吓得直往后退，村长也战战兢兢地尖叫：

"我们信正教的人是不准砸的！"

库兹冥用手指着我，叫道：

"对！还有这个家伙……他到底是什么人？从哪儿来的？"

"冷静点，马克西美奇！他还以为澡堂里藏着货物，我们故意放火烧铺子的。"

"就是你们两个干的，你们这两个纵火犯！"

"砸开锁吧！"

"我们这些是信正教的……"

"我们负责，我们敢做敢当！"

"是我们的……"

洛马斯低语着：

"跟我最好背靠背站着！以防止他们从后面打我们……"

最后，门锁还是被砸开了，几个人一拥而进，又立即退了出来。

我利用这个时间将棍子塞到洛马斯手中，并从地上又抓起一根。

"没什么东西……"

"难道什么都没有？"

"这几个鬼东西！"

有一个胆怯的声音说道：

"或许是我们弄错了，农民啊……"

话还没有说完就被几个蛮横的声音打断了：

"什么搞错了？"

"快！快把他们扔到火里去烧死！"

"这一群魔鬼……"

"他们组织了一个秘密组织叫什么劳动组合！"

"这群贼，他们都是贼！"

"都给我住嘴！"洛马斯被他们的叫骂声激怒了，"你们听着！澡堂你们也已看过了，什么也没有，你们还想要什么？我的货就剩这些，其余全都烧光了，我总不至于把我自己的财产烧了吧？"

"他保了火险！"

这句话就像在火上又加了把干柴，十几个声音又疯狂地叫喊起来了：

"还傻站着做什么呀？"

"我们已经无法忍受了……"

我的双腿在颤抖，眼前有些发黑，红色的烟雾中，我看见了他们凶狠的狰狞的脸，我真想冲过去痛打他们一顿。

人群将我们紧紧围住，他们跳着、喊着：

"看啊！他们还拿着棍子呢！"

"什么？居然还有棍子？"

"他们要来揪我的胡子了！马克西美奇！跟着我，您也要遭殃了，千万要沉着、冷静……"

"你们看呀！这个年轻人还带着把斧头呢！"

这是我砍木桩用的斧头，忘记从裤腰上取下了。

"看上去他们害怕了，假如他们冲过来……千万别用斧子！"洛马斯叮咛我。

这时一个小个子的跛脚农民，十分可笑地蹦来蹦去，一面尖声叫喊着：

"从远处用砖头打他们！我来负责任！"

他拿起一块砖头朝我的肚子砸来，我还没还手呢，库尔什金早就像只饿鹰般地扑向他，他们扭打着一齐滚下了山沟。

跟在库尔什金后面又冲过来的潘可夫、铁匠等十几个人前来助战，我们的力量一下子壮大了。

库兹冥马上假装正经地说道：

"米哈依·安东罗夫！你是个聪明人，不过你应明白：大火使村民们发疯了……"

"咱们离开这儿！马克西美奇！去河边的小饭馆。"洛马斯果断地说着，猛地从嘴里抽出烟斗往裤袋里使劲一塞，拄着几乎成了武器的棍子，精疲力尽地走出了山沟。

库兹冥和他并肩而行，嘴里不知嘟囔着什么。只听洛马斯不屑一顾地说：

"滚开！你们这些蠢货！"

再来看看我们的杂货铺：一片灰烬，惨不忍睹，还有一堆炭火没有熄灭。没有烧坏的炉子的烟囱仍在向外冒着一股股青烟，烧焦的门柱子就像头顶戴着冒着火星的木炭帽，身穿黑衣的士兵一样，站立在火堆旁。

"可惜呀！我的书！"霍霍尔叹了口气说。

灾难之后，孩子们没受到什么影响，到处可以看见他们快活地忙碌着，他们在把一块块还在阴燃的木头或铁桶拖到街上水坑里。这些东西发出的嗞嗞的声音，很快就熄灭了。

大人们却满脸愁容，收拾着被烧坏的东西，计算灾祸损失，家庭主妇们开始又哭又骂了，只是为了争夺一两块已烧焦的木炭。苹果园几乎没有受到火灾的殃及，只是叶子被火烤成了黄色，但鲜红的苹果更加分明了。

我们下河洗了个澡，然后在河边一个小饭馆坐下，默默地喝茶。

"无论如何，富农们打的算盘失败了！"洛马斯说。

这时，潘可夫心事重重地走进来，变得比平时温和了。

"老兄！你看我们该怎么办？"霍霍尔问他。

潘可夫无可奈何地耸耸肩说道：

"我的这栋房子确实是保过险的。"

大家都被他的话惊呆了，彼此面面相觑，似乎不认识对方似的。

"洛马斯，你现在该怎么办呢？"

"我要仔细想一想。"

"我有一个想法，咱们到外面去谈吧。"

潘可夫出去时回过头对我说：

"你胆子倒挺大！你还可以继续在这儿住下去，他们会怕你的……"

我也走出了饭馆，来到河边，躺在树底下看河水流淌。

虽说已经日落西山，已近黄昏，天气的炎热却没有减退。刚刚经历过的一切像图画般浮现在眼前。我的心感到深深的忧伤，整个地沉浸在悲愤之中。但是没有多久疲劳困倦就占据了全身，我沉沉地睡着了。

"喂！你醒醒！"不知过了多久，我迷迷糊糊地听到有人喊我，并使劲摇我拖我。"你是不是死了？快醒醒！"

原来是巴里诺夫俯在我身上，用力的摇晃我，此时河对岸的草原上已升起一轮橙色的圆月。

"快走吧！霍霍尔正为你担心呢！"

我们一前一后往回赶，他一路嘟囔着：

"你不该这样随便找个什么地方倒地便睡，要是有人不小心或是干脆故意丢一个石头，你就完了，我的兄弟！村民可爱记仇了！他们喜欢仇恨，除此之外，再没别的什么了。"

河边的树丛微微摇动起来。

"找着了吗？"米贡用洪亮的声音问。

"带来了。"

走了十来步，巴里诺夫叹口气道：

"米贡又打算去偷鱼了，他的日子的确不容易过下去！"

洛马斯见我回来就生气地责备说：

"您怎么就去瞎逛呢？非得让他们找您是吗？"

最后大家都散去了，我和洛马斯开始交谈。

他愁眉不展地低声说：

"潘可夫的意思让您留下来，他开一个杂货铺，我把烧剩下的东西都卖给了他，我决定去弗亚特加去，等我站稳脚，就给您写信，您愿意去我那儿吗？"

"我得考虑考虑。"

"你考虑吧！"

他睡在地板上，辗转了几次就不再作声了。

我坐在窗口，遥望伏尔加河，橙色的月亮点缀在河面上，让人不禁联想起这场熊熊大火的火光。一艘大轮船沿着河岸向前行驶，外轮片使劲地拍打着河水发出隆隆的声响。船上的三盏桅灯闪闪烁烁，让人似乎认为是天空中的星星。

"您是不是生农民的气了？"洛马斯梦呓似的说，"千万别和他们生气。他们只是因为缺乏知识而有些愚蠢，愚蠢表现出来的就是凶狠。"

他的话改变不了我的认识，那一张张野兽般残暴、恶狠狠的、凶神恶煞般的嘴脸在我面前闪现，耳畔一直回想起那句令人伤心至极的尖叫：

"从远处用砖头打他们！"

当时的我还没学会忘记不该记住的事情。我有时也觉得很奇怪，单独一个农民，他绝不是恶毒的，他们都是心地善良而没文化教养的善良的野人。

你不难让一个农民露出孩子似的天真的笑容，他们没有谁不是极为热心地听我讲人类自尊建功立业的故事以及人类为追求理想、幸福而奋斗的故事，他们尤其喜欢独立性，喜欢按个人喜好，按自己的心愿轻轻松松地生活。但是一旦他们聚在一起，比如全村大会，或在河边小饭馆挤成灰乎乎的一团的时候，他们身上的那些优秀品质就奇怪地不知藏到哪里去了。

像神父似的，他们虚伪、道貌岸然，见了有权有势的人就点头哈腰，极尽溜须拍马之能事，那副模样真令人恶心。

有时候他们又为了一点儿鸡毛蒜皮大的小事，便立刻凶相毕露，大打出手，一副没有驯服过的野人形象。

他们毫无约束，没有一点儿道德和法制观念，昨天还顶礼膜拜这儿的教堂，今天生气了，便不顾后果的，非常可怕地捣毁教堂。

他们还有一种非常可怕的习惯：蔑视智慧。对村里面多才多艺的诗人、艺术家很不尊重和敬慕，只是把这些人当做全村人的笑料。

无论如何我不会，也不能生活在这里，我要离开这群可恶的村民。

我和洛马斯分手那天，我向他说出了心中的苦闷。

"你下结论未免太早了吧！"显然洛马斯是在指责我。

"我就是这样想的！"

"这是个不正确的结论！没有丝毫的依据！"

他平心静气好言好语开导了我半天，我仍不愿再相信。

"不要急着下结论去谴责他人！这事儿太容易了，你完全没有必要学这些东西。我希望您能全面考虑，请您别忘了：任何事情都是发展变化的，并渐渐向好的方向发展。太慢了，是吧？然而却是长久的！您要到处走走看看，什么都亲身去体验一下，千万别急于谴责人！我的好朋友，再会吧！"

谁想这一别就是十五年，他由于民权派事件被流放到亚库梯区，服了十年苦役后返回到塞德列兹，我们在那儿重新见面。

当洛马斯离开之后，我的心情异常愁闷，好像有块铅压在心头，后来我和巴里诺夫搭伙靠给村里的富农打工度日。白天我们给谷子脱粒，挖土豆，拾掇果园，晚上便一同回巴里诺夫的澡堂睡觉。

"马克西美奇！你独自一人，像你这样既高傲又孤癖的性格，怎么在世上过活啊？"一个大雨如注的夜晚他对我说，"咱们明天去海上吧，怎么样？这回是真的，呆在这儿真没意思，他们又不喜欢我们这样的人，说不定哪天咱们就遭了那些酒鬼的毒手……"

巴里诺夫不止一次地唠叨这事儿。他这阵子也是忧心忡忡的，两只猴子般的胳膊无力地往下垂着，那双迷途羔羊般的眼睛更是让人看了觉得怜惜。

雨水顺着山沟直往下涌。这应该是今年的最后一场大暴雨了，不时有几道惨白的闪电划过天空。

"咱们明天就走吧？好不好？"

第二天，我们动身了。

秋夜远航在伏尔加河上，又满怀对未来生活的憧憬，自然心情很好。舵手是个全身长毛的傻大个儿，他用手掌着舵，脚丫子在甲板上用力踩着，嘴里还不住地呜噜噜地发出深深的喘气声。

坐在船上猛一回头，你会看到条黑色丝绸般滑腻闪亮的，望不到边的河水。河面上的乌云忽然上下翻滚，整个世界浸在一片黑暗中，吞噬了大地、江河湖海、日月星辰，驶向神秘的荒无人烟的地方。

此时这种情境，我便会陷入到无边的沉思和梦幻之中，我感觉自己像只蚊虫附在大油包里，缓缓滑动，越来越慢，直到完全被粘在里面。

身边死一般的沉寂包围着我。

那个大个子身穿羊皮袄，头戴羊皮帽，如着了魔般呆然不动……

"您叫什么名字呀？"

"你问这干吗？"他非常无礼地回了我一句。

那天从喀山出发时，我就见到了他的庐山真面目，长得丑极了，脸上一层毛，眼睛小得几乎看不见。笨拙得像头狗熊似的。他酒量特大，一瓶伏特加倒在木勺里像喝水样一仰脖就喝干了，然后又啃上了苹果，他胃口还真好。

轮船抛锚时，他一本正经地看一看落日，嘟囔着：

"上帝保佑！"

这艘大轮船拖着四只驳船，满载着铁板、糖桶和木箱，准备运到波斯。巴里诺夫这时又犯了老毛病，先用脚踢踢大箱，再用力嗅了嗅，想了一下说：

"这运的准是步枪，准是诺夫斯克厂出产的……"

听了这话掌船的给他小肚子上来了一拳，恐吓道：

"小子，你少管闲事。"

"我是想……"

"你是否想挨嘴巴了？"

我们两个没钱买轮船票，只好求人家让我们坐上这只拖船。事实上我们也给他们站岗值班，但是船上的人还是把我们当叫化子看待。

"我看你们说的什么人民呀，在这儿很简单：有本事的就骑在别人脖子上，没本事的就被人踩在脚下……"巴里诺夫怨声怨气地说道。

黑暗中，连拖船也看不见了，只有桅灯照亮的高耸云端的桅尖依稀可见。舵手像傻子似的一言不发，我被船长指派到这儿"上班"，给这个野人做助手，每次拐弯时他就目光斜视地甩出一两句话：

"哎！掌稳点！"

我马上跳起身来，转动舵杆。

"好了！"

就这么简单，没有事的话，他绝不多说一句。我几次努力试图与他交谈，都没得到反应。

或者他以不变应万变，每次我发问，他就回答：

"你问这个干吗？"

这个大傻瓜在想什么呢，谁也不明白，船经过卡玛河和伏尔加河交汇处时，他朝北方望了望喃喃自语：

"混蛋！"

"你骂谁混蛋？"

他不回答。死一般地沉寂。

一阵狗叫声打破了夜的沉寂，好像黑暗压抑下的幸存者正在软弱无力地垂死挣扎。

"这儿的狗最凶恶！"大傻子突然开口了。

"你说哪儿呀？"

"哪里都一样。我们那儿的狗才真的凶恶……"

"你在哪里住？"

"沃罗格达。"

他的话匣子一旦被打开就像土豆从破麻袋里直往外流，一大串粗野的话一溜烟儿吐了出来：

"哎！你的同伴儿是你叔叔吧？照我看他可真是个大傻瓜，我叔叔又精明又有钱。他在西姆比尔斯有个码头，还在河岸上开了一家饭馆。"

他很费劲地说完上面的几句话，就用他那双小得不能再小的眼睛凝视轮船上的桅灯。

"掌稳了！……看上去你识字吧？你知道是谁定的法律吗？"

我还没来得及回答，他又继续往下说道：

"对于这件事各人说法不一样，有说是沙皇定的，有说大主教定的，还有说是元老院定的。我要清楚是谁定的，我就去找他：最好把法律定得严格点儿，连打人的事想都不敢想才好呢！最好是用法律严格地约束着我，如铁链一样锁死我的心，否则我就得触犯它！我毫无办法控制自己不去触犯它！"

他喃喃地自言自语了半天，声音越来越小，最后几乎听不见。

河面传来喊话声，嘶哑的声音，疲软无力。几盏似豆大小的桅灯在漆黑的夜色中变得很耀眼，它们不遗余力地放射着极其微弱的光亮。

浓重的乌云在头顶上翻滚，水、天、地渐渐汇成一片浑沌的黑暗。

舵手紧锁眉头埋怨道：

"他们把我弄到什么地步了？我的心都几乎不能跳动了……"

我只有一种感受：四周只剩下了孤独与静寂。当时我的头脑中空空的，我感到自己对一切都失去了兴趣，仅仅有一个念头：睡觉。

乌云总算走出黑暗，黎明小心翼翼、费力地穿过乌云悄悄地来临了。又是一个雾昭昭不见天日的惨淡日子，隐没在黑暗中的景物依稀可见：河岸上的树林、农舍、农民的身影构成一幅黎明的画面，一只水鸥振动翅膀飞了过去。

我们换了班后，就钻到帆布篷里睡觉去了。没多久我就被急促的脚步声和叫喊声从梦中惊醒了，我探出身子看到三个水手正把那个舵手按在船舱的墙上，好像在阻止他做什么事，同时听到他们叫喊着：

"彼得鲁！快扔下！"

"没关系的，上帝会保佑你！"

"得了吧！"

彼得鲁双手交叉，一只脚下踩着甲板上的包袱，他看了他们一眼，接着粗声粗气地哀求着：

"别管我了！让我走吧！别让我再去作孽了！"。

他光着脚丫、穿着短裤，脑门全让耷拉着的头发遮住了，那双非常小的眼睛里充着血丝，他央求般地望着大家。

"不行！你会淹死的！"

"淹死？绝不可能！弟兄们，让我走吧！否则我控制不住自己，准会杀了他！到了西姆比尔斯克就来不及了……"

"你千万别这样干！"

"兄弟们呀，求求你们了，就放我走吧，别再让我去作孽了……"

他慢慢松开双手，跪下了，两手抚摸着船板好像要被钉在十字架上似的，他一遍又一遍地哀求着：

"让我走吧，让我走吧，我不能再作孽！"

他从内心深处发出的哀鸣中有一种十分动人的情绪，双臂伸展开、跪伏在那里，如一个虔诚的圣徒，这些人最终被他感动了，默默地给他让了一条路，他站起身，抱起包裹，说了声：

"谢谢你们。"

他奔向船舷，以极其娴熟优美的动作跳入水中。

我被他的异常举动驱使到了船舷边，看着他穿过水流远去。他头顶大包袱，如戴了一顶大帽子，向着河岸游着，那边岸上的树落叶飞舞，好像是迎接他的归来。

船上的几个农民说道：

"他到底还是管往了自己！"

"他是不是疯了？"我问道。

"才不是呢！他是为了拯救自己的灵魂……"彼得鲁游到没过他胸脯的河水里，回头挥动包袱在头顶上摇晃了一下。

水手高声喊了起来：

"再见……"

一个人担心地问道：

"他没身份证可该怎么办呀？"

我一直对彼得鲁的行动感到无法理解，一个红发罗圈腿的水手十分乐意地给我讲了彼得鲁的情况：

"他有个叔叔叫西姆比尔斯克的，他不仅侮辱他，还夺走了他的全部财产，他发誓要杀掉他叔叔。事到临头，可他又怜惜自己，为了不致犯罪，他强迫自己逃走。彼得鲁表面看上去很凶恶，心地却非常善良，他可是个好人……"

善良的庄稼人这时已登上岸，一转眼就消失在树林中了。

由于这个突发事件，我和水手们越谈越热乎，到黄昏时分他们已经把我当作自己人了。

可第二天，他们的脸色变了天，我知道这准是长舌头的巴里诺夫在耍鬼花招。

"你说，你和他们到底说什么了？"

他讨好似地用他女人般温柔的眼睛看着我，有些不好意思地搔着后脑勺说：

"嗯，我只是说了几句无关紧要的话！"

"哼！我早就警告过你别乱说话的！"

"我开始没想说，只是他们想要打牌的，牌被舵手拿走了，我灵机一动，为了解解闷儿，于是我就说了那件事……"

经过仔细盘问，我才知道了巴里诺夫信口开河说了些什么，他在这些事的结尾加上我和霍霍尔两人，把我们叙说得如海盗一样凶残，挥舞着斧头和农民拼杀。

你根本就和巴里诺夫没法生气，他有自己的理论，他的所谓真理全是超现实的，凭空想象的。

有一次，我和他一起找活干，走累了便在山沟口的田地上休息，他满怀信心地开导我：

"应该选择合乎自己心意的真理！你知道吗？看看这山谷那边羊在吃草，牧羊狗东奔西跑，牧人不停地走来走去，这有什么意思！哼！这根本难以满足我们饥渴的心灵！兄弟呀！这是个冷酷的世界，睁开眼睛看到的就是坏人，现实就是如此残酷！到哪去找善良人呢？这就要靠人家的编造！充分发挥你的想象力吧！就这么回事。"

由于巴里诺夫的小小过错，我们到了西姆比尔斯克就被赶下了船。

水手们毫不客气地说道：

"你们这样的人，在我们这儿不合适！"

他们把我们送上了岸，我们数了数身上的钱，仅仅剩下三十几个戈比了。仅仅够去小馆子里喝茶用。

"我们该怎么办？"

我焦急地问道。

"什么也别说了，只有向前走。"

巴里诺夫有把握地回答。

我们冒险做了一次没买票坐船的"兔子"，先混上客船偷渡到撒玛拉，到那儿之后上了一只拖船，做了人家的雇工，七天之后，我们就如愿以偿地到达了里海岸。

在路途中我们虽尝到了一些艰辛和苦痛，但总算比较顺利。

就这样，我们到了步尔美克地区的卡布库尔——拜渔场上的渔民劳动组合处，开始了我们崭新的工作。

鹰 之 歌

　　辽阔的海滩一望无垠，岸边的海水懒洋洋地叹息着，远处则在淡蓝色月光的照耀下悄悄地进入了梦乡，与蓝色的天空融为一体。海水反射出天空的倒影，就像一块织上了几朵羽状云彩的锦缎，云彩纹丝不动，这并未挡住镶着金色花边的星星。显然，海面上空的天幕越垂越低了，它好像要听个明白，听那喋喋不休的波浪睡意朦胧地爬上岸边时在说些什么。

　　满山的树木被风刮成奇形怪状的，陡峭的山峰直指空旷的蓝天，它们那险峻的轮廓笼罩在南方的夜色之中，披上了一层温暖柔和的雾霭。

　　山上的景色肃穆，它似乎在独自沉思，山峦的黑影落在不断涌来的浅绿色的浪尖上，为它们增添了一层深色，好像要终止这仅有的一项活动，平息海水不间歇的拍溅声和泡沫的喘息声，因为这种种声响划破了那神秘的静寂，月儿还藏匿在山峰的背后，它那淡青色的银辉使得周围的一切沐浴在神秘的静谧之中。

　　"啊拉——阿嘿——阿克巴尔！"纳德尔·拉吉姆·奥格雷轻轻地叹了一口气。他是克里米亚的老牧羊人，他看上去高高的个子，灰白的头发，皮肤已被南方的骄阳晒得黑黝黝的，是个很精明干净的干巴老头。

　　我与他躺在一块巨石旁边的砂石地上。这块巨石离开了它的故乡山脉之后，被阴影所遮盖，长满了苔藓，这是一块忧伤阴沉的石头。它的一面朝向大海，被海浪冲上岸的水藻水草在上面挂满了。因此它好像被捆绑在那条把大海和山峦隔开的狭长的砂石海滩上了。我们的篝火照亮了它朝向山峦的另一面，火苗颤动着，而它的阴影在这块古老的、布满深深裂纹的石头上来回奔跑。

　　我与拉吉姆用刚捕来的鱼在做鱼汤，两人的心情都非常的愉快，都愿意做点什么。

　　海水亲昵地朝岸边涌来，海浪的声音那样温柔，像是在请求允许它们到篝火旁来取暖，时而也有比较勇敢淘气的浪花径直地奔跑过来。

　　拉吉姆头朝向大海匍匐在沙滩上，用肘部支撑着身体，手掌托住脑袋，深沉地望着昏暗的远方，毛茸茸的羊皮帽子滑落在他的后脑勺上，海上飘来一阵清新气味吹到他布满细纹的高额头上，他大发感慨，也不管我是否在听他说话，他似乎是在和大海交谈。

"虔诚信仰上帝的人会上天堂，那些不为上帝和先知服务的人呢？或许，他就在泡沫里……水中那些银光闪闪的斑点，可能就是他……有谁知道呢？"

起伏不定的昏暗的海面显得明亮些了，有的地方露出明月随意洒下的点点光亮。月亮已从参差不齐的山峰背后出来了，正沉思地把它的光芒射在轻轻叹息着迎接它的海面上，射在海岸上，射在离我们躺卧的地方很近的那块巨石上。

"拉吉姆！讲个故事吧……"我央求老头。

"干什么？"拉吉姆并未对我转过身来问道。

"是这样！我喜欢听你讲故事。"

"我已经全讲给你听了……别的我不知道……"

这表示他希望我央求他，我便央求他。

"你很想听我给你讲一支歌的故事吗？"拉吉姆同意讲了。

我很愿意听听古老的歌曲，他便用凄婉的调子讲了起来，他竭力保持这支歌曲特有的韵律。

一

一条蛇高高地爬到山顶上，蜷曲成一盘躺在山上一个潮湿的峡谷里，望着大海。

太阳在高空放射光芒，群山朝着天空喷吐暑热，波浪在下面拍击着岩石……

一股激流涌出峡谷，在黑暗中迸溅着水花，岩石被敲得叮当作响，朝大海奔流而去……

一只鹰忽然从空中跌落在那条蛇蜷缩的峡谷里，鹰的胸部摔伤了，羽毛上沾染了鲜血……

它短促地叫了一声跌在地上，绝望地拿胸部在坚硬的石头上碰撞……

蛇吓了一跳，灵巧地爬开了，但它很快便明白，这鸟儿的生命只有两三分钟的时光了……

它爬到摔伤的鸟儿跟前，直对着它的眼睛咝咝地说道："怎么，你要死了？"

"是的，要死了！"鹰深深地叹了一口气回答道："这一生我活得很好……我懂得幸福是什么……我曾经勇敢地战斗！……我看见了天空……你没有这样近地看到过它！唉，你呀，可怜的蛇！"

"那又怎么样，天空嘛，一块空荡荡的地方……在那儿我怎么爬？我呆在这儿挺好……又暖和又湿润！"

蛇这样回答那自由的鸟儿，心中暗暗讥笑鹰的那些胡话。

它这样想：无论飞也好，爬也好，结果却是一样的，大家都将倒在地里，大家都将化作一抔尘土……

可是勇敢的鹰忽然抖动一下翅膀，稍稍欠起身子，朝狭谷扫视了一周。

水珠透过灰色的岩石滴落下来，潮湿阴暗的狭谷令人憋闷，四周散发出腐朽的气味。

鹰竭尽全力悲愤而痛苦地大声叫道："啊，但愿能再一次飞上天空！但愿用我受伤的胸部去挤压敌人……用我的鲜血把它呛死！啊，战斗的幸福！"

而蛇暗自思忖："既然他这样呼叫，想必在天上的生活真是快活……"

于是它向自由的鸟儿建议："你挪到峡谷边上，再往下跳，翅膀也许还能将你托起来，让你在你的理想王国里再活些时候。"

鹰抖动了一下，骄傲地叫了一声，沿着岩石上的粘液用爪子朝悬崖方向滑行。

到了悬崖边上，它平伸翅膀，吸足了气，环视四周，滚落下去。

它像一块石头那样沿着悬崖滚落下去，折断了翅膀，羽毛也脱落了。

水流的波浪截住了它，洗净了它身上的血迹，为它披上泡沫，将它带进了大海。

而海浪悲哀地吼叫着朝石头撞去……鸟儿的尸体融在辽阔的大海里了……

二

蛇躺在峡谷里想了许久，它想着鸟儿的死，想着鸟儿对天空的热烈追求和向往。

这时它朝远方瞅了一眼，那里充满了梦幻的色彩。

"那只死鹰，它在那深不测底的空旷之中到底看见了什么？死到临头还会因为不能飞翔而痛苦呢？它为什么那样热爱天空？天空有什么好？那么值得留恋？我要是飞上天空哪怕只呆一小会儿也就能明白这是为什么了。"

说完它便付诸行动，它先盘蜷成圆圈，然后朝空中一跳，像一条狭长的带子在阳光下一闪。

天生是爬行的不可能飞行……它忘记了这一点，它跌落在石头上，但没有摔伤,于是大笑起来……

"原来飞上天空的妙处就在于此,不过是往下跌落!可笑的鸟儿!它们根本不懂得大地的妙处,好高骛远,以为天空是个好地方,其实那什么都没有,虽然光芒四射,但是没有食物,活的身体缺乏支撑。有什么可骄傲的呢?凭什么指责别人?不就是为了掩饰其愿望的狂放和这愿望背后的处理生活事务的低能吗?可笑的鸟儿……我再也不会为它们的话而上当了!我已经全明白了!我看见了天空……飞到天空上去了,我测试过它了,懂得了往下跌落是怎么回事,但没有摔伤,只是对自己更有信心了。让那些不愿意喜爱大地的生物靠谎话去过日子吧。我知道了真相,所以我不会相信它们的号召。我是大地的创造物,我靠大地生活。"

于是它万分满足地在石头上蜷缩成一团。

海水闪闪发亮,一切都沐浴在耀眼的亮光中,波浪威严地撞击着海岸。

在如同狮子怒吼似的涛声中响起了颂扬骄傲之鸟的歌声,岩石由于浪涛的撞击而发抖,天空由于这支庄严的歌声而战栗:

我们歌唱,

光荣属于勇士们的奋不顾身!

勇士们奋不顾身,

就是生活的智慧!

啊,勇敢的鹰!

你在对敌斗争中把鲜血流尽。

但终将有一天,

你的滴滴热血如点点星火,

将在黑暗的生活中大放光明,

让许许多多勇士们的心燃起狂热的渴望自由、光明的火焰!

我们为勇士们奋不顾身而歌唱……

远处青白色的海面沉寂无声,海浪拍击沙滩发出清脆悦耳的哗啦声,我默然无语,望着海的远方。海水中反射出月亮的银色光点越来越多了……我们的鱼汤不知不觉煮开了。

一个海浪淘气地蹦上岸来,嬉戏着朝拉吉姆的脑袋爬了过来。

"往哪儿跑……去!"拉吉姆朝它一挥手,海浪便乖乖地滚动着退回海里去了。

我丝毫不觉得拉吉姆的行为有什么可笑。四周的一切看起来显得出奇地生动、柔和、温情脉脉。山上还残留着白天的炎热，大海非常平静，平静之中蕴含着神秘威严的力量。在湛蓝的天空中，星星的金色花边描绘出某种庄重肃穆的事件，这事件让人神魂迷醉，心潮起伏不定。

一切都仿佛在睡意朦胧之中，这状态既十分投入，又保持着高度的警觉，似乎万物都会在下一秒钟惊醒过来，发出无法诉说的甜蜜而又和谐的声音。那声音将说出世界的秘密，诉诸于心智，然后又把心智当作精灵之火使之熄灭，那声音将吸引灵魂升上蔚蓝的高空，而群星闪烁的花边也将依据神的启示来迎接这些灵魂。

伊则吉尔老婆婆

一

我是在离阿克尔曼小镇不远的，一个名叫萨拉比亚的海岸听到这些故事的。

有一天，黄昏时分，白天采摘葡萄的劳动结束了，同我一起干活的摩尔达维亚人都朝着海边走去，而我和伊则吉尔老婆婆留了下来，我们躺在地上，在葡萄藤的浓荫底下默默地凝视着朝大海走去的人们，直到他们的身影渐渐消融在夜幕下淡蓝色的薄雾中。

他们大声笑着，边走边唱着歌，男人们的面孔一个个被晒成了古铜色，蓄着蓬松的黑胡子，浓密的卷发垂到肩上，身穿短上衣和宽腿灯笼裤。妇女和姑娘们也都是深褐色的面庞，深蓝色的眼睛。她们充满了活力，披散着如黑色绸缎般的头发，轻柔的和风抚弄着黑亮的头发，吹得缠在头发里的小铜钱叮铃作响。有时风突然强劲起来，有如一排排宽阔齐整的波浪，女人的头发被吹得宛如奇妙的马鬃，在脑袋周围飞扬，此情此景使她们像童话中那般奇妙，她们走得离我们更远了，在夜色和幻想的装扮下，她们越发显得美丽。

有人在拉提琴……一位姑娘在唱歌，轻柔悠扬的女低音，还时时传来阵阵笑声……

空气里充满了海的强烈的气味，黄昏时的一场大雨浇透了地面，此刻正蒸发出浓郁的泥土的芳香。一朵朵形状各异、色彩斑斓的浓密的浮云还在天空浮动，有的柔软得就像是一缕缕蓝色和灰蓝色的烟雾，稀薄处则像一层层青黑色和棕褐色的岩石。小片小片深蓝色的天空在浮云之间透出，上面缀着点点星星，放射出柔和的亮光。所有这一切——声音和气味、浮云和人们——都显得出奇的美丽和忧伤，仿佛将开始讲诉一个奇妙的故事。一切好像都停止了生长，悄然不动了，声音远去了，沉寂了下来，变成了悲伤的叹息。

"你怎么不跟他们一起去？"伊则吉尔老婆婆点着头问道。

时间已把她折成了两半，她那双曾经是乌黑的眼睛如今显得黯然无光，泪流不止。她那干巴巴的嗓音也很奇怪，就像是骨头在讲话，不时地发出破裂的声音。

"不想去。"我回答说。

"唔……你们俄罗斯人好像天生就是老头儿，一个个都阴沉得像魔鬼似的……我们的姑娘们都怕你呢……而你可是既年轻又强壮啊……"

月亮缓缓升起来了。它那呈现出血红的圆盘显得特别大，仿佛是从这草原的深处出来的。草原在它一生中吞食了那么多人肉，喝了那么多的人血，想必因此变得肥沃和富饶了。葡萄叶带花边的阴影落在我们身上，犹如一张网覆盖着我和老婆婆。飘浮的影子在我们左侧沿着草原飘去，在淡蓝色的月光照耀下，云彩变得越发清澈和明亮了。

"快看，是拉纳来了！"

我朝老婆婆那弯曲颤抖的手指所指的方向望去，只看见许多浮云投下的阴影，其中一块比别的更黑更浓，也飘得更快更低。

"没有人在那儿啊！"我说道。

"你比我这个老太婆还瞎呀。你看那边暗黑的，在草原上跑着呢！"

我又放眼望去，除去影子仍旧没有看到其他东西。

"那是影子！你为什么把它叫做拉纳？"

"那就是他，他现在已经变得和影子差不多了。到时候了！他活了几千年，太阳烤干了他的身体、他的血和骨头，风把它们化为尘埃吹散了。看看上帝是怎样惩罚那些骄傲的人……"

"请你告诉我，那是怎么一回事！"我央求老婆婆，预感到这定是草原上流传的一个美妙动人的故事。

下面就是老婆婆讲给我听的故事。

在好几千年以前发生一件事。在遥远的海的另一边，在太阳升起的地方，有一个大河国，在这个国家里每一片树叶和每一棵草都能给人提供足够的阴凉，为他们遮挡炎热的阳光。

那个国家的大地十分富饶！

那儿生存过一支强悍的民族，他们放牧牲畜，把自己的精力和勇气都用来猎捕野兽，打猎归来便摆宴庆贺，唱着歌，和姑娘们尽情享乐。

有一天正在摆宴庆祝时，一只雄鹰自空中俯冲下来，叼走了一个黑头发的姑娘，她温柔得就像静静的夜晚。男人们射向鹰的箭都可怜兮兮地落到地上，接着大家都去寻找那位姑娘，却没能找到。随着时间的推移人们就把她淡忘了，就像淡忘人世间的各种事情一样。

老婆婆轻轻叹了一口气便默默不语了。那些被遗忘了的岁月通过她尖细的噪音喃喃地诉说着，连低沉的大海仿佛也在复述这些古老的传说，而这些传说或许就是从大海的岸边开始流传开来的。

然而那姑娘在二十年后自己回来了，她满脸憔悴，疲惫不堪，同时带回来一个漂亮健壮的年轻人，这个年轻人和二十年以前的她一模一样。大家问她这些年是在哪里生活的，她回答说，鹰把她叼到山里，同她结为夫妻生活在一起，这年轻人就是鹰的儿子，他的父亲不在了，雄鹰年老体衰，最后一次在空中飞得老高老高，接着收起了翅膀，从空中重重地摔在悬崖峭壁上，跌得粉身碎骨死了……

人们惊异地打量着鹰的儿子，发现他并没有什么异样，只是那双眼睛像鸟中之王一样冷漠而骄傲。大家和他攀谈，他愿意就回答，否则就不说话。族中的长辈来了，他同他们就像跟平辈似地说话，长辈们因此非常生气，说他是一支箭头没有磨尖、初出茅庐的箭，告诉他说，族中和他一样的年轻人，或比他年岁大一倍的人都尊敬和顺从他们。可是他，大胆地瞧着长辈们，不愿效仿。啊……这样一来，长辈们真是气极了。他们气坏了，说道："我们这儿容不下你，你想去哪就去哪吧。"

他笑了起来，无所顾忌地朝一个注视着他的漂亮姑娘走去，走到跟前便拥抱了她，而姑娘的父亲正是刚才谴责他的长辈之一。尽管这年轻人长得漂亮，但迫于父亲的威严，姑娘还是将他推开并走开了。他便用手打那姑娘，姑娘跌倒后他就用脚踩住她的胸口，一股鲜血从姑娘嘴里喷射出来，她叹息了一声，身子蛇一样地蜷屈着，随后便死了。

人们被看到的情景都吓呆了，这是他们头一次亲眼看着一位姑娘被殴打致死。大家久久地默然不语，看着双眼圆睁口吐鲜血躺在地上的姑娘，和站在她身旁的那个年轻人。他很骄傲地仰着头，那样子倒像要呼吁人们惩罚那姑娘。后来人们醒悟过来，便抓住他并把他捆绑起来，大家觉得如果立刻将他打死，未免太便宜他了，这样大家都不会满意。

草原上的夜色更加浓密，更加深沉了，到处充满奇异的轻微的声响，不知何处传来黄鼠哀怨的吱吱声，葡萄叶丛中响起了山雀清脆的颤音，树叶在悄声细语并叹息着，满月原先是血红色，现在远离了地面，颜色开始发白。渐渐地，月亮泛出了白色，放射了许多的亮光，草原蒙上了一层淡蓝的迷雾。

于是他们聚集在一起，要想出一种同他的罪行相当的刑罚来处置他……将他五马分尸，他们觉得这还不够，又想叫大伙朝他射箭，这个办法也被否决了，有人建议烧死他，可是篝火的烟雾会遮挡住他受苦的样子，使人们无法看清。建议很多，但找不到一个大家都认为合适的好办法，而他的母亲跪在大伙面前，不声不响，既不流泪也不说话以请求人们宽恕。大家议论了很久，这时一位智者经过长久考虑之后说道：

"问问他，他这样做是为什么？"

而年轻人却回答说："给我松绑！我是不会被捆着说话的！"

给他松绑之后，他问道："你们要干什么？"他问话的口气，好像他们是一群奴隶……

"你刚才听见了吧……"智者说。

"为什么我要向你们解释我的行为？"

"是为了能够让我们了解你。你明白吗？你很骄傲，但你终究是要死的……我们却想知道你这样做的原因。我们还要继续生活，懂得更多对我们有好处……"

"好吧，我说，虽然我自己或许也并不十分清楚刚才发生的事。我觉得我打死她是因为她推开了我……而我需要她。"

"可她并不是属于你的呀！"大家对他说。

"你们难道只用属于自己的东西吗？在我看来，每个人除了有语言、有手脚以外，还可拥有牲畜、女人、土地……和其他许多东西。"

大家告诉他，人获得的一切都是要付出代价的，要付出智慧和力气，甚至要付出生命。而他回答说，他希望自己永远都完好无损。

大家和他谈了很久，最终看出他自以为是天下第一，除了他自己，什么都不在他眼里。当人们明白他把自己隔绝到何等孤独的地步，甚至都感到害怕了。他没有种族，没有母亲，没有牛羊，也没有妻子，而这些他竟然什么也不想要。

当人们看清了这一点之后，又开始讨论如何惩治他。不过，这次他们没有议论多久，那位智者原先虽未参与他们的讨论，这时却自己开口说话了："等一等，刑罚已经有了。是你们永远都想不到的，放了他给他自由，这就是最可怕的惩罚。"

这时忽然晴天一声霹雳，人们知道这可是非同一般的一声霹雳，虽说天空中原先并没有云。这就示意着上天肯定智者的话，大家赶紧鞠躬敬礼，随后便散开了。

而这个年轻人——如今他的名字叫拉纳，意思是被排斥被驱逐的——他大笑着，在遗弃了他的人们的身后笑着。他独自留下了，像他的父亲一样自由自在。可他的父亲不是人，而他却是人。自此他开始过着像鸟儿那样自由的生活。他常去部落里盗窃牛羊、姑娘，盗窃一切他想要的东西，人们向他射箭，可是箭无法穿透他的身体，因为有一层看不见的惩罚裹住了他的身体。他很灵活，很狡猾，既矫健又残忍。他不跟人们面对面，人们只能远远地看见他。就这样，他孤零零地，围绕着人群久久地飞翔。时间很长很长，不止一二十年。可是有一次他来到离人们很近的地方，他们朝他扑过去，他却一动不动，丝毫没有自卫的表示。这时有人猜出了他的意图，大声喊道："别碰他！他想死呢！"

这样大家便住手了，对这个曾对他们作恶的人，他们不愿帮他减轻他的厄运，不想打死他。人们站在那里讥笑他，大家的笑声，使他浑身发抖，他用双手一直在抓自己的胸口，在自己的胸膛里寻找着什么。突然他举起一块石头，向人们冲了过去，大家躲避他的攻击，但没有人朝他还手。他精疲力尽，十分痛苦地大叫一声倒在地上。大家都走开了，远远地继续观望他。只见他站了起来，拾起一把不知是谁丢失的刀，他用刀砍自己的胸部，刀却像撞在石头上一样折断了。他就倒在地上，以头撞地，可是大地也躲避他，凡是他撞的地方在他撞的时候都往地里缩。

"他想死都不能办到！"人们兴奋地说。

大家都离开了，只留下他自己，他仰面躺着，看见一群雄鹰像密集的黑点在高空飞翔。他的眼睛里有那么多的痛苦，用这些痛苦可以毒死世界上所有的人。从此之后他就剩下一个人，自由自在的，等待着死亡。他就这样游荡，到处游荡……你瞧，他已经成了影子，而且将永远是这样！他不懂人们的语言，也不懂人们的行为，他什么都不懂。他总在寻找，游荡、游荡……他没有生活，连死亡都不肯对他微笑。在人群中没有他的位置……看看，一个人由于傲慢，遭受到了怎样的惩罚啊！

老婆婆叹了一口气，不再说话，她垂在胸前的头，不知为什么轻轻地摇晃了几下。

我看看她，觉得她困倦到了极点，不知怎么的心里开始非常怜悯她。讲到故事结尾时她的声调提高了，带着一点威胁的意味，而在这语调中依旧听得出有一种奴隶的畏惧语气。

海岸边的人们唱起了歌——歌声很奇特。开始传来的是女低音，唱了两三段音节之后，响起了另一个声音，又把歌曲从头唱起，第一个悠扬的声音总在前面……接着第三、第四、第五个声音同样按照顺序唱了起来，猛然间，几个男声的合唱又从头唱起了开始的那支歌。

每个女声都很独特，它们有如五彩缤纷的小溪跳跃着，叮咚作响，沿着一级级台阶从高处的什么地方滚落下来，汇入平稳的往上流去的雄浑的男声波浪之中，时而在浪中沉没，时而从里面冲了出来，将浪头盖住，又一个接一个的，清澈而强有力地向高处蜿蜒而上。

浪涛的喧哗，在这些声音的掩盖下，听不见了……

二

"你有没有听见过别的什么地方像这样唱歌吗？"伊则吉尔老婆婆抬起头来，张开没牙的嘴微笑着问我。

"没听见过，从来没听见过……"

"是不会听见的啊！我们喜欢唱歌，但只有漂亮的、热爱生活的人才唱得好，我们是那样生活，总是在赞美它，享受它。你以为正在那边唱歌的人们一天下来难道不累吗？他们从日出干到日落，但当月亮升起来时，他们已经在唱歌了。不会生活的人宁愿躺下睡觉，热爱生活的人们总是在唱歌。"

"还有健康……"

"健康对于生活就像钱，有一些就够了。你知道我年轻时做过些什么？我织过毯子，从日出织到日落，几乎不动窝。可我这人像阳光一样活泼，却不得不像石头似的一动不动地坐着。有时候，我全身的骨头都要坐得散架了。可是一到晚上，我就跑去找我所爱的人，和他亲吻。在和他相爱时，我就这样跑了三个月。这段时间每天晚上我都在他身边。你看我活到这把年纪了，我的血够多的！我爱过多少回啊！得到过多少吻又给过别人多少吻啊……"

我看着她脸上那双黯淡无光的黑眼睛，即使回忆也无法让它恢复亮泽。月光照着她干枯开裂的嘴唇，尖削的下巴和垂在颚上的银白色毛发，还有那皱纹很多的酷似枭喙的鹰钩鼻子。面颊有如两个颜色乌黑的坑洼，坑洼里有一缕从红色包头巾下面露出来的灰白色的头发。她的脸上、脖子上和手上的皮肤布满了皱纹，使人感到只要伊则吉尔婆婆活动一下，她那干枯的皮都可能裂开，一片片地脱落下来，一想到这，我的眼前便现出了一副裸露的骨头架子和一双黯然无光的乌黑的眼睛。

她又开始用她那金石碎裂般的声音讲故事了。

我和母亲住在伯尔拉特河岸上的法尔来附近，他到我们村来的时候我有十五岁了。他的个子很高，很灵活，黑胡子，挺快乐的样子。他划着一只小船，对着我们的窗户声音洪亮地喊道："喂，你们有甜酒吗？有什么吃的东西吗？"我从窗户里隔着梣树枝向外看，只见在月光下河水泛着蓝光，他穿一件白衬衫，系一条宽宽的腰带，腰带的两头耷拉在腰旁。他一只脚踩在船上，另一只脚踏在岸上，摇晃着身子在唱什么歌。他一看见我就说："这儿还有这么个美人儿！我怎么都不知道！"好像在我之前他认识所有的漂亮姑娘似的！我给了他甜酒和煮熟的猪肉。四天之后我把自己整个儿都给了他……夜里我一直跟他在船上游荡。他来的时候像黄鼠似地轻轻吹一声口哨，我便像条鱼似地从窗口跳到河里……然后便划船溜走了，他是从普鲁特河上来的渔夫，后来母亲全知道了，打了我一顿。他一直说服我跟他走，到多布罗加去，甚至跑得更远，去多瑙河口，可当时我已经不喜欢他了，他只会唱歌和接吻，实在没意思。那时候，古楚尔人经常成群结伙地在那一带游荡，他们在当地还有情人……因此他们过得十分开心。有个女人苦心等着她的喀尔巴阡山汉子，甚至怀疑他已经进了大牢，或许在什么地方打架被打死了。可忽然间，他只身回来了，有时还带来三两个伙伴，好像是从天而降。他带来了礼品，要知道对他们来说什么东西都来得容易！他在她那儿摆酒设宴，当着伙伴的面夸奖她，把她美得不得了。我的一个女友有个古楚尔情人，我曾请求她让我瞧瞧那帮人……她叫什么来着？记不起来了……如今什么都开始忘了。多少年过去了，什么都记不住了。她给我介绍了一个小伙子，人很好……毛发都是红的，一身红汗毛，胡子和卷发也是红的！真是个火红的脑袋。他看起来挺忧伤的，有时候也很温和，有时候则像头发怒的野兽，狂喊乱叫，还打架。有一次他打了我一耳光，我就像猫似的扑到他胸前，用牙齿咬他的脸……那之后他脸上有了个窝窝，每当我亲吻这个窝窝的时候，他还挺高兴……

"那个渔夫去哪儿了？"我问。

渔夫？他呀……当时……他跟着古楚尔人入伙了，开始他一直想说服我，还威胁说要将我扔进河，以后就没事了，他跟他们入伙后，另一个女人跟了他……后来他们两个——渔夫和古楚尔人——被一起绞死了，绞他们的时候我跑去看了。这事发生在多布罗加。渔夫走向绞刑架，他的脸色很苍白，他哭了，而那个古楚尔人抽着烟斗，边走边抽，两只手插在衣兜里，一缕胡子搭在肩上，另一缕垂在胸前。他看见我便取下了烟斗，喊道："永别了！……"整整一年，我为他伤心难过。唉！……出这事的时候，他们刚好要离开当地回他们的喀尔巴阡山去。他们到一个罗马尼亚人家里去作客告别，就在那儿被人抓住了。只抓住两个人，打死了几个，其他人都跑了……那个罗马尼亚人最终遭到了报应……大火把庄园和磨坊以及所有的粮食都烧光了，他成了个穷光蛋。

"这事是你干的吧？"我猜测着问道。

古楚尔人的朋友特别多，不止我一个……凡是他们的好朋友，都置办了丧宴悼念他们……

海边的歌声已停止了，剩下的只有动荡不安的海浪的声响陪伴着老婆婆了。好像是在复述那动荡不安的生活。夜色越来越柔和了，蓝色的月光显得更加明亮，夜晚，人们为生活奔波所制造出来的声音也低沉了下去，越来越响的浪涛声淹没了它们……

风刮得更加猛烈了。

我还爱过一个土耳其人，他有一所斯库台寝宫，在那里我住了整整一个星期，日子过得很舒服……但心里腻烦……总是女人，女人……他有八个女人，整天吃了睡，睡了吃，尽说蠢话。要不就是吵架，活像一群母鸡咕咕乱叫……他不年轻了，头发几乎全白了，人却很气派，又有钱。说起话来像个王爷……他的眼睛乌黑，目光直射……能一直看到别人心里。他喜欢祈祷。我是在布加勒斯特认识他的……他在逛市场，派头就像是沙皇。他的目光那么神气。我朝他笑了一下，当晚就让他的人抓住了，他们把我带到他那里，他是做檀香和棕榈买卖，到布加勒斯特来买什么东西。"上我这儿来吧？"他说。"噢，行，我来！——好！"我于是就跟他走了，他非常富有，这个土耳其人。他有个儿子，一个黑皮肤男孩，很机灵的孩子……他十六岁。我跟着他从他父亲身边跑了……跑到保加利亚，后来去洛姆一帕兰加……在那儿有个保加利亚女人在我胸口捅了一刀，不是为了未婚夫就是为了她丈夫，我已经不记得了。

在一个修道院里我病了很长时间。那是个女修道院。一个波兰姑娘照顾我……她兄弟从另一个修道院——在阿尔采尔一帕兰加——来看她，也是个修士……那模样……像条蛆似的，总在我面前扭来扭去的……在我病好之后就跟他一起走了……去他的波兰了。

"等等！那小土耳其人去哪儿了？"

那个男孩？他死了，还是个孩子呢，不是因为想家就是因为爱情。他好似一棵没有成材的小树，阳光照射得太多，就这样缓缓地枯萎……我还记得，他躺着，全身都变得像冰块似的透明，可是他心里依旧燃烧着爱情，一直要求我俯下身来吻他，我爱他，记得我给了他很多吻，后来他的身体糟透了，几乎不能动了。他就那样躺着，非常可怜，他就像乞丐一样可怜巴巴地央求我躺在他身边温暖他，我一躺在他身边，他马上全身都暖和起来了。有一次我醒过来，可他已经冰凉了、死了，我为他哭泣。这能说是谁的错呢？也许是我害死了他。那时我年岁大他一倍。我的身体那样强壮，气血充沛，可他还是个孩子啊！

这时她在胸前划了三次十字，这是我第一次看到她这样，然后她又叹了口气，枯涩的嘴唇抖动着说了句什么。

"这样，你到波兰去了……"我提醒她。

对啊……跟那个小波兰人去的。那人非常可笑，又下流无比。当他需要女人的时候，就像只猫似的跟我粘乎，甜言密语不断涌出，他不要我的时候，说的话就像用鞭子在抽打我。我们有一次为件什么事在河边走，他对我说话时傲慢无礼又十分气人。噢！噢！快气死我了！我像开锅的松脂似的浑身冒火！我一把抱起他，像抱起个孩子——他的个头很小——我把他举了起来，掐住他的腰，掐得他脸都变青了。然后我猛地一扬手，把他从岸上扔进了河里。他大喊大叫，非常可笑。我在上面看着他，而他在水里瞎扑腾。我转身就走，以后再没有遇到过他。我在这方面还算幸运：事情结束以后从来没有遇见过那些曾经爱过的人。那种再次相遇的感觉不好，有些像遇见了死鬼。

老婆婆叹息着不说了。我努力地在脑海里想象着她说的那些人。一会儿是那个长着火红毛发、蓄着一大把胡子的古楚尔人，他迈步去受绞刑，平静地抽着烟斗。他那双蔚蓝色的眼睛肯定是冷峻的，目光专注而镇定。在他身旁的是从普鲁特来的蓄黑胡子的渔夫，他因为怕死，而在不停地哭，由于临死前的痛苦脸变得惨白，起先快活的眼睛显得黯淡无光，沾满泪水的胡子悲哀地耷拉在扭曲的嘴角两边。一会儿是那个派头十足的老土耳其人，想必他是个宿命论者和暴君，在他身边是他的儿子，一朵苍白脆弱的东方小花，他是被亲吻害死的。还有爱慕虚荣的波兰人，他表面上彬彬有礼，实际上冷酷无情，嘴上甜言蜜语，心里却冷若冰霜……他们在我脑海里只留下暗淡的影子，而他们曾经吻过的这女人此刻就坐在我身边，尽管还活着，岁月却把她煎熬干了，她的身体没有肌肉，没有血液，有心而没有愿望，有眼睛却没有火焰，几乎也是一个影子了。

接着她又往下说：

在波兰我的生活开始有点艰难了。住在那儿的人冷漠而又虚伪。我听不懂他们那种像蛇叫一样的语言，说话发的都是咝咝音。咝咝些什么呢？因为他们虚伪，所以上帝把这种蛇叫的语言给了他们。当时我走着，也不知道到哪里去，我看见他们集会，要造你们俄罗斯人的反。我走到波希米亚，一个犹太人买了我。

他买我不是为了他自己，而是打算用我做买卖。我同意了，为了活下去，总该会点什么，可我什么也不会，只能出卖自己。我那时想的只是能弄到一点钱，就可以回到伯尔拉德的家去，我必须挣脱锁链，无论它们多么坚固。因此我就在那里住下，有钱的老爷先生们常来找我，在我这儿饮酒作乐。他们这样做要花很多钱，为了我他们常常打架，弄得破了产。有个人长时间粘着我，有一次，他又来了，后面还有一名仆人，扛来一个口袋。那位老爷抱起口袋，从我头顶上把口袋翻倒下来，一个个金币敲打着我的头，听着金币落在地上的响声我兴奋异常。可我还是把那位老爷赶出去了，尽管他说，他把自己的所有地产、房子、马匹都卖光了，就为了拿金子撒在我身上。我当时爱着一个满脸刀疤的值得尊敬的先生，他整个脸上被土耳其人用马刀砍得十字叠着十字。此前不久他曾为了希腊人和土耳其人打仗。你说这人！希腊人关他什么事，他可是波兰人？然而他去了，跟他们一起去和他们的敌人拼杀。他被砍得浑身是伤，一只眼睛被打得流了出来，左手的两个手指也被砍掉了。既然他是波兰人，希腊人关他什么事？到底是为什么呢？原来他非常喜欢建立功勋。在生活中，你知道吗，如果一个人喜欢建功立业就总会有建立功勋的地方，那些碌碌无为的人，根本就是懒汉或者胆小鬼，要么就是不懂生活，否则就应该知道，世上每个人都希望在死前能在世上留下点什么，那样时间就不会把自己吞食得干干净净，不着痕迹了。啊！那个满脸刀疤的先生是好人哪！他准备走遍天涯海角，干一番事业。肯定是你们的人在他们造反时把他打死了。你们为什么跑去打马扎尔人？嗯，嗯，别出声！

伊则吉尔老婆婆叫我别说话，她自己忽然也不吭声了，陷入了沉思。

一个马扎尔人我都不认识。冬天的时候他离开我走了，直到春暖雪化才在田野里发现了他，子弹打穿了他的脑袋，就是这么回事。看看，爱情毁掉的人不比害鼠疫病死的少。要是算起来，真不少……我刚才说到哪儿了？关于在波兰的事……对了，我在那儿演了最后一场戏。我遇到一个长得十分漂亮的小贵族！像个迷人精。我可是已经老了，唉，老了！我有没有四十多岁？可能有……他还挺骄傲，是女人们把他惯坏了。他让我费了不少力气……就是嘛。他想立即占有我，但我没有顺从。我从来不是奴隶，不是任何人的奴隶。而那个犹太人已经跟我没有关系了，给了他很多钱……我已经住在克拉科夫。那时候我应有尽有：马匹、金子、佣人……他来找我，傲气十足，像个魔鬼。他一直希望我自动投入他的怀抱。有一阵子我们总是不停地吵闹……还记得，因为这事我甚至变得难看了。这情况拖了很久……我终于占了上风：他跪下来央求我……可他把我弄到手后立刻就抛弃了。于是我明白我老了……唉，这对我来说挺不好受！要知道我爱过他，爱过这个魔鬼……可他，遇到我的时候还讥笑……这个下贱东西！他还在别人面前嘲笑我，这事我知道。唔，说实话，我感到痛苦万分。他住在离我不远的地方，我还可以偷偷地欣赏他。后来他走了，去和你们俄罗斯人打仗，我难受极了，我克制不了自己，于是便决定跟着他走。他在华沙附近的一片树林里。

我去了之后才知道，你们的人把他们打垮了……于是便决定去找他。他被关在一个村子里。

难道我再也见不到他了？我心里想。可是又特别想见到他。嗯，我开始想办法跟他见上一面……我装扮成乞丐，包着头和脸，一瘸一拐地朝囚禁他的那个村子走去。到处都是哥萨克和士兵……我费了好大的劲才到了那里！打听到了关押波兰人的地方，我一看，如果想进去，实在太难了。而我一定要进去。我在夜里爬着去。我沿着菜园子在一道道田畦之间爬行，一个哨兵挡在我的路上……我已听见波兰人在唱歌，还有人在大声说话。他们唱的……是圣母颂……他也在里面唱……我的阿尔卡代克。从前是别人爬着来求我……如今到了这种时候——我倒像蛇似的在地上爬着来求人，说不定还是爬来送死的。想到这里就感到很痛苦。可是那个哨兵已经听见了，猫着腰走过来。我该怎么办？我从地上站起来，朝他走去。我连一把刀都没有，除了两只手和一个舌头以外什么都没有，后悔没有带上一把刀。"等一等。"我悄声说。哨兵已经把刺刀逼近我的喉咙了。我低声对他说："别捅，等一等，你要是还有良心，就听我说。我没有什么东西送给你，可是我求你……"他把枪放下了，也低声对我说："走开，婆娘，走，你要干什么？"我跟他说我儿子关在里面……"你要明白，我儿子是当兵的！你也是什么人的儿子，不是吗？你看看我，我也有一个像你这么大的儿子，可他就在这儿！求你让我看他一眼，也许他快死了……而且说不定明天你会被打死……要是换成你，你母亲也会为你哭吧！你临死前看不到她一眼心里也不好受。你就可怜可怜你自己，也可怜可怜他和我——他的母亲吧！"

我在雨地里跟他讲了很长时间，我们身上都淋湿了。风呼呼地吹，吼叫不停，大风一会儿往我背上，一会儿往我胸前推搡着。我站在那儿，在那个铁石心肠的士兵前东摇西晃……可他总是一句话："不行！"每次我听到他这句无情无义的话，想见阿尔卡代克的愿望就愈炽烈……我说话时注意了一下这士兵——他个子很小，很干巴，而且一直在咳嗽。我趴倒在跟前，抱着他的膝盖，一个劲地央求他，然后忽然用力猛地把他摔倒在地上。他跌倒在烂泥里，这时我很快把他翻了个个儿，让他脸朝下，把他的头用力往水洼里按，免得他叫出声来。他没有叫，只是不停地挣扎，想把我从他的背上甩下来。我把他的头朝更深地烂泥里压，他就断气了……这时我往波兰人唱歌的仓库跑过去。"阿尔卡代克！"我对着墙缝轻声呼唤。那些波兰人，他们挺机灵，听见我的声音也没有停止唱歌，我们四目相对了。"你能从里面出来吗？""能，从地板底下！"他说。"那就出来吧。"他们一共四个人从仓库底下爬了出来：三个人加上我的阿尔卡代克。"哨兵在哪儿？"阿尔卡代克问。"躺在那儿！"我们猫着腰，不声不响地逃走了。雨还在下，风声很大。我们出了村，在林子里悄悄地走了很久。大家就这样疾速地走着。阿尔卡代克抓住我的手，他的手滚烫，还在发抖。啊！……他不说话的时候跟他在一起多么好，这正是我渴求的生活中最后的美好时刻了。我们走到草原下便站住了，他们四个都感谢我。啊，他们对我讲了些什么，讲的很多，时间很长。我一直在听，眼睛盯着我那位老爷。他将怎样对待我呢？他过来拥抱我，说话的态度非常郑重……记不清他都说了些什么，最后他说为了感谢我把他救了出来，他将爱我……接着便跪在我面前，微笑着对我说："我的女王！"这条虚伪的狗！……哼，我踢了他一脚，还想打他耳光，可他往后一躲，跳了起来。他的脸色是那样的苍白，站在我面前，样子让人感到十分恐怖……另外三个人也都站着，全都阴沉着脸，谁都不说话。我看看他们……还记得我当时只感到非常厌烦，而且觉得那样心灰意冷……我跟他们说："走吧！"那几条狗还问我："你会去告发我们走的路线吗？"瞧瞧这些下贱的家伙！唔，他们终于走了，之后我也走了。

第二天你们的人抓住了我，不过很快又放了我。这时我明白了，我该为自己筑个窝，规规矩矩、老老实实过日子了！我老了，人老珠黄，身子骨也不行了……是时候了！后来我到了加利西亚，又从那儿去多布罗扎，在这儿已经生活了快三十年了。我有过丈夫，是个摩尔达维亚人，死了有一年了。我就在这里自己一个人生活！……不，不是一个人，和他们在一起。

老婆婆朝大海那边挥了挥手，周围依然是静悄悄的，时而传来一点短促的、似有似无的声响，随即又归于寂静了。

他们喜欢我，我常跟他们讲各种不同的事。他们都还年轻，需要听……我和他们在一起真好。我看见他们心里就想："有一阵子，我也是这样的……"只不过，我那个时候，更热情，劲头十足，因此活得更好，更快活……是啊！

她不说话了。和她在一起使我感到很郁闷。她瞌睡了，脑袋摇摇晃晃，口中念念有词，声音很轻，可能是在祈祷。

海面上升起一团黑压压沉甸甸的乌云，挺直的轮廓很像山脊，渐渐向草原飘去。从它的顶端落下来几片薄云，朝前飞去，遮住了一颗又一颗星星。大海在喧嚣。在距我们不远的葡萄藤架中间有人在叹息，接吻，悄悄地说着话。草原深处有狗在吠叫……空气中一种刺鼻的怪味令人心神不安。空中的云团在地上投下一块块浓密的阴影，沿着地面慢慢爬行，时而消失，时而再现……在月亮原先所在的地方只剩下一个模糊的蛋青色的班痕，有时又被一片瓦蓝色的云严严实实地遮挡了。在草原深处，此时已是漆黑一片，极其恐怖，仿佛有什么东西藏在里面，不时地有淡蓝色的小火星在闪烁，时而这里，时而那里，刚刚闪现立即又熄灭了，好像有几个人，彼此相距很远，分散在草原上寻找什么东西，刚划着的火柴，旋即又被风吹灭了。这些蓝莹莹的火苗非常奇妙，似乎暗示着什么童话故事。

"那些火星你看见了吗？"伊则吉尔问我。

"是说那些淡蓝色的吧？"我指向草原方向对她说。

"淡蓝色的？不错，就是它们……那么，它们还在飞！唔……我可是再也看不见它们了。如今我有很多东西都看不见了。"

"这些火星是从哪儿来的？"我问老婆婆。

我先前曾听过一些关于火星产生的原因，但我却想听听伊则吉尔老婆婆怎么说。

"关于这些火星，我要给你讲一个古老的童话，一切都是古老的！这些火星来自丹柯那棵燃烧的心。世上曾经有过一颗心，有一次，它像火把似地燃烧起来了……这些火星就是从这颗心里迸出来的。噢，你看，远古的时候有多少事啊？……现在倒没有古时候那样的事和人，也没有那样的故事了……为什么？嗯，你说说！你说不出来……你知道什么？你们年轻人都知道些什么？哎哟哟！……远古时候人们的眼睛可厉害啦，什么都猜得到……你们太懒惰，所以也就不会生活．……生活的酸甜苦辣我都尝过了，尽管也有很多不如意的地方。照我看，人们不是在生活，而总是在试探，试探，然后把全部生活抵押上去。当他们耗尽了时间，将自己洗劫一空，便开始为命运哭泣。这和命运有什么关系？每个人自己就是自己的命运！我如今看见各式各样的人，可没有见到坚强有力的人！他们上哪儿去了？……而且漂亮的人也越来越少了。"

老婆婆陷入了沉沉地思索之中，生活中坚强漂亮的人们到底藏到哪儿去了？她思考着，一面望着黑乎乎的草原，好像要在那儿找寻答案。

我等她继续讲下去，因此不说话，如果我问她什么话，怕她又被别的事影响了思路。

她随后又开始讲了。

三

　　在很久以前世上有一群人，他们部落的三面环着森林无法通行，第四面是一片草原，这些人天生快乐，强壮而且勇敢。有一回他们遇上了一支不知从哪里来的部族，把原先那群人赶到了密林深处。那儿尽是沼泽地，暗无天日，因为是一片古老的林子，密密麻麻的树枝缠绕在一起，把天空遮得严严实实的，阳光勉强透过浓密的树叶照到沼泽地上，可是阳光一落到沼泽地的水面上，就会冒出一股有毒的臭气，人们闻了这种臭气便接连不断地死去。到处是悲哀的哭泣声，长辈们也苦苦地寻找着解救的办法，人们变得忧心忡忡。必须离开这片林子，而要达此目的只有两条路可走：一条是后退，那儿有凶残的强敌，另一条是前进，那儿有巨人般的树木林立，粗壮的枝杈密实地紧抱在一起，疙里疙瘩的树根深植在沼泽地稠粘的污泥里。白天树木就像石头，纹丝不动悄无声息地立在灰朦朦的一片昏暗之中，晚上当篝火燃起之后，它们便从四周朝人们更紧地围拢过来。不论白天还是夜晚，黑暗就像铁环似的把这些人结结实实地团团围住，仿佛要把他们压成碎片。而他们习惯了草原的辽阔。当风刮过树木的顶端时，沉闷的吼声响遍整个林子，仿佛是在威胁并为这些人唱挽歌，那情景就更加可怕了。他们毕竟都是坚强的人们，原本可以同战胜过他们的敌人决一死战，可是因为他们有遗训，他们不能死于战场，假如他们死了，那么遗训也就跟随他们同归于尽了。因此他们在漫长的黑夜里听着林子阴沉的吼声，坐在沼泽地有毒的臭气里琢磨。他们坐着，篝火上的影子在他们周围跳起了无声的舞蹈。大家觉得，这不是影子在跳舞，而是林中和沼泽地凶恶的精灵在庆祝它们的胜利……人们忧心重重，它煎熬着大家的心灵和身体，人们逐渐变得软弱了……人们被恐惧捆住了他们结实的双手。妇女们为中毒身亡的尸体，为被恐惧所困扰的活人们的命运而恸哭，她们的哭声引起一片恐慌。林子里传来胆战心惊的言论，开始声音很低，有些畏怯，后来声音越来越响了……他们已打算去投奔敌人，把自己的自由奉送给敌人作礼物。被死亡吓破了胆，谁都不害怕过奴隶的生活了……就在这危急之时丹柯出现了，他一个人拯救了大家。

　　看来，老婆婆经常讲述丹柯那颗燃烧的心，她用时而尖细，时而低沉的嗓音讲得十分动听，在我面前清晰地描述出林子的吼声，以及那群被驱逐的不幸的人们在林中因沼泽地的毒气而丧生……

　　丹柯是他们当中的一员，一个漂亮的年轻人。漂亮的人往往都很勇敢。就在这时，他对他们，对自己的伙伴们说：

"只知道思考搬不开路上的石头。每个人什么都不做，就什么都不会有。我们为什么把精力全消耗在思索和忧愁上？站起来，大家一起往林子里走，从树林里穿过去，它总会有尽头的，世上的一切都有尽头！走吧！喂！嗨……"

大家看了他一眼，看得出他在人群中是最优秀的，因为他的眼睛里闪耀出巨大的力量和强烈的火焰。

"你来领我们走吧！"他们说。

于是他领头朝前走了……

老婆婆稍一停顿，看了看依然是浓黑的草原。丹柯燃烧的心在远处的什么地方忽然闪出火星，像空中开放的瞬息即逝的淡蓝色的花朵。

丹柯领着他们。大家信任他，心甘情愿地跟随着他。这是一段艰难的路程。四周一片暗黑，每走一步，沼泽地都要张开它那贪婪的泥嘴吞食几个人，树木像一堵坚硬的墙挡住他们的路，枝权彼此缠绕在一起，到处都是树根，像蛇似的横躺竖卧，每一步都要这些人付出汗水和鲜血。他们走了很久……林子越来越密，力气越来越少！于是他们开始抱怨丹柯，说他年纪轻，缺乏经验，领着他们去那儿是白费力气。丹柯走在最前面，心胸开阔，精力充沛。

但是有一次，暴风雨降落在林子上空，树木发出阴沉威严的吼声。似乎自从盘古以来世上所有的黑夜一下了都集中在林了里了。渺小的人们在高大的树木之间，在电闪雷鸣之下歪歪斜斜地走着。巨人般的大树怒吼似地唱着歌，发出尖厉的叫声，而闪电用它那蓝色的寒光瞬间把林子照亮，随即又飞快地熄灭，好像它的露面就是用来吓唬人们。闪电的寒光所照亮的树木似乎都成了活的生命，围绕着那些不愿意被黑暗所俘的人们，它们伸出歪歪扭扭的长胳膊，交织成一张密密麻麻的网，企图阻挡人们的去路，像是有一种骇人的乌黑冰冷的东西，从枝权的暗处窥视着前进的人们。这真是一段极其艰难的路程，人们累极了，精神也快要垮了，但他们羞于承认自己软弱，于是便恼羞成怒，恶狠狠地咒骂指责走在他们前面的丹柯，说他不可能带领大家逃脱险境。

他们在林子欢庆胜利的喧嚣声中，在战栗不止的黑暗里停步不前了，一个个又累又凶，开始审判丹柯。

"你这个，"他们说，"卑下的坑害我们的人！你引着我们让我们受苦受罪，你将因此而死！"

"是你们说：领着我们走吧！我才来领路的！"丹柯用胸膛顶着大家，大声说。"我有胆量领路，所以领着你们走！可你们呢？你们做了什么事来搭救自己？你们只不过是走路，而且不能做好准备走更长的路的准备！你们只顾走啊，走啊，像一群绵羊！"

可是这几句话更加激怒了他们。

"你去死吧！你去死吧！"他们吼道。

森林一阵接一阵地，重复他们的怒吼声，闪电将黑暗撕成了碎片。丹柯的周围站了许多人，他们的脸上全是埋怨之色，根本不会原谅他，而丹柯却正是为了拯救他们才甘愿忍受困苦的。这时候他怒火中烧，可是由于对人们的怜悯，怒火便渐渐平息下来。他爱人们，心中寻思，没有他也许人们都会死亡。于是他的心又燃起了想要拯救他们的火焰，想把他们领到一条轻松的路上去。如此一想，他眼睛里重又闪现出一种强烈的光芒……他们看见了这种光芒，以为他发狂了。他们警觉起来，像一群狼，等待着他和他们战斗，他们把他围得更紧了，以便更易于把丹柯置于死地。而他已明白了他们的想法，他们的想法让他感到悲哀，因此他的心燃烧得更加炽烈明亮。

而森林一直唱着它那首阴沉、郁闷的歌，雷声隆隆，雨还在下……

"我能为人们做些什么？"丹柯的怒吼压过了雷声。

忽然他用双手撕开自己的胸膛，从里面掏出自己的心脏，把它高高地举过头顶。

那颗心燃烧得比太阳还明亮，整个林子都沉寂了，被这个对人们有着伟大爱心的火把照得透亮，黑暗由于火炬的光亮四散奔逃，在林子深处瑟瑟发抖，跌进了沼泽地那张污浊的大口。人们大惊失色，一个个呆若木鸡。

"走！"丹柯大声喊道，他朝前奔去，回到原先的位置，他高高举起燃烧的心，为人们把前进的道路照亮。

他们像被施了魔法似的跟随他向前奔跑。森林在此时又喧闹起来，惊奇地摇晃着它的树梢，但它的声响已被人们奔跑声盖住了。大家异常勇猛快速地奔跑，燃烧的心都被这奇妙的景象所吸引。现在也有人员死亡，但死而无怨，没有眼泪。而丹柯一直在前面，他的心仍在燃烧，燃烧。

蓦然间他面前豁然开朗，森林中闪出一条路。他们走啊走啊，密实而黑暗的森林被抛在了后面，丹柯和那些人们一下子都沉浸在阳光和雨水冲洗过的清新空气的海洋之中。雷雨留在那边，永远地留在了他们身后，留在了森林的上空。而这边，阳光灿烂，草原辽阔，青草在晶莹的雨滴中熠熠放光，河水泛着金辉……那时已是黄昏时分，河水在夕阳的余辉下呈现出红色，酷似从丹柯撕裂的胸膛里流淌出来的滚烫的鲜血。

望着面前辽阔的草原，高傲的勇士丹柯笑了。他欣喜的目光投向自由的土地，他露出骄傲、自豪的笑容。随后他便倒下死了。

高兴的人们，根本就没去留意丹柯，他的心在他身旁寂寞地燃烧，只有一个时常留意丹柯的人看在了眼里，他跑过去，一只脚踏在了燃烧的心上……那颗心便化为火星飞散了，熄灭了……

这就是雷雨到来之前，草原上点点淡蓝色火星的由来！

这时老婆婆用凄婉的语气讲完了她的童话故事，寂静的草原显得很恐怖，它似乎被勇士丹柯的力量震惊了，丹柯为了拯救大家点燃了自己的心，他为大家而死，却不要求大家给自己什么奖赏。老婆婆打起了盹。我望着她，心里暗自思忖："她的记忆里留下了多少故事和回忆啊！"我思考着丹柯那颗伟大的燃烧的心，思考着人类的幻想，它创造出来的传说那么美好，多么有力。

一阵风刮来，伊则吉尔老婆婆身上的破烂衣衫被掀起了，她那干瘪的胸露了出来。她睡得更沉了。我盖好了她那年迈的身子，自己也在她身旁的地上躺着。草原上笼罩着一片静谧和黑暗。在空中，大块大块的乌云依然郁闷而又迟缓地飘浮着，移动着……

大海的声响显得更加忧郁、哀伤。

因为烦闷无聊

　　一列客车像条巨大的爬虫，不断地冒出一团团浓厚的灰色烟雾，消失在草原尽头的那一片金黄色的麦海之中。充满怨气的嘈杂声划破了荒芜的草原上冷漠的静寂，持续了几分钟，不久就随着列车的烟雾消散了。伫立在草原中的铁路小车站显得更加孤单、冷清。

　　当列车低沉而生动的噪音向四处飘散，消失在晴朗无云的苍穹中之后，一片使人郁闷的寂静又笼罩了车站周围。

　　天空一片湛蓝，草原一片金黄，它们都显得广阔无垠。置身其间的车站的褐色房屋，给人的一种感觉，似乎是某个缺乏幻想的画家勤奋创作的一幅凄凉的画面中偶然地被涂上了破坏性的一笔。每天十二点和下午四点火车从草原向车站驶来，每次停上两分钟。这四分钟便是车站上主要的事情和惟一的娱乐；这四分钟给车站的员工们带来了各种生活的印象。

　　每一趟列车上都有大批服饰各异，形形色色的人群。他们在瞬间来到这里，他们的面孔在车厢的窗口一掠而过，神情显得疲惫、焦急、冷漠，然后是铃声、哨声，随着轰隆声他们奔向草原的远方，奔向沸腾的热闹的城市。

　　车站的员工们十分好奇地看着这些面孔，把列车送走之后，他们便彼此交流匆忙之间观察到的事情。他们四周是静谧的草原，头顶上是冷漠的天空，而在他们心中隐隐有着对那些每天从他们身边擦肩而过，奔赴它乡的旅客们的妒忌之情。因为他们被留下了，像是被囚禁在荒漠之中，过着与世隔绝的生活。

　　瞧，他们在站台上，目送着那条黑色的长带走远，直到它消失在金黄色的麦海里。而大家谁也不说话，都在回味刚从他们身边飞驰而过的生活的印象。

　　他们几乎都在这里：站长，一个体态肥胖的金发男子，面目慈祥，蓄着哥萨克的长胡子；副站长，是个红头发的年轻人，长着尖削的下巴；车站的警卫卢卡，他个子矮小，为人灵活而狡猾；还有一名扳道工、大胡子戈莫佐夫，他身材墩实，是个言语不多的汉子。

站长的妻子是个身材矮小的胖女人，她坐在车站门口的长凳上，像是被热得够呛。一个婴儿睡在她膝盖上，孩子的脸庞和他母亲的一样，肤色发红，胖乎乎的。

列车驶下一个斜坡便完全不见了，好似钻进了地里一般。

站长这时回过头来对妻子说：

"索妮娅，怎么样，茶煮好了吧？"

"那还用说。"她十分慵懒地低声回答。

"卢卡！你过来，那个……把路基和月台清理一下……看看，乱七八糟的东西扔下了多少……"

"知道了，马特维·叶戈罗维奇……"

"嗯……怎么样？咱们喝茶吧，尼古拉·彼得罗维奇？"

"照常规办事。"副站长说。

送走了白天这趟车之后，马特维·叶戈罗维奇回头问妻子：

"索妮娅，怎么样，午饭准备好了吗？"

然后他给卢卡下命令，总是千篇一律的内容，又邀请在他们家搭伙的副站长：

"呶，怎么样？咱们吃午饭吧？"

副站长通情达理地说：

"照常，照常……"

他们离开月台走进屋里，屋内花儿多，家俱少，夹杂着烹调和尿布的气味。在餐桌旁一坐下，就开始谈那些从他们身边匆匆而过的事情。

"发现了吗，尼古拉·彼得罗维奇，二等车厢里有个穿黄衣服的皮肤微黑的女人？那模样真是个够味儿的！"

"长得不错，可在穿着上缺少情趣。"副站长说。

他的话总是很简炼，口气充满自信。他自认为是见多识广、受过教育的人。他中学毕业，有个黑布封面的小本本，里面抄录了很多各种各样的警句名言，那是他从偶尔弄到手的报纸上的小品文和书籍里面摘抄下来的。只要不触及职务工作，站长就会毫无争议地承认他在所有事情上的权威，注重听取他的意见，对那小本本里的至理名言尤为喜爱，常常由衷地大加赞赏。副站长对黑皮肤的女人的服饰所发表的见解引起了站长的好奇：

"莫不是黄颜色对黑皮肤的女人不合适？"

"我说的是衣服的式样，不是颜色。"尼古拉·彼得罗维奇解释道，从玻璃罐里舀出果酱麻利地放在小碟子里。

"衣服式样，那就是另一码事了！"站长表示同意。

站长夫人也加入了谈话，这话题让她感到亲切和明白。可由于这些人的愚笨，因此谈起话来拖拖拉拉、慢慢悠悠，很难使他们激动。

从窗口望去，是一片静寂的草原和肃穆威严的天空。

货车差不多每小时都要开来几列，车上的随行人员都是早就认识的。这些乘务员一个个睡眼惺忪，在草原上令人烦闷的旅行使他们变得心情压抑。不过，他们有时也会讲讲线路上发生的事：比如在某地段压死了一个人，或职务方面的新闻，像某人被罚款了，某人调动工作。这些新闻引不起议论，只是无声无息地消失掉了。

夕阳缓缓地向草原尽头落下去，就要触及地面时便变成紫色的了。草原被淡红的晚霞包裹着，勾起了人们忧伤的情绪，然后，太阳的边沿触到了地面，懒散地坠入地下或隐没不见了。晚霞的绚丽色彩越来越苍白无力，直到温暖宁静的黄昏来临。群星闪烁着，颤抖着，它们好像害怕大地上的寂寞。

黄昏时分草原显得小些了。暗黑的夜幕从四面八方无声无息地爬向车站，漆黑的令人哀伤的夜终于到来了。

车站上的灯亮了起来，其中绿色信号灯挂得最高，也最明亮，四周一片沉寂。

有时铃声响起了，这是要做接车的准备了，一阵急促的钟声在草原上飘散，又很快消融其中。

铃声响过不久，一盏明亮的红灯从朦胧的远方奔跑出来，列车在向这黑暗里孤零零的小站驶过来了，它那沉闷的轰隆声把草原上的宁静震得晃动起来了。

车站这个底层小社会的生活和贵族上层相比显得略有差异。警卫卢卡总忍不住想跑到离车站七俄里的村子看望老婆和兄弟，那儿有他的家业。他请求那位沉默寡言、举止稳重的扳道工戈莫佐夫代他在车站值班。

戈莫佐夫说到"家业"这个词时，总是沉重地叹一口气，并对卢卡说："那就去吧。家业是需要照料的，这没错……"

另一名扳道工阿法纳西·雅戈特卡是个老兵，红脸膛有些胖，两鬓灰白，喜欢嘲讽人，表情凶狠，他就不相信卢卡。

"家业！"他叫道，讥讽地笑道，"老婆！我明白这是怎么回事……你的老婆嘛，准是个寡妇，或者是士兵的妻子？不是吗？"

"滚你的，你这个鸟总督。"

因为这老兵酷爱小鸟。他的窝棚里里外外挂满了鸟笼和鸟窝，棚内棚外鸟儿整天叽叽喳喳叫个不停。他抓来的鹌鹑丝毫不知疲倦地叫着"不即不即"，白头翁则整天长篇演说吐噜不止，五颜六色的小鸟不停地啾啾歌唱，给老兵孤单寂寞的生活平添了一份慰藉。他把所有的空闲时间都用来侍弄小鸟，对它们温柔亲切，关怀备至，而对周围的伙伴却毫无兴趣。他称卢卡为蛇，称戈莫佐夫为喀查普，这是马克兰人对俄罗斯人的蔑称。他也不怕难为情，当面说他们俩是"女人的跟屁虫"，应该狠狠地揍他俩一顿。

卢卡好像不太在意老兵的话意，但若真的惹恼了他，就会十分刻毒地骂上一大串："你这个不起眼的边防军，老鼠嘴里的残渣！你懂什么，废物胎子？你一辈子尽在大炮底下追赶田鸡，看守团队的白菜……轮得到你来发议论吗？照料你的鹌鹑去吧，鸟统帅！"

雅戈特卡平心静气地听完卢卡的谩骂后，便去站长那里告状，可站长为了不让大家拿鸡毛蒜皮的小事去烦他，便大声呵斥着老兵，把他赶走了。于是雅戈特卡来找卢卡，开始不慌不忙心平气和地骂他，份量很重，非常难听，卢卡听了很快就啐着唾沫跑开了。

戈莫佐夫对老兵的数落无可奈何："对这号人有什么办法呢……没错，是给宠坏了……不过，顺便说说，你要是不议论他，他也就不会议论你……"

有一次老兵冷笑着回答他："唠唠叨叨的老一套！不议论，不议论……要是不议论，那人们就没话可说了……"

除了站长太太之外，车站里还有一位妇女，就是厨娘，她的名字叫阿林娜。她快四十岁了，样子很难看，五短身材，乳房下垂，总是邋里邋遢，破衣烂衫的。她走起路来东摇西晃，麻子脸上一双眯缝眼，闪出委琐的目光，眼睛周围布满了皱纹。在她那不协调的身段中有某种奴性的、备受摧残的东西，厚嘴唇重叠的样子使人觉得她似乎想请求所有的人原谅，好像愿意拜倒在别人脚下，连哭泣都不敢。戈莫佐夫在车站过了八个月，从来没有特别注意过阿林娜。遇到她时问一声"好"，她也照样回答一句，交谈两三句话便各走各的路。可是有一次戈莫佐夫到站长家的厨房，请阿林娜为他缝补几件衬衣，她同意了，不知怎么回事，缝补好之后她又亲自给他送了去。

"这可要谢谢你了！"戈莫佐夫说。"三件，一件是十戈比，那么，应该付给你三十戈比……对不对？"

"就这样吧……"阿林娜回答。

戈莫佐夫沉思起来，许久没有说话。

"你是哪个省的？"他终于向一直盯着他的胡子发呆的女人发问。

"梁赞省的……"她说。

"那么老远来的！那怎么上这儿来了？"

"是这样……我是一个人……孤零零的……"

"因为这一点可以走得更远些嘛。"戈莫佐夫叹了一口气。

他们再次长时间地没有说话。

"我也一样，我是下城谢尔加夫县的人……"戈莫佐夫开口说。"我也是孤单单的一个人在这儿。可我有过家业，也有妻子……两个孩子。妻子在闹鼠疫时死了，孩子也是一下子就这样……这场……灾难把我差不多弄垮了。嗯……后来也试过重新开始。可是机器散架了，干不了，所以我走了……跑开了，就是说，离开原先那股道……这不，已经挣扎了两年多了……"

"没有自己的窝，是不好过啊！"阿林娜低声说。

"可不是吗……你是寡妇吗？"

"是处女……"

"不会吧，我想！"戈莫佐夫直言不讳表示怀疑。

"上天保佑，是处女！"阿林娜向他发誓。

"为什么不嫁人呢？"

"谁会要我啊？我什么都没有……对谁有好处……再说我也长得这么丑……"

"嗯……嗯……"戈莫佐夫若有所思地拖长声调，一边摸摸胡子，开始试探地望着她。然后又问她工资有多少。

"两个半卢布……"

"是这样。那么……就是说，我欠你三十戈比？听我说……晚上你来拿钱吧……就十点钟吧，好吗？我给你钱之后……咱们喝点茶，聊聊天，免得寂寞……咱俩都挺孤单……来吧！"

"我来。"她随口说完便走了。

她准时在晚上十点钟来到他这里，直到第二天拂晓才离去。

戈莫佐夫再没有叫她去，三十戈比也不再给她。可是有一次她自己去找他，表情呆板而又恭顺，站在那里也不说话。他躺在单人床上，看了她一眼，朝墙壁那面挪身子，然后说道：

"坐吧。"

等她坐下后又吩咐她说：

"听着，这件事一定要保守秘密，不能让任何人知道！不然对我不好……我不年轻了，你嘛，也一样……懂吗？"

她肯定地点点头。

送她走时他又把自己的衣服拿给她去缝补，并再次提醒她：

"别让任何人发现！"

从此他们就开始了这种偷偷摸摸的，隐瞒着大家的暧昧的关系。

阿林娜每次夜晚去他那里，几乎都是偷偷爬着去的，他总是摆出一副高高在上的主人架子，有时还当着她面说：

"你这人长得可真够丑的！"

她总是满含着歉意地笑笑，每次离开时总要带一些他给的活计。

他们不常见面。戈莫佐夫偶尔在车站的什么地方遇见她，便悄声对她说："今晚来吧……"

她便恭顺地去他那里，凹凸不平的麻脸上表情极为严肃，似乎她是来完成任务的，她懂得这任务的重要性。

当她回去时，脸上又重新露出常见的那种负罪和委琐的死相。

有时她呆呆地站在一个角落或一棵树后，久久地凝视着草原。草原被夜色笼罩着，草原上的庄重肃穆使她害怕。

有一次，送走了一趟夜车之后，车站的头头脑脑在马特维·叶戈罗维奇住宅窗前杨树的浓荫下面喝茶。

在炎热的日子里他们经常会这样安排，这多少能使他们单调的生活有所变化。

茶喝完了，列车留下的印象也消耗尽了，大家都不说话。

"今天可是比昨天还热。"马特维·叶戈罗维奇说，一只手把空杯子递给妻子，另一只手擦着脸上的汗水。

太太接过杯子时表示：

"心情烦闷才觉得更热……"

"唔！大概是……确实如此……这会儿玩牌就好啦……可惜我们只有三个人……"

尼古拉·彼得罗维奇耸耸肩，眯起眼睛，明确地指出：

"按照叔本华的说法玩牌乃是一切思想的崩溃。"

"妙！"巴特维，叶戈罗维奇大为感动。"这话怎么说？思想的崩溃……嗯，不错！那是谁说的？"

"叔本华，一个德国人，哲学家……"

"哲——哲学家？唔……"

"那些哲学家们，都是在大学里供职吧？"索菲娅·伊万诺夫娜好奇地询问。

"该怎么跟您说呢？这不是官职，而是……这么说吧……任何人都可以成为哲学家……只要他生来就喜爱思考，凡事都要刨根问底。大学里当然也有哲学家……不过他们也有可能随便待在……甚至可能就在铁路上供职。"

"在大学里的那些人有很多收入吧？"

"那要看聪明程度……"

"不过，要是有第四个人，咱们玩一会儿牌多好哇！"马特维·叶戈罗维奇说着叹了一口气。

谈话又中断了。

百灵鸟在蔚蓝的天空中歌唱，红胸鸲在树枝间蹦来跳去，轻声叫着，婴儿的哭声从房间里传了出来。

"阿林娜在那儿吗？"马特维·叶戈罗维奇问道。

"当然在。"太太简短地回答了一句：

"这个阿林娜真是个古怪的女人，您没有发现，尼古拉·彼得罗维奇……"

"古怪是平庸的第一个印记。"尼古拉·彼得罗维奇好像是在自言自语，现出沉思默想状。

"怎么说？"站长兴奋起来了。

尼古拉·彼得罗维奇眯缝起眼睛，一字不差地又复述了这句格言，索菲娅·伊万诺夫娜用陶醉的口吻说：

"您读过的东西记得真牢……我要是读完了，第二天就忘了，就是打死我，也什么都记不住……不久前我在一本小册子《田地》里读到一篇文章，特别有意思，是什么呢？我一个字都记不清了！"

"成习惯了。"尼古拉·彼得罗维奇简单地解释了一句。

"不，这最好是那个……他叫什么来着？叔本华……"马特维·叶戈罗维奇笑着说，"结果都是这样，一切新生事物都会变成旧事物！"

"正好相反，因为有位诗人曾说：是的，节约是生活的智慧——生活中所有新的都是由旧的制成的。"

"去，真见鬼！你这是怎么了……好像从筛子里朝外撒似的！"

马特维·叶戈罗维奇满意地笑了，他的太太也甜甜地笑了，而尼古拉·彼得罗维奇心中沾沾自喜，丝毫都掩饰不住。

"关于平庸的话是什么人说的？"

"是个诗人，马里亚京斯基。"

"那，另一句话是谁说的？"

"也是个诗人，法方诺夫。"

"都是聪明人！"马特维·叶戈罗维奇将诗人们夸奖了一番，然后满面春风地笑着把两句话各重复了一遍。

接下来是一片沉默。烦闷好像和他们开了个玩笑，刚轻松了一分钟，又降临在他们中间，由于喝茶，更显得闷热难受了。草原上只有一轮太阳。

"是啊，我说这个阿林娜，"马特维·叶戈罗维奇想起了她，"这女人真古怪，我心里纳闷，她仿佛受过什么伤害，既不说笑，也不唱歌，很少说话……像个木头疙瘩。不过她干活不错，您知道，她把列利娅照顾得很好，对孩子很细心……"

他说话声音很低，不愿让阿林娜隔着窗户听见。他知道，如果你不希望女佣人骄傲自大的话，就不能夸她。太太打断了他的话，意味深长地皱了皱眉头：

"喂，你就歇会儿吧……你对她并不全了解！"

> "我是这样软弱，
> 成了爱的奴隶，
> 啊，我的恶魔，
> 我臣服于你！"

尼古拉·彼得罗维奇拿着腔调地轻声吟唱，同时拿小勺在桌子上敲打拍子。他满脸堆着笑容。

"什么，怎么回事？她……喂，喂，你们两个是不是都在撒谎吧！"

接着马特维·叶戈罗维奇哈哈大笑起来。

笑得腮帮子发颤，很快从额头上滚落下大颗的汗珠来。

"这根本就不值得那么笑！"太太打断了她，"第一，她原本就是带孩子的；第二，你没看见吗，面包成了什么样子，太酸，都烤焦了……这是什么原因？"

"嗯，面包嘛，确实有点那个……得训斥训斥她！不过，上帝保佑！这……事我可真没想到！她竟是这种人！嘿，你呀，见鬼，可是他呢，他是谁？卢加什卡？我得把这老鬼狠狠地嘲笑一番！说不定这是雅戈特卡干的？哦，是这个嘴巴刮得光溜溜的家伙！"

"是戈莫佐夫……"尼古拉·彼得罗维奇简洁地说道。

"什么？是那个举止稳重的男子汉？哼！你们别是在瞎编乱造吧？"

马特维·叶戈罗维奇对这件不同寻常的滑稽故事实在太感兴趣了，连眼泪都笑出来了，一会儿又一本正经地说要狠狠地教训这对恋人，然后想象着他们相互谈情说笑的情景，便又震耳欲聋地哈哈大笑，完全迷醉了。

索菲娅·伊万诺夫娜则严厉地打断了丈夫的话。

"嘿，鬼东西！我一定要把他们好好取笑一下！这真有趣……"马特维·叶戈罗维奇仍止不住地唠叨。

卢卡来了，他报告说："电报机响了……"

"我就来，给四十二次车发信号。"

他和副站长很快来到车站，卢卡急促地敲钟发信号。尼古拉·彼得罗维奇在电话机旁坐下，向邻近的车站询问"是否可以让四十二次发车"，站长却在办公室不停地走动，面带笑容，说："咱们应该对这对狗男女做点恶作剧……这生活实在太没意思了，得寻点事开开心，解解闷……"

"这是允许的！"尼古拉·彼得罗维奇表示赞同，一边在电话机上拨着键盘。

似乎他懂得，哲学家用词遣句应当简明扼要。

不久，他们就找到了寻欢作乐的机会。

在一天夜里，戈莫佐夫到地窖里去找阿林娜，遵照他的吩咐并经站长许可，阿林娜在地窖乱七八糟的破烂杂物中间搭了一个铺。地窖里又潮又凉，断腿的椅子、破木桶和各种破旧家俱在黑暗中的形状使人觉得非常可怕，阿林娜独自一人时，常害怕得几乎睡不成觉，她睁着眼睛躺在稻草堆上，不住地悄声诵念她所知道的祷告。

戈莫佐夫来了以后，不声不响地把她搓揉挤压了很久，直到他累了才睡着。但阿林娜很快便将他叫醒了，十分惶恐地小声叫道："季莫费·彼得罗维奇！季莫费·彼得罗维奇！"

"嗯？"戈莫佐夫在睡梦中含混地应了声。

"有人将我们给锁上了……"

"怎么会这样？"他跳起身问道。

"他们走过来……就把锁……"

"你撒谎！"他吃惊而愤怒地说道，并将她从自己身边推开了。

"你自己去看看。"她温顺地说。

他站了起来，跌跌撞撞地走到门边，推了推门，沉默片刻，然后忧心忡忡地说："是那老兵……"

门外传来了一阵开怀大笑的声音。

"放我出去！"戈莫佐夫大声央求。

"什么？"是那老兵的声音。

"放我出去，我……"

"明天早晨让你出来。"老兵说完就走开了。

"我要去值班，鬼东西！"戈莫佐夫气愤地嚷道，声音中有央求的味道。

"我去值班……你就好好地老老实实地呆着吧！……"

老兵说完真的走了。

"呸，狗东西！"扳道工苦恼地低声咕哝了一句。"等着吧……反正你不能总把我锁着……还有站长在……你怎么跟他说？他问戈莫佐夫上哪儿了，啊？到时候看你怎么回答他……"

"可这件事，说不定，就是站长吩咐他做的。"阿林娜不抱指望地轻声说。

"你说是站长？"戈莫佐夫吃惊地反问道："他为什么要这么做？"接着他沉默了一会儿，然后对她吼道："你撒谎！"

她只深深地叹了一口气作为回答。

"这事会怎么样啊？"扳道工问道，在门旁的一只木桶上坐了下来。"这可真够丢人的！都怪你，女魔鬼，女魔鬼，这全都怪你……喔—唷！"

他握紧拳头朝传来她的呼吸声的方向威胁了一下，她却是一声不响。

阴暗潮湿包围着他们，黑暗中散发出一股股酸白菜、尿布和什么东西刺鼻的难闻气味。月光从门上的缝隙透进来。门外传来一列货车从车站开出的轰隆声。

"为什么不说话，丑八怪？"戈莫佐夫以轻蔑的口吻恶狠狠地说道，"我现在怎么办？做了那么多坏事反而不说话了？唉，你呀，上帝！我怎么和这种人纠缠在一起……"

"我去请求原谅。"阿林娜轻声说。

"什么？"

"也许，会原谅……"

"这对我有什么用？原谅了你又能怎样？我身上是不是会留下耻辱？他们会拿我取笑的啊，不是吗？"

一阵沉默过后他又开始指责她咒骂她。时间残酷无情，走得极其缓慢。最后，女人的声音颤抖地哀求了：

"原谅我吧，季莫费·彼得罗维奇！"

"原谅你的做法是拿棍棒敲你的头！"他怒吼道。

又是一阵忧虑的压迫人的静默，使这两个被囚禁在黑暗中的人心中充满麻木的痛苦。

"上帝！快点天亮吧！"阿林娜痛苦地祈求道。

"你闭嘴……是不是想要我狠狠地揍你一顿！"戈莫佐夫吓唬她。接下来又是令人难以忍受的寂静。时间好像在存心恶作剧，带着嘲弄的神情走得越发慢了。

戈莫佐夫终于打了个盹，等到地窖旁传来了一只公鸡的打鸣声时才醒来。

"喂，你……巫婆！睡着了？"他瓮声瓮气地问道。

"没有。"阿林娜回答时重重地叹了一口气。

"再睡一会儿才好呢！"扳道工讥讽地提议，"唉，你呀……"

"季莫费·彼得罗维奇，"阿林娜几乎是尖声地喊叫道。"不要生我的气！你可怜可怜我吧！请你行行好，可怜我吧！我就是孤单单的一个人！你对我……就是我的亲人，你是我……"

"别哭喊，不要惹人笑话！"戈莫佐夫严厉地制止了女人歇斯底里的絮叨，刚才那几句话使他的心肠稍微软了一点。"你就闭嘴吧……既然什么也不懂……"

于是他们又默默地等待着随后而来的每一分钟，时间分分秒秒地过去，一点好转的迹象都没有。最后，阳光终于从门缝里折射进来，一道道刺眼的光线划破了地窖里的黑暗。不久地窖附近传来了脚步声。有人走近门边，站了一会儿又离开了。

"一群恶棍！"戈莫佐夫咕哝道，并啐了口唾沫。随后又是一阵无声无息的紧张的等待。

"上帝啊！请你行行好……"阿林娜小声地念叨。

好像有人悄悄地朝地窖靠近……门锁哐啷一响，传来了站长严厉的声音：

"戈莫佐夫，拉着阿林娜的手出来，喂，快点！"

"你先走啊！"戈莫佐夫压低嗓门说，阿林娜走了过来，低头站在他身旁。

门被打开了，站长就站在她面前，并向她鞠躬说道：

"祝贺你们正式结婚！有请！奏乐！"

戈莫佐夫一步跨出门来便站住了，空气里突然爆发了一阵震耳欲聋的狂呼乱吼。门外站着卢卡、雅戈特卡和尼古拉·彼得罗维奇。

卢卡挥动拳头擂着木桶，用公山羊的男高音叫喊着什么，老兵吹响了他的小号角，而尼古拉·彼得罗维奇在空中挥舞着一只手，鼓起腮帮子，嘴唇成管状发出声响：

"砰！砰！砰—砰—砰！"

木桶颤抖着发出刺耳的响声，小号角嚎叫着。马特维·叶戈罗维奇叉着腰哈哈大笑。他的副手看见戈莫佐夫脸色铁青，抖动着嘴唇露出窘迫的笑容，不知所措地站在他们面前，也狂笑不止。阿林娜像一尊石像似的纹丝不动，头低俯地垂在胸前，站在戈莫佐夫身后。

阿林娜对季莫费，
把甜蜜的情话讲……

卢卡胡编乱造地唱着，并对戈莫佐夫做出令人生厌的鬼脸。而老兵举起小号角，凑到戈莫佐夫跟前，起劲地对着他的耳朵吹着。

"喂，走啊……拉着新娘的手呀！"站长喊道，他笑得肚子疼。他的太太坐在台阶上，笑得身子东倒西歪，尖声大喊道：

"马佳（马特维的爱称）……行了……喔唷！笑死了！"

为了相见的一瞬间，
我忍受着痛苦的煎熬。

尼古拉·彼得罗维奇对着戈莫佐夫的鼻尖唱道：

"新婚夫妇呜啦！"当戈莫佐夫朝前跨出一步后，马特维·叶戈罗维奇领头高呼，四个人齐声大喊"呜啦！"老兵那粗声粗气的男低音也夹在里面喊叫。

阿林娜走在戈莫佐夫后面，她抬起了头，嘴张开着，胳膊垂放在身体两侧。她的眼睛木然地望着前方，但未必看见了什么。

"马佳，叫他们……接吻！……哈，哈，哈！"

"新郎新娘，苦啊！"尼古拉·彼得罗维奇喊道，而马特维·叶戈罗维奇甚至因笑得站不稳而靠在一棵树上。木桶不停地哐啷乱响，小号角尖声狂叫着起哄，卢卡边跳边唱：

"啊，你呀，阿林娜，给我们熬了一锅稠粥！"

接着尼古拉·彼得罗维奇又用嘴唇做铜管吹奏起来：

"砰—砰—砰！特拉—塔—塔！砰！砰！特拉—拉—拉！"

戈莫佐夫走到宿舍门口便躲了进去。阿林娜留在宿舍外面，她被一群精神失常的人们围在了中间，他们不停地叫喊，哈哈大笑，对着她耳朵吹口哨，开心得发疯，发狂似地绕着她蹦跳。她站在他们面前，一张傻乎乎的脸，衣服又脏又破，既可怜又可笑。

"新郎溜走了，可是……她留下了。"马特维·叶戈罗维奇指着阿林娜对妻子叫道，他又笑得浑身乱颤。

阿林娜对他扭过头去，绕过宿舍走了，朝草原里走了。口哨声、叫喊声、笑声尾随她而去。

"行了！别闹了！"索菲娅·伊万诺夫娜喊。"让她去清醒清醒！她还得给我们准备午饭呢。"

阿林娜走向了草原，在那划归铁路用地的后面有一长条密实的麦田。她像一个心事重重的人走得极为缓慢。

大家对这场闹剧意犹未尽，你一言我一语，用嘲弄、戏谑地口气说起那对新人的一举一动，人人狂笑不止。而尼古拉·彼得罗维奇甚至适合时宜地插进一段名言：

"笑那可笑之事，实非为罪过也！"

他说给索菲娅·伊万诺夫娜听，并装模作样，故作深沉地补充道："笑得太多，对身体有害！"

那一天站上的人们笑得太多，可是他们的午饭却吃得很差，因为阿林娜没有回来做饭，午餐是站长夫人亲自下厨做的。一顿不大好的午餐并不会破坏大家的好情绪。戈莫佐夫直到该他值班前都没有走出宿舍，他一出来便被叫到了办公室，在马特维·叶戈罗维奇和卢卡的大笑声中，由尼古拉·彼得罗维奇开始当场仔细盘问这位稳重的扳道工戈莫佐夫，要他交待他是怎样"勾引"他的美人儿的。

"就计谋的新奇而言，这可是头等罪过。"尼古拉·彼得罗维奇对站长说。

"是罪过。"举止稳重的扳道工苦笑着回答。他知道，如果他谈到阿林娜的时候能够巧妙地嘲笑她几句，那大家就会对他取笑得少些。于是他讲述道：

"她开始老是对我挤眉弄眼。"

"挤眉弄眼？哈—哈—哈！尼古拉·彼得罗维奇，我只要想象一下，就她那张嘴脸对他挤眉弄眼该是个什么样子？妙不可言！"

"就是说，她挤眉弄眼，而我看见了，心里想，这可不行！后来，她问我，那么想不想让我帮你缝补一下衣服呢！"

"不过，'缝纫在那里并不重要'……"尼古拉·彼得罗维奇说完又向站长解释："您知道，这是涅克拉索无写的诗《贫女与富女》当中的句子……"

"季莫费，你接着往下说！"

于是季莫费继续往下说，开始还是在强迫自己说谎，后来就慢慢地说顺了口，因为他发现谎话有利于自己。

而此时，他所谈论的那个女人正躺在草原上。她走进麦海的深处，沉重地扑倒在地上，一动不动地躺了很长时间。灼热的太阳烤着她的背，刺痛着她。她翻过身来，脸朝着天空。可明晃晃的天空也刺痛着她的眼睛，还有她那羞愧、屈辱的心灵。她用双手遮住了脸，多想将刚才那一幕忘记。

麦穗在这个被耻辱压垮了的女人周围发出枯燥的沙沙声，无数的蝉儿吱吱叫个不停，天气炎热。她试图回想祷告词，却无法想起来。那一张张笑成怪模怪样的面孔总是在她眼前旋转，耳朵里还回响着卢卡的男高音，小号角的叫声和人们的笑声。大概由于这个原因或是因为天热，她觉得胸口发闷，所以便解开了上衣的扣子，让阳光晒着自己的身子，希望这样能呼吸得畅快一些。

太阳灼烤着她的皮肤，而她同时又感觉到一种像是发自体内的内火在钻她的胸口。她连连地用力吸气，口里不时念叨着：

"上帝啊……饶恕我吧……"

只有麦穗干巴巴的沙沙声和蝉儿的吱吱声在回答她。她将头抬起，从麦田上眺望，看见一片金黄色的起伏不定的麦浪，耸立在远离车站的山谷里的水塔的黑色排水管，还有车站建筑物的房顶。除此之外，在这片蔚蓝色的天空的覆盖下，那辽阔的黄色原野上便一无所有了。这时阿林娜突然感到，这世界上只有她一个人是孤零零的，她独自一个人活着，永远不会有任何人来分担她所承受的孤独——没有任何人，永远没有……

天快黑时她听见有人在喊："阿林娜—啊！呵林—什卡！见—鬼！"

这一声是卢卡的声音，第二声是老兵在叫喊。她希望听到第三个人的叫声，可是他没有呼喊她，这时她伤心地哭了，委屈的泪水从她那有麻点的脸颊很快地滚落到胸前。她哭着，用赤裸的胸脯在干燥温暖的地上摩擦。为了熄灭那团越发厉害地折磨着她的内火。她无声地哭着，强忍住呻吟，好像担心有人听见了将不允许她哭似的。

之后，当夜幕降临以后，她站了起来，慢慢地朝车站走去。

走到车站的房子跟前，她靠在地窖的墙壁上，朝草原方向望了很久。一列列货车匆匆地来又匆匆地走了。她听见老兵对押车员怎样讲述她的丑事，押车员如何大笑不止。笑声远远地飘散在荒凉的草原上，那边只隐约地听得见金花鼠吱吱的尖叫声。

"上帝啊！饶恕我吧……"女人叹着气，紧靠着墙壁。然而叹气并不能减轻压在她心头的重负。

天快亮时，她小心翼翼地钻进了车站的阁楼，用她晾衣服的绳子挽了一个圈，就在阁楼上吊死了。

两天之后人们闻到了尸体的臭味找到了阿林娜。开始大家都被吓坏了，后来便议论纷纷，谁是这件事的罪魁祸首。尼古拉·彼得罗维奇不容辩驳地论证，罪人就是戈莫佐夫。因此站长塞了些钱给扳道工，严厉地吩咐他不要声张。

当局来了人，进行了侦查。调查的结果是阿林娜患了忧郁症……叫修路工人们将她拉到草原上去埋了。这件事办完以后，车站上又恢复了以往的秩序，一切都像是什么也没有发生过。

车站的居民们又回到了从前的枯燥、烦闷的生活中去了，惟一的调剂仍然是那四分钟，在他们身边火车开过来又开过去了。

……而到了冬季，暴风雪夹着怒吼声在草原上呼啸着，在这小车站上，布满了皑皑白雪，充斥着粗野的喊叫声，而车站居民们的生活更加寂寞无聊了。

二十六个和一个

我们在一起的二十六个人，是被锁在阴冷、潮湿的地窖里的二十六架活机器。我们从早忙到晚，在地窖里揉面团，制作"S"形面包和干面包圈。地窖的窗户安在事先挖好并砌上了砖块的一个洞口上，因为潮湿砖块已经发绿了。一层密集的铁丝网挡在了窗框外面，因此阳光无法透过沾满粉尘的玻璃照射到我们的身上。窗户被老板用铁钉钉死了，为的是不让我们将他的一小块面包送给乞丐和那些因失业挨饿的伙伴们。老板说我们都是骗子，午餐不给我们吃肉，让我们吃发臭的下水。

我们拥挤又憋闷地生活在石头盒子里，沉重而低矮的天花板上满是乌黑的烟尘和蜘蛛网，一块块污渍和霉斑布满了厚厚的墙壁，呆在这里连我们这些机器都觉得恶心想吐……我们早晨五点起床，一个个迷迷糊糊、心不在焉，六点钟就已经坐在桌旁做花形面包了，用的面团是睡觉前准备的。整日里从早晨到夜晚十点我们两手搓揉着有弹性的面团。一边摇晃着身子，驱赶瞌睡，一方面也是防止身体发僵。其他人此时用水搅拌面粉。蒸面包的锅里沸腾的开水成天都发出沉闷忧虑的声响，司炉的大铁铲恶狠狠地撞击着炉底，声音刺耳，一块块蒸煮过的滑溜的粘面团便被扔在滚烫的砖块上了。从早到晚炉子的一边在燃烧劈柴，红色的火焰的影子在作坊的墙壁上颤抖，似乎是在无声地讥笑我们。巨大的铁炉就像童话故事中的怪物的脑袋，好像是从地底下伸了出来，张开满是火光的大口，朝我们喷吐着热气。炉口上面那两个黑洞洞的通气孔就像眼睛，盯着我们没完没了地干活。时间长了就厌倦了，每天的动作都是重复单调，没有点人味，于是便更加冷漠、阴沉，瞧不起我们了。

一天又一天，我们在面粉的尘埃和我们的双脚带进来的污泥里，在极其窒闷的难闻的空气中，搓揉面团做面包圈，将我们的汗水挥洒在上面，我们怀着强烈的憎恨，敌视这项工作。我们从来不吃我们亲手制做出来的东西，而宁愿吃黑面包，不吃面包圈。我们九个人对着九个人，坐在长桌旁，长时间不停地机械地活动着双手和手指，对我们所干的活已如此习惯，因此从不注意自己的动作。而我们相互间已观察得如此仔细，以至我们熟悉每个伙伴脸上所有的皱纹。我们无话可谈，对此我们也习以为常，整天默然无语是我们的常态，除去吵架，因为总会有点事要骂人，尤其是骂伙伴。但即便是吵架也很少，假如人已变得麻木不仁、半死不活，他的所有感情都被沉重的劳动压扁了，他还能有什么过错可犯呢？沉默不语只对那些话已说完，再也无话可说的人而言才是可怕和痛苦的，而对还没有开始讲话的人来说则是既简单又便当……我们有时唱歌，往往是这样开始唱起来的：工作当中有人忽然像一匹疲惫倦怠的马沉重地叹息一声，接着轻轻地哼起一支悠扬的曲子，它那哀怨委婉的旋律往往能减轻歌唱者心中的痛苦。我们当中有一人在唱，起初我们默默地听着他孤单的歌声，这歌声在地窖里沉重的房顶下面时而消失时而响起，像秋夜里潮湿的草原上小小的篝火，灰色的天穹像铅铸的顶棚笼罩在大地上，然后又一个声音附和着歌手唱了起来，这时在我们这个狭窄的地洞里便有两个声音轻缓而忧郁地在沉闷之中飘荡着。猛然间几个声音同时加入合唱，歌声便像波涛一样翻滚起来，越唱越强劲，越唱越响亮，似乎要推倒这座石头牢笼的潮湿而沉重的墙壁。

二十六个人同声歌唱，整个作坊响彻了宏亮和谐的歌声，歌声在这里感到拥挤，它撞击着墙壁上的石头，就像撞在心灵的伤疤上，一阵隐痛传遍全身，勾起一腔愁闷的情绪……歌手们沉重地叹息着。忽然有人停止了歌唱，久久地倾听伙伴们的歌声，然后又将自己的声音融入大家的声浪之中。有人忧郁地大喊一声："嗌！"重新闭上眼睛唱歌，或许，这浑厚而宽广的声浪为他展现出一条阳光灿烂的道路，通向远方的某个地方，而他看见自己正走在这条宽畅的道路上……

炉中的火焰不停地抖动，司炉的铁铲持续地碰撞着炉砖发出沙沙地声响，锅里的水咕嘟不止，火苗在墙上的反光依旧摇晃，无声地笑着……而我们借用别人的语汇唱出了自己的隐痛，一群得不到阳光的活人们的悲苦，一群奴隶的悲苦。我们二十六个人就这样生活在一幢石砌的大房子的地窖里。生活得如此压抑，仿佛这幢三层高的房子就直接建筑在我们的肩膀上。

不过，除了唱歌，还有让我们欢欣鼓舞的东西，它成了我们心中的太阳。在我们这幢房子的第二层有一个金绣坊，那儿有许多姑娘都是绣花能手，她们当中有一个十六岁的侍女丹娘。前厅开了一扇门通往我们作坊，每天早上丹娘总要把她那张玫瑰色的小脸蛋贴在门窗的玻璃上，一双蓝色的眼睛闪耀着快活的光芒，用柔和的声音对我们响亮地喊道："囚犯们，给些面包呀！"

听到这爽朗的声音我们大家都高兴地转过身来，善意地瞧着她那张纯洁的、对我们甜甜笑着的少女的脸。看到她压在窗玻璃上的扁平鼻子，张开鲜嫩的红唇微笑着，露出一口整齐精巧的白瓷牙，我们感到非常愉快。大家抢着跑去为她开门，她的神情是那样活泼可爱，她朝我们跟前走过来，提起围裙的前摆，微微歪着小脑袋站在我们面前，始终是面带笑容，又粗又长的栗色发辫从肩上垂下来搭在胸前。我们这些肮脏丑陋的粗人从下往上瞧着她，因为门槛比地面高出四个台阶。我们仰起头来看她，问声早上好，我们还要跟她说几句专门为她而说的特别的话。同她说话我们的嗓门柔和一些，开的玩笑也轻松一些。她的一切我们都是特殊对待的。司炉从炉中铲出一铁铲焦黄新鲜的花形面包，灵巧地扔进丹娘围裙里。

"小心，别让老板撞上了！"我们提醒她。她狡猾地一笑，高兴地对我们喊道："再见！囚犯们！"然后就像只小老鼠似的一溜烟跑了。

在她走以后我们彼此还要谈论她很久，不过谈的内容和昨天以及先前都是相同的，因为她同我们以及我们周围的一切也都和昨天与先前毫无分别……我们二十六个人都活着，周围的环境却一丝未变，这使我们非常痛苦。我们活得越久，痛苦越深。我们常常谈论女人，那些不堪入耳的无耻的言语连我们自己都觉得反感，这是可以理解的，因为我们所熟悉的女人也许就不配用别的语言。对丹娘我们却从来不说污言秽语。我们当中不仅谁都不许自己用手碰她一下，而且她甚至从未听到过我们随心所欲地乱开玩笑。这可能是因为她和我们待在一起的时间不长，她像从天而降的一颗星星，在我们眼中一闪便消失了，也许是因为她身材娇小，并且非常漂亮，而一切美好的东西总能激发起对它的崇敬，即使是粗人也大都如此。还有一点，我们这种苦役犯似的劳动已使我们变成了迟钝的阉牛，可我们终究还是人，而所有活着的人就不能不崇拜一种事物，不论它是什么。比她更好的人我们身边没有，除了她，没有人注意到我们这些住在地窖里的人，没有人，尽管这幢房子里住了几十个人。说到底，想必这是主要的一点，那就是大家都认为她是属于我们的，是我们的面包圈才使她得以生存的。我们认定为她提供热面包圈是自己的责任，这是每天我们对偶像的奉献，这件事差不多成了神圣的仪式。我们对她的思念与日俱增，除了面包圈，我们还带给丹娘许多劝告，诸如穿暖和些啦，上下楼梯别跑得太快啦，不要提太重的劈柴啦。她总是含笑听着我们的劝告，报以一连串的笑声，但从来不肯照办，不过我们并不因此生气，我们只是要表示我们在关心她。

她经常对我们提出各种各样的要求，请我们帮她打开那扇通地窖的沉重的门，帮她劈劈柴，我们高兴地甚至怀着某种自豪感，按照她的心愿为她干这干那。

但是有一次我们的一个伙伴请她缝补一下他惟一的衬衫，她轻蔑地呸了一声，说道："要我补吗，亏你想得出……"

我们把那怪人狠狠地嘲笑了一番，自此之后再没有人求她做过什么事。我们爱她，仅此就够了。人往往愿意爱一个人，尽管这爱有时让他难受，有时让他蒙羞，他的爱也许会使亲近的人送命，我们非爱丹娘不可，因为除了她就再也无人可爱了。

有时我们当中忽然有人不知为什么发起议论来了："我们凭什么要宠着这小丫头？她有什么？嗯？她使唤我们够狠的！"

我们会立即严厉地制止胆敢这样说话的人，因为我们必须有所爱，我们找到了爱并爱着我们的所爱，对每个人来说，我们二十六个人的所爱应该如同圣洁的珍宝，是不可动摇的，在这件事上谁要反对我们，那他就是我们的敌人。也许我们所爱的对象实际上并不好，可她凝聚了我们二十六个人的爱，所以总希望在别人眼里她也同样珍贵神圣。

我们爱得深沉，恨得也同样深沉……也许正因如此，有些傲慢的人断言，我们的恨比爱来得更狡滑……不过，假如真是这样，那他们为什么不避开我们呢？

除了面包圈作坊，我们老板还有一个面包房。也在这所房子里，和我们的洞穴只有一墙之隔。有四个面包师，他们同我们保持着距离，因为他们认为他们的活计比我们的干净，因此认为自己比我们好，他们从不到我们的作坊里来，在外面碰上我们时，对我们的态度是轻慢的，甚至有点嘲讽的，我们也不去他们那里。老板不准我们去，因为怕我们偷奶油鸡蛋面包。我们出于嫉妒而不喜欢这些面包师，他们的工作比我们轻松，收入却比我们多，他们的伙食也比较好，他们的作坊宽敞、明亮，他们一个个都是那样干净、健康，令我们反感。而我们人人面色灰黄。我们有三个人得了梅毒，有几个人生疥疮，有一人因患关节炎而变得弯腰驼背。每逢节假日他们穿上西服上衣，皮靴咯吱作响，他们还有两个手风琴，他们全体逛过城市公园。可我们穿得又脏又破，脚上不是破烂鞋子就是草鞋，警察不许我们走进公园，那我们还可能喜欢他们吗？

有一次我们得知，老板辞退了一个开始酗酒的司炉，另外雇了个人，而此人是个大兵，他身穿绸缎坎肩，挂着带金链条的怀表。出于好奇我们很想见识这位花花公子，所以时不时地一个接一个的跑到室外，希望能够看见他。

可他倒是自己跑到我们作坊来了。他一脚踢开了门，把门敞着，他站在门槛上，笑着对我们说："上帝保佑！好哇，伙计们！"

寒气扑进门来，一团团浓密的雾气在他的腿旁翻滚，他站在门槛上自上而下瞧着我们，一排大黄牙在他那淡黄的、卷得很利落的唇髭下面闪闪发亮。他的背心真的很别致，蓝色的底上绣了花，看起来显得十分耀眼，背心上的扣子是用一种红色的玉石做的，而表链也很精致……

他很漂亮，高高的个头，体格健壮，面色红润，一双大眼睛炯炯有神，看起人来亲切、开朗，很讨人喜欢，他脑袋上戴了一顶浆得挺挺的白色尖顶帽子，身上的围裙干干净净绝无污渍，围裙下面露出一双锃亮的尖头时髦皮靴。

我们的司炉客气地请他关上门，他不慌不忙地关了门，然后开始向我们详细打听有关老板的情况，我们七嘴八舌地抢先告诉他说，我们老板是骗子、恶棍、混蛋、魔鬼，关于老板一切可以说应该说的都说了，但在这儿不能全都写出来。大兵注意地仔细听，抖动着小胡子，用亲切的目光望着我们。

"你们这儿姑娘挺多的……"他忽然说。

我们有人礼貌地笑了笑，有几个挤眉弄眼做出一副甜甜的怪相，有人明确地告诉他这儿有九个姑娘。

"你们不跟她们快活快活？"他挤挤眼问道。

我们有些难为情地笑了……在我们的身上同样也流着男性的血，可是我们有自知之明，谁都不会去做这种事，也做不到。有人承认了这一点，他低声说道："哪有我们的份……

"嗯，这事对你们来说是不容易！"大兵注视着我们信心十足说："你们似乎……缺点什么……你们那个……缺少耐性，庄重的派头，也就是外表！可女人——就喜欢人的外表，她想要有模有样的身段，什么都是周周正正，而且她还尊重气力——胳膊得像这样！"

大兵从衣袋里伸出衣袖挽到肘腕的左臂给我们看，他那强健的胳膊皮肤白皙，长满了亮泽的金色汗毛。

"腿，胸部——一切都要坚强有力……还有，穿的衣服也得讲究式样……要合乎美的标准……你们瞧，女人们都喜欢我，不需要我叫，我也不招引，她们自己就三五成群地马上跑来勾住我的脖子……"

他坐在面粉袋上，给我们讲女人们多么爱他以及他和她们交往多么大胆，讲了很长时间。后来他走了，门吱地一声在他身后关上了，我们沉默了好一阵子，思索着他和他讲的故事。然后大家不约而同地忽然一下子议论开了，言谈话语表明我们大家都很喜欢他。这个人那样纯朴、可爱，他来到这儿，跟我们坐一会儿，聊聊天，没有人上我们这儿来，谁也没有这样友好地和我们聊过天……因此我们总是谈起他，关心他和金绣女工们的事进行得怎么样，可她们在院子里碰上我们时，不是气鼓鼓地紧闭着嘴唇绕开我们走过去，就是旁若无人地直冲我们走来，好像路上根本就没有我们这些人。通常我们只能在院子里或趁她们从窗旁走过的时候欣赏她们，冬天她们穿戴着各种别致的皮衣皮帽，夏天则在草帽上缀着鲜花，手里拿着五颜六色的小阳伞。至于我们彼此间谈论这些姑娘们的言语，要是让她们听到了，她们肯定会因为羞辱而气得发疯。

"不过，他不会把丹涅什卡……给糟蹋了吧！"司炉忽然担忧地说。

这句话使我们心中一惊，大家都不作声了。不知怎地我们把丹娘给忘了。好像她不是金绣女工中的一分子。接着开始了一场热烈的争论，有的人说丹娘不至于做这种事，另一些人断定丹娘抗拒不了他，第三部分人最后提出，假如大兵纠缠丹娘，便打断他的肋骨。结果大家决定密切关注大兵和丹娘，并要警告丹娘，让她提防着他……以此结束了这场争论。

过了个把月，这期间大兵烤他的面包，跟金绣女工们厮混，也常来我们作坊，不过没有再跟我们吹嘘他在姑娘们身上取得的成功，而是不停地捻着他的小胡子并津津有味地舔自己的嘴唇。

每天早上丹娘照常来要面包圈，一如既往地活泼可爱，对我们也很亲热。我们曾试探着跟她谈论那个大兵，她用"鼓眼睛的牛犊子"和其他可笑的诨号称呼他，我们因此放心了。看到金绣女工们粘着那大兵，我们便为我们的丹娘感到骄傲。她对大兵的态度使我们大家感到振奋，似乎受她的态度所左右，我们自己也开始以轻慢的态度对待大兵。对丹娘则更加喜欢了，每天早上更加高兴和友爱地迎接她。

可是有一天喝得微醉的大兵来我们这儿，坐下来就嘻嘻地笑了，我们问他笑什么，他解释说："她们为了我打起来了……莉吉卡和格鲁什卡……她们想把对方打成残废吧，呃？哈—哈，一个揪住另一个的头发，把她按在地板上，还骑在她身上……哈—哈—哈！把脸抓烂了，衣服撕破了……真可乐！这些女人连打架都不肯老老实实地打，她们为什么乱撕乱抓呀？呃？"

他坐在一条长凳上，体格健壮，身上干干净净，满心高兴，坐在那儿不停地哈哈大笑，我们一声不响，这一次不知为什么他叫人讨厌。

"我在女人身上的运气真好，对不对？太有意思了！眨眨眼睛，她们就上勾了！活见鬼！"那双白白净净汗毛闪亮的手举起来，又落在膝盖上，响亮地在膝上拍打了一下。他故意用一种迷惑不解的姿态，来向我们炫耀他的幸运。他那张肥嘟嘟红喷喷的脸蛋一副自满自得的神情，幸福得油光闪亮，他还在不住地有滋有味地舔着嘴唇。

我们的司炉生气地用铁铲在炉灶里用力砰地一铲，忽然用嘲笑的口吻说：

"弄倒几棵小杉树算什么真本事，你试试弄倒一棵松树……"

"那么，你这话是讲给我听的？"大兵问道。

"是讲给你听的……"

"怎么回事？"

"没什么……没事了！"

"不，你等等！你指的是什么？什么松树？"

我们的司炉没有说话，只顾飞快地挥舞铁铲干他的活：把煮好的面包圈扔进炉子里，把烤熟了的铲起来，噼啪作响地扔在地板上，扔到几个把面包穿在麻线上的小伙计们身前。他好像已经忘记了那个大兵以及他们的对话。可那大兵却好像变得心绪不宁了。他站了起来，朝炉前走去，也不管那龙飞凤舞般挥动着的铁铲会碰到他的胸部。

"不行，你必须告诉我，她是谁？你让我受委屈了……我是谁？没有一个女人能从我手里逃脱，逃不掉！可你对我说的话真气人……"

他的确像是真生气了。或许，他的自尊心被伤害了，他的身上可能只有会和女人周旋这点能耐，因为这点能耐，他觉得活着是有价值的。

有一些人，他们生活中最珍贵和最美妙的东西便是他们的心灵和身体上的疾病，他们终生带着这疾患，而且靠它活着，因患病而痛苦，借口有病而保养自己。他们向别人抱怨有病，借此来引起人家的重视，用这个办法取得人们对他的同情，因此假如去掉他们身上的病，把他们给治好了，他们就会感到不幸，因为失去了惟一的生活手段，那他们便成了虚空，也就一无所有。有时人的生活贫乏到此种地步，乃至他不由得必须珍爱自己的毛病，并以此为生，可以说很多人就是靠着这些毛病来获得自尊。

大兵生气了，缠住我们的司炉不放，大声吼叫："不行，你必须告诉我是谁。"

"说吗？"司炉忽然转过身来反问道。

"怎么？"

"认识丹娘吗？"

"噢？"

"就是她！你试试看……"

"我？"

"正是你！"

"是她？这对我来说——啊呸！"

"我们等着瞧！"

"你会瞧见的！哈—哈！"

"她会把你……"

"一个月为期！"

"这回你可成了吹牛大王了，当兵的！"

"两个星期！我要叫你们看看，她是什么样的？丹恩卡！呀呸！"

"走你的吧，我跟你说呢！"

我们的司炉忽然怒气冲冲，猛地把铁铲一挥，大兵吃惊地从他身边向后退了一步，看看我们，沉默了一会儿，然后不怀好意地低声说道："很好！"说完便走出了作坊。

在他们争论时，我们大家虽然都非常关注此事，但没有人说话。等大兵一走，我们便吵吵嚷嚷地十分热闹地说了起来。有人对司炉大声喊道："你不该挑起这件事，巴维尔！"

"干你的活儿，懂得什么！"司炉恶狠狠地回答。

我们感到士兵被触到了要害，丹娘面临危险。我们预感到这一点，但同时被一种强烈的好奇心所吸引，觉得非常兴奋，将会发生什么事呢？丹娘能不能抗拒得了大兵的诱惑？大家几乎一致满怀信心地叫道："丹涅氏卡？她顶得住！凭两只空手逮住她，没门！"

我们十分渴望验证一下我们这位女神的意志力。我们一个心眼地想要彼此证明，我们的女神是坚强的，在这次角逐中能成为胜利者。以至最后我们觉得对大兵挑逗得还不够劲，他可能忘记了这场争论，我们应该努力刺激他的自尊心。从这天开始，我们开始成天地争论，大家的口才也变好了，这是大家都意想不到的。我们觉得好像是在和魔鬼打赌一般，我们这边的赌注便是丹娘。当我们从别的面包师傅那里打听到，大兵开始"向我们的丹涅什卡猛攻"，我们心里痛快极了，日子过得十分起劲，甚至没有发现老板利用我们的兴奋劲头，一昼夜增加了十四普特面团的活计。我们似乎连干活都不觉得累了。丹娘的名字整天不离我们的嘴。每天早上我们都怀着一种万分焦急的心情等待她。有时我们觉得，她走进了我们的作坊，但人已经不是她了，不是原先那个丹娘，而是另一个人。

而我们从未对她提到曾经发生的那场争论，也不向她打听什么，对她一如既往地既亲切又友好。然而好奇心却压制不住地滋长出来，这是从前没有的，它无时无刻折磨着我们。

"弟兄们，今天到期限了！"一天早上司炉即将开始干活的时候说道。

用不着他提醒我们心里也非常清楚，但仍然不免吃了一惊。

"注意瞧着她……她马上就要来了！"司炉提出了建议。

有人惋惜地叫道："难道凭眼睛能看出什么来！"

于是我们相互间又展开了一场十分热烈的争论。今天我们即将得知我们将一切美好纯洁的东西放入其中的器皿，究竟洁净到什么程度，它能否抵御污秽而不染。这天早晨我们仿佛第一次猛然感觉到我们的的确确是在进行一场惊心动魄地赌博，这次对我们的女神的纯洁所进行的考验，有可能在我们的心目中把她给毁了。这些日子以来，我们听说大兵坚持不懈地追求丹娘，但不知为什么，我们当中谁也不问丹娘，她对那大兵态度如何。她每天早上照常按时来我们这儿要面包圈，模样和神情仍然像往常一样。

而这天早晨我们很快就听见了她的声音："囚犯们！我来了……"

我们慌手忙脚地把她拉进来，可当她进来后，我们却一反常态以沉默来迎接她。我们睁大眼睛看着她，不知该跟她说什么问什么。我们阴沉沉的默然地站在她面前。她显然对这不寻常的迎接感到吃惊。忽然，我们发现她变得心烦意乱、脸色苍白，她似乎站立不稳，压低嗓门问道："你们这是……怎么啦？"

"你呢？"司炉目不转睛地盯着她，忧郁地对她说了两个字。

"怎么啦，我？"

"没，没什么……"

"喂，赶快把面包圈给我……"

在此之前她从来没有催过我们……

"来得及！"司炉不露声色地说，目光自始至终都没有离开过她的脸。

于是她猛地转过身子跑出去。

司炉抓起铁铲转身朝炉前走去，心平气和地说道："就是说他成功了！……这个大兵……下流坯！……"

我们像泄了气的皮球，摇摇晃晃地朝桌旁走去，默默地坐下来，开始没精打采地干活。过了一会儿，有个人说："也许，还……"

"嗯，嗯，说啊！"司炉叫道。

我们都信任司炉，他比我们聪明。他说成了的事就一定是成。我们的心情更加忧郁和烦燥起来……

十二点，吃午饭的时候大兵来了，他像往常一样直视我们的眼睛，而我们倒有些不大自在了。

"我说，尊敬的先生们，想让我表现一下大兵的功勋吗？"他露出傲慢的笑容说。"你们都到过道那儿去，就从墙上的缝隙里瞧吧……明白了吗？"

我们跑了出去，互相拱肩搭背地紧贴在过道上那堵面向院子的木板墙的缝隙旁边。等待了没多久……很快便见丹娘心事重重步履急促地从院子里走过去，连蹦带跳地绕过一滩滩融雪和烂泥水洼地。她走进了通向地窖的那扇门。接着大兵吹着口哨也不慌不忙地进去了。他两只手插在衣兜里，胡子轻微地抖动着……

那是个下雨天，我们看见雨水滴落在水洼里，水洼在雨滴的敲打下荡起了波纹。那是个灰暗而潮湿的日子，一个百无聊赖的日子。地面上露出了一块块发暗的烂泥。房顶上的积雪也被蒙上了一层肮脏的褐色。淅淅沥沥的雨不停地下着，如诉如泣。我们感到全身发冷，非常痛苦地等待着……

先是大兵从地窖里走出来，他在院子里慢慢地迈步，抖动着小胡子，两只手插在口袋里，模样一如往常。

丹娘随后也跟了出来。快活和幸福的光芒从她眼睛中闪现出来，脸上带着笑容。她脚步不稳，晃晃悠悠，仿佛是在梦中走路……

我们无法平心静气忍受这样的事实。我们疯了一般冲到门口，窜到院子里，嘴里打着嗯哨，凶狠、粗野地朝着她大声喊叫。

她在看见我们之后十分震惊，全身哆嗦着，直挺挺的立住不动了，脚陷在一堆烂稀泥里。我们围着她，幸灾乐祸地用最肮脏、最下流的言语肆无忌惮地羞辱谩骂她。

我们不紧不慢地做着这些事，因为她已没有退路，被我们围在中间，而我们却能够尽情地无所顾忌地挖苦、嘲弄她。我们不知为何没有揍她。她始终一声不吭，头左右摇摆着，转来转去，任凭我们对她的万般羞辱。我们更加变本加厉地向她身上泼撒着脏话，用语言中最恶毒的毒汁泼向她。

她的红晕在面颊上消失了。她那双在一分钟之前还是幸福的蓝色的眼睛睁得老大，胸部急剧地不住地起伏着，嘴唇也在微微地颤抖。

我们在她身上付出了我们所有的爱和一切的一切，而她却叛离了我们，我们现在已经彻底地一无所有了。我们要对她进行报复，毕竟我们是二十六个，而她只有一个，因此对于我们施加给她的那点痛苦是无论如何也抵消不掉她所犯下的错误的！我们用最无情、最肮脏、恶毒的语言攻击她、羞辱她，用尽我们所能用尽的一切方法，而她始终用恐惧的眼神望着我们，浑身颤栗，不作一声。

我们笑着叫着、痛哭着……不知从哪里又跑过来一群人……我们当中有人拽了一下丹娘的衣袖……

她的眼睛忽然一亮，不慌不忙地把手举到头上，将头发整理了一下，十分平静地对着我们的脸高声叫道："嘿！你们这些可怜的不幸的囚徒！"

于是她径直地向我们走来，眼中旁若无人，在她面前我们好像根本就不存在一样，好像我们并没有挡住她的去路。

走出我们的包围圈，她没有再向我们转过身来，只是照旧大声地、骄傲并轻蔑地说道：

"哼！你们这些畜牲……混蛋……"

随后，美丽而高傲的丹娘，昂着头，挺着笔直的身子慢慢地走了。

我们却依旧留在院子中间，立在污泥里，淋着雨，呆呆的在没有阳光的暗灰色天空下站着……

我们后来默默地回到我们那个潮湿、阴暗的石洞中，阳光依旧照射不到我们的窗户，丹娘也从此再没有来过，一切又恢复了从前的模样。

海燕之歌

在苍茫的一望无际的大海上，狂风席卷着乌云，海燕在乌云和大海之间昂然地飞掠而过，像一道黑色的闪电。

它时而翅膀擦过浪尖，时而如利剑刺入云层，它在喊叫，而——乌云在这鸟儿无所畏惧的叫声中听到了欢乐。

在这叫声中——充满着对暴风雨的渴望！乌云在这叫声中听到了愤怒的力量，热情的火焰和必胜的信念。海鸥面对即将来临的暴风雨，不停地呻吟着，它们在海面上慌忙奔窜，准备把对暴风雨的恐惧藏入海底。

而潜鸟也在不住地呻吟着，它们这些潜鸟，不懂得生的搏斗是一种享受，隆隆的雷声早已令它们胆战心惊。

愚蠢、肥胖的企鹅胆怯地藏身于悬崖之下……只有骄傲的海燕，在翻滚着白色泡沫的大海上面，勇敢地、自由自在地翱翔。

乌云愈加阴暗，愈来愈低地紧逼海面，而海浪歌唱着，冲向高处去迎接雷鸣。

雷声轰鸣。海浪在激愤的泡沫中怒吼，与风抗争，这时风牢牢地抱住了一大团海浪，凶狠地把它们抛摔在悬崖上，像把大块的翡翠摔成了尘埃和飞沫。

海燕呼叫着，像黑色的闪电一掠而过，如利剑穿透乌云，翅膀上洒满了海浪的水沫。

看吧，它在飞舞，像一只神鸟，伟岸的神鸟，暴风雨的黑色神鸟，——它在笑，同时又在嚎叫，它笑那乌云，它因欢乐而嚎叫！

它——这敏感的神鸟——在雷声的狂怒之中早已听出了倦怠，它深信，乌云遮不住太阳，是的，遮不住的！

风在吼……雷声震耳……

闪电划过天际……

闪电的光芒，宛如一条条火蛇，在海上蜿蜒，旋即被大海吞没，消失得无影无踪。一团团乌云，像蓝色的火焰，在深不可测的大海上空熊熊燃烧。

"暴风雨，暴风雨快来临了！"

这是无畏的海燕，昂然自得地飞掠在闪电和怒吼的大海之间。这位胜利的预言家叫道：

"让暴风雨来得更加猛烈些吧！……"

人

　　……那如烟的往事，在我心力交瘁的时刻，便会浮现在我的记忆中，使我不禁心灰意冷，我的思想也被琐碎无聊的俗事纠缠着，混乱不堪，挣脱不开。每当我处于这身心交瘁的艰难时刻，我总要把人的雄伟形象呼唤到我面前。

　　人啊！在我心中仿佛升起一轮太阳，人就在这光彩夺目的阳光中无比从容地迈步向前！不断向上！悲剧般完美的人啊！

　　我看见他高傲的前额，豪放而深邃的眼睛里闪耀着大无畏的思想光辉，雄伟的力的光辉，这力量能在人们悲观失望的时候变成神灵，又能在人们精神振奋的时代将神灵推翻。

　　他将身体置于荒凉的宇宙之中，独自站立在那，以不可想像的速度向无垠空间的深处疾驰而去，他站在一块土地上，苦苦地琢磨着一个令人痛苦的问题："我为什么存在？"——他英勇地迈步向前！不断向上！——要揭开沿途遇到的人间和天上的所有奥秘。

　　在前进的路上，他用心血浇灌着他那艰难、孤独而又豪迈的征途，用胸中滚烫的鲜血浇灌出永不凋零的诗歌的花朵，他十分巧妙地把发自心灵中的苦闷呼声谱成乐曲，他依据自身的经验创造科学，每迈出一步都要把人生点缀得更加灿烂、美好，就像太阳那样无私地、慷慨地用它的光芒普照大地。他不停地运动，不断向上，迈步向前！他是大地上一颗指路的明星……

　　他凭借的只是思想的力量，这思想时而如闪电般迅速，时而静若寒剑，——远远地走在众人的前面是自由的、高傲的人，高踞于生活之上，独自承担着生活的重任，置身于迷茫谬误的旋涡之中……这一切都像磐石一般压在他高傲的心头，他的心灵被刺伤，他的大脑受着折磨，使他感到羞愧难当，呼唤他去把一切迷误消灭光。

　　他在前进！种种本能在他的胸中喧嚣；自尊心令人十分厌烦地发着牢骚，像厚颜无耻的叫花子在乞讨，七情六欲像藤条一般把心儿紧紧缠绕，吸吮他的热血，大声要求向它们的力量让步……喜怒哀乐都想控制他；一切都渴望成为他灵魂的主宰。

形形色色的生活琐事就像路上的污泥，又像丑恶的癞蛤蟆，横在他面前，挡住了他前进的道路。

就像一颗颗的行星围绕着太阳，人的精神创造的各种产物也把他层层围绕：他的爱情永远不知满足，友谊步履蹒跚地远远跟在他的身后，希望疲倦地走在他的前面；而那满脸怒容的憎恨，他手上那副忍耐的镣铐正在叮当作响，可是信仰正用乌黑的眸子凝视着他焦虑不安的面庞，等待他投入自己宁静的怀抱……

他了解自己这一群可悲的侍从——他的创造精神的各种产物都是畸形的、不完善的、不成熟的。

它们早已被世俗的偏见所毒害，却披着真理的外套，怀着敌意跟在思想的后面，总也赶不上思想的飞跃，就像乌鸦追不上雄鹰的翱翔。它们同思想争论着谁该领先，却很难同思想融成一股富有创造力的熊熊火焰。

这儿还有人的一个永恒的旅伴，就是那无声无息而又神秘莫测的死亡，它时刻准备亲吻他那颗炽热地渴望生活的心。

他了解自己这一群永生的侍从，最后，他还了解一个产物——疯狂……

长了翅膀的疯狂像一股强大的旋风，它用充满敌意的目光注视着人，竭力鼓动人的思想，硬要拖她去参加它野蛮的舞会……

只有思想是人的女友，他惟独同她永不分手，只有思想的光焰才能照亮他路上遇到的障碍，揭示人生的谜，揭开大自然的重重奥秘，解除他心中漆黑一团的混乱。

思想是人的自由的女友，她到处用锐敏的目光观察一切，并毫不留情地阐明一切。

爱情披着圣洁的外衣，里面却藏着充满肉欲的肮脏的身体。打着舍己无私的招牌，暗地里却想方设法贬低别人，独占自己的情人。

希望是怯弱无力的，被她的亲姊妹——谎言操纵着；谎言身着盛装，打扮得花枝招展，时刻准备用花言巧语去安慰或欺骗所有的人。

思想和友谊那颗脆弱的心里看到它的谨小慎微，它的冷酷而空虚的好奇心，还看到嫉妒心的腐朽的斑点，以及从那里滋生来的诽谤的萌芽。

思想发现呆板的信仰拼命地攫取无限的权力，以便奴役一切感情，它暗藏着一双无恶不作的利爪，它沉重的双翼软弱无力，它空虚的眼睛视而不见。

思想还要同死亡搏斗：思想把动物造就成人，创造了神灵，创造了哲学体系以及揭示世界之谜的钥匙——科学，自由而不朽的思想憎恶并敌视死亡——这毫无用处却往往那么愚昧而残暴的力量。

死亡像一个龌龊、爬满苍蝇的垃圾袋，堆在各种阴暗的角落，装进各种破旧、腐烂、无用的废物，有时也强取豪夺，把健康、结实的东西也没收进来。

死亡散发着腐烂的臭气，裹着令人恐惧的盖尸布，冷漠无情、没有个性、难以捉摸，永远像一个严峻而凶残的谜，站立在人的面前，思想不无妒意地研究着她。那善于创造、像太阳一样明亮的思想，充满了狂人般的胆量，她骄傲地意识到自己将永垂不朽……

斗志昂扬的人就这样迈开大步，穿过人生之谜构成的骇人的黑雾，迈步向前！不断向上！永远向前！不断向上！

他疲倦了，步履艰难，不断呻吟；惊恐的心在寻求信仰，并大声乞求爱情给他以温柔的爱抚。

而软弱所孵育的三只鸟儿——沮丧、绝望和忧愁，这三只凶恶而丑陋的鸟儿，围着他的心灵不祥地盘旋，总在那儿忧郁地对他歌唱。歌中唱道，他是一只渺小的甲虫，他的认识有限，思想软弱无力，神圣不可侵犯的骄傲也滑稽可笑，而且不论他干什么，他终究要死亡！

听到这支虚伪而恶毒的歌曲，他那颗破碎的心不停地颤抖；疑虑像针似的刺痛了他的头脑，屈辱的泪珠在眼眶里闪耀……

倘若他内心的骄傲不被激怒，人就会被死亡的威吓逼进信仰的监牢，爱情将含着胜利的微笑，引诱他投入自己的怀抱，向他高声许诺幸福，为的是掩饰自己无法获得自由的悲哀和那贪婪专横的肉欲……

怯懦的希望与谎言结成盟友，对他歌颂宁静之乐，说什么息事宁人就能安享太平。它们用甜言蜜语为昏昏欲睡的灵魂催眠，把他推入甜密的懒惰的泥潭，让他落入懒惰的女儿——苦闷的魔爪。

由于种种浅薄的感情的影响，他急忙把下流无耻的谎言的甜蜜毒药塞满自己的大脑和心田。谎言公然教训他，说什么人除了像牲畜一样搭一个安乐窝，再没有别的出路。

但是思想是不容易战胜的，是骄傲的，它要在人的心上同谎言展开一场恶斗，把人救出来。

思想像冤家对头那样追逐着人，像蛀虫那样不知疲倦地吞食着他的头脑；像干旱那样把他的心田变成一片荒漠，又像刽子手那样将他拷打。思想对于真理的渴念，对于严峻而睿智的生活真理的渴念，作为振奋精神的清凉剂，不讲情面地把他的心儿抓紧。那真理成长虽然缓慢，但透过一片昏暗的迷雾却清晰可见，像一朵火红的骄傲的小花。

但是，倘若人已经被谎言毒害得不可救药，并忧郁地相信，世上最高的幸福莫过于脑满肠肥，最高的享受莫过于饱食终日、无所用心、坐享人间安乐，那么思想将悲哀地垂下翅膀，成为欣喜若狂的感情的俘虏，昏昏欲睡，让人听凭他的心去拨弄。

腐朽的庸欲，下贱的苦闷的女儿，犹如传播瘟疫的云雾，从四面八方朝人袭来，用刺鼻的灰色尘埃把他的头脑、心和眼睛蒙住。

倘若没有骄傲和思想，人将不成其为人，他自身的弱点会使他蜕化为禽兽……

但是，一旦怒火中烧，被思想唤醒，人就会独自穿过有如荆棘丛生的累累错误，只有冲进灼人的多如星火的疑虑，踏着旧真理的瓦砾，继续前进！

庄严、高傲、自由的人，勇敢地正视真理，对自己的怀疑说道：

"你说我软弱无力，认识有限，这是一派胡言！我的认识在发展！我知道、看见并感觉到认识在我身上发展！我根据痛苦的轻重程度去探测我的认识的增长，认识增长了，我的痛苦也更多……

"但是，我每前进一步，我的需求就更多，感受更多，我的见识也越加深广，我的愿望迅速增长，意味着我的认识在茁壮成长！现在我的认识好比点点星火，那又有什么关系？点点星火可以燎原！将来，我就是照彻黑暗宇宙的熊熊火焰！我要把人间布满的不幸、屈辱、痛苦和怨恨统统扫进坟墓，我要解开世上各种神秘的面纱，我的使命就是照亮人间，照亮整个世界，让一切都和谐起来。

"各种迷误与过错，犹如一条条绳索，把惊惶失措的人们拴在一起，把他们变成了鲜血淋漓、令人厌恶、互相吞食的一群野兽，我的使命就是要解开这些绳索！

"思想创造了我，为的是掀翻、摧毁、踏碎一切陈腐、狭隘、肮脏的丑恶的东西，在思想锻造出来的自由、美好和对人的尊重的坚固基础上创造新的一切！

"我是苟且偷安无所作为的死敌，我要让每个人都成为大写的人！

"一部分人默默无闻地从事着力不胜任的奴隶劳动，完全是为了让另一部分人尽情享用面包和各种精神财富，这种生活毫无意义，可耻而又可恶！

"让一切偏见、成见和习惯都见鬼去吧，它们像粘滞的蜘蛛网，缠绕着人们的头脑和生活。它们妨碍生活，强制人们的意志，我一定要把它们铲除！

"我的武器是思想，而且坚信思想自由、思想不朽以及思想的创造能力永远不断增长——这就是我们的力量取之不尽的源泉！

"对我来说，思想是黑暗生活中惟一不会欺骗我的永恒灯塔，是世上无数可耻谬误中的一点灯火；我看见它越燃越旺，逐步把无数秘密彻底照亮，我跟随着思想，在她永不衰竭的光芒照耀下前进，不断向上！迈步向前！

"不论在人间还是天上，没有思想攻克不了的堡垒，也没有思想震撼不了的圣物！思想创造一切，这就使她拥有神圣不可剥夺的权力，去摧毁可能妨碍她自由生长的一切。

"我平静地认识到思想创造着真理，这些真理同样也会变成偏见。又是思想勇敢地站起来，把它们通通化为灰烬，创造着新的真理。而这些灰烬生出许许多多的错误的理论。

"我还认识到：胜利者并非摘取胜利果实的人，而仅仅是固守在战场上的人……

"我认为生活的意义在于创造，而创造是独立自在而且永无止境的！

"我要前进，要燃烧得更加耀眼，更彻底地驱散生活中的黑暗。而牺牲就是对我的褒奖。

"我不需要别的褒奖。我认为，权力是可耻而乏味的，财富是沉重而愚昧的，荣誉是种偏见，它来自人们不善于珍重自己，来自人们阿谀献媚的奴隶习性。

"怀疑！你们不过是思想迸出的火花而已。思想是为了考验自己，才用残存的力量生育了你们，并用自己的力量把你们抚养！

"总有一天，我的感情世界将同我永生的思想在我胸中汇合成一团巨大的创造性的火焰。我将用这火焰把灵魂里一切黑暗、残暴与凶恶的东西烧光。我将同我的思想已经创造出来和现在正在创造的神灵没什么两样。

"一切在于人，一切为了人！"

于是他威严而自由地高昂着骄傲的头颅，重新迈开从容而坚定的步伐，踏着已化为灰烬的迂腐偏见，一个人在种种谬误构成的灰白色的迷雾里前进。他身后是沉重的乌云般的旧日的灰尘，而前面则是面无表情等待着他的无数的谜。

它们像太空的繁星数不胜数，人的道路也永无止境！

充满斗志，士气昂然的人就这样迈步向前！不断向上！永远向前！不断向上！

流　　冰

　　七个工匠正在城对面的河上，忙碌地修补破冰用的三棱墩。寒冬来临时，城郊小镇上的居民把它拆去当柴烧了。

　　春天，在这一年来得特别晚，已是阳春三月，看起来倒像阴冷、暗淡的十月，惨淡的太阳只有将近正午的时候才微微露出头来，它一会儿隐藏在乌云里，一会儿又出现在乌云之间的昏暗的天上，一会儿又斜着眼儿望一望大地，还并不是天天如此。

　　基督受难周的礼拜五已经到了，可是，融雪时的檐头滴水，入夜前就冻成了半俄尺长的铁青色冰溜；从河上积雪里露出的冰层像发青的冬天的云，也有点发青，好像冬天的云。

　　木匠们依然工作着。城里，铜钟悲切地、呼唤似的唱着歌。工人们仰起头、凝望那笼罩着全城的模糊不清的淡灰色晨雾。已经举起的斧子，在即将砍下去的时候，又犹豫地停在空中，就像怕劈碎这温存的钟声。

　　河道像一条宽阔的带子，河上，或远或近、歪歪扭扭地插着一些给道路、冰上的窟窿和隙缝做标记松枝；松枝向上伸着，就像溺水者痛苦地挣扎着的手臂。

　　河上沉闷的气氛令人无法忍受。千疮百孔的冰痂覆盖在空荡荡的河面上，十分忧郁地横趴在那里，像一条笔直的大道，通往那浓雾弥漫的地方；一阵阵潮湿的寒风，从那里忧悒地、懒散地吹来。

　　……奥西普领班是个穿着整洁、身体壮实的汉子；端正的银须在绯红的面颊和灵活的脖颈上，有规律地卷曲成一个个小周围。此时这个随时都想引起别人注意的领班奥西普正在吆喝：

　　"快点儿干，兔崽子们！"

　　接着，他转向我，讽刺地训斥着：

　　"监工先生，你那瘪鼻子翘到天上去干什么呢？我问他，打发你来干什么的？是包工头瓦西里·谢尔盖伊奇派来的吧？如果是那样的话，你就该督促我们一个劲儿干活：'快干，没出息的家伙！'瞧，你来就是为了安排这些大事，可是你，做事却心不在焉，我的孩子，可怜的死木头！擦亮你的眼睛吧，也吆喝那么几声，既然把你安排到我们这里来当监工什么的，那你就发号施令吧，你这个杜鹃蛋！"

他又向伙伴们高声嚷道：

"别打呵欠！鬼头们，今天就得把这件活干完，不是么？"

其实这伙人里最懒的就是他了。他精通本行。会干活，干起活来心灵手巧，有兴致，有瘾头，可他却吃不了苦，还常常干扰工作。当大家都闷声不响，埋头干活的时候，他总是用低微的声调，讲起那些传奇故事来：

"兄弟们，有过这么一回事……"

前两三分钟，人们几乎都当他不存在，还在一个劲地锛呀、刨呀、砍呀，可不一会儿，他那温和的男高音，梦幻般地传播着、回旋着，把人们的注意力终于给拴住了。奥西普那双明亮的蓝眼睛，甜甜地眯缝着，他捻了捻卷曲的胡须，高兴得巴嗒巴嗒嘴，源源不断地神聊起来……

"他把这条冬穴鱼抓住，放进一个篓子里，到林子里去了，心想：'这一回我可有鲜鱼汤……'猛然间，不知从哪里传来一个娘们儿的尖细呼声：'叶—列—霞—，叶—列—霞—……'"

年轻的、修长清瘦的莫尔德瓦人连卡，外号"小百姓"，长着一对惊恐的小眼睛，他提着斧子，张着嘴愕在那儿。

"这时从篓子里传出了低沉的回答：'在这儿呢！……'此时此刻，篓子里啪哒一声，一条冬穴鱼从里面一跃而出，走呀、走呀，又走向自己的湖底去了……"

老兵萨尼亚温，是个患着气喘病的阴郁的酒鬼，好似一直受着什么委屈。他声音嘶哑地问："既然它是一条鱼，那怎么能在陆地上走呢？"

"那么鱼怎么能说话呢？"奥西普和蔼地反问。

一头灰色的头发，长着一副狗脸，——颧骨和嘴巴向前伸，额头向后倾，——这个不起眼的、寡言少语的庄稼汉就是莫克·布德林，他不急不忙地自鼻孔里哼出三个心爱的字来，"这很对……"

他总是在别人讲起什么离奇的、恐怖的、恶心的，或是可恶的事情时，低声地，却是坚信不疑地附和着，"这很对……"

于是，我的胸脯上就像被一只坚硬、沉重的拳头揙了三拳。

口齿不清、体态不匀称的亚科夫·博耶夫也有讲点儿鱼的事情的欲望，而且已经开了个头，但是，谁也不相信他，大家都讥笑他结巴。他赌咒、骂街，向空中举起凿子，冲着大家的讪笑，气急败坏、唾沫四溅地嚷道：

"有的人不论怎么撒谎，都有人听，可我跟你们说实话，你们倒哈哈大笑，糊涂虫，你们鬼迷心窍了……"

大家都把手里的活扔下，挥动着空手，乱喊乱叫，工作被彻底地打断了。这时，奥西普摘下帽子，露出一头漂亮的银发和微秃的脑门，厉声喊道："喂，够了！别瞎扯了，歇够了，该干活了！"

"你自己开的头。"老兵往掌心里吐了一口唾沫，嘶哑地说。

奥西普凑近我说："监工先生……"

我认为他讲故事肯定别有用心，只是不明白他，是为了掩饰自己的懒惰呢，还是让大家休息休息。在包工头面前，奥西普总是摆出一副讨好献媚、低三下四的模样，——在他面前"装傻"，而且，每逢星期六，总要为大伙向他讨点"茶钱"。

总的来说，他是个"向着大伙"的人，但是，老年人却并不喜欢他，认为他是个小丑、懒汉，他们并不尊重他；就是年轻人，虽说爱听他东拉西扯胡说八道，也不将他放在眼里，他们不信任他，非但不加掩饰，而且表现得十分露骨。

我和那个受过文化教育的莫尔德瓦年轻人，有时也"畅所欲言"地谈谈。有一次，我向他询问奥西普的为人，他冷笑着回答说："我不知道……我怎么能知道……就是那个样子，没什么……"

想了片刻，他又补充说：

"已经去世的米海洛，是个烈性子的乡下人，非常聪明。有一回，他跟奥西普吵起来，说：'你到底算是个什么？在你身上工人味已经没了，你又不是当东家那个料！你就像一个被遗忘在墙角里的铅锤儿，吊在线上，悠荡一辈子……'这些话对他说来，或许是对的……"

莫尔德瓦人又想了想，不安地结束说："他就这样，没什么，是个好人……"

我在这些人中间，处境十分尴尬。我这个十五岁的少年，包工头把我派来登记用料数目，叫我盯住那些木工，别让他们偷钉子，或者把木板拖到酒店去。钉子嘛，他们还是照样偷，从来没有因为有我在场而有所收敛，并且，大家都想尽办法向我表示，在他们的工作中，我是个多余的、讨厌的人。稍有机会，就有人不动声色地用木板撞我一下，或用别的什么花招，多少叫我受点委屈，做他们这种事是很在行的。

因为觉得自己与他们格格不入，所以总是让我感到惭愧。我想和他们和平共处，却不知道该如何行事。为此我经常责备自己，弄得心里很不舒服。

每当我往账本上登记取料数目时，奥西普就不紧不慢地俯身过来，问道："描好了吗？喂，给我看看……"

他眯缝着眼，看着账目，含糊地说："写得倒还清秀工整……"

他只认识印刷体，他写的字，也是用教会章程里的印刷体字母，通常用的手写体他看不懂。

"这个，像个洗衣盆一样的，是个什么字？"

"财产。"

"财产啊！看，这里还有个活套儿……这一行写的又是什么？"

"一俄寸厚、九俄尺长木板，五块。"

"六块。"

"五块。"

"怎么是五块？那不是，老兵把一块弄成了两块……"

"他这是瞎费劲，没有必要……"

"怎么没有必要？他把那一半送到酒店去了……"

他那双蓝得像矢车菊一般的眼睛，像没事一样地看看我的脸，目光中闪动着欢快、愉悦的嘲笑；他手指上玩弄着卷曲成小圈的一络胡须厚颜无耻地说道："画上六块，真的！你瞧瞧，你这个杜鹃蛋，又湿、又冷，活又很重，人们也该开开心。酒这玩意儿，不是能暖心吗？你呀，别盯得太严了，太苛刻是讨不了上帝的欢心的……"

他说得既合乎情理，态度又好，把我也弄糊涂了，一声不吭地将数字改了，指给他看。

"好，这就对了！这个数目字漂亮多了，真像个胖肚皮、好心眼儿的老板娘坐在那里……"

我看见，他洋洋自得地向木匠们讲述着他的胜利，我知道，因为我的让步，他们都瞧不起我。我这个十五岁的人，委屈得心里暗自流泪。郁闷、晦暗的念头，在我脑际萦绕：

"这一切真是太奇怪，太愚蠢了。为什么他就相信我不会把6再改成5，并且向包工头报告，说他们拿木板换酒喝了？"

有一回，他们偷了两磅五俄寸长的橡钉，外加一些蚂蝗钉。

"听着，"我警告奥西普说，"我要把这个记上！"

"记上吧，"奥西普抖了抖灰白的眉毛，表示同意，"这实在太放肆了！记上，把他们记上，这帮小崽子们……"

然后，他向伙计们喊道："喂，懒虫们，橡钉和蚂蟥钉给我们记罚款啦！……"

老兵阴冷地问："为什么？"

"犯了过失，就这么回事。"奥西普平静地解释说。

木匠们纷纷埋怨，斜着眼瞅我。我也懒得再去记什么罚款了，如果我真做得出来，就不会那么难受了。

"我要离开包工头，"我对奥西普说，"让你们都见鬼去吧！跟你们混在一起，会变成小偷的。"

奥西普想了一会儿，并顺了顺胡须，和我并肩坐下，轻轻地说："这样做——对！"

"什么？"

"应该离开，你根本就不算个工长和管事。要变成一条狗才能做这种事情，一心一意地维护主子的利益……你啊，还太嫩，有些事不知该如何处理，乳臭未干。如果向瓦西里·谢尔盖伊奇报告你纵容我们的事，他会立刻照着你的脖子狠狠地来一下，肯定是这样！因为你没有为他往里捞，你明白吗？"

他卷好一支烟，递给我。

"抽一支吧，头脑会轻松点。如果你这个拿笔杆子的人没有一种好打不平、打打闹闹的性格，那我就劝你：当修士去吧！噢，你的心灵还没有磨平，说不定，就是对修道院长你也不会让步。有了这种性格，连打牌都不行！修士嘛，好比是寒鸦，啄的谁家的东西，它不知道，事情的缘由，跟它也没关系，它吃的是'籽儿'，而不是'根儿'。这些都是我的心里话。照我看，你是看不惯我们干这种事的，你是下在别家窝里的杜鹃蛋……"

他把帽子摘下，——每次在他想说什么特别重要的话时，他总是这样做的，——望着阴沉的天空，大声地、诚恳地说："在上帝面前，我们要做的事情算是一种偷窃，他是不会拯救我们的……"

"这很对。"莫克·布德林像一支黑管似的附和道。

我对这位长着卷曲的银发、眼睛明朗而心灵阴郁的奥西普产生好感就是从那一刻起的，我们之间产生了一种类似于友谊的感情，然而，我发现，他有点不好意思对我好。有别人在场，他不看我，眨巴着眼睛，转来转去。他歪斜地撇着嘴唇，当他对我说下面这番话时，显得又虚伪又难看。

"喂，两眼盯紧点，不要白吃饭，你看那边——老兵又在捞钉子了，可真能捞……"

可是，当我们单独相处时，他说起话来和蔼可亲，又经常教我一些有益的东西。那双放射着淡蓝色光辉的明亮的眼睛直视着我的双眼，目光里闪烁着机智的微笑。我认真倾听着他的话，虽然他有时说的有点古怪，但都是些真诚的大实话。

"应当做一个好人。"我有一次说。

"啊——当然！"他同意了，但随即又冷笑一声，垂下眼睑，轻轻地说："不过，该怎么去理解'好人'呢？我是这样想的：人嘛，如果得不到好处，什么好心正直，他们才不在乎呢。不，你还是照顾照顾他们吧，你要使他们得到温存、安慰，要使所有心灵都得到抚爱……说不定哪一天，这会使你交上好运的！当然，做个好人，对着镜子欣赏自己的脸蛋，这毫无争议是很惬意的事……不过，我看无论你是小偷还是圣人，对人们都是一样的，只要你对他诚挚些、善良些……这就是大家需要的！"

各种人我都非常留意地观察过，我心想，每一个人都应当引导我，而且也正在引导我认识这令人屈辱的迷惑的生活。有一个令我不安的问题，长时间得不到答案：

"人的心灵究竟是什么？"

我认为，某些人的心灵偏执狭隘，只从某一点去理解他所接触的一切，因此显得十分虚假乏味。有些心灵是平坦的，像一面镜子，——这就等于没有心灵。

然而，在我看来，多数人的心灵像浮云一样变幻莫测，就像假宝石一样五光十色，——总是依照它所遇到的色彩，恭顺地改变着自己的颜色。

我不知道，也弄不明白，这个仪表优雅的奥西普的心灵到底是什么样的，——用头脑是捉摸不透心灵的。

我一边考虑这些事情，一边向河那边眺望。坐落在山上的城市，洪钟齐鸣，一座座钟楼耸入云天，就像我所钟爱的波兰教堂里管风琴的白色琴管。教堂顶上的十字架，好像被灰色天空俘获的暗淡群星，在寂寞地闪烁、颤动，就像要闯出被风撕破的灰色云幕，升腾到纯净的蓝天里去。城市被阴云笼罩着，阳光好不容易洒下来，给城市增添了一点亮色，阴云就飞快地跑过来，遮住阳光，擦去亮色，留下更重的阴影——太阳只是昙花一现。

城里的房屋，像一堆堆污雪，黑黑的、裸露着的土地在房屋下面，花园里的树木，像一个个小土丘；建筑物灰色的墙壁上，玻璃窗闪着幽暗的光，让我想起了冬季；虽然春天已经到来，恼人的郁闷的气息还在周围弥散。

米舒克·佳特洛夫，一个黄发、兔唇、膀大腰圆、举止笨重的青年，试着唱了起来。

她清晨来到他身旁，
他头天晚上命已丧……

"喂，你这个婊子养的，"老兵朝他喊道，"你难道忘了今天是什么日子？"

博耶夫也生气了，他用拳头威胁着佳特洛夫，喊叫着："狗——狗东西！"

"我们那里的人生长在森林里，寿命很长，很有劲。"奥西普对布德林说，他正骑坐在三棱墩的顶部，眯着一只眼给坡面调线。"把木料那头往左边放出一俄寸，——对了！……如果说实话，就是野蛮人！有一次，一位主教大人到他们那里去，他们围住他，跪着哭诉：请对狼念几句咒语吧，圣明的大主教，我们被狼害惨了！主教呵叱着他们：'咳，你们是不是东正教的基督徒，啊？'他说，'你们将被提交法庭，严加审判！'他大为光火，甚至往他们脸上啐唾沫。他是个老头儿，本性慈善，眼窝里总是汪着泪水……"

在一排三棱墩的下方约摸二十俄丈远的地方，水手和苦力们正在敲碎驳船周围的冰，冰镩子嗖嗖地叩击着，杵裂了河面上发脆的灰色冰层，钩竿的细长竿柄，在空中摇曳着，把堕落下来的冰块推入水下。水溅了出来，溪流的絮语从沙岸上传了来。我们这里，发出了刨子的沙沙声，锯子的吱吱声，以及斧子把蚂蝗钉钉入刨平的黄木时发出的敲击声；从远处传来变得柔和了的钟声也融入这一切声响。仿佛这灰色的日子要用自己的劳作，作为对春神的颂歌，召唤她降临这已经开始解冻、但仍然光秃贫瘠的大地……

有人用伤风似的嗓音大喊：

"把德国人叫回来！人手不够……"

岸上回答说：

"他在哪儿？"

"在酒店里，看看去……"

潮湿的空气里声音在沉重地浮游着，在宽阔的河面上凄凉地飘散着。

活儿干得很匆忙、很紧张，却不是很理想，马马虎虎的。大家都想进城，洗个澡，上教堂。萨绍克·佳特洛夫尤其显得不安。他有一头像在碱水里煮过似的黄发，跟他哥哥一样，不过，他的头发是卷曲的。他体形匀称，行动灵活。萨绍克不时地向上游张望，轻声地对哥哥说：

"听，像不像迸裂声？"

冰"走动"的消息在昨晚就有了，水上警察从昨天早晨就已经不放车马踏上河面。稀疏的行人，像串珠子似的沿着一行行的跳板滚来滚去，可以听见木板弯曲下去拍击水面时发出的那种有风韵的响声。

"裂得哔剥直响！"米舒克说，眨动着白色的睫毛。

奥西普手搭凉棚，一面朝河上眺望，一面打断了他的话：

"你的脑袋里是刨花在裂得哔剥直响！快干活，听见了吗？你这巫婆养的！监工先生，——催催他们呀！干吗老是扎在书本里？"

还要两个多小时活才能干完。三棱墩迎向水流的两个棱面，已经整个儿用黄色的木板包好，仅剩下厚厚的铁"腰带"还没有箍上。博耶夫和萨尼亚温正在为"腰带"剔槽，可是剔得不合适，窄了，"腰带"嵌不进木头里去。

"你这瞎了眼的莫尔德瓦人，"奥西普叫嚷着，用手拍打着帽子，"这叫什么活儿呀？"

突然，不知从河岸上的哪个地方，冒出个欣喜的喊声来：

"来—啦—……喔—唷—唷—隋—！"

于是，就像应和这喊声，河上传来了缓缓的簌簌声、细微的脆裂声。松枝标杆像爪子似地抖动，好像要在空中抓取什么似的。水手和苦力们也挥动着钩竿，吵吵嚷嚷地沿着绳梯爬到驳船上去。这真奇怪，河面上怎么会突然冒出这么许多人，他们就像是从冰底下钻出来的，此时，他们就像一群被枪声惊起的寒鸦，或前或后地跳着、跑着，在抢运木板和竹竿，刚放下这一捆，又跑去抓另一捆。

"收拾家伙！"奥西普叫着，"快，把随身的东西也……上岸去！"

"这才是基督复活节哩！"萨绍克哀叹着。

河似乎纹丝不动，而城市却战栗了一把，晃动起来，随同着它脚下的山，静静地向上游飘去。我们身前十俄丈远处的灰色沙坡，也蠕动起来，离开我们，逆流而上。

"快跑！"奥西普喊着，推了我一下，"干吗张着嘴？"

十分危险的感觉一阵阵袭来，脚下的冰在破裂滑走，心也随即咚咚地跳了起来，急忙朝岸边的沙滩跑去。沙滩上被隆冬暴风雪摧残得枝条光秃的柳丛竖立在那里。博耶夫、老兵、布德林和佳特洛夫兄弟，已经躺倒在那里。莫尔德瓦人和我并排跑着，气急败坏地咒骂着，奥西普在后面迈着大步。呵叱道："别吼，小百姓……"

"到底怎么办啊，奥西普大叔……"

"还和原来一样。"

"我们要在这里待上一两个昼夜的……"

"那你就坐着等好了。"

"那么，过节呢？"

"这年头，没有你，人家也会过节的……"

老兵抽着烟斗，坐在沙滩上，嘶哑着嗓子说：

"你们害怕了吧……离岸才三五俄丈，你们却拼命跑……"

"你是头一个跑的。"莫克道。

但老兵继续说：

"你们害怕什么？基督老爹也会死的……"

"或许，他死后还会复活吧。"莫尔德瓦人抱怨地嘟哝着。博耶夫却冲着他大声喊叫起来：

"住嘴，你这小狗！你不配议论这种事。复活！今天是礼拜五，还不是复活节！"

恐惧笼罩着大家，三月的太阳，照在冰层上，发出亮光，在那里讽刺我们。

"鼓起来了……不过，这不会久的……"

"我们被截住了，过不了节啦。"萨绍克忧郁地说。

莫尔德瓦人颧骨凸出、没有胡须的黑脸，就像一个没有洗干净的土豆，他生气地皱着眉头，不停地眨巴眼睛，埋怨说：

"坐在这里……一没面包，二没钱……人家多快活，可我们呢，……为了贪图点工钱，跟狗一样……"

奥西普眼睛一眨不眨地凝视着河面，一面像在考虑什么别的事情，一面像在梦里似地说：

"这绝不是贪心，而是需要！修三棱墩为是为保护驳船不受流冰的破坏，就是这么回事。流冰横冲直撞，它会冲击到货船上去——财产就完蛋了。"

"管它呢……这财产是我们的不成？"

"傻瓜真没得可说。"

"早点修完就好了……"老兵扮了一个吓人的鬼脸，喊道：

"嗤，你这个莫尔德瓦人！"

"鼓起来了，"奥西普重复说，"咽……"

在货船上水手们吵吵嚷嚷着，一股寒气和一种隐伏着祸事的沉寂笼罩着河面。插在冰上的松枝标记变了样，好像一切都发生了变化，充满着紧张的期待。

年轻人里有人怯生生地低声问："奥西普大叔，怎么办呀？"

"什么？"他含糊地答应着。

"我们就这样在这里坐等？"

博耶夫带着鼻音，毫不掩饰地挖苦说："无赖们，这是上帝不许你们过圣节，懂不懂？"

老兵附和同伴的意见，他伸出那只拿着烟斗的手，向河上一指，喃喃地说：

"想进城？请走吧！流冰一到，不是淹死，就是抓到警察局去……还过节呢，想得倒美！……"

"这很对。"莫克说。

太阳躲起来了，河面愈加深沉，城市却显得更加清晰了。青年们用愤怒、忧愁的目光，凝视着城市，一声不响地发呆。

这种情形让我感到烦闷、压抑。在遇到困难，需要大家团结一致的时候，却思想分歧，怨天尤人。我真想离开他们，踏上冰层，只身而去。

奥西普像突然清醒过来似的，站起身来，摘下帽子，朝城市画了个十字，很随便地、平静而有力地说道："起来，伙计们，愿上帝保佑……"

"进城去？"萨绍克惊喜地叫着，一跃而起。

老兵动也不动，坚信不疑地说："我们会淹死的！"

"那你留下好了。"

奥西普扫视了大家一眼，喊着："好啦，动身吧，快！"

大家站起来，聚在一起。博耶夫一面整理着收藏在一个洞穴里的工具，一面埋怨说："人家叫走，我们就走！谁下的命令，谁可得负责……"

奥西普好像一下子年轻了许多，神色自信、目光威严、步伐坚定，有一股大将风度。

"每人带上一块木板，横着拿，万一有谁不幸陷下去，木板两头架在冰上，是个支撑！有裂缝的地方跨过去……有绳子吗？小百姓，将水准仪递给我……准备好了吗？行啦，我打头，我后面是——谁最沉？对了，是你，老兵！然后，是莫克、莫尔德瓦人、博耶夫、米舒克、萨绍克，马克西梅奇最轻，他最后……摘下帽子来，向圣母祷告吧！看，太阳老爹迎接我们来了……"

乱蓬蓬的头一齐露了出来，有灰白的，也有淡褐色的，太阳透过薄薄的云层向他们瞥了一眼，又隐蔽起来，似乎不愿唤起他们的希望。

"走！"奥西普用一种前所未有的语调严厉地说，"上帝保佑！看着我的脚步。不许靠着人家的背，相互拉开至少一俄丈，再远点更好！走吧，伙计们！"

奥西普把帽子掖在怀里，手握水准仪，小心而轻快地迈到冰上，脚步发出了嚓嚓的响声。他身后的岸上，随即传来一阵拼命的呼喊：

"往哪儿——去？你们这群畜生，圣母啊……"

"快走，别往后看！"领头的用洪亮的声音命令着。

"回—来—，魔—鬼—们……"

"快走，伙计们，心里要想着上帝！他不会邀请我们去过节的……"

吹起了警笛。老兵大声地发牢骚：

"瞧你们这群英雄，真他妈的……没事找事儿！他们现在会给对岸警察局发去一份急电……就算我们不被淹死，也会抓到分局去，拿我们去喂臭虫……我可担当不起……"

奥西普用振奋人心的声音，把大家的注意力转移过来：

"把眼睛放尖些，留神脚下！……"

我们逆流而上，斜插河面。走在最后的是我，清楚地看见身材矮小、衣着整齐的奥西普，头白得像小白兔似的，十分灵巧地在冰上滑行，两条腿似乎连抬也不抬。六个幽暗的身影，拉成一串就像被穿在一根无形的线上，跟在他后面摇摇摆摆地亦步亦趋。时而，他们的影子就并列在他们的身旁，落在脚下，铺在冰上。他们低垂着头，就像人们下山怕踩空摔倒似的。

后面的呼喊声越来越密。显然，有一大帮人跑过来，已经分辨不出他们说的什么话，听到的只是一片不快的嘈杂声。

对我而言，这种小心翼翼的行进，逐渐变成了一件机械乏味的差使，我走惯了快路。我陷入了一种空虚、飘忽的感觉中，忘记了自身的存在。被水浸透了的铅一样的青灰色冰块就在脚下，它的闪光令人目眩。有的地方，冰层断裂，隆起，被撞碎，变成小的冰块，一堆堆躺在那里，既像多孔的泡沫石，又像锋利的碎玻璃。蓝色的裂缝，冷笑着，在捕捉人们的双足。宽阔的鞋底啪击啪击地踏在冰上。博耶夫和老兵的嘟囔声，听起来叫人生厌，——他们俩一唱一和："我可不负责……"

"我当然也不……"

"只许一个人说了算，别人兴许比他聪明千倍……"

"我们哪能靠动脑筋过活？我们靠耳朵，靠听话活着……"

短皮袄的下摆被奥西普掖在腰带里，他那穿着灰色军服呢裤子的两条腿，就像弹簧似的，迈起步来既轻松，又灵快。他走路的样子，就像总有一个只有他才能看到的人，在他前面，阻止他走直路，抄近路。而奥西普与他斗争着，企图绕开他溜过去，他忽儿左，忽儿右，有时，又急转向后，在冰上画出环形和半弧形，一直像在跳舞，他唱歌似的不住声地喊着，这声音优美地与钟声交汇在一起，使人听起来非常舒服……

在我们就要走到一块约四百俄丈长的大冰块中部时，上游瞬间响起了不祥的簌簌声。我脚下的一块冰漂动起来，我晃了一下，没有站稳，摔得跪了下去，使我大吃一惊。当我往上游看时，我的咽喉立即被一种恐惧感卡住了。吓得我目瞪口呆，眼前一片漆黑，两眼发黑。铁青色的冰层活动起来，拱起了脊背，平滑的冰面上冒出了许多尖角，奇异的碎裂声，在空中震响，就像有人迈着沉重的脚步，在打碎的玻璃上行走。

河水在我身边流淌，发出轻轻地哗哗声；树木像复活了似的，东摇西摆，尖声嘶叫；大家呼喊着，围成一堆。在这一片沉重和可怕的混乱声中，加杂着奥西普洪钟般的声音："散开……散开来——保持距离，上帝的孩子们！河神娘娘来啦，来—啦—！要快乐点儿，伙计们？瞧啊，来—啦—！"

他像遭到黄蜂袭击似地跳跃着，手握那根一俄丈长的水准仪，恰似用长矛在自己周围左刺右扎，跟谁厮杀。城市颤栗着，自身旁漂过。我脚下的冰有如咬牙切齿般的咯咯作响，裂成碎片，水涌到我的脚上，我跳起来，懵懵懂懂地向奥西普扑去。

"往哪儿闯？"他挥动着水准仪，吼道，"站住，鬼东西！"

他简直已经不像奥西普了，——面孔变得出奇的年轻了，他身上我所熟悉的一切都消失不见了。蔚蓝的双眼变成了灰色的，个头也好像长高了半俄尺。他挺直的身躯，像一根新铁钉，结结实实地把双脚紧钉在冰上。他扬起头，张大嘴，呼喊着："不要慌乱，不许扎堆，不然，我砸碎你们的脑袋！"

他又冲着我挥动着水准仪：

"你往哪儿闯？"

"我们会淹死的。"我轻声地说。

"滚你的！住嘴……"

然而，他打量了一下我之后，随即又压低声音，更温和地补充道："傻瓜才会淹死，你会闯出去的……你爬得出去！"

随后，他猫着腰，仰起头，又扯开嗓门喊起来，说了一些振奋人心的话语。

冰层哗哗剥剥、嘎吱嘎吱地响着，不慌不忙地断裂着，慢慢地把我们从城边送过去。大地里像有一种苏醒过来的巨大力量，在把河岸伸长：我们身后的那一部分河岸，一动不动，而我们面对着的那一部分，却在悄悄地逆流而上，快要把整个大地撕裂开来了。

这种恐怖的、缓慢的运动，使人有一种与大地相互联系的感觉：一切都在离开你，胸中闷得发痛，双足软弱无力。几朵红云在天上隐隐浮动，冰层的裂口在它们的映照下，也变得红彤彤的，就像正在鼓足劲儿，要赶过来把我吞掉似的。整个大地都已复苏，在迎接着春天的诞生。大地舒展着身躯，高挺起毛茸茸湿漉漉的胸脯，把骨骼伸得嘎嘎作响，在大地的强壮肌体里，河流就像一根根血管，充满了浓浓的、沸腾着的鲜血。

人在大自然的千变万化面前，显得多么地渺小，使我感到很委屈，一种令人烦恼的想法在我心里滋生、燃烧。我想喝止住沉着而自信的变化，想威风凛凛地命令山岗、河岸："停住，等我走上来再说！……"

低沉的铜钟在忧郁地叹息，可是，我却不能忘记，再过一个晚上，一个白昼，入夜之后，它们会欢快地轰鸣，告示着复活节的来临。

要是听见这钟声时还活着该多好！……

……在我的眼里晃动着七个幽暗的身影，在冰上跳跃着。他们就像在空中划桨，用力挥动着木板，而在他们前面，一个像奇迹创造者尼古拉模样的小老头，泥鳅似的溜来溜去，他那威严的声音不停地震响："小心！小心……"

河面已经不再平静了，它那活动的脊背拱起来，在河底下蜿蜒蠕动，使人想起《风羽飞马》里的那条鲸鱼。流动的河水不时从鳞片似的浮冰下溅泼出来，人们被混浊冰凉的水，贪婪地舔着双足。

大家像是走在横跨深望的独木桥上。想象万丈深渊，想象身体坠落时的感觉，想象埋在河底的样子，想象溺死的人粘滑的头颅、浮肿的面颊、发涨的手指、泡软的皮肤……

莫克·布德林是第一个掉进冰里去的。他走在莫尔德瓦人的前面，像往常一样沉默不语，几乎没有这个人在场似的。他走着，显得比谁都沉静。突然，像有人揪住他的脚一般，猛地一拉，他不见了。只有他的头，和一双紧抓着木板的手露出在冰上。

"帮帮他！"奥西普高喊着，"别都拥过去，一两个人帮帮就行了！"

莫克呼哧呼哧地喘着粗气，对莫尔德瓦人和我说："你们走开点，小伙子……我自己来……不要紧……"

他爬到冰上来，一边把身上的水珠抖掉，一面说："好家伙！看起来，真得小心点，不然，的的确确会淹死的……"

此刻，他的牙齿上下打着冷颤，用肥大的舌头舔着湿透的两撇胡子，非常像一条温顺的大狗。

我猛然想起，一个月以前，斧子整个儿砍下了他左手大拇指的一节，——他举着被砍下来的、指甲发蓝的惨白指头，用不可思议的幽暗目光仔细地打量着，抱歉似地轻轻说道："这个小怪物，我已经不知道把它伤了多少次……它本来已经脱节，不大好使……现在只有将它埋掉了……"

他仔细地将砍下来的指头裹在刨花里，放进衣兜，这才去包扎受伤的手。

博耶夫在他之后也洗了个澡。好像是他自己扎进冰里去的，但是，他随即发疯似地喊叫起来："啊！老爷儿们，我沉下去了，快死了，兄弟们，救救我……"

他被这次遭遇吓得浑身抽搐，花了很大力气才将他拉出来。莫尔德瓦人在他身边忙乎着，连头没入水中，也差点被淹死。

"差点儿到魔鬼那里做晚祷去了。"他爬到冰上，不好意思地微笑着说。现在，他显得更瘦小，颧骨也更高了。

过了没多久，博耶夫又掉了下去，并发出尖叫声。

"不要叫，亚什卡你是属山羊的不成？"奥西普一面嚷着，一面用水准仪威胁他，"干吗吓唬人？我真想给你一下！伙计们，解开腰带，把兜里的东西扔掉，这样会灵便些……"

每走十步，都会出现狰狞的大嘴，发出嘎嘎的响声，喷出混浊的唾沫，用发蓝的锋利牙齿，咬住人们的双足：大河似乎想要像蛇吃蛤蟆一般，将人们吞进肚里去。湿透了的鞋子和衣服，阻碍着跳跃，把你一个劲地往下拉。大家都像被野兽舔了似的，浑身黏滑，举止笨拙，沉默无语，缓慢地恭顺地挪动着沉重的脚步。

奥西普仿佛对冰上的裂缝早就心中有数，他虽然也像大家一样，全身湿透，却能似兔子一般从这块冰上跳到那块冰上。每跳到另一块冰上时，他总是稍作停留，一面仔细地观察，一面大声喊道："喂，你们瞧，应当这样走！"

他好像在和大河捉迷藏，个儿虽说小，却懂得怎样去捉弄它、闪开它、躲过陷井，简直就像是他代替了大河掌管着冰块，让那些又大又结实的冰块流到我们脚下。

"喂，上帝的孩子们，别泄气！"

"奥西普大叔真棒！"莫尔德瓦人轻声地赞叹着，"真是一条好汉！……的确是一条好汉……"

离河岸越近，冰块变得越小、越碎，人们掉在水里的次数也就越加增多了。城市几乎已经整个儿从身旁漂过去了，我们很快就会被带进伏尔加河。那里，冰还没有移动，我们会被吸进去的。

"我们说不定会被淹死的。"莫尔德瓦人低语着，朝左边望了望淡蓝色的暮霭。

忽然间，就像上天怜悯我们似的，一大块浮冰一头向河边撞去，它碎裂着，发出咔嚓咔嚓的响声，撞到岸上，终于止住不动了。

"快跑呀！"奥西普拼命地喊叫起来，"使劲儿跑呀！"

他跳上那块浮冰，滑了一下，摔倒了，坐在被河水溅击着的冰块边缘上，让大家从身旁跑过。五个人推推搡搡、跌跌撞撞、你追我赶地跑到岸上。莫尔德瓦人和我停下来，想去帮助奥西普。

"快跑，猪崽子们，快！"

他的脸发青，不断地抽搐着，眼里的光辉消逝了，嘴张得很古怪。

"起来吧，大叔……"

他垂下了头。

"我的腿像是折断了……起不来……"

他被我们扶起来，搀着他走。他张开两臂，勾住我们的脖子，牙齿打着颤，嘟囔着说：

"你们这两个鬼迷心窍的人，你们会淹死的……行啦，谢天谢地，上帝总算没忘记我们，老弟，……留神——怕经不住三个人，小心点走！挑冰上没有盖着雪的地方走，那里更牢靠些……你们还是别管我吧……"

他把眼眯成一条缝，盯着我，问道："你那个专门记录我们过错的小本本呢？想必浸湿了吧？怎么，不见了？"

当我们从撞上岸来的巨冰上走下时，还泡在水里的那部分冰块把一条平底船压成碎片，发出嘎嘎的响声，晃荡几下，咔嚓一声，漂走了。

"你瞧！"莫尔德瓦人称赞地说，"冰可真听奥西普大叔的话。"

回到岸上，城郊小镇的居民们把我们团团围住，大家一个个浑身湿透，冻得直打哆嗦，但却很开心。博耶夫和老兵与村民们对骂着，我们把奥西普放在几根木头上。他快乐地喊道："伙计们，那小本本可完蛋了，泡汤了……"

这账本就像一块砖头似地掖在我的怀里，我悄悄地掏了出来，把它远远地扔进河里，噗通一声，像一只蛤蟆似地扎进了乌黑的水流。

佳特洛夫兄弟朝山上飞奔而去——到酒馆里打酒去了。他们一面跑，一面用拳头戏打着，喊叫着："哎哟哟！"

"你装蒜……"

一个长着圣徒胡子和小眼睛的高个儿老头，对着我的耳朵深信不疑地说道：“你们惊扰百姓的安宁，本该打你们这些该死的几个耳光……”

博耶夫一面整理鞋子，一面嚷嚷道：“我们哪点打扰你们啦？”

“教友们快被淹死了，”老兵也大发怨言，声音更加嘶哑了，“你们都干了些什么？”

“我们有什么可干的？”

奥西普躺在地上，伸着腿，用颤抖的手摸着短皮袄低声抱怨道：

“哎呀，我的妈呀，弄得多湿……这皮袄坏得不行了……穿了还不到一年……”

他仿佛一下子变得瘦小了，皱着眉头，躺在地上，身躯显得越来越抽缩，仿佛要融化似的。

突然，他欠起身来坐着，叹了一口气，恶狠狠地高声说：

“你们这群傻瓜，就知道上澡堂和教堂……催命似的……让魔鬼带你们去吧……找死呢！……没有你们上帝照样过节……我的皮袄穿不了，你们给我赔来！……”

大家把整理好的鞋子穿上，拧干衣服，呼哧呼哧累得直喘气，深深地叹息着，同居民们对骂着。奥西普嘟囔得更起劲了：

“瞧你们出的好主意，该死的！非得上澡堂……瞧着吧，等人家叫来警察，就会把澡堂指给你们看的……”

居民中有人殷勤地说：

“已经打发人叫警察去了……”

“你这是怎么搞的？”博耶夫对奥西普嚷了起来，“你干吗要装蒜？”。

“我？”

“你！”

“等等？这是怎么回事？”

“是谁唆使人走的，啊？”

“是谁？”

“是你！”

“我？”

奥西普惊厥似地抽搐起来，用泄了气的声调重复说：“我吗？”

“这很对。”布德林平静而清晰地说道。

莫尔德瓦人伤心地低声作证：“真的是你，奥西普大叔！……你忘了……”

“没错，这事是你挑的头。”老兵忧郁地但却很有份量地喊道。

"他忘——了——"博耶夫非常暴怒地叫嚷,"他怎么能忘!他这不是想嫁祸于人,我知道他的鬼主意!"

奥西普沉默了,他眯着眼,环顾着这群衣服潮湿的、半裸着的人……

之后,他奇怪地哼了一声,像是苦笑,又像是哭泣。他耸起双肩,两手推开,喃喃地说起来:

"是了,说得对……真的,是我的主意……,真奇怪!"

"这就对了!"老兵洋洋自得的喊道。

奥西普望着那像煮小米粥一般沸腾的河水,苦着脸,懊丧地垂下双眼,继续说:"说真的,这是一时糊涂……哎,我的爹呀!怎么没有淹死?真是弄不明白……啊,主啊!……伙计们……们别……别生气,看在过节的份上……原谅我吧!……我的脑子混乱了,不然怎么会……是的,是我唆使的……我真是个老糊涂……"

"是这样吗?"博耶夫说道,"假如我淹死了,你又会说什么呢?"

我觉得,奥西普十分震惊自己干了这件不必要的蠢事——他浑身黏滑的像被舔了似的,让人想起那刚出生的牛犊。他坐在地上,晃着头,双手摸着身旁的沙土,用好似不是他自己的声调喃喃地嘟哝着,说着忏悔的话语,不看任何人。

我注视着他,心想——那个发号施令的指挥官,那个身先士卒、关切、机智和威风凛凛地带领着人们前进的指挥官,现在到底到哪里去了呢?

顿时,我感到一股空虚感袭遍全身,可是仿佛为了更正什么,证明什么似的,我坐近奥西普,轻轻地对他说:

"够了……"

他斜着眼看了我一下,一面用指头把胡须梳理开来,一面也轻轻地对我说:"看到了吗?你会明白的……"

接着,他重又高声地嚷给大家听:"这简直是瞎胡闹——对不对?"

……山顶上,一些像黑鬃毛一般的树木矗立着,远处是渐渐昏暗下来的天空。山向河而卧,好像一头巨兽。黄昏时分的淡蓝色的阴影出现了,阴影从屋顶后向外张望——这些屋顶如溃疡般紧贴在这块黑色皮肤上;阴影也从黏土质谷地的湿漉漉的黄色大嘴里向外窥望——这巨大的嘴冲着河面宽宽地张开,使人觉得,它像是要冲向水流,痛饮一番。

河上也昏暗下来。冰块的碎裂声和撞击声变得沉稳多了。有时,一块冰一头拱向岸边,如猪嘴一般,开始纹丝不动,后来晃动几下,挣脱出来,继续漂去,另一块冰又慢腾腾地爬过来,占据了这个空位。

河水很快地涨。土地被溅泼，污泥被冲刷——污泥像浓烟似的，在暗蓝色的水中漂散开来。空中有一种奇怪的声音——咯吱咯吱，吧嗒吧嗒，正如一头巨兽一面在贪婪地吞嚼着什么，一面用长长的舌头舔着大嘴。

柔美而忧伤的钟声从城市那边，飘来了，因相隔遥远而显得低沉了。

佳特洛夫兄弟，像两只欢快的小狗似的从山上跑下来，手里抓握着酒瓶。一个身穿灰制服的警长和两个穿黑制服的警士，在河岸边走着，迎向他们。

"哎哟，上帝呵！"奥西普轻轻地抚摸着膝盖，低声呻吟着。

居民们看到警察，赶紧朝空旷处疏散开，渐渐安静下来，期待着。警长是个干瘪的人，一张小脸，蓄着两撇褐色的箭一般的胡须。他向我们走过来，用有点嘶哑的、造作的男低音，严厉地说道："你们这群鬼东西……"

奥西普仰面倒在地上，匆匆忙忙地说：

"是我，大人，整个事情的罪魁祸首是我！看在过节的份上，饶了我吧，大人……"

"你这是怎么搞的，你这老鬼！"警长吼叫起来，可是，他的吼叫没有一点威力。

"我们的家室都在这里，在城里，我们在河那边无亲无故，连买面包的钱也没有，大人，后天就是复活节，大家都想洗个澡，去教堂做祈祷，因为我们是基督徒，因此，我就说：'走吧，伙计们，上帝会保佑的，我们又不是去做坏事。'为了这胆大包天的举动，我受到惩罚，您瞧，我的脚整个儿给毁了……"

"报应！"警长厉声嚷道，"假如你们全都淹死了，那又怎么办呢？"

奥西普深深地、疲惫不堪地叹了一口气："怎么会呢，大人？这不，什么事也没有，真对不起……"

一个警士骂了起来，好像他不是在下流地骂娘，而是发表什么高谈阔论，并且要大家都牢牢地记在心里。

之后，他将我们的名字记下了，就走了。我们一起喝完了烧酒，感到暖和起来，也有了精神，打算回家去。奥西普一面冷笑，一面目送着警察离去。突然，他轻快地站起身来，恭恭敬敬地画了个十字：

"一切都过去了，谢天谢地……"

"这么说来，"博耶夫又是惊讶，又是扫兴，用难听的鼻音嗡嗡，"这么说来，脚是好好的？没有折断，是不是？"

"你难道想让它折断不成？"

"啊，老滑头，你这个可怜的彼得鲁什卡……"

"走吧，伙计们！"奥西普发出命令，把潮湿的帽子戴到头上。

我和他走在大家的后面，并肩而行。他同我说话，声音很低，很亲切，似乎要告诉我一件只有他一个人才知道的秘密：

"不管做什么事，无论你怎么会兜圈子，没有狡猾，没有欺骗，是万万不能混过去的，这就是生活，生活就是这个样子，弄虚作假才吃得开……不然，你要上山，鬼就会拉你的腿……"

天完全黑了。黑暗中灯火在闪烁，有红的、黄的、好像在召唤：

"到这儿来吧……"

我们迎着钟声朝山上走去，溪水潺潺，在我们脚下蜿蜒着，奔腾而下。它们的喧闹声，淹没了奥西普和蔼的话语。

"我撒了个小谎，把警察给骗过去了！就需要这样做，让他摸不清头绪，又得让他觉得在这件事里他是多么重要的人物，就得这样……要让每个人都想到，要想做成一件事，就得有这种精神……"

我仔细听着他的话，却不是很明白。

况且，我的内心当时平静而轻快，也不想去弄个明白。我不清楚，我是否喜欢奥西普，但是，我已决定和他一起走遍任何需要去的地方，哪怕是再一次踏上那从脚下滑走的流冰，渡过河去。

铜钟在鸣唱，我不禁高兴地想着：

"春天啊，我还要无数次将你迎接……"

奥西普叹息说：

"人的心灵是有翅膀的，会在梦中飞翔……"

会有翅膀吗？真妙极了！……

女　人

　　风儿飞驰在草原上，高加索群山的悬崖峭壁被风吹打着；山脊如庞大的风帆，大地咆哮着，仿佛在蔚蓝色无底的深渊疾驰，将风儿撕碎的云絮抛在身后，云絮的阴影沿地面滑动，想拽住大地不放，无奈力不从心，于是便哭泣、呻吟起来……

　　树木好像弯下身子在奔跑；灌木丛抖动着枝叶，就像在黑色的地面上趴着一群狗，它们在抖动身上的毛。整个大地尘土飞扬，发出单调的沙沙声，呼啸着、嚎叫着，永不停息；鹳鸟在啼鸣，饱食后的乌鸦在呱呱地叫，草原上的蟋蟀也不甘寂寞，嘤嘤地闹个没完。不时传来神色严肃、身材高大的哥萨克村民的吆喝声，好像在这里指挥一切。脱粒机铡碎的金黄色的麦秸，从光秃秃的草原上吹过来，富饶的哥萨克镇的场院上，卷起一阵阵昏黄的旋风。被腾空卷起的一些鸡毛和太阳晒黄的枯叶，漫天飞舞。

　　太阳刚露了一下脸就不见了。在那边，群山耸立，皑皑白雪点缀着山峰，含雨的乌云像耕耘过的土地，被染上了一层彩虹。

　　厄尔布鲁士山的鞍形山巅和其他山的水晶般的山峰，有时从乌云的间隙闪耀出夺目的光芒。山峰直耸云端，想抓住那些云，会十分明显地感觉出大地在广阔的空间里急驰。心里紧张和高兴得喘不过气来，似乎同这美丽可爱的大地一起疾飞。当你凝视着那些被永不消融的积雪装点的山峰，会不由地想到，在群山背后定是一片广阔无垠的蓝色大海，或是一片湛蓝的荒漠。

　　从草原驶来几辆满载脱过粒的粮食的大车。犄角弯曲的瓦灰色的犍牛，全身沾满了烟灰般又黑又厚的尘土，瞪着溜圆的眼睛，将富有耐性的目光投向地面，缓慢而吃力地朝前迈着步子。一个身穿被尘土染成灰色衬衫的哥萨克人躺在大车上，高筒皮帽歪戴在后脑上，脸膛晒得黝黑，风把眼睛吹得发红，汗水和尘土把大胡子粘在一起，像是用石头雕成的。这个哥萨克人有时在车前紧靠着车辕步行；风吹打着他的后背，把衬衫掀起；这人也像犍牛那样结实和强壮，也像牛那么有耐性，眼睛盯着前方不慌不忙地走着，好像对一切充满了信心。

"右转弯……右转……"

他们这里今年收成不错，他们都身体健壮，吃得饱饱的，可是面色阴沉，沉默寡言，对人不理不睬。这也许是干活太累的缘故吧……

一座红砖教堂贮立在哥萨克镇的冲突，它高耸入云，它有五个圆顶，正廊上方是一座钟楼；窗框是装饰过的，涂了淡黄色的油漆。这座教堂仿佛是贴了一层五花肉似的，背阴处显得臃肿而笨拙：很像一座由酒足饭饱的人们给一位魁伟、静穆的天神建造的神殿。

像跳轮舞似的散开低矮的白色农家屋舍，一座座宛如粗壮的农妇，腰间系着篱笆编的腰带，花畦织成的华丽绸衫披在身上，头上是由芦苇房顶织成的褪色的锦缎。在屋顶上空的银灰色的白杨摇拽多姿，花边似的槐叶丛哆嗦着，干荚儿有如孩童的玩具发出嘎嘎的声响。栗子树的暗色掌形大叶在空中摆动，仿佛也想抓住那飞奔的云。哥萨克女人从这院跑到那院，把裙子和内衫的下摆高高挽起，粗壮结实的腿一直裸露到膝头；她们奔忙着，打扮起来准备过节，相互关心地打着招呼。呼唤着胖胖的孩子，那些孩子像麻雀似的在土里翻滚，把一撮撮尘土捧起，高高地抛洒在空中。

在教堂围墙旁边背风的地方，一些"找活儿干的流浪汉"在红褐色的干枯的杂草地上横七竖八地躺着，他们总共有二十多个，全是"无处安身的人"，等待时来运转的空想家，或者是沉醉于这片辽阔富饶土地的懒汉，俄罗斯流浪癖的患者。他们三三两两结伴而行，从这村串到那村，名义上是"找个工作"。他们看到这里工作如此之多，大为惊讶，然而，他们宁愿去乞讨，去偷窃，实在没办法才去干活儿。

圣母升天节就在明天，在那个富饶的镇子里将有欢度节日的活动。他们便也从四面八方聚集到这个镇上来，希望在节日里不用付出劳动就能美美地饱餐一顿。

他们都是些从中部各省来的"俄罗斯人"。他们没晒惯南方的太阳，一个个面孔被晒成黑紫色，头发也晒焦了。他们的破衣烂衫被风吹得飘飘扬扬，啪啪作响。他们都装出一副温顺、虔诚的样子，好像是干活儿劳累了，日子过得不顺心如意，才聚集到这里来。

他们身旁驶过那辆吱吱哑哑满载粮食的大车时，哥萨克人嘴里嚼着一根麦秸，也从这里步行走过，他们厚着脸皮毕恭毕敬地向他鞠躬致敬，而他只是轻蔑地斜睨他们一眼，并没有脱帽，跟平常一样，根本不理会那些没精打采、衣衫褴褛的外乡人如何对他弯腰行礼。

图拉人科尼奥夫，一个干瘪的男人，晒得像根烧焦的火棍，他枯瘦的脸上长着稀稀拉拉的黑胡子，深藏在眼窝里的一对黑眼睛闪动着和蔼的含笑的目光。他与众不同地向哥萨克们深深一鞠躬。

今天我才加入到这伙人里头，不过科尼奥夫却是我的老相识了。从库尔斯克到捷尔斯克省的路上，我不止一次遇到他。他是一个"合群"的喜欢呆在人群中间的人，可这似乎只是因为他十分胆小。无论在地球上任何地方，除了在靠近阿列克辛县沙滩他自己的家乡，他总是自信地到处都这样说："确实，这鬼地方富倒是富，可是我同当地人却合不来……怎样也合不来！在我的家乡，人们的心地不知有多善良，那才是真正的俄罗斯人，这里的人没法比！这里全是狠心的家伙，本地人的心肠连一分钱都不值！"

他喜欢悄悄地、若有所思地讲述一些偶然发迹的奇遇：

"喂，你不相信铁马掌的故事，我给你讲讲：叶弗列莫沃村的一个乡下人捡到一块铁马掌，可是三个星期以后，一把火烧死了他的叔叔——叶弗列莫沃镇一家店铺的掌柜和他全家人，听说了吗？这个乡下人获得了全部遗产，真的！不，你总不能说你不知道这个道理吧：老天爷也是有好心人，他也会怜悯我们这些老百姓，让我们时来运转的。"

科尼奥夫那浓黑陡直的眉毛一直爬到前额，露出惊讶的表情，好像他根本就想不到自己竟会说出这种话来似的，会有这种事情吗？

当那哥萨克人走过时，并未理会他的致敬，科尼奥夫望望他的背影，嘴里嘟哝着："吃饱撑的，眼中无人……不，我真说了吧，这是些没有心肝的家伙！……"

还有两个女人同他在一起；一个二十岁左右，矮矮胖胖的，眼睛像玻璃球似的，嘴总是合不拢。她有一副呆头呆脑的面孔：脸的下半部，牙齿露在嘴外。好像在笑，可是，当你仔细一看她那低矮的额头下面那对纹丝不动的眼睛，又觉得她立刻就要惊恐地放声痛哭，像个患癫痫病的女人。

"我被他送到这里，和素不相识的人呆在一起。"她嗓音沙哑地埋怨着，用短粗的手指把晒焦的头发塞进黄绿色头巾下面。

一个宽脸盘、高颧骨的长着蒙古人的小眼睛的小伙子，用胳膊肘捅了她一下，用暗哑地有气无力地声音说："他把你抛弃了。你眼里只有他……"

"是啊——"科尼奥夫意味深长地拖着长声，一面说一面在布袋里摸索什么。"现在甩掉一个娘儿们是家常便饭，这年头她们不值钱，便宜得很……"

那娘儿们皱着眉头，眼睛吃惊地使劲眨着，嘴巴张得老大，她的女伴却机灵而明确地说："你别听他们胡说，讨厌鬼……"

她比那女人大五六岁，而且容貌也与众不同：一对乌黑的大眼睛总是滴溜溜地转，几乎每分钟变换一种神情：时而顺着镇上街道，肃穆地凝视远方，眺望凉风习习的草原，时而又调转视线，在人们的脸上匆匆掠过，像是找寻着什么．然后又受了惊吓似地眯起眼睛，美丽的唇边却闪现出一丝神秘的微笑。这女人低下头，把脸藏起来。当她再次抬头时，眼睛又换了另一副神情：气呼呼地瞪得很大，两道纤细的眉头之间现出一条竖立的皱纹，轮廓清晰的干燥的嘴唇固执地紧闭着，她像匹马似的，用她那笔挺挺鼻子的小鼻孔呼哧呼哧地吸着气。

她怎么看也不大像个农民：蓝裙子下面露出皲裂的脚踝——这不是农村那种泥巴腿，脚面隆起很高，显然是穿惯了长筒靴的。她在补一件带白花点的天蓝色上衣，看样子，她做针线十分娴熟。一双晒得很黑的小手在那揉皱了的布料上灵巧、迅速地闪来闪去。风儿想从她手里把针线活吹走，但没有成功。她弯下身子坐在那里，从麻布内衫的开襟处，我看到她那不大的结实的乳房，像是姑娘家的乳房，可是她那下垂的奶头却说明，在我面前的是一个哺育过婴儿的女人。在这些人中间，她好似掺杂在生了锈的破铁中的一块赤铜。

在这块土地上我四处漫游，一会儿登临高山，一会儿造访平原，所到之处，多数人都是神情抑郁，像蒙上了一层灰尘，懒散得令人触目惊心。其实，每个人的心里可能都有他自己的想法和意见，这些都是我不了解的。我现在也已经懒得深入他们的内心去观察了解一番了，根本没这个必要。我希望看到全部生活都是美好的，值得骄傲的，希望这些成为现实，然而现实生活展示出来的却是些相互间的倾轧、黑暗的陷坑、委琐的人、潦倒的人、说谎的人。我本想将自己的一颗小火星投向他人心灵的幽暗处，——你径自投去，可是不久便被黑暗吞没了。

但这个女人却能让你浮想连翩，吸引你去揣测她的过去，于是，我不由得要编出一篇有关人生的复杂的故事，并且一厢情愿地给它们多添点粉饰。我明白这是一篇谎言，也明白，随着时间的流逝，我的境遇将因为争取这种生活而变得恶劣，但是，亲眼看到这样畸形的现实却实在令人心绪不宁。

一个身材高大的红头发男人，垂下眼帘，绞尽脑汁地寻找恰当的词汇，用焦油般浓重的声调慢吞吞地讲：

"好吧，咱们走吧。路上我对他讲——信也好，不信也好，古宾，骗子总是你，不会是别人……"在讲话人的话语中，所有的字母"O"的发音都是沉重而圆润的，就像超载的大车车轮在乡间小路灼热的尘土上辘辘滚动。

高颧骨的小伙子，眼珠像盲人一样的混浊，他那铅灰色的眼睛死死盯着戴绿头巾的年轻女人。他像羊羔似的掐了几根枯萎的草茎，放在嘴里咀嚼，又把袖口挽到肩头，弯起胳膊，也斜着鼓起的筋肉。

猛然间，他向科尼奥夫问道："让我来一下，好吗？"

科尼奥夫考虑着朝他的拳头瞥了一眼，那是一只大拳头，有如一把特重的铁锤，上面仿佛生了锈，他叹口气，回答道：

"你照自己的脑门来一拳，可能会变得聪明些……"

小伙子闷闷不乐地瞧着他，问道："为什么？我是傻瓜吗？"

"瞧你那样子就像……"

"不，你住嘴！"小伙子费劲地站起来，用挑衅的口吻说，"你是从哪里知道我是这么个人的？"

"你们的省长告诉我的……"

小伙子不说话了，惊异地望望科尼奥夫，又问："可是，我是哪个省的呢？"

"别纠缠，记不得了。""不，等等，要是我给你来一下……"

那女人停下手里的活，似乎感觉有些发冷，耸起滚圆的肩膀，温柔地问道："说正经的，你是哪个省的人？"

"我吗？奔萨省的，"小伙子回答说，急忙抬起腿蹲在那里，"奔萨省的，怎么样？"

"是这样……"

那个年岁小一点的女人按捺不住自己的高兴，奇怪地咻咻笑起来。

"我也是……"

"哪个县的？"

"论县份，我也是奔萨县人。"那个年轻女人自豪骄傲地说。

小伙子坐在她的对面，有如面对一堆篝火，向她伸出双手，用令人信服的口吻说："咱们那个城市可好呐！那么多饭店、教堂、石头房子……有一家饭馆里还开留声机……想听什么歌有什么歌！"

"也玩'捉傻瓜'吧！"科尼奥夫轻声嘟哝一句，可是小伙子讲他们县城如何美好，正讲得兴致勃勃，因此根本没有听见。他那宽厚、湿润的嘴唇不停地砸吧着，仿佛在琢磨用语似的喃喃说道：

"好多石头房子……"

那个女人停下针线活儿，问道："也有修道院吧？"

"修道院吗？"

小伙子懊恼地挠挠脖子，闷不吭声了，随后显得很气愤地说："修道院，我不太清楚……我只是在我们那帮人被赶去修铁路的时候进过一次城……"

"唉！唉！"科尼奥夫叹了口气，站起身，走开了。

教堂的围墙边上紧靠着很多人，像草原的风刮来的一堆垃圾，准备再随风滚动到草原上去。三个人在睡觉，一些人在补衣服、捉虱子，嘴里乏味地嚼着从哥萨克农家挨户讨来的黑面包。看到这些人觉得烦心，听着这小伙子无用的唠叨也令人讨厌。那个年长的女人，眼睛不时地离开手里的活计，向他微笑，这虽然是淡淡一笑，却使我十分气愤，于是我跟着科尼奥夫走了。

教堂围墙的人口处的四棵杨树像守门人似的站在那里。风儿把杨树吹弯了树梢，向干燥的铺满尘土的大地频频敬礼，朝着雪山耸立的昏沉沉的远方探过身去。金色的阳光照耀着红褐色的草原，显得那么平静、辽阔，它让风儿轻轻呼啸，让枯草甜蜜地沙沙作响，召唤人们向它走去。

"这小娘儿们怎么样？"科尼奥夫倚靠着杨树，一只手抓住树干，不觉想入非非地问道，"她从哪里来？"

"她说是梁赞人，名叫——塔季娅娜……"

"她跟你同路很久了吗？"

"哪里……很久就好了！今天早上遇见的，在离这儿三十俄里路的地方……她同一个女伴一起，就是这个。我先前也曾遇到过她，在迈科普附近，拉贝河上，是在割草的季节。那时跟她在一起的是个中年男人，他不留胡子，样子像大兵，不知是她的情夫，还是她的叔叔。那男人是个酒鬼，爱寻衅闹事，他在那里三天挨过两次打，如今她和这个女友结伴。那个叔叔吗，进了哥萨克的监牢，因为他把人家的马具、缰绳都变卖换酒喝了……"

科尼奥夫本来讲得正起劲，说着说着好像想起什么事，脸色黯淡下来，眼睛盯着地上。风儿把他那稀疏的长须和破烂上衣吹得飘飘扬扬，吹落了头上的圆帽；那帽子没有帽檐，衬里破碎了，简直是一块揉皱的破布。这种圆帽很像女人用的包发布，戴上它，科尼奥夫那有趣的脑袋看上去像个婆娘，样子非常滑稽可笑。

"嗯，是——呵，"他啐了口唾沫，重又抬起头来，傲慢地拉长音调说，"多标致的小娘儿们……简直是一匹小马……魔鬼给送来这么一个厚嘴大脸的家伙……你瞧，我同她本来事情快妥啦……可是他……可好！狗东西……"

"你说过你有老婆……"

科尼奥夫恶狠狠地瞪我一眼，转过脸去嘟囔道："我能把老婆装在袋子里背着走吗？"

一个歪肩膀的大胡子哥萨克人走过广场，一只手里拿着一大串钥匙，另一只手握着一顶揉皱的帽子，帽檐朝前。一个八岁左右的鬈发男孩拖拖拉拉跟在他的后面，一边呜咽，一边用拳头揉着眼睛；他后面还有一条蓬毛狗，垂头丧气的样子，耷拉着尾巴，或许也是受了委屈的吧。孩子呜咽得厉害时，哥萨克便停下来，静静地等着他，用帽檐朝孩子的头顶拍打几下，然后再往前走。他走路东倒西歪，像个醉汉似的，小孩和狗却走走停停，在原地一呆就是几秒钟，孩子尖声哭叫，狗却噘起又老又黑的鼻子，无动于衷地嗅嗅空气，在牛蒡草棵里不住地摆动尾巴，好像对这一切都习以为常。它的长相很像科尼奥夫，只不过显得苍老一些。

"你说到——老婆，"科尼奥夫长长地叹了口气，说道："当然……不过，不是每一种病都能让人死掉的！……我十九岁时成了亲……"

我早就知道他后面会怎么说。这些故事我听过不止一次，但我懒得打断科尼奥夫的话，于是，那些熟悉的怨诉又讨厌地钻进我的耳朵。

"一个姑娘吃饱喝足了，就想着找情人。等到出了嫁，就接二连三地生孩子，像高板床上的蟑螂。"

风儿安静了些，还在哀怨地诉说着什么……

"没有多久，就生下七个，都活下来了，全靠你养活！一共养了十三个。这有什么用？现在算起来，她四十二岁而我四十三。她已经是个老太婆了，我呢，就是这个样子！还是乐呵呵的。今年冬天我那大女孩出外讨饭去了。没办法我只好到各个城镇游荡，咳，游来荡去也只是一天干瞪着眼，看着人家心痒痒，自己又得不到。看得烦了，就骂几句，再去别的地方……"

这个瘦瘦的、懒洋洋的家伙，一看就是个懒惰又不爱劳动的人。他自顾自地说着，也不怨恨别人，就像跟自己毫无关连。

那哥萨克人走到我们身边，摸摸胡须，用浓重的低音问道："从哪里来的？"

"从俄罗斯。"

"你们都是从俄罗斯来的。"他说，挥手叫我们让开，自己向教堂门口走去。他有个大得出奇的鼻子，一堆肥肉堆在圆眼睛周围，秃脑袋像个鲶鱼头。小孩擦着鼻子，在他后面跟着，狗嗅嗅我们的脚，抻了抻身子，便在墙根卧下了。

"看见了吧？"科尼奥夫嘟囔着，"不，在俄罗斯，人是和气多了，这里的人哪能比得上！等一等！"

娘儿们的尖叫声和沉重的捆打声从围墙的一角传来。我们拥过去，只见那个红头发的汉子骑在奔萨省来的小伙子身上，一面哼哧哼哧喘气，一面得意地数着数，用大巴掌打小伙子的耳光。那梁赞女人白费力气地推搡着红头发人的后背，她的女伴尖声嚎叫。其他所有的人都站起身来。挤作一团，嘻笑着，喊叫着……"

"好呵！"

"五！"红头发的人数着数。

"这是为什么？"

"行啦！唉呀。"科尼奥夫急得直跳。

连连传来使劲的噗哧噗哧的捆打声，小伙子脸贴着地，胀得通红，蹬着腿，无助地挣扎着，地上扬起一股股灰尘。一个身材高大、面色阴沉、头戴草帽的人，不慌不忙地卷起衬衫袖口，挥动着长臂。一个好动的、其貌不扬的小家伙像麻雀似的几步跳到大家面前，低声劝告说："大家拉一拉吧！要是闹出乱子来，大伙都得给抓起来……"

可这时那个高大的汉子已经朝红头发的人逼近，冲着他的太阳穴就是一拳，将他从小伙子的背上打落下去，然后转过身来面向大家，用教训人的口吻说："这是——坦波夫人的打法！"

"不要脸的家伙，土匪！"梁赞女人俯身站在小伙子面前喊道。她面颊绯红，用裙子为那个挨打的小伙子擦掉脸上的灰土和血迹，乌黑的眼睛闪动着冷峻而愤怒的目光，双唇激动地颤栗着，露出两排整齐、细小的皓齿。

在她旁边科尼奥夫跳来跳去，劝告说："你用水给他擦擦，拿点水来……"

红头发的人跪在那里，向坦波夫人挥动着拳头，喊道：

"谁让他吹牛说自己有劲儿？"

"为了这个就打人？"

"你是什么人？"

"我吗？"

"就是说的你！"

"看我再揍你小子一顿……"

就在其余的人，激烈地争辩谁是这次斗殴的肇事者时，那个好动的小家伙拍了拍巴掌，警告大家说："别嚷嚷啦！这是人家的地方，得让着人家哩，大伙都得……哎哟，我的天……"

他长了两只奇异的招风耳，一眼望去，好像只要他高兴就能用耳朵把眼睛遮起来似的。

这时，火红的天空中传来洪亮的钟声，把吵吵闹闹的说话声都盖住了，这时在人群中出现了一个年轻的哥萨克人，手里提一根棒子，他圆圆的脸膛，头发蓬乱，满脸雀斑。

"该死的，嚷嚷什么？"他善意地询问。

"打人啦！"气冲冲的漂亮的梁赞女人说。

哥萨克人向她瞥了一眼，微微一笑。

"你们要在哪里过夜？"

有个人迟疑地说了声："在这里。"

"不行，耐（你）们会把乔（教）堂给偷光……来吧，到营房去，到那里给你们找个住处。"

"这没关系！"科尼奥夫同我并肩走着，说道："反正是……"

"把我们当贼看待了。"我说。

这很正常，换成是我也会这么想。总之，对陌生人最好当心一点，要常常想到他们有可能是贼……"

梁赞女人同那个厚嘴大脸的小伙子在一起，走在我前面；他已十分倦怠乏力，嘴里嘟哝着，听不清在说什么，她却高高昂起头，用慈母般的口吻清晰地说："你啊，年纪轻轻的，你可千万别跟那些强盗来往……"

钟懒洋洋地敲着，穿着整洁的老头和老太婆从各个院子钻出来迎接我们，于是，寂静的街道热闹起来，低矮的草舍也显得更加亲切。

一个少女的声音清脆地喊："妈，妈妈！绿箱子的钥匙在哪里呀？我要拿发带呢……"

犍牛哞哞地叫，用低沉的吼叫来回答钟声的召唤。

风停了。红色的云在哥萨克镇的上空缓缓浮动，山峰也被染成一片殷红，仿佛被烤得要融化了，化成岩浆流向草原。劳累了一天的草原也安静下来，敞开胸膛，准备迎接。

我们的身份证，在营房草舍的院子里被收走了。两个没有身份证的人被带到院子的一角，关在昏暗的牛栏里，这一切都是悄悄进行的，没有引起任何风波，像做一件十分普通的习以为常的事情。科尼奥夫神情忧郁，望着正在变得暗淡的天空，低声说道："真是怪事……"

"怎么啦？"

"就拿身份证说吧，驯顺的好人因为没有身份证可能被驱赶，无处安身……

如果我也是个好人……"

"你才不是。"梁赞女人肯定地说，语气里带着几分恼怒。

"为什么呢？"

"我知道为什么……"

科尼奥夫笑了笑，闭起眼睛沉默不语了。

我们七倒八歪地躺在院子里，像屠宰场上的绵羊，一直躺到夜祷快要结束的时候。后来，我、科尼奥夫、那两个女人和莫尔尚斯克城的小伙子被带到镇边一间空草屋里，那里墙壁已经坏损，窗户的玻璃也碎了。

"不要到街上去，不然就抓起来。"送我们来的哥萨克说道。

"总得给块面包吃吧。"科尼奥夫结结巴巴地说。

哥萨克人平心静气地问道：

"活儿干了没有？"

"活儿还干得少吗！？"

"给我干的？"

"还没有这个机会呢……"

"等到有了机会，我就给你面包……"

于是，这个矮胖子像圆桶似的滚出了院子。

"他怎么这样对待我，嗯？"科尼奥夫讶异地把双眉紧蹙在额头中间，嘴里嘟哝着。"这些人都是些吝啬鬼，哼—哼！"

女人们走到草舍最里间的墙角，好像马上在那里睡着了；那个小伙子呼哧呼哧地喘着气，沿墙壁、地面摸索着走出去，不见了。他回来时抱来一大捆麦秸，把麦秸铺在泥土地上，不出声地倒在那里，双手枕在被打伤的头下。

"你瞧，那奔萨人真会想办法！"科尼奥夫不禁妒忌地叫道。"嗳，婆娘们，外边有麦秸呢……"

从角落里传来嗔怪的回答："你去拿呀……"

"给你们？"

"给我们。"

"是该去拿。"

他坐在窗台上，讲一些和穷人有关的故事，说他们想进教堂向上帝祈祷，却被轰进了牲口圈。

"老弟，你常说，大家都是一样人心都是肉长的！不见得，在我们俄罗斯就没人愿意承认自己老实好欺负呢……"

忽然，他把双脚挪到靠街的一面，闷声不响地跳下去，不见了。

小伙子睡着了，但睡得并不安稳，他在地上摊开两条粗壮的大腿和双臂，翻滚着，呻吟着，打着鼾，弄得麦秸窸窣作响。女人们在黑暗中窃窃私语，屋顶干枯的芦苇发出沙沙响声。风越刮越紧了。不知是什么树的枝条抽打着墙壁，这一切就像在做梦。

窗外是了无星辰的漆黑的夜，它仿佛在用各种不同的声音窃窃私语，述说自己的哀怨和忧伤。随着时间一分分的流逝，那声音越来越弱，报时的钟声响了十下，在铜钟的长鸣消散之后，显得更加沉默、寂静了，好像众多的生物都惧怕这夜间的声响，隐藏起来，走向看不见的大地，飞到看不见的天际去了。

我坐在窗边，眼望着大地在黑暗中喘息，黑夜既烦闷又燥热，压抑着、烘烤着那些灰色的土丘般的草舍。教堂好像被抹去了似的，看不见了。风儿，这个多翼的天使，三天来不断追逐大地，把它带进这片浓重的黑暗里，大地也疲惫得连连喘息，在黑暗里几乎动弹不得，准备永远瘫在这片包围它的黑黢黢的昏暗中。精疲力尽的风，也无力地垂下自己无数个翅膀，我似乎感到，它那天蓝色的、白色的、金色的羽毛已经折断，血迹斑斑，上面落满了厚厚的尘土。

想起这错位的、被践踏的、渺小的人生，心灵便忍不住呻吟，急不可待地想要向人们倾诉，诉说为大家忍受的屈辱以及对地上万物的眷恋，也想述说太阳的美好，它用自己的光芒拥抱大地，它抚爱大地，使大地硕果累累，它带着这可爱的大地在蔚蓝的太空邀游。我不禁想对人们讲述一些振奋精神的话，于是，自然而然编出了这样的童谣：

> 我们为了幸福
> 降生在可亲可爱的大地，
> 为了将大地装点得更炫丽，
> 太阳把我们送到这里！
> 在这阳光灿烂的神殿
> 我们既是祭司，又是上帝，
> 生活由我们创造，
> 由我们创造！……

透过黑暗，从女人们躲藏的那个角落，传来一阵窃窃私语，如同时断时续的细流淙淙淌过。我聚精会神地倾听，尽力想捕捉那些话语，辨认是谁的声音。

梁赞女人坚定而自信地说："你可别露出疼痛的样子呀……"

她的女伴擤了擤鼻涕，灰心丧气地拉长音调说："是——呀，只要能忍受得住……"

"我说，疼也不要表露出来。他打你，你呢，要装得无所谓甚至当成玩笑……"

"那他会把我打死的。"

"那就朝他笑呀，温柔地笑一笑……"

"敢情没有打你，你不知道……"

"我知道，我也挨过打，亲爱的。我也经受过不少这样的事情。你呀，别怕，打不死的……"远处什么地方，一只狗嘶哑地叫了几声，停了停，又接着狂叫起来，别的狗也立即随声附和地叫起来，大约有两分钟我没听见这两个女人的对话；后来狗叫累了，停止了。于是那悄声细语又飘了过来。

"别忘了，亲爱的，男人的日子也不好过！所有我们这些平民百姓日子都很艰难，这就要有人装出个样子，他似乎无所谓……好像总是挺快活……"

"哦，至高无上的圣母……"

"你不知道，男人们常巴不得他的婆娘也像母亲一样。婆娘的温存威力可大呢，不信你试试看，久了他就会离不开你，还会在其他的男人面前夸奖、炫耀你，我的女人嘛，无论你怎么对待她，她总是快活，温柔的，像五月的天气……什么也难不倒她，即使砍头也不怕……"

"这怎么行……"

"你想怎么样呢？姑娘呵，生活就是这个样子……"

可惜，街上有人蹒跚走过，发出嚓嚓响声，干扰了我的聆听。

"圣母的梦——你知道吗？"

"不知道……"

"去问问老太婆。这些是应当知道的。你不识字吧？"

"不识字。到底是什么梦呀？"

"哦，你听着……"

窗下传来科尼奥夫小心翼翼的询问声：

"我们的人在这儿吗？噢，上帝保佑！我迷路了。老弟，我惊动了狗，差点没挨揍……拿去，接着！"

他把一个大西瓜递给我，自己随后从窗口爬进来，扑打扑打抖掉了身上的尘土。

"我弄到了好多面包，你千万不要认为是我偷来的。既然可以向人讨，干吗要偷呢？讨东西我还挺在行。我走走看看，如果那儿点着灯，有人坐在桌旁吃晚饭，我就去讨，凡是人多的地方，总有几个心肠软的好人！这样，吃饱喝足了，也给你们弄来了点……喂，娘儿们！"

她们没有回答。

"真贪睡，这些婊子养的。娘儿们呢？"

"干什么？"梁赞女人没有好气地说。

"想吃西瓜吗？"

"谢谢。"

科尼奥夫小心翼翼地向出声的地方移过身去。

"面包要吗？小麦面包，软软的……简直同你一个样呢……"

梁赞女人的女伴用乞讨的腔调说：

"给我一块面包吧……"

"给——给！你们在哪儿呀？"

"再给我块西瓜……"

"你，是谁呀？"

"哎哟！"梁赞女人疼得大叫一声，"该死的，你往哪里滚？"

不要嚷……太黑了……"

"你不会擦根火柴，鬼东西。"

"你才是鬼东西，我的火柴可不多。我碰你一下，该不算什么吧，总比男人打你好，对不对——那可是疼啦。——要疼得多呢。被男人揍过吗？"

"关你什么事？"

"问问呗，揍这么个小娘儿们……"

"你——听着……你——别乱动……要不就……"

"怎么样？"

他们吵闹了很长时间，你一句我一句彼此顶撞着，越顶越凶。最后梁赞女人嘶哑地叫了一声："哦！讨厌鬼……往哪儿……"

随之是一阵骚乱，传来几下捶打软东西的声响，科尼奥夫狎昵地窃笑，那个奔萨女人却用懒洋洋的声调说：

"别闹啦，不嫌害臊……"

我擦亮一根火柴，向她们走过去，一声不响把科尼奥夫拖开了，他倒没发火，正好可以歇歇气：他坐在我脚旁的地上，呼哧呼哧喘着粗气，啐着唾沫，用劝慰的口气说："傻女人，和你闹着玩儿，可你，好家伙，却发火了！该叫你吃点亏……"

"到手了吧？"屋角里有人心平气和地问。

"哼，怎么？嘴唇都让她给划破了……了得！"

"你再敢滚过来，我就把你的脑袋砸碎……"

"你这头小马！就会撒野胡闹……可你也是，"他向我转过脸来说，"你乱拉扯什么……把我的衣服都扯破了……"

"不要欺负人。"

"你这个怪人，这叫欺负人？有这样欺负娘儿们的吗？"

他厚着脸皮，满嘴脏话，说女人有多么狡诈，怎么爱哄骗男人。

"下流坯。"奔萨女人迷迷糊糊地咕哝道。

那个高额骨小伙子把牙咬得咯吱作响，他立起身，蹲在那里，双手抱头，心情十分沮丧地说："我明天就走……回家去……上帝啊！都是一个样……"

他又躺下去，像被击倒了似的，科尼奥夫却说："傻货。"

这时一个黑影站起来，轻手轻脚地走到门口，推开门，出去了。

"她走啦，"科尼奥夫寻思着说，"一个健壮的小娘儿们！唉，要是你不插一手，我一准把她弄到手了，真的！"

"追上她去，试一试……"

"不去，"他想了想，说道，"在那里，她会拿起棍棒或砖头什么的。没关系，我总要把她弄到手，你插一手也是白费心机。……你嫉妒我……"

他又开始无聊地吹嘘自己的胜利，忽然又止住了话音，好像舌头吞到肚里去了。

四处一片沉寂，万物都停止了活动，趴伏在静止的大地上睡去了。我也落入奇异的梦境。我回想逝去的白昼给我一切馈赠，它们在不断地增长着，膨胀着，越来越沉重，如同草原上的坟场压在我的头上。钟敲得嘡嘡作响，铜钟的喊叫声快快地沉落在黑暗里，那钟声的间歇，长一阵短一阵，非常不均匀。

午夜了。

稀疏的大雨点噼噼啪啪打在屋顶的干芦苇上，落在街道的尘土里。蟋蟀曜曜地鸣叫，急切地述说着什么，从草舍的幽暗处又飘来一阵热情而压抑的、如泣如诉的低语：

"你想想，心爱的，就这样整天没事儿闲逛，专给别人干活儿……"

那个被打伤的小伙子声音嘶哑地回答："我不认识你……"

"轻一点儿……"

"你要干什么？"

"我不想干什么，我可怜你——你年轻，浑身有劲儿，却游手好闲，我看，咱们一块走吧！"

"到哪里呢？"

"到海滨去，那边，我知道有些好地方。你瞧这儿，已经够招人喜爱的了，可是那边还要好……"

"你骗人，也许……"

"轻一点儿，你！我这个女人——并不坏，我什么都会，什么活儿都能干，咱们可以在那边落下脚，清清静静、平平淡淡地过日子……我也能生养孩子……你看看，我还行，你摸摸我的胸脯……"

小伙子哼哧着，声音很大。我觉得不自在，想提醒他们我还没有睡着，然而好奇心却阻止了我，我没有吱声，只是静静地听着那一席奇怪的激动人心的对话："不，等一等，"那女人喘着粗气，悄悄地说，"别胡闹……我可不是为这个……放开手……"

小伙子粗鲁地大声咕哝着："那你干嘛过来呀！自己钻过来，还扭扭怩怩的……"

"你轻一点儿，让人听到，——我可害臊……"

"你这样缠着我就不害臊吗？"

他们都不吱声了。小伙子气呼呼地也喘着粗气，闹腾个没完；雨点仍然是那样稀稀落落、无精打采，透过淅淅沥沥的雨声，传来那女人的话音："你以为我只是找个男人吗？我需要的是一个可靠的丈夫、一个好人……"

"我还不是那种好人？"

"你这样的人……"

"她需要丈夫！"小伙子噗嗤一笑，"你可真是滑头！……要丈夫！你去找吧……"

"你听着，我真是过够了流浪生活！……""那就回家呗。"

沉默了一会儿，那女人低声说："我没有家，也没有亲人……"

"你也许是在骗人吧。"小伙子又重复说。

"我说的是真话，我要是骗人，就让圣母惩罚我……"

我似乎感觉到，她的话里饱含着泪水，我有一种难以忍受的沉痛和郁闷的感觉，真想站起身来揍这小子几拳，将他赶出草舍，用双手抱起这个女人，让她像个被遗弃的婴儿那样躺在我怀里，听她向我诉说衷肠。

可是，他们那里又开始了一阵嘈杂声。

"喂，别忸怩啦。"小伙子闷声闷气地说。

"不，不行……你用暴力也不行……"

忽然，她痛苦而惊异的叫起来：

"喂……干什么？这是干什么？"

我猛地站立起来，也叫喊着，觉得自己变得凶狠起来。

又安静下来，有人十分小心地从地面爬过，那扇只连着一片合页的破门被他撞了一下。

"这不怨我，"小伙子嘴里嘟囔着，"是她找我来着。这里的人全都是骗子，让人不得安宁……"

他坐的那边，有人在抱怨，唉声叹气。

"你这个傻瓜，傻瓜……"

"闭嘴……她才是个淫妇！"

雨停了，闷热的空气从窗口袭来，屋里越来越显得寂静，使人感到压抑得难受，全身都不舒服。我走到院子里，仿佛从盛夏走进冰窖，那里冰块已经融化，黑色的冰坑充满暖和的潮气。

附近的地方，有个女人在抽泣，我侧耳静听并朝她过走去。她在院子的一角坐着，双手抱着头，身体晃动着，像是对我行礼。

我不知什么原因对她有些生气，在她面前长久地站着，不知该说些什么才好，后来开口问道：

"你发疯了吗？"

"不要你管。"她过了一会儿才回答。

"你对他说的话我全听到了……"

"哼，那怎么样？这与你有何相干？难道你是我的哥哥？"

她就像是在梦中说话，并没有显出生气的样子。墙壁上有几块模糊的暗斑，犹如几张没有眼睛的面孔在窥视着我们，一头犍牛在近旁喷着粗气。

我在这个女人的身旁坐下来。

"你这样会很快毁了自己……"

她没有回答。

"我打扰你了吧？"

"不，一点也没有，坐下吧。"她把手放下来，仔细看着我说。

"你从哪儿来？"

"尼日戈罗德。"

"好远呀……"

"你爱这小伙子吗？"

她没有马上回答，似乎是在掂量用词的份量，然后说：

"还可以。他那样健壮……就是有些消沉。看来，也很粗鲁。但是，可惜啊，一个挺好的男人应该有个好的地方。"

教堂的钟声已敲过两次，她在胸前画了两次十字，嘴里并未停止说话。

"年纪轻轻地就这么干耗着，空有一身力气，真叫人看着可惜。如果有可能的话，真想让大家生活得好一点儿。"

"可是，你不可惜自己吗？"

"怎么不可惜呢？对自己也一样……"

"你怎么会看上这个笨蛋呢？"

"我想教他学好。你认为不能够吗？你不了解我……"

她深深叹了口气。

"他打了你，是吧？"

"没有。你可不要动他……"

"那你喊叫什么呢？"

她的肩膀突然靠在我的身上，悄悄地承认了：

"他打我的胸……打算把我制服……可是我不愿意，我才不干，不能像头猫似的没有心肝，让人乱来……你们这些……全都是……"

谈话中断了。有人站在草舍门口轻轻吹了一声口哨，好像在唤狗。

"这是他。"女人小声说。

"要不，咱们走吧？"

她抓住了我的膝头，急忙说："不，不用，不用。"

突然，她压抑着自己的情绪低吟起来：

"上帝啊，大伙真可怜……一辈子都可怜，从生到死，所有的人……上帝……"

她的肩膀微微抖动，哭了起来，一面喃喃低语，一面哀哀抽泣。

"一到晚上……总是会想起白天见到的一切，回想所有的人，真不好受……真想面对整个大地吼叫，但是，喊什么呢？我不知道……没有什么话可说……"

这是我十分熟悉的情况，并且深深理解。我的心灵上也压抑着同情的呐喊。

"你的身世如何？"我问她，抚摸着她那摇来摆去的头和哆嗦的肩膀。于是她平静下来。轻声向我叙述自己的身世：她本是一个木匠兼养蜂人的女儿。母亲死后，父亲续娶了一个年轻的姑娘，继母劝父亲把女儿送进修道院，塔季娅娜从九岁到及笄之年都是在修道院里度过的。她学会了识字，女红，后来父亲把她嫁给了自己的朋友，一个年岁很大的士兵、修道院的守林人。

遗憾的是，她的面孔我看不见，在我的面前只是一个暗淡的圆盘，也许，她是闭了眼睛的吧。周围出奇的静，那女人声音很小，只能勉强听见。周围漆黑一片，好似整个世界都没有了人烟，只有我们俩。

"那个人不正派，是个酒鬼，每天夜晚那些女修士总在他的门房里同相好的人厮混，他还要把我拉进去，我本想不依从，但他总是打我，我就让步了。在那个时期我相中了一个人……同他在一起，而不是同丈夫在一起的时候，我对女性的感受才算真正的懂得了。可我的那个情人结过婚，他的妻子发现了我同她丈夫的事，我丈夫就被解雇了。她是个阔太太，当然，让别人顶了自己，对她来说是奇耻大辱。她长得十分漂亮，但是很胖。不久以后，我的丈夫去世了，他是在马节那天酗酒后死去的，比我爸爸死得还要早。我去找过继母，她却说：'你找我有什么用？你想想吧。'我想了想，实在也没有什么用处！我本来还打算回到修道院去，唉，可那里也容不得我，塔霞妈妈，就是那个老太婆，我的教母，也对我说：'你走吧，塔季娅娜，到外面去闯闯吧，或许你会给自己找到幸福呢。'就这样，我出来了……到处流浪……"

"你寻找幸福并不顺利……"

"但总算尽力了……"

这时，天也不再像刚才那么暗了，有点亮起来，周围的景物也依稀可辨。

钟楼矗立在小丘般的屋顶的上空，白杨拔地而起。草和墙壁的裂缝向各处伸展开来，再加上那些在石灰剥落后留下的痕迹，使得墙壁变成了不知是哪个国家的地图。

我望着那女人乌黑的眼睛，在她眼里闪烁着冷漠而又哀怨的目光，那目光是天真无邪的，和小姑娘的目光相同。

"你真是个古怪的女人……"

"我就是这样，"她答道，用猫儿似的细而薄的舌头舔着双唇。

"你寻找什么呢？"

"这个问题我也在经常想，也许是想寻找个稳定的家吧！你瞧吧，我一定会找到一个好男人的，我跟他一起给自己找一块地皮。我们要在新阿方附近找块地，那里我去过，知道那个地方。然后我们就想办法把这块地建设好：有花园、菜畦，还有耕地，过日子的东西一应俱全。"

她的话越说越肯定，越说越起劲。

"我们要好好建设一番，以后还会有人到我们这里来，那时我们就是老住户了，人们将会很尊敬我们！这样，人越来越多。就会出现一个新的乡村，一个美丽的地方，你看吧，大家把我的男人选为村长。我要把他打扮得衣着干净、整齐，像个老爷。让孩子们在花园里嬉戏，花园里也盖一座凉亭……那日子可真快活哩！……"

真的，这前景是她经过深思熟虑才想出来的，她对这个新的乡村描绘得是那么周密、细致，仿佛她在那里住了很久似的。

"盼望有个好住处……上帝保佑，如果能有……当然，要有个男人……"

她的面孔是那样的讨人喜爱，眼睛凝望着正在消失的黑夜，目光也温柔极了。我很可怜她，可怜得几乎要落泪，但是为了掩饰这种情感，我开玩笑说："我不适合你吗？"

她微微冷笑一下。

"你不……你——不适合……"

"为什么呢？"

"你有别的想法……"

"你怎么知道我的想法呢？"

她挪了挪身子，离开我一点儿，冷冷地说道："从眼神看得出……不，我不愿乱说……"

我们坐在了一段潮湿得发黑的长满节疤的橡树木桩上；那女人用手掌不断啪啪地拍打木头。

"哥萨克人生活很富裕，但是我不喜欢……"

"不喜欢什么呢？"

"觉得烦闷。什么都有——衣食无忧，可是——烦闷。"

我无法抑制住对她的同情心，轻声说道："你是会觉得烦闷的，你要寻求的东西总得不到，我想……"

她否定地摇摇头。

"女人可没有工夫烦闷。她们的生活总是变来变去，一会儿生孩子，一会儿哺育孩子……养了一个，准备再生一个。春夏秋冬，周而复始。"

望着她是件十分令人愉快的事，真恨不得把她紧紧地抱在怀里。但我知道这行不通，我只有尽快地逃离诱惑，离开这里，到静谧、空旷的草原去，怀着对这女人的眷念，沿着坚实的道路，孤独地走向那闪烁银光、直冲云霄的悬崖绝壁，走向那些向草原张开大口，喷吐冷气的黑黢黢的峡谷。然而却可能离开这里，身份证被那些哥萨克收去了。

"你自己寻找什么呢？"她猝然问道，又向我凑近一些。

"什么也不找。只想看看人们是怎么生活的。"

"你也是一个人吗？"

"是的。"

"和我一样。这世界上有多少光棍……上帝啊！"

犍牛醒了，哞哞地低声叫着，那声音好像远处有个失明的老冬在吹风笛。睡眼朦胧的更夫把钟敲了四下，敲得急缓不一，两下是轻轻的，一下，声音很响而且激愤，如铜钟发出一声尖厉的喊叫声，再一下，又是轻轻的，好像钟舌刚刚碰着了会响的铜壳。

"人们的日子过得怎么样？"

"不好。"

"是啊，我看这日子也是不好。"

我们长久地默默不语，后来她悄声说道：

"你瞧，天亮了，我们一夜都没有睡觉，我经常这个样……我惦念所有的东西，总是在想……好像大地上只有我一个人，一切都要我独自按照新的方式来安排。"

"人们过的是非人的生活，无声无息，微不足道，忍受着贫穷和粗野带来的数不清的屈辱，我们只能忍受着。"我说着，陷入了遐想，激动地历数我所目睹的自己的一切愚昧、耻辱和残忍的事情。"你瞧，倘若你以善意待人，为了他们不惜奉献一切，人家还会觉得奇怪，以为你别有用心、另有所图，因为从来就没有人对他们好过，你被误解也怨不得谁。"

她把手搭在我的肩头，微微张开美丽的嘴，直直地盯着我的眼睛。

"哦，"我听到他说，"真是这样！亲爱的，的确如此：好心未必有好报。"

我们彼此紧紧地依偎在一起，好像在飘浮游动。白色的草舍，镀了一层银光的树，红色的教堂，洒满露珠的大地，从黑夜中解脱出来，泛着幽光，向我们迎面扑来。

太阳升起来了。一朵朵明亮清澈的白云飘浮在我们的头顶上，恰似千万只白色的鸟。

"上帝呵，"塔季娅娜推了推我，柔声细语地说，"独自一个人走路时，总是在思索，可是，想的什么呢？咦，你真是个可爱的人……这一切都是真的呀！人人都缺乏怜悯、同情之心……唉，这是千真万确的！"

她突然站起身来，然后扶我起来，用身子紧紧贴住我，我不由自主地推开了她，可她竟泪流满面，又朝我探过身来，用干裂的、好似尖刺的嘴唇亲吻我。这亲吻的暖流一直浸润到我的心窝。

"咦，您就是我的好人。"她抽泣着轻声说道。而我却晕晕忽忽如腾云驾雾一般。

她放开我，向院子里四下张望，随后麻利地走到院子的一个角落。那里，在一排篱笆的下面，长满了厚厚一层我不认识的杂草。

"来，你来呀……"

然后，她坐在草丛里，好像置身于一个小小的山洞。她不好意思地咻咻笑着，一面整理头发，一面轻声说：

"看，怎么会发生这种事……咳，没有关系，上帝会宽恕我的……"

我非常惊讶，感觉自己是在做梦。我满怀感激地望着她，心胸感到一种异样的轻快，开阔明亮起来。

"在这偌大的苦海里，稍许一点快乐也是了不起的。"我听到她说。

我望着这女人布满点点汗珠的乳房，好像大地被露珠滋润一般，汗珠映照着阳光，变成了殷红色，仿佛血液从皮肤里渗出来。我一下子又变得悲哀了——这乳房勾起烦闷，让人可怜，几乎使人落泪。不知为什么，我知道这乳房里流动的乳汁将会白白地流失。

她好像向我表示歉意似的，略带哀伤地说道：

"哪里能控制住自己呢？过去也有过这样的时刻——猝然一阵冲动涌上心头，胸中感到郁闷，真想敞开胸怀，面向一轮明月……或者，在热天的时候对着一条小溪……真的，我的天！事后当然有点羞愧……别瞧着我吧！怎么总像孩子一样盯着人呢？"

但我却不能把目光从她的身上移开，我在想，她置身在迷途中，确实有些惘然了。

"这脸仿佛是新生婴儿的脸蛋……"

"不懂事，是吗？"

"好像是，不懂事。"

她扣好衣衫的钮扣，说道：

"就要敲钟做早祷了……我走啦，去祈祷圣母。你今天走吗？"

"拿到了身份证就走……"

"到什么地方去呢？"

"到阿拉吉尔去。你呢？"

她站起来，整理了一下裙子，她的臀部比肩膀稍窄一些，身材显得庄重、苗条。

"我吗？还不知道呢……我应该去纳尔奇克，也许不去，还不知道。"

说完，她把她那双结实而灵巧的手伸给我，红着脸向我提议说：

"来，让咱们再吻一次，作个告别吧。"

她一只手搂住我，另一只手画着十字，说：

"再见吧，朋友！为你的这番好话，为你给予的同情，愿基督保佑你……"

"咱们一块走不好吗？"

她从我的怀里挣脱开，肯定而认真地说：

"这对我不合适……我不愿意这样，如果你是个农民就好了，像现在这样——终归不是长久之计，不能只凭一时冲动，要生活一辈子呢……"

她向草舍走去，对我微微一笑作为告别。我蹲在一块木头上，思索着这个女人：她能寻找到什么呢？……也许，什么时候能够再见到她吧？

召唤人们做早祷的钟声已经敲响，哥萨克镇子早已从睡梦中醒来，掀起一阵庄严而不愉快的喧闹声。

我走进草舍取背袋的时候，屋里已经空无一人，大概人们爬过残垣断壁直接到街上去了，

我来到营房小屋，取回身份证，便向广场走去，看那里有没有同路的人。

跟昨天一样，围墙的旁边躺着一些从俄罗斯来的人，那个肥头宽脸的奔萨人，坐在那里背靠一根圆木。他被打伤的脸肿得更加厉害，样子也更难看，而且眼睛也完全红肿了。

一个新来的老头儿，满头银发，尖尖的胡子，头戴一顶褪色的无槽绒帽，身材瘦小、干瘪。他的脸只有拳头那么大小。一个狡黠的鹰钩鼻子，红红的，满是毛孔，眼睛里闪着凶狠的贼光。

红头发的奥尔洛夫人和那个好动的小家伙冲着他说：

"你干吗要到处流浪呢？"

"你呢？"老头软弱无力地反问道，不看任何人一眼，只是埋头用铁丝捆扎一把熏黑了的铁壶的断把手。

"我们是来找活儿干的！"

"我们按照吩咐过日子……"

"谁的吩咐？"

"上帝呗！你忘了吗？"

老头漠然而明确地说道：

"上帝才没空理你们呢，你们在它的土地上到处瞎逛，还到处扬起灰尘，就只能让你们沙子和灰尘当饭吃……"

"住嘴！"长着一对招风耳的小家伙喊道。"怎么？基督和他的圣徒不是也在这块土地上徒步传道吗？"

"那是基督！"老头态度严肃地说，抬起眼睛向争论的对方射出凶狠残暴的目光，"你这笨蛋！你说些什么，把自己和谁相比？瞧，我就去叫哥萨克……"

这样的争论我已经遇到过许多次，它总是让我感到厌恶，就像听到谈论灵魂一样。

该走了。

科尼奥夫又回转来，他蓬头垢面，大汗淋漓，不安地眨着眼睛，问道：

"你可没有看见那个梁赞女人坦卡？没有？唉，这个疯娘们，她也许在夜里跑了！昨天人家留我喝了点酒，大概是露酒！我昏睡了一整夜……看来，她是同那个奔萨人……"

"他在那里。"我指了指说。

"唉……你瞧瞧，怎么把人弄成这种样子，嘿，简直可以说是圣像画匠们画的呢……"

他又开始惊惶地东瞧西望。

"她们俩去哪儿了？"

"可能做早祷去了……"

"对！一定是！老弟，那娘儿们伤了我的心，哦，真是的！"

早祷已经结束，那时，在欢乐的钟声伴奏下，穿着亮丽、鲜艳衣服的哥萨克男女缓缓从教堂涌出，如同一条条闪光的小溪，朝哥萨克镇的各处流去——我们没有找到塔季娅娜。

"她走啦，"科尼奥夫悲伤哀怨地喃喃自语，"哼，反正我会找到她……我一定能追上她……"

我不相信这话，也希望他找不到她。

我在大约五年之后在梯弗里斯城的梅捷赫城堡的院子里放风时，心里总是迷茫、困惑，百思而不得其解：我到底犯了什么罪把我关进这座监狱？

在这座外观如画的威严的城堡里面关满了形形色色的人，愉快的、阴郁的，在长官允许的情况下，兴趣盎然地扮演着除不太熟悉的犯人、看守、宪兵等之外的各式各样的角色。

譬如，今天看守和宪兵来到我的囚室，要带我到外边放风，我对他们说：

"我不放风可以吗？我不舒服，不想……"

一个长着亚麻色大胡子、身材高大的漂亮宪兵，十分严厉地把手指向上一指说：

"没有让你想……"

那个看守，一个眼球又大又蓝、皮肤如扫烟囱工人那般黝黑的家伙，拖着大舌头说：

"这里水（谁）也不能尚（想），几（知）道吗？"

于是我只好去放风了。

在铺着石块的院子里，天气热得像火炉。院子上边悬着一块平淡而昏沉的尘土飞扬的方形天空。院子三面都是连绵不断的灰色高墙，另一面是有院门的墙，一座形状可怕的小楼在院内上面。

自上面，穿过屋顶上面不断传来黄色库拉河波涛汹涌的轰鸣，城里亚洲人居住区——阿弗拉巴尔的集市上商贩们的喧闹声；祖尔纳管吹得刺耳，盖过其他声响，不知什么地方，鸽子咕咕地叫个不停……我好像觉得心里有一面鼓，许许多多鼓锤敲打着鼓面。

从二层和三层楼的两排窗口露出来当地人的一些阴沉的面孔和头发蓬乱的脑袋，他们朝外张望着，其中一人径直向院里啐唾沫，显然，他是想啐到我身上，但这是白费力气。

另一个人怒气冲冲，用责备、训斥的口气叫道：

"耐（你）听着，走路为夏（啥）像只母鸡？抬起头来呀！"

有人在唱一支整个曲子都唱走了调的奇怪的歌，像一团乱了的绒线。一个高亢的调门忧伤地嘶叫、颤抖着，向四方传去。这声音越传越远，直向那尘土飞扬的昏沉沉的天空升去，在一声尖叫之后猛然间中断了，后来这声音又如蛇一般蜿蜒，从铁栅栏的后面爬到灼热的空场上。

我用心聆听着，这首有点熟识的歌慢慢地震撼起我的心灵。我走到楼房的阴影里，瞧着那些方形铁格的窗口，其中一个里嵌进一张忧郁而惊异的脸，一对蓝色的眼睛，满脸都是散乱的黑胡须。

"是科尼奥夫吗？"我心里想，不禁脱口而出。

他用眼睛注视着我，眯起那双我永远不能忘记的眼睛。

我看了一下四周，看守坐在楼房台阶上一个阴凉的地方打磕睡，其他两个人在下棋，另一个脸上露出冷笑，他在看两个刑事犯摇辘轳汲水，他和着辘轳转动的节拍，不住地说："马斯卡——达斯卡——达斯卡——马斯卡……"

我朝那面墙壁走去。

"科尼奥夫，是你吗？"

"我不认得你了，"他低声说，把头伸到栅栏外面，"哦，是的，我是科尼奥夫！"

"为什么把你关进来了？"

"造假币……不过，我完全是偶然的，我直说了吧，平白无故我就……"

看守醒了，他摆弄着钥匙，像脚镣似的哗啦哗啦响，慢吞吞地劝告：

"贝（别）停下……离碗（远）点——不准停在藏（墙）边。"

"院子里热啊，大叔。"

"闹（到）处都热，"他说的倒是实话，说完又低下头去。从上面传来科尼奥夫小声的询问："你是谁？"

"你还记得梁赞的塔季娅娜吗？"

"噢！"他像有些生气似的，轻轻喊了一声，"哪能不记得！好像我们是一起判的刑……"

"她也是造假币罪？"

"可不是，她也是偶然的，同我一样……"

我顺着墙边，在灼人的阴影里缓缓地走着，从地下室的窗口飘来一阵烂皮革和霉面包的气味，吹来一股潮湿的臭气，我不由地想起了塔季娅娜的话："在这偌大的苦海里，稍许得到一点快乐也是了不起的。"

……她想在大地上建设新的乡村，她想创造一种美好的新生活……

我沉溺在回忆中，想着她的面容，她那轻佻、贪欲的乳房，而那些令人颓废的声音却毫不留情地从楼上向我倾倒下来：

"那个主犯是她的情夫，一个神父的儿子，在这个案子里他是铸币匠……他被判了十年徒刑。"

"她呢？"

"塔季娅娜·弗拉西耶芙娜判了六年，我也是。后天我就得去西伯利亚……

没有办法！是在库塔伊斯判的，要是在我们俄罗斯，要判得轻的多……这里的人野蛮、凶狠、恶毒……"

"她有孩子吗？"

"她那么放荡哪会想要什么孩子？哪里会有孩子？没有，有什么孩子……再说，那神父的儿子是个痨病鬼，他哪能……"

"她怪可怜……"

"那敢情！"科尼奥夫兴奋地压低声音说，"当然，这个女人不算聪明，可是长得还算标致……我直说了吧，是少有的美人儿，也怪体贴人的……"

"你当时就找到了她吗？"

"你说的是什么时候？"

"圣母升天节以后吧？"

"我是冬天遇到她的，那时已经过了圣母节，她在巴统附近一个老军官家里当保姆。他的老婆私奔了，她就……"

似乎有人在我的身后扣枪的板机。原来是看守在合上大银表的表盖。他放好银表，慵懒地伸了伸腰，张开大嘴，打了个哈欠。

"她啊，老弟，有钱，倘若不是放荡，她满可以过好日子……不过放荡也是因为怜悯……"

看守嚷道："喂，放风完了……"

"你是谁？我面熟，在哪里见过面……"

听到这一番话，使我非常气愤，我径直朝囚室走去，但又在台阶上站住，喊道："再见吧，老兄，向她问好……"

"喊西（么什）？"看守生气了。

阴森潮湿的走廊里，散发出一股粪桶的恶臭。看守抖动着钥匙，发出单调、微弱的响声。我想逗逗他，以减轻心里的痛苦。但却无济于事。他打开牢房门，忿忿地说："你就坐它西（十）年牢吧？……"

……我站在窗旁。透过灰色的矮墙，可以看到库拉河汹涌的波涛，河边的峭壁和房屋，皮革工场房顶上工人的身影。一个哨兵，帽子扣在后脑上，在窗下来回走动。

……我禁不住设想着那几十个浑浑噩噩、无所事事的俄罗斯人，仿佛看到他们从这一个村庄飘到另一个村庄，逐渐走向死亡。我的心被无法摆脱的抑郁，揪得死死的。

书

　　在公园里，有一座古老的小别墅，在它的院墙边有一堆垃圾，是从这屋里清理出来的，我在这堆垃圾里发现一本破旧的书；看样子，它好像被扔在这里很久了，经过秋天的雨淋和冬天大雪的掩埋，上面覆盖着一层棕色的松针和已枯黄的树叶。现在，当春天的阳光把那些被污泥粘在一起的书页晒干时，已经无法辨认出那些模糊的字迹上写的是什么东西了。

　　我用脚碰碰它，便走开了，心想，或许这是一本作者经过呕心沥血才写成的好书，不少人在读它时深受感动，为了它而争论，并且从此学会了怎样思考问题；或许，它使得一些人学到了不少新东西，甚至在孤独冷清的时刻，这本书给过许许多多的人以温暖。

　　我记得，书籍曾经是我青少年时代的良师益友。在伏尔加河和顿河之间的一个小火车站上度过的那段与书息息相关生活，它们还非常清晰地印在我的脑海里。

　　这个车站位于生长着大片灰色小草的草原上，四周空旷而寂静，只有冬天暴风雪的呼号声才能打破这种静谧。夏天，车站上到处是嗡嗡地乱飞着的蚊蝇，棕色的草原上，黄鼠轻声地吱吱乱叫，好像在嘲笑着人们。由于暑气蒸腾天空变得混浊，几只老鹰和白头鹩在无声地盘旋着。

　　从凉台向草原眺望，有时候，可以看到：在荒凉的大地上，远处天空中浮动着铅灰色的暑色小土丘上有几只黄鼠站立在洞穴边，它们把灵活的前爪抬到尖尖的嘴前，那样子仿佛在祈祷。此外就很难再见到其他动物了——我们所看到是一片荒凉景象，孤独、寂寞引起人们无限愁绪，使人心情无限的压抑。

　　偶尔有几个长得像画中隐士似的披头散发的牧羊人，从南向北赶着羊群，他们那种奇特的叫声在这寂静的草原上回响："里亚—奥，里亚—乌……"

　　风刮了起来，把细小发热的砂粒吹到车站，传来鸵鸟悲怆的咯咯啼鸣，啮鼠的吱吱叫声——不久又安静下来，生活似乎是一场无止境的恶梦。

在草原的低洼之地，几个哥萨克村庄若隐若现；车站后面离伏尔加河大约五俄里的地方，在一片贫瘠的土地上有一个村庄名叫佩斯基。在冬天，那里总有一些活泼的姑娘到我们这里来，帮车站清扫积雪，但是，一到夜晚，她们的父兄便潜入车站把壁板偷回去当柴烧，还盗窃车厢的货物。

炎热的夏夜令人觉得特别难熬。呆在拥挤的房间里简直令人喘不过气来，闷热和蚊蝇骚扰得人们难以入睡；住在车站里的人全都到站台上来了，焦躁不安地到处走动，因为闲得无聊而吵架、斗嘴、大声地打着哈欠，抱怨失眠和疾病，提出一些荒诞的问题惹得值班人员大发脾气。院子里，妇女们身穿白色衣服，光着脚，披散着头发，像梦游者似的晃来晃去；升起一堆篝火，上面加了潮湿的河柳木；但因为没有风，篝火的烟雾垂直地飘向天空，像一根灰色的柱子，却无法把蚊蝇赶走——这些孳生在伏尔加河畔的死水河湾里的蚊蝇，像云雾一般成群地飞到这里，到这干燥的草原上来折磨人，同时也来自取灭亡。

在沉静的夜晚，远处，仿佛是从地下传来沉重的越来越响的隆隆声，车站渐渐地被一阵机械的轰鸣声所淹没；铁轨哐哐作响，灯光闪动；不知是谁睡意朦胧地说："十三次到了……"

草原的那头，有一道红光刺进黑夜的表皮，将它刺破，那迷蒙的亮点便沿着地面蔓延过来，像是一道鲜血。光点越来越近，慢慢的变成两道，转眼间又变得好像一对吓人的黄眼睛，正凶狠地战栗着，就像一个从黑夜里钻出来的恶魔正向车站的三间小屋爬来，威胁着要把它们吞噬掉。你应该知道，这其实是一列货车，然而人们却喜欢将它想象成别的什么，哪怕是令人毛骨悚然的怪物，只是要点别的东西就行。

客车匆匆的驶过车站，使人觉得这里的生活更加静止沉闷，越想逃离这种环境。列车在这里作短暂停留时，有些人从车厢的窗口向你张望，他们看上去一个个好像镶在镜框里的画像；女人诡秘的眼睛像黑夜的星星闪闪发光，那些一闪即逝的笑脸美丽动人，让人觉得心里热乎乎的。

列车在狂怒的汽笛声鸣过后，便穿越蒸气的白雾缓缓开动了。车厢窗口后的面孔都变成了奇怪的模样，全都朝着一个方向被拉长了似的。

这种短暂的感受很快就在你的记忆里模糊了，从你的身边每天驶过同样的一些司机、司炉、列车员；你会觉得世上总共就只有这几个人；他们彼此也相差不多，像蚊子似的难以区分。

车站上共有十一个公务人员，有四个人是带着家属的。大家彼此好像生活在透明的世界里，每个人的隐私都暴露无遗，无论你是否愿意，大家都彼此了如指掌。就像赤身裸体一样，毫无遮掩。有的人出于无聊而追求猥琐的坦率和忏悔，只要遇到合适的机会便在大庭广众下将自己的底细全部抖落出来。

人们在一起玩牌、酗酒，有时因为喝醉了酒、或是心中苦闷而发狂，做出一些野蛮的举动，相互伤害。

一天黄昏，一个叫克拉马连科的看守——一个年轻漂亮的乡下小伙子来到注油工叶戈尔申家的窗下。叶戈尔申是个秃顶的虔诚的老头，娶了一个哥萨克孤女做老婆，这女人身材高大，但沉默寡言。小伙子来到窗前便脱光衣服，往窗口里大声喊道："叶戈尔申，出来呀，你这狗东西！出来，把你的衣服脱个精光！让你老婆瞧瞧，比比谁漂亮！"

那个哥萨克女人刚洗完衣服，她端起一瓢开水朝他的胸部泼去，他大叫一声便向草原方向逃去，叶戈尔申却操起一把铁扳子打起他老婆来。人们把那女人拉开，要把她送到城里的医院去，但那哥萨克女人不去。

"不用去，是我自己的错，谁让我给他笑脸呢。"她躺在院子里说，血迹斑斑的破布裹在身上，瞪着一对蓝眼睛，小舌头舔弄着嘴唇。

之后她悄悄地问过两次："我把他烫痛了吧？"

"哦，这个不要脸的娘们。"大姑娘和小媳妇偷偷议论着。

叶戈尔申把自己关在屋里，跪在一汪肥皂水中祈祷。人们从窗口看着他，都骂这老头。

第二天一大早，克拉马连科结清了账，离开车站步行到顿河那边去了。他的头高昂着，沿着铁路线一直往前走去，就像一个接受检阅的士兵。

几天后，叶戈尔申也调到另一个车站去了。

"老弟，这帮不了你的忙，"副站长科尔杜诺夫同他告别时说，"应当将你调到地里去，痛苦是躲避不了的，除非入黄土！"

彼得·伊格纳季耶维奇·科尔杜诺夫是个怪人。他整天像个醉鬼似的，唠唠叨叨，仿佛对于世界上的什么事情都有独到见解似的，可是谁都听不懂他说些什么，他自己也不在乎。

他身材瘦长，面色憔悴，蓬松的棕色头发的脑袋总是不停地摇晃着，金黄色的睫毛垂下遮住灰色的眼睛，询问我们——我（车站过磅员）还有我的朋友（那个驼背而脾气暴躁的报务员尤金）："小伙子，你们给哪个上帝服务呀？真有意思！"

或者他自己对自己说："难道我生来就是为了喂蚊子的？"

我和报务员常常热烈地谈论未来，他总嘲笑我们："真好笑！你们问我：十年后的今天，这个时辰会是什么样子？我实话告诉你们吧：就这样！再过二十五年又怎么样？那时也这样！"

我同尤金开始读斯宾塞的书，我们给他朗读后他便问："他是不是英国人？"

"是的。"

"得啦，这是骇人的！英国人从来不说真话。"

以后他就不再听我们朗读斯宾塞的书了。

有时候科尔杜诺夫也会认真的和我们谈一些事情，他用手指摆弄着胡须，像神经病发作似的细声细气地极力说服我们相信《特瓦尔多夫斯基先生》比《浮士德》写得好，还说屠格涅夫以前是个马贩子。或者举起右手高高挥舞着，荒唐地大声喊道："我们所有的作家都不是俄罗斯人：普希金是阿拉伯人的子孙，茹柯夫斯基是土耳其人的后裔，莱蒙托夫是英国人！至于那些俄罗斯作家，也都是些私生子……"

他出生在图尔盖省一个神父的家里，在坦波夫省教会中学读过书。

"我学会了喝酒，在喀山读的大学，"他说着，灰色的眼睛忧郁地闪着绿光，"我糊里糊涂地穿上教授的皮大衣，戴上礼帽，后来这套行头都被卖掉用来喝酒了。嗯，真有意思！后来他们跟我说要我离开大学，我于是就离开了。五年多来我仔细观察过世上各种各样、形形色色的事情，在不知不觉中成了亲。从那时起——我的生活就没有什么大变化了。"

他的妻子离开了他；有一个六岁的女儿跟着他生活，那女孩长着一头深黄色的卷发，像个大人似的严肃而文静。她那毫无表情的白脸蛋仿佛是藏在一团金色卷发里，一对乌黑的小眼睛看什么都全神贯注，她很少言笑。车站上住着的人都带着一种特别的感情喜欢着她，在她面前男人们会压低叫骂声，女人们则把她作为教育自家孩子的榜样。"瞧，人家薇罗奇卡又文静又守规矩……"

科尔杜诺夫用自己名字和父称薇拉·彼得罗芙娜来称呼女儿；他对她既满意，又似乎是惧怕，其中还包藏着敌意。这种态度令人十分难以理解。

……机车车头在密集的轨道上调转。从顿河或伏尔加河方向来的列车马上就要进站了。薇拉，彼得罗芙娜的金色卷发上顶着一块白头巾，从容地越过铁轨；她那双穿着红色线袜子的纤细的小腿在机车车头间时隐时现。她要到贫瘠的草原上去玩耍，去采集可怜的小花，或者拿着柳枝去追逐黄鼠。

父亲站在车站的窗口、或者从凉台上注视着她，他不住地紧咬唇髭，金黄色的眼睫毛遮住了红肿的眼睛。

"不要让她到铁路上去。"大家对他说。

他却平静地答道:"没事,她是个小心谨慎的孩子……"

有时候,你可以看到她一个人在离车站一俄里的荒野里徘徊,向那些奇花异草躬身点头打招呼,她越来越不喜欢车站上的人——她的父亲、大伙——整个车站沉闷寂寞的生活。

在夜里,她曾不止一次跑到我这里来,像一只蝙蝠似的从头到脚裹在一件灰色的大披肩里。急匆匆地,却有些平静地叫我:

"你过去看看吧,我父亲又喝醉了!"

我牵着她的手,跑向科尔杜诺夫的住房。

他就像一个快要淹死的人一样,躺在地上,皮肤发青,面孔浮肿,眼睛瞪得很大。几滴阿莫尼亚水灌进他的喉咙后,他苏醒过来,哼哼着。小姑娘却非常冷静地问:"还不会死吧?"

于是,她在父亲的脑袋边上坐下来,用手抚摸他的粗糙的面颊,一面说道:

"唉!喝醉的人真是可怜!"

尤金比任何人都喜欢这个小姑娘,他有点语无论次地说:

"倘若我有个母亲,或者哪个傻女人肯嫁给我这个驼背,我就收养薇罗奇卡。她为什么要跟科尔杜诺夫呢?"

他尽管脾气不太好,性情粗暴、悲观,却富于同情心,向往幸福的生活。

"大家都很可怜!"有时夜间值班时,每当我们读完一本书谈沦它的内容时,他常常发出这样的感慨:"大家都很可怜!"

他照顾醉汉和病人,从来都是毫无怨言,调解别人家的矛盾。他还写信劝慰,铁路沿线的报务员们。他劝一个同行赶快结婚,劝另一个去学小提琴,说服第三个去托尔斯泰农业移民区去开荒办农场。当我对他的这种做法表示出些许嘲笑时,他便尖锐地反驳我:

"不然怎么办呢?在这冰冷的生活中能熬出些什么呢?"

读书是我和尤金十分喜爱的一件事情,在全部的空闲时间里,我们夜以继日贪婪地阅读。书籍是带给我们一线光明,使我们从沉寂的空虚世界看到一个生气盎然的世界。

然而,当我们如饥似渴地很快读完了从伏尔加河到顿河这六个车站之间所能找到的全部书籍时,于是摆在我们面前的将是一段精神上的饥荒时期,这种痛苦只有那些生活在我们这个精神贫乏的国度,被这块广袤平原上凝重郁闷的气氛压抑得几乎窒息的人才能体验得到。精神无所寄托,这似乎是我经历到的最可怕的感受。

我们花费了很大精力，寻找了很久，也没有找到我们要找的好书，除了奥克列伊茨的小说、一本《田野》杂志以及诸如此类的内容贫乏的图书之外，竟然毫无所获。

科尔杜诺夫挖苦我们说："有什么愁的，小伙子们？真有意思！"

有一天，他表现出一副悲天怜人的样子，对我们说："我在卡拉奇有个朋友，他订有杂志，你们要不要我去向他借几本来？"

于是我们就央求他，他笑了笑就同意了。几天以后，客车的乘务员交给科尔杜诺夫一包东西和一封信。

"快来看啊，杂志来了！"科尔杜诺夫喊道，很神气地挥了挥手中的那包东西，可当他把信读完后，便咬着胡子左右张望一下，将那包东西塞在腋下，用臂肘紧紧夹住了。

"喂，给我吧。"尤金请求道，张大了嘴兴奋地笑着。

科尔杜诺夫把胸膛一挺，打着官腔说："等一等，抢什么抢！"

尤金吃了一惊，朝后退了一步；他们是好朋友，科尔杜诺夫从来说话都没有这么粗鲁过。

"我劳神费力借来的，当然应该我先看，你们以后再看！"科尔杜诺夫语气生硬且怒气冲冲地补充说。

我听了也十分恼火，以前大家常在一起读书，总是谁有空谁先读。书一般都是随便放在报务室，根本就没有这么多穷讲究。

"你神气什么？"尤金问道。科尔杜诺夫却更加气愤地回答："走开！我想看点书是为了调节一下精神，而不是要了解什么，向别人宣扬什么。看书要一个人静静地看，可你们总是议论个没完：为什么这样，为什么不是那样！我讨厌这些！我想一个人看书，你们滚开吧！"

他把书锁进自己的抽屉里，直到值完班也没有跟我们讲话，怒气冲冲地东张西望，像受了惊吓似的。当他值完班回家时，尤金对他说："你要睡觉时，把书放在显眼的地方，我去取……"

他笑而不答。

快到午夜时，尤金跟我说：

"去吧，你去把书拿来，他应该早就睡死了。"

白天时下了场大雨，雨后又出了个大太阳。此刻草原上已是一片昏暗，就像人泡在澡塘里似的闷热。乌云之间，在深邃的蓝色的云洞里，金色的星星闪烁着幽光，今夜，它们仿佛即将要熄灭了。我前面有一只青蛙像是给我引路似的一蹦一跳的。远处，传来火车的吼叫。从水塔那边传来犹太司机的低声吟唱，他是个斜眼，通红的唇边老是挂着一丝惨淡的微笑，仿佛任凭怎样也不能从他那尖尖的红黑的脸膛上将这笑容抹去。从科尔杜诺夫住宅的窗口有一道黄光射到地面上，照见黑暗中一堆枕木和杨树的瘦长的树干。透过窗户上的薄纱，我看见了科尔杜诺夫：他身穿睡衣坐在桌旁，用臂肘支在桌上，躬身伏案，手指插进棕色的头发里抱着头。他那留胡须的尖下巴在颤抖，泪水滴落在两肋之间的书本上。灯光下可以清楚地看到泪水一滴一滴地落下。我仿佛听到了泪水落在纸上的响声。

看到别人哭泣心里真不是滋味……

桌上除一盏灯外，还有一瓶刚打开的伏特加和一碟腌西瓜。小姑娘的身子蜷缩成一团睡在柳条编的椅子里。她的面孔被卷发遮得密密实实的，只能看到一张惊讶地张着的嘴。房子最里边像草原一样昏暗，被灯光照亮的地方好像昏暗山中的一个洞穴。

科尔杜诺夫伸直了腰向窗外看了一眼。他那瘦小的脸上满是泪痕，看上去显得更加瘦小和不显眼了。此刻他把书本举在灯上烘干泪痕；烤了一阵，又用手指把书页抚平，再把书举到灯上摇来晃去，然而他的眼泪总是忍不住夺眶而出，流进他的短髭里。

我离开那里去接车去了，接车回来后，我对尤金说："他还没有睡，一直在读……"

"这畜生！"报务员一面嘟哝，一面敲打着列车线路图。"这还算是朋友吗？狗屁！"

天亮前我又来到窗下，透过薄纱凝望着那个棕色头发的小个子。他大概睡着了，头低垂在胸前，两手无力地垂放在膝头上。灯灭了，但放在铜烛台上的蜡烛却点着，金黄色的火苗在瓶子的玻璃上映出一个双影来，——酒一滴未少；屋里比先前更加暗淡，椅子里的小姑娘已不见了，合上的书已被放在桌子的角上，靠近蜡烛的地方。

我悄悄把薄纱捅了个窟窿，把手从窟窿里伸进去。科尔杜诺夫突然站起，抓起烛台一挥，厉声喝道："滚开！我打死你！"

蜡烛熄灭了，但我还是看见了那张以前从未见过的、变了样儿的面孔，这面孔一闪又不见了。

过了一会儿，他心平气和却粗鲁地问道："是谁？"

"我，来取书的。"

"不给……"

我站在窗前遥望着东边的草原。在那里，太阳——从云端冉冉升起，它旁边的云彩呈金黄色，里面隐约有一个很小的黑糊糊的骑手；他后面是一片羊群，像灰色的云一样沿地面爬动。

这一切对我都是熟悉的，司空见惯的。假如能换一下生活环境，看自己想看的书，那该多好啊！……

科尔杜诺夫用那本书把我们逗了四天。他把书带到车站自己一个人看，我们央求他，他便嘲弄我们说："你们跪下，我就给。"

尤金劝他说："傻瓜，你想想看，我们以前给过你多少书看呀！"

"嗯，那又怎么样？"

"你不是同我们一起看的吗？"

"给我跪下！"他没有一点商量的余地。

他十分清楚我们非常反感他这样，却越发固执地挑逗我们。他一面读，一面时不时地发出各种感叹：

"原来如此！真有意思！"

这些话更加激起我们的好奇心和渴望看到这本书的念头。我们竟把这种感觉加在他的女儿身上。当那可爱的孩子跑到我们这里来的时候，我们就都冷冰冰地躲开她，心想用这种办法或许能使她的父亲感到懊悔。

至今我还记得，女孩的那双乌黑的眼睛是如何充满困惑地望着我和尤金，她那花朵似的鲜红的小嘴唇在痛苦的微笑中哆嗦着。

科尔杜诺夫对我们这种行径只不过是一阵冷笑，他的态度却一点不变。

"小伙子们，想读吗？"他将书藏在桌子里，问道，"可是我不给……"

"我非揍他一顿不可，"尤金喘着粗气威胁道，脸色发白，"就这么办：我们不看他的书，他给也不看，不看！好不好？"

我表示赞成："好。"

"你发誓吗？"

"发誓。"

这件事现在想起来觉得非常可笑，那几天胸口燃烧的愤怒、仇恨之火，弄得我心情烦燥、头昏眼花，心里隐隐约约感到有些害怕起来。

车站上所有的人都知道我们三个人发生了争吵。大家听说科尔杜诺夫嘲笑我们，人们都等待着看我们将会干什么事来，或怂恿我们去干出点什么事情。

这件事的结尾是这样的：早晨，科尔杜诺夫来上班，将杂志扔给尤金，说道："拿去看吧……"

尤金急忙把书抓过来，立刻将眼睛凑上去读起来。

晚上，我和尤金朗读一篇小小说，里面写的是一个好女人离开了她的坏丈夫，去为社会作福利工作去了。我读着读着突然想到："难道科尔杜诺夫就是因为这而落泪？"

猛然间，他闯进门来，双手抓住门框，怒吼着："不—许—读！"

他的腿软下来，他已烂醉如泥、不醒人事，两只通红的含泪的眼睛凶狠地瞪着。

"不—许……你们什么也不知道……连那些写书的人……所有的人……"

他倒在地上,伸出双手指着我们，高声嚷道："住嘴……别读！……"

在门外，他的身后站着小姑娘薇拉·彼得罗芙娜，她穿的连衣裙的扣子开了，衣服几乎滑到肩头，光着脚，披头散发，她那棕色卷发像团火一样向上耸立着。她站在那里，用无力的、轻微的声音问道："你们为什么要欺负他？"

一个人的诞生

这事发生在饥饿的一八九二年，故事的地点是在苏呼米和奥查姆奇列之间的科多尔河畔。这里距海岸不远，一浪接一浪的沉闷的海浪声和着山涧轻快的絮语，能很清晰地听到。

深秋。桂樱的黄叶，在科多尔河白色的浪花中回旋、跳烁，宛如一群灵巧的小鲤鱼。我坐在岸边的石头上遐想：或许，海鸥和鱼鹰也把落叶当成了鱼儿，上当受了骗，难怪它们在我右侧海浪溅击的树后，如此抱怨似地鸣叫。

在我头顶上是已经穿上金黄色秋装的栗树。在我脚边有许多落叶，恰似一只只被砍下来的手掌。对岸千金榆的枝条已经掉光了叶子，就像撕破的鱼网挂在空中似的。褐红色的山列鸳，像落了网似的，蹦跳着，用黑黑的尖嘴儿叩击着树皮，惊动了蛰伏的昆虫；机灵的山雀和瓦灰色的䳵鸟，这些来自遥远的北方客人，趁机啄食着它们。

在我左侧的山峰上，乌云浓烟似的低悬着，预示着将要有一场大雨来临。乌云的阴影，在山坡上蠕动。老态龙钟的黄杨生长在那里，而在山毛榉和锻树的古树洞里，还可以找到一种"醉蜜"。古时候，它那醉人的甜汁曾醉倒过罗马人的钢铁般的整个军团，差点毁掉了伟大的宠培的军队。这种蜜是蜜蜂用月桂花和杜鹃花酿成的，"过路人"常把它从树洞中取出来，抹在大饼上吃。

我曾因这样做而被发怒的蜜蜂螫得疼痛难忍。我坐在栗树下的石头上，手拿一片面包在盛满蜂蜜的瓦罐里蘸上蜜汁，一边吃着，一边欣赏着挂在空中懒洋洋的秋日里倦怠的太阳。

秋天在高加索，就好像置身于大圣人修建的富丽堂皇的大教堂——大圣人往往也是大罪人，他们用黄金、土耳其玉、绿宝石建造这庞大的圣殿，只是为了避免良心的谴责。他们把撒马尔汗和舍马哈的突厥人制作的最好的丝绒地毯铺在这群山之上；他们抢掠了整个世界，把一切都搬到这里，放在光天化日之下，就像想对世界说："你的东西——取之于你的——还给你！"

……我仿佛看见，好像有一群长髯的巨人，孩子般的大眼睛里闪着愉快的光芒，从山上飘然而下。他们慷慨地在各处撒下各色耀眼的宝物，把大地装点得漂漂亮亮。他们用一层层厚厚的白银，覆盖群山的峰巅；凸凹不平的山坡上铺满了千姿百态、生机盎然的树木织锦。在他们的装点下，这块富饶的土地变得秀丽无比。

在大地上做一个人，能看到这么多奇妙的东西，真是好福气，而面对这使人酣醉的美景，心里又是多么激动和甜美啊！

当然，有时候也痛苦——炽热的仇恨塞满了整个胸膛，痛苦贪婪地吸吮着心里的血液；可是这不算什么，就连太阳都有烦恼，它为万物不辞劳苦，而万物并不因此就生活得很好……

毫无疑问，也有不少的好人，然而，就连他们也应当修整，最好是重新改造。

……我左边的灌木丛上方，有黑黑的头影在晃动：在海浪的击溅与拍打水的潺潺声中，隐约听得见人们的谈话声——这是"饥足们"从苏呼米到奥查姆奇列去上工，到那里去修筑公路。

我认识这些奥尔洛夫人。昨天，我还和他们在一起做过工，一起结的工钱。为了到海边看日出，我赶在他们之前，在夜里就上路了。

他们是四个农民和一个颧骨突出的女人。这女人是位年轻的孕妇，腆着一个大肚子，快要鼓到鼻子尖上了，惊恐地瞪着一双暗蓝色的眼睛。她头上扎着一条黄头巾，就像秋风里一朵盛开的葵花在灌木丛上方摆动。她的男人因为吞食野果太过量，死在了苏呼米。我曾和这些人混在一起，住在同一个板棚里。按照俄罗斯人的好传统，每当他们提起自己的不幸来，总是那样牢骚满腹，唠唠叨叨，声音高得也许方圆五俄里都能听得到。

这是一群郁闷的、颠沛流离的人。他们好似秋风里的落叶一样，被苦难从衰竭、贫瘠的故土上卷起，刮到这里。在这里，从未见过的富饶的大自然，使这些人感到惊讶、眩惑，而繁重的劳动条件，又终于使他们万分沮丧。他们望着这里的一切，惘然若失地眨巴着黯淡忧愁的眼睛。彼此苦笑着，低声说：

"啊呀……多么好的土地。"

"庄稼像是打地里往上蹿。"

"是啊……不过，石头可也……"

"说实在的，这地也不怎么样……"

于是，他们回忆起自己的故乡：科员里峡谷、苏霍贡、莫克连科耶。在那里，每一寸土地都留有祖先的足迹，都洒下了他们辛勤的汗水，一切都是那么亲切、熟悉，令人难以忘怀。

以前，还有一个女人也和他们在一起。那个女人身体僵直、扁平得像一块木板似的，高高的个儿，脸很长，还有一双无神的黑得像乌煤似的斜眼。

每天晚上，她和这个扎黄头巾的女人一起走出板棚。她在一堆碎石上坐下，一只手托着脸颊，歪着头，用高亢而愤怒的声调唱道：

在墓地旁边，
　　灌木丛中绿茵茵；
在沙土上面，
　　我铺开了白围巾，
我等得到吗，
　　我那亲爱的情人；
意中人来了，
　　我点头儿把他迎。

通常扎黄头巾的女人总是默不作声地弯着脖子看着自己的大肚子，有时她也会突如其来地用男人般的有点儿嘶哑的桑音，懒懒地、低沉地、号哭似的附和几句：

唉呀呀，意中人，
　　唉唉，亲爱的意中人，
命运不把我成全，
　　让我不能和你相见。

在黑沉沉的、闷热的南方的夜晚里，这哭泣似的声音，使人想起了北方——弥漫着大雪的荒野，暴风雪刺耳的呼啸，以及远处传来的狼嚎……

后来，斜眼女人得了疟疾，她被人们用帆布担架抬着送进城去。她躺在担架上，哆嗦着、哼哼着，似乎还在唱着自己那支关于墓地和沙土的歌。

……扎黄头巾的脑袋在空中时隐时现，忽然消失了。

我吃完早餐后，用树叶把瓦罐里的蜜盖好，背上行囊，然后不慌不忙地跟在那群走过去的人后面，一路上用山茱萸木的手杖叩击着小径上坚硬的泥土。

后来，我走到一条灰色带子似的狭窄的道路上。右侧，深蓝色的海洋波涛起伏，一阵阵潮润、温暖、芬芳的风儿追逐着白色的浪花，嬉戏着向岸上奔来。一艘土耳其帆船，倾斜着左舷，向苏呼米驶去。它那鼓起的风帆，就像苏呼米那位傲慢的工程师鼓起的肥厚脸颊。这是一个非常严厉的人，却不知为什么，他把"安静些"说成"安轻些"，把"虽然"说成"非然"。

"安轻些！非然你是个炮筒子，但是我能马上把你抓进警察局……

他喜欢把人送进警察局。然而高兴的是，他自己却被送进了坟墓，现在恐怕只剩下一把骨头了。

……我轻松地在路上走着，好像在家中飘浮似的。愉快的思绪、五彩缤纷的回忆在脑海里跳着优美的舞蹈。这种心灵里的舞蹈，是表面上的东西，就像海洋里的白色浪峰，而在那心灵深处，却很平静，明快欢悦和变幻无穷的青春的憧憬，像海洋深处银色的鱼群，在那里静静地漫游。

道路朝海边延伸。海浪涌了过来，消失在沙滩里。小树丛儿也想张望张望海浪的面容。它们俯身探向绸带似的路面，就像是在向蔚蓝色的水面点头致意。

风从山上吹过来——马上要下雨了。

……灌木丛里传来一阵轻微的呻吟声，这种声音是永远令人震撼和同情的。

我将树丛拨开，看到那个扎黄头巾的女人，正背靠着一棵胡桃树坐着，头垂到肩上，难看地张大着嘴，瞪着眼睛，像个疯子似的。她双手按在大肚子上，不自然地、可怕地大口喘着气，以致整个肚子都像发羊角风似的在上下跳动。女人用手按住它，低沉地哼哼着，露出像狼一样的黄牙。

"怎么，是不是中暑了？"我俯身看着她问道。她像一只苍蝇似的，两条赤裸裸的腿在浅灰色的尘土里乱蹬乱踹，摇着沉重的头嘶哑地说：

"走开……不要脸的……走……走开……"

我知道是怎么回事了。这种事儿，我已见过一次。自然，我害怕起来，躲到了旁边；然而，那女人拖着长音哀号着，从她那快要裂开的眼角里，混浊的泪水不停地往下流。在绷得紧紧的紫红色脸膛上流淌。

眼前的这一切，使我顿生怜悯，我又回到她跟前。我把行囊、水壶、瓦罐往地上一撂，将她仰面朝天地放倒，我努力地想蜷起她的腿。她奋力将我推开，打我的脸，捶我的胸脯，并且翻过身去，像一只狗熊，四肢着地，一面爬进灌木林的深处，一面嘶喊吼叫：

"强盗……魔鬼……"

终于，她倒下了，脸撞在地上，又像抽筋似地伸缩着双腿，哀号起来。

急中生智，我所学的那点东西都给用上了。我将她翻转过来仰卧着，蜷起她的双腿——羊水已经流出来了。

"躺好，马上要生了……"

我跑到海边，卷起衣袖，把手洗干净，又返身回来——我已是一名妇产科医生了。

这女人扭曲着身子，像烈火中的桦树皮。她一面用手拍打着身边的土地，一面揪下打蔫的野草，使劲儿地想往嘴里塞。泥土撒满了这张可怕的、失去人相的脸，眼睛变得粗野了，布满了血丝。羊水已经涌出，一个小脑袋瓜儿钻了出来。我要控制住她的两条腿抽搐，帮助婴儿顺利地生出来，还要盯住她将野草塞进那张扭曲变形、不停哼哼的嘴里……

我们对骂了一阵子，她话音含糊不清，我的声音也不大，她是因为疼痛，或许还因为害羞，我却是出于腼腆和对她的极度怜悯。

"上帝啊。"她声音嘶哑地喊着，紧紧咬住冒着白沫的发紫的嘴唇，而她那在阳光里仿佛黯然失色的眼睛里，却不停地流淌着一位母亲难忍而又痛楚的泪水。她那正在分娩的躯体，也完全瘫软了。

"走开，你这恶魔……"

她无力的、脱臼似的手一直在推我，我非常恳切地说：

"傻大嫂，生吧，得快一些……"

我非常可怜她，看到她现在这个样子，心里难受极了，苦闷得要喊出来：

"喂，快些呀！"

就这样，我手里有了一个人，一个肉红色的人。虽然是泪眼迷离，但是，我看得很真切：他全身通红，别看他还连着母体，却已经是对这个世界不满意了。他手抓脚踹，粗着嗓门儿大声喊叫，丝毫也不安分。他的眼睛是浅蓝色，生着一个压扁了的引入发笑的鼻头在起皱的红脸蛋上，嘴唇颤动着，拖着长音哭喊：

"哇……哇……"

多么光滑啊——一不小心，他就会从我手里滑出去。我跪着，望着他，哈哈大笑——瞧着他真叫人高兴！狂喜的我竟把我应该做的事情都忘记了……

"割断吧……"母亲轻轻低语，她紧闭着双眼，面容憔悴，像死人似的呈土灰色，发紫的嘴唇勉强地微微颤动着：

"用小刀……割断……"

刀在板棚里让人偷走了，我用牙齿咬断了脐带。婴儿用奥尔洛夫人的男低音哭喊着。母亲微笑了。我看见她的眼中扩散着笑意，焕发出母亲的光彩。一只黝黑的手在裙边摸索着，寻找着衣兜，咬破了的、沾满污血的双唇发出簌簌的声音：

"没……没有……气力……小带儿在衣兜里……把肚脐儿包扎好……"

我把带子拿出来。包扎好后。她微笑得越发开朗了。这笑容是这样美好，这样明快，几乎使我目眩。

"你收拾收拾，我去给他洗一洗……"

她担心地喃喃说："当心，要轻点儿……要当心呵……"

这个红通通的小家伙似乎不喜欢别人照料。握紧拳头，哇哇地喊叫着，喊叫着，像是向谁挑战似的：

"哇……哇……"

"你呀，你！要学着忍耐些。小兄弟！不然的话，别人会立即把你的脑袋给揪掉……"

当泛起泡沫的浪花欢快地向我们两人涌来，第一次溅在他身上时，他的喊声特别庄严，特别洪亮。后来，我开始拍打他的胸脯和脊背，他眯起了眼睛，挣扎着，发出刺耳的尖叫。一个接着一个的海浪溅遍了他的全身。

"闹吧，奥尔洛夫人！使劲喊吧……"

当我抱着婴儿回到母亲那里时，她躺着，又闭上了双眼，咬紧嘴唇，在忍受着将胞衣排出时的阵痛；尽管如此，我还是透过她的呻吟和喘息，听到了她那像快要死去的人一般的低语：

"给……把他给我……"

"等一会儿。"

"给我吧……"

于是她便用颤抖着的、不听使唤的手解着胸前的短褂。我帮她裸露出那对上天赐予的、足以哺育二十个孩子的大乳房，把这个暴躁的奥尔格夫人贴放在她那温暖的躯体上。他一挨近母亲的身体，就仿佛明白了一切，顿时安静了下来。

"至圣至洁的圣母啊。"母亲哆嗦着，叹了口气，蓬乱的头在行囊上翻来覆去。

突然，她轻轻地叫了一声，安静了下来。随后，那双分外美丽的眼睛重新睁开。蔚蓝的双眼，望着蔚蓝的天空；善良而欢悦的微笑，在眼里闪烁、融化。母亲举起沉重的手，缓慢地为自己的婴儿画着十字……

"最纯洁的圣母啊，托您的福……啊……托您的福……"

她的眼睛又失去了光彩，陷了下去。她长久地沉默不语，费力地喘着气。突然，她用变得坚决起来的声调，对我郑重其事地说：

"年轻人，把我的包裹打开……"

我打开了包裹。她凝视着我，微微一笑，好像有一片刚能觉察到的红晕，在凹下去的面颊和汗津津的前额上浮现出来。

"请走开一下……"

"你可别太劳累了……"

"唔，唔……走开吧……"

我觉得有些困倦，刚才的那一连串的事情将我弄得疲惫不堪。不过，心情却觉得非常舒畅兴奋，想大声地喊叫……

不远处，溪水潺潺，宛若一位姑娘在向女友夸赞自己的心上人儿……！

灌木丛的上方，一颗头伸出来，黄头巾已规规矩矩地扎在了头上。

"唉，唉，你呀，老嫂子，你折腾得太早了！"

她坐在那儿，一只手扶着一根灌木枝条，但身子还在不停地摇晃。脸呈死灰色没有一点血色，眼窝里仿佛是两汪蔚蓝的湖水。她温柔地轻声细语着：

"瞧，他睡得多好……"

他睡得是很好，不过在我看来，和别的婴儿相比，也没有什么好得出奇的地方，如果说有什么区别，那就是所处的环境不同。他躺在灌木林下一堆色彩绚丽的秋叶上——在奥尔洛夫省是长不出来这样的灌木丛的。

"你这个做母亲的也该歇一歇了……"

"不了，"她疲惫不堪地摇了摇头，说道，"我得收拾收拾，赶上去，跟这群人一起……"

"到奥查姆奇列去？"

"对，对！我们的人可能已经走出好几俄里了……"

"莫非你还能走路？"

"不是有圣母吗？她会保佑的……"

嗯，既然有圣母与她同在。我就别说了。

她瞧着灌木丛下的小东西，瞧着他那不满地绷起的小脸，眼中流露出温柔慈祥的光芒，舐着双唇。一只手慢慢地摩挲着乳房。

我将篝火点燃，就近摆上几块能好把水壶放上去的石头。

"做母亲的，我现在就请你喝茶……"

"啊，那我就喝吧……我的奶都干了……"

"你的同乡为什么丢下你？"

"他们没有丢下我，为什么要丢下我？是我自己落在后面的。况且，他们喝得醉醺醺的。这样……也好，不然，当着他们的面，我怎么好摊开身子……"

她用胳膊把脸遮住，瞅了我一眼，吐出一口带血的唾沫，羞怯地微微一笑。

"这是你的第一胎吧？"

"第一胎……你是……"

"大概是一个人吧……"

"当然是一个人啦？娶媳妇了吗？"

"还没呢……"

"你撒谎！"

"为什么要撒谎？"

她垂下眼帘，想了一下：

"那你怎么对女人家的事儿很懂？"

这时我只好撒谎了。于是我说：

"我学过这个。大学生——听说过吗？"

"看你说的，我们神父的大少爷也是个大学生，他是学当神父的……"

"我就是这种人。好吧，我打水去了……"

女人向儿子俯下身去，倾听着他是不是在呼吸。然后，她向海那边张望了一下。

"我想洗一洗，但这种水我怕洗了不舒服……这是什么水？又咸又苦的……"

"你就用它洗吧，这是可以健身的水！"

"是吗？"

"是的。比溪水暖和，这地方的溪水——像冰一样……"

"你什么都知道……"

一个骑着马儿的阿布哈兹人，头垂在胸前，打着盹儿，一步步走了过来；那匹浑身肉鼓鼓的小马，耸动着耳朵，用圆溜溜的黑眼珠瞟了我们两眼，打了个响鼻；骑马人警惕地扬了扬戴着毛蓬蓬皮帽的脑袋，也向我们这边张望了一下，随即便又垂下头去。

"这里的人怪里怪气的，真是难看。"奥尔洛夫女人轻轻说。

我走了，像水银一般闪亮而活泼的水流，唱着歌儿，在石块间欢蹦乱跳，秋叶在水中愉快地翻着筋斗，这景色真是美妙至极！我把手和脸洗干净，舀了满满一壶水便往回走。透过灌木林，我看见那女人双膝着地，在乱石间爬动，神色不安地环视周围。

"你这是在干什么？"

她被吓了一跳，面色苍白，往身下掩藏着什么。我终于猜到了。

"给我吧，我来埋……"

"啊，你真是我的亲人！这怎么行呢？本来这些应当埋在澡堂更衣室的地下的……"

"要是等到这里盖好澡堂，还早着呢！真有你的！"

"你可真会开玩笑。要知道胞衣是要归还给大地母亲的……我是害怕埋浅了，被出来找食吃的野兽刨出来吃掉……"

她把脸转过去，把湿糊糊、沉甸甸的一小包东西递给我，羞怯地低声恳求说：

"看在上帝的份上，你最好埋深点儿……可怜可怜我的小宝贝，埋得千万牢靠些……"

……当我回来时，我看到她从海边蹒跚地走过来，身体每摇晃一下，手就向前一伸，好像要抓住什么，以保持身体的平衡。她的裙子湿到腰际。脸上泛出了一点红润——仿佛是从内心里流露出来的。我搀扶她走到篝火旁，十分诧异地想道："真有一股如同野兽的力量！"

后来，我们就着蜜儿喝茶。她低声问我："你把学业扔下了吧？"

"扔下了。"

"由于喝酒把钱都花光了，是不是？"

"全喝光了，老嫂子！"

"看你这个人！我可是还记得很清楚，在苏呼米我看到你因为伙食的事儿跟头儿打架；那时候我就想：肯定是个酒鬼，这样胆大包天……"

她舔着肿大的嘴唇上的蜂蜜津津乐道，蓝色的眼睛不停地瞟着灌木丛，那新生的奥尔洛夫人睡觉的地方。

"他怎么活下去？"女人轻轻地叹息一声，看着我说，"你帮了我的忙，谢谢你了……不过以后会怎么样谁也不会知道？他生下来是吉是凶，我也说不清楚……"

她把茶喝足了，吃了点东西，在胸前画了个十字。在我收拾自己的东西时，她睡眼朦胧地摇摆着身子，打着盹儿，仿佛在想着什么心事，一副迷茫忧愁的表情流露出来，不时望一望躺在地上的孩子。随后，她站起身来。

"你难道真的要走？"

"走。"

"唉，老嫂子。可要当心呵！"

"不是有圣母吗？……把他给我吧！"

"我来抱着他……"

我们争执了一会儿，最后她让步了，于是，我们并着肩走了起来。

"我不这么一步一摇就好了。"她说着，抱歉似的微笑了一下，将手搭在了我的肩上。

这个俄罗斯大地的新成员，一个不知未来命运如何的人，躺在我的手里重重地打着鼾。大海里的浪花飞溅，哗哗作响，整个海岸镶上了雪一样的白色的花边。树丛在低声细语，太阳照耀着大地，已经快到正午时分了。

我们默默无语地走着。有时，母亲停下脚步，对着天空长叹一声。她往四周看了看大海、树林、高山，又望一望自己儿子的脸。她那双被痛苦的泪水冲刷得干净的眼睛，再一次显得分外明亮，放射出异彩，蓝莹莹的，满含着无限的慈爱。

有一次，她停了下来，轻声说道：

"上帝啊，上帝！要真能这样，那可实在太好了，太好了！最好永远这么走啊，走啊，一直走到天涯、走到海角，我的小宝贝啊，就这样自由自在地依偎在母亲的身旁，长啊，长大起来……啊，我的心肝……"

大海在咆哮，咆哮……